KB136759

전통공연문화의 이해

전통 공연문화의 이해

박진태

태학사

머리말

공연예술학을 넘어서 공연문화학을 향하여

돌이켜 보면 1971년 학사논문을 '봉산탈춤의 미얄할미의 죽음'에 대해 썼으니, 그간 40년 세월을 전통공연문화에 대해 연구해온 셈인데, 그때 논문지도를 맡은 이두현 선생님이 "하필이면 미얄과장이냐?"며 탐탁지 않게 여기셨지만, 나로선 죽음에 관련된 민속을 공부하게 되어 전통극의 배경 학문으로 민속학에 관심을 가지는 계기가 되었었다. 그리고 석사논문은 지도교수인 이상익 선생님이 "소설이면 소설이고, 연극이면 연극이지 소설과 연극이냐?"라고 충고를 하셨지만, 탈놀이와 고전소설을 포괄하여 풍자성을 연구함으로써 일찍부터 국문학과 민속학과 연극학을 아우르는 통합적인 시각을 확보할 수 있었다. 그리하여 학문융합을 추구하는 지금의 추세에 부응할 수 있게 되었고, 전통극 연구를 전통공연문화 연구로 확장하게 되었다. 이것은 비단 필자만의 연구사적 궤적이 아니라 국문학의 세례를 받은 전통극 연구자들에게 공통되는 현상인 것 같다.

전통극이 음악과 무용이 혼합된 종합예술 형태이고, 굿을 토대로 하여 발생되고 전승되었기 때문에 당연한데, 그리하여 연극에서 연희의 개념으로 확대되고, 제의와 축제도 포함시키게 되었다. 곧 연극(가면극, 인형극, 무극, 광대극)에서 공연예술(연극, 음악, 무용)을 거쳐 공연문화(연극, 음악, 무용, 놀이, 기예, 의식, 축제)로 영역을 넓히게 되었다. 이두현(『한국가면극』과 『한국무속과 연희』), 서연호(『한국연극전사』와 『한국전승연희학개론』), 전경욱(『한국가면극-그 역사와 원리』와 『한국의 전통연희』), 사진실(『한국연극사연구』와 『공연문화의 전통』)이 공통적으로 '전통극→전통공연예술→전통공연문화'의 방향으로 관심과 연구의 영역을 확장시켰다. 필자도 비슷하여 『한국고전극사』에 이어서 이번에 『한국공연문화의 이해』를 상재하게 되었다. 현재 학계의 사정은 연극과 공연예술은 공시적·통시적 관점의 연구가 상당 부분 진척되었지만, 공연문화 차원의 연구는 역사적이든, 미학적이든 미해결의 상태로 남아 있는 실정이다. 곧 '한국공연문화사'나 '한국공연문화학개론'을 서술하는 것이 공연문화학계의 과제로 대두되고 있다.

이러한 연구사적 문제의식을 지니고서 이 책을 엮어보았다. 제1부에서는 전통공연예술사와 공연문화정책사를 개괄한 글들이고, 제2부와 제3부는 전통극을 역사적·민속적 관점에서 연구한 논문들을 분류하여 묶었고, 제4부와 제5부는 전통 무용과 축제와 연희를 역사적·민속적 관점에서 연구한 논문들을 구분하여 실었다. 그러나 연구 대상도 연극에 치중되고, 무용과 놀이와 축제에 관한 연구는 너무나도 미흡하다. 음악은 아예 손도 못 대었다. 연구 방법도 역사적인, 민속적인 관점에 한정되어 있다. 공연문화의 역사 기술이나 개론서의 집필은 어쩌면 개인이 감당하기 어려운 작업일지도 모른다. 따라서 전통 공연예술과 현대 공연예술의 전공자들을 총동원하여 『서울공연예술사』(서울시사편찬위원회, 2011)를 편찬한 사례가 매우 시사적이다. 아무튼 이 책이 한국공연문화학의 체계화와 이론 정립에 다소라도 기여하는 바가 있기를 기대할 따름이다.

2012. 7. 18. 비 내리는 초복(初伏)날에

목차

1

한국 공연문화의 역사적 이해

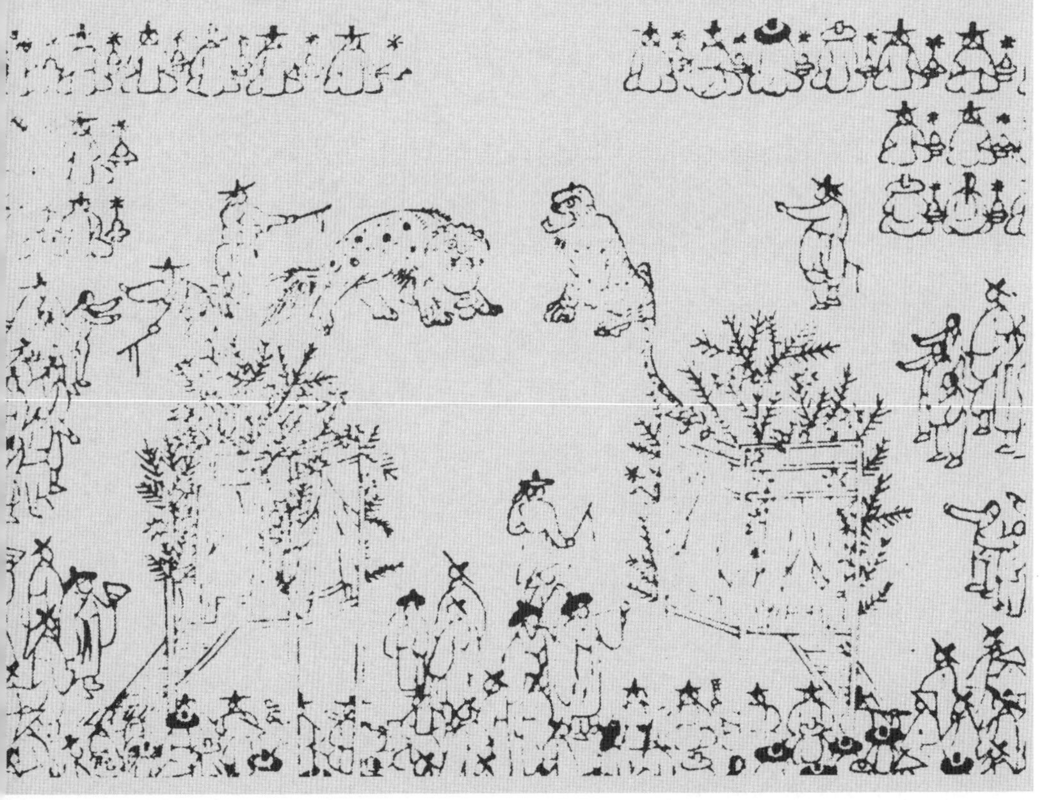

제1장 한국 공연예술사 개관

1. 공연예술의 기원

1) 공연예술의 제의적 기원

예술의 기원설은 자연 모방설, 유희 본능설을 비롯하여 다양하게 제기되었지만, 여기서는 제의 기원설과 실용 목적설의 관점에서 서술하기로 한다. 먼저 제의 기원설을 취하면, 선사 시대의 암각화나 삼국 시대의 고분 벽화, 과거의 문헌 기록, 현재의 민속 등을 근거로 접근할 수 있다. 따라서 지금도 전승되고 있거나 20세기에 조사·기록된 굿을 통하여 공연예술의 제의적 발생을 확인한 다음 과거의 문헌 기록을 해석하고, 암각화나 고분 벽화를 분석하여 제의 속의 공연예술을 확인한다.

강릉 단오굿은 지역 수호신인 국사성황신이 강신하여 여국사성황신과 결혼한 다음 지역민들에게 명복을 주고 되돌아가는데, 그 구체적 절차를 간략하게 요약하면 다음과 같다.

① 음력 4월 15일에 무녀가 대관령에 가서 가무로 국사성황신의 내림을 받아 온다.(신내림과 신맞이 행렬)

② 예전에는 성황신을 환영하던 고을 사람들이 군수(중앙 조정에서 파견된 양반)와 좌수(지방의 토착 양반)의 편으로 갈라져 횃불싸움을 벌이었다.(싸움굿)

③ 성황신을 여국사성황신사에 화해·동침시킨다.(신성 결혼/화해굿)

④ 예전에는 남녀 성황신을 대성황사에 좌정시키고 그 앞마당에서 무당굿과 관노의 탈놀이를 하였으나, 현재는 남대천 강변의 굿당에 좌정시키고서 한다.(신유 의식)

⑤ 예전에는 괫대〔花蓋〕를 앞세우고 다른 성황당과 시장과 관아를 순방하였는데, 그때 괫대춤〔花蓋舞〕을 추고 탈놀이를 하였다.(신유)

⑥ 대성황사의 뒤뜰(현재는 남대천변의 굿당)에서 신대와 화개를 불태웠다.(송신)

굿은 내림굿, 신유(神遊), 화해굿, 싸움굿, 송신굿의 조합으로 구성되는데, 무당이 무악에 맞추어 춤을 추고 무가를 부르며 굿을 하고, 고을사람들이 싸움 형태의 연희를 하고, 관노들은 가면극을 연행하였다. 무당의 음악과 무용과 가요가 배우의 연극 및 민간인의 연희와 함께 굿을 모태로 생성·공연되어 온 것이다.

강릉 단오굿처럼 무당이 가무 사제가 되어 주도하는 굿으로 영산의 문호장굿이 있다.

① 5월 초하룻날 호장·수노·암무이〔巫女〕가 굿패를 이끌고 서낭대를 앞세우고 영취산 중턱에 있는 문호장의 사당인 상봉당에 가서 서낭대를 세우고, 그 앞에 제물을 진설하고 마당굿을 한다.

② 서낭대를 앞세우고 문호장의 유적지인 말재죽골을 거쳐 두룽각시 왕신당(호장의 딸)에 가서 마당굿을 하고, 현청에도 가서 마당굿을 하는데, 이때 원님과 육방 관속들이 나와 서낭신에게 참배한다. 마당굿이 끝나면 굿청에 돌아와 좌정시킨다.

③ 초사흗날에는 신마를 탄 호장신을 앞세우고 첩의 사당(남산믹이 지성국당)에 가서 제사를 지내고 마당굿을 한 뒤 부인당(삼시랑애기당)에 가서 역시 제사를 지내고 마당굿을 한다.

④ 마당굿 후에 무당들은 본처 편과 첩 편으로 나뉘어 침 뱉는 시늉을 하고 욕설을 퍼붓는데, 본처 편 무당 1명이 머리를 산발한 채 입에 거품을 물고 부들부들 떨다가 쓰러짐으로써 호장이 첩에게 은밀히 먼저 간 것을 눈치챈 본처의 질투심을 나타내면, 구경꾼까지 합세하여 첩

편 무당들을 나무라고 욕을 퍼붓다가, 드디어 본처 편의 무당과 구경꾼이 첩 편의 무당 1명을 끌어내다 꿇어앉히고 쥐어박고 올라타는 등 갖은 곤욕을 주어 큰 마나님을 위로한다.

⑤ 굿청에 돌아가는 길에 원님 댁이며 육방 관속들의 집에 들러 복을 비는 굿을 해준다.

⑥ 초엿새날 영취산의 숙댕이에서 호장의 혼백을 배송하는 굿을 한다.

영산의 지역 수호신인 문호장신을 맞이하였다가 되돌려 보내는 굿인데, 강릉 단오굿에서는 민간인의 집단놀이가 군수와 좌수 사이의 사회적 갈등을 표출시키는 데 반해서 문호장굿에서는 본처신과 첩신 사이의 신앙적 갈등을 표출시키는 집단적인 연극을 성립시켰다.

굿의 사제는 무당만이 아니라 풍물패와 광대패도 되었으니, 풍물패가 주도하는 굿으로 영양군의 주실 서낭굿이 대표적이다.

① 섣달 그믐날 서낭을 내리면서 서낭굿은 시작된다. 농악대는 농악을 울리며 서낭대를 조립하여 당나무에 기대어 세우고 당나무를 돌며 춤춘다. 제관과 농악대가 절을 하여 강신의식을 끝낸다.

② 1월 3일에서 5일 사이에는 농악대가 서낭대를 앞세우고 집집마다 지신밟기를 한다. 이때 탈놀이꾼들도 따라 다닌다.

③ 1월 10일경에 싸움굿을 한다. 가곡동의 농악대가 서낭대를 앞세우고 주곡동으로 오면, 주곡동의 농악대가 서낭대를 앞세우고 맞이한다. 그리하여 농악의 채수 싸움을 벌이는데, 이것이 싸움굿이다.

④ 싸움이 끝나면 두 마을의 서낭대를 주곡동의 당나무 앞에 나란히 세우고, 두 농악대가 어울려 풍물을 치는데, 두 서낭대의 치마가 바람에 펄럭이며 휘감기면, 이를 부부의 결합이라 보고, 이로 인해 풍년이 오리라 믿는다. 이것이 화해굿이다.

⑤ 정월 보름날 밤에 제관의 집에 모여, 농악대는 풍물을 치고, 탈꾼

들은 탈놀이를 한다. 자정이 되면 마을 사람들은 귀가하고, 제관들만 남아 당나무에 가서 유교식 서낭제를 지낸 뒤 서낭대는 해체하여 보관한다.

주실 서낭굿에서는 농악과 가요(지신밟기요)와 탈놀이와 같은 공연예술이 성립되어 있다. 음악(기악과 성악)과 연극이 형성되었는데, 탈꾼이나 구경꾼이 덧배기춤이나 허튼춤을 추었을 것이므로 무용도 포함시킴이 마땅하다.

광대패가 동제를 주관하며 탈놀이를 하는 경우는 하회 별신굿탈놀이와 수영 들놀음이 대표적인데, 여기서는 수영 들놀음을 살펴보기로 한다.

① 야유계가 양반광대가 중심이 되어 정월 3·4일경부터 13일까지 지신밟기를 하는데, 이때 헌납 받는 돈과 곡식은 들놀음의 경비로 충당한다.

② 정결한 장소에서 탈을 만들어 탈제를 지내며, 들놀음이 무사히 끝나길 축원한다.

③ 경비, 탈, 의상, 도구가 준비되면, 14일 밤에 시박을 가져 원로들에게 연기를 심사받아 배역을 확정짓는다.

④ 보름날 낮에 분장을 한 굿패들이 수양반이 주동이 되어 풍물을 대동하고 제당에서 산신제를 지낸다.

⑤ 먼물샘에 가서 고사를 지낸다.

⑥ 최영 장군 묘당에 가서 제사를 지낸다.

⑦ 밤에 달이 뜨면, 강변이나 먼물샘에 가서 소등대·농악대·길군악대·팔선녀·사자탈을 탄 수양반, 탈광대패, 난봉가패, 양산도패 등의 순서로 행렬을 지어 시장터의 놀이판으로 간다. 이때 수양반이 총지휘를 한다.

⑧ 놀이판에 도착하면, 농악대의 굿거리장단에 맞추어 덧배기 춤판을 벌여 굿패와 구경꾼이 어우러져 집단 난무를 즐긴다.

⑨ 양반마당, 영노마당, 할미마당, 사자마당의 순서로 탈놀이를 한다.

⑩ 광대들이 탈 고사를 지내고 불태우면서 액막이를 하고 만사형통을 축원한다.

수영 들놀음은 빙의(憑依) 원리에 의하여 신을 신대에 내림받지 않고 탈의 동일화 원리에 의하여 백산의 산신인 사자의 탈을 쓰고 춤을 추면서 제물이나 외적을 뜻하는 담보를 잡아먹는 연극을 연행한다. 사자놀이는 무언 무용극인데, 이뿐만이 아니라 집단 난무와 같은 집단 무용, 풍물을 치고 지신밟기 노래를 부르는 지신밟기도 연행하여 음악과 무용과 연극이 혼합되어 있다. 양반마당과 영노마당과 할미마당은 물론 연극이지만, 대사와 몸짓으로만 연기되지 않고 악사들의 반주에 맞추어 추는 무용이 큰 비중을 차지하며, 삽입가요도 불려진다.

이같이 굿과 결합된 공연예술은 고대 사회에서 거행되었던 제의 속의 이른바 원시 종합예술의 잔존물이기 때문에 민속학적 연구 성과를 토대로 고대 사회의 제의 문화를 복원할 수 있겠다. 고대 사회의 제의적 공연예술에 관한 문헌 기록으로 『삼국지』의 「한전」에 비교적 구체적으로 다음과 같이 기록되어 있다.

늘 오월에 파종을 마치면 귀신에게 제사를 지내는데, 무리지어 노래를 부르고 춤을 추고 술을 마시며 밤낮으로 놀았다. 그 춤은 수십 명이 함께 일어서서 서로 따르며 땅을 밟으며 몸을 낮추었다 일으켰다 하는데 손발이 서로 호응하고 음악에 절도가 있다.[1]

파종을 하고 지신굿을 하여 농사의 풍작을 기원하였는데, 지금의 지신밟기처럼 노래를 부르며 땅을 밟았다고 한다. 춤사위는 같은 쪽의 손발을

---

1 전해종, 『동이전의 문헌적 연구』, 일조각, 1882, 33쪽.

동시에 올렸다 내렸다 하면서 몸을 굽혔다 폈다 하였으니, 오늘날의 탈춤이나 덧배기춤의 원형으로 보아도 무방할 것 같다. 곧 풍요제의의 성격을 띤 지신굿에서 땅 속의 악귀를 위협하고 제압하는 노래와 춤을 연행하였을 것이다. 그리고 그 노래가 현재 잔존해 있는 것이 "지신, 지신, 지신아! 어허여루 지신아! 만복은 문안으로 잡귀 잡신은 물아래로"와 같은 지신밟기 노래일 것이다.

다음으로 김수로 신화에도 굿 속에서 형성된 공연예술이 비교적 상세하게 기록되어 있다.

① 후한 세조 광무제 건무 18년 임인 3월 계욕(禊浴)의 날에 마을의 북쪽 구지봉에서 수상한 소리가 부르므로 2~3백의 사람들이 이곳에 모이니, 사람 목소리 같은 것이 모습은 감추고 소리만 내어 말하길, "이곳에 사람이 있느냐? 없느냐?"라고 했다. 아홉 추장이 "우리가 있습니다."라고 답하자, 또 "내가 있는 곳이 어디냐?" 물으므로, "구지입니다."라고 대답했다. 또 말하길, "하느님이 나에게 명령하여 이곳에 내려가 나라를 새롭게 하고 임금이 되라 하신 까닭에 이를 위해 내려가는 것이니, 너희들은 반드시 봉우리 꼭대기를 파서 흙을 모으고 노래를 부르길, '거북아! 거북아! 머리를 내어라. 아니 내면은 구워 먹겠다(龜何龜何 首其現也 若不現也 燔灼而喫也).'라고 하면서 춤을 추면, 이것이 대왕을 맞이하여 기뻐 날뛰는 것이니라."라고 명했다.

② 아홉 추장들이 그 말대로 다함께 기뻐하며 노래하고 춤을 추었다.

③ 머지않아 우러러 쳐다보니, 붉은 노끈이 하늘에서 곧장 아래로 드리워져 땅에 닿았다. 그 노끈의 아랫부분을 살피니 붉은 보자기에 싸인 황금상자가 있었다. 열고 보니 황금빛 알 여섯이 들어 있는데, 둥글기가 해와 같으므로 뭇 사람들이 모두 다 놀래고 기뻐하여 백 번씩 절했다.

④ 상자를 보자기로 다시 싸서 가슴에 안고 아도간의 집에 돌아와 상 위에 올려놓고 무리가 각자 흩어졌다.

⑤ 만 하루가 지난 다음 날 해 뜰 무렵에 무리가 다시 모여 상자를 열어보니, 여섯 알이 동자로 변했는데, 용모가 매우 컸다. 이에 상에 앉히고 무리가 절하여 치하하고 공경함을 다했다.(『삼국유사』「기이」'가락국기')

이 대목은 가락국 사람들이 구지봉 위에서 김수로를 맞이한 영신 제의의 구술 상관물이다. 구지가를 부르고 춤을 추라는 신의 계시가 천창(天唱)의 형태로 내려졌는데, 그 계시에 따라 거행된 천신 맞이굿에서 음악(가요)과 무용이 생성되었다. 그런데 가요는 대상의 이름을 부르고 명령하고서 만약 거역하면 살해하겠다고 위협하는 주가(呪歌)의 전형을 보인다. 따라서 춤도 주술적인 춤이었을 텐데, 구체적인 춤사위는 불분명하다.

이러한 『삼국유사』의 기록에 비해서 『삼국지』나 『후한서』를 비롯한 중국의 역사서는 물론이고 『삼국사기』에서조차 제의에 관한 기록은 지극히 개괄적이고 단편적인데, 『삼국사기』의 다음 기록들은 고구려의 제의 문화에 대하여 다소 구체적인 내용을 전한다.

① 『후한서』에 이르기를 "고구려에서는 귀신 · 사직 · 영성에 제사 드리기를 좋아한다. 10월에는 하늘에 제사 드리면서 크게 모이는데, 이름을 동맹이라 한다. 그 나라 동쪽에 큰 굴이 있어 이를 수신(隧神)이라 하는데, 역시 10월에 맞이하여 제사 드린다."고 하였다.

② 『북사』에 이르되, "고구려는 항상 10월에 제사를 드리고, 음사가 많다. 신묘가 두 곳이 있는데, 하나는 부여신이라 하여 나무를 새겨 부인의 상을 만들었고, 또 하나는 고등신이라 하여 이를 시조라 하고 부여신의 아들이라 한다. -중략- 하백녀와 주몽이라 한다."고 하였다.

③ 『고기』에 이르기를 -중략- 또 이르기를 "고구려는 항상 3월 3일에 낙랑의 구릉에 모여 사냥하고, 돼지와 사슴을 잡아서 하늘과 산천에 제사한다."고 하였다.[2]

『후한서』에 의하면 고구려에서는 제천(祭天) 의식만이 아니라 수신(隧神) 굿도 아울러 거행하였다. 그리고 『북사』에 의하면 고등신(高登神), 곧 천신 계통인 주몽에 대한 제사와 부여신, 곧 곡모신(穀母神)인 유화에 대한 제사가 있었다고 하니, 시조신과 성모를 위한 제사를 국가 제전으로 거행한 것이다. 그런데 『고기』에 의하면 3월의 수렵 대회와 제천의식 및 산신제와 용신제가 있었다. 흥미로운 것은 5세기 중엽에 조성된 집안 지역의 고구려 고분 벽화, 곧 장천 1호 고분의 전실 서쪽 벽면에 무용총의 수렵도와는 달리 말을 탄 무사들이 활로 호랑이, 멧돼지, 사슴을 사냥하는 장면과 함께 씨름, 탈을 쓴 곡예사 2명이 부리는 말타기 묘기, 거문고의 연주에 맞추어 추는 춤, 원숭이탈놀이, 금환 등과 같은 산악 백희를 공연하는 장면이 그려져 있어서 고기에 기록된 고구려 수렵 대회의 풍경으로 추정되는 사실이다. 그렇지만 이러한 벽화는 중국과 서역에서 산악 백희가 전래된 후대의 모습이고, 고구려 초기에는 보다 제의적이고 원초적인 공연예술이 연행되었을 텐데, 유리왕 이야기에서 그 흔적을 찾을 수 있다.

> 왕이 기산이란 곳에서 사냥을 하고, 7일 동안 돌아오지 아니하였는데, 두 여자 사이에 싸움이 일어나 화희(禾姬)가 치희(雉姬)를 꾸짖되 "너는 한나라에서 온 비첩으로 무례함이 어찌 그리 심하냐?"고 하므로 치희는 부끄럽고 분하여 도망하였다. 왕이 듣고 말에 채찍질하여 쫓아갔으나 치희는 노하여 돌아오지 아니하였다. 왕이 어느 날 나무 밑에서 쉬다가 꾀꼬리가 모여듦을 보고 느낀 바가 있어 노래하되 "펄펄 나는 꾀꼬리는 암수가 노니는데 외로운 이내 몸은 뉘와 함께 돌아가리?"라 하였다.(『삼국사기』 「고구려본기」 '유리왕')

유리왕의 사냥, 치희와 화희의 싸움에서의 화희의 승리, 유리왕의 황

---

2 이병도 역주, 『삼국사기』, 을유문화사, 1980, 500~502쪽.

조가 가창 등을 고구려의 수렵 대회, 수렵신과 농경신의 싸움에서 농경신의 승리에 의한 풍농 기원, 성적 결합을 갈망하는 구애 행위 등으로 보면, 제의적 맥락에서 연행된 연극과 음악이라는 추정이 가능하다.

울산 반구대의 암각화는 그 제작 연대에 대해서는 학자마다 견해가 다르지만[3] 대체로 신석기 후기에서 청동기 중기에 걸쳐 조성된 것으로 추정되는데, 면 쪼기 기법을 사용한 집단에서 선 쪼기 기법을 사용한 집단으로 거주민이 교체되었음에도 불구하고 생산 방식은 동일하게 수렵 어로 생활을 하던 고대인들의 생활상이 조각되어 있다.[4] 동물은 호랑이를 비롯하여 멧돼지, 사슴, 토끼, 족제비, 들소와 같은 육지 동물, 각종 고래들과 거북이, 물개와 같은 바다 동물이 그려져 있고, 그물로 산짐승을 잡는 장면과 큰 배를 타고 작살로 고래 사냥 하는 장면도 그려져 있다. 그리고 사람 그림은 나팔을 부는 사람, 남근을 드러낸 채 두 다리를 굽히고 두 손을 얼굴 가까이 올린 사람, 벌거벗은 남녀 옆에 양 다리를 옆으로 째고 앉아 양 팔을 좌우로 벌리고 다섯 손가락을 활짝 편 무당, 몸뚱이는 없는 세모꼴 얼굴 등이 조각되어 있다. 이 그림에 대한 해석도 학자마다 다양하지만, 육지와 바다의 동물과 이를 사냥하는 그림은 수렵 어로가 안전하고 풍부하게 이루어지길 바라는 유감주술적인 사고의 산물이며, 사람들의 그림은 성공적인 수렵과 어로를 기원하는 사람들이 굿을 하는 장면이라고 보는 것이 원시 신앙과 제의 문화에 합당한 해석이다. 따라서 반구대 암각화는 수렵 어로 시대의 풍요 제의에서 악기의 연주, 나체 무용, 모의적인 성행위, 무당의 춤, 그리고 조상신의 탈춤[5]이 연행된 것을 기록한 것으로 보인다. 만물 정령 사상, 성기 숭배, 주술 신앙, 샤머니즘, 조상 숭배 등과 같은 원시 신앙을 토대로 형성된 풍요 제의 속에서 주술적이고

3 김원, 『자랑스러운 울산을 연다』(중), 처용출판사, 38~39쪽 참조.

4 한국역사민속학회, 『한국의 암각화』, 한길사, 1996, 86~88쪽 참조.

5 박진태, 『한국고전극사』, 민속원, 2009, 40쪽 참조.

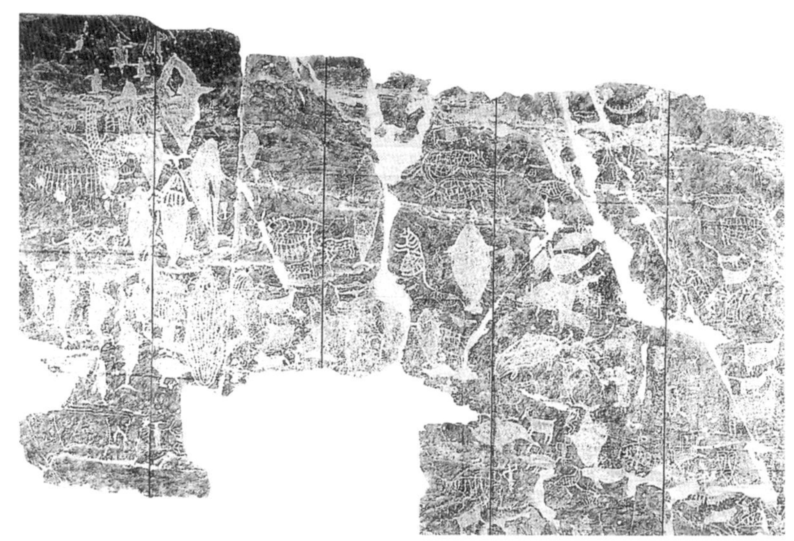

「그림1 : 울산반구대 암각화」

제의적이고 원초적인 음악과 무용과 연극과 같은 공연예술이 발생한 것이다. 이처럼 굿은 공연예술의 모태이며, 이러한 전통이 현대까지 이어지고 있다.

2) 공연예술의 실용적 기원

공연예술의 제의 기원설이 세계적인 통설이라 하더라도 모든 공연예술의 발생을 제의와 관련지어서만 설명할 수는 없다. 현실적이고 실제적인 필요성에 의해서 공연예술이 발생하기도 하였다. 이러한 공연예술의 실용적 기원에 대한 가장 오래된 문헌 기록이 중국의 사서『삼국지』의「한전」에 보인다.

> 그 나라에서는 관가에서 성곽을 축성하면서 용맹하고 강건한 소년들이 모두 등의 가죽에 구멍을 뚫어 굵은 끈으로 꿰고, 한 길 길이의 나

무막대기로 가래질을 하게 시켰다. 온종일 환호(喚呼)하며 힘을 쓰는데, 고통스럽지 않고, 작업을 권장하는 효과가 있고, 또 강건해진다.[6]

이 기록은 마한에서 소년들을 도(徒)라는 조직체로 편성하여 축성 작업을 경쟁적으로 하게 한 사실을 전하고 있다. 노동의 형태는 등짐지기와 가래질이었는데, 온종일 환호하여 노동의 고통을 잊고, 서로 격려하고, 사기를 진작시켰다고 하여 노동요의 가창과 노동요의 효과를 기록하였다.[7] 노동의 고통을 잊고, 서로를 격려하고, 노동의 의욕을 북돋운다는 실용적인 동기에서 노래를 집단적으로 부른 것이다. 이러한 음악은 구지가와 같은 주술적·종교적 동기에서 부른 집단 가요와 발생론적으로 구별된다.

신라에서는 길쌈을 장려하기 위하여 도(徒)라는 조직체를 편성하여 활용하였는데, 노동요와는 다른 노래를 생성시켰다.

왕이 이미 6부를 정한 후 이를 다시 두 부로 나누어 왕녀 두 사람으로 하여금 각각 부 안의 여자들을 거느리어 편을 짜고 패를 나누어 7월 16일부터 날마다 일찍이 대부의 마당에 모이어 길쌈을 시작하여 을야에 파하게 하고, 8월 15일에 이르러 그 공의 많고 적음을 검사하여 진 편은 술과 음식을 장만하여 이긴 편에 사례하게 하였는데, 이에 노래와 춤과 온갖 유희가 생겼으니, 이를 가배(嘉俳)라 한다. 이때 진 편의 한 여자가 일어나 춤추며 탄식하길 "회소(會蘇)! 회소!"라 하여 그 음조가 슬프고 아름다워서 후인이 그 소리로 인하여 노래를 지어 이름을 「회소곡」이라 하였다.(『삼국사기』 「신라본기」 '유리니사금')

6 전해종, 『동이전의 문헌적 연구』, 일조각, 1982, 33쪽.

7 주보돈, 「6세기 신라 금석문에 보이는 역역(力役) 동원」, 『제1회 학술세미나 발표논문집』, 민족음악연구소, 2003, 16쪽 참조.

유리왕이 산업 진흥책으로 6부(양부, 사량부, 점량부, 본피부, 한기부, 습비부)의 여자들을 두 개의 도로 조직하여 길쌈내기를 하도록 하였는데, 그때의 여흥으로 춤을 추고 노래를 불렀다고 하여, 노동요와는 다른 기능의 공연예술의 생성 원리를 시사한다. 패자가 승자 앞에서 분하고 슬픈 감정을 '회소'라는 탄식조의 감탄사로 표현한 것이 가사가 첨가되고 곡조가 정제되어 「회소곡」이 되었다는 것이다. 이처럼 인간의 감정을 표현하여 정서적 공감대를 형성하려는 목적에서 창작된 가요는 욕망을 달성하려는 주가나 신에게 기원하는 신앙적인 가요는 물론이고 노동의 생산성을 제고하려는 노동요와도 구별되는 비기능적이고 오락적인 가요이다. 감정의 표출과 순화라는 실용적 목적에서 창조되는 음악인 것이다. 이러한 현상은 비단 음악에만 국한되지는 않았을 것이다. 무용과 연극도 마찬가지로 주원(呪願)이나 신앙심과 무관한 실용적 동기에서 발생하기도 하였다.

2. 한국 공연예술사의 시대 구분

한국 공연예술사를 서술함에 있어서 사관(史觀)과 시대 구분이 중요한데, 실증적 관점에서 한국 공연예술사의 시대 구분을 다음과 같이 한다.

제1기: 선사 시대~고려 시대(선사 시대 - 삼국 시대 - 통일 신라 시대 - 고려 시대)
제2기: 조선 시대(조선 전기 - 조선 후기)
제3기: 근대(개항기 - 일제 강점기)
제4기: 현대(1945년 이후)

이러한 시대 구분법은 국사학[8]에서 '고대 사회(고려 시대 이전) - 중세 사회(고려 시대) - 근세 사회(조선 시대) - 근대 사회(대원군 시대부터 해방 이전) -

현대 사회(해방 이후)'로 구분하는 것에 근거하고 있다. 물론 이러한 시대 구분법은 공연예술 양식을 기준으로 하지 않고 "한국사의 흐름을 사회 발전이라는 하나의 시각에서 서술한 통사(通史)"[9]의 시대 구분법이라는 문제점이 있다. 그렇지만 한국의 역사적 변천 과정에 따라 공연예술의 사적 전개 과정을 기술하는 것도 가능하다고 본다.

첫째 시기는 '원시 사회 - 고대 사회 - 중세 사회'를 아우른다. 타제 석기를 사용하며 수렵 채취 생활을 하고 평등한 군사회(群社會)를 이룬 구석기 시대, 마제 석기를 사용하며 빗살무늬 토기를 제작하고 씨족 공동체를 토대로 부족 사회를 이룬 신석기 시대, 무문 토기를 사용하며 비파형 동검을 제작하고 계급이 분화한 군장 사회를 이룬 청동기 시대가 선사 시대, 곧 원시 사회의 시기이다. 다음 시기인 고대 사회는 철기를 사용하고 군장 사회가 확대된 초기 국가에서 군신 관계의 정치 체제로 조직화된 고대 국가(고구려, 백제, 신라)로 발전한 시기로 왕권의 강화를 위하여 토착 신앙을 대신할 불교를 수용하고 중앙 귀족도 이에 순응하였다. 그러나 지방의 호족 세력이 중앙 지배 세력의 교종 대신 선종을 선택하고 유교적인 정치 이념을 채용하여 고려를 건국함에 따라 중세 사회로 접어들었다. 고려 시대는 중앙 집권화 정책에 의하여 호족이 관료화되어 문벌 귀족을 형성하였으나, 이를 무신 세력이 극복하고, 몽고 간섭기에 권문세족이 지배 세력으로 교체되었다. 이 시기에는 신라의 불교와 토착 신앙이 융합된 팔관회와 불교 축제인 연등회가 계승되었지만, 한화(漢化) 정책을 실시하여 중국의 과거 제도와 예악 사상(대성악, 아악)도 본격적으로 수용하였다.

중세 사회에서 둘째 시기인 근세 사회로의 전환은 신흥 사대부가 이성계 세력과 결탁하여 고려를 멸망시키고 조선을 건국하고 도읍을 개경에서 한양으로 천도함으로써 이루어졌다. 그리하여 신라가 고구려 · 백제 ·

8 변태섭, 『한국사통론』, 삼양사, 1986.
9 위의 책, 3쪽.

가야의 문화를 서라벌 문화로 흡수 통합하고, 이를 고려가 개경과 서경의 문화로 계승한 것을, 조선에서 비록 취사선택을 하였지만 한양이 문화적 계승의 정통성을 확보하면서 새로운 유교 문화를 창조하는 중심지가 되었다. 이러한 문화적 변화만이 아니라 성리학을 사상적 토대로 양반 관료 사회를 형성하고, 사농공상의 신분제를 확립하고, 한글 창제로 문화적 자주 정신을 발휘한 점에서 정치 · 경제 · 사회 · 사상 면에서 획기적인 전환이 이루어졌다. 그러나 조선 후기에는 주자학적 지배 체제가 동요하면서 실학이 대두하고, 상공업이 발달하고, 신분제가 붕괴하고, 천주교가 전래하고, 동학 혁명이 발생하였는데, 중인과 서민이 사회경제적 성장을 토대로 문화적 · 예술적 활동을 활발하게 하는 변화가 일어났다.

셋째 시기인 근대로의 진입은 개항으로 촉발되었다. 물론 조선 후기에 근대화를 지향하는 여러 가지 변화가 일어났지만, 내재적이고 자율적으로 근대화가 이루어지지 못하고 일본의 강압에 의하여 개항이 이루어졌고, 개화 과정에서도 외세의 영향이 크게 작용하였다. 그리하여 개화파와 보수파의 갈등과 투쟁이 격렬하였고, 더군다나 일본과 제국주의 열강의 침략에 저항해야 했기 때문에 근대사가 제국주의의 침략사이고 민족의 항쟁사가 되었다. 이러한 근대사이기에 숙명적으로 식민주의의 침투가 불가피하였고 근대화가 왜곡 · 굴절되었다.

넷째 시기인 현대는 일본 식민주의를 청산하고 대한민국 임시 정부의 정통성을 계승하여 민주주의 국가를 건설해야 함에도 불구하고, 연합국의 승리에 의하여 해방된 측면 때문에 국토가 분단되고, 이데올로기적으로 자유민주주의 · 자본주의와 사회주의 · 공산주의로 분열되어 6 · 25 전쟁이라는 동족상잔을 겪게 되었으며, 남북 분단이 고착된 상태에서 좌우익의 갈등과 민족진영의 내부 분열의 상처를 안은 채 이승만 정권의 독재 정치, 4 · 19 민주 혁명, 5 · 16 군사 혁명, 10월 유신, 광주 민주화 운동 등과 같은 정치 사회적 사건이 연속되는 과정을 거치면서 산업화와 민주화를 이룩하였다. 그리고 산업화와 민주화 과정에서 보수와 진보의 대립과 갈등 현상이 사회 전반에 걸쳐 나타났으며, 21세기를 맞이해서는 세계화·지방화·정보화의 시대를 열어가고 있다.

이와 같이 한국사의 전개 과정에서 내재적 요인과 외재적 요인이 때로는 충돌하기도 하고, 때로는 상승 작용을 일으키기도 하였으며, 내부 분화를 일으킨 뒤 교체·극복하거나 변증법적으로 통합하면서 신을 위한 시대에서 왕과 귀족을 위한 시대를 거쳐 국민의, 국민에 의한, 국민을 위한 시대로 발전하여 왔으며, 이에 상응하여 문화와 예술도 변모해왔다.

3. 공연예술사의 전개(제1기)

1) 삼국 시대 이전의 공연예술

한반도에서 발굴된 구석기 유물에 의하면 약 60만 년 전인 전기 구석기 시대부터 인류가 살았던 것으로 추정된다. 이동하면서 사냥을 주로 하며 공동체적 군사회(群社會; Bands)를 이루었는데, 움막집 정면에 개 모양의 석상(石像)을 세웠고, 고래와 멧돼지 등을 조각하였으며, 자갈에 사람이나 새, 사슴과 같은 동물들을 선각(線刻)하여 주술 신앙을 보인다. 그러나 한반도에 정착하기 시작한 것은 신석기 시대로 보는 것이 통설이다. 신석기 시대는 B.C. 6,000년경부터 시작되었고, 즐문토기를 사용하며 강가나 바닷가에서 어로 생활을 하던 고아시아족과 북중국의 채도(彩陶) 문화와 농경문화를 수반하고 들어온 퉁구스족이 융합하여 한민족 형성의 모체가 되었다. 정착하여 씨족을 단위로 한 부족 사회(Tribes)를 이루고 농경 생활을 하였는데, 만물 정령 신앙, 태양 숭배, 영혼 불멸 사상, 샤머니즘, 토테미즘을 믿었다. 그리하여 흙, 돌, 뼈, 뿔 등으로 사람, 말, 뱀 등을 조각하고, 조개껍질로 사람 가면을 만들었다. 그리고 울산 반구대나 천전리의 암각화처럼 사람, 육지 동물, 바다 동물, 기하학적 문양 등을 조각하여 사냥과 어로의 장면, 무당이 굿하는 장면, 음악과 무용을 공연하는 장면 등의 기록화를 남겼다. B.C. 10세기경에 청동기 시대가 시작되었는데, 알타이족 계통의 예맥족(濊貊族)이 비파형 동검과 무문토기와 지석묘 묘제(墓制)를 가지고 이주해 와서 야산이나 구릉 지대에 거주하며 본격적인 농경 사회를 이루었다. 그리고 계급 분화가 일어나 정복적인 영토 국가인 초기 국가로 넘어가는 중간 단계인 군장 사회를 이룩하였으니, 옥저, 동예, 삼한(마한, 진한, 변한)이 군장 사회였으며, 고조선과 부여와 고구려도 이러한 군장 사회의 단계를 거쳐 초기 국가로 발전하였다.[10]

비록 중국의 역사서이지만 『후한서』와 『삼국지』가 바로 이와 같은 군장 사회와 초기 국가 단계의 제도와 풍속을 기록하여 전한다. 공연예술과 관련된 기록들은 다음과 같다.

○ 은력(殷曆)으로 정월에 하늘에 제사지내는 국중대회가 있는데, 연일 술을 마시고 노래 부르고 춤을 추었으며 영고(迎鼓)라고 불렀다. 이 때는 형옥(刑獄)을 중단하고 감금된 죄수를 석방하였다.(부여)

○ 전쟁을 할 때에도 역시 하늘에 제사를 지냈는데, 소를 죽여 발굽을 보아 길흉을 점쳤다. 발굽이 갈라지면 흉조이고 합쳐지면 길조로 여겼다.(부여)

○ 옛 부여 풍속에 홍수나 가뭄이 심하여 오곡이 익지 않으면, 왕에게 허물을 돌려 교체하거나 죽였다.(부여)

○ 10월에 하늘에 제사를 지내는 국중대회를 동맹(東盟)이라 하였다.(고구려)

○ 그 나라 동쪽에 큰 굴이 있는데, 수혈(隧穴)이라 불렀다. 10월 국중대회 때 굴신을 맞이하여 나라 동쪽에 돌아와서 제사를 지냈는데, 신의 자리에 신목(神木)을 안치하였다.(고구려)

---

10 변태섭, 『한국사통론』, 삼영사, 1986, 24~46쪽 참조.

○ 해마다 10월이 되면 하늘에 제사를 지냈는데, 낮이나 밤이나 술을 마시고 노래를 부르고 춤을 추었으며, 무천(儛天)이라 불렀다. 또 호랑이에게 제사를 지내어 신으로 섬겼다.(동예)

○ 해마다 5월에 씨뿌리기를 마치면 귀신에게 제사를 지냈는데, 무리지어서 노래를 부르고 춤을 추며 술을 마시기를 낮이나 밤이나 쉬지 않고 하였다. 그 춤은 수십 명의 사람들이 함께 일어서서 서로 따르면서 몸을 낮게 구부렸다가 일으키며 땅을 밟고, 손과 발을 서로 호응하게 하였는데, 반주 음악이 절도가 있어서 중국의 탁무와 흡사하다. 10월에 농사를 다 마치면 역시 이와 같이 하였다.(마한)

○ 귀신을 믿어 나라의 도읍마다 한 사람이 있어서 하늘의 신에 대한 제사를 주재하였는데, 천군(天君)이라 불렀다.(마한)

○ 또 모든 나라에 별읍(別邑)이 있는데, 소도라고 불렀다. 큰 나무를 세우고 방울과 북을 매달고 귀신을 섬겼다. 도망자가 그 안으로 들어가도 끌어내지 못하므로 도적이 좋아하였다.(마한)

○ 귀신에게 제사를 지내는 것이 진한과 다른데, 부엌을 집의 서쪽에 만든다.(변한)

풍요 다산과 공동체의 안전을 위해서 제사를 지냈는데, 신은 하늘의 신, 굴의 신, 땅의 신, 부엌의 신(조왕신), 호랑이신 등이 있었고, 신체(神體)는 나무, 북, 방울 등이 있었다. 부여에서는 소를 제물로 바쳤으며, 마한에는 소도라는 신성 장소가 있었다. 마한에서는 무당을 천군이라 불렀는데, 이는 고조선에서 무당을 단군이라 부른 것과 대응된다. 그리고 고대 제의의 형태와 관련해서는 동굴에서 굴신을 맞이하거나 솟대에서 천신을 강신시키거나 줄을 지어 땅을 밟았다. 물론 술을 마셔 황홀경에 들어가고 집단 가무를 연행하였는데, 그 춤과 노래는 주원적(呪願的)인 성격을 띠었을 것이다. 광주시 신창동 저습지의 유적지에서 발굴된 현악기(77.2cm 길이)는 B.C. 1세기경 마한 시대에 타악기(북)만이 아니라 현악기도 존재하여 선율 음악도 발달한 사실을 알려준다.

한편 신석기 시대에서 청동기 시대에 걸쳐 제작된 것으로 보이는 울산 반구대의 암각화에는 나팔 부는 사람, 남근을 드러내고 춤을 추는 사람, 앉아서 춤을 추는 무당과 함께 세모꼴의 얼굴가면이 조각되어 있어서 수렵 어로와 관련된 고대 제의에서 가면무용이 연행되었을 개연성이 크다. 반구대 인근의 천전리 암각화에는 여근 상징의 문양들과 함께 네모꼴의 얼굴가면이 조각되어 있어서 농경의례와 관련된 탈춤이 연행되었던 것으로 보인다. 이처럼 한국 공연예술의 원천이라 할 수 있는 주술·종교적이고 원초적인 무용과 음악과 연극이 원시 종합예술 형태로 선사 시대에 이미 형성되었다.

2) 삼국 시대의 공연예술

고구려는 B.C. 1세기경에 압록강 중류 동가강 유역, 곧 현재의 통구 지역에서 초기 국가 형태로 건국되어 부여를 멸망시키고, 중국과 대결하고, 남하 정책을 쓰고, 말갈족과 거란족을 복속시키면서 영토를 확장하고, 국내성에서 평양으로 천도하는(427년) 과정을 거치면서 족제적인 군장 사회의 제도를 청산하고 왕위 세습제와 중앙 집권제를 확립한 고대 국가로 발전하여 중국의 수·당과 자웅을 겨루는 동북아시아의 대국으로 부상하였으나, 신라와 연합한 당에 의하여 668년에 멸망하였다. 문화적인 측면에서는 고조선 문화와 낙랑 문화를 계승하고, 중국의 중원 문화와 남방 문화만이 아니라 북방의 유목 문화와 인도 문화 및 서역 문화를 흡수하여 토착 문화와 외래 문화가 융합된 독자적인 문화를 창조하였다. 곧 한민족 고유의 천신 신앙에 근거한 동맹제(東盟祭)를 국중행사로 거행하면서도 불교를 수용하여 사상적 통일을 도모하고, 태학을 건립하여 유교적 통치 질서를 수립하였다. 또한 중국의 벽화 고분 문화와 전통적인 계세적(繼世的) 세계관을 결합시켰고, 중국과 서역과 심지어 인도의 음악과 무용과 연희와 연극을 수용하여 공연문화예술의 꽃을 피웠다.

이를테면 왕산악이 진나라의 칠현금을 개조하여 육현의 거문고를 만들고, 고분 벽화에 중국 악기 완함과 서역 악기 배소가 보인다. 중국 문헌과 고구려 고분 벽화에 보이는 악기는 거문고, 쟁(箏), 공후, 비파, 완함, 생황, 횡적, 퉁소, 피리, 대각(大角), 북, 철판 등이 있다. 『고려사』의 악지에 의하면 고구려의 민간 음악 가운데 내원성, 연양, 명주 등 세 편의 민요가 고려의 향악 정재에 수용되어 불려졌다. 고구려에는 제례 음악, 연향 음악, 행렬 음악만이 아니라 장례 음악도 발달하였다. 한편 연극으로는 서역 계통의 산악 백희에 탈놀이가 포함되어 있었고, 인형극이 있었다. 무용은 무용총을 비롯한 고분 벽화에 독무, 쌍무, 군무, 탈춤, 북춤, 칼춤, 창춤 등이 그려져 있다. 이러한 고구려의 공연예술은 수와 당만이 아니라 일본에도 전해져 삼국 중에서 가장 국제성이 농후하다.

백제(百濟)는 고구려 주몽의 아들 온조 일행이 남하하여 한강 유역의 군장 사회인 백제국(伯濟國)을 정복하여 위례성에 도읍을 정하고 마한 지역을 통합하여 고대 국가로 성장하였으나, 고구려의 남진 정책으로 웅진(현 공주)을 거쳐 사비(현 부여)로 천도하였는데, 신라의 서진 정책으로 한강 유역을 빼앗긴 뒤 국운이 기울어 663년에 멸망하였다. 정치적으로는 부여·고구려계 유이민이 지배 계급이 되고, 한강 유역과 마한 지역의 선주민이 피지배 계급이 되었는데, 이는 문화적으로 북방의 유목 문화적 천신 신앙과 남방의 농경 문화적 용신 신앙의 결합을 의미한다. 여기에 384년(침류왕 1년)에 동진으로부터 불교를 수용하여 토착신앙 시대에서 불교 시대로 이행하였으며, 주로 중국 남조 문화의 영향을 받게 되어 북조 문화와 서역 문화의 영향을 주로 받은 고구려와 대조적인 모습을 보인다.[11]

일례로 238년(고이왕 5년)에 고취(鼓吹)를 사용하여 천지에 제사를 지냈는데, 고각(鼓角)은 고구려 악기이고, 『수서』의 「동이전」과 『북사』의 「백

11 변태섭, 앞의 책, 63쪽과 72~73쪽과 81~82쪽과 89~90쪽 참조.

제전」에 나타나는 백제의 악기 고(鼓), 각(角), 공후(箜篌), 쟁(箏), 우(竽), 호(箎), 적(笛) 중의 고각도 고구려 문화를 상징하는 악기이지만, 나머지는 모두 중국 남조 음악을 대표하는 청상악(淸商樂)의 악기들이다. 그리고 백제 대향로도 북조에 속하는 북위의 향로 양식을 채택하였지만, 서역 악기인 배소와 피리를 부는 악사가 남방계의 북과 가야금으로 추정되는 현금을 연주하는 악사들과 함께 조각되어 있어서 남조만이 아니라 북조와의 문화 교류도 확인된다. 또한 계서명아미타불비상(癸酉銘阿彌陀佛碑像)에는 요고(腰鼓), 피리, 현악기, 횡적(橫笛), 곡경(曲頸)비파, 배소(排簫), 생황을 연주하는 악사들이 조각되어 있어서 중국 악기(생황)와 서역 악기(배소, 곡경비파, 횡적)와 인도 악기(요고)가 종합되어 있다. 그런가 하면 『일본서기(日本書紀)』에 의하면 귀신이 오금(吳琴)을 일본에 전하였고, 미마지는 불교 무용극 기악을 오나라에서 배워 일본에 전해주었다. 또 『일본후기(日本後紀)』에 의하면 백제의 악기(횡적, 공후, 막목)와 춤이 일본에 전해졌다. 그리고 정창원에는 백제 의자왕이 보낸 관악기 척팔(尺八)이 소장되어 있다.

이처럼 백제는 지리적 조건 때문에 중국의 남조 문화를 수용하면서 북조 문화 및 대륙의 북방 문화와 인도·서역의 불교문화를 두루 수용하여 토착 문화와 융합시켰고, 나아가선 일본에 전파시키는 가교 역할을 하였다. 한편 『고려사』의 악지에 의하면 백제의 민간 음악 가운데 선운산, 무등산, 방등산, 정읍, 지리산 등 다섯 편의 민요가 고려 시대에 향악 정재로 수용되어 전승되었다.

신라는 사로국(경주)으로 출발하여 진한 지역을 통일하고 변한 지역의 6가야를 통합한 뒤 고구려·백제와 경쟁하면서 당나라와 동맹하여 삼국통일을 이룩하였다. 그리하여 663년에 백제를, 668년에 고구려를 멸망시키고 삼국을 통일한 시기를 경계로 하면, 통일 신라는 문무왕(661~681년) 때부터 시작된다. 그러나 신라사의 시대 구분은 『삼국사기』에서는 3대로 구분하여 박혁거세로부터 진덕왕까지를 상대로, 무열왕부터 혜공왕까지를 중대로, 선덕왕부터 경순왕까지를 하대로 불렀다. 왕통의 변화를 중시한 구분법으로 박·석·김 세 성골이 왕통을 번갈아 이어가던 상대, 김춘추 직계가 왕위를 세습하며 왕권 전제 정치를 강화하던 시기가 중대, 미추왕 계열의 진골이 지배 체제를 구축한 하반기가 하대인 것이다. 그러나 『삼국유사』에서는 불교 사관의 입장에서 상대를 박혁거세부터 지증왕까지를 상고기, 불교를 공인한 법흥왕부터 불교식 왕명이 지속된 진덕왕까지를 중고기, 진골이 왕이 된 문무왕부터를 하고기라 하였다.[12] 이러한 시대 구분법은 통일을 중시하느냐, 왕통을 중시하느냐, 불교적 관점을 취하느냐의 문제인데, 신라의 정치적·사회적·종교적·문화적 변화를 이해하는 데 관건이 된다.

신라의 건국 신화와 골품제를 보면, 일차적으로 선주민 사로국과 북방 기마 민족 박혁거세 세력이 결합되었고, 여기에 이차적으로 남방 해양 세력인 석탈해 세력이, 삼차적으로 북방 유목민(흉노족) 김알지 세력이 결합되었다. 민족 융합이 적어도 세 차례에 걸쳐 일어났던 것이다. 그리고 이러한 과정을 거치면서 북방 유목 문화와 남방 농경문화가 융합되었다. 그런데 신라의 문화 융합은 불교가 527년(법흥왕 14년)에 이차돈의 순교를 계기로 공인됨에 따라 샤머니즘적인 토착 문화와 불교문화 사이에서 대융합이 이루어졌다. 거기에 승려의 유학과 고구려·백제를 견제하기 위한 외교 정책으로 세계성을 띤 당나라 문화가 대대적으로 유입되었다.

『삼국사기』의 「악지」에 의하면, 신라에는 회악, 신열악, 돌아악, 지아악, 사내악, 가무(笳舞), 우식악, 대악(碓樂), 간인(竿引), 미지악, 도령가, 날현인(捺絃引), 사내기물악과 같은 궁중 음악과 내지, 백실, 덕사내, 석남사내, 사중(祀中)과 같은 지방 음악이 있었다. 궁중 음악은 금척(琴尺), 무척(舞尺), 가척(歌尺)이 공연하였다고 하여 음악(기악, 성악)과 무용이 혼합된 가무악 형태였으며, 악공을 관장하는 음악 기관이 설치된 사실을 알 수 있다. 왕립 음악 기관의 설립 시기는 불확실한데, 음성서(音聲署)가 651년

12 박진태 외, 『삼국유사의 종합적 연구』, 박이정, 2002, 196~197쪽 참조.

(진덕왕 5년)의 기록에 처음 나타난다. 이처럼 신라의 음악은 토착적인 음악 중심으로 발전하다가 진흥왕(540~576년) 때 가야국의 우륵에 의하여 가야금이 전래됨에 따라 풍부해졌다. 우륵은 원래 12곡을 지었는데, 그 가운데 11곡이 신라의 주지, 계고, 만덕에게 전수되었다. 그러나 세 사람은 11곡이 번잡하고 음란하여 아정(雅正)하지 못하다고 비판하고 5곡으로 압축하여 우륵한테서 '즐겁되 방탕하지 않고 슬프되 비통하지 않다'라는 호평을 들었다. 그리고 진흥왕도 망국의 음악이라는 신하들의 반대에도 불구하고 신라의 대악(大樂)으로 삼았다.

문무왕은 660년에 웅진에 주둔한 당군 진영에 사람을 보내 당악을 전수받게 하였는데, 역으로 수와 당에 신라 음악이 전해지기도 하였다. 일본에는 『일본서기』에 기록되어 있듯이 453년에 일본 천황의 장례식에 신라왕이 음악인 80명을 파견한 것을 필두로 여러 차례 악사와 악생들을 파견하였다. 신라의 악기로는 가야금의 유입 이전에 변진의 슬(瑟)을 계승한 현악기가 있었고, 당비파와 구별되는 향비파가 있었고, 가(笳)라는 관악기도 있었듯이 고구려와 백제에 비하여 토착적인 음악 전통을 가장 많이 간직하였다. 한편 민간 음악으로 서동요, 혜성가, 풍요와 같은 향가가 불렸다.

무용과 연극으로는 황창 가면 검무, 무애 인형 가무, 사자춤이 있었는데, 황창탈춤은 자생적인 연극이고, 나머지는 서역 계통이다. 이처럼 신라는 토착적인 공연예술을 바탕으로 가야·중국·서역의 공연예술을 수용하여 발달시켰다.

3) 통일 신라 시대의 공연예술

신라는 한반도의 동남부에 위치하여 대륙 및 일본과의 교류에 있어서 지리적으로 가장 불리한 조건이었기 때문에 삼국 중에서 가장 후진 국가였으나, 특히 가야의 병합, 화랑 제도라는 인재 양성 제도, 한강 유역 점유와 당과의 직접 교역, 고구려·백제·일본의 동맹 관계에 맞서는 나당 연합군의 결성 등으로 백제(663년)와 고구려(668년)를 차례로 멸망시키고 대동강 이남의 지역을 통일할 수 있었다. 그렇지만 북방에서 고구려 유민이 발해를 건국함에 따라 남북조 시대가 되었다.

신라는 김춘추 직계가 삼국 통일을 계기로 왕위 세습제를 확립함에 따라 성골이 지배하던 상대에서 중대로 전환이 이루어졌는데, 중앙의 정치 기구와 군제를 정비하고, 9주 5소경의 지방 제도를 조직하고, 심지어 중국화 정책을 추진하면서 왕권 전제 정치를 실시하였다. 그러나 중대의 이러한 정치적 안정을 담보하던 김춘추 세력과 김유신 세력의 연합 체제에 균열이 생기고, 진골들의 반발도 극렬해져 마침내 혜공왕을 마지막으로 중대가 끝났다. 그리고 하대로 접어들었는데, 왕권의 불안정, 골품 제도의 붕괴, 지방 세력(호족, 농민)의 대두로 인하여 정치 사회적으로 혼란해지고, 선종의 등장과 유교 사상의 확산으로 인하여 종교적·사상적으로도 복잡해진 결과 마침내 후삼국으로 분열되고 935년에 멸망하였다.

신라의 삼국 통일은 비록 불완전한 통일이었지만 신라와 가야와 백제 및 고구려의 일부를 통합함으로써 영토와 민족과 함께 문화의 대통합이 이루어졌다는 점에 그 역사적 의의가 있다. 다시 말해서 삼국 통일의 문화사적 의의는 가야 문화, 백제 문화, 고구려 문화를 집대성하여 한반도를 무대로 한 민족 문화의 근간이 되는 문화 유형을 수립한 데 있다.

그러나 이러한 모든 통합은 신라화 정책에 의하여 신라 위주로 이루어졌다. 고구려에서 전래한 거문고와 가야에서 전래된 가야금과 중국에서 전래한 향비파를 통합하여 삼현(三絃)이라 하고, 고구려의 횡적을 수용하여 만파식적 제작을 계기로 삼죽(三竹; 대금,중금,소금) 체계를 수립하였다. 가야금은 가야의 우륵에 의하여 신라에 전수되었는데, 음조에는 하림조와 눈죽조가 있고, 185곡이었다. 거문고는 신라의 옥보고가 지리산 운상원에서 전수받았는데, 악조에 평조와 우조가 있고, 187곡이었다. 비파는 악조가 궁조, 칠현조, 봉황조가 있고, 212곡이었다. 삼죽은 당적(唐笛)의 모방이라기보다는 당적을 참고하여 이미 있었던 향삼죽을 개량한 것으로 보이며, 그러한 전환점이 만파식적일 것이다. 삼죽의 악조에는 평조, 황종조, 이아조, 월조, 반섭조, 출조, 준조 등 7종이 있었는데, 일부가 당의 악조와 명칭이 동일하므로 당의 영향을 받았음이 분명하다. 범종(梵鐘)에 보이는 악기는 생황, 종적(縱笛), 횡적, 배소, 수공후, 현악기, 4현 곡경비파, 비파, 요고 등으로 서역의 악기들이 불교음악과 함께 전래되었다. 불교음악으로는 이러한 관현악 이외에 원효의 무애가, 진감선사가 9세기 초엽에 당에서 도입한 범패가 있었다.

음악 기관으로는 통일 이전에 이미 설립되었던 음성서(音聲署)가 예부에 속해 있었는데, 경덕왕 때 잠시 대학감(大樂監)으로 개칭되었다가 혜공왕 때 다시 음성서로 바뀌었다. 공연 형태는 금척(琴尺)과 무척(舞尺)과 가척(歌尺)이 공연하는 가무악이거나 금척(또는 가척; 笳尺)과 무척이 공연하는 악무가 있었다. 당나라 음악을 당악이라 하고, 신라의 음악을 향악이라 하여 구분하였는데, 최치원의 「향악잡영」에는 서역에서 전래한 연희와 가면극 5종이 기록되어 있는데, 이들 공연예술이 이미 토착화되었기 때문에 향악의 범주로 분류한 것 같다. 한편 민간 음악으로는 「동경」, 「목주」, 「여나산」, 「장한성」과 같은 민요와 「원왕생가」, 「모죽지랑가」, 「헌화가」, 「원가」, 「도솔가」, 「제망매가」, 「찬기파랑가」, 「안민가」, 「천수대비가」, 「우적가」, 「처용가」와 같은 향가가 있었다. 그리고 통일신라시대의 음악이 일본에 전래한 사실이 『일본서기』, 『속일본기』, 『문덕실록』 등에 기록되어 있다.

무용과 연극으로는 토착적이고 무속적인 제의를 토대로 처용 가면무와 산신 가면무 같은 무용극이 성립하고, 오기(五伎)와 같은 서역에서 전래된 가면 무용극이 신라화하였다. 요컨대 통일 신라 공연예술은 향토색 진한 전통 공연예술 위에 외래 공연예술을 자주적으로 수용함으로써 융합성과 개신성과 체계성 등과 같은 특성을 지녔다.

4) 고려 시대의 공연예술

고려는 개성 지방의 호족이면서 해양 활동을 통하여 세력을 키운 왕건이 태봉(후고구려)의 궁예를 축출하고 918년에 건국하였는데, 935년에 신라를, 936년에 후백제를 병합하여 후삼국을 통일하였다. 건국 초기에 정치 사회적으로는 개국 공신과 지방의 호족 세력을 약화시키기 위하여 광종 때는 과거 제도를, 성종 때는 유교 정책 내지 중국화 정책을 실시하는 등 중앙 집권적 왕권 전제 정치를 추진하였다. 그 결과 귀족 사회가 형성되고, 국자감이나 9재 학당과 같은 교육 기관이 설립되고, 유교 중심의 귀족 문화가 발달하였다. 그러나 이러한 문벌 귀족 세력에 지방 향리 출신의 신진 세력이 도전하게 되고, 무신이 반란을 일으킴에 따라 무신 정권 시대가 열리고, 몽고의 침략으로 원의 간섭을 받게 되자 권문세족이 새로운 지배 세력으로 대두하였다. 그렇지만 무신 정권 시대에 실무 행정 기능을 담당하며 등장한 신흥 사대부가 권문세족과 대립하면서 이성계 세력과 결탁하여 마침내 고려 왕조를 멸망시키고 조선을 건국하였다.

고려는 불교를 국교로 하여 건국되었지만, 유교 정책에 의해 성립된 귀족 사회는 유교를 신봉하였으며, 문벌 귀족을 타도한 무신 세력은 선종 중심의 불교를 선호하였고, 관료적인 권문세족은 반유교적인 성향을 지녔으며, 학문 지향적인 신흥 사대부는 유학 중에서도 성리학을 숭상하였다. 고려는 불교를 지배 이념으로 하였으며, 귀족 사회의 유학자들까지도 불교를 배척하지 않았기 때문에 현실 생활은 유교가, 정신 생활은 불교가 지배하는 병존 현상을 보였다. 고려의 불교는 신라의 5교 9산을 계승하였기 때문에 화엄종 중심의 교종과 9산 선문의 선종의 대립이 심각하였으며, 이를 해결하기 위해서 의천은 교종 중심으로 통합하여 천태종을, 지눌은 선종 중심으로 통합하여 조계종을 성립시켰다.

고려의 음악은 통일 신라의 향악과 당악을 계승하여 발전시키는 한편 12세기 초에 송의 대성악을 새롭게 수용하였는데, 당악도 송의 교방악과 사악(詞樂)을 수용하여 더욱 발전시켰다. 왕립 음악 기관으로 대악서가 10세기 말에, 관현방이 1076년(문종 30년)에, 아악서가 1391년(공양왕 3년)에 설립되었는데, 대악서는 당악의 좌부와 향악의 우부로 나뉘었으며, 관현방은 음악 교육과 연습을 담당하였고, 아악서는 종묘의 악가를 연주하였다. 향악·당악·아악의 세 주류 이외에도 고취악과 기악(伎樂)이 귀족 사회에서 형성되었다. 특히 노래와 춤과 곡예가 혼합된 기악, 곧 가무백희는 팔관회, 연등회, 나례 의식, 궁중 잔치인 연향에서 연행되었다. 팔관회와 연등회는 고려의 양대 국가 제전으로 팔관회는 신라에서 불교 의식과 토착 신앙이 결합된 것이고, 연등회는 중국에서 불교의 연등 행사와 정월 대보름 행사가 결합된 것이다. 이들 모두 신라의 유풍으로 고려가 계승한 것인데, 성종 6년(987년)에 유교 정책으로 폐지되었지만 현종 원년(1010년)에 다시 복구되어 멸망 직전인 1391년까지 지속되었다. 이 연등회와 팔관회가 공연예술의 온상이었다. 제의적인 연극 가상희(假像戲)와 신라 선풍의 유습인 사선악부는 팔관회에서만 연행되었지만, 향악과 당악과 기악은 팔관회와 연등회에서 모두 연행되었다. 구나(驅儺) 의식에서는 탈춤과 인형극이 곡예와 함께 연행되었다.

고려의 향악에는 「진작(정과정)」, 「이상곡」, 「만천춘」, 「서경별곡」, 「한림별곡」, 「쌍화점」, 「북전」, 「동동」, 「정읍사」, 「자하동」, 「사모곡」, 「정석가」, 「청산별곡」, 「유구곡」, 「귀호곡(가시리)」, 「상저가」, 「풍입송」, 「야심사」 등이 있는데, 귀족 사회에서 창작된 것도 있지만 민요가 궁중 음악에 수용된 것도 있다. 「정읍사」는 백제 가요에 속한다. 당악에는 「헌선도」·「오양선」· 「포구락」·「연화대」와 같은 가무악극의 형태도 있지만, 「수연장」·「석노교곡파」·「만년환만」을 비롯한 나머지 44곡은 가악이나 무악 형태가 대부분이다. 송의 교방악(敎坊樂)이 고려에 전래된 시기는 1073년(문종 27년)의 연등회에서 「답사행가무」를, 같은 해의 팔관회에서 「포구락」과 「구장기별기」를 공연하였고, 1077년의 연등회에서 「왕모대가무」를 공연하였다는 『고려사』의 기록으로 보아 관현방의 설치보다 앞서는 것 같다. 교방에 소속된 악공과 여기들에 의하여 음악이 연주되고 가무가 연행되었는데, 고려의 여악(女樂)은 신라의 창기지희(倡妓之戱)를 계승한 것이었다.

고려의 무용은 음악과의 관련성 때문에 향악 정재의 무용(무고, 무애, 동동, 처용무)과 당악 정재의 무용으로 구분되고, 아악의 일부로 일무(佾舞)가 송나라에서 전래하였다. 그리고 교방과 관련해서는 교방무, 기생과 관련해서는 기방무가 성립되었다.

고려의 연극으로는 가면극, 인형극과 함께 가장극이 발달하였다. 가장극은 당악정재 계통의 가무극과 자생적인 조희(調戱)로 구분된다. 당악 정재는 선녀가 왕화를 칭송하는 내용으로서 우아미의 결정체라면, 조희는 골계미를 창출한 점에서 대조적이다. 가상희는 인형극에서 가면극으로 전환하였다고 보는 것이 통설인데, 이처럼 당대에 발생한 탈춤도 있지만, 산신탈춤·처용탈춤·황창탈춤은 신라에서 물려받은 것이다. 이 가운데 처용탈춤과 황창탈춤은 조선에도 계승되었으며, 처용탈춤은 지금도 공연되고 있다. 고려의 처용탈춤은 신라의 8구체 처용가를 장형 극가로 개작하였으며, 조선의 처용탈춤은 오방처용무로 확대되었다. 요컨대 고려는 통일 신라의 공연예술을 계승하는 한편 중국의 공연예술을 수용하여 내용을 풍부하게 하였으며, 이러한 민족성과 국제성이 조화를 이룬 공연예술을 조선에 넘겨주었다. 그렇지만 조선은 성리학을 지배 이념으로 하였기 때문에 고려의 상당수의 공연예술이 단절되거나 굴절·변형되었다.

제2장 서울 공연예술사 서설

1. 서울공연예술의 개념

서울 공연예술사는 서울의 공연예술의 역사이다. 곧 서울 공연예술사는 서울이라는 공간에서 그 거주자들에 의한 공연예술 활동이 어떻게 역사적으로 전개되었는가를 서술하는 것이다. 서울 공연예술에 대한 연구는 이론적 연구와 역사적 연구로 나누어 접근할 수 있겠는데, 이론적 연구는 서울 공연예술학의 수립을 목표로 하겠지만, 여기서는 역사적 연구의 완결판으로 서울 공연예술사의 서술을 목표로 한다. 서울 공연예술사를 서술하기 위해서는 자료의 수집과 분류와 종합적 분석이 필수적이지만, 그러한 작업을 함에 있어서 연구 방법론과 사관의 정립과 시대 구분법이 선결되어야 한다. 사관과 시대 구분에 앞서서 연구 방법론의 일환으로 서울 공연예술의 개념을 규정하고 범위를 설정한다.

서울 공연예술은 서울 지역 거주민의 공연예술을 일컬으므로 서울과 공연예술로 나누어 이해해야 한다. 먼저 서울이란 무엇인가에 대하여 살펴보자. 서울은 현재 대한민국 수도의 명칭이다. 지역 개념이면서 행정 구역의 단위인 것이다. 그러나 서울의 지역사 내지 거주사의 관점에서 보면, 그리 간단한 문제가 아니다. 조선이 건국되면서 서울은 성곽도시로 출발하였지만, 한성(漢城)→경성(京城)→서울로 명칭이 바뀌면서 행정 구역도 확장되어 마침내 백제 위례성의 경역(境域)도 포함함에 따라 현재의 서울은 조선의 도읍지만이 아니라 백제의 도읍지도 의미하게 되었다. 따라서 서울은 지리적·정치적·행정적 개념을 넘어서서 관내의 선사 시대 유적지, 백제의 위례성, 신라의 한양군, 고려의 남경, 조선의 한성, 일제 강점기의 경성, 해방 이후의 서울을 모두 포괄하는 지역적·지역사적 개념이기도 하다. 서울 공연예술은 이러한 확장된 개념으로서의 서울의 공연예술이다.

다음으로 공연예술에 대해 살펴보기로 한다. 공연을 '공연자가 청·관중 앞에서 신체 활동을 연행하는 것'이라고 정의를 내린다면, 신체를 표현 매체로 하는 공연예술은 언어를 표현 매체로 하는 언어예술(문학)이나 물질을 표현 매체로 하는 조형예술(미술)이나 영상을 표현 매체로 하는 영상예술(영화·TV드라마·비디오 아트)과 구별된다. 이처럼 공연예술은 가장 본질적인 속성으로 신체를 표현 매체로 하기 때문에 언어예술, 조형예술, 영상예술보다 더 인간적이다. 신체를 통하여 표현하기 때문에 인간의 정신 활동과 심리 작용 이전에 육체적인 운동과 생리 현상에 근거하며, 따라서 보다 원초적이고 생물적이고 감각적이다. 둘째로 공연예술은 상징적인 형식 속에 개인적·집단적 의미와 가치를 담는다. 그리고 그 형식화에는 기교가 필수적이다. 또한 반복적으로 재생된다. 셋째 공연예술은 연행자와 청·관자가 직접적인 소통을 한다. 종류에 따라서 정도의 차이는 있지만, 물리적 거리에서나 심리적 거리에서나 직접적인 상호 작용이 적극적으로 이루어진다. 넷째로 공연예술은 '그때-그곳'을 '지금-여기'로 현재화하고, 현장화한다. 다섯째로 공연예술은 생활과 공연을 하나로 통합하기도 한다. 생활과 공연이 분리되지 않고 생활 속에서 공연이 이루어짐으로써 생산 활동과 예술 활동이 동시에 이루어지는 것이 가능한 것이다. 여섯째로 공연예술은 단일 매체보다는 복합 매체를 사용하는 경우가 많다. 신체 매체만이 아니라 언어 매체, 물질 매체, 심지어 영상 매체까지 사용할 수 있어서 다른 예술양식보다 더욱 종합적이다.

2. 서울 공연예술의 범위

공연 활동은 음악·무용·연극과 같은 예술을 창조하는 행위도 있지만, 스포츠나 연설처럼 예술적인 행위가 아닌 공연도 있기 때문에 공연문화는 예술적인 공연문화와 비예술적인 공연문화로 양분할 수 있다. 또는 제의, 축제, 종교 의식, 통과 의례, 세시 놀이, 기념행사, 잔치 등과 같은 문화적 공연, 설화의 구연, 민족 서사시의 구송, 소설 낭독, 시 낭송 등과 같은 문학적 공연, 음악, 무용, 연극 등과 같은 공연예술로 구분할 수도 있다.[1] 이 경우에는 예술적 공연문화를 문학적 공연과 공연예술로 다시 양분한 것이다.

그런가 하면 공연문화를 놀이 문화, 이야기 문화, 노래 문화, 말 문화로 구분할 수도 있다.

> 신체 활동만으로 연행되는 스포츠, 곡예, 연희, 무언극, 무용, 악기 연주 등과 같은 놀이 문화, 신체 활동에 서사적인 이야기를 결합시킨 대사극, 만담(漫談), 소설 낭독 등과 같은 이야기 문화, 신체 활동에 노래를 결합시킨 가창(歌唱), 가무(歌舞) 등과 같은 노래 문화, 신체 활동에 말을 결합시킨 연설, 설교, 브리핑 등과 같은 말 문화로 공연문화를 구분할 수 있는 것이다. 이들 네 개의 하위문화는 둘 또는 두 개 이상이 결합하여 보다 복잡한 구조의 공연문화를 생성시키는데, 판소리, 창극(唱劇), 오페라 등은 놀이 문화와 이야기 문화와 노래 문화가 결합한 것이고, 스포츠 중계나 축문을 읽는 제사 및 토크 쇼는 놀이 문화와 말 문화가 결합한 것이다. 그리고 이러한 공연문화는 영상 매체와 결합하여 영상문화를 파생시키기도 하는데, 이 경우의 영상문화는 공연문화의 확장 또는 준(準) 공연문화로 규정할 수 있다.[2]

이처럼 공연예술은 공연문화의 차원에서 접근할 수도 있고, 예술의 차원에서도 접근할 수 있는데, 두 경우 모두 공연예술의 개념과 범위를 규정하는데 폭넓은 시야를 제공해준다. 서울 공연예술사의 서술에 있어서

---

1 김익두, 「민족공연학 연구서설」, 『역사민속학』 제9호, 한국역사민속학회, 1999, 126쪽 참조.
2 박진태, 「공연문화와 국어교육」, 『국어교육』 제126집, 한국어교육학회, 2008, 7~8쪽.

공연예술의 범위는 언어를 제일의적 매체로 간주하는 문학적 공연을 제외하고, 신체를 제일의적 매체로 간주하는 예술적 공연에 한정하는 입장을 취한다. 따라서 서울 공연예술은 서울의 예술적 공연으로 음악, 무용, 연극, 영화를 포괄한다. 영화는 공연자가 관중 앞에서 직접 공연하는 음악·무용·연극과 달리 영상화 단계를 거치기 때문에 영상예술로 범주화할 수 있지만, 직접적 소통의 확장 내지 연장으로 간접적 소통이 이루어진다고 보면 영화나 TV 드라마를 공연예술에 포함시킬 수 있다. 『근대 한국 공연예술사』[3]에서도 영화를 공연예술의 범주에 포함시켰다.

음악은 신체나 악기를 사용하여 소리의 고저장단과 강약에 변화를 일으킴으로써 감정을 표현하는 예술이고, 무용은 신체적 율동미를 창조하는 예술이고, 연극은 신체나 도구(가면, 인형)를 이용하여 인격 전환을 일으키는 예술인데, 이러한 구분법은 대체로 20세기부터이고, 그 이전에는 아시아적 전통으로 오랫동안 선사 시대의 원시 종합예술 형태와 유사한 종합예술의 형태를 유지해왔다. 다시 말해서 가(歌)와 무(舞)와 악(樂)과 극(劇)과 희(戱)가 단독인 경우도 있지마는, 둘 또는 그 이상이 결합되어 있다. 그리하여 연극의 경우 가면극이나 인형극과 같은 협의의 연극으로 접근하지 않고 가무희나 연희나 공연문화의 개념으로 접근하기도 하였다.[4] 그렇지만 현재적 관점에서 체계적인 서술을 하기 위해서는 현대적 예술 장르 구분법에 의존하는 것이 합리적이다. 그리하여 서울 지역의 공연예술을 조선 시대까지는 음악, 무용, 연극으로, 근·현대기는 음악, 무용, 연극, 영화로 구분하여 서술한다.

---

3 단국대학교 공연예술연구소 편, 『근대한국공연예술사』(자료집1:개화기~1910년), 단국대학교출판부, 1984. 연극(연주·연희·음악)과 영화(활동사진·환등)와 무용에 관한 자료를 집대성하였다.

4 김학주, 『중국고대의 가무희』, 민음사, 1994.
윤광봉, 『한국의 연희』, 반도출판사, 1992.
사진실, 『공연문화의 전통』, 태학사, 2002.
전경욱, 『한국의 전통연희』, 학고재, 2004.

3. 서울 공연예술사의 전개

1) 서울 공연예술사의 시대 구분

서울 공연예술사는 서울의 역사의 일부이므로 서울 지역의 선사 시대에서 출발하여 백제 시대(위례성과 한성) - 신라 시대(한양군) - 고려 시대(남경) - 조선 시대(한성) - 일제 강점기(경성)를 거쳐 현재에 이르기까지의 공연예술의 역사가 된다. 그러나 조선 시대 이전은 문헌 기록이 빈약하여 공연예술의 양상을 파악하기 어렵다. 다만 온조왕이 원년(B.C. 18) 여름 5월에 동명왕묘(東明王廟)를 세웠고, 후대의 왕들도 웅진으로 천도할 때까지 제사를 지냈다는 『삼국사기』의 기록[5]이나 풍납 토성 경당 지구 9호 제사 유적과 같은 고고학적 자료가 제사와 관련된 공연예술의 존재를 시사할 따름이다. 백제 이전의 기층문화에 관한 고고학적 자료도 한강 유역에서는 발굴되지 않았다. 한양군 시대나 남경 시대도 사정은 비슷하다. 그리하여 조선 시대 이전의 서울 공연예술사는 우회적인 방법으로 접근할 수밖에 없다. 고구려, 백제, 가야의 공연예술이 신라에 통합되고, 고려의 건국에 의하여 신라의 공연예술이 서라벌에서 개경으로 이동하고, 이것이 조선의 건국과 천도에 의하여 한양으로 이동하였기 때문에 조선시대 이전은 공간적 개념이 아니라 시간적 개념으로 접근해야 하는 것이다. 다시 말해서 조선 시대 이전의 서울 공연예술사는 서울 지역이 아닌 다른 지역의 공연예술사를 전사(前史)로 기술할 수밖에 없는 한계가 있는 것이다. 이런 이유로 서울 공연예술사의 시대 구분을 한국 공연예술사의 시대 구분처럼 다음과 같이 한다.

제1기: 선사시대~고려시대(선사시대 - 삼국시대 - 통일신라시대 - 고려시대)

---

5 서울특별시사편찬위원회, 『한성백제사』(5권: 생활과 문화), 2008, 140~142쪽 참조.

제2기: 조선시대(조선전기 - 조선후기)

제3기: 근대(개항기 - 일제강점기)

제4기: 현대(1945년 이후)

2) 서울공연예술사의 개관

서울 공연예술사를 '조선 시대 이전(고대 · 중세) - 조선 시대(근세) - 개항 이후 해방 이전(근대) - 해방 이후(현대)'로 시대를 구분할 때 이는 공연예술의 내적 기준이 아니라 외적 기준에 근거한다. 곧 공연예술의 양식적 변화보다는 사회적 변화를 기준으로 한다. 따라서 서울 공연예술사의 서술도 양식적 측면과 사회적 측면을 모두 포함하는 관점이 당연하다.

첫째 시기인 조선 시대 이전의 공연예술은 한국 공연예술사의 입장에서 보면 제의적인 공연예술에서 불교적인 공연예술로 전환되었다. 제의 속의 주술종교적인 공연예술은 신을 위한 공연예술이다. 가락국 사람들이 구지봉 위에서 천신맞이굿을 하면서 구지가를 부르고 춤을 추었다고 하는데, 이러한 가무 형태의 굿이 조선시대 초기의 궁중에서도 공연되었음을 『시용향악보』의 무가들이 전한다. 또 『악학궤범』에는 신라 헌강왕 때 발생한 주술적인 처용가무가 고려를 거쳐서 조선 시대에 전승되어 오방처용무로 발전하였음이 기록되어 있다. 신라 시대에 성립되어 불교적인 공연예술의 배경이 된 팔관회와 연등회는 고려 시대에는 계승되었으나, 조선은 건국이념이 척불숭유였기 때문에 국가 제전으로서는 중단되었다. 그러나 신라 시대에 원효가 포교의 목적으로 서역 전래의 대호무(大瓠舞)를 개조하여 창작한 무애가무(無㝵歌舞)는 조선 시대에도 궁중 정재로 수용되었다. 이러한 주술적이고 불교적인 공연예술만이 아니라 도교적인 공연예술도 조선 시대 궁중 정재로 계승되었다. 곧 고려 시대에 중국에서 수입한 교방악 속의 「헌선도」, 「연화대」, 「오양선」, 「포구락」 같은 도교 색채가 짙은 정재가 조선 시대 궁중에서도 공연되었다. 이처럼 조선 시대는 유교주의 국가였지만 이전 시대의 무교적(巫敎的) · 불교적 · 도교적인 공연예술도 일부 수용하였는데, 이러한 측면 이외에도 가야 · 백제 · 고구려의 공연예술을 통합한 신라의 공연예술이 고려 시대를 거쳐 조선 시대로 이어졌다는 사실은 민족문화의 전통이 지속되었다는 점에서 중요한 의미를 지닌다. 곧 조선 시대의 서울 공연예술은 유교적인 공연예술 문화를 수립하면서 아울러 무교 · 불교 · 도교의 공연예술과 원시사회 · 삼국 · 고려의 공연예술도 계승하고 통합한 점에서 민족 예술 문화의 정통성을 확보했던 것이다.

둘째 시기인 조선 시대는 성리학을 토대로 유교적 질서가 수립되고 양반 문화가 발달한 전기와 주자학적 지배 체제가 붕괴되면서 실학이 대두하고 서민 문화가 융성한 후기로 양분된다. 공연예술도 궁궐에서 시정(市井)으로 중심 무대가 이동하고, 판소리처럼 지방의 민중 사회에서 생성 · 발전한 공연예술이 서울로 진출하는 변화가 조선 후기에 일어났다. 연극에서도 이러한 변화가 일어났으니, 궁중의 나례에 동원되던 연극에서 저자거리에서 민간인을 위해 공연하는 연극으로 바뀌었다. 왕의 우울감을 해소하고 풍간(諷諫)하는 연극 대신 양반과 승려를 풍자하고 서민의 생활상을 반영하는 연극이 성행하였다. 조선 전기의 공연예술이 주술 · 종교적 사고, 신성주의, 초월주의, 왕토(王土) 사상, 유교주의의 산물이라면, 후기의 공연예술은 경험적 · 합리적 사고, 세속주의, 현실주의, 민본 사상, 실사구시의 정신세계를 표현하였다. 사고방식과 세계관과 가치관이 판이하게 변하였으며, 이것을 공연예술이 형상화하였다. 이와 같이 고대 사회에서 조선 후기 사회에 이르면서 신과 부처를 위한 공연예술에서 왕과 귀족을 위한 예술을 거쳐 보통사람들인 민간인을 위한 공연예술로 발전하였다. 공연자도 무당 · 승려 · 궁중 예능인에서 민간인으로 교체되었다. 바야흐로 민간인의, 민간인에 의한, 민간인을 위한 공연예술이 창조되고 향유되는 시대가 도래한 것이다.

셋째 시기는 개항기와 일제 강점기에 해당하는 근대가 된다. 1876년 일본과 강화도 조약을 체결하고 개항한 사건은 중국을 통한 외래 문물을 수입하던 시대에서 일본을 통해 서구 문물을 수입하는 시대로 전환하는 계기가 되었다. 그러나 개항이 일본의 강압에 의하여 이루어졌고, 개항을 요구하던 서구 열강과 일본이 제국주의적 식민지 정책을 추진하였기 때문에 신문물을 수용하여 근대 국가로의 발전을 도모하는 동시에 외세의 침략에 저항해야 하는 상황이 전개되었다. 더욱이 한일 병합은 개항과 근대화가 곧 식민화라는 모순을 초래하였다. 이처럼 개항기와 일제 강점기의 근대화가 근본적으로 왜곡·굴절되었기 때문에 이 시기의 공연예술은 식민주의 극복과 근대화라는 두 개의 목표를 추구하여야 했다. 일례로 일본 계통의 신파극을 극복하고 서양식 근대극을 수립하였다.

근대 공연예술은 협률사(1902년)와 원각사(1908년) 같은 서구식 옥내 극장의 설립으로 출발하였다. 조선 시대에는 주로 옥외(마당, 거리, 야외 등)에서 공연하였고, 옥내라 하더라도 전문극장은 없었다. 극장의 설립은 여러 면에서 획기적인 변화를 가져왔다. 첫째가 관람의 유료화이다. 조선 시대의 공연예술은 신분, 계층, 직업, 성별, 거주지 등이 관람 자격의 조건이었는데, 화폐의 소유가 유일한 관람 조건이 된 것이다. 그리하여 관객의 통합화가 이루어졌다. 둘째로 궁중과 기방에서 따로 공연되던 공연예술도 일반인에게 공개되어 공연물의 평준화가 이루어졌다. 셋째로 극장이 영리를 목적으로 운영됨에 따라 전문 흥행 예술 사이에 제휴 현상이 일어나고, 한 극장에서 활동사진(영화)을 비롯한 다양한 양식과 종류의 공연예술을 관람하게 되었다. 다시 말해서 공연예술의 종합화가 이루어진 것이다. 넷째로 판소리의 창극화와 같은 전통 공연예술의 양식적 변화를 유발하였다. 다섯째로 전통 공연예술과 외국에서 수입된 공연예술이 옥내 극장을 중심으로 공연장과 관람객을 차지하려고 경쟁하게 되었다. 전통 공연예술은 근대화와 서구화를 동일시하는 환경의 변화에 적응하지 못하고 소멸되기도 하였지만, 이왕직 아악부, 기생 조합과 권번, 한성준의 민속무용, 창극의 경우처럼 보존과 변형에 성공하기도 하였다. 여섯째로 신문화 운동에서는 연극의 주도성이 발휘되어 음악이나 무용 등의 공연예술이 연극과 결합하는 양상이 두드러졌는데, 이는 연극의 종합 예술성 때문이기도 하지만, 언어를 표현 매체로 하여 예술계의 담론과 이슈를 선도하는 문학과 보다 더 밀접한 관계인 데 기인한다. 그리고 전근대 문화의 계승에서는 음악이 주도적 역할을 하였으니, 판소리나 신민요가 공연 음악에서 여전히 큰 비중을 차지하였다.

넷째 시기인 현대의 공연예술은 1945년 해방을 맞이하여 일본의 식민지 지배와 영향권에서 벗어나 독립 국가에 상응하는 민족 문화를 창조해야 하는 당위성을 안고 출발하였다. 그러나 외국의 공연예술의 수입 창구가 일본에서 미국과 유럽으로 교체된 상황에서 근대 공연예술에서 발생한 전통 공연예술과 서구 계통 공연예술의 이원화가 더 심화되었다. 그리하여 한국 음악과 서양 음악, 한국 무용과 서양 무용(발레, 모던 댄스), 전통극과 현대극이 대립적인 관계를 이루어 현대 공연예술의 분열 현상이 나타났다. 그러나 대립을 지양하고 통합시키려는 노력도 시도되었으니, 국악기로 서양 음악을 연주한다든가, 발레에 전통 공연물을 접합시킨다든가, 전통극의 극작술과 연출법을 현대극에 수용하는 식으로 퓨전을 시도하고 있다.

일제 강점기에 대립되던 계급주의와 민족주의의 공연예술은 해방 이후에는 남북 분단과 6·25 전쟁으로 인하여 남한과 북한으로 분할되는 양상으로 귀결되었다. 그러다가 1970년대에 들어서 산업화의 모순과 권위주의적인 정치 체제에 저항하면서 노동 문제를 제기하고 민주화 운동을 전개하게 되었고, 그 과정에서 진보적인 문화 예술 운동이 일어나 마당극, 민중춤, 민중가요가 등장하였다. 그리고 영화에서도 이러한 변화를 반영하는 작품들이 제작되었다.

왜곡된 근대화를 바로잡고 민족 문화 예술을 수립하는 작업은 연극의 경우 근대에 추구하였던 사실주의 연극의 수용과 정착화 단계를 벗어나 다양한 연극 양식을 도입하고, 전통극과의 접점을 모색하였으며, 무용의 경우 한국 무용, 현대 무용, 발레의 삼분법 체제가 해체되어 한국 무용과 현대 무용이 현대춤으로 수렴되고 발레에도 전통 공연예술을 접목시키는 변화가 시도되었다. 음악의 경우에도 국악에 서양 음악의 악기 편성법과 지휘·연주법을 도입하는 방식으로 현대화를 추진하였다.

1990년대부터는 80년대 후반의 민주화의 성취와 포스트모더니즘의 유입으로 탈권위주의와 탈이데올로기의 시대로 접어들어 소비향락적인 대중문화예술이 주류를 이루고, 아날로그 방식에서 디지털 방식으로의 전환, 멀티미디어와 인터넷의 발달, 세계화와 개방화의 추세에 따라 서울 공연예술도 거대한 변화를 겪게 된다. 이성보다는 감성을, 논리보다는 직관을, 인식보다는 감각을, 도덕보다는 욕망을 중시하는 시대 조류 속에서 사회역사적 상상력의 본격 문학이 위세를 잃고, 감성과 감각과 욕망이 강조되는 공연예술, 특히 대중 공연예술이 발달하였다. 대중가요에서 댄스뮤직과 언더그라운드 록의 풍미와 관객 1000만 명을 돌파하는 대중 영화의 약진, 뮤지컬의 급성장 등이 대표적이다. 1980년대까지만 해도 예술을 고급 예술, 대중 예술, 민속 예술로 구분하는 분류법에 의하여 고급 예술이 주류를 형성하면서 국립극장이나 세종문화회관 같은 대형 공연장을 독점하였는데, KBS 방송국에 의하여 세 영역을 통합한 열린 음악회가 열리고, 세종문화회관에서도 대중 가수가 국민 가수의 자격으로 공연하게 되었다. 역사와 판타지가 혼합된 TV 드라마가 방송되고, 스포츠 경기장에서 무용과 음악과 연극적인 퍼포먼스가 공연되었다. 이처럼 본격 예술과 대중 예술, 순수 예술과 상업 예술, 전통 예술과 서양 예술, 오락과 예술, 픽션과 논픽션 사이에 혼융이 일어났다. 그리고 영화와 TV 드라마와 대중가요가 선도하는 한류 열풍에 의하여 공연예술의 수입국에서 수출국으로 변신하기에 이르렀다. 이러한 대중 공연예술의 변화가 서울을 거점으로 일어났고, 세계로 확산되었다. 이처럼 1990년대부터 대중 예술이 신세대 문화, 포스트모더니즘, 키치, 혼성 모방, 문화 산업, 한류, 한국 영화 르네상스, 신자유주의 시대의 문화 다양성, 인터넷 예술 등과 같은 쟁점들을 선도하게 되었다. 20세기가 대중의 시대이고 대중 문화의 시대이지만, 이러한 사회문화적 변동이 역사적 요인과 과학 기술의 진보로 1990년대에 발생한 것이다. 대중이 단순한 소비자의 위치에서 생산자가 되고, 비평자로 나서게 된 것이다. 그리하여 명실상부한 대중의, 대중에 의한, 대중을 위한 대중문화예술 시대가 되었다.

21세기는 다국적 기업, 인터넷과 위성 통신, 학문의 통섭, 다문화 등과 같이 기존의 경계가 없어지고, 분류 체계가 해체되고 재구성되는 시대이다. 공연예술에서도 전통 예술이니 현대 예술이니, 한국 예술이니 서양 예술이니 하는 분류가 더 이상 의미가 없는 시대가 되고 있다. 혼융, 혼성, 혼종의 시대가 된 것이다. 한국인만이 아니라 세계인이 함께 향유하는 현대 공연예술, 세계적인 한국 공연예술을 창조하는 시대가 도래한 것이다. 공연예술의 민주화와 대중화, 현대화, 세계화를 실현해야 하는 시대인 것이다. 서울 공연예술사에서 이러한 변화가 지금까지 단계적으로 일어났고, 앞으로 도도한 흐름을 이루어나갈 것으로 전망된다.

4. 서울 공연예술의 특성

서울은 백제의 위례성 시대 이후로 주변부로 몰락하였다가 조선 시대에 와서 다시 정치·경제·문화의 중심지가 되었지만, 일제 강점기에는 다시 일본 도쿄의 주변부로 전락하고, 해방 이후에 대한민국의 수도로서 그 위상이 재정립되었다. 이러한 도시사적, 수도사적 특수성 때문에 서울의 공연예술도 여러 면에서 특수성을 보인다. 서울 공연예술의 특성은 중심성과 주변성, 시간적·공간적 통합성, 도시성과 소비성, 세계성(국제성)과 한국성(민족성), 국가성과 시민성, 집중성과 확산성, 전위성과 실험성으로 파악된다.

첫째 서울 공연예술은 중심성과 주변성을 동시에 지닌다. 국내적으로는 행정 체계와 교통망을 토대로 공연예술도 중심성을 지녔다. 조선 시대 한양의 공간은 궁정과 관아와 양반 거주지로 이루어지는 통치 공간과 시정을 중심으로 한 유통 공간으로 구획되고, 외방(지방)은 한양과 '중심 - 주변'의 관계를 이루는 생산 노동의 공간이었다. 그리고 이러한 공간 구조는 정치적 · 사회적 · 경제적 · 문화적 층위를 의미하였다. 궁정에서는 지방의 민속 예술과 시정의 전문 예술을 차출하여 향유하였고, 시정에서는 직업적 예술인이 민속 예술을 토대로 하거나 궁정 예술을 해체하여 시정예술을 창조하고 향유하였다. 서울이 지방과의 관계에서 중심을 이루고 지방의 공연예술을 통제하거나 흡수하였으며, 시정이 매개 역할을 수행하였다. 그렇지만 국제 관계에서는 이를테면 조선 후기에 청에서 생황, 칠현금, 양금을 수입하여 새로운 음악 문화를 출현시켰으며, 1910년대에는 일본인이 서울에 설립한 극장에서 공연된 신파극의 영향으로 혁신단이 신파극의 원조가 되었듯이 개항기 이전에는 중국, 이후에는 일본과 구미의 공연예술을 수입하는 주변부에 위치하였다.

둘째로 서울 공연예술은 조선 시대 이전의 공연예술을 계승하여 시간적으로 통합하였을 뿐만 아니라 국외 - 조선 시대에는 중국, 개항기 이후에는 일본, 미국, 유럽, 중남미 - 의 공연예술을 수입하여 공간적인 통합도 이룩하였다. 시간적 통합의 경우 조선 전기에는 고려 시대에 송에서 수입한 당악과 당악 정재 및 대성아악을 계승하였고, 서역 계통의 무애무를 비롯하여 신라의 처용가무와 백제의 「정읍사」 및 고려 속요와 같은 향악 정재, 중국 악기를 개조한 고구려의 거문고와 가야의 가야금과 같은 향악기 등을 계승하여 민족 공연예술을 집대성하고 공연예술사적 정통성을 확립하였다. 공간적 통합의 경우 지방의 공연예술이 서울공연예술로 통합된 대표적인 사례가 판소리이지만, 평안북도 선천에서 형성된 무용극 항장무가 고종 때 궁중 정재로 수용된 것도 주목할 만하다. 그리고 국외의 경우에는 프로시니엄극장의 연극, 발레, 오페라, 뮤지컬, 관현악, 활동사진, 영화에서 브레이크댄스에 이르기까지 이질적이고 다양한 공연예술

양식을 수용하여 서울 공연예술로 통합시켰다.

셋째로 서울 공연예술은 도시성과 소비성이 특징이다. 조선 시대 한양은 도성 안은 궁궐과 육조거리와 양반 거주지와 같은 통치 공간, 육이전과 같은 유통 공간으로 양분되고, 도성 외곽은 평민과 천민의 거주지와 지방의 생산지에서 도성으로 물자가 유입되는 포구(마포, 노량진, 광나루 등)와 역원(퇴계원, 구파발 등)같은 부속 공간이다. 그리하여 통치 공간에서 소비하는 물자를 지방에서 생산하여 부속 공간과 유통 공간을 통하여 공급하는 경제구조를 이루었다. 한양은 중심적인 소비지로서 상업이 발달하였고, 지방민은 농업과 공업과 어업과 임업에 종사하며 한양에 물자를 공급하였다. 한양은 소비 도시이며 상업 도시였는데, 지금도 서울은 정치와 외교, 상업과 금융, 언론과 출판, 서비스업과 패션, 교육과 문화예술의 중심적 도시로서 한국 소비문화를 주도하고 있다. 그리하여 공연예술도 도시인의 취향과 수준에 맞는 양식과 작품이 주류를 이루게 된다. 풍농과 풍어를 기원하는 민속 예술은 공연될 공간을 잃고, 현실 정치와 사회 모순을 비판하고 고발하는 마당극이나 마당굿은 대학 캠퍼스에서나 공연이 가능하였다.

넷째로 서울 공연예술은 세계성(국제성)과 한국성(민족성)을 동시에 지닌다. 조선 시대에는 동북아시아의 보편적인 예악 사상에 의하여 오례(五禮)를 체계화하여 제례악과 연향악 및 나희를 공연하였고, 근현대에는 서양의 공연예술 양식이 대부분 수용되어 공연되었다. 그리고 외국의 대표적인 공연 단체나 공연예술가의 초청 공연만이 아니라 정경화, 조수미, 김연아와 같은 세계 정상급 국내 예술가들의 서울 공연을 통해서도 서울 공연예술의 세계성을 확보하였다. 이와 동시에 외국인들이 서울 공연예술을 통하여 한국 공연문화를 접하게 되는데, 단적인 예로 1988년 올림픽과 2002년 월드컵 대회 때 연출된 개・폐막식 공연을 통하여 서울 공연예술이 한국 공연예술의 대표성을 띠게 되었다. 조선 시대에는 중국 사신을 영접할 때 궁중 정재를 공연하였지만, 길놀이로는 탈놀이를 공연하였다.

다섯째로 국가성과 시민성을 지적할 수 있다. 국가성이란 국가적 차원에서 정치적 목적이나 예술 정책에 의하여 공연예술이 창조되고 공연되는 것을 의미한다. 조선 시대에는 궁중 정재나 환궁 행사가 왕권의 강화나 과시를 위한 공연문화예술이었고, 근・현대에는 국립이나 시립의 극장과 공연 단체에 의한 공연예술이 정도의 차이는 있지만 국가성을 지닌다. 1981년 정통성과 정당성이 취약한 제5공화국이 출범하면서 국민 화합을 기치로 내걸고 여의도 광장에서 거행한 '국풍81'도 대표적인 사례가 된다. 시민성이란 민간 차원이나 시민 문화운동 차원에서 공연되는 경우를 의미한다. 시민적인 공연예술은 국가적 이데올로기보다는 시민의 오락적・예술적・사상적 표현욕을 충족시키려는 성향이 강하며, 마당극, 마당굿, 노제(路祭)는 저항성마저 띠었다.

여섯째로 집중성과 확산성을 들 수 있다. 조선 시대의 나례는 의금부와 군기시가 관장하면서 전국의 광대들을 동원하였다. 그리고 인조반정 세력이 예학을 강화하고 국가 재정을 긴축하기 위하여 장악원의 여악을 폐지함에 따라 궁중의 내연(內宴)을 위하여 지방의 기녀를 차출하는 선상기(選上妓) 제도가 시행되었다. 또한 대원군 시절(1865년) 경복궁을 중건할 때 서울의 재인 광대만이 아니라 전국의 재인청과 교방의 예능인들을 총동원하여 공연하게 하였고, 신재효는 최초의 여류명창 진채선을 상경시켜 경복궁 낙성연에서 판소리를 부르게 하였다. 그런가 하면 서울의 꼭두각시놀음이 지방 순회공연을 한 결과 황해도 장연의 인형극이 성립되었다. 근・현대에 들어와서도 서울의 공연예술이 지방 순회공연을 하여 지방 공연예술에 영향을 끼쳐왔다. 어느 시대나 마찬가지겠지만, 조선 시대부터 현대에 이르기까지 지방의 공연예술이 서울로 집중되기도 하고, 그 반대로 서울의 공연예술이 지방으로 확산되기도 하는 문화 교류가 지속적으로 이루어졌다.

일곱째 전위성과 실험성을 들 수 있다. 옥외 공연장 시대에서 옥내 극장의 시대로 전환시킨 협률사(1902년)의 건립, 1인이 연행하는 판소리를 배역이 분화된 연극으로 변형시킨 창극과 민속탈놀이의 극작술과 민중성을 계승한 마당극(마당놀이 포함)과 옥외에서 서서 연희하는 풍물을 옥내에서 앉아서 연주하게 바꾼 사물놀이와 같은 양식적 재창조, 1990년대 국악의 공연 어법의 실험(장르 파괴 음악, 퓨전, 크로스오버)과 악기의 개량, 1980년대 민중춤·민족춤의 등장 등과 같은 전위적이고 실험적인 시도와 변화가 서울에서 먼저 발생하였다.

여덟째 선도성과 균형성을 들 수 있다. 1990년대부터 지방자치 제도의 정착과 세계화의 반작용으로 지방화가 추진되면서 남양주 야외극 축제, 의정부 음악극 축제, 전주 소리 축제, 안동 국제 탈춤 페스티벌, 대구 국제 뮤지컬 페스티벌, 부산 영화제 등과 같은 다양한 축제가 지방에서 열리게 되었다. 이전에는 각종 공연예술의 경연 대회나 축제가 서울에서 집중적으로 개최되었다. 그렇지만 전국 민속예술 경연 대회는 서울에서 시작되었지만 일찍부터 지방에서 번갈아 가며 개최되어왔다. 서울에서 선도하고 지방 순회 개최를 통하여 문화 발전의 균형을 도모한 것이다. 지금은 지역축제가 서울 공연예술의 지방 순회공연을 통하여 분배와 균형을 추구하던 시대에서 서울사람들이 지방에 내려가 공연예술을 감상하고 체험하는 시대로 패러다임을 바꾸는 변화를 추동하고 있다. 문화적 소통과 교류가 일방통행에서 쌍방통행으로 바뀐 것이다. 서울 공연예술의 외연을 확장하는 이러한 현상은 여행과 관광을 공연예술과 결합하는 효과가 있으며, 서울이 세계적인 관광 도시로 발전하기 위한 전략으로 공연예술을 활용할 수 있음도 시사해준다.

아홉째 극장 문화가 다양하게 발달하였다. 개항기에 협률사를 효시로 옥내 극장이 서울에 등장한 이후로 개항기(원각사, 광무대, 장안사, 연흥사)와 일제 강점기(북촌의 조선극장, 단성사, 동양극장, 우미관과 남촌의 황금좌, 명치좌, 약초좌)를 거쳐 현대(국립극장, 세종문화회관, 예술의 전당)에 이르는 과정에서 수많은 극장들이 등장하고 소멸하였는데, 연극과 음악과 무용이 공연되는, 심지어 영화도 상영되는 종합 극장의 시대에서 국립 국악당, 오페라 하우스, 음악당, 뮤지컬 극장, 대중음악 공연장처럼 공연예술 장르에 따라 공연장이 분화된 전문 극장이 출현하였다. 영화 극장도 초기에는 쇼 공연장을 겸하기도 하였으나 뒤에는 영화 전문 상영관으로만 건축되었으며, 1989년부터 멀티플렉스 영화관이 등장하였다. 그리고 대형 공연장과 차별화해서 1958년 원각사를 필두로 드라마 센터, 까페 떼아뜨르, 3.1로 창고극장, 민예 소극장, 산울림 소극장, 연우 소극장, 세실 극장, 동숭 아트센터 등과 같은 소극장들이 등장하여 주로 연극의 공연 공간으로 활용되었다. 근현대 공연예술사에서 이러한 극장 문화의 변화와 발전을 서울의 공연예술계가 선도하였다.

제3장 한국 공연문화 정책사 서설

1. 공연문화 정책사의 시대 구분

공연문화 정책의 역사적 전개를 연구하려면 우선적으로 '정책'의 개념부터 규정해야 할 것 같다. 왜냐하면 현대 사회의 정치학에서 사용하는 '정책'이란 용어를 왕조 시대에도 적용하는 것이 타당한가라는 근본적인 물음부터 해결되어야 하기 때문이다. 따라서 정치학에서 말하는 '정책'의 개념을 살펴볼 필요가 있다.[1]

① 문제 해결 및 변화 유도를 위한 활동(라스웰)

② 정부 기관에 의하여 결정된 미래의 행동 지침(드로어)

③ 특정 목적을 지닌 활동을 지배하는 제 원리(보울딩)

④ 각종의 정치적 · 행정적 과정을 통하여 권위 있게 결정된 공적(公的) 목표

⑤ 정부가 바람직한 사회 상태를 이룩하려는 목표와 이를 달성하기 위해 필요한 수단에 대하여 공식적으로 결정한 기본 방침

국내외의 정치학계에서 정책의 정의를 내림에 있어 '활동'을 중시하는 입장, '목표'를 중시하는 입장, '방침'을 중시하는 입장으로 차이를 보이는데, 이들 세 가지를 모두 포함하는 정의가 보울딩의 정의이다. 곧 정책은 '특정 목표를 이루려는 활동의 기본 방침'이다. 그리고 이것은 '공식적으로', '정치적 · 행정적 과정을 통하여', '정부 기관에 의하여' 결정된다. 그

1 이정식 외, 『정치학』, 대왕사, 2001, 560쪽에서 ①~④를, 서울대학교 정치학과 교수 공저, 『정치학의 이해』, 박영사, 2006, 241쪽에서 ⑤를 인용.

렇지만 이것은 어디까지나 근대 국가의 정책이므로 이러한 개념을 왕조 시대에 그대로 적용하기는 무리가 있다. 따라서 전(前) 근대 국가의 정책은 '국가적 목적을 위한 활동의 기본 방침'으로 재규정할 필요가 있다.

정책이 실제로 사용되는 용례를 보면, 목표나 활동이나 방침 중의 하나를 부각시킨다. 곧 통일 정책은 목표를, 대북 정책은 활동을, 포용 정책은 방침을 강조하는 용어들이다. '통일을 목표로 대북 활동을 함에 있어서 포용을 기본 방침으로 한다'는 뜻이다. 공연문화 정책의 경우에는 선진화 정책(목표), 공연문화 정책(활동), 보호·진흥 정책(방침)이란 용어들이 가능하다. 다시 말해서 선진화 사회 건설을 위하여 전통 공연문화의 공연 활동을 보호·진흥하는 것을 기본 방침으로 정할 수 있는 것이다.

근대 국가 이전의 시대에도 정책이 집행된 것으로 인식하는 관점은 국사학에서 신라 경덕왕의 한화(漢化) 정책, 고려 공민왕의 반원(反元) 정책, 조선 시대의 척불숭유(斥佛崇儒) 정책, 효종의 북벌(北伐) 정책, 영조의 탕평(蕩平) 정책, 대원군의 쇄국(鎖國) 정책 등등의 용어를 사용한 데서 확인된다. 이런 까닭에 전 근대 국가의 '공연문화 정책'에 대한 논의가 가능하고, 나아가서는 '공연문화 정책사(公演文化政策史)'의 연구도 가능하다.

현대 정치학에서는 정책 과정을 '정책 의제 설정 단계-정책 형성 단계-정책 채택 단계-정책 집행 단계-정책 평가 단계'로 구분하기도 하므로[2] 정책 연구도 이에 따라 단계별로 나누어 수행할 수 있을 텐데, 19세기까지는 문헌 자료가 제한적이기 때문에 전(全) 단계에 관한 자료와 정보를 수집하기가 쉽지 않을 터이므로 주로 '집행 단계'에 관한 자료, 곧 공연문화의 연행 사실을 중심으로 추정하는 방법이 가장 합리적일 것으로 판단된다. 물론 20세기부터는 다섯 단계를 모두 포괄하는 분석이 바람직할 것이다.

한국 공연문화 정책사를 거시적으로 보면 ①불교 수용 이전(신라 법흥

---

2 이정식 외, 앞의 책, 580~581쪽의 앤더슨의 모형 참조.

왕 이전) - ②불교 수용 이후 조선 건국 이전(신라 법흥왕~고려 공양왕) - ③조선 건국 이후부터 1910년 이전 - ④1910년 이후로 구분할 수 있다. 또는 불교 정책 시대(조선 이전) - 유교 정책 시대(조선)로 대별할 수도 있는데, 이 경우 신라 경덕왕이 정치적으로는 한화 정책을 쓰면서도 제사 문화는 무불(巫佛) 문화를 계승했던 것과는 대조적으로 고려 성종은 제사 문화도 한화 정책(유교 정책)을 썼지만, 이 유교 정책은 다시 불교 정책으로 환원되었다가 조선 시대에 와서야 억불숭유 정책에 의해 부활되어 정착 · 지속되었다. 그런가 하면 1910년을 경계로 하여 그 이전은 진흥 정책을, 그 이후에는 전통적인 공연문화의 보호 정책을 집행한 것으로 이해할 수도 있다. 그렇지만 실증적인 검토가 우선적으로 이루어져야 하기 때문에 신라 시대, 고려 시대, 조선 시대의 순서로 공연문화 정책의 변천 과정을 개관하고, 근 · 현대에 와서는 전통사회의 공연문화에 대해 어떤 정책을 수립하여 집행하였는지 개략적으로 서술한다.

2. 신라의 공연문화 정책

1) 제정 분리에 따른 탈종교화(정치화·세속화) 정책

신라의 공연문화 정책을 추정하는 최초의 단서는 제2대 남해차차웅(南解次次雄) 3년에 시조 박혁거세의 사당을 짓고 사시로 제사지냈는데, 누이 아로(阿老)로 하여금 제사를 담당하게 하였다는 『삼국사기』 「잡지(雜志)」의 '제사'조의 기록이다. 차차웅(次次雄)은 자충(慈充)으로 무(巫)를 가리킨다는 『삼국사기』 「신라본기」 '남해차차웅'조의 기록에 의하면 남해왕이 단군조선의 단군왕검(壇君王儉)의 전통을 계승한 무당왕[Shaman King]이었는데, 신과 교통하고 제사를 주관하는 제사장의 직책은 아로에게 맡기고 자신은 정치적 · 행정적 통치자의 임무만을 수행하였다고 한다. 곧 국가 체제를 정비하면서 제정일치 시대에서 제정분리 시대로 전환시킨 것이다. 그리고 이러한 제정분리 정책은 제3대 유리니사금(儒理尼師今)에 계승되어 『삼국사기』 「신라본기」 '유리니사금'조에 의하면, 5년 11월에 환과고독(鰥寡孤獨)과 병자·노약자를 구제하는 정책을 실시한 결과 민속이 환강(歡康)하였으므로 도솔가(兜率歌)를 지었고, 그것이 신라 가악(歌樂)의 시초가 되었다고 한다. 이 도솔가(兜率歌)는 '도살풀이의 노래'나 '환강의 노래'로 해석되지만 아무래도 '다슬노래', 곧 치리안민(治理安民)의 노래로 보는 것이 더 타당할 것 같다.[3] 그렇다면 도솔가는 왕권 강화 차원에서 통치의 수단으로 창작된 정치적 목적의 노래인 것이다. 또 '유리니사금'조에는 9년에 6부의 이름을 고치고, 사성(賜姓)을 하고, 관직을 17등급으로 나누었다. 그리고 6부를 두 편으로 나누어 왕녀 두 사람으로 하여금 각 부내(部內)의 여자들을 거느리고 7월 16일부터 8월 15일까지 길쌈내기를 한 뒤 진 편이 이긴 편에게 술과 음식을 대접하고 가무와 유희를 연행하게 하였는데, 이에서 가배(嘉俳) 곧 한가위가 시작되었고, 회소곡(會蘇曲)이 이때 발생하였다고 한다. 주술적인 싸움굿을 생산 장려의 수단으로 이용하였으며, 아울러 공연문화의 활성화도 촉진시켰던 것이다. 이처럼 유리니사금 시대에 제정이 분리된 상태에서 통치 체제를 정비하고 왕권을 강화하면서 이러한 정치적 동기와 이유에서 공연예술을 창작하고 진흥시켰다. 다시 말해서 종교 의식이나 제사 의식에 종속되어 있던 공연예술을 정치적·실용적 목적의 공연예술로 전환시킨 것이다. 따라서 공연예술의 정치화·세속화 정책을 추진하였다고 말할 수 있다.

---

3 '다스리다〔治, 理〕'의 옛말은 '다ᄉᆞ리다', '다ᄉᆞᆯ다'이다. 따라서 '兜率'을 '다ᄉᆞᆯ-'의 음차로 볼 수 있다. 이런 관점을 취하면, 제35대 경덕왕 때 월명사가 지은 「도솔가」나 충담사가 지은 「안민가」나 동일 범주에 속하는 노래라 할 수 있다. 만약 도솔가를 시가 갈래의 명칭으로 본다면, 형식이 아니라 기능에 의한 분류인 것이다.

2) 불교의 국교화에 따른 불교화 정책

『삼국사기』「신라본기」'진흥왕'조에 의하면, 불교를 공인한 법흥왕에 이어 왕위에 오른 진흥왕은 즉위 27년에 황룡사를 준공하고, 33년 10월 20일에 전사한 병졸을 위하여 외사(外寺)에서 팔관연회(八關筵會)를 열고 7일만에 파하였다고 한다. 팔관회는 원래 팔관재(八關齋)라고도 하는 바 출가하지 않은 평신도들이 팔계(八戒)를 지키는 금욕적인 법회로 신라에서는 위령제와 결합되었으며, 채붕을 설치하고 잡기와 가무를 연행하였던 것 같다. 이러한 팔관회의 성립은 신라 고유의 토착적인 나라굿이 불교적 축제로 전환된 사실을 의미한다. 이렇게 공연문화의 불교화 정책에 의해 성립된 팔관회는 연등회와 함께 고려 시대까지 계승되었다.[4]

3) 인접국 통합에 따른 신라화 정책

신라는 가야의 가야금과 고구려의 거문고를 수용하여 신라 음악을 완성시켰다. 먼저 가야금의 경우부터 살펴보기 위해 『삼국사기』「잡지」'악(樂)'조의 기록을 옮기면 다음과 같다.

> 가야국 가실왕이 당나라 악기를 보고 만들었는데, 왕이 '여러 나라의 방언이 각기 다르니 성음(聲音)을 어찌 일정하게 할 것이냐' 하며, 성열현인(省熱縣人)인 악사 우륵(于勒)에게 명하여 12곡을 짓게 하였다. 그 후 우륵이 그 나라가 어지럽게 되므로 악기를 가지고 신라 진흥왕(540~576)에게로 귀화하니, 왕이 받아들여 국원(國原; 지금 충주)에 편안

4 연등회의 시작에 관해서는 구체적인 기록이 없다. 다만 『삼국사기』에 경문왕 6년(866)과 진성왕 4년(890)에 왕이 황룡사에 행차하여 연등을 관람하였다는 기록이 있어 신라의 연등회가 고려에 계승된 것으로 본다. 팔관회와 연등회 및 그와 관련된 공연예술에 대해서는 이 책의 16·17장 참조.

히 거처하게 하고, 대내마 주지(注知) · 계고(階古)와 대사 만덕(萬德)을 보내어 그 업(業)을 전수하게 하였다. 3인이 이미 11곡을 전해 받고 서로 이르기를 "이것은 번다(繁多)하고 음란하니 우아하고 바른 것이라 할 수 없다." 하고, 요약하여 5곡을 만들었다. 우륵이 듣고 처음에는 노하다가 그 다섯 가지의 음조(音調)를 듣고는 눈물을 흘리며 탄식하기를 "즐겁고도 방탕하지 않으며, 애절하면서도 슬프지 않으니 바르다고 할 만하다. 네가 왕의 앞에서 연주하라." 하였다. 왕이 듣고 크게 즐거워하였는데, 간신(諫臣)이 의논하여 아뢰기를 "망한 가야국의 음률(音律)은 취할 것이 못 됩니다." 하였다. 왕이 이르기를 "가야왕이 음란하여 스스로 멸망하였는데, 음악이 무슨 죄가 되겠느냐? 대개 성인이 음악을 제정(制定)하는 것은 인정(人情)으로 연유하여 조절(調節)하게 한 것이니, 나라의 다스리고 어지러움은 음악 곡조로 말미암은 것이 아니다."하고, 드디어 행하게 하여 대악(大樂)이 되었다.

그런데 『삼국사기』 「신라본기」 '진흥왕'조에 의하면 진흥왕이 즉위 12년에 우륵과 그의 제자 니문(尼文)의 연주를 들었으며, 13년에 법지(法知) · 계고 · 만덕으로 하여금 우륵의 음악을 전수받게 하였다. 그리고 그때 우륵이 그들의 기능을 헤아려 계고에게는 금(琴)을 가르치고, 법지에게는 노래를 가르치고, 만덕에게는 춤을 가르쳤다고 한다. 1인이 악가무(樂歌舞)를 통달하게 하지 않고 세 사람이 역할 분담을 하게 한 것이 기능을 분화시켜 예술 수준을 향상시키려고 한 것인지, 아니면 전수의 효율성을 살리기 위해서였는지는 불확실하지만, 아무튼 이를 계기로 악무, 악가, 가무, 악가무 등 다양한 형태의 공연예술이 발달하는 계기를 만들었을 것임은 능히 추정할 수 있다.

그런데 가야 음악이 신라 음악으로 전환함에 있어서 이러한 형태의 변화보다는 음조(音調)의 변화가 더 중요한 측면으로 나타난다. '번다하고 음란한' 음악을 '아정(雅正)한' 음악으로 변화시킨 것이다. 이로 보면 신라에는 이미 유교적인 음악관 내지 예악(禮樂) 사상이 전래되어 있었던 것 같다. 진흥왕은 가야 음악의 수용을 반대하는 사람에게 '성인이 음악을 제정한 것은 이로써 인정을 조절하기 위함이다'라고 말하여 가야의 멸망은 가야의 음악에 원인이 있지 않고 가야왕의 성정이 바르지 못한 까닭이라고 주장하였다. 이는 반대파를 제압하기 위한 진흥왕의 논리일 뿐, 법지 · 계고 · 만덕조차 아정한 음악이 인간의 성정을 순정(醇正)하게 만든다는 음악관에 입각해서 가야의 음악을 '번다하고 음란하다'라고 비판하고서 개조하였던 것이다.

다음으로 거문고의 경우를 살펴보기 위해 『삼국사기』「잡지」'악'조에서 관련 기록을 인용한다.

> 신라사람 사찬 공영의 아들 옥보고(玉寶高)가 지리산 운상원(雲上院)에 들어가 거문고를 배운 지 50년에 신조 30곡을 자작하여 속명득(續命得)에게 전하고, 속명득은 귀금(貴金) 선생에게 전하였는데, 귀금 선생도 역시 지리산에 들어가서 나오지 않았다.
>
> 신라왕이 금도(琴道)가 끊어질까 근심하여 이찬 윤흥(允興)에게 일러, 어떤 방법으로든지 그 음률을 전해 얻게 하라 하고, 남원의 공사를 위임하였다. 윤흥이 부임하여 총명한 소년 두 사람을 뽑으니, 그 이름이 안장(安長) · 청장(淸長)이었다. 그들로 하여금 산중에 들어가 전습하게 하였다. 선생이 가르치면서도 그 중 미묘한 것은 숨기고 전수하지 않았다.
>
> 윤흥이 부인과 함께 가서 말하기를, 우리 임금이 나를 남원에 보낸 것은 다름이 아니라 선생의 기술을 전해 받으라는 것이다. 지금 3년이 되었으되 선생이 비밀로 하여 전하여 주지 않으니, 내가 복명(復命)할 길이 없다고 하며, 윤흥이 술을 받들고 그 부인은 잔을 들고 슬행(膝行)하면서 예(禮)와 성(誠)을 다한 후에, 그가 비장하던 '표풍(飄風)' 등 세 곡을 전수받았다.
>
> 안장은 그 아들 극상 · 극종에게 전하고, 극종은 일곱 곡을 지었다.

극종의 뒤에는 거문고로 직업을 삼는 자가 한둘이 아니었다.

거문고는 원래 고구려의 왕산악(王山岳)이 중국 진(晉)나라의 칠현금(七絃琴)을 개조한 현악기인 바, 고구려에서 귀화한[5] 옥보고의 거문고 음악이 '옥보고→속명득→귀금'으로 전수되다가 단절의 위기에 빠졌으나 고구려의 음악을 신라 음악에 통합하려는 왕의 노력에 의해 새로운 전기를 맞이하였던 것이다. 옥보고는 경덕왕(742~765) 때 사람이고 윤흥이 죽은 해가 866년(경문왕 6)이지만, 윤흥을 남원에 파견하여 거문고 음악의 맥을 계승하게 한 왕은 불확실하다. 아무튼 역대의 신라왕들이 가야와 고구려·백제와의 통합을 군사·정치적으로만 생각하지 않고 문화적·예술적인 측면에서도 통합하여 유민을 포용하는 한편 신라의 문화예술을 체계화하고 그 수준을 향상시키려 한 사실은 분명하다. 진흥왕 이후 외래적인 공연문화의 신라화 정책은 지속적으로 추진되었던 것이다.

4) 왕권 강화에 따른 왕실화 정책

『삼국유사』 「기이(紀異)」편 '경덕왕·충담사·표훈대덕'조에 의하면 경덕왕이 충담사의 「찬기파랑가」에 대해 '그 뜻이 매우 숭고하다(其意甚高)'고 칭찬하면서 '다스려 백성을 편안하게 할 노래'를 지어 달라고 요구하였다. 그때 지은 노래가 「안민가(安民歌)」이다. 「안민가」는 임금·신하·백성을 아버지·어머니·자식에 비유하여, 가부장제 질서를 국가의 통치 질서로 확장한 노래인데, 군신이 엄친자모(嚴親慈母)의 입장이 되어 백성을 자식처럼 보호하며 다스리면 백성이 은혜에 감복하여 나라를 떠나지 않고, 그리되면 나라는 태평해질 것이라는 내용이다.

---

5 송방송, 『한국음악통사』, 일조각, 1988, 102쪽에서 육두품 출신인 옥보고를 고구려계 귀화인으로 추정하였다.

그런가 하면 『삼국유사』 「감통(感通)」편 '월명사 도솔가'조에는 경덕왕이 해 2개가 나타난 변괴를 해결하기 위해 월명사에게 「도솔가」를 짓게 하였다. 「도솔가」는 꽃에게 주술을 걸어 미륵부처를 모셔오라는 내용이다. 이런 노래의 효험이 있어 해가 하나가 사라졌는데, 그때 미륵부처가 현신하였다고 한다.

이 두 이야기는 경덕왕이 왕권 강화 차원에서 충담사와 월명사에게 향가를 창작하게 지시한 것이니, 이로 인해 민간 사회의 향가가 궁중 음악에 수용되었다. 민간 음악을 왕실화하는 정책을 집행한 것이다.

3. 고려의 공연문화 정책

1) 신라 공연문화의 계승 정책

고려는 태조 왕건이 943년에 유훈으로 남긴 훈요십조에 의해 신라의 공연문화인 팔관회와 연등회를 계승하였는데, 팔관회는 이미 태조가 즉위한 918년부터 행해졌었고, 연등회도 정확한 기록은 없지만 팔관회와 같았을 것이다. 훈요십조의 여섯 번째 조항은 "짐이 원하는 바는 연등과 팔관에 있었는데, 연등은 부처를 섬기는 까닭이고 팔관은 천령과 오악·명산대천·용신을 섬기는 까닭이었다. 후세에 간신들이 가감할 것을 건백(建白)하여도 마땅히 이를 금지할 것이다. 내 또한 당초에 마음에 맹서하여 회일(會日)에 국기(國忌)를 범하지 않고, 군신동락(君臣同樂)하였으니, 마땅히 공경하여 이를 행할 것이다."[6]라는 내용이다. 이러한 태조의 유지에 따라 팔관회와 연등회는 고려가 멸망하기 직전인 1391년(공양왕 3)까지 역대 임금들에 의해 계승되었지만, 성종(981~997)이 유교정책을 택하여 중국

---

6 김종권 역, 『고려사』, 44쪽.

의 제사제도를 수용함에 따라 987년에 팔관회와 연등회가 중단되고, 잡기(雜技)도 도덕에 어긋나고 번요(煩擾)하다는 이유로 신라 때부터 전승되어 오던 사선악부(四仙樂部)와 용(龍)·봉(鳳)·상(象)·마(馬)·차(車)·선(船) 등이 폐지되었으나,[7] 성종의 사후 현종 원년(1010)에 다시 복구되었다.

고려는 신라의 공연문화를 계승하였는데, 한편으로는 중국의 당악도 수용하여 대악서(大樂署)를 설립하고 당악은 좌부가, 향악은 우부가 담당하게 하였다. 그 후 1076년(문종 30)에 관현방(管絃房)를 설립하여 음악 교육을 담당하게 하다가 1391년(공양왕 3)에 관현방을 폐지하고 아악서(雅樂署)를 설립하여 음악 체계를 '당악/향악'에서 '아악/당악·향악'으로 바꾸었는데, 이러한 변화는 신유학을 숭상하는 신흥 사대부의 정치적 부상과 관련된다.[8]

2) 국제화 정책

고려의 음악은 당악(唐樂)과 삼국 시대의 음악, 그리고 당대의 속악(俗樂)으로 삼분되는데, 예종 때에는 송나라 휘종(1101~1125)이 신악(新樂)과 대성아악(大晟雅樂)을 보냈고, 공민왕 19년(1370)에는 명나라 태조가 아악(雅樂)을 보냈다. 당악, 대성아악, 아악의 전래로 고려 음악은 국제성을 띠게 되었던 것이다. 그런데 대성아악과 아악의 전래는 단순히 문화교류의 차원을 넘어서 국제정치적·외교적 측면이 있다.

『고려사』의 「악지」에 들어 있는 당악은 모두 48개인데, 이러한 당악이 연등회와 팔관회에서 연행된 사실이 『고려사』 「악지」의 '속악을 사용하는 절차'에 기록되어 있다.

---

7 이두현, 『한국연극사』, 학연사, 1999, 79~80쪽 참조.

8 송방송, 앞의 책, 148~153쪽 참조.

① 문종(文宗) 27년 2월 을해에 교방(敎坊)에서 여제자(女弟子) 진경(眞卿) 등 13인에게 전습시킨 「답사행(踏沙行)」 가무를 연등회에서 쓰기를 주청했는데, 제문(制文)을 내려 그것에 따랐다.

② 문종 27년 11월 신해에 팔관회를 차리고 국왕이 신봉루(神鳳樓)에 거동하여 악무(樂舞)를 관람하였는데, 교방 여제자 초영(楚英)이 아뢰기를 "새로 전습한 「포구락(抛毬樂)」과 「구장기(九張機) 별기(別伎)」입니다. 「포구락」은 제자가 13인이고, 「구장기」는 제자가 10인입니다."라고 하였다.

③ 문종 31년 2월 을미 연등(燃燈) 때 국왕이 중광전(重光殿)에 거동하여 악무를 관람하였는데, 교방 여제자 초영이 아뢰기를 "「왕모대(王母隊)」 가무의 전체 대오가 55인으로 춤을 추어 네 글자를 만드는 바, 혹은 '군왕만세(君王萬歲)', 혹은 '천하태평(天下太平)'이 됩니다."라고 하였다.

문종(1046 - 1083) 때에 「답사행」, 「포구락」, 「구장기 별기」, 「왕모대」 가무가 연등회와 팔관회에서 초연되었다.[9]

그런가 하면, 목은(牧隱) 이색(李穡; 1328~1396)의 「구나행(驅儺行)」을 통해 중국의 궁중 나례가 전래되었음을 확인할 수 있다. 이 시는 대궐의 계동대나의(季冬大儺儀)와 가무백희에 관한 기록으로 짜여 있는데, 가무백희는 탈춤(오방귀신춤, 백택춤, 흑색탈춤, 황색탈춤, 남극노인성춤, 처용춤), 곡예(불토하기, 칼 삼키기, 줄타기), 인형극(누렁개 방아놀이, 쌍룡놀이, 온갖 짐승춤)으로 구성되어 있다. 이러한 공연문화는 처용무만 제외하고는 모두 서역이나 중국에서 전래한 것들이다. 그런데 『고려사』 「예지(禮志)」에 의하면 정종(靖宗) 6년(1040)에 계동대나의를 거행했다고 기록되어 있어서 중국의 궁중

9 차주환, 『고려당악의 연구』, 동화출판공사, 1983, 29쪽에서는 『宋史』 「本紀」의 "高麗來貢", "高麗入貢"과 같은 기록을 근거로 「답사행」·「포구락」·「구장기 별기」는 문종 26년(1072)에, 「왕모대」 가무는 문종 28년(1074)에 수입한 것으로 추정하였다.

나례가 전래된 시기를 대강 짐작할 수 있게 한다. 이러한 궁중 나례는 당악 정재와 아악의 경우와 마찬가지로 국제화의 일환으로 수용되었다.

4. 조선의 공연문화 정책

1) 유교화 정책

신유학을 숭상하는 신흥 사대부가 지배 계급으로 부상한 조선 왕조는 억불숭유(抑佛崇儒) 정책을 채택하였기 때문에 고려의 불교적인 팔관회와 연등회를 계승하지 않았다. 그렇지만 팔관회와 연등회에서 연행되었던 당악과 향악은 계승하였는데, 건국 초기에는 고려의 음악 기관인 아악서(雅樂署)와 전악서(典樂署)를 계승하고 전악서에서 당악과 향악을 관장하게 하였다. 그러나 고려에서 계승한 음악을 조선의 건국 이념에 합당한 음악으로 재정비하는 과정에서 세조 3년(1457)에 이들 두 기관을 장악서(掌樂署) - 좌방(左坊)의 아악과 우방의 당악 · 향악 - 로, 이론 연구를 담당한 악학과 실기 연습을 주관한 관습도감을 악학도감(樂學都監)으로 통합하였다. 그 뒤 세조 12년(1466)에 악학도감의 기능 일부를 장악서에 통합하여 음악 행정과 연주 활동을 일원화하였는데, 이 장악서가 성종(1469~1494) 때 장악원(掌樂院)으로 개칭되고, 이것이 조선 말기까지 존속하였다.[10]

건국 초기에 시대적 요구에 따라 설치된 다양한 음악 기관들이 마침내 장악원으로 일원화된 과정에서 음악 정책과 관련된 몇 가지 중요한 사실을 지적하면 다음과 같다.

첫째가 조선의 유교적인 정치 이념과 예악 사상에 근거한 음악을 체계화하는 과정에서 초기에는 고려의 음악 기관과 음악을 그대로 계승하였다.

---

10 조선 시대 음악기관의 설립과 변천 과정에 대해서는 송방송, 앞의 책, 222~238쪽 참조.

둘째로 조선 음악의 체계화 작업은 유학과 예악 사상에 입각하여 유학자들이 음악 이론을 정립하고, 이를 바탕으로 연주가를 교육하는 방법을 취하였다. 이 과정에서 음악 기관의 부침 현상이 일어났으니, 처음에는 '아악(제례 음악)/당악 · 향악(예술 음악)'과 같은 음악의 종류에 의해 이원적으로 설립되었다가 이론적 연구와 행정적 지원을 전담하는 기관이 설립된 다원화 단계를 거쳐 '연주 활동/이론 연구 · 행정'으로 기능적으로 이원화된 후 이것이 다시 통합되어 연주와 지원 체제가 일원화되었다.

셋째로 세종 때 음악을 정비하고, 세조 때 악제를 개혁하고, 성종 때 악서 - 악학궤범 - 를 편찬함으로써 음악 문화의 기틀이 마련되었다.

넷째로 악사가 '좌방 - 아악 - 악생(양인)/우방 - 당악 · 향악 - 악공(천인)'으로 나뉘어 악사의 소속과 분담 소임 및 신분을 통해 음악의 위계화 · 등급화를 구현하였다. 이밖에 관현맹인(양인, 천인)과 무동(천인)이 궁중 잔치, 곧 내연(內宴)에서 연주와 정재 공연을 하였다. 그리고 여기(女妓)는 고려에서는 교방(敎坊)에 속하였으나 조선에서는 장악원에 소속되지 않고 의녀(醫女)나 침선비(針線婢)에서 차출되었다. 유교적인 남존여비 사상에 기인하는 여성 예능인의 신분 격하였다. 결과적으로 아악이 당악 정재와 향악 정재를 밀치고 음악의 위계에서 최상의 위치를 차지하게 되었다.[11]

다섯째로 고려의 향악을 계승하여 악서에 기록할 때 유교적인 도덕론적 문학관에 입각하여 '남녀상열지사(男女相悅之詞)'는 제외시키거나 가사를 개작하였다.

2) 왕실화 정책

조선 말기에 여러 종류의 민간 공연예술이 궁중에 수용되었는데, 첫째가

11 조선 시대 음악의 위계 내지 음악인의 사회적 지위는 '아악 - 정재', '가사 - 판소리 - 잡가 - 민요'의 순서였다.

민간 연희의 궁중정재화이다. 정조 때부터 「검무」, 「항장무」, 「선유락」, 「사자무」 등과 같은 민간 연희가 시기와 경로를 달리하면서 수용되기 시작하였다.[12] 둘째는 대원군과 고종·순종이 판소리 광대를 궁궐로 불러들여 감상하였다. 특히 헌종이 모흥갑·염계달에게 동지(同知)를, 대원군은 박유전과 박만순에게 무과 선달을, 고종은 신재효에게 오위장을 제수하였다. 이밖에도 고종은 김창환을 비롯한 당대의 명창들에게 관직을 하사하였다.[13] 이러한 행위는 판소리 진흥 정책 내지 광대 우대 정책의 성격을 띤다.

그리고 셋째로 1902년 12월 최초의 국립극장격인 협률사(協律社)가 궁내부(宮內府) 관할로 설립되어 궁중 행사장과 일반 오락장의 역할을 하였으며, 나중에는 기생, 창우, 무동의 관리 기관을 겸하였다. 극장 협률사는 1906년에 폐지된 후 원각사(圓覺社)로 개칭되고 민간 극장으로 전용되어 최초의 창작 창극 「최병두타령(은세계)」이 공연되었으며,[14] 공연 단체 협률사는 1913년까지 명맥을 유지하였다. 국립극장 협률사는 제 구실을 못하였지만, 공연문화사에서는 공연 무대가 야외 무대에서 실내 무대로 전환된 것을 의미하여 주목에 값한다.

민간 연희의 궁중정재화, 판소리의 우대, 국립극장 설립 등은 정치적 목적에서 민간 사회의 공연문화가 궁중에 유입된 것을 의미한다. 다시 말해서 왕권을 강화하고 왕실의 위엄을 높이기 위해서 왕실과 민간의 예술적 소통을 활성화시킨 것이기에 민간 공연문화의 왕실화 정책이라 규정할 수 있다.

12 전경욱, 『한국의 전통연희』, 학고재, 2004, 302~309쪽 참조.

13 박황, 『판소리소사』, 신구문화사, 1974, 37·40·57·59~60쪽 참조.

14 이두현, 앞의 책, 246~262쪽 참조.

5. 근·현대의 전통 공연문화 정책

1) 일제 강점기의 억제와 보호 정책

장악원은 1895년에 궁내부(宮內府)로 이속되고, 1897년에 교방사(敎坊司)로 개칭되었는데, 교방사는 1907년에 장악과(掌樂課)로 바뀌었고, 장악과는 1908년에 다시 아악대(雅樂隊)로 바뀌었다. 이 아악대가 국권 상실 후 1913년에 이왕직아악부(李王職雅樂部)가 되었다. 이러한 명칭의 빈번한 변경은 단순히 직제 개편에 따른 변화가 아니라 인원과 규모의 축소 및 전통적인 궁중 음악의 쇠퇴를 의미하였는데, 1919년에 이왕직아악부가 '아악생 양성 규정'을 정하고 1920년에 제 1기생을 모집하여 전승·보존을 위한 노력을 시작하였고, 1921년 다나베 히사오(田邊尙雄)의 시찰 보고서를 계기로 조선 총독부의 아악 정책이 억제 정책에서 보존 정책으로 선회하였다.[15]

지방의 사정을 보면, 1938년에 하회별신굿탈놀이의 공연은 억압하였지만, 1935년 예천 경찰서 낙성식 때는 청단놀음의 공연을 허용하였다. 통영오광대의 경우에는 1930년대 중반부터 공연을 금지하였으나 기우제를 지낼 때는 오광대의 공연이 묵인되었다. 이처럼 전통 공연문화의 공연을 억제하면서도 통치나 민심 수습 차원에서 필요성을 느끼면 허용하는 이중적 잣대를 적용하였다.

이러한 '억제와 보호'라는 일제 강점기의 전통 공연문화 정책의 이중성에 대해서 다음과 같이 지적되기도 하였다.

> 통감부 체제 하에서 일제는 치안 유지를 명분으로 우리의 전통 민속문화를 억압하고, 일제 강점기에 들어서서는 우리의 민속 문화를 개선

15 송방송, 앞의 책, 525~527쪽 참조.

시켜 나아가야 하는 미개하고 미신적인 문화로 보고 「경찰범 처벌 규칙」(1912년 제정) 등에 의하여 탄압 내지 억압을 가하였다. 이로써 우리의 민속 문화는 단절되거나 해체될 위기에 처하게 되었다. 다른 한편 그들의 식민지 통치 정책의 변화에 따라서 우리의 민속 문화를 식민지 통치의 효과를 높이기 위한 이용 가치를 발견하고, 민속 문화에서 예를 들면 종교적이고 신앙적인 문화는 1930년대 이후 단속과 통제와 함께 일제의 신도(神道) 정책 추진과 관련하여 '온존'과 '개선'의 입장으로 선회하였던 것은 대표적인 것이다.[16]

문헌 자료의 조사와 해제 및 번역과 같은 기초 작업을 토대로 구한말과 일제 강점기의 전통 공연문화 정책을 심도 있게 연구하여 그와 같은 정책으로 인하여 왜곡·변질되었을지도 모르는 전통 공연문화를 정화시켜야 온전한 민족문화의 계승과 보존이 가능해질 것이다.

2) 해방 이후의 보존과 진흥 정책

1945년 해방이 되자 이왕직아악부는 구왕궁아악부로 개칭되었다가 1951년 문교부의 부속기관인 국립국악원으로 환골탈태하였다. 국립국악원은 전통음악의 계승 사업의 일환으로 1955년부터 국악사양성소를 운영하기 시작하였는데, 이것이 1972년에 국립국악고등학교로 개편되었다. 국립국악원은 공연, 악보 발간, 음반 제작, 국악 강좌, 국악 강습 등을 주요 사업으로 하여 운영되고 있으며, 조선 시대 장악원의 음악을 중심으로 정악(正樂)과 민속악을 전승하여 보존하는 국가 기관으로서의 위상과 역할이 정립되었다. 고등교육 기관으로는 전통 음악의 계승과 발전을 목적으로 1959년 서울대학교에 국악과를 설치한 것을 필두로 다른 국·사립대

16 『구한말·일제강점기 민속문헌 해제』, 국립문화재연구소, 2006, 14쪽.

학에도 국악과가 설치되었다.[17] 한편 국립창극단은 일제 강점기의 조선성악연구회의 맥을 계승하여 1962년 국립극장의 산하 단체로 창단되어 창극 운동의 중추가 되었다.

국가 차원의 전통음악 보존 정책이 국악과 창극이라는 좁은 테두리 안에서 이루어지는 가운데 근대화·산업화·도시화라는 시대적 변화 속에서 전통문화가 소멸되는 데 대해 위기의식과 문제의식을 느끼고 1962년 문화재보호법을 제정하고, 문화재를 유형문화재·무형문화재·민속자료·기념물·전통적 건물군으로 분류하고, 국보나 중요문화재, 중요무형문화재, 사적, 천연기념물 등으로 지정·보호하고 있다. 이 가운데 무형문화재는 '연극, 음악, 무용, 놀이와 의식, 무예, 공예 기술, 음식 등 무형의 문화적 소산으로서 역사적·예술적 또는 학술적 가치가 큰 것'이다. 현재 이들 무형문화재의 안정적인 보존과 체계적인 전수를 위해서 '기·예능 보유자-전수교육 조교-이수자-전수 장학생'으로 이어지는 전승 체계를 확립하여 재정적으로 지원하고 있다.[18]

이 무형문화재 가운데 연극·음악·무용·놀이와 의식이 전통적인 공연문화인데, 문화재보호법이 종묘제례나 종묘제례악과 같은 궁중의 공연문화보다 탈놀이, 판소리, 농악, 굿, 민속놀이와 같은 민간 사회의 공연문화가 더 많이 보호받고 보존되게 한 사실은 군주(君主) 사회에서 민주(民主) 사회로 바뀐 역사적 변천에도 기인하겠지만, 민속학자들이 정책의 결정과 집행에 깊이 관여한 결과로도 판단된다.

문화재청과 국립문화재연구소에서 무형문화재의 보존을 위해 해설서의 발간과 영상 기록 사업을 추진하고 있고, 특히 문화재청은 '무형문화재 제도 운영 효율화 및 보존·전승 활성화 워크숍'을 2004년에 실시한데 이어 2005년에는 '중요무형문화재 분류체계와 지원·관리 방안 연구

---

17 위의 책, 585~594쪽 참조.

18 『중요무형문화재』, 문화재청, 2004, 6~8쪽 참조.

결과 발표회'를 개최하기도 하였다. 전통 공연문화를 포함한 무형문화재의 온전한 보존과 전승을 위해서 법률과 제도의 보완 작업은 지속되어야겠지만, 원형 보존과 개작의 인정, 지역 문화를 탈피하여 민족 문화 차원에서의 전수 교육을 위한 전통문화학교의 설립,[19] 초·중등학교에서의 전통예술 교육 등과 같은 혁신적인 대책 마련도 요망된다.

19 예술의 실기 전문 교육을 목적으로 1992년에 설립된 한국예술종합학교에 전통예술원(음악과, 무용과, 연희과)이 1998년에 설치되었으나, 실기 위주인데다 교육 내용도 전통 공연예술을 총망라하지 못하고 있다. 그리고 2000년에 설립된 한국전통문화학교는 아예 유형문화재만을 대상으로 하고 있는 실정이다. 따라서 무형문화재의 학문적인 연구와 실기 교육을 위한 새로운 교육기관의 설립이 요구되는 것이다.

2

전통 연극의 역사적 이해

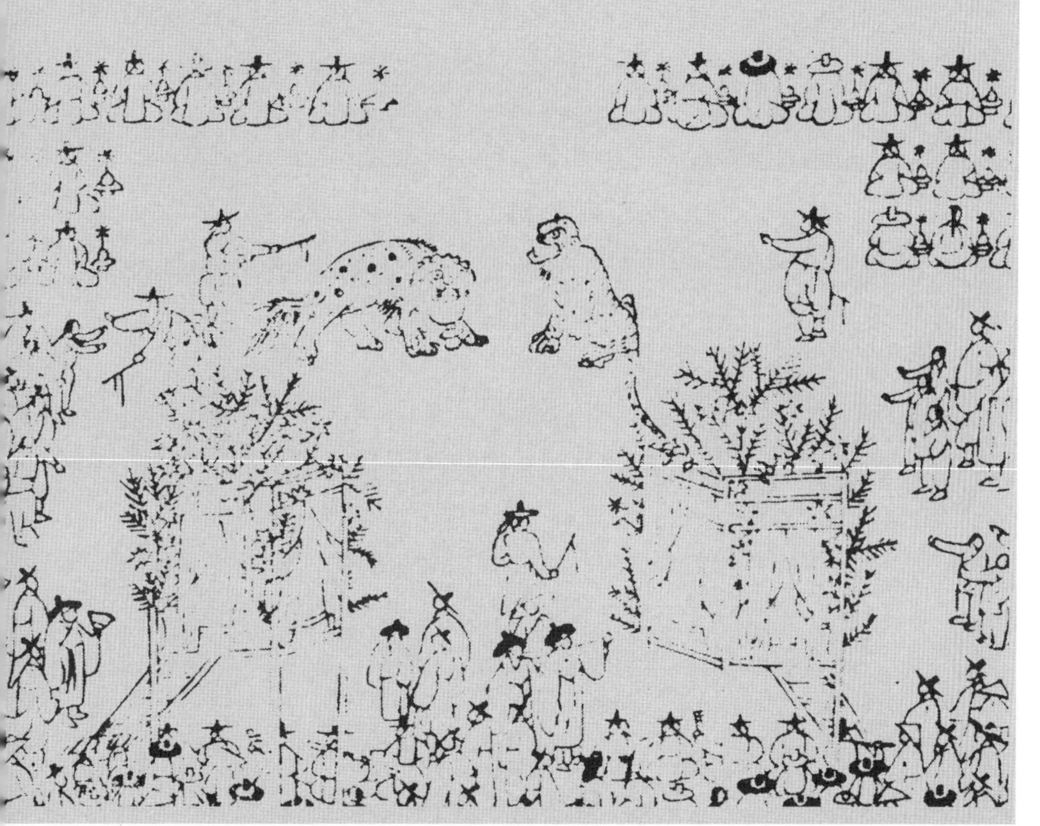

제4장 쿠차 사자탈춤의 전파와 한국적 변용

1. 실크로드에 대한 연극사적 관심

실크로드는 일반적으로 시안(西安)에서 로마에 이르는 교역로를 가리키는데, 중국 한나라 무제(武帝)가 기원전 2세기에 장건(張騫)을 파견하여 서역 경영을 시도함으로써 개통되었다. 그리고 서역(西域)이란 좁은 뜻으로는 중앙아시아의 타림 분지 - 티엔산(天山) 산맥과 쿤룬(崑崙) 산맥의 사이 - 주변의 36개 오아시스 국가들을 말하지만, 넓은 뜻으로는 서쪽의 페르시아, 아라비아까지도 포함하는 지역을 가리킨다. 그러나 실크로드는 교통로, 교역로만이 아니라 동서 문화의 교류가 이루어진 루트이기도 하다. 이 길을 통하여 인도의 불교와 아라비아의 이슬람교가 전파되었고, 서역의 음악 · 미술 · 곡예가 중국에 전래한 후 한국과 일본에까지 전해졌다. 일례로 석굴암은 인도 · 서역 · 중국의 석굴 사원의 연장선상에 있고, 석굴암의 불상은 그 연원을 그리스 조각과 간다라 미술에서 찾게 된다. 그렇지만 서역은 통로로서의 역할만 한 것이 아니라, 인도 문명 · 페르시아 문명 · 중국 문명의 교차 지점이고, 불교 · 이슬람교 · 도교 · 유교가 충돌 · 갈등을 일으키거나 융합 · 공존한 지역이기도 하다.

실크로드는 2차에 걸친 TV 방송으로 일반인들의 관심과 호기심을 불러일으켰으며, 관광지로도 인기를 끄는 지역이다. 실크로드에 대한 연구는 국내외적으로 불교학, 예술학(문학, 미술, 음악, 무용), 역사학, 고고학, 지리학, 경제학, 정치학 등 여러 분야에서 본격화되는 추세이고, 국내에서도 이미 돈황학회, 중앙아시아학회 등과 같은 학회가 결성되었다. 국외적으로는 중국이 주도하여 유네스코 문화유산으로 등재를 추진하고 있기도 하다. 그러나 무엇보다도 실크로드는 동서 문명의 교류와 융합이 일어난 지역으로 21세기 세계화에 대응해야 하는 우리에게 영감(靈感)을 주는 곳

이라는 사실에 주목할 필요가 있다.[1]

한국과 중국의 가면극에 대한 비교 연구는 크게 두 가지 경향으로 전개되었다. 이두현[2], 김학주[3]는 영향 관계 내지 사실 관계를 확인하는 입장을 취하였고, 박진태[4]는 동이점을 비교하여 보편성과 특수성을 발견하는 입장을 취하였다. 이러한 두 가지 접근 방법은 연구사적으로는 선후관계에 놓이지만, 그 효용성은 모두 인정되어 마땅하다. 한국의 사자무는 실크로드에서 전파된 것이 분명한 이상 일차적으로 사실 관계의 확인이 필수적이다.[5] 그러나 단순히 영향 수수(授受) 관계만을 확인하는 단계를 넘어서서 문화적 변용 측면을 심도 있게 분석하는 작업이 필요하다. 외래문화를 수용하여 문화적 · 역사적 맥락 속에서 한국화 · 토착화한 사실을 철저하게 구명해야 문화 교류의 '주변'에서 '중심'으로 도약할 수 있기 때문이다. 그리고 이러한 작업은 중국의 포로(鮑老)와 곽랑(郭郎)이 전래하여 꼭두각시놀음의 박첨지와 홍동지로 토착화되고,[6] 도교의 팔선의 하나인 이철괴의 가면이 산대놀이에서 연잎과 눈끔적이로 변용된 사실을 구명한[7] 기왕의 작업과 맥을 같이 한다.

---

1 일례로 경상북도 김천시에서 주최하는 2006년 전국체전에서 푸른 실크로 장정(裝幀)된 『삼국유사』에서 영감을 얻어 실크로드의 종착지였던 경주(경북)를 디지털로드의 시발지로 부활시킨다는 주제로 개 · 폐막식 행사를 기획하였었다.

2 이두현, 『한국가면극』, 문화재관리국, 1969; 『한국연극사』(신수판), 학연사, 1999.

3 김학주, 『한중 두 나라의 가무와 잡희』, 서울대학교출판부, 1994.

4 박진태의 『동아시아 샤머니즘연극과 탈』(박이정, 1999)과 「한 · 중 · 일 가면희의 제의극적 양상 비교」(『전환기의 탈놀이접근법』, 민속원, 2004, 172~196쪽) 및 「비교론: 한국과 티베트의 탈춤의 비교」(『한국고전희곡의 확장』, 태학사, 2006, 187~209쪽)

5 북청사자놀음보존회, 『북청사자놀음전수교본』, 태학사, 1996, 145~153쪽에서 전경욱은 한 · 중 · 일의 사자놀이를 연희 시기, 연희자, 관련 민속, 내용과 특징 면에서 비교하였는데, 부분적으로 전파론적 관점을 취하기도 하였다.

6 박진태, 『한국고전희곡의 역사』, 민속원, 2001, 127~183쪽 참조.

7 박진태, 『전환기의 탈놀이접근법』, 민속원, 2004, 138~171쪽 참조.

2. 서역의 사자탈춤의 형성과 중원에의 전파

사자의 서식지는 아프리카, 유럽, 서아시아, 인도 등지이므로 중국 사자무의 기원에 대한 기존의 견해는 인도 기원설과 페르시아 기원설 두 가지로 갈린다. 인도 기원설은 인도에서 기원전 3세기경 아쇼카 왕이 불교를 만방에 알리기 위해 건립한 사자석주(獅子石柱)에서 사자가 석가모니를 수호하는 신수(神獸)로 사용된[8] 이후 성립된 사자무가 천축국(天竺國; 인도)과 사자국(獅子國; 스리랑카)에서 불교가 전파된 길을 따라 쿠차(龜玆, 庫車)에 전해진 것이 장안에까지 전래되었다는 주장이다.[9] 불교가 쿠차에 전해진 시기는 기원 전 100년경으로 추정된다.[10] 인도의 불교가 서역에 전파될 때 서역 남도 - 타림 분지 남쪽과 쿤룬 산맥 북쪽의 길 - 는 사체(莎車), 호탄(우전), 누란(樓欄)을 중심으로 하여 동(東)이란 방언이나 카로스티(Kharosthi) 문자를 사용하는 주민들 사이에서 반야경과 화엄경 그리고 밀교 등과 관계가 깊은 대승 불교가 성행하였고, 북도 - 타림 분지 북쪽과 천산 산맥 남쪽의 길 - 에는 쿠차, 투루판 등을 중심으로 인도나 유럽계 언어를 사용하는 주민들 사이에서 아함경이나 율전(律典)을 전승하는 소승 불교가 성행하였다. 그러나 소승 불교였던 쿠차의 불교가 천축인과 쿠차왕의 누이 사이에서 태어난 구마라지바(鳩摩羅什: 344~413)가 사체(莎車)에 가서 대승학(大乘學)을 전수받아 옴에 따라 대승 불교로 바뀌고, 쿠차가 대승 불교의 이론 중심지가 되었는데,[11] 전진(前秦)의 부견(符堅)이 서역정토군(西域征討軍)으로 출정하는 여광에게 특별히 쿠차국을 복종시켜 구

---

8 권강미, 「통일신라시대 사자상의 수용과 전개」, 『신라의 사자』, 국립경주박물관, 2006, 210~211쪽 참조.

9 소북해(蘇北海), 『사주지로와 구자역사문화(絲綢之路與龜玆歷史文化)』, 중국:신강인민출판사, 1996, 622쪽 참조.

10 이진신(李進新), 『신강종교연변사(新疆宗教演變史)』, 중국:신강인민출판사, 2003, 103·107쪽 참조.

11 위의 책, 120쪽 참조.

마라지바를 장안으로 모셔오라고 명령한 것도 구마라지바가 주도한 대승 불교에 대한 관심 때문이었을 것이다. 아무튼 쿠차의 오방사자무의 성립을 쿠차가 다른 오아시스 국가들과 각축전을 벌이며 서역 북도의 중심 세력으로 부상하고, 종교적으로는 소승 불교에서 대승 불교로 대전환을 이룩하여 서역 불교의 중심지 역할을 수행하던 정치적·종교적 맥락에서 이해할 수 있겠다.

다시 말해서 한(漢) 무제가 기원전 2세기 후반에 서역 경영으로 동서 교역이 활발하게 이루어진 결과 서역도 번창하게 되어 국력이 강해진 36개(또는 55개) 오아시스나라들이 중원의 혼란을 틈타 인근의 다른 나라들을 통합해 나갈 때, 남도의 우전(Khotan)과 쌍벽을 이루게 된 쿠차가 구마라지바에 의해 소승 불교에서 대승 불교로 바뀜에 따라 왕권을 강화하려는 목적으로 호법적인 사자무를 호국적인 오방사자무로 확대·전환시켰을 개연성이 크다. 쿠차왕 백순(白純)이 귀국하는 구마라지바를 위해 금사자좌(金獅子座)를 건조하였다[12]는 말이나 쿠차왕이 금사자상(金獅子牀)에 앉았다[13]는 말도 쿠차에서 사자가 불법과 왕권을 상징한 사실을 의미하므로 오방사자무의 성립과 관련지어 볼 수 있다.

쿠차에서 오방사자무가 형성된 데는 중원의 오방 관념도 영향을 끼쳤을 것으로 추정된다. 서역에 오방 관념이 전해진 사실은 1995년 민펑(民豊)현의 니야(尼雅)유적지 1호 묘지에서 출토된 비단 호비(護臂)에 씌어진 "오성이 동방에 나타나니 중국에 이롭다(五星出東方利中國)"라는 점성술과 관련된 명문(銘文)이 입증해준다.[14] 묘지는 동한(25~220년) 시기에 조성된 것으로 보이니, 서역 남로가 개척된 이른 시기에 '중국(中國)'의식, 곧 '중화(中華)'사상이 서역에 전파되었음을 알 수 있다. 따라서 중원에서 전해

---

12 위의 책, 같은 쪽 참조.

13 신강 위구루자치구 문물관리위원회 외 공편, 『중국석굴: 키질(克孜爾)석굴』, 문물출판사, 1989, 284쪽의 『구당서(舊唐書)』「구자국전(龜玆國傳)」 참조.

14 『신강 위구루자치구 박물관도록』, 2006, 82쪽의 사진과 해설문 참조.

「그림1 : 니야 무덤 출토 비단 호비(護臂)」

진 '중국 의식'을 쿠차에서 주체적으로 수용하여 오방사자무를 창조했을 개연성을 상정할 수 있는 것이다.

다음으로 페르시아 기원설에 대해 살펴보기로 하자. 『후한서』의 「서역전(西域傳)」에 '안식국에서 장화 원년(87년)에 사신을 보내 사자를 바쳤다(安息國 章和元年 遣使獻獅子)'라고 기록되어 있는 점으로 보아 페르시아에서 전래한 것이 분명하다는 것이다. 기원전 3500년경 이집트에서 제왕의 얼굴에 몸체는 사자인 스핑크스는 무덤의 수호신이었으며, 기원전 2세기경의 카프라 왕 옥좌가 사자좌(獅子座)로 조각되어 있듯이 사자는 왕권의 수호자였다. 서아시아 페르세폴리스에 조각되어 있는 기원전 6세기의 사자투쟁 장면은 왕이 공포의 대상인 사자를 정복하여 왕의 강력한 힘과 위용을 과시하고, 싸움에서 진 사자를 왕의 수호자로 만든 사실을 의미한다.[15]

이처럼 왕과 무덤의 수호신이고 왕의 힘과 위엄을 상징하는 이집트와 페르시아의 사자가 실크로드를 통하여 쿠차에 전래하였다는 주장이다.

이러한 인도 기원설과 페르시아 기원설은 지리적 · 역사적 측면에서 모두 개연성이 인정되는데, 쿠차의 종교문화적 · 가면문화적 관점에서 사자무의 자생적인 측면도 고려해 볼 필요가 있다고 본다. 서역의 원시 종교로 동식물 숭배 · 토템 신앙 · 생식 숭배 · 조상 숭배 · 샤머니즘 등이 지적되는데, 암각화 · 유물 · 민속이 이를 증명한다.[16] 서역 거주민의 유목 생활과 밀접한 관계가 있는 동물은 야수류로 이리, 곰, 사자, 호랑이, 표범, 여우, 사슴, 산양 등이고, 가축류는 낙타, 말, 소, 양, 개 등이 있으며, 새는 매, 백조가 있고, 이밖에 쥐, 용, 뱀, 개구리 등등이다. 십이지신(十二支神)이 이러한 동물들을 신격화한 데서 유래할 텐데, 이를테면 우전국에서 쥐를 숭상하여 왕이 금서관(金鼠冠)을 쓰고, 사당을 짓고 제사를 지냈으며, 쥐신에게 빌어 외적의 침범을 막았다는 전설이 있다.[17]

사자는 일반적으로 인도, 아프리카, 유럽, 서아시아에 서식하는 것으로 알려져 있으나, 서역에서 사자를 사냥하는 수렵도가 있는 것으로 보아 서역에도 사자가 살았던 것으로 보인다. 투루판의 아스타나 고분(191호)에서 출토된 당대(唐代; 618~907)의 견직물(絹織物)에 그려진 수렵도를 보면, 무사가 말을 타고 달리며 사자를 향하여 활을 겨냥하고 있는데, 사자는 앞발을 들고 공격하는 자세를 취하고 있다. 그런데 말의 목덜미에 관마(官馬)의 표시가 화인(火印)되어 있는 점에서 이것이 단순히 상상에 의해 그려진 그림이 아니라 당시에 서역에서 실제로 사자 사냥이 행해졌다고 보아야 할 것 같다.[18]

---

15 권강미, 앞의 논문, 211쪽과 진 쿠버; 이윤기 옮김, 『그림으로 보는 세계문화상징사전』, 까치, 1994, 198~200쪽 참조.

16 이진신, 앞의 책, 3~66쪽 참조.

17 위의 책, 24~25쪽 참조.

18 『신강 위구루자치구 박물관도록』, 홍콩(香港):금판문화출판사, 2006, 88쪽의 사진과 해설 참조.

그리고 다른 묘(216호)에서 출토된 무덤의 수호신상이 머리는 사자이고, 발은 소이고, 꼬리는 시랑이인 괴수인 것으로 보아 사자가 신격화된 사례를 보이는데,[19] 사자가 무덤 내지는 사자(死者)를 지키는 경우는 오히려 바이호린(巴音郭楞) 몽골 자치주의 유리(尉犁)현 잉판(營盤) 묘지에서 출토된 목관 덮개 융단에 사자의 문양이 있어 사자가 악귀를 막아내는 구실을 하는 동물신으로 숭배된 사실을 알 수 있다.[20] 이밖에도 우루무치 현에서 발굴된 사자모양 금패(金牌) 장식은 기원전 5세기의 유물이므로[21] 한무제에 의해 서역 경영이 이루어지기 훨씬 이전부터 이 지역에 사자가 생활 속에 깊숙이 자리하였음도 알 수 있다.

게다가 천산 산맥 북쪽 이리(伊犁) 지구 짜오수(昭蘇) 현의 보마(波馬) 고묘에서 출토된 돌궐족 남자 얼굴의 황금 가면이 기원전 6세기 전후의 유물이고,[22] 짜오수 현에 인접한 신유안(新源) 현에서는 넓고 납작한 코와 옆으로 일자형으로 벌린 입을 하고 움푹 파인 눈에 눈동자만 돌출시켜 구멍을 뚫은 10~13세기의 돌가면이 발굴되었고,[23] 유리(尉犁) 현 잉판(營盤) 묘지(15호)에서 발굴된 마른 시신의 얼굴에 황금머리띠를 한 사자(死者) 가면—삼베로 만들어 하얀 칠을 한 얼굴에 가느다란 눈썹과 팔자수염은 검은 먹으로 그리고, 실눈과 붉은 색을 칠한 입은 웃고 있다—은[24] 서역의 가면 문화의 생생한 증거물이 되는 바, 인도나 페르시아의 사자춤이 전래되기 전에 사자탈과 사자탈춤이 존재했고 여기에 외래 사자탈춤이 결합되었을 개연성을 상정해볼 수 있는 것이다. 외부에서 수용한 문화가 토착

19 위의 책, 159쪽의 아래 그림과 해설문 참조.

20 왕병화(王炳華) 주편, 『신강고시(新疆古尸): 고대신강거주민과 그 문화(古代新疆居民及其文化)』, 중국:신강인민출판사, 2002, 148쪽 사진 참조.

21 『신강 위구루자치구 박물관 도록』, 69쪽 하단 사진과 해설문 참조.

22 『중국신강문물고적대관(中國新疆文物古迹大觀)』, 중국:신강미술촬영출판사, 1999, 381쪽 사진과 해설문 참조.

23 목순영(穆舜英) 주편, 『중국신강고대예술』, 중국:신강미술촬영출판사, 1994, 137쪽의 작품번호 353번 사진 참조.

24 왕병화(王炳華) 주편, 앞의 책, 150쪽과 152쪽 사진 참조.

적인 문화와 융합하는 현상은 쿠차악이 385년(前秦 시대)에 중원에 전래된 이후 쿠차의 음악가 수찌포(蘇祇婆)가 565년(북주 시대)에 장안에 당도하여 582년(隋 개황 2) 정역(鄭譯)이 궁(宮), 상(商), 각(角), 치(徵), 우(羽)에 변궁(變宮)과 변치(變徵)를 첨가하여 만든 7음을 서역 비파(琵琶)로 연주함으로써[25] 서역 음악과 중원 음악의 접합점을 찾은 사실에서 확인할 수 있는데, 쿠차의 사자탈춤도 이런 시각에서 그 형성 문제를 이해할 수 있지 않을까?

외래 기원설이건 토착 기원설이건 쿠차 사자무의 형성을 해명하는 데 필요한 직접적이고 결정적인 증거 자료는 아직 발굴하지 못한 형편이다. 다만 쿠차와 동일한 서역 북도에 위치하는 투루판(吐魯番)의 아스타나(阿斯塔那) 고분에서 출토된 7~8세기의 사자무(獅子舞) 토용(土俑)을 통해서 쿠차의 사자무를 추정해볼 수 있어 그나마 다행이다. 사자 인형은 높이가 12cm, 길이는 10cm이고, 진흙을 참빗으로 긁어 사자의 꼬불꼬불한 털을 나타냈고, 등에 네 개의 넓은 띠를 양 옆으로 드리웠고, 몸체는 백색을 칠하고 부분적으로 담녹색을 칠했으며, 머리는 붉은 색과 검정색을 칠하였다. 사자의 얼굴은 둥근 눈을 크게 뜨고 입을 벌리고 하얀 이빨과 혀를 내보이는 무서운 모습이다. 이 인형을 실제 사자의 인형이 아니고 사자탈춤 인형으로 보는 근거는 사자 인형의 발이 장화를 신고 있는 사람의 발이기 때문이다.[26] 따라서 한 사람이 사자머리를 두 손으로 받쳐 들고서 놀리고 다른 한 사람은 앞사람의 허리를 잡고 허리를 구부려 사자의 몸체를 만들어 사자의 전신상을 재현한 사자탈이었음을 알 수 있다.

---

25 쿠차현지(庫車縣志)편찬위원회 편, 『쿠차현지(庫車縣志)』, 중국:신강대학출판사, 1993, 16~18쪽 참조.

26 『중국음악문물대계』, 205쪽의 사진과 해설문 및 왕영(王嶸), 『서역문화적 회성(回聲)』, 중국:신강청소년출판사, 2003, 79쪽과 목순영 주편, 앞의 책, 156쪽의 403번 사진 참조.

「그림2 : 아스타나 고분 출토 사자무용(獅子舞俑)」

『악부잡록』에 의하면 중국의 사자무가 쿠차에서 전래했다는 주장을 정설로 받아들여도 무방할 것 같다. 장안의 오방사자무는 쿠차에서 전래한 것으로 높이가 한 길이고 몸에는 오방색의 가죽을 걸치고 태평악곡에 맞추어 춤을 추는 오방사자마다 각각 붉은 머리띠를 두르고 화려한 옷을 입고 붉은 먼지떨이를 손에 든 12명의 사자랑(獅子郎)이 따라붙어 조종하였다. 그리고 『통전』에 의하면 털을 엮어서 만든 사자꼴 속에 사람이 들어가서 굽어보고 우러러 보아 길들여진 형용을 하였는데, 곤륜의 복식을 한 두 사람이 고삐줄을 잡고, 다섯 사자들은 제각기 방위에 따라 옷을 입었으며, 140명이 「태평악」을 부르며 그에 맞춰 춤을 추었다. 또한 오방사자무의 황색 사자는 황제의 권위를 상징하므로 청색, 백색, 적색, 흑색의 사자들이 사방에 서서 춤을 출 동안 태평악을 불러 황제의 공덕을 칭송하였다. 무엇보다 당나라 수도 장안에서 최초로 사자무를 연행한 연희자들이 쿠차인들이었다는 것이다.[27]

쿠차의 오방사자무가 쿠차국을 복속시킨 전진(前秦)의 여광(呂光)에 의하여 385년에 양주(凉州)로 전해졌고, 그 후 중원의 오방사자무로 변용되었는데, 중원의 오방사자무는 두우(杜佑: 735~812)의 『통전(通典)』, 단안절(段安節)의 『악부잡록(樂府雜錄)』(890년 전후), 『구당서(舊唐書)』 「음악지」에 약간씩 다른 모습으로 기록되어 있다. 『통전』에 의하면 여광이 쿠차악을 '진한기(秦漢伎)'로 변화시킨 것을 북위의 태무제(太武帝: 423~452)가 하서(河西)를 평정하고 얻어서 '서량악(西凉樂)'이라 불렀으며, 이것이 수대까지 중시되다가 당대에 와서 '서량기(西凉伎)'가 되었다.[28] 당대의 서량기는 위대와 수대에 비하면 크게 변화된 모습이었는데, 백거이(白居易: 772~846)의 「서량기」에는 당대에 개편된 연극이 생동감 있게 묘사되어 있다.[29]

---

27 왕영(王嶸), 앞의 책, 80쪽 요약.

28 김학주, 『중국고대의 가무희』, 민음사, 1994, 220쪽에서는 「서량기」는 「상운악」을 개작한 것이라고 하였으나, 「상운악」과 「서량기」의 관계는 보다 면밀한 재고가 있어야겠다.

29 소북해(蘇北海), 앞의 책, 622쪽을 요약하여 정리.

西涼伎	서량기에는
假面胡人假獅子	가면 쓴 오랑캐와 가짜 사자가 등장하는데
刻木爲頭絲作尾	나무 깎아 머리 만들고 실을 꼬아 꼬리 만들고
金鍍眼睛銀帖齒	금칠을 한 눈에 은칠 입힌 이빨 달고,
奮迅毛衣擺双耳	털옷 털면서 두 귀 흔드는 게
如從流砂來萬里	마치 서쪽 사막 건너 만릿길 온 듯하네.
紫髯深目兩(羌)胡兒[30]	자줏빛 수염에 눈이 움푹한 두 오랑캐가
鼓舞跳粱前致辭	북 장단에 춤추며 뛰어나와 말씀 아뢰네.
應似涼州未陷日	이르기를 양주가 함락되기 전
安西都護進來時	안서도호부에서 공물 바칠 적에 왔는데,
須臾云得新消息	문득 새 소식 전해 오기를
安西路絶歸不得	안서로 가는 길이 끊기어 돌아갈 수 없게 되었다네.
泣向獅子涕双垂	사자 마주보고 두 줄기 눈물 흘리며 울면서
涼州陷沒知不知	양주가 적에게 함락된 줄 아는가 모르는가 묻네.
獅子回頭向西望	사자가 머리 돌려 서쪽 바라보며
哀吼一聲觀者悲	한 소리 슬피 우니 관객들도 모두 슬퍼하네.
貞元邊將愛此曲	정원(785~804)의 변경 장수들이 이 악곡 좋아하여
醉坐笑看看不足	술 취해 앉아 웃으며 구경하면서 물릴 줄 모르네.
娛賓犒士宴監軍	군에서 잔치 벌이는데,
獅子胡兒長在目	사자와 오랑캐는 늘 눈앞에 있네.
有一征夫年七十	한 나이 일흔 출정 나온 사람 있어
見弄涼州低面泣	「서량기」 놀이하는 것 보고 머리 숙여 울더니,
泣罷斂手白將軍	울음 그친 뒤 두 손 모아 쥐고 장군께 이렇게 아뢰네.
主憂臣辱昔所聞	임금의 근심이 신하의 욕이 됨은 옛날에 들은 바

30 이본에 따라 두 글자로 기록되어 있다.

	인데,
自從天寶兵戈起	천보 연간(당 현종; 742~755) 안록산이 난을 일으킨 뒤로
犬戎日夜呑西鄙	서쪽 오랑캐들 밤낮으로 서쪽 변경 침략하여,
涼州陷來四十年	양주가 함락된 지는 40년이요,
河隴侵將七千里	하농(하서와 농우)지방은 7천 리나 침입해 왔소.
平時安西萬里疆	평상시에는 안서지방의 만 리 영토였는데
今日邊防在鳳翔	지금은 봉상에서 국경 방비하고 있으니,
緣邊空屯十萬卒	변방의 십만 군졸은 공연히 주둔하여
飽食溫衣閑過日	배불리 먹고 따스하게 옷 입고 한가한 나날 보내고 있소.
遺民腸斷在涼州	버려진 백성들의 창자 양주에서 끊어지고 있는데도
將卒相看無意收	장졸들은 서로 쳐다보기만 하고 회복할 뜻도 없는 듯하오.
天子每思長痛惜	천자께선 이를 생각할 때마다 늘 아프고 안타까워하시니
將軍欲說合慙羞	장군들은 말하려도 부끄럽고 죄스러울 것이거늘,
奈何仍看西涼伎	어찌하여 이처럼 「서량기」를 구경하며
取笑資歡無所愧	웃고 즐기면서 부끄러운 줄도 모르오?
縱無智力未能收	비록 땅 되찾을 지혜도 능력도 없다고 해도
忍取西涼弄爲戲	어찌 차마 서량으로 놀이하며 즐긴단 말이오![31]

관극시 「서량기」는 백거이가 양주를 토번(吐蕃) 오랑캐에게 빼앗긴 상황에서 실지 회복의 의지 없이 서량기를 구경만 하는 세태를 개탄한 작품을 보고 공감하여 지은 시이다. 다시 말해서 '수염이 붉고 눈이 움푹 파

31 김학주, 『중국고대의 가무희』, 민음사, 1994, 212~215쪽에서 원문과 번역문 인용.

인' 사자 조종자가 양주를 토번에 빼앗겨 안서 도호부가 있는 쿠차로 되돌아갈 수 없는 신세를 한탄하면서 망향의 서러움을 토로하고, 마침내 구경하던 칠십 노병(老兵)이 의분을 느끼고 장수를 성토한 사실을 백거이는 「서량기」에 기록하였다. 그리하여 백거이는 「서량기」의 역사적·정치적 의미를 '변방의 이민족을 복속시켜 태평성대를 이루는 치국의 도'로 해석하고 「서량기」를 통해 오랑캐에게 빼앗긴 양주를 되찾도록 세인을 각성시킬 목적으로 관극시를 창작한 것이다.

여기서 우리는 몇 가지 중요한 사실을 간파할 수 있다. 첫째는 「서량기」의 연희자가 지닌 조국 쿠차를 향한 향수와 한족에 대한 저항 의식이고, 둘째는 전승성과 현장성의 결합 현상이고, 셋째가 구경꾼까지 참여하는 공연장의 개방성과 즉흥성이다. 이것은 중국의 예술 교류사를 바라보는 시각과 궁중 정재의 정치사회적 맥락을 재음미하게 만든다.

그러나 여기서 무엇보다 중요한 부분은 이러한 수용적인 측면이 아니라 사자무 자체에 관한 정보이다. 곧 사자무가 실제 사자를 조련하여 공연하는 동물 묘기가 아니라 가면무라는 사실, 사자탈의 형상, 재료와 제작법, 동작과 반주 음악, 조종자의 가면과 대사 등에 관한 정보가 기록되어 있는 것이다.

한편 원진(元稹)의 「서량기」에는 사자무만이 아니라 환검(丸劍)과 호등무(胡騰舞)가 연행되고, 대완과 토번에서 조공을 바치는 놀이를 한 사실이 기록되어 있다.

哥舒開府設高宴	가서한(哥舒翰) 장군 부중(府中)에 성대한 잔치 벌였는데,
八珍九醞當前頭	온갖 좋은 음식 귀한 술 앞머리에 널려 있네.
前頭百戲競撩亂	앞쪽에선 백희를 다투듯 어지러이 연출하고 있는데
丸劍跳躑霜雪浮	튀어 오르는 환검은 서리와 눈 떠오르듯
獅子搖光毛彩豎	사자가 번쩍이는 몸 흔드니 털의 광채 뻗치고

胡騰醉舞筋骨柔	취하여 추는 호등무는 근육과 뼈 부드러운 듯 하네.
大宛來獻赤汗馬	대완(우즈베키스탄 지역)에선 적한마를 바쳐오고
贊普亦奉翠茸裘	토번 임금도 와서 비취색 부드러운 갖옷 바치네.[32]

원진의 「서량기」도 위에 인용한 부분의 앞에서는 오랑캐들에게 침략당하기 이전 양주 지방의 번성했던 상황을 묘사하고, 뒤에서는 하황(河湟)을 빼앗긴 채 놀이만 즐기는 장군들을 꾸짖는 내용인 점에서 백거이의 「서량기」와 동궤에 속하는데, 다만 공연 종목에서 결정적인 차이가 난다. 이러한 사실은 백거이와 원진이 서로 다른 「서량기」를 관람한 데 기인할 것이며, 고대 사회에서 가무희가 공연될 때 상황에 따라 레퍼토리를 재구성한 사실을 시사한다. 한편 주사(周捨: 469~524), 양(梁)의 무제(武帝: 502~549), 이백(702~762), 이하(李賀: 791~817) 등이 남긴 관극시 「상운악(上雲樂)」에서도 서역의 사자무가 왕화에 감사하기 위하여 가무희를 바치는 정재로 수용된 사실을 전한다.[33]

그런데 결코 간과할 수 없는 사실은 쿠차의 오방사자무와 중원에서 전래되어 연행된 오방사자무는 본질적으로 그 의미와 기능이 다르다는 점이다. 곧 쿠차의 오방사자무는 쿠차를 서역의 중심으로 인식하는 오방사자무이지만, 이것이 중원으로 이동하면 중원을 중심으로 설정하고 서역을 변방의 통치 지역으로 인식하는 오방사자무가 된 것이다. 이렇듯이 쿠차의 연희자들은 중원에서 자신들을 서쪽 오랑캐로 간주하는 사자무를 공연해야 했으니, 구마라지바도 여광에 의해 훼절당하는 치욕과 수모를 겪

32 위의 책, 215쪽에서 원문과 번역문 인용.

33 위의 책, 209쪽과 211쪽 및 북청사자놀음보존회, 『북청사자놀음전수교본』, 태학사, 1996, 166쪽 참조.

은 뒤 중원에 끌려와 불경을 한역하는 작업에 협력해야 했던 비운과 고난의 짐을 함께 짊어졌다.

3. 한국 사자탈춤의 변모 과정

사자무가 한국에 전래된 시기는 불확실하다. 다만 최고(最古)의 기록이 고구려, 백제, 신라가 아닌 가야에서 먼저 발견되므로 이를 근거로 전래된 시기를 추정할 수는 있다. 우륵의 가야고음악 12곡에 「사자기(師子伎)」가 포함되어 있고, 우륵이 가야국의 멸망이 다가오자 신라에 투항하여 지금의 충주에 머물면서 진흥왕이 파견한 계고에게는 가야금을, 법지에게는 노래를, 만덕에게는 춤을 전수했다는 기록에 근거하면, 서역 계통의 사자무가 가야국에 전래된 시기는 552년(진흥왕 13년) 이전으로 소급할 수 있다.[34] 그러나 대가야국의 왕권을 강화하려는 목적에서 수용된 「사자기」[35]가 우륵이 신라의 세 사람에게 전수한 11곡에 포함되지 않았는지, 혹은 세 사람이 우륵에게서 전수한 11곡을 5곡으로 압축할 때 누락되지 않고 계승되었는지의 여부는 불확실하다.

하여튼 신라에서는 300여 년이 경과한 뒤에야 최치원(857; 문성왕19~?)이 기록한 「향악잡영」 속의 오기에 나타난다. 오기는 「금환」, 「월전」, 「대면」, 「속독」, 「산예」 등인데, 최치원이 오기의 공연을 관람하고 각각 칠언절구로 기록하였다.

---

34 이병도 교감, 『삼국사기』, 을유문화사, 1980, 506쪽(「잡지」 '악')과 58쪽(「신라본기」 '진흥왕'조) 참조.

35 우륵이 대가야의 가실왕의 명령을 받고 지은 열두 곡 중 「보기」, 「사자기」, 「이사」를 제외한 나머지 아홉 곡이 모두 경상남북도의 지명인 사실(송방송, 『한국음악통사』, 일조각, 1988, 66쪽 참조)은 금관가야의 멸망 이후 대가야를 중심으로 가야 세력을 결집하여 신라에 대항하려던 가실왕의 의지를 반영한다고 볼 수 있다.

「금환(金丸)」

몸 돌리고 팔 휘둘러 금환을 희롱하니,
달이 구르고 별이 뜬 듯 신기하다.
의료(宜僚)의 재주인들 이보다 더 나으랴?
바다의 험한 파도도 잠잠해지네.

(廻身掉臂弄金丸/月顚星浮滿眼看/縱有宜僚那勝此/定知鯨海息波瀾)

「월전(月顚)」

높은 어깨 움츠린 목에 머리채는 우뚝
팔뚝을 걷은 난쟁이들 술잔 다투네.
노랫소리 듣고서 사람들 웃어대는데,
초야부터 휘날리던 깃발 새벽을 재촉하네.

(肩高項縮髮崔嵬/攘臂群儒鬪酒盃/聽得歌聲人盡笑/夜頭旗幟曉頭催)

「대면(大面)」

황금색 가면을 쓴 사람이
구슬채찍 들고 귀신을 쫓네.
내닫다가 살금살금 다가가는 춤,
붉은 봉황이 요춘곡(堯春曲)에 춤을 추는 듯.

(黃金面色是其人/手抱珠鞭役鬼神/疾步徐趨呈雅舞/宛如丹鳳舞堯春)

「속독(束毒)」

봉두난발한 남색가면 기이하구나.
무리를 대동하고 추는 난조춤.
북소리 둥둥 바람은 살랑살랑
남북으로 분주하게 뛰어다니네.

(蓬頭藍面異人間/押隊來庭學舞鸞/打鼓冬冬風瑟瑟/南奔北躍也無端)

「산예(狻猊)」

멀고먼 고비사막 만 리 길 건너와
떨어진 털가죽에 먼지만 뒤덮여.
고개와 꼬리 흔들어 어진 덕 보이니,
백수의 재주일망정 이 기상을 따르리?
(遠涉流砂萬里來/毛衣破盡着塵埃/搖頭掉尾馴仁德/雄氣寧同百獸才)[36]

「금환」은 황금빛 공을 공중에 포물선을 그리며 여러 개를 던져 받아 달과 별의 운행을 재현하는 놀이를 구경꾼들이 잔뜩 긴장한 채 숨죽이고 구경하는 장면을 기록하였고, 「월전」은 깃발이 휘날리는 공연장에서 난장이들이 어깨와 목은 고정한 채 머리만 좌우로 움직이는 뱀춤을 추며 술잔을 다투는 장면을 연출하여 구경꾼들을 웃기는 놀이가 새벽까지 연희된 사실을 전한다. 「대면」은 황금색 탈을 쓰고, 구슬채찍을 손에 들고, 빠르게 달리다가 천천히 다가가서 악귀를 내쫓는 탈춤의 내용을 알려주고, 「속독」은 남색 탈을 쓰고 머리는 산발한 탈꾼이 무리를 거느리고 북소리에 맞추어 이리저리 뛰어다니며 춤을 춘 사실을, 「산예」는 고개와 꼬리를 흔들며 웅혼한 기상을 과시하는 사자춤이 고비사막을 거쳐 전래된 사실을 전한다.

곧 「금환」은 농주희(弄珠戲)이고, 「월전」은 골계적인 주유희(侏儒戲), 곧 난장이놀이이며, 「대면」은 황금색의 탈을 쓰고 악귀를 내쫓는 벽사의식무이고, 「속독」은 '왕화(王化)를 사모하여 떼 지어 와서 춤과 음악을 헌납하는' 원방인을 표현한 탈놀이이고, 「산예」는 사자춤이다. 「금환」과 「월전」은 곡예이고, 「대면」, 「속독」, 「산예」는 탈춤인 것이다. 「금환」은 중국의 선진 시대에 서역에서 전래한 것이 신라에도 전래한 것이며, 「월전」은 서역의 우전국(于闐國; 현재의 和闐, 호탄지방)에서 전래하였으며, 「대면」과 「속

36 원문은 이병도 교감, 앞의 책, 319쪽에서 인용하고 번역은 필자.

독」도 각각 서역의 쿠차(龜茲)와 속특(粟特; Sogd)에서 발생하여 당을 거쳐 신라에 전래되었으며, 「산예」는 인도에서 발생하여 서역과 당을 거쳐 신라에 전래되었다.[37] 이러한 서역 계통의 예능들이 신라에 전래하여 오행 관념에 근거하여 오기(五伎)로 집대성되고 신라화한 것으로 보인다. 그런데 최치원이 당에서 귀국한 시점이 885년인 사실을 감안하면, 「향악잡영」이 서역에서 직접 전래하였거나 또는 당을 경유해서 전래한 오기를 최치원이 885년 이후(9세기 말엽)에 신라에서 관람을 하고 지은 관극시라 말할 수 있다.

최치원(857~?)이 서역 계통의 탈춤과 곡예를 '향악'으로 호칭한 것을 보면 오기는 외래 연희이지만 신라에서 재구성되고 변모된 것이라는 추정이 가능해진다. 그 가운데 「산예」가 사자무이다. 사자무가 서역의 쿠차국에서 타클라마칸 사막이나 고비 사막을 건너 전래한 사실을 언급한 것은 백거이(白居易)의 「신악부(新樂府) · 서량기(西凉伎)」와 일치한다. 다만 공간의 이동과 시간의 흐름에 따라 일어난 변화로 「서량기」에서는 금빛 눈을 부릅뜨고 흰 이빨을 드러낸 채 몸과 귀를 힘차게 빨리 흔들어 악귀와 맹수를 위협하는 동작에서 슬피 우는 모습으로 전락하였음을 부각시킨 데 반해서 「향악잡영」에서는 남루해진 사자털 가죽을 통해 발상지와 전승지의 공간적 거리감을 표현하였다. 그리고 「서량기」는 사자가 머리와 귀를 힘차게 빨리 흔들어 분노와 용맹의 모습을 강조한 데 반해서 「향악잡영」의 사자는 머리와 꼬리를 설레설레 흔들어 부처의 자비심을 받아들이도록 교화된 모습이면서도 '백수의 왕'의 풍모를 간직한 사실을 부각시킨 점에서도 차이점을 드러낸다.

백제의 경우에는 부여 능산리 절터에서 발굴된 금동 대향로에 사자가

37 이두현, 『한국연극사』, 학연사, 1999, 69~73면 참조. 월전에 대해서 이두현 박사는 당악의 「주호자(酒胡子)」, 일본 기악의 「취호(醉胡)」, 우방악의 「호덕악(胡德樂)」과 좌방악의 「호음주(胡飮酒)」와 동일계통으로 보았으나, 필자는 난쟁이를 흉내 내는 가면희로 본다.

「그림3 : 화성 낙성연도의 사호무」

조각되어 있고,[38] 백제인 마마지가 612년에 일본에 전해준 기악을 1233년에 기록한 『교훈초(敎訓抄)』에 사자탈춤이 나타나는 것으로 보아 백제에도 사자무가 전래되었을 개연성이 크다.[39]

삼국 시대 이후의 사자무는 조선 시대에 와서 『화성성역의궤(華城城役儀軌)』의 「화성낙성연도(華城落城宴圖)」에 들어 있는 사호무(獅虎舞)를 통해서 구체적인 모습을 알 수 있다. 사자는 커다란 혀를 내밀어 먹이를 먹으려 하고, 호랑이는 앉아서 사자를 물끄러미 바라보고 있는데, 채찍을 든 조종자는 2명씩이고, 사자의 조종자 한 사람은 놀이판으로 들어오려는 구경꾼을 만류하는 장면이다.[40] 조종자가 2명인 점은 『구당서』 「음악지」와

38 『신라의 사자』, 국립경주박물관, 2006, 16쪽 사진 참조.
39 박진태, 『한국고전희곡의 역사』, 민속원, 2001, 18~21쪽 참조.
40 박정혜, 『조선시대 궁중기록화연구』, 일지사, 2002, 372쪽의 도면 참조.

같지만, 오방사자무가 아니고 사호무인 점은 변화된 모습이다. 그런데 김수장(1690; 숙종16~?)의 사설시조에도 사호무가 기록되어 사호무가 궁중 의식만이 아니라 민간 사회에서도 활발하게 연행되었음을 전한다.

> 하사월(夏四月) 첫 여드렛날에 관등(觀燈)하려 임고대(臨高臺)하니
>
> 석양(夕陽)은 비꼈는데 원근고저(遠近高低)는 어룡등(魚龍燈) 봉학등(鳳鶴燈)과 두루미 남생이며 종경등(鐘磬燈) 북등 현등(懸燈)에 수박등(水朴燈) 마늘등과 연꽃 속에 선동(仙童)이요 난봉(鸞鳳) 위에 천녀(天女)이로다 배등 집등 산대등과 사자(獅子)가 탄 체괄(體适)이요 호랑이 탄 오랑캐와 칠성등(七星燈) 벌렸는데 동령(東嶺)에 월상(月上)하고 곳곳에서 불을 켠다 어언홀언간(於焉忽焉間)에 찬란(燦爛)도 하고나
>
> 이 중에 월명(月明) 등명(燈明) 천지명(天地明)하니 대명(大明) 본 듯하여라[41]

사자를 탄 체괄이와 호랑이를 탄 오랑캐[42]가 사자와 호랑이의 가면을 착용하고 논 사호무인지, 아니면 등(燈)에 그린 그림인지, 아니면 그림자 연극인지 불확실하지만, 하여튼 사자의 조종자가 체괄이이고, 호랑이의 조종자가 오랑캐라는 사실은 분명히 알 수 있다. 이 체괄이는 후대의 산대놀이와 봉산탈춤의 '취발이'나[43] 은율탈춤의 '최괄이'일 텐데, 오랑캐의 행방은 묘연하다. 혹 채찍을 든 말뚝이의 전신이 아닐까?

---

41 정병욱 편저, 『시조문학사전』, 신구문화사, 1979, 524쪽의 작품번호 2248. 필자가 현대어로 번역하였다.

42 김수장(1690;숙종 16~?)이 지은 이 시조는 여러 가집에 수록되어 있는데, "獅子이 탄 體适이요 虎狼이 탄 亢良哈와"가 다른 가집에는 "獅子탄 체과리요 虎狼이 탄 오랑ㅋㅣ라"로 표기되어 있어 '亢良哈'은 오랑캐의 한자식 표기인 '兀良哈'의 오기(誤記)로 보이므로 바로잡는다. 심재완 편저, 『정본시조대전』, 일조각, 1984, 818쪽의 3145번 시조 참조.

43 「봉산탈춤」에서 취발이가 노장과 겨루면서 자신을 '사자어금니'와 같다고 말하는 것도 취발이가 원래는 사자의 조종자였던 사실과 관련이 있음을 시사한다.

그런데 1894년에 윤용구(尹用求)가 편찬한 『국연정재창사(國讌呈才唱詞)』에 의하면 『각정재무도홀기(各呈才舞圖笏記)』(1893)에 기록되어 있는 사자무는 1887년 성천(成川) 지방의 잡극을 궁중 정재에 수용한 것이므로[44] 사자무는 화성이 축조된 정조(1752~1800) 때만 해도 궁중 행사에서 연행되었으나 19세기 전반에 잠시 중단되었다가 후반에 민간에서 유행하던 사자무를 다시 수용하여 정재화한 것 같다.

> 만방녕지곡(萬方寧之曲)(영산회상)이 연주되면 사자 한 쌍이 악절(樂節)에 따라 몸을 흔들고 족도(足蹈)하며 나아와서 동서로 나뉘어 북방을 향한 채 고개를 숙이고 엎드렸다가 고개를 들고 입으로 땅을 쪼고 눈방울을 굴리며 두리번거리다가 갑자기 일어나 악절에 따라 꼬리를 흔들고 족도(足蹈)하다가 좌우를 돌아본다. 그리고 악절에 따라 입을 열고 이빨을 부딪치며 앞으로 나아갔다가 뒤로 물러서고 빙빙 돌면서 즐겁게 춤추다가 물러나면 마침내 음악이 멈춘다.[45]

반주 음악인 영산회상곡을 '만방녕지곡(萬方寧之曲)', 곧 '만방을 태평하게 하는 음악'이라 한 걸 보면, 사자무를 왕권 강화의 춤으로 인식하였으며, 춤사위는 현재의 「봉산탈춤」·「강령탈춤」·「은율탈춤」과 같은 해서탈춤에 그 잔영을 남기고 있는 것으로 추정된다.

44 장사훈, 『한국전통무용연구』, 일지사, 1984, 330쪽 참조.

45 위의 책, 587쪽의 원문을 필자 번역. 원문 : "樂奏萬方寧之曲(靈山會相) 獅子一雙 隨樂節 搖身足蹈 而進分東西北向 而俛伏擧首 以口啄地瞷目 飜睫起 而隨樂節 揮尾足蹈 顧視左右 隨樂節 開口鼓齒 進退旋轉 懽舞而退 樂止"

4. 현전 사자탈춤의 지역적 특징

현전하는 민속탈놀이로 사자탈춤은 해서 지방의 「봉산탈춤」, 「강령탈춤」, 「은율탈춤」과 영남 지방의 「하회별신굿탈놀이」, 「수영들놀음」, 「통영오광대」, 그리고 함경도의 「북청사자놀음」이 전승되고 있다. 지역별로 사자탈의 조형이나 사자의 극중 역할이 다르므로 지역적인 특징에 대해 살피기로 한다.

북청사자놀음은 사자가 집집마다 돌아다니며 악귀를 잡아먹어 벽사진경을 꾀한 점에서 신앙 가면에 속한다. 두 사람이 한 마리 사자를 만들고, 현재 쌍사자를 양반과 하인 꼭쇠가 놀린다. 사자탈의 얼굴은 붉은 색이고, 갈기와 몸털은 오방색에 해당하는 오색실로 만든다.

「봉산탈춤」의 사자춤 마당은 한 사람은 사자머리를 두 손으로 들고 조종하고 다른 한 사람은 앞사람의 허리를 잡아 사자의 몸체가 되게 하여 사자를 만든다. 여덟 목중이 사자에게 쫓기어 놀이마당에 들어왔다가 일곱 명은 퇴장하고 채찍을 든 한 명만 남아 사자와 재담놀이를 한다. 재담놀이는 말뚝이가 사자에게 일방적으로 말하고 사자는 머리를 좌우로 흔들거나 위아래로 끄덕거려 부정과 긍정의 반응을 보이는 식으로 진행되는데, 먼저 사자의 정체를 파악하고 출현 목적이 노장을 파계시킨 죄를 응징하기 위함이라는 사실을 알아내고서 회개를 맹세하고 용서를 빈다. 마침내 사자가 용서하자 말뚝이는 사자와 함께 타령과 굿거리장단에 맞추어 신명나게 춤을 춘다.

「은율탈춤」은 분장법이나 백색 사자인 점은 봉산탈춤과 일치한데, 갈기와 몸털을 흰색 한지를 길게 오려 만들고, 두 사람이 아니라 세 사람이 사자 한 마리를 만든 점에서는 차이점을 보인다. 채찍을 든 마부는 한 사람인데, 재담이 없다. 「강령탈춤」은 두 사람이 한 마리 사자를 만들고, 두 명의 마부가 사자 한 마리씩 데리고 나와 춤추는데, 원숭이춤도 결합되어 있다. 「은율탈춤」의 사자춤은 첫째 마당이어서 탈판을 정화시키는 구실을 한다고 볼 수 있다. 곧 벽사의식무의 성격을 띤다. 강령탈춤의 사자춤도 첫째 마당이어서 벽사의식무의 성격을 지니지만, 원숭이가 장내를 정리하는 역할을 하여 상대적으로 보다 더 오락화된 모습을 보인다. 「강령탈춤」의 사자탈의 제작법은 「은율탈춤」과 같다. 다만 얼굴색은 붉은 색이 아니고 미색인 점이 여느 사자탈과 다르다.

「하회별신굿탈놀이」는 주지(사자) 마당은 첫째 마당으로 탈판을 정화시키는 구실을 하는데, 벽사춤인 주지춤을 출 뿐만 아니라 주지싸움을 통해서도 악귀를 퇴치하며, 암주지와 숫주지의 성행위를 통해서는 풍요 다산을 빌기도 하여 악마퇴치 의식과 풍요 제의가 결합된 형태이다. 그리고 탈의 조형이 사실적이지 않고 양식화·도안화되어 있는 점과 노란 삼베자루로 사자의 몸체를 만드는 점도 특이하고, 한 사람이 사자의 역할을 하는 점도 다른 지역의 사자탈춤과 확연히 다른 점이다. 주지를 밖으로 내쫓는 초랭이에게서 조종자의 흔적을 찾을 수 있다.

「수영들놀음」의 사자춤 마당은 세 사람이 사자 한 마리를 만드는 점은 「은율탈춤」과 같은데, 범을 잡아먹는 갈등 구조만이 아니라 사자를 지역 수호신인 산신으로 의식하는 것도 다른 지역에서는 찾아볼 수 없는 특징이다. 사자탈의 제작법도 특이하여 사자의 갈기는 사실적으로 표현하는데, 몸체의 털은 그림으로 나타낸다. 몰이꾼은 등장하지 않는다.

「통영오광대」의 사자춤 마당은 사자가 담보를 잡아먹고, 포수가 총으로 사자를 사살하는 식으로 진행되어 외형상으로는 「수영들놀음」의 사자춤 마당에 포수가 첨가된 형태이다. 그러나 수영의 사자는 인간의 관념에 의해서 신격화된 사자인데, 통영의 사자는 순수한 포식자(捕食者)로서 인간에게 순치되기 이전의 맹수의 모습을 보이는 점에서 서로 다르다. 그러나 사자의 갈기는 사실적으로 만들고 몸체의 털은 천에 그림을 그리는 제작법과 아울러 세 사람이 사자 한 마리를 만드는 분장법은 동일하다. 몰이꾼이 등장하지 않는 점도 「수영들놀음」과 같다. 수영과 통영의 사자탈은 북청과 봉산의 사자탈이 벽사색인 적색 계통인 데 비해 황색 계통으로 바뀌었다. 그런데 이러한 변화는 은율과 강령의 사자탈에서도 일어나 강령탈은 미색이고, 은율탈은 주황색이다.

다음으로 이상에서 개별 작품별로 살펴본 바를 토대로 지역적 변이 양상을 정리해보기로 한다. 첫째 놀이꾼의 수가 2명을 기본형(북청, 봉산, 강령)으로 하여 3명(은율, 수영, 통영)으로 확대되든가 1명(하회)으로 축소되든가 하였다. 2명이 사자로 분장할 때 사자의 외형을 가장 여실하게 재현할 수 있고, 동작도 역동적으로 표현할 수가 있다. 1명일 경우에는 몸놀림은 자유롭지만 사자의 외형에서 멀어진다. 3명일 때는 사자의 허리가 너무 길어져 민첩성과 역동성이 떨어진다.

둘째로 사자랑(獅子郞), 곧 몰이꾼(조종자)이 북방에서 남방으로 내려올수록 탈락하는 경향을 보인다. 「북청사자놀음」과 「강령탈춤」·「은율탈춤」은 몰이꾼의 역할을 하고, 「봉산탈춤」은 사자의 상대역으로 변형되고, 하회에서도 조종자에서 퇴치자로 기능의 변화를 일으켰다. 「수영들놀음」과 「통영오광대」에서는 몰이꾼이 아예 등장하지 않는다.

셋째로 사자탈은 사자의 얼굴은 가면(假面)이고, 몸통과 꼬리는 탈과 연결되어 있으며, 네 다리는 바지 형태로 분리되어 있다. 그리고 갈기와 몸털은 실이나 가느다란 한지로 만든다. 북청과 봉산은 실로, 은율과 강령은 한지로 만들고, 하회는 자루나 보자기를 그대로 뒤집어쓰고, 수영과 통영은 갈기는 실로 만들고 몸털은 천에 물감으로 칠하여 표현한다. 북방에서 남방으로 내려오면서 사실적(寫實的)인 탈에서 양식화·약식화(略式化)된 탈로 변한다. 탈의 색깔도 북방은 벽사색(辟邪色)인 홍색인데, 남방으로 내려오면 황갈색이나 적갈색처럼 탁한 색으로 바뀐다. 몸털의 색깔도 불교적인 흰색이나 벽사 의미가 있는 오방색에서 자연동물로서의 사자의 몸 색깔로 바뀐다.

넷째로 탈의 성격도 북방에서 남방으로 내려올수록 사자탈이 본래 지닌 벽사 진경과 불교적 색채가 약해지고, 수영에서는 토착적인 산신 신앙과 결합되고, 통영에서는 주술·종교적 의미가 완전히 탈색되고 단순히 맹수의 탈로만 의식되기에 이른다. 곧 인간에게 순치되거나 불도에 귀의한 사자가 아니라 자연 상태의 포식자로서의 사자로 환원되는 경향을 보인다.

다섯째로 북방에서 남방으로 내려오면서 길놀이나 춤 형태에서 갈등 구조가 선명한 연극으로 변모한다.

이처럼 사자탈춤의 지역적 분포와 변모 양상에서 도출되는 사자탈춤의 역사는 북방에서 남방으로 내려오면서 대륙에서 전래한 사자탈춤에서 이탈하는 원심력 작용이 일어나 토착화, 세속화, 오락화되는 방향으로 전개되었음을 알 수 있다. 그리하여 급기야는 「가산오광대」에서 사자탈이 토착적인 영노탈로 대용됨으로써 사자의 정체성을 상실하는 결과를 초래하기에 이르렀다. 그런데 이러한 현상을 문화가 발상지나 최초의 수입지에서 다른 지역으로 전파될 때 물리적 거리가 멀어질수록 수용자가 수렴적 사고보다는 확산적 사고를 하여 지역성과 역사성을 반영시킨 데 기인하는 문화적 변용으로 법칙화할 수 있겠다.

5. 쿠차 · 중국 · 한국의 사자탈춤 비교

서역에서 형성된 사자탈춤이 중국을 거쳐 한국에 전래되는 과정에서 많은 변용이 일어났다. 서역의 쿠차는 지리적 위치로 인도의 불법수호신인 사자와 이집트 · 서아시아의 왕권수호신인 사자를 수용하여 토착적인 사자가면 문화와 대승 불교 및 오방 관념을 결합시켜 쿠차의 왕이 서역을 제패함을 상징하는 오방사자무를 형성시켰는데, 이것이 중원에 전해져서는 중국 황제가 서역을 복속시키는 오방사자무로 그 의미와 기능이 변질되었다.

대가야국에는 왕권 수호의 사자무가 가야고 음악의 형태로 수용되었고, 신라에서는 사자무가 다른 잡희와 함께 재구성된 오기의 형태로 연행되었으며, 백제에는 불교 포교극 속에 호법신무로 사자무가 연행되었는데, 이것이 조선 후기에는 호무(虎舞)와 결합되어 궁중 행사에서 연행되었고, 민간에서는 벽사 진경의 사자탈춤놀이로 전승되었다. 그리고 민간 사자무가 다시 궁중 무용에 수용되어 왕권 수호의 춤으로 변환되었다.

현재도 전승되는 산대놀이에는 사자무가 들어가지 못하였고, 「강령탈춤」과 「은율탈춤」에서는 사자무가 독립적인 한 마당을 이루고, 「봉산탈춤」에서는 사자가 노장을 파계시킨 목중을 응징하는 내용이다. 「하회별신굿탈놀이」에서는 암수 사자(주지)가 등장하여 오방사자가 아니라 쌍사자를 초랭이가 조종자하는 식으로 변하였고, 「수영들놀음」에서는 사자가 담비를 잡아먹는 놀이가 산신의 왜구 격퇴나 산신에 대한 제물 봉헌이나 호환 예방을 의미한다고 하여 사호무(獅虎舞)를 수용하여 토착화시켰다. 그런가 하면 「통영오광대」에서는 담비를 잡아먹어 맹수의 위용을 보인 사자가 포수의 총에 사살되는 식으로 사자가 신수(神獸)나 벽사 동물이 아니라 퇴치되어야 하는 위험한 동물로 인식되기에 이른다. 한편 「북청사자놀음」에서는 사자가 마을굿의 일환으로 집집마다 돌아다니면서 악귀와 재난을 퇴치한다.

끝으로 지적할 수 있는 것은 「봉산탈춤」의 사자가 두 사람이 한 마리의 사자를 만드는 분장 방법이나, 사자 한 마리만 등장하는 점에서 투루판의 민간 사자춤과 일치하고, 불법 수호신의 성격을 띠는 점과 아울러 흰색 실로 갈기와 몸털을 만든 백색 사자인 점까지 동일한 사실이다. 그런데 백사자(白獅子)는 문수보살의 몸이 모두 백색이라는 『다라니집경(陀羅尼集經)』과 문수보살이 사자를 타고 다닌다는 『유마경(維摩經)』에 근거하기[46] 때문에 황해도 탈춤의 사자탈에 호법신의 흔적이 남아 있는 셈이다.

---

46 권강미, 앞의 논문, 214쪽, 각주 (17) 참조. 「봉산탈춤」의 사자마당에서 목중이 사자의 정체를 확인하면서 "손행자에게 쫓겨서 천상으로 올라간 후 문수보살 엄시하에 근근히 지내다가" 놀러 내려왔느냐고 묻는 대목에서 사자와 문수보살의 관계가 나타난다. 이두현, 『한국가면극선』, 교문사, 1997, 184쪽 참조.

요컨대 인도와 서역(쿠차국) 및 중국과 한국의 궁중에서는 호법신이나 왕권 수호자나 벽사 동물로 인식되던 사자가 동점(東漸)하면서, 또 민간 사회로 확산되면서 규모가 작아지고, 토착 신앙이나 제의와 결합되고, 심지어는 본래의 의미와 기능이 변질되기까지 하였다.

제5장 중탈놀이 주제의 현대적 해석

1. 탈놀이를 보는 시각의 확장 과정

탈놀이는 사회적 · 역사적 · 문화적 조건의 변화로 이미 '현재적 의미'를 상실하였다. 일례로 지리적 · 사회적 · 문화적 조건으로 제약받는 하회마을 지역 공동체의 탈놀이[1]가 현재는 역사적 · 문화적 체험을 달리하는 관중(현대의 타지인과 외국인)을 상대로 공연되는 것이다. 「진주오광대」도 예외는 아니다. 따라서 탈놀이에 대한 인식의 변화가 불가피하고, 해석도 새로운 관점에서 이루어져야 하는 시점이다. 탈놀이에 대한 연구 방법이나 해석학은 탈놀이의 성격을 어떻게 인식하고 규정하느냐에 좌우된다고 볼 수 있는데, 민속극으로 보는 입장, 전통극 내지 고전극으로 보는 입장, 문화재로 인식하는 입장, 관광 상품으로 인식하는 입장, 축제로 인식하는 입장으로 구분된다.

먼저 민속극으로 보는 입장을 보면, 세시 풍속으로 보는 입장과 민중극으로 보는 입장으로 양분된다. 전자는 송석하[2]가 해당되고, 후자의 경우에는 조동일[3]은 갈등 구조에서, 채희완 · 임진택[4]은 마당성에서, 임재해[5]는 탈의 조형에서 민중성을 찾았다. 다음으로 전통극으로 보는 입장은 김재철[6], 이두현[7], 박진태[8]가 있고, 전통 연희로 보는 관점은 서연호[9], 전

---

1 박진태, 「공동체문화론 - 하회마을 공동체와 별신굿탈놀이」, 『한국고전희곡의 확장』, 태학사, 2006.

2 송석하, 『한국민속고』, 일신사, 1960.

3 조동일, 『탈춤의 역사와 원리』, 홍성사, 1979.

4 채희완 · 임진택, 「마당극에서 마당굿으로」, (김윤수 · 백락청 · 염무웅 편, 『한국문학의 현단계Ⅰ』, 창작과 비평사, 1982)

5 임재해, 「탈과 조각품으로 본 하회탈의 예술성과 사회성」, (임재해 편, 『한국의 민속예술』, 문학과 지성사, 1988)

6 김재철, 『조선연극사』, 청진서관, 1933.

경욱[10]이 취한다. 그리고 문화재와 관광 상품 및 축제로 보는 관점에서는 아직 논의가 저조한 형편이다.

탈놀이에 대한 인식과 연구도 역사적인 맥락 내지 시의성을 띤다고 볼 수 있다. 근대화와 식민 정책으로 민속이 소멸되는 시기에 민속학적 연구가 시작되고, 근대 학문의 출발과 함께 역사의식이 고조되던 시기에 연극사가 서술되었다. 그리고 4 · 19 혁명 이후에 민족주의가 부활하고 개발독제론의 의해 산업화가 추진되는 가운데 민중 문화 운동 차원에서 탈놀이에 대한 관심을 가지게 될 때에는 민중적 시각에서 접근하였으며, 무형문화재로서의 보존이 절박해진 이즈음에는 다른 공연 문화와 함께 연희로 통합하여 인식하려는 경향을 보인다.

또한 관광 상품화하거나 지역 문화 축제로 재구성하여 경제적 수익성을 추구하려 함에 따라 탈놀이에 대해서도 역사주의적 접근보다는 현재주의적 접근이 필요하게 되었고, 민속 문화 · 민중 문화 · 민족 문화만이 아니라 인류가 함께 즐기고 보존해야 하는 문화유산으로 인식하는 발상과 시각의 전환이 절실하게 요구된다. 필연적으로 연구 방향과 방법도 이에 상응해서 혁신적으로 다각적인 관점에서 시도되어야겠다.

2. 탈놀이의 '중놀음'에 대한 기존의 논의

탈놀이의 주제를 송석하[11]는 ①특수 계급에 대한 반감, ②파계 승려의 모욕, ③다각 연애와 갈등, ④여성 심리의 해부로, 이두현[12]은 ①파계승에

7 이두현, 『한국가면극』, 문화재관리국, 1969.
8 박진태, 『한국고전희곡의 역사』, 민속원, 2001.
9 서연호, 『한국전승연희학개론』, 연극과 인간, 2004.
10 전경욱, 『한국의 연희』, 학고재, 2004.
11 송석하, 앞의 책, 386쪽 참조.

대한 풍자, ②양반 특권 계급에 대한 조롱과 모욕, ③남녀간의 갈등과 서민 생활의 실상으로 파악하였다. 그러나 조동일[13]은 인상 비평적인 주제 인식을 비판하고 「봉산탈춤」의 노장 과장 · 양반 과장 · 미얄 과장을 분석하여 ①관념적 허위 비판, ②신분적 특권 비판, ③남성의 횡포 비판으로 파악하고, 이를 "중세에서 근대로 이행하는 역사적 운동의 일환"[14]으로 규정하여 의식사적 · 사회사적 관점에서 탈놀이의 주제론을 심화시켰다. 그 후 박진태[15]는 조동일의 견해를 발전적으로 수용하여 중 마당은 정신적 · 종교적 권위주의를, 양반 마당은 신분적 · 사회적 권위주의를, 할미 마당은 가정적 · 성적 권위주의를 비판함으로써 봉건적 질서의 기조인 권위주의와 대결하는 민중 의식에서 주제적 통일성을 획득한다고 말했다. 이처럼 탈놀이의 '중놀음'의 주제에 대해서 '파계승 풍자', '관념적 허위 비판', '종교적 권위주의 비판' 등으로 세속주의적 관점에서의 논의가 주류를 이루었다.

그러나 현영학[16]은 노장 과장은 고등 종교의 허구성에 대한 비판과 풍자이고, 양반 과장은 양반 체제에 대한 비판과 풍자, 미얄할미 과장은 민중의 비극적 운명의 희극적 표현이며, 탈놀이는 이러한 모순된 현실의 비판과 풍자를 통해 이른바 '비판적 초월'을 경험하는, 다시 말해서 세속적 경험을 통해서 초월의 세계까지 경험하는 '민중적 종교 경험의 예술적 표현'이라 하였다. 그런가 하면 류동식[17]은 노장이 죽음과 재생이라는 종교적 이니시에이션을 통과하여 성속일여의 경지에 도달한 다음 소무와 결

---

12 이두현, 앞의 책, 114쪽 참조.

13 조동일, 앞의 책, 185~222쪽 참조.

14 위의 책, 198쪽.

15 박진태, 『한국가면극연구』, 새문사, 1985, 118쪽 참조.

16 현영학, 「한국가면극 해석의 한 시도 - 신학적 해석」, (채희완 엮음, 『탈춤의 사상』, 현암사, 1984), 140~148쪽 참조. 이 논문은 1979년 이화여자대학교 한국문화연구원의 논문집(제36호)에 게재되었었다.

17 류동식, 『민속종교와 한국문화』, 현대사상사, 1978, 65~68쪽 참조.

합하여 소무를 성화시키고, 이 소무가 세속인물인 취발이와 결합하여 성속의 융합에 의해 아이를 창조한다고, 이른바 무교적 변증법으로 설명하였다.

박진태[18]는 하회 별신굿과 동해안 별신굿을 대비하면서 풀이(신화)와 놀이의 대응 관계를 통해 하회의 중마당은 천부신과 지모신의 신성 결혼에 의해 풍요와 다산을 기원하던 굿에 연원을 두고서 천부신이 중으로, 지모신이 부네로 교체되었다고 봄으로써, '천 - 지', '양 - 음', '성 - 속', '신 - 인', '남 - 여'의 융합과 화해에 의해 창조와 생산이 가능하다는 류동식의 무교적 사상 구조를 재확인하였다. 이러한 관점은 신학적 · 종교학적 · 제의주의적 관점에서 탈놀이의 구조와 주제에 접근한 점에서 세속주의적 관점과는 대립되는 신성주의적 관점이다. 이처럼 탈놀이를 세속적인 연극이 아니라 신성극이나 제의극으로 봄에 따라 탈놀이의 주제에 대한 논의가 다양해지고 심화될 수 있었다.

3. 탈놀이의 '중놀음'의 성립 양상

현재까지 전승되고 있는 탈놀이의 놀이마당은 주인공을 중심으로 벽사탈 마당, 중놀이 마당, 양반놀이 마당, 할미놀이 마당으로 분류되는데, 이 가운데서 중놀이 마당은 수영, 동래, 통영, 강릉을 제외한 대부분의 전승 지역에 성립되어 있다. 지역별로 중마당 내지 중마당군(群)의 성립 양상을 보면 다음과 같다.

「양주별산대놀이」·「송파산대놀이」: 상좌춤, 옴중과 상좌, 옴중과 목중, 연잎과 눈끔적이, 팔목중 염불놀이, 침놀이(중 - 완

18 박진태, 『탈놀이의 기원과 구조』, 새문사, 1990, 166~175쪽 참조.

보 - 신주부), 애사당 법고놀이, 노장놀이(노장 - 소무), 신장수놀이, 취발이놀이

「봉산탈춤」: 사상좌춤, 팔목중춤, 법고놀이, 사당춤, 노장춤(노장 - 소무), 신장수춤, 취발이춤, 사자춤

「강령탈춤」: 사자춤, 목중춤, 상좌춤, 노승놀이(팔목중 - 노승 - 소무), 취발이놀이

「은율탈춤」: 사자춤, 헛목중춤, 팔목중춤, 노승춤(노승 - 목중 · 말뚝이 - 새맥시 - 최괄이)

「고성오광대」: 승무(중 2명 - 각시 2명)

「가산오광대」: 노장놀이(양반 - 소무 · 서울애기 - 말뚝이 - 노장 - 상좌)

「진주오광대」: 중 · 할미마당(중 - 첩 - 양반 - 본처)[19]

「김해가락오광대」: 중마당(중 - 상좌)

「하회별신굿탈놀이」: 중마당(중 - 부네 - 초랭이)

「청단놀음」: 얼래방아놀음(중 - 쪽박광대 - 얼래방아)

중마당은 인물의 구성과 갈등 구조의 측면에서 중만 등장하는 마당, 중과 세속인 남자가 등장하는 마당(중 - 신주부), 중과 세속인 여자가 등장하는 마당, 중과 세속인 여자와 세속인 남자가 등장하는 마당(중 - 소무 - 취발이/양반 - 첩 - 중)으로 유형을 세분화할 수 있다. 이 가운데 '중 - 미녀'의 관계가 파계승과 세속녀의 관계인가? 아니면 보다 원초적인 의미를 함축하고 있는가? 또는 시대의 변화에 상응해서 새로운 해석의 가능성은 없는가? 이러한 문제의식에서 남녀 결합 구조에 대해 집중적인 분석과 해석을 시도하려 하는데, 먼저 지역별로 작품 양상을 검토하기로 한다.

---

19 송석하 채록본 「진주오광대」는 오방신장마당, 문둥이마당, 양반마당, 중 · 할미마당으로 구분되어 있는데, 이 가운데 중 · 할미마당은 '양반 - 첩 - 중'과 '양반 - 첩 - 본처'의 삼각관계 2개가 통합되어 있다. 박진태, 「「진주오광대」의 지역성과 시대성」, 『한국민속극연구』, 새문사, 1998, 233쪽 참조.

먼저 「봉산탈춤」의 '중놀음'의 경우 사상좌춤, 팔목중춤, 법고놀이, 사당춤, 노장춤(노장 - 소무), 신장수춤, 취발이춤, 사자춤 등과 같은 여덟 개 놀이마당이 '노장보다 신분이 낮은 승려의 놀이마당(사상좌춤, 팔목중춤, 법고놀이, 사당춤) → 노장 마당 → 노장과 세속인의 관계를 보이는 마당(신장수춤, 취발이춤) → 노장을 응징하는 마당(사자춤)'의 순서로 배열되어 연속적인 의미체를 이룬다. 이 가운데 노장이 소무를 유혹하는 장면은 재담 없이 오로지 몸짓과 춤으로만 연출되는 무언 무용극이다. 그 내용을 정리하면 다음과 같다.

> 팔목중이 소무를 남여에 태워 탈판 가운데에 내려놓고 나가면 소무는 도도리곡에 맞추어 춤을 춘다. 이때 죽은 듯이 엎드려 있던 노장은 팔목중의 염불이 효험이 있어 부채를 흔들며 소생하여 도도리곡에 맞추어 일어나려고 애를 쓰다가 겨우 일어난다.
>
> 육환장을 짚고 슬며시 일어나서 부채로 얼굴을 가리고 허리는 구부린 채 사람이 있나 없나 한쪽에서부터 서서히 몸을 돌리며 주위를 살핀다. 뜻밖에도 화려하고 아름답게 치장을 한 소무가 나와 춤을 추는 것을 보고 깜짝 놀라며 부채로 얼굴을 가리고 부채를 부르르 떨며 땅에 엎드린다. 다시 일어나 부채살 너머로 소무를 한참 물끄러미 바라보고 아름다움에 감탄하여 선녀인가 의심한다. 그러나 이윽고 속인인 것을 알고서 데리고 일생을 보내기로 결심하고 고개를 끄덕끄덕한다. 그러나 소무는 아무 뜻이 없다는 듯이 여전히 춤을 계속한다.
>
> 노장은 비장한 결심을 하고 소무 곁으로 오려고 육환장을 땅에서 떼려하나 떨어지지 않는다. 육환장을 잡고 부채로 얼굴을 가리면서 도도리곡에 맞추어 한 바퀴 돈다. 그래도 떨어지지 않으니, 부채를 접고 손춤을 추면서 육환장을 부채로 탁 쳐서 마침내 땅에서 뗀다. 육환장을 두 손에 들고 손춤을 추면서 어깨에 가로 멘다. 그리고 뒤로 돌아서서 뒷걸음으로 소무 곁으로 접근한다. 그렇지만 소무는 여전히 무관심하

다는 듯이 춤을 계속한다.

노장이 뒷걸음치다가 소무의 등과 마주치면, 노장은 깜짝 놀라서 다시 제자리로 뛰어서 간다. 돌아서서 부채를 펴들고 소무를 본다. 고개를 끄덕끄덕한다. 굿거리곡이 시작되면, 부채를 접고 손춤을 시작한다. 부채를 어깨에 메고 소무에게 접근한다. 소무의 등 뒤로 와서 부채로 자기 얼굴을 가리고 소무의 얼굴을 보려고 얼굴을 좌우로 가져간다. 그러나 소무는 그때마다 반대쪽으로 피한다. 이렇게 몇 번이고 반복한다. 노장은 이번에는 소무의 앞으로 와서 같은 행동을 반복하지만, 소무는 살짝 돌아서버린다. 그러면 노장은 감정을 억제하지 못하는 듯이 소무를 중심으로 이리 돌고 저리 돌면서 소무의 얼굴을 보려고 무척 애를 쓴다.

장단이 굿거리곡으로 바뀐다. 노장이 다시 한 번 위와 같은 행동을 하면 소무는 여전히 살짝 맵시 있게 돌아선다. 노장은 어쩔 줄을 모르고 마음이 달아오른 듯 한편 구석으로 뛰어간다. 부채를 펴들고 멀리서 소무를 바라본다. 어떤 결심을 한 듯이 고개를 끄덕끄덕한다. 그리고는 육환장을 집어던지고 소무 곁으로 해서 반대쪽으로 가서 다시 소무를 바라본다. 이와 같은 행동을 두어 번 반복한다. 소무는 노장이 행동하는 데 따라서 역시 살짝 돌아선다.

장단이 타령곡으로 바뀐다. 노장은 손춤을 추면서 염주를 벗어든다. 염주를 들고 소무 뒤로 와서 부채로 얼굴을 가리고 사방을 돌아본다. 아무도 없음을 확인하고 부채를 얼굴에서 떼어 접어들고 두 손으로 염주를 받쳐 들고 손춤을 추면서 소무의 목에 걸어주고는 소무의 주위를 한바퀴 춤추며 돈다. 그러나 소무는 염주를 벗어 매정하게 던져버린다.

노장은 염주가 던져진 것을 보고 깜짝 놀라며 몹시 낙담하는 듯 염주 있는 데로 가서 염주를 주워들고 코에 가져다 댄다. 냄새를 맡고 고개를 끄덕끄덕한다. 자기 얼굴이 못나서 그러나 싶어서 다시 거울을 꺼내어 얼굴을 본다. 얼굴과 송낙을 단정히 만진다. 다시 거울을 보고나서 고개를 끄덕끄덕한다. 다시 일어나 소무 주위를 돌면서 어르며 소무 뒤에서 염주를 걸어준다. 이번에는 염주를 벗어 던지지 않고 그대로 춤을 계속한다.

노장은 소무의 주위를 돌고 물러나서 부채를 펴들고 소무를 바라본다. 염주가 걸려 있나 확인하는 것이다. 염주가 걸려 있는 것을 보고 대단히 만족한 듯이 두어 번 펄쩍 뛴다. 소무 앞으로 와서 소무를 어른다. 한참 대무하여 춤춘다. 소무 또한 애교 있게 대무하여 준다. 그리하여 노장과 소무가 어깨를 겨누고 이리저리 한참동안 흥겹게 춤을 계속 춘다.[20]

노장의 심리적인 변화가 춤과 장단의 조화를 통해 완벽하게 표현된다. 곧 노장과 소무가 등을 접촉할 때까지는 느린 도도리곡이 육환장의 직선미와 함께 심리적 긴장감을 고조시키고, 등을 접촉한 이후부터는 노장은 적극적으로 소무에의 접근을 꾀하여 넘실대는 굿거리장단에 맞추어 손춤을 춘다. 그러다가 장단이 빠른 타령곡으로 바뀌면 몸놀림과 행동의 진폭이 커진다.

다음으로 「하회별신굿탈놀이」의 '중마당'은 다음과 같이 연행된다.

부네가 먼저 등장하여 오금을 비비며 마당을 돌면 중이 그 뒤를 따른다.

부네가 오줌을 누고서 계속 길을 간다.

중이 부네가 오줌 눈 자리에 가서 두 손바닥으로 흙을 쓸어 담아 냄새를 맡고 하늘을 쳐다 보며 "허허허……" 웃는다.

부네가 중의 웃음소리에 움칠 놀라나 뒤돌아보지 않고 계속 걷는다.

중이 부네 뒤에 바짝 다가가 양손을 내밀었다 오므렸다 하면서 안을

20 이두현, 『한국가면극선』, 교문사, 1997, 162~165쪽을 요약 정리한 것이다.

까 말까 하는 동작을 반복 한다.

초랭이가 나타나 그 같은 광경을 보고 "헤헤헤……" 웃는다.

중이 부네를 옆구리에 차고 도망친다.[21]

중이 부네를 보고 욕정을 느끼고 심적 갈등을 느끼다가 초랭이의 출현을 계기로 마침내 부네와의 성적 결합을 결행하는 내용이다. 이러한 놀이가 대부분 대사 없이 몸짓과 춤으로 연출된다.

「고성오광대」는 중 2명과 각시 2명이 등장하여 춤춘다. 구경하던 아주머니가 중한테 시주하는 장면을 필자가 목격한 적이 있는데, 이는 중을 파계승으로 의식하는 고정 관념을 깨뜨린다.

예천의 「청단놀음」의 '얼래방아놀음'은 다음과 같이 연행된다.

쪽박광대가 마당을 쓰는데 바람에 치마가 펄럭이고 이것을 탁발승이 쳐다본다. 쪽박광대가 중을 유혹하기 위해 접근하면 중은 회피한다. 쪽박광대가 중을 따라다니면서 유혹하면 회피하다가 마침내 마음이 움직이어 쪽박광대와 어울려 춤을 춘다. 얼래방아가 이러한 장면을 목격하고 큰 소리로 꾸짖고 쪽박광대와 춤을 춘다. 중은 분통해하다가 체념하고 퇴장한다. 쪽박광대와 얼래방아도 퇴장한다.[22]

중으로 하여금 계율을 어기고 쪽박광대와 성적으로 결합하게 만드는 계기가 '월경 피가 묻은 속옷'으로 「하회별신굿탈놀이」에서 부네의 방뇨(放尿)에 중이 욕정을 느끼는 것과 유사하다.

「가산오광대」의 '중마당'은 다음과 같은 내용이다.

---

21 박진태, 『탈놀이의 기원과 구조』, 새문사, 2000, 94쪽.

22 강원희, 「예천청단놀음」, 『공연문화연구』 제8집, 한국공연문화학회, 2004, 173~174쪽을 필자가 요약 정리.

양반이 소무의 주선으로 서울애기를 첩으로 맞이한다. 노장이 상좌를 데리고 나와 서울애기를 유혹하여 달아난다. 양반이 말뚝이를 시켜 노장을 잡아오게 하여 곤장으로 다스리려 한다. 그러나 상좌의 호소로 노장은 용서받는다. 노장이 사찰로 되돌아가려고 노자를 만들기 위해 상좌와 함께 구경꾼을 상대로 탁발한다.[23]

노장이 서울애기와 접촉을 하고 떠나가는 과정이 양반과의 삼각관계 양상을 띠고 진행된다. 이러한 승려와 세속인 사이의 삼각관계는 「하회별신굿탈놀이」·「청단놀음」·「봉산탈춤」·「양주별산대놀이」·「가산오광대」에 모두 나타나는데, 세속인의 경우 하회의 초랭이는 단순한 목격자이고, 예천·봉산·양주는 획득사회적 사고방식을 보이고, 가산은 빼앗겼다 되찾는 식으로 기득권 수호자로 설정된다. 그리고 여성의 성에 대한 인식은 하회의 부네는 약탈의 대상으로, 예천의 쪽박광대는 유혹의 주체로, 양주와 봉산의 소무는 구애의 대상으로, 가산의 서울애기는 남성들의 전리품으로 나타난다.[24]

4. 탈놀이의 '중놀음'에 대한 새로운 시각 모색

1) 사회적 시각

노장은 종교적 지배자이고, 소무는 아이를 생산하는 점에서 노장과 소무의 관계를 '지배 - 생산'의 관계로 보면, 노장과 소무의 결합은 노사(勞使) 화합의 관계 내지 계급적 화해를 의미하게 된다. 단군 신화에서 환인의

23 이두현, 『한국의 가면극』, 일지사, 1979, 286~287쪽을 필자가 요약 정리.
24 박진태, 『전환기의 탈놀이 접근법』, 민속원, 2004, 328쪽 참조.

서자 환웅이 천부인 3개를 가지고 풍백·운사·우사를 거느리고 태백산 마루 신단수에 하강하여 신시(神市)를 열었다 함은 천신이 신정(神政)을 펼친 것이며, 이것은 남성이 지배의 역할을 담당한 사실을 의미한다. 그리고 웅녀가 단군을 출산하였다는 것은 여성이 생산의 역할을 담당한 사실을 의미한다. 남녀가 성의 차이에 의해 역할을 분담하였으니, 이러한 원리가 사회적으로 확대되면 지배 계급과 생산 계급의 분화를 의미하고, 환웅과 웅녀의 결혼은 계급적 화해가 된다. 따라서 단군 신화의 불교적 변용이고 연극적 계승인 중놀음을 상극적인 노사 관계를 반성하며 상생적인 노사 관계로 재정립하는 논거로 삼을 수 있다.

2) 양성 평등의 시각

댄 브라운의 소설 「다빈치 코드(The Da Vinci Code)」는 예수와 막달레나 사이에서 딸이 태어났으며, 이러한 역사적 사실에 근거하여 시온 수도회가 조직되었다고 주장하여 '예수-베드로-교황'으로 이어지는 가톨릭의 법통을 위협하고 있다. '다빈치 코드'는 그 진실 여부와 상관없이 양성 평등주의 시대사조와 맞물려 남성 중심의 기독교 교리를 반성하고 여성성을 중시하게 만드는 계기를 만들었다.

21세기의 이러한 시대 상황을 감안할 때 결혼을 금지하는 불교 교리를 부정하고 비구승이 세속 여자와 결혼하는 탈놀이의 '중놀음'도 남성 원리와 여성 원리의 조화를 주장하는 점에서 '여성성의 재발견'이라고 해석할 수 있다. 「봉산탈춤」의 노장 마당에서는 여성성을 부정하던 노장이 소무를 만나 여성성과 조화를 찾는 과정이 대사 한 마디 없이 신체언어만으로 절묘하게 극화되어 있다. 두 남녀의 심리 변화에 따라 장단도 도드리곡에서 굿거리곡을 거쳐 타령곡으로 변하며, 마침내 성속이 합일하고 음양이 조화된 경지에 도달하여 신명풀이의 춤을 추기에 이른다.

하여튼 수용적 입장에서 탈놀이의 '중놀음'을 양성 평등주의적 시각에서 재해석할 수 있다. 따라서 비구승으로 하여금 금욕의 계율마저 위반하게 하는 여성성의 위력을 재인식하고, 공격적이고 정복적인 남성적 사고방식을 지양하고 포용과 자비의 여성적 사고와의 조화를 추구해야 환경과 인권 문제, 양극화의 해소와 남북통일과 같은 시대적 과제를 해결할 수 있는 전망이 열리게 됨을 깨달아야겠다.

3) 교육적 시각

21세기에는 이성과 논리보다 감성과 직관을 중시한다. IQ(지능지수) 못지않게 EQ(감성지수)가 중시되는 것이다. 그런데 탈놀이의 '중놀음'에서 노장은 금욕적인 수행을 통해 정신으로 육체를 통제하려는 존재이고, 소무는 이와는 대조적으로 본능과 감정에 충실하고 육체적인 쾌락을 추구하는 존재이다. 곧 노장은 인간의 영성(靈性)을 추구한다면, 소무는 육성(肉性)을 상징하는 존재이다. 따라서 노장과 소무의 결합은 이성과 감성의 통합, 영성과 육성의 조화를 의미하므로 이를 21세기형 전인 교육의 자료로 활용할 수 있다. 왜냐하면 이성이 감성을, 영성이 육성을 억압하는 것도 극복해야겠지만, 감성의 무제한적 해방과 육체적 쾌락주의의 탐닉도 경계해야 하기 때문이다.

4) 종교적 시각

단군 신화에서는 환웅이 홍익인간(弘益人間)의 이념을 품고 지상에 하강하여 웅녀와 결혼하여 고조선의 건국 시조 단군왕검을 탄생시켰다. 신라의 원효는 과부가 된 요석 공주와 관계를 맺어 향찰을 체계화한 설총이 태어나게 하였다. 신과 종교인의 세속을 향한 열정, 인간 구원을 위한 자기희생을 보여주는 대표적인 사례들이다.

사찰 입구의 극락교는 세속계와 신성계의 경계선이고, 일주문은 불도에의 일심정진을 다짐하는 문이고, 사천왕문은 네 천왕이 악귀의 범접을 차단하여 청정도량을 수호하는 문이다. 법당은 부처를 참배하고 가르침을 통해 깨달음을 얻어 해탈의 경지에 들어가 부처와 동격이 되는 도량이다. 그리하여 세속인은 '극락교 - 일주문 - 사천왕문 - 법당'의 순서로 공간 이동하며 성화된 후 이번에는 '법당 - 사천왕문 - 일주문 - 극락교'의 순서로 중생을 구제하기 위해 하산한다.

탈놀이의 '중놀음'에서 노장의 소무를 향한 열정과 실천 의지도 이러한 관점에서 해석이 가능하다. 소무를 성화시켜 생명을 창조하게 만드는 것이다. 노장의 소무를 향한 '타는 목마름'은 중생을 제도(濟度)하려는 종교적 사명감으로 볼 수 있지 않을까? "누가 자루 없는 도끼를 빌려주겠는가? 내가 하늘 떠받칠 기둥을 찍겠노라(誰許沒柯斧 我斫支天柱)"라는 노래를 원효의 뒤를 이어서 노장이 탈판에서 부르는 소리가 귀 밝은 사람에게는 들리리라. 기득권과 형식 논리에 안주하고 있는 현실의 종교인들을 각성시키기 위해서 탈놀이의 '중놀음'을 파계라는 자기 부정을 통해 자비의 화신으로 거듭나는 종교적 부활로 해석하는 것도 의미 있는 작업이 될 것이다.

5) 인본주의적 시각

탈놀이의 '중놀음'은 성속의 갈등을 다루고 있는데, 「하회별신굿탈놀이」에서 중이 부네가 소변보는 광경을 목격하고 성적 충동을 느끼고 부네의 뒤에 다가가 양 손을 내밀었다가 오무렸다 하여 심적 갈등을 드러낸다. 종교의 계율과 인간적인 욕구 사이에서 갈등하는 인간적인 모습은 파계승이라고 섣불리 단죄할 수 없는 측면이 있다.

하회 마을의 허도령 전설을 보면, 허도령이 신의 계시에 따라 입신지경에서 탈을 만들 때 허도령을 사모하던 처녀가 금기를 어기고 몰래 엿보았기 때문에 허도령이 신벌을 받아 즉사하고 처녀도 실성하여 죽었으며, 두 남녀가 서낭신과 도령신이 되었다고 한다. 사제로서 신에게 헌신하여야 하는 허도령과 인간적인 욕구를 충족하기 위해 금기마저 위반하는 처녀 사이의 비극적인 사랑을 제의를 통해 성취시켜 주는 것이 서낭각시신의 혼례식(초례와 신방)이고, 연극으로 표현한 것이 중 마당에서의 중과 각시의 사랑춤이다. 부네의 젊음과 미모 및 성적 매력은 불도가 높은[25] 고승의 마음까지도 흔들어놓았으니, 긴장감 넘치는 금지된 사랑이 펼쳐지는 것이다. 승려의 파계를 통해 종교적 금기의 준수를 강조하는 것이 아니라 역설적으로 에로티시즘을 찬미하는 인본주의 정신을 보여준다.

세속을 초월하여 성화(聖化)되려는 인간의 종교적인 의지와, 본능과 감정에 충실하려는 인간적인 욕구 사이의 갈등은 신의 존재와 종교를 전면적으로 부정하지 않는 한 영원한 예술의 주제가 되는 것이다. 반생명적이고 비인간적인 종교적 교조주의보다는 인간에 대한 연민의 정이 위대한 사제가 지녀야 할 덕목임을 『삼국유사』의 「노힐부득과 달달박박」의 이야기는 강조한다. 노힐부득은 곤경에 처한 여자를 박대하였지만, 달달박박은 파계의 위험과 몸의 수고로움을 무릅쓰고 해산모를 도와줌으로써 성불하였던 것이다.

5. 무당굿놀이와 인형극을 통해서 본 '새로운 해석'의 타당성

탈놀이의 '중놀음'은 제의극과 세속극 사이의 스펙트럼이 넓어서 「하회별신굿탈놀이」·「청단놀음」의 경우에는 제의극에 가깝지만, 「양주별산대놀이」·「봉산탈춤」·「고성오광대」·「가산오광대」의 경우에는 세속극에 가깝다. 따라서 탈놀이의 '중놀음'에 대한 새로운 해석들이 그 타당성과 개연성을 인정받으려면 제의극인 무당굿놀이와 세속극인 꼭두각시놀음과 비교할 필요가 있다.

25 하회탈의 중은 이마에 법력(法力)과 지혜를 상징하는 혹이 있다.

먼저 무당굿놀이의 중놀음부터 살펴보기로 하는데, 남녀 결합 구조로 되어 있는 중놀음굿은 황해도 시성공부놀이와 남해안 별신굿의 중광대가 있다. 시성공부놀이는 제석신에 빙의된 무녀가 탈을 쓰지 않은 채 상좌(장고잡이)를 상대역으로 삼아 연행한다.

(가) 중은 상좌에게 자기가 시성공부하는 것을 들어보라면서 염불을 한다. "상좌야 상좌야 시성공부를 들어간다/먹구지구 먹구지구 개다리가 먹구지구/소고지 산적이 먹구지구/보구지구 보구지구 일구십팔 열여덟 살/품안에 안구지구" 노래하던 중은 갑자기 "독수리개미 훠이―" 하고 쫓는 흉내를 낸다. 장구잡이는 장다리밭에서 남의 집 큰애기 끼구 실컷 놀다가 들키게 되니 공연히 독수리개미가 병아리 채갔다고 한다면서 흉을 본다.

(나) 이어서 서천서역국에서 가져온 불사약을 판다면서 "불사약 사려 중하고 끼어서 불사약 사려"라고 재담을 한다. 아무도 사지 않자 장구잡이는 중을 빼야 산다고 일러주고, 이에 "중은 쑥 빼고, 불사약 사려"라고 고쳐서 재담하니 주인집 마나님이 사겠다고 나선다. 중은 그 손을 잡고 부르르 떤다. 장구잡이가 갑자기 징과 장고를 꽝 쳐서 중이 놀라 주저앉는다. 왜 주인집 마나님을 희롱하느냐고 야단치니까 그게 아니고 자식을 점지하려고 본 것뿐이라고 변명한다. 불사약을 주고 끝낸다.[26]

시성공부놀이는 전후 두 단락으로 구분되는데, 전반부는 중이 열여덟 살 큰애기를 끼고 노는 내용이고, 후반부는 중이 마나님과 성행위를 시도하는 내용이다. 전반부가 신화의 세계라면, 후반부는 신화의 재연이다. 중은 '장다리밭에서 장다리씨만 받지 말고, 이 내 씨를 받아라'고 하는 것으로 보아 생산신이다. 그리하여 중이 동냥을 가서 큰애기에게 아들을 잉

26 황루시, 「무당굿놀이연구」, 이화여자대학교 박사학위논문, 1987, 28쪽.

태시키는 서사무가 제석본풀이의 내용과 전적으로 일치한다. 따라서 제석본풀이가 제석의 행적을 객관적으로 서술하는 서사 양식이라면, 시성공부놀이는 무녀가 제석신에 빙의된 상태에서 상좌(장고잡이)한테 자신의 행적을 진술하는 연극 양식이다.[27]

남해안 별신굿에서는 무당이 탈을 쓰고 '중광대'를 논다.

> 고인수 하나는 중으로, 다른 하나는 소모(小巫)로 꾸미는데, 중은 두루마기 차림이나 평복으로 중탈을 쓰고, 소모는 붉은 치마와 파란 저고리를 입고 소모탈을 쓰고 머리에 수건을 쓴다. 중이 등장하여 고인수와 재담을 주고받는데, 몽은사 절에서 장 담글 콩을 사러 왔다고 하면서 절을 떠난 소모의 행방을 묻는다. 이때 소모는 굿판에 살며시 들어와 관중들 사이로 오락가락하고, 중이 이를 발견하고 쫓아가지만 소모는 관중 속으로 숨는다. 그러면 중은 고인수에게 소모를 찾는 방법을 묻고, 고인수는 동석(洞席)에 가서 물으라고 한다. 중이 동석에 가서 소모의 행방을 물으면 동석에서는 동민에게 물어보라고 한다. 마침내 중은 이리저리 숨는 소모를 찾아내어 붙잡아 껴안는다.
>
> 소모는 중과 수벽치기를 하며 놀다가 중을 밀쳐버리고 관중 사이로 숨고, 중은 다시 고인수-동석의 순서로 소모의 행방을 물어 찾는다. 소모는 중의 다리도 주무르고 이도 잡아주면서 놀면서 중을 구박을 한다. 그러다가 중이 잠들면 다시 소모는 도망친다. 중이 잠에서 깨어 동석에 가서 소무의 행방을 물으면 동석에서는 별신굿판을 어지럽히니 벌을 받아야 한다고 말하며 곤장을 때리고, 중은 자신의 어리석음을 부끄러워하며 한탄가를 부른다.[28]

---

27 박진태, 『한국민속극연구』, 새문사, 1998, 85쪽 참조.

28 『한국민속종합조사보고서』(무의식 편), 문화공보부 문화재관리국, 1987, 75~77쪽 요약.

중이 마을에 내려와 도망친 미녀를 찾는 놀이굿은 남녀 결합 구조로 되어 있어 서사무가 당금아기타령과 본질적으로 동일한 모티프를 보인다. 곧 천부신과 지모신의 신성 결혼의 연극화로 중은 생산신인 것이다.

인형극 꼭두각시놀음에서는 상좌 두 명이 박첨지의 소무당(조카딸)들과 어울려 놀다가 박첨지와 홍동지에 의해 쫓겨난다.

박첨지 : 이놈 중아! 네가 분명히 중이면 산간에서 불도나 할 것이지 속가에 내려와 미색을 데리고 노류장화가 될 말이냐? 아마도 내가 생각하니 네가 중이라고 칭하였으나 미색 데리고 춤을 추니 거리노중만 못하다. 이놈 저리 가거라. (춤을 한참 추다가) 어으어으 여봐라. 엇더만 싶으냐. (웃으며) 나도 늙은 것이 잡것이로군. 늙은 나도 들어가네. (다시 소무당을 자세히 보니 자기의 질녀인고로 기가 막혀서) 늙은 놈이 주책없이 질녀 있는 데서 춤을 추었고나. 그러나 이왕 같이 춤 춘 바에 엇지할 수 없다. 이 괘심한 중놈을 처치하여야 할 터인데 늙은 내가 기운이 있어야지. 아마도 생질족하 홍동지(洪同知)를 내보내야겠다.

(중략)

박첨지 : (안에서) 여봐라. 내가 밖에를 나가니 상좌중놈들이 내 딸을 데리고 춤을 추는데, 늙은 나는 기운이 없어서 그대로 왔으니, 네가 나가서 모다 주릿대를 앵겨라.

(중략)

홍동지 : 여봐라. 듣거라. 보니 거리노중이냐? 보리망종(芒種)이냐? 칠월 백중이냐? 네가 무슨 중이냐? 염불엔 마음이 없고 잿밥에 마음이 있어 미색만 데리고 춤만 추는구나. 나도 한 식 놀아보자.

(오인이 춤춘다)

장단을 자주 쳐라.

(장단이 빠르며 그에 따라서 홍동지는 춤을 빨리 추다가 머리로 상좌와 소무당을 때려서 쫓아보내고 저도 이어서 퇴장)[29]

박첨지와 홍동지는 상좌에 대한 외경심이 전혀 없고 파계승에 대한 세속인의 증오심과 적개심만 보인다. 이처럼 꼭두각시놀음은 현실적인 성속의 갈등만 보여주고 신화적·제의적 해석의 여지를 배제한다. 그리하여 신성극인 무당굿놀이와 세속극인 꼭두각시놀음의 중간에 탈놀이가 위치하며 제의적 해석과 현실적 해석 모두를 가능하게 한다. 다시 말해서 탈놀이 '중놀음'에 대한 21세기적 해석은 꼭두각시놀음보다는 무당굿놀이가 더 확실한 근거를 제공해준다.

---

29 박진태, 『한국고전희곡의 역사』, 민속원, 2001, 218~219쪽.

제6장 탈춤과 TV 방송 마당놀이

1. 대중문화 시대의 마당놀이

MBC 문화방송국에서 1981년부터 마당놀이를 제작·공연하고, 또 텔레비전으로 방송하였는데, 이는 전통극의 현대적 수용이라는 측면[1] 및 공연예술과 방송 매체의 관계라는 측면에서 주목된다. 전자는 수평적 축(서구 연극의 수용)에 경도되었던 연극 운동을 반성하고 수직적 축(전통극의 계승)을 회복하여 민족극을 수립하려고 한 연극사적 자각과 관련된 문제이고, 후자는 TV방송국이 판소리와 관련해서는 전주 대사습놀이를 중계하고, 탈춤과 관련해서는 탈춤의 극작술을 계승한 마당놀이를 방영하여, 전통적인 연행 문학 내지 공연예술의 대중화를 위한 대중 매체의 역할을 수행한 측면과 관련된 문제이다.

이같이 'TV방송 마당놀이'는 '전통극을 계승하고 대중 매체와 결합된

---

1 전통극의 현대적 수용에 대한 논의는 수용 방안의 제시와 수용 양상에 대한 고찰로 나누어 전개되었다.

① 현대적 수용 방안 제시

이두현, 「텍스트·전통연극의 계승」, 『연극평론』(3), 연극평론사, 1970, 겨울호.

오영진·이두현·심우성·여석기 공동토론, 「정립의 문제와 현대적 수용」, 『연극평론』(3), 연극평론사, 1970, 겨울호.

이원복, 「한국가면극의 현대적 수용」, 『드라마』(3), 드라마사, 1972.

심우성, 「전통극 '놀이판'의 이해」, 『연극평론』(13), 연극평론사, 1975, 겨울호.

한옥근, 「한국가면극의 현대적 구성에 대한 시안」(동양희곡문학회 편, 『희곡문학』(총서 1), 우성문화사, 1982).

김우탁, 『한국전통극과 그 고유무대』, 개문사, 1978.

채희완·임진택, 「마당극에서 마당굿으로」(김윤수·백낙청·염무웅 편, 『한국문학의 현단계Ⅰ』, 창작과 비평사, 1982).

② 현대적 수용 양상에 대한 연구

김방옥, 「문학적 위기-70년대 이후의 창작극에 미친 전통극의 영향을 중심으로」(백낙청·염무웅 편, 『한국문학의 현단계Ⅲ』, 창작과 비평사, 1984).

이미원, 「한국현대연극의 전통수용양상(1)」, 『한국연극학』제6호, 한국연극학회, 1994.

연극 양식'으로 정립되어 수십 년 동안 공연되어 왔음에도 불구하고, 대중문화를 폄하하는 학문적 풍토 때문에 이론적인 연구가 부진한 실정이다. 그러나 현대는 대중문화의 시대이고, 학문도 대중화하는 추세이기 때문에 TV 마당놀이에 대해서도 학문적인 조명을 할 필요가 있는데, 그리하면 현대극의 여러 층위를 총체적으로 파악할 수 있고, 대중문화의 건강성을 회복하는 데에도 기여할 수 있다.

2. 마당 · 터 · 판 그리고 놀이마당과 마당놀이

놀이마당과 마당놀이는 공간 개념인 '마당'과 행위 개념인 '놀이'의 복합어이므로, 이들 두 낱말의 개념을 정립하고, 그 성격을 규정하는 데 있어서 '마당'의 본래적인 의미가 무엇인지, 또 '마당'의 유의어인 '터'와 '판'과는 어떠한 의미적 변별성을 지니는지 살펴볼 필요가 있다. 마당의 사전적 의미는 '① 집 안팎에 평평하게 닦아 놓은 땅, ② 어떤 일이 벌어지는 곳, ③ 어떠한 판이나 장면, ④ 판소리를 세는 단위'[2] 등 네 가지가 있지만, 첫 번째 의미가 본래성(Originality)을 지닌다고 볼 때 '마당'은 '집'과 대립되는 인접 공간이고, 인공적으로 조성한 평지로서 농작물을 경작하는 논밭과도 대립되는 '빈 공간'이다. 그런데 이러한 마당의 기능을 시사하는 어휘들이 있다.

① 마당 - 질 : 곡식을 타작하거나 풋바심하는 일
② 마당 - 밟이 : 지신밟기
마당 - 돌기 : 지신밟기
마당 - 굿 : 대문 밖 마당의 뒷전풀이

---

2 한글학회, 『우리말큰사전』(1), 어문각, 1991, 1277쪽.

마당 - 생기 : 마당에서 하는 진도 씻김굿

③ 마당 - 과부 : 마당에서 초례나 겨우 올리고 서방을 잃은 청상과부

④ 마당 - 춤 : 마당에서 추는 허튼춤. 활발하고 오락성이 강한 서민적인 흥풀이춤. 사랑방에서 추는 허튼춤으로 동작이 섬세하고 멋을 부리며 추는 선비적인 춤인 사랑방춤과 대조된다.

①은 '마당'이 일터가 되는 사실을, ② 는 굿터가 되는 사실을, ③은 잔치 자리가 되는 사실을, ④는 성과 신분에 의해서 주거 공간이 안채, 사랑채, 행랑채로 구분되는 양반집에서 마당은 양반 공간인 마루나 사랑방과 대립되는 하층민의 공간으로서 신분을 구별하는 징표로 사용되었음을 의미한다. 이것이 바로 하인의 이름을 마당쇠라 부른 이유이기도 하다. 이처럼 '마당'이라는 공간은 노동 공간, 제의 공간, 의례 공간, 잔치 공간, 오락 공간으로 기능했던 것이다.

다음으로 '터'를 보면, 사전적 의미는 '① 쓰일 땅, 또는 쓰인 땅, ② 일의 밑바탕, ③ 활터의 준말'[3]이지만, '① 집터, 텃밭, 텃논, 터주, 텃굿(지신굿), 텃고사(터주신에게 지내는 고사)/ ② 일터, 놀이터, 쉼터, 활터, 장터, 성터, 전쟁터, 사냥터'같은 말들을 보면, '터'의 본래적 의미는 '인간이 활용하거나 활용한 땅'이라 할 수 있다.

마지막으로 '판'에 대해 살펴보자. '판'의 사전적 의미는 '일이 벌어진 자리나 장면'이고, '그것을 세는 단위'[4]를 가리키는 말로도 쓰인다. 그렇지만 놀이와 관련된 '① 굿판, 놀이판, 술판, 춤판, 소리판/ ② 노름판, 도박판, 화투판, 마작판/ ③ 씨름판, 장기판, 바둑판, 말판/ ④ 판소리, 판굿, 판놀음' 같은 말들을 보면, 방법과 기교, 규칙과 법식이 적용되는 물건이

---

3 『우리말큰사전』(3), 4302쪽.

4 『우리말큰사전』(3), 4389쪽.

나 장소나 행동과 관련이 있다. '개판', '난장판'은 그러한 규칙과 법식이 무너진 상황을 가리키는 말인 것이다.

이처럼 '마당'은 '터'보다는 좁은 의미로 집과 대립되어 '방이나 마루에서 하는 놀이'와 구별해서 '마당에서 하는 놀이'라는 뜻으로 마당놀이가 사용된다고 볼 때 마당에서 벌이는 각종 '판'이 마당놀이에 포괄됨은 당연하다. 마당에서 지신밟기를 하고, 걸립농악을 놀고, 탈춤을 추고, 판소리를 부르고, 윷판을 벌이었던 것이다. 요컨대 마당놀이는 일차적으로 집(방, 마루)과 대립되는 공간인 마당을 노는 장소로 하여 연행된 놀이를 가리킨다고 말할 수 있다.

이제 '마당'의 일차적인 의미를 준거로 삼아 실제 학계와 공연예술계에서 놀이마당과 마당놀이의 개념을 어떻게 규정하고 사용하는지 살펴보기로 하자. 허규(許圭)는 "놀이마당을 광의의 야외 공연장 또는 전문 극장이 아닌 시민 생활 공간 속의 하나의 약속된 문화 생활 공간(실내 체육관 포함)으로 보고, 마당놀이 또한 한국 전통의 것, 서구적인 것, 현대적인 것 등을 포괄하는 광의의 공연예술"[5]이라고 규정하고, 국립극장에 놀이마당을 건립하여, 민속극, 민요, 농악, 민속춤, 무굿, 민속놀이, 무술 같은 무형문화재만이 아니라 창무극, 마당놀이(이춘풍전), 마당극(돼지풀이), 거리연극, 관악 합주도 공연했다.[6]

서연호는 놀이마당에 대해서 다음과 같이 정리할 수 있는 말을 하였다.

> ① 물리적인 측면에서 자연적인 지형을 응용했다.
>
> ② 환경적인 측면에서 일상적인 공간이 응용되었다.
>
> ③ 민속적인 측면에서 세시놀이·종교적 의례·행사들이 행해지던

5 허규, 「놀이마당·마당놀이의 발상」(이상일 엮음, 『놀이문화와 축제』, 성균관대학교출판부, 1988), 73쪽.

6 위의 논문, 75~81쪽에 1982~1986년까지 공연했던 작품들의 목록을 작성해 놓았다.

현장이었다.

④ 집단적인 측면에서 주민들의 여론이 수렴되는 공공의 장소였다.[7]

종합하면 마당은 자연 속의 생활 공간을 의식 공간과 놀이 공간으로 활용했다는 말이다.

그리고 마당놀이에 대해서도 다음과 같은 취지의 말을 하였다.

① 형태적이 측면에서 원형적인 개방성과 대동적인 혼합 양식으로 신명풀이와 대동놀이가 되었다.

② 예능적인 측면에서 오락성과 해학성이 풍부하고, '판의 예술'로 발전하기도 했다.

③ 사회적인 측면에서 하의상달(下意上達)의 언론 기능을 했다.

④ 예술사적 측면에서 소박성이 질적 발전을 저해한 요인이 되었다.[8]

마당을 '집과 마을 안 및 인근 지역의 빈 공터'로 본 것은 실제적인 현상에 근거해서 원초적인 마당을 확대 해석했지만, 마당놀이에는 어떤 종목들이 포함되는지 구체적인 언급이 없다. 그리고 마당놀이의 소박성 내지 비전문성이 예술의 발전을 저해했다는 주장도 탈춤과 판소리를 일례로 보더라도 수긍하기 어렵다.

임진택은 전통극의 현대적 수용 과정에서 연극계와 민속극계가 겪어온 단계와 사례를, "첫 번째가 원형 전수라고 하는 복고적 재현의 단계이며, 그 두 번째가 그러한 전통극적 요소를 무대상에서 양식화하는 단계였으며, 그 세 번째가 전통 형식의 과감한 변용에 의한 현실 문제의 표현이며, 그 네 번째가 공동체적 삶의 회복과 관련하여 전통 연희의 상황을 총체적

---

7 서연호, 「놀이마당·마당놀이의 현대적 가능성」(이상일 엮음, 앞의 책), 106쪽 참조.
8 위의 논문, 106~107쪽 참조.

으로 이해하려는 단계"[9]로 구분하고, 첫 번째와 두 번째 단계에서 주로 '마당놀이'를, 세 번째 단계에서는 '마당극'을, 네 번째 단계에서 '마당굿'을 사용한다고 보아, 허규·서연호와는 대조적으로 마당놀이를 '탈춤과 창작 탈춤을 비롯해서 탈춤의 극작술을 계승한 현대극'을 가리키는 지극히 제한적인 개념의 용어로 보았다. 이 글도 대중 매체 문화와 마당놀이의 관계를 논의하는 자리이기 때문에 비록 잠정적이기는 하지만 부득이 MBC 문화방송국에서 방영한 '마당놀이'로 범위를 국한시키게 된다.

한편 이상일은 놀이마당이 현대적 의미를 지니려면 '첫째로 공연예술의 세속화와 대중화에서 빚어지는 저질화를 극복하기 위해서라도 역사적 기원으로서의 성역(聖域) 관념을 회복함과 동시에 그 권위에 대해 반란을 일으키는 놀이 정신을 회복해야 하며, 둘째로 놀이마당에서 세속 사회의 놀이예능이 무질서하게 전개되는 것도 거부해야 한다'[10]고 주장한 바 있는데, 이러한 견해는 마당놀이가 대중 매체와 결합함으로써 대중화에 따른 저질화를 초래하지 않았는지 점검할 필요성을 제기한다.

또 ① 야외무대 공간의 성격, ② 다방향성, ③ 자연 조건의 배경, ④ 장소의 임의성과 가변성[11] 등과 같은 전통극의 무대의 특징을 실내 체육관에서 얼마나 살려낼 수 있는지에 대해서도 마땅히 점검되어야겠다.

3. 마당에서 실내로, 다시 마당으로

'마당'과 '놀이'에 대한 올바른 이해는 전통적인 놀이문화에 대한 정확한 인식이 전제될 때 가능하다. 흔히 놀이는 굿에서 발생했다고 한다. 동

9 임진택, 「마당놀이의 문화적 공과」(이상일 엮음, 앞의 책), 94쪽.

10 이상일, 「놀이마당 - 그 현대적 관념의 정립」(이상일 엮음, 앞의 책), 30쪽 참조.

11 김원(金洹), 「놀이마당 - 한국적 야외공연장의 제안」(이상일 엮음, 앞의 책), 34쪽.

해안 별신굿을 보면, 세존굿에 이어서 「중도둑잡이」를 하고, 천왕굿에 이어서 「원놀음」을 한다. 세존굿과 천왕굿은 무녀가 무가를 부르고 춤을 추어 신을 내리게 하고서, 신춤을 추고, 마을사람들로부터 공물을 받고, 그들에게 명복을 주는데, 한강 이북의 강신무의 굿에 비해서는 떨어지지만 대체로 진지하고 엄숙하고 경건한 분위기 속에서 진행된다. 그러나 「중도둑잡이」나 「원놀음」은 이른바 제의적인 반란이 일어나고, 숭고미가 파괴되고, 골계적인 장면들이 연출된다. 굿에서는 신의 초월자적인 권능을 드러냄으로써 인간의 신앙심과 복종심을 강화시키는 데 반해서 놀이에서는 '신의 권위 파괴(싸움굿, 정에 대한 반) → 권위의 회복(화해굿, 합)'이라는 역동적인 변증법적 전개에 의해 세속과 신성 사이의 근원적인 갈등을 희극적으로 표출시킴으로써 굿을 하는 동안 무녀의 영통력과 위압적인 태도에 눌려 긴장하고 위축된 신도들의 심리 상태를 이완시키고 즐겁게 해준다.[12] 이러한 굿과 놀이는 마을 앞 모래밭에 바다를 등지고 설치한 굿당 앞에서 행해지고, 마을사람들은 반원형으로 둘러싸고 앉아서 굿에 참여한다.

하회 별신굿에서는 산주(山主)가 광대들을 데리고 화산 중턱의 서낭당에 가서 서낭각시신을 맞이하여 도령당(남편신)과 삼신당(시어머니신)을 거쳐 동사(洞舍) 마당에 와서 각시광대의 걸립에 이어서 주지 마당, 백정 마당, 할미 마당, 중 마당, 양반·선비 마당과 같은 다섯 마당의 탈놀이를 했는데, 이것은 탈놀이를 서낭신에게 봉헌하는 걸 의미한다. 그리고 남촌댁, 북촌댁, 서애댁, 겸암댁 같은 마을의 대표적인 양반집에서 초청을 하면 가서 놀았는데, 이것은 양반에게 탈놀이를 봉헌하는 걸 의미한다. 양반집에서 광대들이 마당에서 탈놀이를 하다가 대청마루에 올라가 주인 양반에게 수작을 걸기도 했으며, 무녀는 마루와 부엌에서 성주굿과 조왕굿을 했다고 하니, 탈놀이는 광대들이, 지신밟기는 무당들이 한 것이다.

---

12 박진태, 『탈놀이의 기원과 구조』, 새문사, 2000, 41~45쪽 참조.

「가산오광대」의 경우에는 정월 초하루나 초이튿날 자정에 당산할머니한테 천룡제(天龍祭)를 지내고, 이어서 상신장(上神將)에 가서 장승제를 지냈으며, 천룡제가 끝나면 매구패들이 당산굿을 친 데 이어서 우물(3군데)과 장승(2군데)을 돌며 매구를 치고, 가정집은 제관의 집부터 차례로 '마당 → 부엌 → 뒤안 → 장독 → 마루'의 순서로 매구를 쳤다. 이러한 매구를 보름까지 치고, 보름날 저녁에 재각(齋閣)의 마당이나 '대문집'의 마당에서 오광대놀이를 놀았다.[13]

한편 평양감사 환영도를 보면, 기둥만 있고 벽이 없는 전각 안에 평양감사가 앉아 있고, 그 앞마당에서 오방처용무와 검무와 북춤을 추거나, 누각 안에 앉아 있는 평양감사 앞에서 기녀들이 춤추는데, 누각 아래에서는 학춤을 추고, 사자 한 마리는 누각 안에서, 다른 한 마리는 누각 밖에서 춤추는 광경이 그려져 있다.[14]

이처럼 탈춤은 마당에서 놀았고, 건물이라 하더라도 마루나 누각처럼 반개방적인 공간에서 연희되었다. 다만 「통영오광대」의 경우 1930년대에 일본의 억압과 감시 때문에 노인정 안에서 놀았다고 한다. 양반들의 연회장소였던 경복궁의 경회루, 남원의 광한루, 진주의 촉석루, 통영의 세병관 같은 건물의 구조를 보면, 지붕과 기둥만으로 되어 있는 반개방적 공간이며, 모흥갑이 평양감사의 초청을 받아 연광정(練光亭)에서 판소리를 부른 장면을 그린 그림을 보면, 야외에 돗자리를 깔고 소리판을 벌이었다.

이와 같이 옥외의 마당이나 옥내라 하더라도 반개방적인 마루나 누각 위에서 굿과 놀이를 연행했는데, 1902년 12월 최초의 실내 극장 협률사(協律社)가 건립됨에 따라 사방이 폐쇄된 건물 안의 프로시니엄(proscenium) 무대 위에서 판소리를 비롯한 전통 연희가 공연되기에 이르렀다. 그리하여 '마당'에서 '실내 무대'로 놀이마당이 바뀜에 따라 전통 연희는 마당성 내

13 1986년 8월 7일 한윤영(1921~1998)의 증언.

14 이두현, 『한국가면극』, 문화재관리국, 1969, 6~7쪽 그림 참조.

지 마당놀이성이 훼손되는 대변화가 일어난 것이다. 민속학자 송석하가 1930년에 촬영한 사진을 보면, 꼭두각시놀음도 천막을 쳐서 만든 가설극장의 무대 위에 올라가 공연했다.[15]

이러한 실내 극장 시대의 출현은 연극사의 방향이 180°로 바꾸어지는 것을 의미했다.[16]

첫째 옥외에서 옥내로 들어감에 따라 자연과 인조물을 조화시키며 생활무대로 삼고, 그 생활 무대를 제사 공간, 축제 공간, 놀이 공간으로 활용하던 전통이 단절되고, 낮에는 일광을 이용하고, 밤에는 보름달 아래에서 화톳불이나 횃불이나 등불을 켜던 조명법이 전기 조명으로 바뀌었다.

둘째 마당의 원형 무대 내지 다방향성이 훼손되고, 무대와 객석이 물리적으로 분리되어 배우와 구경꾼이 일체감을 느낄 수 없게 되었다.

셋째 신극 수립을 주도하는 과정에서 선구적인 연극인들이 서구의 사실주의 연극의 절대적인 영향을 받은 까닭에 무대 장치 없이 상징적이고 양식적인 표현을 하는 탈춤을 전근대적인 연극으로 배척하고 외면함에 따라 탈춤과 신극이 접맥될 기회를 가지지 못했다.

넷째 실내 극장에서 환상의 세계를 체험하는 것이 습관화되면서 현실의 모순을 포착하여 단순화된 갈등 구조로 극화시키던 탈춤의 비판 정신과 개혁 정신이 실종되었다.

---

15 『민속사진특별전도록』(석남 민속유고), 한국민속박물관, 1975, 77쪽.

16 서양연극사도 야외노천극장에서 실내극장으로 들어갔다가 다시 옥외로 나왔다. 리처드 서던(R. Southern)이 쓴 『연극의 일곱 시기(The Seven Ages of the Theatre)』에서 ① 의상(또는 가면)을 착용한 배우만으로 공연하던 시기, ② 대규모의 축제공연으로 확대된 시기로 야외노천극장이고 종교적 성격의 연극, ③ 세속적으로 바뀌면서 해학적이거나 철학적인 내용이 되고, 직업연극이 시작되며 관객이 실내로 들어감, ④ 무대와 무대장치 등장, ⑤ 옥외극장이 완전히 옥내극장으로 전환. 감정적 감상에서 지적인 감상으로 바뀜, ⑥ 극장이 환상의 공간이 됨, ⑦ 반환상(反幻想)을 주장하는 연극이 출현한 시기로 구분하였다. 김우옥, 「서구연극의 공간변화와 우리의 놀이마당」(이상일 엮음, 앞의 책), 44쪽 참조. 이러한 관점에서 보면 우리의 탈춤은 첫 번째 시기에 해당하고, 고려시대의 팔관회나 연등회는 제2기에 해당한다.

다섯째 사회경제적 측면에서 연극이 교육받은 소수의 특정 집단 내지는 계층의 독점물이 되고, 일반 대중으로부터 멀어졌다. 이러한 관객의 분화 현상은 실내 극장이 등장하기 이전에 이미 그 징후가 나타났으니, 「봉산탈춤」의 경우 사리원으로 옮겨 연희할 때 경암루 앞에 반원형의 다락을 매고, 그 위에는 공연비용을 내는 상인들의 좌석으로 하고, 무료 관람객은 다락 밑에서 앉거나 서서 구경했다.[17] 그 상인들이 자본주의의 발달과 함께 시민 계급의 중심이 되어 실내 극장 안으로 들어가 관객이 되었으나, 다락 밑의 무료 관람객들이었던 민중은 극장 밖으로 밀려났다.

이러한 모순된 상황이 지속되다가 1960년 4·19혁명을 계기로 촉발된 민족주의적 기류와 그것을 정권 유지 차원에서 이용하려 한 군사 정권의 문화 정책, 전통문화가 소멸될지도 모른다는 민속학자와 국학자들의 위기의식, 서구 연극의 수용에 한계와 회의를 느낀 연극인들의 한국적 연극 양식을 창조하려는 열정, 근대화·공업화·도시화로 말미암아 5천년에 걸쳐 지속된 농경문화의 토대인 농촌 사회의 붕괴와 황폐화에 대한 우려, 경제 개발과 국가주의를 내세우는 군사 정권의 억압적인 노동 정책과 분단 체제를 이용한 장기 집권 획책에 맞서는 대학생들의 저항 정신 등등 이러한 여러 요인들이 복합적으로 작용하여 옥외의 마당 문화, 특히 탈춤에 시선을 돌렸다고 말할 수 있다.

탈춤에 대한 관심 표명은 국가적 차원에서 중요 무형 문화재로 지정하는 사업으로부터 시작되었다. 1964년에 「양주별산대놀이」와 「통영오광대」가 중요 무형 문화재로, 하회탈이 국보로 지정된 것을 시발점으로 하여 「봉산탈춤」과 「동래들놀음」(1967), 「고성오광대」와 「강령탈춤」(1970), 「수영들놀음」(1971), 「송파산대놀이」(1973), 「은율탈춤」(1978), 「가산오광대」와 「하회별신굿탈놀이」(1980)의 순서로 중요 무형 문화재가 되었다. 이러한 추세가 1970년대에 대학가에 탈춤 동아리가 결성되고, 탈춤의 열풍이 불

17 이두현, 『한국가면극』, 일지사, 1979, 187쪽 참고.

게 하였던 것이다.

이와 같은 현상은 실내 극장의 연극에도 충격을 가하여 우리 연극의 뿌리 찾기와 전통의 현대적 수용과 재창조가 연극계의 주요 관심사요 시대적 과제로 떠올랐다. 그리하여 70년대에 전통을 수용하여 한국적 연극을 수립하려는 본격적인 실험극들이 다양하게 창작된 바, 오태석의 「초분」과 「태」, 허규의 「물도리동」과 「다시라기」, 최인훈의 「어디서 무엇이 되어 만나랴」와 극단자유의 집단 창조에 의한 「무엇이 될꼬」 등이 대표작들로 평가된다.[18] 물론 이 같은 실험극들이 "전통의 정신적 유산을 가시화하여 의미망의 공감대 형성에는 성공하지 못해서, 너무 서구 실험극적이거나 평면적이거나 국부적인 시・청각적 이미지에 매달렸다"[19]는 한계도 있지만, 서구 연극을 일방적으로 수용하면서 전통 연극과 공연예술 및 제사・축제 문화를 방치하고 배척하다가 전통극의 창조적인 계승을 시도한 사실만으로도 그 연극사적 의의는 큰 것이다.

그런데 이러한 연극들이 실내 극장 속에 탈춤・판소리・무굿 같은 전통적인 마당 문화를 수용했다면, 이와는 달리 실내 극장에 들어가기를 거부하고 탈춤의 '마당성'을 재해석하여 계승하려 한 것이 마당극과 마당굿이라 하겠다. 마당극과 마당굿 운동을 주도한 채희완에 의하면, 마당은 "공간적이며 동시에 시간적인 상황 개념으로서 삶의 토대이자 그 삶을 인식하고 표현하는 문화 생성의 토대이며 아울러 공동 집회의 장소"[20]가 된다. 달리 말하면 마당은 "민중의 삶의 현장"[21]이며, "민중적 예술 이념"[22]의 공간적 표상이 되는 셈이다. 아무튼 마당극과 마당굿 운동은 우리 연

---

18 이미원, 「한국현대연극의 전통수용양상(1)」, 『한국연극학』제6호, 한국연극학회, 1994, 193쪽 참조.

19 위의 논문, 215쪽.

20 채희완・임진택, 「마당극에서 마당굿으로」, (김윤수・백락청・염무웅 편, 『한국문학의 현단계』(Ⅰ), 창작과 비평사, 1982), 205쪽.

21 위의 논문, 202쪽.

22 위의 논문, 192쪽.

극사에서 옥내로 들어간 연극을 탈춤 같은 마당문화의 전통을 되살려 다시 옥외로 끌어내는 획기적인 전환을 시도했다는 사실은 아무도 부인하지 못할 것이다.

4. 직선적인 전승사에서 중층적인 연극사로 시각을 바꾸자

채희완은 탈춤의 창조적 계승은 탈춤의 현실적 수용 문제와 현실 문제의 예술적 표현을 동시에 해결하는 길이어야 한다는 기본 인식 위에서 탈춤의 전승 방식을 다음과 같이 크게 넷으로 구분하였다.

① 탈춤의 원형적 전수
② 탈춤의 현대적 접목
　㉠ 탈춤의 무대 양식화
　㉡ 현대극에 탈춤 양식을 도입
　㉢ 탈춤 구조에 오늘의 문제를 대입(예; 소리굿 아구)
③ 창작 탈춤 또는 새로운 마당극으로의 개발
④ 탈춤을 활용한 새로운 예술 장르나 예술 매체의 개발[23]

이처럼 탈춤의 당대적 기능이나 표현력의 원천을 살려내어 오늘의 문제를 표현하는 새로운 양식적 틀을 창조해야 한다며 ②-㉢을 과도기적 탈춤으로 규정하고, 탈춤의 전승사를 다음과 같이 도식화하였다.

기존 탈춤 ⇄ 과도기적 탈춤 → 앞으로의 탈춤

23 위의 논문, 209~210쪽 참조.

그러나 특히 동양의 연극사는 단선적인 극복·교체의 역사로 보기보다는 전대의 연극이 계승되면서 중층적으로 공존하면서 상호 작용하는 역사로 보려는 것이 연극학계의 동향이다.[24] 우리 고전극의 역사도 이러한 시각에서 시대 구분을 할 수 있다고 보는데, 도표로 제시하면 다음과 같다.[25]

	제의극	불교극	궁정세속극	민간세속극
제의극 시대	신탈춤 신상놀이 동물춤(곰, 호랑이)			
불교극 시대	대면·속독·산예 황창가면검무 하공진놀이 김낙·신숭겸의 가상희	기악 처용가무·산신가무·지신무		
궁정세속극 시대	궁중 나희 하회별신놀이	오방처용가무	고려의 조희 조선 소학지희 15·6c괴뢰희	
민간세속극 시대	하회별신굿의 서낭각시놀이 고성군사신제 법주사군수놀이 무당굿놀이 진도다시래기	만석중놀이	동상기(東廂記) 영양 원놀음	18c인형극·산대놀이 20c탈놀이·꼭두각시놀음·발탈

24 오수경, 「나희연구가 중국 연극사 인식의 변화에 끼친 영향」, 『중국희곡』제6집, 한국중국희곡학회, 1998, 16~22쪽과 박진태 편, 『동양고전극의 재발견』, 박이정, 2000, 109~116쪽 참조.

25 박진태, 『한국고전희곡의 역사』, 민속원, 2001, 32쪽.

도표에서 알 수 있듯이 고전연극사는 극복의 원리에 의한 교체사이면서 동시에 계승의 원리에 의한 다층적 구조를 형성해 왔다. 새로운 연극 양식이 나타난 이후에도 기존의 연극 양식은 사라지지 않고 새로운 연극 양식에 비주류로서 대항하거나 주류 문화가 해결하지 못하는 부분을 보완했다.

1970년대 이후의 우리 연극사도 이러한 시각에서 보아야 하지 않을까? 극작술과 미학 원리의 원천이 되는 전통 탈춤이 계속 원형을 보존·유지했고, 서구 연극과 동양 연극의 융합 차원에서의 전통 탈춤과 현대극과의 접목이 시도되었고, 전통 탈춤을 변용시켜 당대적인 민중극으로 정립시킨 마당극과 마당굿이 병존한 현상을 부인할 수 없기 때문이다.

또한 양반과 평민이 함께 탈춤을 보고, 판소리를 듣던 마당 문화가 있으며, 「수영들놀음」이 동래에, 「통영오광대」가 고성에 전래되었으면서도 영노가 양반을 잡아먹는 대결형(상극 관계)을 영노와 양반이 화해하는 화합형(상생 관계)으로 변용시켜 지역 문화의 정체성을 찾으려 한 실례를 가지고 있기 때문에 방송 매체와 마당놀이의 결합도 대중화와 저질화로 폄하할 것이 아니라 균형 잡힌 시각으로 접근해야 할 것이다.

5. 탈춤·마당놀이·방송 매체

탈춤과 마당놀이의 관련 양상에 대해 살피기에 앞서서 먼저 MBC 문화방송국에서 주최하고 방송한 마당놀이의 공연 연보를 소개하면 다음과 같다.

① 「허생전」, 1981.12.18~19 서울 문화체육관
② 「별주부전」, 1982.12.2~4 서울 문화체육관
③ 「놀보전」, 1983.12.18~20 서울 문화체육관/1984.1.25~2.8 부산,

대구, 전주, 대전, 광주, 마산, 춘천 실내체육관

④ 「이춘풍전」, 1984.11.27~12.18 부산, 대구, 전주, 광주, 대전, 마산, 춘천, 청주 실내체육관/ 12.7~9 서울 문화체육관

⑤ 「방자전」, 1985.11.1~15, 춘천, 청주, 대전, 전주, 광주, 마산, 대구, 부산 실내체육관/ 11.21~30 서울 문화체육관

⑥ 「봉이김선달」, 1986.1128~12.7/1987.2.18~22 서울 문화체육관 //1986.12.13~28 춘천, 청주, 대전, 전주, 광주, 대구, 마산, 부산 실내체육관

⑦ 「배비장전」, 1987.11.10~29 춘천, 원주, 청주, 대전, 전주, 광주, 대구, 포항, 마산, 부산 실내체육관/12.5~14 서울 문화체육관

⑧ 「심청전」, 1988.9.3~12, 서울 문화체육관/10.28~11.20 춘천, 강릉, 원주, 청주, 대전, 전주, 광주, 대구, 포항, 마산, 부산, 제주 실내체육관

⑨ 「구운몽」, 1989.10.27~11.23 춘천, 강릉, 원주, 청주, 대전, 전주, 광주, 목포, 마산, 대구, 포항, 울산, 부산, 제주 실내체육관/12.2~11 서울 문화체육관

⑩ 「춘향전」, 1990.11.2~19/12.29 춘천, 원주, 청주, 전주, 광주, 목포, 여수, 마산, 대구, 포항, 울산, 부산, 대전 실내체육관

⑪ 「흥보전」, 1991.10.29~11.23 춘천, 원주, 대전, 전주, 광주, 목포, 여수, 마산, 대구, 포항, 울산, 부산, 제주 실내체육관/11.30~12.15 서울 문화체육관

⑫ 「신이춘풍전」, 1992.10.29~11.23 춘천, 원주, 대전, 전주, 광주, 목포, 여수, 마산, 대구, 포항, 울산, 부산, 제주 실내체육관

⑬ 「홍길동전」, 1993.10.22~11.17 춘천, 원주, 강릉, 대구, 포항, 울산, 부산, 마산, 진주, 여수, 목포, 제주, 광주, 전주 실내체육관/11.27~12.12 서울 문화체육관

⑭ 「심청전・뺑파전」, 1994.9.16~24 로스엔젤레스, 샌프란시스코,

센디에고, 뉴욕(총12회)/10.15~11.19/12.13~16 성남, 수원, 인천, 원주, 청주, 대구, 춘천, 광주, 제주, 목포, 여수, 진주, 마산, 부산, 포항, 울산, 전주, 대전 실내체육관/11.26~12.11 서울 KBS 88체육관

⑮ 「옹고집전」, 1995.10.16~11.8/12.13~16 수원, 성남, 춘천, 대구, 광주, 목포, 여수, 진주, 마산, 울산, 대전, 포항, 부산, 전주, 원주, 제주 실내체육관/11.18~12.3 서울 정동문화체육관

⑯ 「황진이」, 1996.10.10~11.4 원주, 춘천, 전주, 광주, 진주, 목포, 제주, 부산, 울산, 포항, 대구, 대전, 마산, 충주 실내체육관/11.15~12.3 서울 정동문화체육관

⑰ 「애랑전」, 1997.10.25~11.15 부천, 성남, 수원, 원주, 광주, 전주, 청주, 충주, 목포, 전주, 마산, 울산, 부산, 포항, 대구, 대전 실내체육관 /11.20~12.7 서울 정동문화체육관

⑱ 「봉이김선달」, 1998.10.5~11.7 강릉, 원주, 충주, 대구, 청주, 전주, 광주, 대전, 부산, 포항, 울산, 마산, 진주, 여수, 목포, 제주 실내체육관/11.14~12.13 서울 정동이벤트홀

⑲ 「변학도전」, 1999.10.2~11.7 청주, 광주, 목포, 대전, 여수, 마산, 진주, 울산, 충주, 순천, 강릉, 춘천, 삼척, 안동, 원주, 전주, 대구, 부산, 포항, 부천, 수원, 아산 실내체육관//11.12~12.15 서울 정동문화체육관 //2000.5.27~28 뉴욕/6.3 로스엔젤레스(총4회)

⑳ 「홍길동」, 2000.10.5~11.13 청주, 광주, 목포, 대전, 마산, 진주, 울산, 충주, 순천, 강릉, 춘천, 삼척, 안동, 제주 실내체육관/11.17~12.3 서울 장충체육관

㉑ 「암행어사 졸도야」(윤정건 작), 2001.11.17~12.9, 서울 장충체육관

1981년 MBC 문화방송국의 창립 20주년 기념 공연으로 시작된 마당놀이는 해마다 연중행사로 기획・공연되어 왔는데, 공연사를 공연 지역의 측면에서 세 시기로 나눌 수 있다. 제1기는 1981년~1982년으로 서울에

서만 공연되었다. 제2기는 1983년~1993년으로 7~14개의 지방 도시로 확대시켜 나갔고, 제3기는 1994년~2000년으로 지방 도시가 16~22개로 더욱 확대되고 미국에서 해외 공연을 했다.

다음으로 공연 작품을 보면, 네 가지 유형으로 분류할 수 있다. 제 1유형은 현전하는 판소리 다섯 바탕 중에서 「적벽가」를 제외한 네 작품을 개작한 「별주부전」, 「놀보전」, 「방자전」, 「심청전」, 「춘향전」, 「홍보전」, 「심청전 · 뺑파전」, 「변학도전」과 같은 작품들이고, 제2유형은 판소리계 소설로 해학 · 풍자 소설의 대표작에 속하는 작품들을 개작한 「이춘풍전」, 「배비장전」, 「신이춘풍전」, 「옹고집전」, 「애랑전」 과 같은 작품들이고, 제3유형은 대표적인 고전소설들인 「허생전」, 「홍길동전」, 「구운몽」을 개작한 것들이고, 제4유형은 대중적인 인기가 있는 역사적인 인물들을 주인공으로 한 「봉이 김선달」과 「황진이」와 같은 작품들이다.

이와 같이 마당놀이가 판소리 · 고전소설 · 야담에서 소재를 취한 점이 내용적인 특징으로 지적될 수 있다. 그리고 「홍보가(전)」를 「놀보전」으로, 「춘향가(전)」를 「변학도전」이나 「방자전」으로, 「배비장전」을 「애랑전」으로, 「심청가(전)」를 「뺑파전」으로 개작하여 주동 인물 · 중심 인물의 시각이 아니라 반동 인물 · 주변 인물의 시각에서 원작을 재해석하려고 한 시도도 새로운데, 2001년의 공연에서는 「춘향가(전)」를 해체하여 「암행어사 졸도야」로 재창조하여 새로운 미학의 「춘향전」을 연출하려 했는데, 이러한 작업은 해체주의 · 포스트모더니즘 · 디지털 방식의 세계에 대한 예술적 대응으로서 획기적인 방향 전환이라고 평가할 수 있겠다.

조동일은 일찍이 「봉산탈춤」의 양반 마당에 대한 분석을 통해 대사 부분이 춤 대목에 의해 차단되면서 서사적 전개를 배격한다고 지적했는데,[26] 이러한 구성 원리에 기인한다고 속단하기는 어렵지만, 탈춤이 설화나 소설 같은 서사 문학과 접맥되지 않은 것이 특징임은 분명하다. 탈춤

26 조동일, 『탈춤의 역사와 원리』, 홍성사, 1981, 206~209쪽 참조.

은 '탈놀이'라고도 부르듯이 탈을 쓰고 춤을 추는 형태와 놀이하는 형태로 양분할 수 있다.

한편 '○○탈춤', '○○놀이'는 단순히 명칭의 차이에 그치지 않고, '춤'과 '놀이'의 매체적 차이와 관련되어 있다.[27] 춤은 노래와 결합되어 흥을 일으키고, 놀이는 재담과 결합되어 갈등을 드러낸다. 노래는 기존의 노래를 그대로 차용하거나, 그것을 다시 조합하거나 패러디화해서 부르고, 재담은 '이야기의 전개'가 아니라 언어유희(반복법, 동음이의어, 희인, 음담 등)에 치중했다.

이렇듯이 탈춤은 고전 서사 문학을 수용한 마당놀이와는 대극적인 위치에 놓이므로 탈춤과 마당놀이는 문학적인, 내용적인 측면보다는 연극 양식적인, 극작술의 측면에서 상호 관련성을 찾아야겠다. 이러한 것을 밝히기 위해서는 마당놀이의 대본을 정밀하게 분석하고, 공연 현장을 주의 깊게 관찰해야 하는데, 참고로 현재 대본을 확인한 작품들을 소개하면 다음과 같다.

(가) MBC 문화방송국에서 공연한 작품들

① 「놀부전」(김지일 작, 손진책 연출, 박범훈 작곡, 김학자 안무), 1983, MBC 문화방송 창립 22주년 기념 공연.

② 「방자전」(김지일 작, 손진책 연출, 박범훈 작곡, 국수호 안무), 1985, 창립 24주년.

③ 「봉이김선달」(김지일 작, 손진채 연출), 1986, 창립 25주년.

④ 「배비장전」(김지일 작), 1987, 창립 26주년.

⑤ 「신이춘풍전」(김지일 작, 손진책 연출), 1992, 창립 31주년.

⑥ 「심청전」(김지일 극본, 박범훈 작곡, 손진책 연출, 국수호 안무), 1994, 창립 33주년.

---

27 박진태, 『한국고전희곡의 역사』, 민속원, 2001, 40~45쪽 참조.

(나) 상업 극장에서 공연한 작품들

① 강성범 구성, 「춘향전」, 1984, 극단 통인무대, 중앙국립극장 실험 무대.

② 김현묵, 「놀부전」

③ 정진수 극본, 「춘향전」, 강영걸 연출, 한국배우협회.

④ 최미나 작, 「향단전」, '99신유랑 연예패, 천막무대.

이제 마당놀이가 탈춤으로부터 물려받은 양식적인 요소들이 무엇이며, 마당놀이가 방송 매체를 통해 시청자한테 전달될 때 어떤 문제가 발생하는지에 대해 간단하게 짚어본다. 탈춤의 무대적 특징은 옥외의 평면적인 원형 무대라는 점이다. 무대 장치가 없기 때문에 공연 장소를 극중 장소로 만들기 용이하고, 구경꾼이 탈꾼을 둥글게 에워싸기 때문에 탈꾼이 놀이마당의 구심점이 된다. 그리하여 「봉산탈춤」에서 말뚝이가 양반을 탈판으로 데리고 나와서 대거리하면서 구경꾼과 악사를 자기편으로 만든다. 원진(圓陣)은 밖으로는 공동체의 적을 방어하고, 안으로는 구성원의 결속력을 다지는 대형인데, 탈춤의 탈판이 원형 무대인 것은 탈춤이 바로 공동체의 놀이인 데 연유한다.

구경꾼은 탈꾼의 정면만이 아니라 이면도 보게 되기 때문에 탈꾼은 항상 뒤에서 바라보는 구경꾼의 시선을 의식하고 방향을 바꾸게 된다. 탈춤의 개방성은 단순히 옥외라는 점에서가 아니라 시선의 문제이기도 한 것이다. 다양한 시선들이 다각적인 방향에서 교차되는 것이다. 탈꾼과 구경꾼 사이에서만이 아니라 구경꾼과 구경꾼 사이에서도 시선이 교차된다. 탈꾼, 구경꾼 가릴 것 없이 모두가 서로에게 노출되어 있는 것이다.

이러한 개방성 이외에도 구성의 옴니버스 스타일, 언어와 춤과 노래와 음악이 혼합된 종합 예술성, 현장성과 즉흥성, 극중 장소와 공연 장소의 일치, 관객의 개입 등이 탈춤의 양식적 특징으로 지적된다. 그리고 이러한 양식적 요소들을 마당놀이가 계승하고 있다. 다만 마당놀이는 탈춤과 달리 서사 문학을 수용하여 극의 전개가 연속성을 띤다는 점이 다를 뿐이다.

그러나 이러한 마당놀이도 방송 매체와 결합되면, 마당의 원형성(圓形性)이 심각하게 훼손되고, 카메라가 보여주는 화면만을 따라다니며 보게 된다. 그 화면도 전체상이 아니라 부분을 확대해서 보여주는 경우가 많다. 그리고 시청자가 관객으로서 개입하는 것도 불가능해진다. 물론 공연을 마치고 뒤풀이에 참여할 수도 없다. 마당놀이를 텔레비전 방송으로 중계할 때 이러한 문제점들을 기술적으로 해결할 수 있을지 의문이다. 역시 공연장에 가서 직접 보아야 제 맛이 나는 법이다. 이왕이면 실내에서 옥외로 끌어내야 한다. 이것이 진정한 의미에서 마당놀이의 '마당'과 '놀이 정신'을 회복하는 길일 것이다.

6. 마당놀이의 전망

마당극 · 마당굿 · 민족극은 사회적 비판 기능이 강하여 잘못된 사회에 대한 공격과 교정이라는 목적성 때문에 주로 풍자미를 지닌 데 반해서 이른바 'MBC류(또는 손진책류) 마당놀이'는 전통 연행 예술에 대한 형식적 이해로 말미암아 경쾌함은 있으나 이러한 경쾌함이 경박함이 되기도 했고, 또 방송 매체를 상업적 용도로만 사용했기 때문에 주제 의식의 측면에서 문제가 많다는 비판을 받는다. 전자와 후자 모두 진지성이 결여된 측면이 있기는 마찬가지이지만, 후자가 전자에 비해 경박성이 더 심하다는 지적이고, 그 경박성은 주제 의식의 빈곤과도 직결된다는 비판인 것이다.

물론 마당놀이의 경박성은 상업주의적인 대중성 추구에 기인하는 것으로 탈춤의 민중 의식이나 비판 정신은 계승하지 않고 극작술 같은 형식적 요소만 계승하여 웃음 제조기 같은 오락물로 만든 혐의를 모면하기는 어렵다. 그러나 마당극 · 마당굿 · 민족극 계열이 이념적인 경직성과 폐쇄성으로 인해 반독제 투쟁과 민주화라는 거대 담론이 사라진 1990년대 이후로 급속하게 대중적 기반을 상실한 사실을 감안하면, 비록 마당놀이가 치열한 문제 의식을 가지고 현실과 맞서지 않고 회고적인 정조(情操)를 고취한 놀이 양식이라 하더라도 세계화와 디지털 혁명의 격랑 속에서 전통 문화가 위기의식을 느끼는 현 시점에서 마당극과 마당놀이의 화해를 모색할 수는 없을까? 전통극과 함께 영상화하여 문화 상품으로 개발할 수는 없을까? 전용 극장을 상설하여 관광 상품화를 할 수는 없을까? 청소년들이나 직장인들의 교육 프로그램에 반영할 수는 없을까? 이러한 여러 측면에 대한 진지한 고민과 활발한 연구가 전통극의 현대적·창조적 계승이라는 차원에서 이루어져야겠다.

제7장 아시아 탈놀이의 비교론

1. 아시아의 종교와 탈놀이

아시아의 정체성은 무엇인가? 아시아는 지리적 개념이다. 인종적으로는 몽골 인종(동북아시아, 중앙아시아, 동남아시아, 시베리아)과 코카서스 인종(남아시아, 서남아시아)이,[1] 문화적으로는 유목문화(몽골, 중앙아시아, 서남아시아)와 농경문화(동북아시아, 동남아시아, 남아시아)가, 종교적으로는 불교(동북아시아, 동남아시아의 일부)와 이슬람교(서남아시아, 중앙아시아, 동남아시아의 일부)와 힌두교(남아시아)가 혼재하고 있기 때문이다. 역사적으로 보더라도 서남아시아의 메소포타미아 문명은 북아프리카의 이집트 문명과 유럽의 그리스 문명 및 로마 문명과 교류가 활발하게 이루어졌지만, 인도 문명이나 중국 문명은 산맥과 사막이 외부와 격리시켜 독자적인 특성을 지니게 되었다. 특히 서남아시아의 이슬람 문명은 유럽의 기독교 문명과 끊임없이 접촉·교류하면서 충돌과 융합의 길을 걸어왔다.

이런 연유로 아시아의 탈놀이를 비교하는 작업은 이러한 지리적·민족적·문화적·종교적 측면이 고려되어야 할 것이다. 그러나 이슬람교 문화권에서는 탈이 우상으로 배척되기 때문에 탈이 제작될 수 없었고, 탈놀이도 발생하지 못하였다. 하지만 이슬람교 문화를 수용하기 전에 원시종교나 불교문화를 향유하였던 지역에서는 탈이나 탈놀이가 조형물이나 문헌 기록의 형태로 남아 있다. 따라서 비교의 대상과 범위를 한정함에 있어서 과거의 탈놀이를 포함시키는가? 아니면 현재 전승되는 탈놀이에만 국한시키는가? 이러한 시기 문제가 중요해진다.

---

1 Terry Jordan-Bychkov&Mona Domosh, The Human Mosaic : A Thematic Introduction to Cultural Geography ; 류제헌 편역, 『세계문화지리』, 살림, 2003, 34~35쪽 참조.

또한 비교 연구의 근거는 영향 관계와 유사성이라고 볼 때 문화 교류에 의한 영향 관계가 있는 경우와 역사적으로 교류와 융합이 일어나지 않았지만 유사성을 보이는 경우로 양분할 수 있는데, 전자는 후자보다 훨씬 제한적이다. 따라서 유사성에 근거해서 아시아의 탈놀이를 비교할 수 있겠다. 한편 비교의 근거로 국내의 학문적 성과가 조동일에 의해서 제시되기도 하였다. 한국 연극에서 도출한 연극 원리를 일반화하여 유럽 문명권 중심주의를 극복하자는 주장이다. 그리하여 한국 탈놀이의 '신명풀이'를 서양 연극의 '카타르시스'와 인도 연극의 '라사'를 역사철학적 관점에서 비교하였다.[2] 필자는 최근 한국 고전극의 역사를 '제의극 → 불교극 → 궁중극 → 민간극'의 순서로 생성 · 적층되어 전개된 것으로 서술하였는데,[3] 이러한 관점은 아시아의 탈놀이를 비교하는 데도 적용할 수 있을 것 같다.

인류의 역사에서 후기 구석기 시대(약 4만~1만 8천 년 전)에 종교적 신앙과 의례가 출현한[4] 이래 '부족 의례(tribal cults)→민족 종교(national religions) → 세계 종교(world religions)'의 순서로 발생하고 발전하여 왔는데,[5] 부족 의례 내지 원시 신앙은 만물 정령 신앙(animism), 토테미즘(totemism), 샤머니즘, 주술, 주물 숭배(fetishism), 조상 숭배, 사자(死者) 숭배, 태양 숭배 등의 형태였다. 민족 종교는 이스라엘의 유대교, 일본의 신도(神道), 한국의 천도교 등이 있고, 세계 종교는 기독교, 불교, 이슬람교, 힌두교, 도교 등이 있다. 이러한 종교사의 전개 과정으로 인하여 아시아의 탈놀이도 원시 신앙을 토대로 한 제의극이 먼저 발생하고 불교극의 시대로 전환하였다. 그리고 정치사회사적 관점에서 보면 씨족 사회에서 부족 사회를 거쳐 고대 국가 시대로 이행하면서 제정일치 시대에서 정교분리 시대로 전환되었고, 신정 시대에서 왕정(군주) 시대를 거쳐 민주 시대로 발전하였다. 그

---

2 조동일, 『카타르시스 · 라사 · 신명풀이』, 지식산업사, 1997 참조.
3 박진태, 『한국고전극사』, 민속원, 2009.
4 세르게이 토카레프; 한국종교학회 옮김, 『세계의 종교』, 사상사, 1991, 16~17쪽 참조.
5 위의 책, 4쪽 참조.

리하여 연극의 역사에서도 신령이나 부처에게 봉헌되던 신성극 내지 종교극(제의극, 불교극)에 이어서 왕이나 귀족에게 봉사하는 연극이 출현하였고, 민간 사회에서는 민중 의식의 성장에 따라 민간이 주도하는 연극이 발달하였다. 국가와 민족에 따라서 종교사적 · 정치사회사적 · 연극사적 전개 과정에 다소간 차이가 있지만 이러한 관점에서 아시아의 탈놀이 중에서 궁중극을 제외한 제의극, 불교극, 민간 세속극을 대표적인 작품 위주로 비교한다.

2. 아시아의 제의적 탈놀이 : 한국의 별신굿과 중국의 나당희와 일본의 카구라

제의에서 연극이 발생하였다는 제의학파의 기원설을 수용할 때 한국의 경우에는 동해안 별신굿이, 중국의 경우에는 나당희가, 일본의 경우에는 카구라가 적절한 사례가 된다.

1) 동해안 이가리 별신굿

음력 9월 9일에 삼령각(三靈閣) - '도씨(都氏) 터전에 김씨 골매기 할매'와 지신(地神) - 에서 당제를 지낸다. 이튿날 바닷가에 굿당을 만들고, 일월맞이 대 · 용왕 대 · 골매기 대를 세운다.

제차(祭次)는 다음과 같다.[6]

① 부정굿 : 청배무가(請陪巫歌)를 부르고 물과 불로 굿당을 정화한다.

② 일월 맞이굿 : 축원하고 난 뒤 노승의 흉내를 내고 바라춤을 춘다.

---

6 이두현, 『한국민속학논고』 학연사, 1984, 188~207쪽의 자료를 참고하여 요약 정리.

③ 골매기 청좌굿 : 마을의 시조신, 개척신, 수호신인 골매기 김씨 할배를 위한 굿이다. 청배무가를 불러 강신이 되면, 무녀가 골매기할배가 되어 제주를 비롯한 마을의 유지들을 불러 배례하게 시키고, 신벌을 주거나 살을 제거한다. 그런 뒤 무녀와 동민이 어울려 가무하는 놀음굿을 한다.

④ 당(堂) 맞이굿 : 처낭대(골매기대)·일월맞이대·용왕대를 앞세우고, 무녀패와 동민들이 행렬을 지어 제당(祭堂)으로 올라가 당맞이를 하고, 대내림을 하여 신의를 묻는다.

⑤ 성조굿 : 성조풀이를 불러 성조신을 강신시키고, 놀음굿을 한 뒤 음복을 한다. 이때 제당의 성조굿에 개인집의 성조굿을 곁들인다.

⑥ 마당밟이 : 무당들이 당의 마당밟이를 한 뒤 마을로 내려와 우물굿을 치고, 도가집을 비롯해서 마당밟이를 한다. 마당밟이는 신대들을 지붕의 처마에 기대어 세우고, 방, 마루, 부엌, 곳간, 장독 등의 순서로 축원하고, 마지막으로 마당을 밟는다.

⑦ 화해굿 : 굿당에 돌아와서 산신과 용왕신, 또는 당신과 성조신을 합석시키고, 동민의 화해를 도모하는 화해굿을 한다.

⑧ 세존굿 : 당금애기풀이를 불러 세존신이 강신하면, 노승의 흉내를 내고, 바라춤을 춘다. 이어서 제주를 상좌로 분장시켜 시주를 거둔 뒤 같이 춤출 때 화랭이(남무) 둘이 차사와 얼사촌이 되어 도둑잡이놀음을 한다.

⑨ 조상굿 : 조상신을 청배하면, 조상신이 축원하고, 놀음굿을 한다.

⑩ 천왕굿 : 청배무가를 부른 뒤 축원하고 놀음굿을 한다. 이어서 신관사또가 부임하여 관속을 점고하고, 춘향의 수청을 받는 원님놀이를 한다.

⑪ 놋동이굿〔軍雄굿〕: 장군신을 청하여 생업이 잘 되게 해 달라고 기원하는데, 놋동이를 입에 물어 군웅신의 위력을 과시한다.

⑫ 심청굿 : 판소리 심청가와 대동소이한 청배무가를 심청이가 인당

수에 투신하는 대목까지 부르고, 무녀가 봉사놀이를 한다.

⑬ 손님굿 : 손님풀이를 하여 손님을 강신시키면, 축원을 한다. 이어서 손님을 배송하는 말놀이를 한다.

⑭ 계면굿 : 무녀가 청배무가를 부르고 계면할머니가 되어 계면떡을 판다.

⑮ 용왕굿 : 무녀가 청배무가를 부르고 용왕이 되면, 선주들을 배례하게 시키고, 복잔을 내리고 축원을 한 다음 어구를 팔고 놀음굿을 한다.

⑯ 탈놀음굿 : 할미가 두 아들(말뚝이, 싹뿔이)의 도움을 받아 집을 나가 첩과 살고 있는 영감을 찾아 첩과 싸움을 벌이는 와중에서 영감이 졸도했다가 회생하는 내용의 연극을 바가지탈(지금은 종이탈)을 쓰고 한다.

⑰ 범탈굿 : 양반 일행이 횃불을 들고 범을 내쫓는다.(다른 곳에서는 포수가 범을 사살한다.)

⑱ 거리굿 : 남무가 훈장이 과거시험에 낙방하고 자살하지만 저승의 과거시험에는 급제하여 귀신을 다스리는 호구강간(戶口監官?)이라는 신직을 맡고 이승에 와서 관례를 치른 다음 골매기할매, 골매기할배, 봉사, 어부, 잠수부, 해산모의 귀신을 퇴송시킨다.

⑲ 굿당을 철거하고 신대, 용선, 꽃등 등을 태운다.

이가리 별신굿의 제차를 마을의 수호신을 위한 굿, 무신(巫神)을 위한 굿, 무당굿놀이, 탈굿으로 구분하여 병립 구조를 분석하면 다음과 같다.

마을굿	무굿	굿놀이	탈굿
	① 부정굿		
	② 일월맞이굿		
	③ 골매기청좌굿		
④ 당맞이굿			

⑤ 성조굿

⑥ 마당밟이

⑦ 화해굿

⑧ 세존굿 ------ 중도둑잡이

⑨ 조상굿

⑩ 천왕굿 ------ 원놀이

⑪ 놋동이굿

⑫ 심청굿 ------ 봉사놀이

⑬ 손님굿 ------ 말놀이

⑭ 계면굿

⑮ 용왕굿

⑯ 탈놀음굿

⑰ 범탈굿

⑱ 거리굿 ------ 잡귀놀이

⑲ 신대 소각

제의는 신대가 이동하는 마을굿과 굿당에서 무가와 춤 위주로 연출하는 무굿이 대립된다. 마을주민의 수호신을 위한 굿과 무당 집단의 무신을 위한 굿이 대립되는 것이다. 그리고 제의극은 무굿에서 파생한 무당굿놀이와 독립적인 탈굿이 대립된다. 무당굿놀이는 굿거리와의 유기적인 관련 속에서 생성된 것이지만, 탈굿은 독립적으로 생성되어 삽입된 것이다. 무당굿놀이와 탈굿은 극작술도 달라 무당굿놀이는 가장(말과 복식과 소도구)에 의해서 변신하고, 탈굿은 탈의 동일화의 원리에 의하여 인격전환을 이룩한다. 탈놀음굿은 객사한 영감을 위로하고, 범탈굿은 호환(虎患)을 예방한다.

2) 중국의 나당희

중국 귀주성(貴州省)의 동북부 지역에서 토가족(土家族)의 무당 토로사(土老師)가 충나환원(冲儺還願)의 의식으로 행하는 나당희(儺堂戲) - 나단희(儺壇戲) - 의 절차는 다음과 같다.[7]

(삼청도 · 마원수도 · 영관도 · 조사도 같은 일종의 무신도를 걸고, 신안에 나공과 나모의 소상을 안치하고, 탁자 밑에 탈이 담긴 상자를 놓는다.)

① 개단~장단사가 옥황상제, 삼청을 비롯해서 나공 동산성공과 나모 남산성모, 지나소산과 그의 아내, 공조, 조상신, 토로사의 조사(祖師) 등이 나당에 강림하길 청하고, 충나환원이 성공하도록 도와달라고 기원한다.

② 발문경조(發文敬竈)~장단사가 공조로 하여금 충나환원하는 사실을 보고하는 문서를 조사에게 전하도록 하면, 조사가 다시 공조를 통하여 옥황상제에게 전하여 신령이 나당에 강림하도록 청한다.

③ 탑교(搭橋)~신령들과 양장양병(陽將陽兵), 음장음병을 위해서 교량을 가설한다.

④ 입루(立樓)~누관을 건축하여 신령들과 그들의 병졸들한테 거주처를 제공한다.

⑤ 안영찰채(安營扎寨)~나단에 진입한 신병들한테 주둔할 장소를 안배한다.

⑥ 차발오창(差撥五猖)~지나오창신을 파견하여 음장과 음병을 통솔해서 혼을 거두고, 사귀를 항복시킨다.

⑦ 포라살망(鋪羅撒網)~그물로 사귀와 요괴를 일망타진한다.

---

7 박진태, 『동아시아샤머니즘연극과 탈』, 박이정, 1999, 167~175쪽과 187~197쪽의 자료 참조하여 요약 정리.

⑧ 판생(判牲), 당백(膛白), 상숙(上熟)～집주인이 희생으로 바친 돼지, 양, 닭을 칼로 죽인 뒤(판생), 희생의 내장을 꺼내 삼청전 앞에 진설하고 신령들한테 제사지내며(당백), 희생의 내장과 고기를 삶아서 신령들한테 바친다(상숙).

⑨ 개동(開洞)～장단사가 첨삭장군에게 주인집의 환원을 위해 옥황상제의 칙령을 가지고 당씨태파한테 가서 도원동의 문을 열어 24희신을 내보내 달라고 청하도록 시킨다.

⑩ 영생(領牲)～토로사가 감생을 시켜 화산에 가서 희생(돼지, 닭, 양)을 사오라고 청한다. 감생이 과거시험 보러 가면서 진동을 짐꾼으로 데리고 간다.

⑪ 개로(開路)～개로장군이 나당의 오방사귀를 소제한다.

⑫ 인병토지(引兵土地)～토지할아버지와 토지할머니가 오방의 신병들을 인도한다.

⑬ 개산(開山)～개산맹장이 도끼로 오방의 마귀를 찍어 죽인다.

⑭ 대왕창선봉(大王搶先鋒)～선봉이 산대왕을 항복시키는 과정에서 남매 사이임이 밝혀진다.

⑮ 관공참채양(關公斬蔡陽)～관우가 채양의 목을 벤다.

⑯ 구부판관(勾簿判官)～판관이 희신들의 모순과 불만을 해결하여 도원동으로 하나씩 돌려보낸다.

⑰ 유나(游儺)～나공과 나모가 집주인에게 이별하고, 말을 타고서 오악화산궁으로 되돌아간다.

(나단을 철거하고, 나공 나모의 소상과 탈을 상자에 담아 보관한다.)

나당희의 순차 구조는 '영신 제의(개단, 발문 경조, 탑교, 입루) → 축귀 제의(차발오창, 포라살망) → 희생 제의(판생, 당백, 상숙) → 〔영신 제의극(개동) → 희생 제의극(영생) → 축귀 제의극(개로, 개산, 대왕창선봉, 관공참채양) → 송신 제의극(구부판관)〕 → 송신 제의(유나)'이다. 나의(儺儀) 속에 나희(儺戱)가 내포되어 있다. 이러한 관계는 병렬 구조에서 더욱 선명하게 나타난다.

나의/나무	나희
개단	
발문경조	
탑교	
입루	
안영찰채	
차발오창	
포라살망	
판생/당백/상숙	
	개동
	영생
	개로
	인병토지
	개산
	대왕창선봉
	관공참채양
	구부판관
유나	

나의는 가면을 착용하지 않고 진행하는 제의이고, 그 속에서 축귀가 모의적인 무용으로 행해진다. 나희는 가면을 착용하고 연행하는 제의적인 연극이다. 그리하여 나의/나무와 나희가 대립된다. 그러나 나의와 나희의 전 과정은 모두 '영신 → 희생 봉헌 → 축귀 → 송신'의 구조로 서로 대응된다.

3) 일본의 카구라(神樂)

일본의 이와테현(岩手縣)의 미야코시(宮古市)에 있는 쿠로모리신사(黑森神社)의 레다이사이(例大祭)를 정리하면 다음과 같다.[8]

① 시키뗀과 곤겐마이~신사의 본전(本殿) 앞에 호우인(祝子)를 겸하는 간누시(神官)와 이웃 신사의 간누시들, 무녀(巫女)인 미꼬(神子), 그리고 우지꼬(마을대표)가 서고, 가구라슈(神樂衆)의 반주에 맞추어 간누시가 노리또(祝詞)를 읊는 시키뗀에 이어서, 4명의 가구라슈가 부채춤을 추다가 곤겐사마(천수관음)의 탈 2개를 모시고 춤을 추는 곤겐마이를 한다. 그런 다음 본전의 계단 아래 마당으로 옮겨 유다테(湯立)와 타쿠센(託宣)을 한다.

② 유다테(湯立)~물이 끓는 가마솥 앞에서 호우인이 축문을 외면서 신이 액을 물려줄 것을 청한다. 호우인이 가마솥을 향해 소금을 뿌리고, 미꼬도 따라 한다. 호우인이 가마솥 둘레에 친 시메나와(禁繩)를 잘라 신들이 강림했음을 나타낸다. 호우인이 가마솥의 물을 젓다가 댓가지로 물을 적셔 주변에 뿌린 다음 댓가지를 미꼬에게 준다. 요컨대 호우인이 뜨거운 물에 신들을 강림시켜서 댓가지를 매개체로 하여 미꼬에게 넘겨주는데, 이러한 의식이 행해질 때 가구라슈는 음악을 연주하거나 노래를 부르기도 한다.

③ 타쿠센(託宣)과 미꼬마이(神子舞)~미꼬가 호우인한테서 댓가지를 받아들고 춤추며, 아마테라스 오오미카미와 함께 쿠로모리신사의 신을 청한다. 이어서 두 신이 신탁(神託)을 내리는 타쿠센을 한다. 다시 해상안전을 관장하는 도코로신을 청하는 노래를 부르고, 타쿠센을 한다. 그

8 황루시, 「일본 후루에다오의 시모쯔키카구라와 쿠로모리신상의 카구라」, (박진태 편, 『동양고전극의 재발견』, 박이정, 2000), 469~479쪽의 자료를 참조하여 요약 정리.

리고 미꼬가 스진베(水神幣)를 들고 춤추어 수신에게 공물을 헌납한다.

④ 카구라(神樂)~다른 마을 사람이 ㉠ 우찌나라시, ㉡ 기요하라이에 이어서 장수를 비는 뜻에서 할아버지와 할머니가 등장하여 춤추는 타카사고(高砂)를 한다.

⑤ 미가따메(身固め)~마을회관으로 옮겨 제단에 2개의 곤겐사마를 봉안한다. 가구라슈 2명이 각각 사자탈 하나씩을 들고서 사자의 입으로 참례자들의 액을 쫓아주고 돈을 받는 미가따메를 한 뒤 고이와이(御祝い)를 하는데, 가구라슈가 축가를 부르고 사자에게 술잔을 바친다.

⑥ 카구라를 한다.

㉠ 후다리이와또(二人岩戶)~소금을 뿌린 뒤 아마테라스 오오미카미가 동굴에 들어갔을 때 바위문을 열었던 영웅을 기리는 춤을 추는데, 액을 없애는 구실을 한다.

㉡ 야마노마이(山神舞)~붉은 색 가면을 쓴 산신이 칼집을 들고 격렬하게 춤을 추다가 사방에 쌀을 뿌려 축복한다. 칼집에서 칼을 꺼내 춤을 추고 아라마이(荒舞)를 춘다. 이러한 산신춤이 연행되는 동안 산신이 해신의 딸과 결혼해서 12명의 아들을 낳았다는 신화가 구송된다. 춤꾼은 이번에는 탈을 벗은 채 도약무를 추다가 석장(錫杖)으로 술을 뿌려 복을 준다.

㉢ 에비스마이(惠比須舞)~호인형(好人型)의 흰색 가면을 쓴 에비스가 낚시하는 과정을 모의하는 춤을 춘다. 에비스는 어업을 관장하는 수신인데, 내륙지방에서는 농경신으로 나타난다.

제장(祭場)이 신사(神社)의 본전 앞, 본전 앞마당, 마을회관 세 군데로 바뀌는데, 태양신과 신사의 신을 강신시켜 신탁을 듣고, 두 신에게 무용과 탈춤을 봉헌한다. 요컨대 제의 속에서 신악이 연행된다.

제의	신악(무용)	신악(가면극)
시키텐		
		곤겐마이
유다테		
타쿠센(託宣)	미꼬마이(神子舞)	
	우찌나라시	
	기요하라이	
	타카사고	
		미가따메
	후다리이와또	
		야마노마이(山神舞)
		에비스마이(惠比須舞)

제의 속에서 신악이 생성되었는데, 제의와 신악이 대립되고, 신악은 다시 무용과 가면극이 대립된다.

4) 비교

한국 동해안 별신굿은 세습무가 제의를 거행하고 제의적 탈놀이도 연행한다. 중국 나당희도 세습무가 제의를 거행하고 제의적 탈놀이를 연행한다. 그러나 일본의 카구라는 제의는 세습무가 거행하지만, 제의적 탈놀이는 반(半)전문적인 민간 예능인이 연행한다. 놀이꾼의 측면에서 보면 카구라가 세속화·오락화의 개연성을 상대적으로 많이 지닌다. 그리고 세 지역 모두 탈이 신성성과 주술성을 지니므로 기휘(忌諱)의 대상이지만, 조형적인 측면에서 보면 한국은 종이탈로 중국과 일본의 나무탈에 비해서 제작 기술과 예술성이 단순하고 소박하다. 또 탈의 종류의 다양성과 극적인 내용 면에서도 한국이 가장 빈약하다. 반면에 한국은 가면을 착용하지 않고 변신을 하는 무당굿놀이를 발달시키면서 세속적인 내용과 민중적 정서를 반영시켰다.[9]

3. 아시아의 불교적 탈놀이 : 일본의 기악과 티베트의 참

1) 일본의 기악(伎樂)

백제인 미마지가 612년(推古天皇)에 일본에 귀화하면서 일본에 전한[10] 기악에 대한 구체적인 내용은 『교훈초(敎訓抄)』(1233년)에 기록되어 있다.[11]

① 길놀이
② 사자춤
③ 고고오(吳公)의 피리불기
④ 가루라(迦樓羅)의 서조(瑞鳥)춤
⑤ 공고오(金剛)춤
⑥ 바라몬(婆羅門)춤(일명 기저귀 빨래)
⑦ 곤론(崑崙)이 고죠(吳女 또는 五女)를 유혹하는 마라춤
⑧ 리끼시(力士)가 곤론의 남근에 법승(法繩)을 묶어 항복시키는 춤

---

9 무당굿놀이에 대한 연구는 황루시의 「무당굿놀이연구」(이화여자대학교 박사학위논문, 1987)와 이균옥의 『동해안지역 무극연구』(박이정, 1998)가 대표적이다.

10 성은구 역주,『일본서기』, 정음사, 1987, 350쪽의 번역문. 351쪽의 원문 : "百濟人味摩之歸化 曰學于吳 得伎樂儛 則安置櫻井而集少年 令習伎樂儛 於是眞野首弟子 新漢濟文 二人習之傳其儛"

11 이혜구, 「기악과 산대가면극」 (김택규 · 성병희 공편, 『한국민속연구논문선』(Ⅱ), 일조각, 1982), 51~52쪽의 각주(2)와 이두현, 『한국연극사』, 학연사, 1999, 34~35쪽을 참조하여 정리함.

⑨ 노옹(老翁) 다이꼬(大孤)가 두 아들을 데리고 예불하기

⑩ 스이고오오(醉胡王)의 취태(醉態) 부리기

⑪ 무덕악(武德樂)

기악은 ㉮ 불교신으로 조복된 호법신 사자, 가루라, 바라문, 금강, 역사가 등장하는 마당, ㉯ 부처님을 향한 음악의 봉헌(오공의 피리 불기와 무덕악), ㉰ 불교적 내용의 연극(할미의 극락왕생을 기원하는 유족의 예불 의식), ㉱ 풍요 다산을 기원하는 성적 결합(곤륜과 오녀의 관계), ㉲ 골계희(호왕의 취태) 등 성격과 기능이 다른 다섯 가지 유형의 연극이 혼합되어 있다. ㉮㉯가 본래적인 연극이고, ㉰는 확장적인 연극이고, ㉱㉲는 이질적인 연극이다. 기악은 부처에게 호법신의 춤 및 신도의 춤과 음악과 연극을 봉헌하는 형태로 출발하여 토착 신앙이나 세속인의 취향과 관련된 연극이 첨가되어 토착성과 오락성을 증대시키는 방향으로 전개되었다.

2) 티베트의 참

티베트의 수도 포타라궁에서 라마승이 연행하는 참에 대해서 다음과 같이 보고된 바 있다.[12]

① 참을 하기에 앞서서 독경(讀經)을 하고, 희생 제의를 상징적으로 거행한다.

② 공연장에서 북과 동발(銅鈸)과 나팔〔蟒號〕을 일제히 울려 개시하는데, 먼저 철봉(鐵棒)라마와 의장대—2명은 새납(날라리)을 불고, 한 고승은 향묶음을 들고, 또 신동(神童)은 향로를 들고서 열을 짓는다—가

12 하영재(何永才), 『서장무도개설(西藏舞蹈概說)』, 서장인민출판사, 1988, 81~82쪽을 요약 정리.

등장한다.

③ 흑모금강(黑帽金剛), 각종 호법신, 소머리가면, 사슴머리가면, 귀괴(鬼怪), 고루신(骷髏神)이 차례대로 줄지어 행진하는데, 느릿느릿 춤을 추며 마당을 한 바퀴 돈다.

④ 정적상(靜寂相)의 호법신무

⑤ 분노상(忿怒相)의 외포금강무(畏怖金剛舞)

⑥ 장엄한 우신무(牛神舞)

⑦ 엄숙하고 경건한 녹신무(鹿神舞)

⑧ 장수부귀(長壽富貴)를 비는 수성무(壽星舞)

⑨ 영혼의 승천을 상징하는 고루무(骷髏舞)

⑩ 위협적인 귀괴무(鬼怪舞)

⑪ 춤 단락 사이에 선행과 보시를 좋아하는 걸 선양하는 불교 본생경(本生經)의 고사 단편을 연출한다. 이를테면 무언극 "몸을 바쳐 호랑이에게 준 이야기", "살을 베어 구관조(九官鳥)를 바꾼 이야기" 같은 것들이다.

⑫ 막간을 이용하여 라마가 마당에 나와서 씨름, 격투 등을 벌여 관중을 즐겁게 한다.

⑬ 마지막으로 갑병(甲兵)을 배열하여 귀신을 내쫓고 길상(吉祥)을 맞이한다. 곧 신병(神兵)이 떼를 지어 출동하여 화창(火槍)과 병기(兵器)를 쥐고서 뜨우어마(참파로 만든 가상의 귀신머리)를 보낸 뒤 바로 그를 붙잡아 사원 밖의 광장에 나가 불태워 없앤다. 잠시 토창(土槍)과 화포(火炮)를 일제히 울리고 휘파람 소리, 야호 소리를 한바탕 내질러 지난해의 사기(邪氣)를 물리고 오는 해의 복덕(福德)을 기원한다.

참은 제의(독경, 희생제의)와 호법신무와 민간 불교극과 기예로 구성된다. 제의와 호법신무는 라마승의 문화이고, 불교극과 기예는 세속인의 문화이다. 제의와 호법신무가 종교 의식과 종교 예술로 대립되고, 불교극과 기예가 불교적인 연극과 세속적인 무술로 대립된다. 제의 속에서 제의무용극이 발생하였는데, 세속계의 불교극과 기예가 삽입되어 엄숙하고 위압적인 분위기를 완화시키고 관중의 흥미를 고취시킨다.

3) 비교

일본의 기악이나 티베트의 참이나 불교 사원을 무대로 형성 전개된 탈놀이이다. 그러나 티베트의 참은 본래는 라마 승려들이 사원 내부에서 전승시키던 비밀 의식이었으나 사원 외부에서 공연하는 공개적 종교 행사로 전환됨에 따라 연희자도 라마 승려에서 세속인(천장사, 관아의 하인)으로 교체되기도 하였는데,[13] 기악은 미마지가 전래해준 당시부터 악호(樂戶) - 율령관제(律令官制)에 의한 예능 전업자 집단, 혹은 전수 하던 곳 - 를 설치하여 전승시켰던 것 같다.[14] 그리하여 티베트의 참은 호법신의 탈춤놀이가 대부분이고, 대중을 상대로 공연할 때 골계적인 민간 촌극이나 기예를 막간으로 연행한 데 비해 기악은 호법신만이 아니라 민간인도 많이 등장하고 등장인물로서의 비중도 대등하다. 따라서 티베트의 참이 일본의 기악보다 종교의식적인 성격이 더 강하다. 다시 말해서 기악이 참보다 세속화 · 오락화 · 예술화가 더 많이 진행되었다. 이러한 발달 단계의 차이는 기악의 참 기원설과는 별개의 문제이다.

---

13 박진태, 『동아시아샤머니즘연극과 탈』, 박이정, 1999, 282쪽 참조.

14 横山太郎, 「伎樂の發見 - 歷史解釋と美的解釋をめぐって」, 『아시아탈의 문화재적 가치와 현대적 활용』(대구대학교 중앙박물관개관 26주년기념 학술대회논문집), 2007, 12쪽 참조.

4. 아시아의 민간 탈놀이 : 한국의 양주별산대놀이와 중국의 지희

1) 한국의 양주별산대놀이

한국의 양주별산대놀이의 놀이 과정을 정리하면 다음과 같다.[15]

① 사직골 당집에서 탈과 여러 도구를 꺼낸다.

② 복색을 갖추고 집합장소에서 놀이판으로 간다.(거리굿 또는 길놀이)

③ 탈을 배열하고 고사를 지내는데, 신할아비, 미얄할미를 맨 윗자리에, 노장과 연잎을 그 다음에, 나머지 탈들은 대체로 등장하는 순서에 따라 배열한다.

④ 상좌춤, 옴중과 상좌, 목중과 옴중, 연잎과 눈끔적이, 팔목중 염불놀이, 침놀이, 애사당북놀이, 노장놀이, 신장수놀이, 취발이놀이, 의막사령놀이, 포도부장놀이, 신할아비와 미얄할미의 순서로 탈놀이를 한다.

⑤ 탈을 다시 사직골 당집에 보관한다.

사직당에서 탈을 꺼내어 '길놀이 → 고사 → 탈놀이'의 순서로 연행하고 다시 사직당에 탈을 보관하였는데, 사직당이 단순히 탈의 보관처인지, 아니면 양주별산대놀이가 사직당-사직신 곧 토지신과 곡신의 신당-의 제사와 관련이 있는지는 불확실하다. 그럼에도 불구하고 양주별산대놀이가 사직당제의 맥락에서 연행되었을 개연성을 상정할 수 있다고 본다.

2) 중국의 지희(地戲)

중국 귀주성 안순(安順) 지구에서 한족(漢族)이 전승하고 있는 지희의

---

15 위의 논문, 123~124쪽과 140쪽 참고.

절차를 정리하면 다음과 같다.[16]

① 개상(開箱) 또는 청검자(請臉子)～길일을 택해 연희자들이 의상을 갖추고 탈상자를 공연장소에 운반한다. 제단 위에 담배, 술, 과일, 과자류를 진설하고, 주장(主將)이 나무상자 앞에서 향을 피우고, 지전을 태우는데, 이때 다른 연희자들은 양측에 나란히 선다. 지전태우기를 마치면, 주장이 일행을 이끌고 나무상자를 향해 무릎을 꿇고, 이마를 땅에 대고, 신내림의 제문을 읽는다. 그런 후 주장이 뭇 신들에게 술잔을 바치고, 수탉의 벼슬을 물어뜯어 닭피를 나무상자에 바른다. 폭죽이 요란하게 터지는 가운데 주장이 나무상자를 열어 탈을 꺼내어 다른 연희자들에게 나누어준다.

② 참묘(參廟)～개상의식 뒤에 연희자들이 소군(小軍), 소동(小童)을 앞세우고 묘우(廟宇)에 가서 참배하고, 마을에 재난이 없기를 빈다. 그런 다음 정파(正派)의 주장이 참묘사(參廟詞)를 창한다. 또는 주장이 연희자들을 이끌고 묘우만이 아니라 마을의 공공장소, 이를테면 우물, 시냇가, 숲에도 가서 사기(邪氣)를 쫓아낸다. 가는 곳마다 향불을 피우고, 지전을 태우며, 폭죽을 터뜨리는데, 구경꾼들이 뒤를 따라다닌다.

③ 소개로(掃開路)～정희를 연출하기 전에 북과 징을 울리며 공연장소로 와서 탈을 쓴 소동이 부채와 손수건을 들고 공연장으로 들어와 춤추며 소개장의 시문을 창한다. 상방의 장수 2명씩이 등장하여 교전하는 춤을 춘다.

④ 도신(跳神)～짧게는 3～5일에서 길게는 반달에 걸쳐 영방(營房)의 위치에 교전하는 쌍방의 군주나 원수(元帥)가 앉고, 나머지 연희자들은 놀이판의 주변에 선다. 주요 연희자는 '출마문(出馬門)'에서 시문을 염창

16 고박광(顧朴光), 「안순현(安順縣)의 지희(地戲)」, (後藤淑・廣田律子編, 『中國少數民族の假面劇』, 木耳社, 1991), 84~89쪽을 요약 정리.

(念唱)한다. 놀이가 시작되면 대개 '조왕(朝王)'으로 개시한다. 군왕이 입장하기 전에 설조사(設朝詞)를 선창한다. 군왕이 대전에 좌정하면, 문신무장이 줄지어 나와 군왕을 향해 머리를 조아려 절하고, 양쪽에 선다. 변방의 사자가 모욕하고 비방하는 글을 바친다. 군왕이 대노하여 사자를 참수하거나 두 귀를 잘라 보낸다. 원수, 선봉에게 교지를 내려 군사를 점고하고, 변방을 토벌하게 한다.

⑤ 개재문(開財門)~고정적이지는 않다. 지희를 연출하는 과정에서 또는 연출을 끝마칠 때 구사(驅邪), 납길(納吉)을 원하는 집이 있으면, 수시로 희반(戱班)을 청하여 한다. 주인이 미리 담배, 술, 사탕, 과일, 경단, 홍포(紅布)와 돈을 준비하는데, 재문열기가 끝나면 희반이 가져간다. 개인집에서 신안 앞에 식탁을 놓고, 그 위에 각종 길상의 뜻을 담은 물품들을 차려놓는다. 희반이 다다르면 폭죽을 터뜨리며 탈과 징과 북에 붉은 천을 둘러준다. 두 소동이 부채를 들고 대문의 양쪽에 서고 그 뒤에 충신과 양장(良將)이 각각 2사람씩 서고, 복장과 자미성이 중간에 선다. 소동 둘이 주인집에 예를 갖추고 춤추며 창한다. 희반이 공물을 거두고, 신두(神頭: 戱班의 우두머리)가 감사의 시문을 창한다.

⑥ 송태자(送太子)~자식이 없거나 딸만 있는 집에서 아들을 낳기 위해 희반을 청하여 행하는 의식이다. 놀이패가 문밖에서 「목계영대파천문진(穆桂英大破天文陣)」의 일부를 연출하여, 목계영이 진 앞에서 아들을 낳는 장면에 이르면, 토지할머니로 분장한 놀이꾼이 그를 부축하여 일으키고, 두 소동의 인솔을 받아 전체 놀이패가 주인집 당옥(堂屋)으로 들어간다. 모두 부부생활에 관한 내용이나 귀한 아들이 일찍 태어나길 비는 말을 즉흥적으로 엮어 창한다. 그런 후 목계영이 나무로 만든 사내아이인형(속칭 '태자'라고 부른다.)을 주인여자의 손안에 쥐어주면, 주부가 안고서 안방으로 들어가 침상 위에 놓고, 놀이패에게 사례금을 준다.

⑦ 소수장(掃收場)~도신을 끝마친 후 거행한다. 전체 연희자들이 분장을 한 채 두 개의 활 모양으로 늘어서고, 화상과 토지가 등장하여 골

> 계적이고 벽사진경하는 시문을 염창한다. 화상과 토지가 자신들의 근생(根生)을 서술하고, 둘이서 염한다. 쌍방의 원수가 군사점고를 하고, 각 장병들이 폭죽이 터지는 가운데 놀이판을 세 바퀴 돌고, 탈과 옷을 벗고, 탈을 신안(神案) 위에 놓고, 앞에는 정면인물(正面人物)이, 뒤에는 반면인물(反面人物)이 늘어선다. 수탉을 죽여 향을 사루고, 종이돈을 태운다. 신두가 무리를 거느리고 신안 앞에 무릎을 꿇고 머리를 조아리고 봉상사(封箱詞)를 염한다. 새로운 종이로 탈들을 하나하나 감싸서 상자 안에 넣고, 붉은 종이로 나무상자를 밀봉하고, 종이 위에 "吉年吉月吉日封"이라 쓴다. 복장과 도구를 거두어 가을이나 내년 춘절(春節)의 재사용에 대비한다.

가면을 착용한 연희자들이 개상・소개로・도신・소수장은 공연장에서 연행하고, 참묘와 개재문과 송태자는 신당이나 집으로 이동하며 연행하는 점에서 대립된다.

제의	연극
	개상
참묘	
	소개로
	도신
개재문	
송태자	
	소수장

도신 단계에서 연행하는 지희의 작품 목록은 다음과 같다.

봉신연의(封神演義)

대파철양(大破鐵陽)

초한상쟁(楚漢相爭)

삼국연의(三國演義)

대반산동(大反山東)

사마투당(四馬投唐)

나통소북(羅通掃北)

설인귀정동(薛仁貴征東)

설정산정서(薛丁山征西)

설강반당(薛剛反唐)

분장루(粉妝樓)

잔당(殘唐)

이하남당(二下南唐)

양가장(楊家將)

정충전(精忠傳)

악뢰소북(岳雷掃北)

오호평남(五虎平南)

오호평서(五虎平西)

영렬전(英烈傳)

심응룡정서(沈應龍征西)[17]

동주열국(東周列國)

전삼국(前三國)

후삼국(後三國)

---

17 심복형(沈福馨) 외 4인 공편, 『안순지희논문집(安順地戱論文集)』, 문화예술출판사, 1990, 「안순지희분포도」 참조.

수당(隋唐)

황소조반(黃巢造反)

사하남당(四下南唐)

이하하동(二下河東)

삼하하동(三下河東)

팔호틈유주(八虎闖幽州)

악비전(岳飛傳)[18]

전쟁과 관련된 역사 고사에서 소재를 가져왔다. 한족의 장수/이민족의 장수, 관군/반란군, 충신/역적의 갈등 구조가 주축을 이룬다.

3) 비교

한국의 양주별산대놀이와 중국의 지희는 무당이나 승려와 같은 특수 계층과는 무관하고 전문적인 예능 집단이 아니라 아마추어적인 민간인에 의해서 전승되는 탈놀이이다. 그리고 희미하게나마 제의적인 맥락을 지니지만 전반적으로 민간 세속극이다. 중국의 지희도 민간인이 종교적인 의식을 거행하기도 하지만 탈놀이의 내용은 신의 놀이라기보다는 인간의 놀이이다. 양주별산대놀이에 등장하는 인물들은 연잎과 눈끔적이만 신적인 존재이고, 상좌, 옴중, 목중, 팔목중 , 완보, 신주부, 애사당, 왜장녀, 노장, 소무, 신장수, 취발이, 샌님 형제, 쇠뚝이, 포도부장, 신할아비, 미얄할미, 도끼, 도끼누이 등이 모두 세속적인 인간들이다. 중국의 지희도 중국의 역사와 전설 및 소설에 등장하는 인물들이 주류를 이룬다. 물론 이들에게 신성(神性)이 희미하게 부여되어 있기는 하지만, 상대적으로 세속

---

18 「안순지희분포도」에 보이는 작품들 이외에 추가로 확인되는 작품들이다. 고륜(高倫), 「지희원류(地戲源流), 지희보(地戲譜)」, 위의 책, 53쪽 참조.

인에 가깝다. 한국의 민간 탈놀이에는 민중적 시각으로 바라본 조선 후기의 사회상 및 민중의 의식과 정서가 투영되어 있고, 중국의 지희에는 귀주 지방의 둔병 제도(屯兵制度)를 배경으로 형성된 때문인지 중화의식(中華意識)과 정통사상이 민중 의식과 함께 투영되어 있다.

제8장 한 · 중 · 일 불교 연극의 유형과 내용적 특성

1. 불교 연극의 분류법

불교 예술을 불교 문학, 불교 미술, 불교 음악, 불교 무용, 불교 연극으로 분류할 수 있는데, 불교 연극은 주로 한국 · 일본 · 중국과 같은 대승불교 지역에서 발달하였다. 일본의 기악(伎樂)은 가면 무언 무용극으로 대륙에서 전래된 이래 천여 년을 대본과 가면이 보존되고 있어서 미학적 · 역사적 연구를 촉발시켰다. 중국 티베트의 참[법무(法舞)]과 라모[장희(藏戲)]는 둘 다 현재도 전승되고 있어서 현지 조사가 가능한 장점이 있다. 한국의 불교 연극에는 가면극으로는 십일면관음보살 가면무 · 처용탈춤 · 사자탈춤 · 통천 가면극이, 인형극으로는 무애무와 만석중놀이가 대표적인데, 이 가운데 처용무와 봉산탈춤의 사자춤만 현재 전승되고 있다.

동북아시아의 불교 연극에 대한 기존 연구에서는 국가나 지역별로, 그리고 장르나 작품별로 연구되어 성과를 축적시켜왔다. 그러나 이제는 크게는 아시아 종교 예술론, 작게는 불교 예술론의 차원에서 동북아시아 불교 연극 전반을 포괄하여 불교와 연극의 관계, 불교 연극 형성의 정치사회적 배경, 아시아 연극에서 불교 연극이 차지하는 위상과 가치, 불교 연극의 아시아적 보편성과 지역적 특수성, 불교 연극의 미학적 특성과 다른 종교 연극과의 차이점 등을 구명할 필요가 있다. 따라서 종교와 연극의 관계를 이해하기 위한 방법으로 지역성과 역사성은 고려하지 않고 동일한 지평 위에서 동일한 준거에 의해 유형 분류를 시도해보기로 한다. 준거는 용도와 기능으로 할 수도 있고, 내용과 주제도 가능하다.

먼저 용도와 기능 면에서 보면, 의식용 불교극과 포교용 불교극으로 분류할 수 있다. 라마교의 참은 원래 사원에서 승려들에 의해서 비밀 의식으로 행해지다가 신도들에게 보여주기 위해서 사원 문 밖에서 연행하게 됨에 따라 의식용 불교극에 포교극적인 요소가 삽입되는 변화가 일어났다. 반면에 티베트의 라모는 원래부터 포교용으로 창작되었다. 일본의 기악은 사자, 가루라, 금강, 역사 등은 호법신들이지만, 오공, 오녀, 노옹과 두 아들, 취호왕과 부하들은 세속인들이어서 포교극으로 보인다. 한국의 불교극도 대부분 포교극에 해당한다.

다음으로 내용과 주제를 준거로 하여 유형 분류를 할 수 있는데, 이를 위해서는 불교 사상의 문학적 표현인 불교 설화를 흥법, 탑상, 의해, 신주, 감통, 피은, 효선으로 분류한 『삼국유사』가 참고가 될 것 같다. 『삼국유사』는 일연 선사가 삼국의 역사를 불국(佛國)의 역사로 인식하고 체재를 구조화했다고 보면, 흥법(興法)은 석가모니의 가르침의 전파에 관한 설화이고, 탑상(塔像)은 석가모니가 좌정하는 장소에 관한 설화이고, 의해(義解)는 불교경전을 해석해서 중생에게 가르칠 승려에 관한 설화이고, 신주(神呪)는 주술로 악귀를 항복시키는 승려에 관한 설화이고, 감통(感通)은 신불(神佛)이나 자연과 감응을 일으킨 승려나 신도에 관한 설화이고, 피은(避隱)은 혼탁한 속세를 떠난 사람에 관한 설화이고, 효선(孝善)은 효를 실천한 사람에 관한 설화이다. 이를 다시 교리를 창시한 교주, 교주와 신도 사이에서 교리를 신도에게 전하고 의식을 주재할 사제, 사제의 인도에 따라 교주가 제시한 교리를 학습하고 실천하는 신도의 관계라는 측면에서 재분류하면, 흥법과 탑상은 불법의 전파이고, 의해 · 신주 · 감통 · 피은은 승려의 자질과 능력이고, 효선은 신도의 교리 실천이다.

이러한 『삼국유사』설화의 분류법을 원용해서 불교 연극의 내용을 영불(迎佛), 흥법, 감통, 교화, 참마, 조복, 선행, 보시 등 8개 유형으로 구분하여 한 · 중 · 일 삼국의 불교 연극의 내용적 특성을 파악한다.

2. 한·중·일 불교극의 유형과 내용적 특성

1) 영불(迎佛)의 연극

불법의 전래는 승려의 포교, 불경(佛經)의 전파, 불상의 수용 등으로 구현되는데, 의식화한 것이 행상놀이이고, 연극화한 것이 석가모니의 영접놀이이다. 여기서는 불교 의식과 연극의 관계에 초점을 맞추어 논의하는데, 먼저 불상을 맞이하여 공양하는 행상(行像)에 대해 살펴본다. 행상은 인도에서 시작되어 서역을 거쳐 중국에 전해졌다.

인도에서 4세기 초엽부터 8세기 중엽까지 존속한 굽타 왕조 시대에 힌두교적인 제식(祭式)을 수용하여 부처를 현신시켜 공양하는 형태의 축제가 형성되었다. 중국 승려 법현(法顯)이 인도 기행문 『법현전』(405 - 411)에 동인도 파탈리푸트라의 행상(行像)놀이를 다음과 같이 기록하였다.

> 네 바퀴의 수레를 만들고 대나무를 엮어 5층을 만든 다음 승로(承櫨)와 알극(揠戟)을 세우면, 높이가 2필 남짓 되고, 모양은 탑과 같다. 흰 무명베로 묶은 뒤 채색으로 제천(諸天)의 형상을 그리고, 금은과 유리로 그 위를 장엄하게 꾸미고서 비단깃발과 번개(幡蓋)를 세운다. 사방 벽면의 감실(龕室)에는 좌상불(坐像佛)과 협시보살이 안치되어 있는데, 수레가 20여 개나 되지만 수레마다 장식이 제각기 다르다. 이 날에 경내의 승려와 속인이 모두 모이고, 기악을 공연하고, 꽃과 향을 공양한다. 바라문이 와서 부처님을 초청하면, 부처님이 차례로 성 안으로 들어가서 성 안에서 머물며 이틀 밤을 지내는데, 밤중 내내 등불을 밝히고, 기악을 공양한다. 나라마다 모두 이같이 한다.[1]

1 "作四輪車, 縛竹作五層, 有承櫨揠戟, 高二疋餘許, 其狀如塔. 以白氎纏上, 然後彩畵, 作諸天形像, 以金銀琉璃, 莊校其上, 懸繒幡蓋. 四邊作龕, 皆有坐佛, 菩薩立侍, 可有二十車, 車車莊嚴各異. 當此日, 境內道俗皆集, 作倡伎樂, 華香供養. 婆羅門子來請佛, 佛次第入城, 入城內

부처를 맞이하여 연등, 산화(散花), 향(香) 및 기악(음악, 무용)을 공양하였다. 신에게 제물과 가무악희(歌舞樂戱)를 바치듯이 부처에게 공양물을 바친 것이다. 이러한 인도의 행상놀이가 5세기 이전에 우전국(호탄)에 전래되었고, 중국에는 남북조 시대에 북위(北魏; 386 - 534)의 수도 낙양에서 경명사에 모인 각 사찰의 불상들을 4월 8일에 황제가 대궐에서 맞이하여 산화와 범악(梵樂) · 법음(法音) · 백희(百戱)를 공양하였으며, 장추사에서 석가상(釋迦像)을 태운 백상(白象)이 나아갈 때에도 칼 삼키기와 불 토하기 등의 잡희를 공연하였다.[2] 그런데 이러한 행상놀이가 연극화되기도 하였으니, 서티베트 스비뚝 사원의 참에서 하샨과 하툭이 향로를 든 석가모니를 앞뒤에서 모시고 일렬로 탈판에 등장하였다가 한 바퀴 돈 다음 퇴장함으로써 중국의 두 왕자가 인도에 가서 부처와 16제자를 중국에 초청하는 것을 표현한다.[3] 그런가 하면 석가모니 대신 고승과 흥법왕(興法王)을 맞이하여 공양하는 연극도 있는데, 삼예스[桑耶寺]의 참에서 파드마삼바바[蓮花生]의 여덟 화신이나 사군삼존(師君三尊) - 샨티락시타(寂護) · 파디마삼바바 · 티손데첸(赤松德贊) - 이 등장하면 다섯 공행모(空行母)가 신(身) · 어(語) · 의(意)의 찬가를 부르고, 제석신이 송가를 부르고, 다섯 귀졸(鬼卒)가 면이 오부영웅무(五部英雄舞)를 추고, 구리가면 10명이 회향하여 축원한다. 사군삼존을 영접하여 호법신들이 가무를 봉헌하는 것이다.[4]

2) 흥법(興法)의 연극

흥법의 연극은 참의 가무극 형태를 설창극(說唱劇)으로 발전시킨 티베

再宿, 通夜燃燈, 伎樂供養. 國國皆爾." 장손(章巽) 교주, 『법현전 교주』, 상해고적출판사, 1985, 103쪽; 전경욱, 「연등의 기원과 역사적 전개양상」, 『연등제의 역사와 전통』, 대한불교조계종 총무원 문화부 주최 학술토론회 발표논문집, 2008, 7쪽에서 재인용.

2 온옥성(溫玉成); 배진달 편역, 『중국석굴과 문화예술』(상), 경인문화사, 1996, 129쪽 참조.

3 박진태, 『동아시아 샤머니즘연극과 탈』, 박이정, 1999, 274~275쪽 참조.

4 위의 책, 264쪽 참조.

트의 라모에 집중적으로 나타난다. 「노르상 왕자」, 「갸사베사」, 「뻬마왼바르」, 「도와상모」가 대표적이다. 이 가운데 「노르상 왕자」의 내용을 간추리면 다음과 같다.

㈎ 남국왕의 탐욕 : 포악한 리단빠 왕 샬빠쉬누는 국운이 기울자 에단빠의 뻬마남초 호수로 본교 주술사들을 보내어 용왕을 잡아올 계획을 세운다.

㈏ 사냥꾼의 도움 : 샬빠쉬누의 계획을 미리 알고 있던 용왕은 사냥꾼 방레진빠에게 도움을 청하고, 그의 도움으로 위기를 넘기자 재물을 가져다주는 구슬 괴되꾼중을 선물로 준다.

㈐ 이톡 포획 : 괴되꾼중의 용도를 알기 위해 게오리추 동굴의 도사를 찾아갔던 방레진빠는 여신들의 목욕장면을 보게 되고, 결국 괴되꾼중을 신을 잡는 밧줄인 된외샥빠와 바꾸어 여신 이톡을 잡는다.

㈑ 노르상과 이톡의 결혼 : 방레진빠는 이톡을 노르상 왕자에게 바치고, 두 사람은 전세의 인연으로 첫눈에 반한다. 그러나 이를 시기하던 왕자비들의 모함으로 노르상은 변방으로 출정을 떠나면서 이톡과 잠시 헤어진다.

㈒ 이톡의 도망 : 본교 주술사를 매수한 왕자비들은 액막이 제사를 위해 이톡의 심장 기름을 제물로 쓸 것을 요구하고, 생명의 위협을 느낀 이톡은 하늘로 도망간다.

㈓ 노르상의 귀환 : 왕궁으로 돌아온 노르상 왕자는 이톡을 찾기 위해 길을 떠난다.

㈔ 노르상의 모험 : 도사에게서 이톡이 남긴 비취반지를 건네받은 노르상은 이톡이 사는 천상계로 가기 위한 험난한 여정을 겪는다.

㈕ 건달바의 시험과 재결합 : 천신만고 끝에 천상계에 이른 노르상은 인간세계에 다시 딸을 보내지 않으려는 건달바의 시험을 무사히 통과하고, 다시 이톡과 재결합하여 지상으로 내려온다.[5]

살빠쉬누 왕의 용왕을 납치하려는 사건이 계기가 되어 노르상이 이톡과 결혼하나, 왕자비의 질투로 인하여 이톡과 이별하게 되었지만, 노르상이 천상계로 올라가 건달바로부터 이톡과의 재결합을 허락받는다는 내용으로 티베트 토착 종교 본교의 세력(살빠쉬누 왕, 본교 주술사, 왕자비들)이 몰락하고 불교를 신봉하는 세력(용왕, 방레진빠, 이톡, 노르상 왕자, 건달바)이 승리한다. 건달바는 호법신 8부신중의 하나이기 때문에 노르상이 건달바의 시험을 통과하였다는 말은 단순히 사위가 장인으로부터 자격을 인정받은 것만을 가리키는 것이 아니라 노르상이 불교를 널리 전파할 왕이 된다는 뜻이다. 그리고 「갸사베사」는 송쩬감뽀가 네팔의 조 밍규르 도르제 불상(석가모니 8세불)과 당나라의 조 툭체 첸모 불상(석가모니 12세불)을 가져오기 위하여 네팔과 중국의 공주와 결혼하는 내용이고,[6] 「뻬마왼바르」는 빠드마삼바바(蓮花生)의 화신인 뻬마왼바르가 조모보살의 도움으로 여의주 괴되뽕좀과 나찰녀의 보물을 구해와서 왕이 되었다는 내용이고,[7] 「도와상모」는 도와상모가 깔라왕뽀 왕과 결혼하여 낳은 아들인 곤두레빠 왕자가 하짱마의 계략으로 위기에 빠지지만 도와상모의 도움으로 목숨을 건지고 뻬마진 왕국의 왕이 되어 하짱마의 군대를 패배시킨다는 내용이다.[8]

3) 감통(感通)의 연극

감통은 신과 신 사이, 또는 신과 인간 사이에 일어나는 감응 현상으로 『삼국유사』의 '경흥우성(憬興遇聖)'조에 의하면 관음보살과 승려 경흥 사이에 감통이 일어났다. 경흥이 삼랑사(三郎寺)에 주석(駐錫)하였을 때 병에 걸렸는데, 그때 여승이 나타나 '대사의 병은 근심 때문에 생긴 것이니 즐

5 박성혜, 『티베트연극 라모』, 차이나하우스, 2009, 82쪽.

6 위의 책, 86쪽 참조.

7 위의 책, 90쪽 참조.

8 위의 책, 94쪽 참조.

거운 웃음으로 고칠 수 있다'라고 말한 다음 열 한 개의 '면모(面貌)'를 만들어 각각 '배해(俳諧)'의 춤을 추니 변화무쌍하여서 보는 이가 모두 턱이 빠지게 웃었으며, 대사의 병도 모르는 사이에 깨끗이 치유되었는데, 여승의 뒤를 따라가 보니 남항사(南巷寺)의 십일면원통상(十一面圓通像)의 탱화 앞에는 지팡이가 놓여 있었다고 기록되어 있다. 이것을 학계에서는 관음보살 가면무로 보고 있다.[9] 그런데 관음보살 가면의 형상을 제대로 이해하기 위해서는 십일면관음신주심경(十一面觀音神呪心經)의 기록이 도움이 된다.

> 앞의 삼면은 자상(慈相)인데 선한 중생을 보고 자심(慈心)을 일으켜 이를 찬양함을 나타낸 것이다. 좌(左)의 삼면은 진상(瞋相)인데 악한 중생을 보고 비심(悲心)을 일으켜 그를 고통에서 구하려 함을 나타낸 것이요, 또 우(右)의 삼면은 백아상출상(白牙上出相)이며, 정업(淨業)을 행하는 자를 보고는 더욱 불도를 정진하도록 권장함을 나타낸 것이다. 뒤의 일면은 폭대소상(暴大笑相)으로서 착한 자 악한 자 모든 부류의 중생들이 함께 뒤섞여 있는 모습을 보고 이들을 모두 포섭하는 대도량(大度量)을 보이는 것이요, 정상의 불면(佛面)은 대승근기(大乘根機)를 가진 자들에 대해 불도(佛道)의 구경(究竟)을 설함을 나타낸 것이다.[10]

열 한 개의 관음보살의 화신상은 자상(慈相) 3개, 진상(瞋相) 3개, 백아상출상(白牙上出相) 3개, 폭대소상(暴大笑相) 1개, 불면(佛面) 1개인데, 이와 같은 열한 개 표정의 관음보살과 경흥이 감통하여 경흥이 마침내 자심과 비심 및 정진 의지와 포용심을 깨닫게 되어 우울증이 치유되었던 것이다.

---

9 조동일, 『한국문학통사』(제1권), 지식산업사, 1994, 231쪽과 박진태, 『한국고전극사』, 민속원, 2009, 108~110쪽 참조.

10 한국불교연구원, 『석굴암』, 일지사, 1989, 45쪽.

경흥은 수씨(水氏)로 백제 지역 웅천주 사람인데, 문무왕은 신문왕(681 - 692)에게 경흥을 국사(國師)로 임명할 것을 유언하였으나 신문왕은 실권이 없는 국로(國老)로 임명하였다. 따라서 경흥의 우울증은 바로 백제 출신으로서 토사구팽당한 데 대한 불만과 분노로 인한 것으로 추정된다. 이러한 경흥이 관음가면무를 통하여 관음보살과 감통하였던 것이다.

4) 교화(敎化)의 연극

삼독(三毒)에 빠진 중생을 교화한 연극으로는 원효의 무애무, 조선 시대 만석중놀이, 중국 감숙성의 나부렝스(拉卜楞寺)의 참이 있다. 『삼국유사』의 '원효불기(元曉不羈)'조에 의하면, 원효는 우인(優人)이 춤추며 놀리는 큰 박을 얻어서 그 모양에 따라 도구를 만들어 화엄경에서 말한 '일체의 무애인(無导人)은 한결같이 나고 죽는 길을 벗어난다(一切無导人, 一道出生死)'에서 따서 '무애'라 부르고, 이어서 노래를 지어서 세상에 퍼뜨려 가난하고 몽매한 사람들을 교화하였다고 한다. 호리병박이 사람 형상으로 생긴 사실에 주목하면, 원효가 만든 무애는 '무애인'을 형상화한 인형으로 무애무는 인형극이다. 이인로(李仁老; 1152 - 1220)의 『파한집(破閑集)』(1260)에 의하면, 무애가의 노랫말은 불교의 경론(經論)과 게송(偈頌)에서 뽑은 것인데, 그 당시의 관휴산인(貫休山人)이 지은 게송에 "양 소매를 휘두름은 이장(二障) - 이장(理障)과 사장(事障), 또는 내장(內障)과 외장(外障) - 을 끊음이요, 세 차례 발을 들어 올림은 삼계(욕계 · 색계 · 무색계)를 넘음이다(揮雙袖所以斷二障, 三擧足所以越三界)."라는 구절이 있다고 한다. 아무튼 무애가는 불교적인 노래이고, 무애무는 무애인을 조형화한 인형을 놀리며 춤을 추는 무용극으로 춤사위는 상징적인 의미를 지닌다. 원효는 이러한 무애가무를 통하여 민중을 교화한 것이다.[11]

---

11 무애가무에 대해서는 박진태, 앞의 책, 125~129쪽 참조.

조선 시대의 만석중놀이도 문헌 기록과 구전 자료를 보면 불교극에서 세속극으로 변모한 것 같다. 곧 만석중놀이는 지족 선사가 황진이의 미색에 현혹되어 훼절한 것을 풍자한 연극이라는 발생설화[12]는 만석중놀이가 세속적인 풍자극이라는 주장이지만, 다음의 증언들은 불교적인 연극일 개연성을 강력하게 시사한다.

㈎ 고깔 장삼을 입은 중이 포장 앞에 나서서 중춤을 추는데, 뒤에 포장에서는 망섹이(망석중)는 가슴을 땅땅 치고 별난 짐승들이 다 나왔다 사라졌다 한다. 용과 잉어의 싸움이 가장 볼만했다. 중이 춤 출 때나 인형들이 놀 때는 염불이나 수심가를 불렀다.[13]

㈏ 종소리로 시작하여 십장생이 뛰놀고, 회심곡[화청(和請)]이 은은히 퍼지며 십장생이 나타났다 사라지는가 하면, 용과 잉어가 여의주를 제 것으로 하려고 다툰다. 그러나 끝내 누구도 여의주를 차지하지 못한다. 그를 배경으로 한 중이 앞에 나서 '큰 물고기 어항 속에 노니는 자태'인 운심게작법(運心偈作法)을 춘다. 십장생도 결국 장생하지를 못하고, 용과 잉어도 여의주를 얻지 못함을 화청을 불러 일깨우는 것이다. 중의 춤도 긴 법복을 내어저으나 결국은 어항 속의 물고기에 불과하다는 뜻이다.[14]

만석중춤의 버전은 실제 승려의 춤과 인형의 춤 둘일 개연성이 크다. 인형 만석중이 팔과 다리로 머리와 가슴을 땅땅 두드리는 춤이 승려가 동물들이 제행무상을 깨닫게 하는 춤과 대응된다고 볼 수 있는 것이다. 만

12 김재철, 『조선연극사』, 민학사, 1974, 102쪽 참조.
13 심우성, 『민속문화론서설』, 동문선, 1998, 400~401쪽.
14 위의 책, 401쪽.

석중이 춤으로 인간과 동물을 교화하는 것이다.[15]

라마교의 참 가운데서는 중국 감숙성의 나부렝스(拉卜楞寺)의 참이 있다. 미라네파(米拉日巴; 1040 - 1123)가 사냥꾼 꽁부아우뜨우어지(貢保多吉)를 교화시킨 고사를 연극으로 연출한다. 토지신이 라마승 2명 - 미라네파 사도(師徒) 2명 - 을 인도하여 좌정시키면, 동자 2명이 춤을 추고 미라네파는 법교를 베풀어 조복시킨다. 이어서 사냥꾼이 사슴과 개를 추적하다 미라네파를 만나면, 그들을 교화하여 불문에 귀의하게 한다. 그런데 이때 사냥꾼 형제와 미라네파 사도 사이에 즉흥적으로 상호 폭로하고 반박하며 각종 추잡한 세태를 고발하는 점에서 라모[장희]로 분류하기도 하지만, 무용극에서 설창극으로 발전하는 과정을 반영하는 참으로 볼 수도 있다.[16] 하여튼 미라네파놀이는 미라네바가 살생을 업으로 삼는 사냥꾼을 교화하는 연극인데, 세태를 풍자하는 골계극으로 연출된다.

티베트 라모 가운데 교화의 연극으로는 「숙기니마」가 있다. 극의 전개는 다음과 같다.

㈎ 다와쌩게 왕과 링겐부모의 결혼 : 국가 신탁을 받고 왕궁으로 돌아오던 다와쌩게 왕은 마귀의 화신 링겐부모를 만나 결혼하게 된다.

㈏ 사냥꾼과 숙기니마의 만남 : 화원을 망가뜨린 멧돼지를 추격하던 사냥꾼은 깊은 숲 속에서 은자의 딸 숙기니마를 만난다.

㈐ 숙기니마의 결혼 : 사냥꾼의 인도로 숙기니마를 만난 다와쌍게 왕은 첫눈에 반해 왕비로 삼는다. 이를 시기한 링겐부모는 무당 아마를 매수하여 숙기니마를 죽일 계획을 세운다.

㈑ 야마의 모함 : 보호 염주를 훔친 야마는 숙기니마를 모함하고, 결

15 박진태, 앞의 책, 131~135쪽에서 만석중놀이를 불교적 인형극으로 보는 관점에서 논의하였다.

16 박진태, 『동아시아샤머니즘연극과 탈』, 박이정, 1999, 272~273쪽 참조.

국 숙기니마는 사형선고를 받게 된다.

(마) 숙기니마의 유람 : 간신히 목숨을 구한 숙기니마는 비구니가 되어 불법을 전하며 전국을 유랑한다.

(바) 진실이 밝혀짐 : 숙기니마의 설법을 들은 링겐부모와 무당 야마는 자신들의 과오를 실토하고, 누명을 벗게 된 숙기니마는 다시 왕비의 자리에 오른다.[17]

다와쌍게왕과 결혼한 숙기니마가 마귀의 화신인 첫째 왕비 링겐부모와 무당 야마의 모함과 음모로 사형당할 위기에 빠지지만 출가하여 비구니가 되어 유랑하며 설법을 하였는데, 링겐부모와 무당 야마도 그 설법을 듣고 교화되어 숙기니마가 누명을 벗고 다시 왕비가 되도록 했다는 내용이다. 숙기니마의 교화력이 악인을 개과천선하게 만들고 자신의 잃어버린 지위도 되찾게 한 점에서 전형적인 교화의 연극이다.

5) 참마(斬魔)의 연극

라마교의 참은 기본적으로 호법신이 악마를 제압하는 제의적인 무용가면극인데, 그 가운데 특이한 사례 몇 가지를 소개한다. 먼저 몽골의 라마교 사원의 참에서는 염라대왕이 사슴가면과 황소가면을 데리고 등장하여 해골가면이 개막 초에 미리 마당 중앙에 가져다 놓은 나무상자 안의 링가(참파, 곧 보릿가루로 만든 인형)를 3차례 칼로 찌르고, 주문을 외어 땅·물·하늘의 신령을 소환하면, 사슴가면이 링가를 절단하여 그 조각들을 군중 속으로 던진다.[18] 염라대왕이 악마를 퇴치하는 제의적인 연극을 하는 것이다. 티베트 수도 라싸의 포타라궁의 참에서도 해골가면들이 등장

17 박성혜, 앞의 책, 92쪽.

18 박진태, 앞의 책, 249~250쪽 참조.

하여 향회와 참파가루를 뿌리고 마당에 동물 가죽을 깐 뒤 그 위에 링가를 놓으면, 흑모승(黑帽僧)들이 주위를 돌면서 춤추고, 염라대왕 일행이 등장하면, 흑모승 무리의 리더가 링가를 칼로 찔러죽이고, 염라대왕의 사자(使者)인 사슴가면이 뿔로 조각조각 찢는다. 이러한 참마(斬魔) 의식에 이어서 다시 기름이 펄펄 끓는 솥 위에 온갖 악귀가 붙어 있는 종이를 매달고 불을 피워서 악귀를 기름 속에 떨어뜨리고 불태우는 악귀 화형식을 거행한다.[19] 네팔의 사원에서는 왕이 암살당한 고사를 근거로 발가벗은 채 허리에 천을 두르고, 얼굴을 담뱃재로 검게 칠하고, 머리에 야크 털로 만든 가발을 쓰고, 오른손에 정강이뼈로 만든 호각을 쥐고, 오른손에는 귀신머리를 들고서 장애를 만드는 악마를 제거한다.[20]

6) 조복(調伏)의 연극

일본의 기악에 연극적인 항마(降魔) 의식이 들어 있다. 기악의 사자춤, 가루라춤, 금강춤도 악마를 제압하는 춤이지만, 특히 곤론(崑崙)이 고고오(吳公)의 아내 고죠(吳女)를 유혹하는 마라춤[진신무(振腎舞)]을 추고난 뒤 리끼시(力士)가 곤론의 남근에 법승(法繩)을 묶어 항복시키는 극적 전개는 '호법신/악마'의 선악 대결의 단순 구조를 남녀 삼각관계로 설정한, 보다 진화된 연극 형태이다. 그리하여 『삼국유사』의 처용설화와 유사성을 보인다. 곧 '오공 - 오녀 - 곤론'의 관계가 '처용 - 미녀 - 역신'의 관계에 대응된다. 고고오와 처용의 기득권에 곤론과 역신이 도전하여 갈등이 발생하고, 결말은 고고오와 처용의 기득권이 수호되는 쪽으로 끝난다. 역신과 곤론은 악신이고 토착신으로서 선신이고 호법신인 처용과 리끼시에 의해 퇴치된다. 처용의 호법신적 성격은 헌강왕이 망해사를 지어서 동해용왕과

19 위의 책, 261쪽 참조.

20 위의 책, 251쪽 참조.

그 아들들을 조복(調伏)시킨 데서 나타난다. 헌강왕에 의해 조복되어 부처와 불법을 수호하는 호법신이 된 처용은 자신의 아내를 범한 역신을 항복시키고 조복시킨다. 고려 처용가에는 처용이 열병신을 회(膾)거리로 잡아먹을 수 있는 위력을 지닌 신으로 묘사되지만, 신라의 처용은 역신을 주술적인 노래와 춤으로 위협하면서도 스스로 물러날 기회를 주는 점에서 티베트 참의 참마의식과는 구별되고, 오히려 일본의 기악과 상통한다.

「봉산탈춤」의 사자춤놀이에서도 조복이 나타난다.

목중들 : 짐생 났소. (목중 여덟이 일제히 쫓겨서 등장하면 뒤에 사자가 뒤따라 쫓아온다. 목중들을 잡아먹으려는 기세다. 목중들 장내를 한 바퀴 돌아서 반대편으로 퇴장하고 그 중 한 사람만 남아서 마부 노릇을 한다. 마부는 채찍을 들었다.)

마부 : 쉬이. (사자는 중앙에서 적당히 자리 잡고 앉는다. 머리에 큰 방울을 달았기 때문에 소리가 난다. 앉아서 좌우로 머리를 돌리며 몸을 긁고 이를 잡기도 한다.) 짐승이라니, 이 짐승이 무슨 짐승이냐? -중략- 문수보살의 구호 받아 근근히 생명을 보존케 되어 문수보살이 타고 다니던 사자냐?

사자 : (머리를 상하로 움직여서 긍정한다.)

마부 : 그러면 -중략- 우리 목중들이 선경에서 도를 닦는 노승을 꾀어 파계(破戒)시킨 줄로 알고 석가여래의 영을 받아 우리들을 벌을 주려고 내려왔느냐? 그러면 우리 목중들을 다 잡아먹을랴느냐?

사자 : (긍정하고 마부에게 달려들어 물려고 한다.)

마부 : (놀라서) 아이쿠 이거 큰일났구나. (뒤로 도망가다가 채찍으로 사자머리를 사정없이 때린다.)

사자 : (하는 수 없이 뒤로 물러서서 그 자리에 앉는다.)

마부 : 쉬이. (무서워하고 있다.) 사자야, 말 들어봐라. 그러나 우리가 무슨 죄가 있느냐? 취발이가 시켜 아지를 못하고 하였으니 진심으로

회개하여 깨끗한 마음으로 도를 닦아 훌륭한 중이 되어 부처님의 제자가 될 터이니 용서하여 주겠느냐?

사자 : (좋다고 머리를 끄덕끄덕한다.)[21]

사자가 노장의 파계에 대한 죄를 물어 목중들을 징벌하려 하므로 목중이 취발이의 사주를 받아 죄를 지었다고 고백하고 참회하므로 사자가 용서한다. 사자가 목중을 잡아먹지 않고 개과천선하게 만든 것이니, 파괴된 불교적 질서를 호법신 사자가 회복한 셈이다. 따라서 「봉산탈춤」의 중놀이의 주제가 파계승 비판이라거나 불교적 초월주의 부정이라는 주장은 '사상좌춤 - 팔목중춤 - 노장춤 - 신장수춤 - 취발이춤 - 사자춤'으로 진행되는 중놀이마당군(群) 전체에 대한 해석으로는 타당하지 않다. 「봉산탈춤」의 이러한 불교극적 성격은 「봉산탈춤」이 단오날에 연행된 것은 조선 시대 말엽부터이고, 그 이전에는 사월 초파일에 연행된[22] 사실과 관련이 있을 것이다. 석가모니 탄신일에 반불교적인 연극을 하였을 리가 만무하기 때문이다. 이는 탈놀이의 연행 시기가 내용과 주제에 영향을 준다는 사실을 의미한다.

속리산 법주사에서는 제석(除夕)에 승려들이 군수와 이방의 역할을 하여 이방이 군수의 대부인에게 '고추 → 가지 → 오이 → 호박 → 물방앗고'만한 크기의 목각남근을 차례로 봉납하는 놀이를 하여 젊은 승려에게 연정을 품고 죽은 상궁의 원혼을 위로하였는데,[23] 여자의 원혼을 해원시켜 불교의 범주로 끌어들인 점에서 일종의 조복의 연극이라 할 수 있다.

티베트의 라모 중에서 조복의 연극에 해당하는 작품으로는 「된외된둡」이 있다.

---

21 이두현, 『한국의 가면극』, 일지사, 1979, 230~231쪽.

22 위의 책, 183쪽 참조.

23 박진태, 『한국고전극사』, 민속원, 2009, 135~138쪽 참조.

㈎ 된둡 왕자의 탄생 : 후사가 없어 고민하던 빠라데아 왕과 꾼상마 왕비는 정성껏 기도를 드리던 중 관세음보살의 화신 된둡 왕자를 낳게 된다.

㈏ 된외 왕자의 탄생 : 꾼상마 왕비가 병으로 세상을 떠난 후, 낙성 예불에 갔다가 돌아오던 빠라데아 왕은 평민 출신의 뻬모체를 만나 결혼한다. 뻬모체는 문수보살의 황신인 된외 왕자를 낳는다.

㈐ 뻬모체 왕비의 모함 : 뻬모체는 자기가 낳은 된외 왕자가 왕위를 잇도록 하기 위해 된둡 왕자를 모함하여 귀양을 보낸다. 그러나 우애가 깊었던 두 왕자들은 함께 귀양을 떠난다.

㈑ 두 왕자의 유랑 : 험난한 여정과 굶주림에 고생하던 된외 왕자는 의식을 잃고, 동생이 죽은 줄 안 된둡 왕자는 양지바른 곳에 시신을 안치한 후 고차 왕국으로 떠나 라마의 제자가 된다.

㈒ 용왕제 : 된둡 왕자는 용왕제에 쓸 제물로 뽑혀 호수에 던져지지만, 본래 관음보살의 화신이었기 때문에 용궁을 교화하고 다시 고차 왕국으로 돌아온다.

㈓ 된둡과 된외의 만남 : 살아 돌아온 된둡 왕자는 고차 왕국의 왕위에 오르고, 된외 왕자와도 다시 만나게 된다. 된외 왕자는 쌍링 왕국의 왕위에 오른다.[24]

관음보살의 화신인 된둡왕자가 계모의 모함으로 귀양가는 위기에 빠지지만, 라마의 제자가 되었고, 다시 용왕제의 제물로 선발되는 제2의 위기를 맞이하지만 오히려 용궁을 교화하고, 귀환하여 왕위에 오른다는 내용이다. '위기 - 행운'이 반복되면서 행복한 결말로 끝맺는데, 된둡왕자의 탁월한 자질로 자비심과 교화력이 부각된다. 한편 이 작품의 창작 동기에 대해서는 제5대 빤첸라마 롭상예세가 라싸의 달라이라마와 시가체의 빤

24 박성혜, 앞의 책, 97쪽.

첸라마로 분열된 게룩파를 정화하기 위해서 집필하였다고 하는바, 관음보살의 화신인 뒨듑와 문수보살의 화신인 뒨외의 형제애를 통해 두 종단의 화해 공존을 촉구하는 교화적 목적이 분명해진다.[25]

7) 선행(善行)의 연극

선행을 권장한 연극으로는 먼저 일본 기악에서 영감이 두 아들을 데리고 할미의 극락천도를 위해 예불하는 놀이가 있다. 아버지가 아들을 데리고 어머니의 명복을 빌게 하니, 효행을 권장하는 연극이라 할 수 있다.

한국의 통천 가면극은 선행의 연극으로 분류할 수 있다. 왜냐하면 강릉 신진사가 물려준 유산을 함경도 양반에게 빼앗긴 말뚝이에게 재산을 되찾는 방법을 가르쳐주기 때문이다. 4월 초파일에 연등놀이를 할 때 탈놀이를 하여 상황을 반전시키게 하는 바, 연극(가장극) 속의 연극(가면극)을 통하여 현실의 모순을 해결한다. 사월 초파일에 민간인이 공연한 가면극으로 추정되는데, 승려가 은둔과 고립 또는 파계와 수탈이 아니라 지혜와 구원의 존재로 형상화되어 있다. 중생을 향한 자비와 선행을 베푸는 종교사제의 모습을 보이는 것이다.[26]

8) 보시(布施)의 연극

라마교의 참에서는 시주(施主)의 기쁜 얼굴과 선행을 좋아함을 상징하는 가면을 쓴 포대화상(布袋和尙)이 등장한다.

한국 꼭두각시놀음의 건사(建寺)거리도 보시를 권장하는 연극으로 볼 수 있다.

---

25 위의 책, 70~71쪽 참조.

26 박진태, 앞의 책, 124쪽 참조.

박첨지 : 여보게. 이때는 어느 때인가? 태고적 시절일세. 명산대천에 절을 왜 짓겠나? 이번 감사 대부인 장사 후에 백일불공하기 위하여 삼한적 고찰을 일으키네. 어 화상에 절을 짓네. 나는 들어가네.(승려 2인이 나와 재배한다.)

승려 : (창)어 화상에 절을 짓네. 어 화상에 절을 짓네. (절을 다 세운 후에 화상 양인이 법당문을 열고 합장하여 염불한다.)

(창)어 화상에 절을 짓네. 어 화상에 절을 짓네. 이 절에다 시주를 하면 소원성취하오리다. 나무아미타불 관세음보살. 어 화상에 절을 헌다. (절을 다시 뜯어 들인다.)[27]

절을 짓는 이유가 평양감사 대부인—이본에 따라서는 평양감사나 박첨지의 딸—을 극락으로 천도하기 위함이라는 점에서는 망자의 위령과 해원을 불교적으로 해결하는 것이어서 건사거리를 홍법의 연극으로 볼 수 있다. 그렇지만 화상이 관객에게 시주를 권장하는 점에서는 보시의 연극이라는 해석도 가능하다. 더욱이 사찰에서 남사당패를 고용하여 사찰의 보수와 증축에 필요한 경비를 조달한 사실을 고려하면 공연 현장에서 시주를 유도하기 위해서 건사거리를 활용하였을 개연성이 크다. 따라서 꼭두각시놀음의 주제 해석을 민중 의식의 관점에서 통일성을 기해서 건사거리를 '외래종교의 부정과 극복'[28]이라고 보기보다는 뒷절거리에서는 박첨지가 홍동지를 시켜 조카딸과 춤추는 상좌를 내쫓지만, 건사거리에서는 불교에 대한 긍정적 시각을 드러낸다는 해석이 더 실상에 부합된다. 속세의 부녀자를 희롱하는 파계승에 대해서는 비판적이지만, 원혼을 해원시켜 극락천도하는 사찰 건립에는 긍정적일 수 있는 것이다. 이는 관점과 논리의 불통일성으로 보이지만, 이러한 불통일성 내지 불합리성은 판소리

27 김재철, 앞의 책, 180~181쪽. 표기법은 필자가 현대어로 바꿈.
28 심우성, 『남사당패연구』, 동화출판공사, 1980, 206쪽 참조.

에서는 일찍이 지적되었듯이 구비문학의 특성으로 이해되어 마땅하다.[29]

티베트의 라모에서는 보시의 연극으로 「디메퀸덴」과 「낭싸왼붐」이 있다. 「디메퀸덴」의 내용을 요약하면 다음과 같다.

> ㈎ 디메퀸덴의 출생 : 후사가 없던 사징따바 왕은 정성스럽게 기도를 올리던 중 왕자 디메퀸덴을 얻게 된다.
>
> ㈏ 디메퀸덴의 보시 : 보살의 화신인 디메퀸덴 왕자는 백성들에게 아낌없이 궁궐의 재산을 나눠준다.
>
> ㈐ 싱지증뽀의 계략 : 적대국 왕 싱지증뽀는 빼다 왕국을 지켜주는 보물 괴되뿡좀을 빼앗기 위해 거짓 브라만을 빼대국에 보내고, 이에 속은 디메퀸덴은 국보 괴되뿡좀을 보시한다.
>
> ㈑ 디메퀸덴의 귀양 : 귀양길에 오른 디메퀸덴은 재물과 왕자비와 아이들과 자신의 눈을 보시한다. 이는 하늘의 신을 감동시키고, 싱지증뽀 또한 잘못을 뉘우친다.
>
> ㈒ 디메퀸덴의 귀환 : 귀양길에서 돌아온 디메퀸덴은 왕위에 올라 나라를 잘 다스린다.[30]

보살의 화신인 디메퀸덴 왕자는 재산은 물론이고 국보도 보시하고, 심지어 아내와 아들과 자신의 눈까지도 보시하는 보살행을 실천하여 마침내 하늘의 신을 감동시키고 적국의 왕도 참회하게 만든다. 「낭싸왼붐」은 소작인의 딸 낭싸왼붐이 강제로 왕자와 결혼한 후 보시하는 장면을 보고 오해한 왕에게 타살되었으나 다시 환생하여 비구니가 된다는 내용이다.[31]

이상에서 한·중·일 삼국의 불교 연극을 영불, 홍법, 감통, 교화, 참

29 최진원, 「춘향전의 합리성과 불합리성」,(조동일·김흥규 편, 『판소리의 이해』, 창작과비평사, 1978), 201~237쪽 참조.

30 박성혜, 앞의 책, 85쪽.

31 위의 책, 99쪽 참조.

마, 조복, 선행, 보시 등 여덟 개의 유형으로 분류하여 작품 양상을 살펴보았는데, 영불과 홍법은 불교와 왕권이 대승 불교를 통해서 통합되는 것을 의미하고, 감통과 교화는 자발적인 동화이고, 참마와 조복은 강제적인 동화이며, 선행과 보시는 자비심의 실천이기 때문에 8개의 소분류를 다시 4개로 중분류로 통합할 수 있다. 그리고 영불과 홍법은 불법의 창시와 홍법이고, 나머지 6개 유형은 불법의 구현이기 때문에 다시 2개의 영역으로 대분류할 수 있다. 곧 불교 연극의 유형 분류가 불법이 석사모니에 의하여 창시되고, 법왕에 의하여 호국 불교가 된 이후에 왕족과 승려와 민간인에 의하여 불법이 실천되고 구현되는 양상을 구분하는 분류법에 근거할 때 3개의 층위로 된 분류 체계가 도출되는 것이다.

3

전통 연극의 민속적 이해

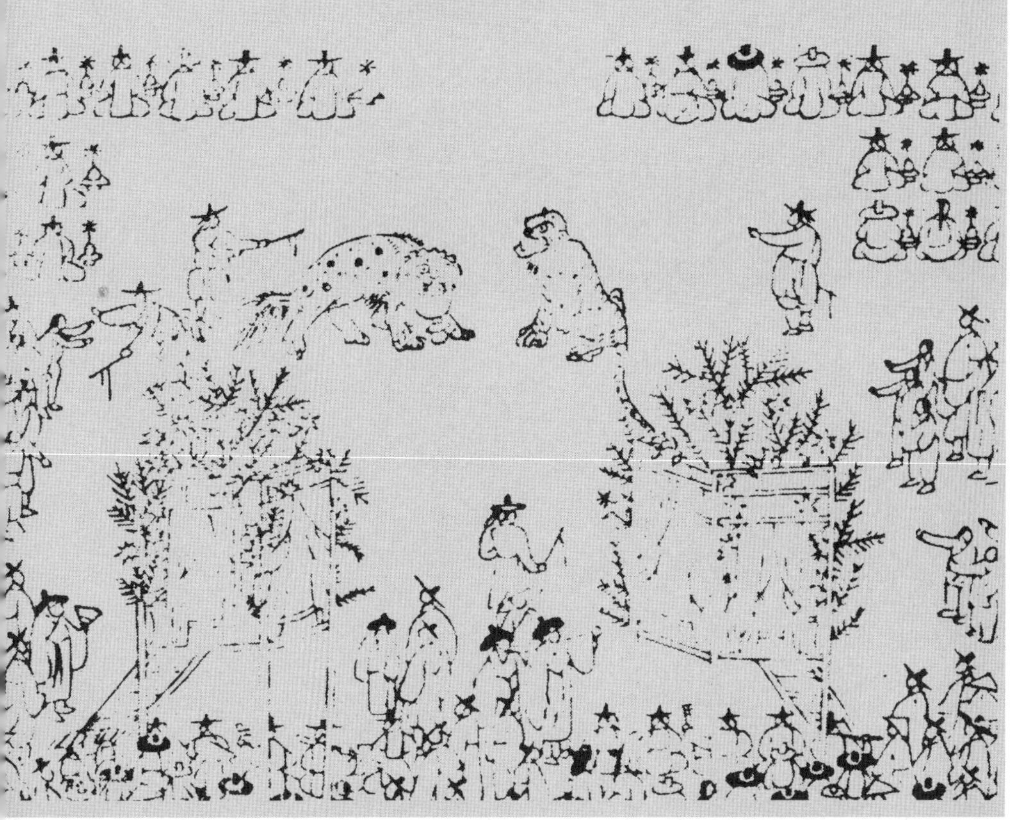

제9장 호랑이의 공연적 · 조각적 형상화

1. 호랑이 예술론의 필요성

호랑이는 단군 신화에도 나타나듯이 일찍부터 한(韓)민족의 삶 속으로 들어왔는데, 이것은 시베리아 호랑이의 서식지와 한민족의 생활 터전이 중첩된 데 기인할 것이다. 호랑이는 시베리아, 중국, 벵골, 인도차이나, 수마트라, 자바, 발리, 카스피호 등지에 서식하는데, 한국 호랑이는 바이칼 호수에서 연해주 일대와 만주, 그리고 중국의 동북부와 한반도에 걸쳐 서식하는 시베리아 호랑이에 속하고, 특별히 '백두산 호랑이'라고 불린다. 모든 호랑이의 이마에는 '왕(王)'자 무늬가, 머리와 목덜미에는 '대(大)'자(字) 무늬가 있어, 이 '대왕(大王)'이 호랑이가 '백수(百獸)의 왕'이라는 징표라고 여겨지는데, 한국 호랑이는 대왕무늬가 다른 지역 호랑이보다도 더 선명하다.

호랑이는 사슴, 산양과 같은 초식 동물만이 아니라 멧돼지, 곰과 같은 거대한 체구의 잡식성 동물도 잡아먹는 포식자(捕食者)이기 때문에, 또 사람보다 큰 체구와 그 외모의 흉맹성(凶猛性) 때문에 공포의 대상이 되었다. 그리하여 인간은 인명과 가축을 살상하는 호랑이에게서 피해 의식을 느끼고 호랑이를 사냥하고, 심지어 호랑이 사냥을 통해 용맹을 과시하기도 하였지만, 민중은 호랑이에게 강자에 대한 반감과 적대감을 투사하여 풍자의 대상으로 희화화하기도 하였다. 이와는 대조적으로 호랑이가 인간에게 강자를 숭배하고 보호를 받으려는 심리를 유발시킨 까닭에 신격화되기도 하였다. 곧 인간이 강력하고 용맹한 호랑이의 보호와 지배를 받으려는 종교적 심성을 지니게 되었던 것이다. 이처럼 인간은 호랑이에게 상반된 감정을 품고 이율배반적인 태도를 지녔는데, 이러한 사실이 조형예술 · 언어예술 · 공연예술에 걸쳐 다양하고 폭넓게 표현되었다.

지금까지 호랑이의 이야기와 그림에 대한 연구는 활발하였지만, 호랑이탈굿과 호랑이탈춤 및 호랑이탈에 대한 연구는 부진한 편이다. 따라서 호랑이탈굿과 호랑이탈춤에 대해서는 인간과 호랑이의 관계, 곧 호랑이에 대한 인간의 인식 태도에 초점을 맞추고, 호랑이탈은 표현기법이 사실적이냐 양식적이냐에 초점을 맞추어 분석하고 상호 대조한다. 그리하여 호랑이의 예술적 표현 방식과 그 미학적 특징을 파악한다.

2. 호랑이탈굿과 호랑이탈춤에 나타난 인식 태도

1) 호랑이에게 피보호 의식을 투영시킨 호랑이탈굿과 호랑이탈춤

인간은 강자의 보호와 지배를 받으려는 심리적 성향이 있는데, 호랑이를 신격화하거나 벽사적인 동물로 관념화하였다. 경상북도 강사리의 범굿은 '호탈굿', '범탈놀이', '호탈놀이'로도 불리는데, "옛날에는 호랑이가 마을사람이나 가축을 해쳤기 때문에 소를 잡아 굿을 한 후에 호랑이가 내려오다가 먹고 가라고 소머리를 마을 뒷산 중턱에 묻었다"[1]고 하여, 호신(虎神)에게 소머리를 제물로 바쳐 호환을 예방하려는 호신제(虎神祭)를 거행하였음을 알 수 있다. 강사리별신굿에서 바닷가에 굿당을 설치하고, 제상(祭床)에는 양쪽에 식칼 두 개를 꽂은 소머리와 간단한 제물을 올리고, 제상 밑에는 소나무가지를 쌓아 호랑이가 드나드는 산중(山中)을 만든다.[2] 골매기서낭신을 맞이해 오기 위한 굿당의 제단에 호신에게 바칠 소머리를 진설하고, 호신이 오는 길을 만드는 것이다.

강사리 별신굿은 기본적으로 골매기서낭신을 맞이하여 오신(娛神)한 다

1 『강사리 범굿』(한국의 굿 11), 열화당, 1989, 16쪽.

2 위의 책, 같은 쪽 참조.

음 회송시키는 마을굿인데, 호환을 예방하기 위하여 호신제와 범탈굿을 한다. 호신제는 호신에게 소머리를 제물로 바쳐 호신의 환심을 삼으로써 호환을 예방하려는 제의라면, 범탈굿은 호랑이를 총으로 사살하여 호환을 예방하려는 제의극이다. 전자는 종교 의식이고, 후자는 주술 행위다.

전라남도 여천 지방 백초 농악의 가장놀이에도 소, 곰, 사자, 말과 함께 호랑이의 탈이 등장하는데, 호랑이놀음은 암수 두 마리가 '처음에는 느릿하게 우스꽝스러운 춤을 추다가 암컷 · 수컷이 한동안 싸우고 마지막에는 애무하는 형용으로 끝을 맺는다.'[3] 이는 하회별신굿탈놀이의 주지마당에서 암수 주지가 춤을 추다가 싸움을 하고 성행위를 모의하는 것과 동일한 양상을 보인다. 곧 백초 농악의 동물놀이들은 '춤 - 싸움굿 - 화해굿'과 같은 굿의 순차 구조로 연행되며, 이러한 동물탈놀이에 의해 풍요다산을 기원하는 것이다. 그런데 백초마을이 조선 시대 때 군마(軍馬)를 기르던 곳이라는 사실과 아울러 『시용향악보』에 「군마대왕」이라는 궁중무가가 기록되어 있는 점을 감안하면, 백초 농악의 말, 소, 호랑이, 사자, 곰 등은 단순한 가축이나 야생 동물이 아니라 신격화된 동물들이라고 볼 수 있다.

2) 호랑이에게 피해의식을 투사시킨 호랑이탈굿과 호랑이탈춤

포식자인 호랑이에 대한 피해 의식에서 호랑이를 사살하거나 퇴치의 대상 또는 조롱의 대상으로 격하시킨 경우로 다음과 같은 사례들이 있다.

(1) 사호무(獅虎舞)

호랑이춤이 사자춤과 결합된 사호무에 대한 최초의 기록은 김수장(1690~?)이 사월 초파일의 연등회 광경을 표현한 사설시조에서 "사자(獅子)

3 정병호, 『농악』, 열화당, 1986, 262쪽 참조.

탄 체괴리요 호낭(虎狼)이 탄 오랑ᄏᆡ라"라고 사호무를 표현한 것이다.[4] 18세기 전기의 김수장의 시조 이후에 사호무는 18세기 후기의 류득공(1749~?)의 『경도잡지(京都雜志)』와 18세기 말기의 「화성낙성연도(華城落成宴圖)」[5]에서 확인된다. 『경도잡지』에는 "연극에는 산희와 야희가 있는데, 나례도감에 속하며, 산희는 채붕을 만들고 휘장을 늘어뜨리며, 사호무와 만석승무를 공연한다(演劇有山戲野戲兩部 屬於儺禮都監, 山戲結棚下帳, 作獅虎曼釋僧舞)"라고 기록되어 있다. 그리고 「화성낙성연도」에는 사자는 네 다리를 땅에 딛고 서 있고, 호랑이는 엉덩이를 땅에 댄 채 앞 다리를 펴고 앉아 있다. 사자는 서 있고, 호랑이는 앉아 있는 것은 사자가 우세하고 호랑이가 열세라는 사실을 시사한다. 사호무는 사자와 호랑이가 춤을 추고 싸움을 벌인 끝에 사자가 호랑이를 이기는 것으로 끝맺는 놀이로 추정된다. 몰이꾼 4명은 제각기 손에 채찍을 들었다. 몰이꾼 가운데 한 사람은 구경꾼이 앞으로 나오지 못하도록 막고 있다. 사자와 호랑이의 몰이꾼에 장내 질서를 유지하는 역할도 수행한 것이다. 그리고 이러한 사호무가 두 개의 채붕 앞에서 공연되었다. 그런데 사호무에서의 사자의 우세는 사자가 불법 수호신이면서 동시에 왕권 수호자이기 때문인 것으로 사료된다.

(2) 민속탈놀이의 사자·호랑이놀이

조선 후기의 산대놀이에 들어있던 사호무의 전승은 단절되고, 수영들놀음의 사자 마당에 그 잔영을 남기고 있다.

> 거대한 사자가 춤을 추며 등장한다. 사자 가면은 수영야류 가면 중 제일 큰데 사자 두부(頭部)에 한 사람, 마대(麻袋) 혹은 담요로 만든 몸체에 한 사람, 꼬리 쪽에 한 사람, 모두 세 사람이 들어간다.

---

4 이 책의 99쪽 참조.

5 화성의 성역(城役)은 1796년에 완공되었다.

다른 사자춤과 마찬가지로 몸체 속에 들어간 세 사람들끼리 조화된 춤을 춰야 한다. 응박깽깽조의 굿거리장단에 맞추어 막둑이가 사자를 몰고 등장하면, 사자가 음악에 맞추어 한참 춤을 추면서 장내를 돌고 있을 때, 범이 범춤을 추면서 등장한다. 이 때 막둑이는 자리를 비켜 주고 사자와 범은 서로 으르렁대며 격투난무(格鬪亂舞)한다.

일장 난투무 끝에 마침내는 범이 사자에게 잡혀 먹힌다. 범은 사자 몸속에 들어간 채 사자는 범을 끼고 춤추면서 서서히 퇴장한다.[6]

이러한 사자무의 형성에 대해서 현지인들은 "수영 동남쪽의 백산이 지세로 보아 수영의 앞산인데도 불구하고 그 형상이 마치 사자가 마을을 등지고 달아나는 모양이므로 그 사자신을 위무하기 위하여 제수(祭需)로 범을 바쳐 치제(致祭)하는 놀이"[7]라고 말한다. 또는 '백산의 산신이 왜적으로부터 수영을 수호하는 뜻으로 사자가 범을 잡아먹는다'[8]라고도 말한다. 이처럼 사호무가 수영에서 민간 신앙과 결합하면서 사자가 산신이 되고, 호랑이는 오히려 퇴치의 대상으로 전락하였다. 사자는 불교를 상징하고 호랑이는 토착 신앙을 상징한다고 보면 사자와 호랑이의 싸움에서 호랑이가 패배하는 것은 불교문화가 토착문화를 흡수하고 지배하게 된 역사적 변동을 상징적으로 반영한다는 풀이도 가능하다.[9] 그런데 사자가 호랑이보다 우세하다는 관념은 경북 옥산마을에 범바위가 있는 탓으로 호랑이가 극성을 부려서 마을사람들이 가난하였기 때문에 이언적(李彦迪; 1491~1553)이 범바위 건너편의 바위를 사자바위라 이름붙인 이후로 호랑이의 극성이 덜해졌다는 전설[10]에서도 확인되어 보편적이었던 것 같다.

---

6 이두현, 『한국가면극선』, 교문사, 1997, 392~393쪽.
7 이두현, 『한국의 가면극』, 일지사, 1979, 258쪽.
8 위의 책, 258쪽 참조.
9 박진태, 『한국가면극연구』, 새문사, 1985, 124쪽 참조.
10 김호근 · 윤열수 엮음, 앞의 책, 77쪽 참조.

한편 김해의 「가락오광대」에도 「수영들놀음」의 사자 마당과 내용이 흡사한 사자 마당이 성립되어 있고, 「통영오광대」에서는 담비(호랑이)를 잡아먹은 사자를 포수가 총으로 사살하는 내용으로 변이를 일으켰다. 그런데 '호랑이 - 사자', 또는 '호랑이 - 사자 - 포수'의 관계는 이중적인 의미를 지닌다고 보아야 할 것 같다. 호랑이, 사자, 포수가 동일하게 벽사의 구실을 수행하는 측면과 '호랑이<사자'나 '호랑이<사자<포수'로 악귀의 퇴치를 극화한 측면이다. 하회별신굿탈놀이의 암주지와 숫주지의 싸움이나 양주별산대놀이의 '상좌 - 옴중 - 목중 - 연잎 · 눈끔적이'의 싸움도 이와 마찬가지로 벽사의 존재라는 점에서는 동격이면서 힘에서는 우열 관계라는 이중성을 띤다. 곧 모든 탈들이 단독으로 벽사탈로서 사용되기도 하고, 또는 두 개 또는 그 이상이 결합되어 '피퇴치자<퇴치자'의 관계로 놀이화되기도 하는 것이다.

(3) 호탈굿

앞에서 호신제를 분석하며 언급한 호탈굿에 대해서 좀더 정밀하게 살펴보기로 한다.

> 창호지에 범 무늬를 그려 만든 탈과 옷을 입고 김복룡 양중이 소나무가 우거진 제상 밑을 어슬렁거리며 들어온다. 김용택 양중은 포수차림으로 굿당 안에서 막대기(총)를 들고 범사냥 간다고 설친다. 범은 들어오다가 닭을 발견하고는 입에 물고 굿당 안으로 들어온다. 사냥꾼이 범을 발견하고 '땅'하고 입으로 총소리를 내면 범은 버둥거리다가 죽는다. 사냥꾼은 범의 가죽을 벗겨 동네사람들에게 판다. 동네사람들은 굿당 밖에 나가 호랑이 가죽을 태운다.[11]

11 『강사리 범굿』(한국의 굿 11), 52쪽.

호랑이는 가축을 해치는 맹수이기 때문에 사냥꾼이 호랑이를 사살하는 행위를 모의적으로 연출하여 현실에서 실제로 그와 같은 효험이 발생하길 비는 것이다. 그런데 이러한 호탈굿을 "동트기 전 흐릿한 불빛에서 마지막 거리인 거리굿 앞에서 하는 것이 상례"[12]라는 말은 굿을 하는 시각과 순서 두 가지 면에서 호탈굿에 관한 중요한 정보를 제공한다. 첫 번째가 호탈굿을 하는 시각인데, 호랑이가 야행성 동물이므로 날이 밝으면 활동하지 못하기 때문에 밤에서 낮으로 변하는 시각에 호탈굿을 하여 호랑이가 호환을 일으키지 못하게 하려는 의도를 읽어낼 수 있다. 두 번째가 호탈굿을 하는 순서로 잡귀잡신을 풀어먹여 보내는 거리굿의 바로 앞에서 연행함으로써 호탈굿에서도 호환을 당한 원혼들을 위로하여 돌려보내려 한 점이다. 호탈굿에서 호환의 희생자들을 물리는 사실은 다음과 같은 무가의 사설에 선명하게 나타난다.

> 000을 불러 주자 총간에 갑을병정무기경신임계지리 자축인묘진사오미신유술해 상에 만인 호석(虎食)해 가든 영가(靈駕)털 불러 줍시다아-아
>
> -중략-
>
> 마을에 아히들 모두 물어가고 호석해도 가고 늑대도 물어가고-
>
> 그 혼신들 모두 불러 주면은-
>
> 이 강사2리 대동 안에는 어업과 농업과 상업과 공업과 해업과 모두 잘 되어 달라꼬오
>
> 이 호랑이 범굿 혼신 수부사자 불러 줍니더어-[13]

호랑이를 퇴치하는 굿에서 호환당한 원귀들을 해원시켜 퇴송시키는 것

12 위의 책, 52쪽.
13 위의 책, 81~82쪽.

이다. 이처럼 강사리 범굿에는 호신에게 제물(쇠머리)을 봉헌하는 호신제, 주술원리에 의해 호랑이를 퇴치하는 제의적인 연극, 호환의 피해자들을 해원시켜 저승으로 보내는 위령제가 복합되어 있다. 요컨대 범굿의 호랑이춤은 호신의 춤이 아니라 인명과 가축을 해치는 맹수로서의 호랑이춤인 것이다.

(4) 호랑이사냥놀이

1865년 경복궁 중건 당시 공연되었던 산대놀이를 기록한 「기완별록(奇玩別錄)」에는 호랑이사냥놀이가 묘사되어 있다.

어ᄂᆡ ᄑᆡ(牌) ᄉᆞᆫ힝(山行)노리 쳔연히 꾸며쓰니
(중략)
포슈놈의 거동보소 ᄉᆞᆫ힝제구 가관이라
반물 누비 두룽다리 눈셥가지 눌러 쓰고
금향빗 두루막이 의뭉스레 입어쓰며
남날ᄀᆡ 등에 지고 귀약통 엽히 ᄎᆞ고
화승에 불 다려서 단단이 팔에 걸고
조총에 ᄌᆡ약ᄒᆞ야 실슈 업시 쥰비하고
다북솔 펴구 밋히 눈치 잇게 숨어쓰며
(중략)
총즁에 즛구즌 놈 예설 구즌 작ᄂᆞᆫ으로
회피(虎皮)를 뒤여 쓰고 밀이 ᄆᆡ복ᄒᆞ엿다가
불의에 호통ᄒᆞ고 박즐을 듯 ᄂᆡ다르니
(중략)
방포(放砲)일성(一聲) 놀ᄂᆞ왜라 져 호랑이 마즌 쳐로
소ᄅᆡ치고 구러지니 포슈놈이 다라드러
총ᄃᆡ로 싸리ᄂᆞᆫ 체 장도(長刀)로 지르ᄂᆞᆫ 체

열어 군인 써메오고 도청(都廳)에 밧치는 체
한마당 별포셔에 파적도 즐 ᄒᆞ거다[14]

포수가 조총(화승총)으로 호랑이—호피를 뒤집어써서 분장한다—를 사살하여 도청에 바치는 과정을 골계적으로 연출하였는데, 무동을 탄 채 보라매를 부리는 아이, 몰이꾼과 사냥개, 사냥한 호랑이를 운반하는 군인들이 함께 등장하였다. 이 호랑이사냥놀이는 "동물과 인간의 싸움이라는 원초적인 의미를 벗어나 생계유지의 한 방편인 사냥 행위를 풍자"[15]한 것이라는 해석도 있으나, 경복궁 공사가 성공적으로 이루어지길 기원하는 뜻에서 악을 상징하는 호랑이를 퇴치하는 벽사의 의미도 지녔다고 보아야 할 것이다.

1930년대 중엽의 조사 보고에 따르면 전라남도와 함경북도에도 호랑이탈이 전승되고 있었다.

전라남도 광주 지방에서 정월에 호랑이나 토끼 등의 가면을 쓰고 익살스러운 몸짓으로 사람들을 웃기는 광대놀이를 하였다.[16]

이 사자놀음을 행하는 지역은 거진 북청군하의 전부인데, …정월 상원날 저녁에 적(笛), 장고, 소고의 악기 반주 하에 토(兎), 호(虎), 장(獐) 급(及) 꺽쇠, 양반, 노인, 승(僧)의 가면, 가장(假裝)을 한 무용단이 가가마다 돌아다니는데…[17]

광주에서는 농악놀이에서 호랑이탈놀이가 연행되었던 것 같고, 북청에

14 사진실, 『공연문화의 전통』, 태학사, 2002, 379~381쪽에서 재인용.
15 위의 책, 383쪽.
16 무라야마 지준(村山智順) 편; 박전열 역, 『조선의 향토오락』, 집문당, 1992, 195쪽.
17 송석하, 『한국민속고』, 일신사, 1960, 196쪽.

서는 사자놀음에서 호랑이탈을 쓴 인물이 들어있었던 것 같다. 그러나 두 지역 모두 포수가 호랑이를 사냥하는 놀이였는지는 불확실하다. 그렇지만 농사를 위협하거나 인명과 가축을 해치는 동물을 퇴치하는 주술적인 즉흥극을 연출하였을 개연성을 인정할 수 있다.

3. 호랑이탈의 조형적 특징

1) 한국의 호랑이탈

18세기 사호무의 그림을 보면, 호랑이탈이 사자탈보다 작고, 호랑이는 전신이 줄무늬이고, 꼬리는 둥글고 긴 데 비해 사자는 점박이이고 짧은 꼬리에 긴 꼬리털이 무성하게 달려 있어서 쉽게 판별할 수 있다. 그렇지만 18세기 호랑이탈의 재료와 제작법에 대한 구체적인 정보는 없다. 현대의 호랑이탈은 동해안 별신굿의 범탈은 한지로 만들어 채색하고, 수영·가락·통영의 호랑이탈(또는 담비탈)은 대소쿠리에 한지를 바르고 채색하여 만든다.

먼저 「수영들놀음」의 호랑이탈을 보면, 1963년과 현재의 제작법이 다르다. 1963년의 탈은 갈색 바탕에 귀는 만들어 붙이고 눈·코·입과 눈썹·수염·털을 모두 검은 먹물로 그렸다. 그리고 눈동자의 바로 아래에 초승달 모양의 구멍을 뚫어 탈꾼이 밖을 내다볼 수 있도록 하였다. 그러나 현재의 탈은 갈색 바탕에 검은 먹으로는 얼굴과 콧등의 반점을 찍고 입 아래의 수염을 그리고, 흰색으로는 콧수염을 위로 치솟게 그리고, 은박지를 붉은 색의 눈 가장자리에 붙여 둥글게 테를 둘렀다. 입의 양쪽 끝은 위로 향하게 찢어지고, 입술은 붉은 색으로 칠하고, 이빨은 없어서 민화에 나오는 호랑이처럼 골계적인 표정이다. 몸집은 연한 황갈색의 마대로 만들고 호랑이의 줄무늬가 아니라 표범처럼 검은 점을 무수히 찍었고,

춤꾼은 한 사람이 들어갔다.[18]

그러나 「통영오광대」의 호랑이탈은 1964년의 보고서에는 대소쿠리에 종이를 입히고 황토색과 홍청색(紅靑色) 등의 채색을 하였다. 눈썹을 달고, 양철로 만든 눈은 뚫지 않고, 흰 이빨을 드러내었다. 검붉은 머리털과 이마에 방울 15개를 달았고, 두 귀는 모피로 만들어 붙였다. 그리고 몸집은 긴 자루에 청색·황색·홍색·흑색 등의 무늬를 그려 만들었고, 그 속에 한 사람이 들어갔다.[19] 그러나 현재는 황색 바탕에 흑색·백색·홍색으로 줄무늬와 수염을 그리고, 눈과 입은 흰색을 칠하여 돌출되어 보이게 한다. 눈은 뚫고, 흰 이빨을 드러낸다. 그리고 사자처럼 붉은 삼실(麻絲)로 갈기를 만든다.[20]

특히 통영 탈에서 호랑이와 사자의 탈이 조형적인 측면에서 상호 침투작용을 일으켜 사자탈은 호랑이탈과 유사해지고, 호랑이는 사자처럼 갈기가 달렸다. 그러나 수영 탈은 귀와 눈과 코와 입은 큰 차이가 없지만 얼굴형에서 호랑이는 둥글고, 사자는 이마의 좌우 폭이 턱의 좌우 폭보다 좁은 사다리꼴이며, 갈기가 있는 점에서 확연한 외형적 특징을 보인다. 표현 기법 면에서 보면, 수영 탈은 사실적으로 호랑이얼굴을 재현하려 하였고, 통영 탈은 양식적으로 표현하였다. 탈의 크기는 수영 탈이 길이 33cm, 너비 30cm이고, 통영 탈은 길이와 너비가 모두 40cm이다. 사자탈의 경우 수영 탈이 길이 55cm, 너비 52.5cm이고, 통영 탈이 길이 58cm, 너비 33cm이어서 호랑이탈은 사자탈보다 작게 만들어진다. 몸집도 사자는 2~3명이 들어가는 데 비해서 호랑이는 1명이 들어간다. 이처럼 외형부터 호랑이를 사자에 비해 왜소하게 만들어 둘 사이의 역학 관계를 시사한다.

---

18 정상박, 『수영야류』, 화산문화, 2001, 99쪽의 글과 사진 참조.
19 이두현, 『한국가면극』, 문화재관리국, 1969, 337쪽 참조.
20 박진태, 『통영오광대』, 화산문화, 2001, 89쪽의 사진 참조.

이는 사자·호랑이놀이에서 하나같이 호랑이가 사자와 대결하여 패배하는 사실과 대응되는데, 조형적인 측면이나 극적 대결에서 호랑이가 사자에 비해 열세인 것은 사자가 대변하는 불교문화가 호랑이가 대변하는 토착문화를 흡수하고 지배한 데 기인한다는 해석[21]이 가능하지만, 그보다도 호랑이탈이 신격화된 호랑이가 아니라 인명과 가축을 해치는 맹수로서의 호랑이의 탈이라는 사실에서 그 원인을 찾을 수 있다. 다시 말해서 외경과 숭배의 대상으로서의 호랑이가 아니라 전승 집단이 피해 의식을 느끼고 퇴치하길 염원하는 호랑이이기 때문에 호랑이를 왜소한 존재로 형상화하였다는 해석도 가능하다.

2) 만주에서 수집된 호랑이탈

「그림1 : 북한 지역 탈로 추정되는 시베리아호랑이 탈/대구대학교 박물관」

---

21 박진태, 『한국가면극연구』, 새문사, 1985, 124쪽 참조.

대구대학교 박물관이 만주의 연길 지역에서 수집한 호랑이탈 5점은 사실적인 탈이 1점, 흑색 계통의 탈이 2점, 적색 계통의 탈이 2점인데, 흑색 계통의 탈과 적색 계통의 탈이 한 짝이 되어 발견되었으며, 더욱이 적색 계통의 탈 하나는 북한 지역 호랑이탈(그림1)이라는 증언[22]도 있어 한국 호랑이탈을 시베리아 호랑이의 범주 속에서 이해해야 할 필요성을 제기한다. 그림1의 호랑이탈은 나무탈인데, 이마 · 미간 · 코 · 윗입술은 적갈색, 안구 · 뺨 · 눈썹의 아랫부분은 흑색, 눈썹의 윗부분은 백색, 이마 위쪽의 혹 다섯 개는 남색이 칠해져 오방색 가운데 황색을 제외한 나머지 네 가지 색으로 채색되어 있다. 이마의 중앙에는 '왕(王)'자가 원 안에 부조(浮彫)되어 있고, 눈썹은 불꽃이 세 개인 화염상(火焰狀)이고, 눈은 둥근 통방울눈이고, 콧등은 푹 꺼지고 콧날은 짧고, 콧방울은 둥글고, 코끝은 납작하다. 그리고 위턱은 인중이 짧은데, 마치 주걱의 끝부분과 같다. 전체적으로 좌우 대칭형인데, 두상(頭狀)이나 이목구비가 원형(圓形)이고 곡선적이어서 맹수의 얼굴이라기보다는 온순하고 친밀감을 느끼게 하는 동물의 모습이다. 모든 호랑이의 이마에는 '왕(王)'자 무늬가 있고, 그 아래에 '대(大)'자 무늬가 있는데, 이 '대왕(大王)'무늬를 호랑이가 '백수(百獸)의 왕'이라는 징표로 인식한다. 특히 시베리아 호랑이에 속하는 백두산 호랑이는 이 대왕무늬가 비교적 더 선명하다.

그림1의 적색 계통 호랑이탈과 함께 발견된 흑색 계통 호랑이탈도 이마에 '왕(王)'자가 있는데, 바탕색이 적색인 원 안에 황색으로 부조되어 있다. 안색은 흑색이고, 눈은 검은자위는 둥글게 튀어나오고 흰자위 부분은 다섯 겹으로 나누어지는데, 2겹은 백색이고 3겹은 적색이어서 충혈(充血)된 야수의 눈이다. 눈썹은 다섯 개의 불꽃으로 이루어진 황색의 화염상이고, 콧날은 짧고 콧등과 코끝이 납작하고 뭉뚝하다. 얼굴은 전체적으로

22 신원 미상의 수집가의 증언에 의거해 잠정적으로 북한 지역 호랑이탈로 보는 입장을 취한다.

위가 넓고 아래가 좁은 사다리꼴이고, 눈과 눈썹이 V자형으로 끝이 치솟아 좌우 대칭을 이루어 위엄과 용맹성이 부각된 맹수의 얼굴로 조형화되었다. 색채 면에서는 오방색 가운데 청색이 빠졌다.

이들 두 호랑이탈은 오방색을 기본으로 한 점에서 벽사탈일 개연성이 큰데, 전자는 적색을 주조로 하고 후자는 흑색을 주조로 하여 '남방/북방'의 대립 관계를 함축하고 있다.[23] 『삼국사기』에 의하면 고구려 유리왕 때 검은 개구리의 무리와 붉은 개구리의 무리의 싸움에서 검은 개구리의 무리가 패배하여 죽은 자연현상을 두고서 북방의 북부여가 파멸할 징조로 해석하였고,[24] 대무신왕 때에는 머리는 하나이고 몸이 둘인 붉은 까마귀를 두고서 부여의 대소는 '까마귀의 몸이 흑색에서 적색으로 변하고 두 개의 몸이 한 개의 머리로 합쳐진 것은 북방의 부여가 남방의 고구려를 통합할 징조'라고 해석하고, 고구려에서는 반대로 '흑색이 적색으로 변하였고, 적색은 상서로운 색채이니 고구려가 부여를 멸망시킬 징조'로 해석하였다.[25] 그런가 하면 경북 영양군 일월면 주곡동과 가곡동은 마을의 위치가 남과 북의 관계인데, 주곡동의 여서낭신은 적색 치마를 입고, 가곡동의 남서낭신은 흑색 치마를 입는다. 모두 남북(南北)의 방위를 적흑(赤黑)의 색채로 상징한 사례들이다.[26]

---

23 두 탈의 대립적 관계는 이 탈들이 모두 만주 지역의 탈이거나, 아니면 둘 다 북한 지역의 탈이거나 할 개연성을 강력하게 시사하는데, 탈의 수집자는 적색탈은 북한 지역의 탈이고, 흑색탈은 연길 지역에서 입수하였다고 말하였지만 더 이상의 확인은 불가능한 실정이다. 아무튼 만주가 역사적으로 고조선·부여·고구려·발해의 강역이었고, 시베리아호랑이의 분포권이며, 북한 지역민이 이주한 지역인 사실들은 두 호랑이탈들의 역사적·문화적 연고성과 친연성을 시사한다.

24 이병도 역주, 『국역 삼국사기』, 을유문화사, 1980, 225쪽 참조.

25 위의 책, 228쪽 참조.

26 박진태, 『탈놀이의 기원과 구조』, 새문사, 2000, 35쪽의 각주(2) 참조.

「그림2 : 중국 호랑이의 탈/대구대학교 박물관」

그림2는 안면은 전체적으로 적갈색이고 눈과 눈썹은 흑색이며 이마에는 흑색으로 '王'자가 씌어 있고 머리털과 턱수염이 곱슬곱슬하고 두 귀는 호랑이귀를 하고 있다. 그런데 이 탈은 시베리아 호랑이탈이 아니고 남방의 중국호랑이탈로 보인다. 중국 호랑이는 양쯔강 이남의 중국 영토에 서식하는 호랑이인데, 안순 지역 지희(地戱)에 사실적인 기법의 호랑이탈이 다수 등장한다. 대부분이 황색 계통인데,[27] 노호(老虎)의 안색은 흑색이다.[28] 그리하여 '황색/흑색'의 대립이 '젊음/늙음'의 대립을 상징한다는 해석이 가능하다. 그리고 이러한 해석의 타당성을 인정하면 시베리아 호랑이의 '적색/흑색'도 '남방 · 여름 · 젊음/북방 · 겨울 · 늙음'을 상징한다는 해석이 가능하다.

그런데 안동 '하회동탈박물관'에 소장되어 있는 호랑이탈 2점이 골계적

27 심복형 편, 『안순지희연구』, 숙형출판사, 1994, 112 · 160 · 171 · 179 · 190 · 195 · 199 · 231쪽의 사진 참조

28 위의 책, 179쪽 사진 참조.

인 표정을 하고 있어서 맹수의 표정을 하고 있는 대구대학교 박물관의 탈들과 대조를 이루어 주목된다. 그런데 이러한 현상은 민화에서 민중 의식에 의해 호랑이가 골계적인 모습으로 변모한 사실만이 아니라 경주 장항리 절터에 남아 있는 8세기경의 사자 석상(獅子石像)이 앉은 채 상체를 들고서 왼발은 내뻗어 상대를 제어하고 오른발은 굽혀 상대를 가격하려는 자세를 취하고, 눈은 부리부리하지만, 입을 살짝 벌려 이빨과 혀를 드러내어 익살스런 표정을 짓고 있는[29] 사실과도 관련시키면 무서운 맹수의 얼굴이 익살스런 표정으로 변모한 미술사의 한 단면을 엿볼 수 있다. 그뿐만 아니라 색채 면에서 흑색 탈(그림3)과 적색 탈(그림4)로 대립되는 한 쌍을 이루고 있는 사실도 결코 간과할 수 없다.

결국 중국 만주 지역에서 수집되어 국내 박물관에 소장되어 있는 나무 호랑이탈들은 사실적인 탈과 양식적 · 상징적 탈로 양분되고, 후자는 다시 '적색 탈/흑색 탈', '외포(畏怖)의 표정/ 익살스런 표정'으로 대립되는 사실이 밝혀진 셈이다.

끝으로 지금도 만주 지역에서는 이마에 '왕(王)'자가 그려진 호신(虎神)의 탈[30]이 제작되고 있는데, '왕(王)'자가 이마에 쓰인 나무탈들이 호랑이탈임을 입증해주는 결정적 증거가 된다. 그러나 색채상징은 보여주지 않는다. 한국의 탈도 '노장/취발이'가 '흑색 · 겨울 · 늙음/적색 · 여름 · 젊음'의 상징체계를 보이는[31] 바, 북한 지역의 호랑이탈도 '흑색/적색'의 색채상징이 존재하였을 개연성은 충분히 인정된다. 다시 말해서 만주와 북한 지역이 공통적으로 시베리아 호랑이의 서식지에 속하며 지리적으로 인접하고 있기 때문에 호랑이탈 예술도 공유하였을 개연성이 크며, 따라서 그

29 『신라의 사자』, 국립경주박물관, 2006, 38 · 39쪽 참조.

30 왕송림(王松林) 찬, 『중국만족면구예술』, 요령민족출판사, 2002, 11쪽과 39쪽의 사진 참조.

31 조동일, 『탈춤의 원리 - 신명풀이』, 지식산업사, 2006, 169쪽과 박진태, 「한국 탈의 조형미와 상징성」, 『아시아탈의 문화재적 가치와 현대적 활용』(대구대학교중앙박물관 주최 국제학술대회 발표논문집), 2007, 8쪽 참조.

림1의 호랑이탈을 북한 지역의 탈로 보아도 무방할 것 같은데, 이에 대해서는 앞으로 자료를 더 보완하여 철저하게 고증할 필요가 있다.

「그림3 : 시베리아호랑이 탈/하회동탈박물관」

「그림4 : 시베리아호랑이 탈/하회동탈박물관」

「그림5 : 만주 호신탈/『중국만족면구예술』」

「그림6 : 만주 호신탈/『중국만족면구예술』」

제10장 마산오광대의 연희성

1. 「마산오광대」의 전승과 연구 실태

「마산오광대」는 송석하가 『조선민속』(1933) 창간호에 게재된 「오광대소고(五廣大小考)」에서 당시 마산에 거주하던 석정(石町) 김순일(金珣壹; 1884 - 1960)의 증언에 근거해서 「창원(昌原)오광대」는 「초계(草溪)대광대」에서 습득한 것이라고 기록한 것[1]에서 최초로 그 존재가 확인된다. 그 후 최상수(崔常壽)가 1936년 8월에 김순일을 대상으로 재조사를 실시하여 구술한 것을 채록하고, 1957년에 추가 조사하여 내용을 보완하였는데,[2] 이것이 현존하는 유일한 「마산오광대」의 대본이다.[3] 그리고 탈은 상좌를 제외한 오방신장(5개), 노장, 문둥이, 양반 일행(청보양반, 차양반, 눈머리떼, 턱까불, 콩밭골손, 초라니, 홍백), 말뚝이, 할미, 제물집, 사자, 담비가 확인된다.[4] 그러나 「마산오광대」의 연행은 중단되고, 단편적인 기록들만 산재해 있다.

「마산오광대」는 음력 3월 그믐에서 4월 초순에 걸쳐 거행된 풍어제인 별신굿을 한 뒤 자산동(慈山洞) 놀이터 - 서원(書院)골 - 에서 공연하였다고 한다.[5] 자산동 타작(打作)마당(놀이터?)에서 주과포(酒果脯)를 진설하고 연희

---

1 송석하, 「오광대소고」, 『조선민속』 제1호, 조선민속학회, 1933, 21쪽의 본문과 25쪽의 각주(5) 참조.

2 최상수, 『야유 · 오광대가면극의 연구』, 성문각, 1984, 73쪽 참조.

3 「마산오광대」의 채록본은 최상수본이 유일하여 정확성과 신뢰성에 대한 의문이 제기된다. 전승도 단절되고 증언해줄 제보자도 부재한 가운데 구비문학의 특징인 전승성과 변이성에 대한 확인이 불가능한 실정이다. 따라서 이 논문은 자료 면에서 이러한 위험 부담을 안고 출발할 수밖에 없다.

4 「마산오광대」의 탈은 최상수, 『한국가면의 연구』, 성문각, 1984, 136 - 147쪽에 칼라사진이, 215~217쪽에 해설이 있다. 영노는 탈이 없고 보자기나 두루마기를 뒤집어썼다.

5 최상수, 「민속극」, 『경상남도지』(하), 경상남도, 1964, 63쪽 참조.

자 일동이 산신제(山神祭) 고사(告祀)[6]를 지내어 동네가 무사태평하고 오광대 공연을 무사히 마치게 해 달라고 기원할 뿐만 아니라, 예전 연희자들의 혼령을 위로하였으며, 무녀를 불러 거리제(祭)를 지내고, 망상(望床)을 차려놓고 참가자 전원이 느린 굿거리장단에 맞추어 덧보기춤을 한바탕 추었다고 한다.[7] 이처럼 「마산오광대」도 산신제, 별신굿, 거리제와 같은 동제나 무당굿과 관련이 있기 때문에 제의적 맥락과 주술・종교적 의미를 고려해야 할 것 같다. 그러나 무당이 아니라 마을사람이 주동이 되었기 때문에 세속성과 오락성도 지녔을 것이다. 놀이마당으로는 오방신장 마당, 중 마당, 문둥이 마당, 양반 마당, 영노 마당, 할미 마당, 사자 마당 등 7마당이 성립되어 있어 오광대와 들놀음 중에서 놀이마당이 가장 풍부하다.

「마산오광대」는 민속 탈놀이로서 전승이 중단되고 제보자로 적합한 생존자가 없기 때문에 생동하는 공연 현장의 관찰은 물론이고 면담 조사조차 불가능한 상황이다.[8] 다만 최상수의 채록본만이 유일하게 화석화된 희곡 형태로 남아 있는 실정이다. 이런 이유로 「마산오광대」에 대한 민속학적・구비문학적・연극학적 연구가 부진하였다.[9] 그간 민속 탈놀이 연구에 있어서 학문적 관심이 무형 문화재로 지정된 작품에 편중된 경향이

6 '산신제 고사'가 동제(洞祭)의 산신제인지, 오광대의 탈고사에서 동신인 산신에게도 기원한 것인지, 아니면 동제와 탈고사가 결합된 것인지는 확인하기 어렵다.

7 위의 책, 68쪽 참조.

8 「마산오광대」의 연희자나 제보자는 김순일(송석하, 앞의 논문, 25쪽과 최상수, 『야유・오광대가면극의 연구』, 73쪽)과 이군찬・이하선・정창술(이두현, 『한국의 가면극』, 일지사, 1979, 250쪽), 그리고 김정률(탈 제작)・김우일・김봉규・김상도・이개동(서연호, 「밤마리・창원・의령・진주오광대놀이」, 『월간문예진흥』53, 한국문화예술진흥원, 1979, 74쪽) 등이 확인되었다. 그런데 「창원오광대」와 「마산오광대」가 동일한 것인지 별개의 것인지도 불분명하다. 왜냐하면 마산 출신 김순일이 「마산오광대」의 창시자라고 하지만, 창원의 이군찬이 초계에서 오광대를 배워왔다는 설도 있기 때문이다.

9 「마산오광대」를 연구한 논문은 김영일, 「마산오광대의 비교연구」(『가라문화』제15집, 경남대학교 가라문화연구소, 2001, 5~32쪽)와 김지민, 「마산오광대의 연희양상과 특성연구」(노성미 외, 『마산성신대제연구』, 마산문화원, 2008, 145~196쪽)가 있는 정도이다.

심해서 무형 문화재로 지정받지 못하였거나 전승이 중단된 작품들에 대한 논의는 지극히 저조하였다.[10] 물론 철저한 현지 조사와 문헌적 고증을 거쳐야 연구의 정확성과 타당성이 담보되지만, 불완전하고 미흡한 대로나마 이들 작품들도 포괄해야 탈놀이의 실상을 온전하게 포착할 수 있고, 탈놀이 예술에 대한 총체적 조망도 가능해질 것이다. 따라서 「마산오광대」의 순차적 놀이 과정에 나타나는 놀이성(연희성)을 조명한다.

2. 「마산오광대」의 놀이 과정에 나타난 연희성

1) 오방신장 마당

오방신장 마당은 오방을 수호하는 방위신인 오방신장이 등장하는데, 다음과 같이 연행된다.

> 오방신장 다섯이 패랭이에다 호수(虎鬚)를 네 개씩 꽂아 쓰고, 긴 소매 달린 두루마기를 입고 나온다. 먼저 누런 복색을 입은 황제장군(黃帝將軍)이 무대 중앙에 나와 서면, 그 다음은 푸른 복색을 입은 청제장군이 동쪽에, 그 다음은 붉은 복색을 입은 적제장군이 나와 남쪽에, 그 다음은 흰 복색을 입은 백제장군이 나와 서쪽에, 그 다음은 검은 복색을 입은 흑제장군이 나와 북쪽에 서면, 각각 네 신장이 중앙의 황제장군을 보고 고개를 숙여 절을 한 뒤, 타령장단에 맞추어 한바탕 춤을 추고, 그 다음 굿거리장단에 맞추어 춤을 춘다.[11]

---

10 그런 가운데에서도 김해민속예술보존회 편, 『김해가락오광대』(박이정, 2004)와 한양명, 『예천청단놀음』(민속원, 2004)과 박진태, 「초계밤마리오광대의 유래 · 원형 · 위상」(『전환기의 탈놀이접근법』, 민속원, 2004)에서 약간의 연구 성과가 있었다.

11 최상수, 『야류 · 오광대가면극의 연구』, 133쪽. 「마산오광대」의 대본은 유일하게 이 책

오방신장이 '중앙 - 동 - 남 - 서 - 북'의 순서로 등장하여 오방진(五方陣)을 만들고 춤을 춘다. 장단은 타령에서 굿거리로 바뀌는데, 송석하에 의하면 예전에는 본영산(本靈山)과 같은 느린 장단으로 시작되었던 것 같다.[12] 오방신장 마당은 '황제장군의 등장 - 동서남북 신장의 등장 - 오방신장의 집단 무용'의 순서로 진행되어 '황제장군의 좌정과 중심차지 - 사방신장의 좌정과 주변차지 - 오방신장의 재난과 악귀 퇴치'를 표현함으로써 황제장군이 중앙에서 사방의 신장들을 통솔하여 천하를 다스리는 것을 상징한다. 그리고 공간적으로는 중심과 주변이 대립되고, 신격에서는 방위신과 악신이 대립되고, 악무(樂舞)에서는 정적이고 장중하고 경직된 미감(美感)과 동적이고 활달하고 유연한 미감이 대립된다. 심리적으로는 관중으로 하여금 처음에는 외경심과 위축감을 느끼게 하다가 나중에는 환희감과 해방감을 느끼게 한다. 긴장시켰다가 이완시켜 맺고 푸는 것이다.[13]

2) 중 마당

중 마당은 다음과 같이 연행된다.

> (앞의 오방신장이 마지막 춤을 추고 있을 때 상좌・노장중이 나오면 오방신장들은 퇴장한다.)
>
> 고깔을 쓰고 소매에 홍백(紅白) 달린(혹은 청백) 두루마기를 입은 상좌가 앞에, 그 뒤에 송낙을 쓰고, 장삼을 입고, 가사를 두르고, 목에 염주를 걸고, 팔목에는 환주(環珠)를 끼고, 허리에 붉은 띠를 맨 노장중이

의 116~132쪽에 수록되어 있기 때문에 작품 인용의 출처를 일일이 각주로 밝히는 것을 생략한다.

12 송석하, 앞의 논문, 24쪽 참조. 「마산오광대」의 오방신장마당을 제3과장이라 하여 마당의 순서가 최상수 채록본과 다르다.

13 정병호, 『한국무용의 미학』, 집문당, 2004, 329~331쪽 참조.

타령장단에 맞추어 나와 사방으로 돌아보면서 한바탕 춤〔승무(僧舞)〕을 추는데, 상좌와 중이 춤을 추면서 중타령을 한다.

(창 : 중타령)

"중 하나 내려온다. 중 하나 내려온다. 석교상(石橋上) 봄바람에 중 하나 내려온다. 장삼 소매를 펄럭이며 거들거리고 내려온다. 흔들흔들 흐늘거리고 내려온다. 저 중의 거동 봐라. 소상반죽 열두 마디 쇠고리 채에(여) 둘러 걸고 철철거리고 내려온다."

노장과 상좌만 등장하는데, 중의 세속 지향은 '절'이라는 신성하고 초월적인 공간과 '마을'이라는 세속적인 공간의 경계선에 해당하는 석교(石橋)를 건너는 행동으로 표현된다. 세속 지향이 위에 있는 신성계(절)에서 아래에 있는 세속계(마을)로 '석교를 건너 내려온다'로 표상된다. 중타령에서 '내려온다'가 6번 반복되면서 산사에서 금욕하며 수도하는 중이 봄바람이 나서 육환장을 둘러메고 장삼 소매를 펄럭이며 거들먹거리며 내려온다고 한다. 춘풍이 부는 봄날에 춘흥을 느끼고 춘정(春情)이 발동하기 때문에 엄숙하고 욕망을 억압하는 행동이 아니고 방탕하고 활력이 넘치는 거동을 하는 것이다.[14] 이처럼 「마산오광대」의 중마당은 중이 봄신명이 나서 경계를 넘어서 속세로 들어가는 과정을 극화하는데, 신성계에서 분리되어 세속계로 통합되는 전이 의식에 해당되어 구경꾼의 경악심과 호기심을 유발한다. 승속(僧俗) 내지 성속이 이질화를 극복하고 동질화되

14 김영일, 앞의 논문, 12~14쪽에서 남해안별신굿에 중광대놀이가 있고, 「마산오광대」의 중타령과 유사한 중타령이 동해안별신굿의 제석굿에서 가창되는 사실 등을 근거로 무속인에 의해 연희된 무속적 탈놀이로 추정하였다. 중탈놀이를 비롯하여 양반탈놀이와 할미탈놀이의 제의극적 성격에 대해서는 박진태, 『탈놀이의 기원과 구조』, 새문사, 1990, 92~101쪽과 162~181쪽에서 논의된 바 있지만, 「마산오광대」의 중마당은 제의성보다는 오락성이 확대되었으며, 중마당의 연희자도 무당이 아니라 동민으로 보아야 한다. 왜냐하면 하회별신굿에도 무당이 지신밟기와 허천거리굿을 하였지만, 탈놀이는 동민이 하였다. 그렇지만 마산오광대와 별신굿과의 관계는 정밀한 조사가 이루어진 다음에야 완전한 해명이 가능해질 것이다.

는 과정을 가무극으로 재현한 것이다.

그런데 중타령의 화자는 중이 아니고, 중을 바라보고 중의 행동을 서술하는 다른 인물이다. 따라서 「마산오광대」처럼 중이 중타령을 부르면, 탈꾼이 분장한 중과 노래 속의 중과 작중 화자가 모두 동일 인물이 되어 모순이 생긴다. 그래서 「김해오광대」에서 노장이나 상좌가 부르기도 하였지만, 타인이 중타령을 부르기도 하였던 것이다.[15] 이것은 단순히 중타령의 가창 능력에만 관련된 문제가 아닌 것이다.

3) 문둥이 마당

문둥이 마당은 문둥이가 대사 없이 소고춤을 춘다.

> 문둥이 한 명이 평복을 입고 이마에 흰 수건을 동여매고 한 다리를 걷어 올리고 왼손에 북을 들고 오른손에는 북채를 쥐고 양팔을 우구려 험상궂은 문둥이 탈을 가리고 타령장단에 맞추어 등장한 뒤, 가렸던 팔을 떼고 수그렸던 얼굴을 들고는 타령장단에 맞추어 한바탕 춤을 춘다.

「마산오광대」는 문둥이 1인의 춤만으로 연출되는데, 춤으로 경직되고 고통스런 신체 상태를 극복하고 유연하고 활기찬 신체 동작을 구사하여 '신체적 · 정신적 구속 - 자유', '한의 맺힘 - 풀림', '신명의 고갈/비애 - 신명의 충만/환희'의 춤을 춤으로써 '신체적 · 정신적 불구를 치유하고 현실의 질곡 상태에서 해방'된다.[16]

---

15 최상수, 앞의 책, 172쪽 참조. 동해안별신굿의 제석굿에서도 중타령을 부르는데, 화랭이가 장구를 치면서 중을 대상화하여 부르고, 중의 역할을 하는 무녀나 화랭이가 부르지 않는다. 이러한 중타령의 가창형식은 중타령이 표출의 원리가 아니라 서술의 원리에 의해 창작된 사실을 의미하는데, 고전소설 「구운몽」의 영향을 받았을 개연성과 함께 별도의 논의가 필요하다.

16 박진태, 「탈춤과 탈놀이의 용어에 대한 미학적 · 예술학적 접근」, 『공연문화연구』 제13집,

4) 양반 마당

양반 마당은 청보양반, 차(次)양반, 홍백(紅白), 눈멀이떼, 텁까불, 초라니, 콩밭골손, 말뚝이가 등장한다. 양반 일행의 뒤를 말뚝이가 뒤따라 들어온다.

(가) 말뚝이: (-전략-손에는 채찍을 들고서 타령장단에 맞추어 춤을 추면서 나온다.)

일　동: (함께 어울리어 굿거리장단에 한바탕 춤을 추고 논다.)

청보양반: (지팡이를 들고 내저으며) 쉬-(춤과 음악은 그친다.)

일　동: (일렬로 나란히 선다.)

청보양반: 양반의 자식이 선(先)은 있고 후(後)는 있고, 후는 있고 선은 있고.

일　동: 양반의 자식이 선(先)은 있고 후(後)는 있고, 후는 있고 선은 있고.

청보양반이 선후 관계를 강조하고 다른 양반들도 이에 동조한다. 이는 양반 계층 내부를 서열 관계로 질서화하려는 것인데, 이러한 서열 의식은 양반과 말뚝이 사이에도 적용되어 신분적 위계질서를 유지·강화하려고 한다. 이처럼 양반 마당의 첫 대목에서 양반들이 단결된 모습으로 신분적 '권위와 우월성'을 내세운다. 그리하여 말뚝이를 호출한다.

(나) 청보양반: 얘, 이놈 말뚝아.

일　동: (제각기 한 마디씩 다 같이 부른다.) 얘, 이놈 말뚝아. (이렇게 청보양반과 일동이 세 번 반복한다.)

한국공연문화학회, 2006, 39~40쪽 참조.

말뚝이: 예, 옳소이다. 동정(洞庭)은 광활하고 천봉만학(千峰萬壑)은 기림(그림)으로 기(그)려 있고, 수상(水上) 부안(浮雁)은 지당(池塘)에 번듯(번득), 양류천만사(楊柳千萬絲) 계류춘광(繫留春光) 자랑하고, 탐화봉접(探花蜂蝶)은 춘풍(春風)에 흐늘흐늘, 별유천지(別有天地) 비인간(非人間)에 어디서 말뚝아, 불러 계시는가 저희는 몰라.(채찍을 가지고 청보양반의 이마를 딱 때린다.)

청보양반: 아이고 나무리(이마)야!

일 동: 아이고 오지라(싸다). 아이고 오지라. 아이고 오지라. (제각기 껑충껑충 뛰면서)

양반의 호출에 말뚝이가 대령하는데, 탈판은 말뚝이에 의해 '동정호 주변에 산봉우리들이 에워싸고, 오리는 물 위에 놀고, 파릇파릇한 버드나무 가지는 봄바람에 흐늘거리고, 벌과 나비는 봄바람 타고 이리저리 날아다니는' 공간으로 치장된다. 놀이 공간이 선계와 같은 상상 속의 극중 공간으로 전환되는데, '화창한 봄날의 자연 속에서'라는 뜻이 함축되어 있다. 양반이 춘흥을 못 이기어 말뚝이를 불렀는데, 이에 불만을 품고 말뚝이가 양반의 이마를 채찍으로 때린다. 말뚝이를 불러 신분적인 상하 관계를 분명히 다지려는 양반에게 말뚝이가 정면으로 저항하고 폭력으로 청보양반을 공격하므로 청보양반은 속수무책으로 당하고 다른 양반들은 이를 통쾌하게 여기어 양반 계층의 분열상을 드러낸다. 이 대목은 '양반의 위엄 - 말뚝이의 도전 - 양반의 굴복'으로 상황이 전개된다. 이 대목은 봉건 사회의 신분제를 유지하려는 양반의 의도가 민중의 저항에 부딪히고, 양반 계급은 내부적으로 분열됨으로써 신분 사회가 와해되기 시작하는 사회 발전 단계를 반영한다.

㈐ 말뚝이: (나란히 서 있는 일동 하나하나를 순차로 채찍을 들어 가리키면서) 이 양반은 누고(구)시며, 이 양반은 누고시오? 저 양반은 누

고시며, 저 양반은 누고시오?

청보양반: (차양반을 가리키며) 이 양반은 내 동생이시다. (홍백을 가리키며) 이 양반은 한 쪽은 남양(南陽) 홍씨(洪氏)가 만들었고, 이쪽은 수원 백서방(白書房)이 만들었다. (눈멀이떼를 가리키며) 이 양반은 4월 달에 난 때문에 눈머리떼다. (턱까불을 가리키며) 이 양반은 동지섣달에 났기 때문에 추이(위)를 타서 턱까불이다. (초라니를 가리키며) 이 양반은 산중(山中)에서 났기 때문에 초라니다. (콩밭골손을 가리키며) 이 양반은 저거마니(제 어머니)를 데리고 콩밭골에 가서 접촉하여 낳았더니 콩밭골손이다.

말뚝이가 양반의 정체를 캐묻는다. 그리하여 청보양반이 출생과 관련된 비행과 모순을 밝힌다. 신분적인 주종 관계로 보면 양반이 질문하고 말뚝이가 대답해야 정상인데, 그 반대로 말뚝이가 양반을 압도하며 대화에서 주도권을 장악하였다. '말뚝이의 도전 - 양반의 굴복'으로 극이 전개된다.

㈑ 말뚝이: 예 - 소인은 상놈이라 이놈 저놈 하거니와, 소인의 근본을 들어보시오. 우리 6대, 7대, 8대, 9대, 10대조는 물론하고, 우리 5대조께옵서는 시년(時年)이 이팔(二八)이요, 고지한신(古之韓信)이요, 금지영웅(今之英雄)이라. 알성급제(謁聖及第) 도장원(都壯元)에 참의(參議) 참판(參判) 지냈으니, 그 근본 어떠하며,

청보양반 : 좋다 좋다. 그래서?

말뚝이: 우리 4대조께옵서는 8도 선배 모도 빼어 삼강오륜(三綱五倫) 추영(追榮) 달고 홍문관 대제학을 지냈으니, 그 근본이 어떠하며, 우리 할아바시(지)께옵서는 20에 등과하여 정언(正言)으로 대교(待敎)하고, 좌찬성, 우찬성, 좌의정, 우의정을 다 지냈으니, 그 근본은 어떠하오?

청보양반: 좋다 좋다. 그래서?

말뚝이: 우리 아바(버)지께옵서는 50에 반무(反武)하여, 흑각궁(黑角弓), 양(羊)각궁 둘러메고 무학관(舞鶴舘) 너른 땅에 땅재주 시키고, 7백무사 우뚝 출신(出身)하야 좌수영(左水營), 우수영, 남병사(南兵使), 북병사, 오군문(五軍門) 도대장(都大將)을 지냈으니, 그 근본은 어떠하며, 차소위(此所謂) 일러기를 요지자(堯之子)도 불초(不肖)하고 순지자(舜之子)도 불초로다 하였으니, 내 집 싸립문만도 못한 놈들에게 이놈 저놈 하는 소리 아니꼽아(꼬와) 못 듣겠네. (말뚝이가 채찍을 들어 청보양반 이마를 탁 친다.)

청보양반: 아이구 나무리(이마)야.

말뚝이가 자신의 근본을 자랑하여 우열 관계를 완전히 역전시킨다. 양반으로 하여금 부도덕하고 모순에 찬 근본을 자백하게 만들고, 자신의 조상들은 고관대작을 역임한 사실을 과시하여 양반들의 신분적 우월감과 도덕적 우월 의식이 허망함을 입증하고, 물리적 힘까지 사용하여 양반을 완전히 제압한다. '말뚝이의 승리 - 양반의 굴복'으로 전개된다.

㈐ 청보양반: 말뚝아 말뚝아, 이놈 말뚝아. ①소년(少年) 당상(堂上) 아기도령 좌우로 벌려 서서 말 잡아 장구 매고, 소 잡아 북 매고, 개 잡아 소고 매고, 안성맞치(춤) 갱수(꽹과리) 치고, 운봉내기 징 치고, 술 빚고, 떡 치고, 홍문연(鴻門宴) 높은 잔치 항장(項莊)이 칼춤 출 제, 이 몸이 한가하야 석탑에 비껴 앉아 고금사(古今事)를 곰곰이 생각하니, ②이 제에미를 붙고, 금각 대명〔담양(潭陽)〕 아홉바우를 갈 놈들이 날이 떠떠무리하니 양반의 철용 뒤에 일없이 나와서 웅박캥캥 하는 소리 ③잠못 이루어 나왔더니, 이호이 나온지라, 말뚝이나 불러 볼까. (악사가 삼박자 장단을 치면 거기 맞추어) 말뚝아, 말뚝아, 말뚝아.

말뚝이: (춤을 추며 썩 나서면서) (창) 하운(夏雲)이 다기봉(多奇峰)하니 적막강산(寂寞江山)에 금백년(今百年)이라.

일 동: ("차잔 차잔" 하면서 타령장단에 맞추어 함께 어울리어 한바탕 춤을 춘다.)

양반이 탈판에 나온 이유는 '①젊은 양반들이 항장무를 구경할 때 늙은 탓에 고금 역사를 생각하고 있었는데, ②아랫것들이 철융 뒤에서 풍악을 울려 ③안면을 취할 수 없어서' 나왔다고 한다. 그런데 「통영오광대」에서는 이 대목에서 '금란(禁亂)하러 나왔다'고 목적과 이유를 분명하게 말하는 것으로 보아 「마산오광대」는 '①영웅주의적이고 엄숙주의적인 양반문화 - ②저항적인 민중문화 - ③양반의 불만과 위기의식 - ④질서 파괴 행위에 대한 응징'[17] 중에서 응징 부분이 실현되지 않은 대화 양상을 보인다. 그런데 이 대목에서 양반의 부름을 받은 말뚝이가 춤을 추고 양반도 어울려 춤을 추는 점에서 말뚝이가 양반의 유흥 욕구에 부응하는 것으로 볼 수 있다. '양반의 위엄 - 말뚝이의 복종'으로 말뚝이의 태도에 변화가 일어난 것이다.

(바) 청보양반: (지팡이를 들고 내저으며) 쉬 - (춤과 음악은 그친다.) 이놈 말뚝아, 말뚝아, 말뚝아. 이때는 어느 때냐? 춘삼월 호시(好時)로다. 석양은 재를 넘고 각마(?馬)는 슬피 울 제, 초당에 앉은 양반 공연히 충동시켜 흥도 나고 춤도 출 제, 홍도(紅桃) 백도(白桃) 향기 중에 주인이 누길런고? 영양공주, 난양공주, 주채봉, 계섬월, 백능파, 심요연 온갖 춘흥(春興) 모도모도 모였난데, 저희는 나를 보고 대접으로 인사하나, 옥태화용(玉態花容) 고운 태도 눈을 들어 상장에 가만히 살펴보니, 이내 신이 청청 일어난다.

차양반: (그 말 듣고 청보양반을 보고 써 나서며) 이런 제에미를 붙고 전라 대명(담양)을 갈 양반이 얽어도 장에 가고, 굵어도 떡 해 묵

17 박진태, 『한국민속극연구』, 새문사, 1998, 242쪽 참조.

(먹)고, 노랑털에 붓쟁이 새이고, 통시 깨구리 보지 물고, 헌 두덕이 신이 몹시 꼴린다 하더니, 허허 이상하다.

청보양반이 말뚝이한테 춘흥에 겨워 춤추는데, 팔선녀가 있으므로 신바람이 더욱 난다고 말하며 말뚝이의 동의를 구하고, 이를 본 차양반이 청보양반을 조소한다. 청보양반이 일방적으로 말뚝이를 압도하고(양반의 위엄), 청보양반과 차양반 사이에는 균열이 생긴다.

㈖ ①청보양반: 이놈 말뚝아, 말뚝아. 그 말 저 말 다 버리고 과거(科擧)날이 바빴으니, 행장을 차렸나냐? 못 차렸나냐?

②말뚝이: 예, 서방님. 생원님 모실랴고 마판(馬板)에 썩 들어가니 노생원(老生員)님이 매이십디더(다).

③청보양반: (차양반을 보고) 여보 동생, 저놈이 우리들 욕을 하니 분해 죽겠다. (말뚝이를 보고) 이놈 노생원이라니?

④말뚝이: 예, 아니로소이다. 청노새란 말씀이요.

⑤청보양반: 그러면 그렇지, 청노새란 말이지.

④말뚝이: 예 옳소이다. 청노새 청노새.

일 동: (“청노새 청노새” 하면서 타령장단에 맞추어 한바탕 덧보기 춤을 춘다.)

①청보양반이 말뚝이에게 과거 시험 보러 가기 위해서 행장을 차렸느냐고 물으면, ②말뚝이가 마구간의 마판에 노생원을 모셨다고 하고, ③청보양반이 모욕감을 느끼고 노발대발하면, ④말뚝이가 노생원님이 아니라 청노새라고 둘러대고, ⑤청보양반이 말뚝이의 변명을 수용하는 식으로 대화가 전개된다. 이러한 구성을 ‘양반의 위엄 - 말뚝이의 항거 - 양반의 호령 - 말뚝이의 변명 - 양반의 안심’[18]으로 보든, ‘양반의 권위 - 말뚝이의 도전 - 양반의 응전 - 말뚝이의 항복 - 양반의 승리’[19]로 보든 말뚝이가 양반과의 수직

관계를 전도시켰다가 원상으로 되돌아가는 논리 전개로 되어 있다. 그러나 이러한 '신분 질서 파괴 - 신분 질서 회복'이 표면과 이면이 불일치하는 반어적 기법이기 때문에 풍자적 효과가 증대된다.

㈎ ①말뚝이: 쉬 - (음악과 춤은 그친다.) (청보양반 앞에 썩 나서며) 예 옳소이다. 서방님, 생원님을 모실랴고 - 중략 - 홍제문 무학재를 넘어 홍제원(弘濟院)을 당도하니, 일등 미색이 칠보단장 정히 하고 좌우로 벌여 서서 주효(酒肴)가 낭자키로 기한(飢寒)이 기진(氣盡)하야 불구(不拘) 염치(廉恥)라. ②이내 말뚝이 돈 두 푼 내어 술 한 잔을 사서 훌적 마시고 가만히 살펴보니, 샌님 자친(慈親)신인가 시픕디다.

③청보양반: 이놈 말뚝아, 내 자친신이라니?

④말뚝이: 예 아니로소이다. 색주가(色酒家)란 말씀이요.

⑤청보양반: 그러면 그렇지.

일 동: ("색주가 색주가" 하고 굿거리장단에 맞추어 덧보기춤을 한바탕 춘다.)

이 대목도 말뚝이가 ①홍제원의 술판에서 ②생원님의 모친을 보았다고 말하니, ③청보양반이 대로하고, ④말뚝이가 색주가를 보았다고 말 바꾸기를 하면 ⑤청보양반이 이를 수용하는 식으로 청보양반이 말뚝이의 도전에 응전하여 항복시키는 과정이 반어적 풍자 기법으로 표현되었다. 그리고 말뚝이가 양반을 탐색하는 과정이 마구간에서 종로 네 거리를 거쳐 홍제원으로 이어지면서 노정기의 양상을 보이는데, 이러한 노정기가 다음 말뚝이의 대사에서 더욱 확대되어 계속된다.

---

18 조동일, 『탈춤의 원리 - 신명풀이』, 지식산업사, 2006, 177~178쪽 참조.
19 박진태, 앞의 책, 119쪽 참조.

㈑청보양반: (지팡이를 들고 내저으며) 쉬- (음악과 춤은 그친다.)

말뚝이: 그곳을 배반하고 한 곳을 넘즛 바라보니, -중략- 만병회춘(萬病回春)이라 새긴 것을 자세히 살펴보니, 약장(藥欌)이 놓였시되 약명이 뭐라고 하니 이렇든가 보더라. -중략- 경상도를 내려와서 태백산, 촉석루, 악양루, 영남루를 구경하고, 아무리 생각을 하야도 생원님을 찾을 수가 없어서 곰곰이 앉아 생각하니, 난데없난 풍류성(風流聲)이 풍편에 들리거늘, 우리 생원님이 신병(身病)이 있는 연고로 해서 나 여기 나와서 보니, 판중에 노난 것을 보니, 우리 생원님이 이미 분명하고나. 이내 말뚝이도 한분(번) 놀고 갈까?

일 동: (함께 어울리어 굿거리장단에 맞추어 한바탕 덧보기춤을 추고 논다.)

말뚝이가 양반을 찾으러 홍제원을 떠나 약방과 신선당을 거쳐 '한양-강원도-함경도-황해도-평안도-충청도-전라도-경상도의 태백산·촉석루·악양루·영남루'의 순서로 팔도 유람을 하고, 마침내 「마산오광대」의 탈판에 이르렀다고 한다. 이런 식으로 말뚝이가 양반이 있는 탈판에 등장하게 된 경위를 설명하는데, 이는 공연 장소와 극중 장소를 일치시키는 극작술[20]로 탈놀이의 현장성과 현실성을 담보한다. 말뚝이가 양반을 탐색하여 탈판에서 만났다는 상황 설정으로, 말뚝이가 양반 앞에 대령하였으니 소임을 충실하게 완수한 셈인데, 이것은 양반의 추궁에 말뚝이가 적절하게 해명한 것을 의미한다. 그리고 양반과 말뚝이의 신분적 주종 관계에 합당하게 말뚝이가 책무를 수행한 결과가 말뚝이가 양반과 어울리며 대등하게 풍류를 즐기는 상황이 됨으로써 마침내 양반과 말뚝이 사이에 화해가 이루어진다.

이상에서 살펴본 바와 같이 「마산오광대」의 양반 마당은 (가)대목에서

20 조동일, 앞의 책, 116~117쪽 참조.

양반이 신분적으로 우세한 상황으로 출발하지만, (나)(다)(라)대목에서 근본 다툼을 벌여 말뚝이가 양반을 제압한다. 그리고 (마)(바)대목에서 다시 양반이 풍류 정신을 과시하여 우세한 입장을 보이지만, (사)(아)대목에서 말뚝이가 언어적 착각 현상을 이용하여 치고 빠지는 수법으로 양반을 기롱한다. 그리고 (자)대목에서 말뚝이가 양반과 풍류장에서 같이 어울림으로써 종국적으로 대등한 관계 내지는 계급적 화해 국면으로 종결시킨다. 이처럼 '양반 우세(가) - 말뚝이 우세(나 · 다 · 라) - 양반 우세(마 · 바) - 말뚝이 우세(사 · 아) - 대등한 관계(자)'로 전개되어 양반의 신분적 · 문화적 우세를 말뚝이가 뒤집는 과정을 2번 반복하고 대등한 관계로 만든다. 요컨대 양반 마당은 강자의 우세를 약자가 뒤집는 놀이인 것이다.

5) 영노 마당

영노 마당은 영노가 양반을 잡아먹으려 하자 양반이 기지를 발휘하여 모면하는 대목, 영노가 양반의 부채를 빼앗으려 하고 양반이 잃어버린 부채를 다시 되찾는 대목, 양반이 단가를 부르는 대목으로 삼분된다. 첫째 대목부터 분석한다.

> 얼룩덜룩한 큰 보자기(또는 회색 두루마기)를 뒤집어쓴 영노가 타령장단에 맞추어 입에서 "비 - , 비 - " 소리를 내면서 나와 사방을 돌아다닌다. 그러면 머리에 개털관을 쓰고 흰 두루마기를 입은 양반이 접부채를 들고 나와 다니는데, 이때에 영노가 양반 뒤를 따라다니면서 "비 - , 비 - " 소리를 하니, 양반이 부채를 가지고 내저으면서 "후이, 후이" 하며 쫓기도 하고, 두루마기 고름을 쥐고 어깨 너머로 냅다 치면서 "후여 - , 후여 - " 하고 영노를 쫓으나, 영노는 연속 양반에게 "비 - , 비 - " 소리를 내면서 달려든다. 그러므로 양반이 "아이고" 하자 영노도 "아이고" 한다. 양반이 기가 막혀 "이놈 보게" 하자, 영노도 "이놈 보게" 한다.

영노와 양반이 포식자와 먹이의 관계로 설정되는데, 영노가 양반을 잡아먹으려고 따라붙고 양반은 필사적으로 도망치려고 하여, 쫓고 쫓기는 장면을 연출한다. 이때까지는 영노는 자연 상태의 동물이지만, 양반의 말을 따라하면서부터는 의인화된다. 영노가 인간의 언어로 의사소통을 한다는 것은 인간과 동일한 인지능력을 지니고, 조음 기관도 지녔다는 것을 의미한다. 이처럼 영노마당은 초자연적인 상상의 세계의 연극적 구현이다.

두 번째 대목은 다음과 같은 대화를 주고받는다.

양반: 니가 대국 살면 여기 무엇하러 나왔느냐?

영노: 내가 대국서 양반을 아흔 아홉 명 잡아묵(먹)고 조선에 양반이 하나 있단 말을 듣고 잡아묵으러 나왔다.

-중략-

양반: (기가 막혀 어떻게 하면 면할까 궁리를 하다가) 내가 너 할아비(할아버지)다.

영노: 세상에 어찌하여 할아비를 잡아묵겠느냐?

양반: (그제야 한숨을 내쉬고) 내가 진작 이런 말을 하였으며 욕을 덜 볼 것을. (하고, 부채를 들고 흔들어서 영노를 못 오게 한다.)

양반이 자신의 생명을 위협하는 괴물의 정체를 파악한다. 그리고 출현의 이유가 포식이라는 사실을 확인한다. 그런데 포식의 이유는 불분명하다. 그러나 「수영들놀음」에 의하면 하늘에서 득죄하여 영노라는 괴물이 되었고, 양반 100명을 잡아먹으면 속죄가 되어 다시 승천할 수 있다고 말한다.[21] 영노 마당은 이러한 민간 신앙의 하나인 주박 신앙(呪縛信仰)과 민

21 이두현, 『한국가면극선』, 교문사, 1997, 385쪽 참조. 영노가 양반에게 '내가 천상에 득죄(得罪)하야 잠시 인간(세상)에 내려왔다. 양반 아흔아홉을 잡아먹고 하나만 더 잡아먹으면 득천을 한다.'라고 말한다. 득천은 등천(登天)으로 보아야 한다.

중 의식이 결합하여 형성시킨 탈놀이이다. 영노는 육지 동물, 양서류, 인간의 배설물, 해양 동물 등을 닥치는 대로 먹는 위협적인 존재이다. 이처럼 청탁(淸濁)을 가리지 않고 아무 것이나 먹는 영노는 사물에 대한 분별심이 없음을 의미한다. 논리적으로 설득이 불가능한 것이다. 그렇지만 혈연 관계는 부정하지 못하는 한계를 보인다. 인륜은 천륜이라는 의식을 지니고 있는 것이다. 인간화된 영노가 사리를 분별할 줄 알고, 인간 세상의 윤리적 가치를 존중하는 것이다. 하늘의 도를 지상에서 실천하는 것이다. 그리고 이러한 영노의 도덕적 각성에 의한 행동을 통하여 역으로 양반에게 하늘의 도에 역행해서는 안 되며, 인륜을 파괴하는 행동을 해서는 안 된다는 사실을 훈계한다.

그러나 양반의 대오각성과 개과천선은 완전히 이루어지지 않았으므로 영노가 양반의 신분적 권위와 체통 의식의 상징인 부채를 빼앗으려는 새로운 국면으로 전환된다. 영노는 인간적 윤리가치에 제동이 걸려 양반을 잡아먹을 수 없지만, 마지막 양반을 잡아먹어야 주박이 풀려 속죄가 이루어지고 승천할 수 있으므로 양반 사냥을 완전히 포기하지 못한 것이다. 영노의 숙명과 양반의 생존 본능 때문에 첨예한 대결 관계가 절체절명의 위기상황 속에서 지속되는 것이다. 그러나 양반의 승리로 반전되고, 양반은 안도감을 느끼며, 동시에 생명의 소중함과 인생의 의미를 새삼 절감하게 된다. 그리하여 단가 「죽장망혜」를 부르며 변화된 삶의 태도를 보인다.

> 죽장(竹杖) 짚고 망혜(芒鞋) 신고 천리강산을 들어가니, 폭포도 장히 좋다마는 여산(廬山) 경치가 이 아니냐? 비류직하(飛流直下) 삼천척(三千尺)은 옛말로 들었더니, 과연 여기 와서 보니, 허언이 아니로다. 이곳을 배반하고 기산(箕山)을 넘어들어 영수(潁水)를 당도하니, 소부(巢父)는 어이하야 팔을 걷고 귀를 씻고, 허유(許由)는 어니하야 쇠고삐를 거사렸노. -중략- 강산풍경 매양 보니, 풍월이나 하여 보자. 음영완보(吟詠緩步) 석양천(夕陽天)에 촌려(村廬)로 돌아오니, 청풍은 서래(徐來)하고 명

월은 만정(滿庭)이라. 강산풍경이 이러하니, 금지하리(금지할 이) 뉘 있으리. 어화 벗님네야 빈천(貧賤)을 한(恨)치 마라.

혼탁한 현실을 떠나 자연 속으로 들어간다. 그 자연은 소부와 허유가, 죽림칠현이, 성리학의 창시자 주희가 지조를 지키며 풍류를 즐긴, 이른바 안빈낙도의 생활을 누리던 자연이다. 그들의 생활과 사고를 본보기로 하여 자연을 관조하며 미음완보(微吟緩步)의 풍류를 즐기고 귀가한다는 내용이다. 이는 신분적인 특권을 누리며 민중을 수탈하는 부정적인 양반의 삶을 버리고 자연 속에서 청빈하고 성현지도(聖賢之道)를 실천하는 양반으로 거듭나길 바라는 민중적 염원에서 단가를 탈놀이에 수용한 것이라는 해석을 가능하게 한다. 그러나 이 단가는 「마산오광대」의 공연 현장에서는 분위기에 따라서 가창되기도 하고 안 되기도 하였다고 한다. 풍자적인 놀이와 우아미의 노래가 결합되어 탈놀이의 색다른 미학이 창출되기도 한 것인데, 이러한 현상은 민속 탈놀이의 역사에서 주목해야 할 변화임이 분명하다. 단가가 「마산오광대」의 영노 마당에 수용된 것은 비비양반의 역할을 맡았던 김순일이 시조와 단가의 창에 능숙하였기 때문에 가능한 것으로 보이는데,[22] 김순일의 신분에 대한 확인이 요망되는 대목이다.

하여튼 「마산오광대」의 영노 마당은 비비양반과 영노 사이의 '말싸움 → 부채싸움 → 단가 부르기'로 진행되어 비비양반이 두 차례의 위기를 극복하고, 풍류를 즐기며 유유자적하는 삶을 누리는 과정을 극화하고 있다. 임기응변과 생존 본능으로 위기를 극복하고, 자연 속에서 풍류를 즐기며 안빈낙도하는 삶을 꿈꾼다. 유교적이고 중세적인 생활 방식을 이상적인 것으로 동경하는 점에서 민속 탈놀이의 퇴행 현상으로도 볼 수 있지

22 단가가 「마산오광대」의 영노마당에 삽입된 동기와 관련해서 '김순일이 말뚝이, 할미, 비비양반의 역할을 맡았는데, 단가와 시조를 잘하고 춤에도 능하였다'(최상수, 앞의 책, 73쪽)고 하여 연희자의 예술적 취향과 능력이 탈놀이의 변이와 발전에 큰 영향을 끼친 사례를 보인다.

만, 민중성이 희박해지고 오락성과 유희성을 추구하는 변모가 20세기 초에 일어났다는 사례를 보인다는 점에서는 다른 평가도 가능하다.

6) 할미 마당

할미 마당은 할미가 가출한 영감을 탐색하여 해후하지만 갈등을 일으키고 타살되는 내용이다. 놀이는 할미가 영감의 행방을 수소문하는 대목부터 시작된다.

> 할미 : 아이고, 그러면 우리 영감이 어디를 갔는지 굿이나 한분(번) 해봐야겠다. (손에 쥔 대를 흔들어 방울소리를 내면서) (창) 이거라 중천 라 거리야 거리야. 이도 거리, 저도 거리, 삼도 네거리야. 우리 영감을 찾일랴고 나는 갑네. (하고는 영감을 찾아 가다가 - 무대를 돌아다니며 - "영감, 영감, 우리 영감" 소리를 하고는, 앉아서 미영질(물레질)을 한다. 손을 가지고 형용을 3~4차 한다. 그리고 나서는 오줌을 누러 가는데, 치마 아랫도리를 걷어 올려서 피 묻은 월경띠가 다 보이게 하고, 엉거주춤하면서 오줌방울을 떨어뜨리는 형용을 3~4차 한다. 그렇게 한 뒤에는 "산신제를 올려야겠다." 하고는 제를 올리는데, 촛불을 켜놓고 사발에다 물을 떠놓고는 축원을 한다.) (축원) 산신제왕님, 우리 영감을 만나게 해줍시샤.

할미는 영감을 찾고 영감은 할미를 찾는다. 할미와 영감이 이별하게 된 동기나 이유는 분명하지 않다. 할미나 영감이나 마을사람을 통해서 상대방의 행적을 추적하는 것은 동일한데, 할미는 산신제를 올려서 마을 수호신의 도움을 요청하기까지 한다. 할미는 물레질을 하며 길쌈을 한다. 생업에도 충실하면서 영감과 해후할 날을 학수고대한다. 이러한 할미의 절박성은 월경의 피와 오줌 싸는 행동이 시사한다. 할미는 아직 폐경기가 지난 연령이 아니라는 사실과 강렬한 성적인 욕구가 무의식적으로 방뇨로 표출된다는 사실을 알 수 있다. 성욕도 왕성하고 출산도 가능한 여자인 것이다. 그래서 영감에 대한 애정적 집착과 갈망이 클 수밖에 없다. 아니면 폐경기가 가까운 여자의 불안심리 내지 성적 능력에 대한 본능적인 집착과 미련을 보인다는 해석도 가능하다.

다음은 할미와 영감이 만나서 회포를 푸는 대목이다.

> (할미가 영감의 소리를 듣고, 이렇게 서로 3~4차 반복을 하면서 점차 거리가 가까워진다.)
>
> 할미: 영감, 영감, 우리 영감.
>
> 영감: 할맘, 할맘, 우리 할맘. (하고 둘이서 되돌아서자, 만나 부둥켜 얼싸안고 좋아하면서 춤을 춘다.)
>
> 영감: 내가 할맘을 찾일(을)랴고 조선팔도를 다 댄겼(다녔)고, 사립 사립이 개 지키고, 면면촌촌이 방방곡곡이, 얼개빗 틈틈이 챔(참)빗 골골이 찾다가, 오늘 이 자리에서 만났구나.
>
> 할미: 내가 영감을 찾일랴고 조선팔도를 다 댄겼고, 사립 사립이 개 지키고, 면면촌촌이 방방곡곡이, 얼개빗 틈틈이 챔(참)빗 골골이 찾다가, 오늘 이 자리에서 만났구나.

할미와 영감이 마을마다 돌아다니며 서로의 행방을 수소문하는 과정과 마침내 만나는 장면을 탈판에서 상징적으로 연출한다. 둘의 만남은 천신만고 끝에 이루어진 것이기에 감회가 더욱 클 수밖에 없다. 이 세상을 샅샅이 뒤져서 상대방을 만난 것이다. 둘 다 만나자마자 그 사실을 강조한다. 고생이 많았다는 뜻도 되지만 자신의 진실하고 강렬한 애정을 상대에게 강조하여 서로의 애정을 확인하려는 마음도 드러낸다. 그러나 두 사람은 상대방의 남루하고 초라한 행색이라는 엄연하고 불만스런 현실에 부닥뜨리게 된다.

할미: 그런데, 영감. 좋은 청사(靑絲) 도포 입성에 주란 당줄 대모(玳瑁) 관자(貫子) 금옥(金玉) 탕창(宕氅)을 입혀서 놓았더니, 어데 가서 다 팔아 묵(먹)고, 개가죽 두루망태를 쓰고 다니느냐?

영감: 그도 내 복, 너는 북도다래 석 자 지(기)장 비단옷을 입혔더니, 어데 가서 다 팔아 묵고 이 모양이 되었느냐? 그도 니(네) 복. 그런데 할맘! 내가 찾일랴고 인천을 들어갔더니 거기서 제물집을 하나 얻었다. 일등 미색이지.

할미: 그래서? 어디 그 미색을 좀 보자.

(이때 영감이 작은마누라 제물집을 불러낸다.)

영감: 인천 제물집!

제물집: (쪽진 머리에 분홍 저고리 옥색 치마를 입고 등장한다.)

할미: (제물집을 한참 보고 나서) 아이고, 이 사람들아. 이 인물이 내 인물과 같나? 내 인물보다 못났지. 내가 잘 났지.

할미는 영감을 위해서, 영감은 할미를 위해서 비싸고 화려한 옷을 입혔지만, 지금은 남루하고 초라한 옷을 걸치고 있다. 둘이 함께 살 때에는 부유하고 행복하였지만, 이별하면 가난하고 불행해진다는 사실을 두 사람이 깨닫게 되는데, 할미는 영감이 첩을 얻은 사실도 추가로 알게 되어 질투심과 배신감을 느끼게 된다. 그리고 할미의 자존심과 자신감은 굴욕적인 현실을 그대로 받아들일 수 없다. 그래서 첩보다 자기가 인물로 보나, 영감에 대한 사랑으로 보나 낫다고 세인들에게 공언하고, 동의해 줄 것을 요구한다. 그러나 첩의 임신과 출산으로 할미는 더욱 궁지에 빠지고 열세에 몰린다.

영감: 여보게 할맘, 인천 제물집이 아이를 뱄다. 이 달이 순산달이다.

제물집: 아이구 배야, 아이구 배야. (하면서 아이를 낳기 시작한다. 아기 울음소리가 난다. 제물집이 아기 울음소리를 대신한다.

영감: (좋아서 아기를 부둥켜안고 어른다.) (창) 둥둥 내 아들, 둥둥 내 아들, 딸이라도 뭣할 텐데 깨목 불우에 고초(추)를 찾으니, 어찌 아니 좋을소냐? 얼시구 절시구 내 자식아! (하고 아기를 누인다.)

첩의 순산으로 아들이 생긴 영감은 삶의 기쁨을 새삼 느끼고 첩에 대한 사랑은 더욱 견고해진다. 갓난아이가 영감과 첩을 연결해주는 매개가 되고, 집안에 새로운 후사가 생긴 경사가 생긴 것이다. 그러나 할미의 질투와 분노는 극에 달해서, 마침내 이성을 잃고 아이를 살해한다.

할미: (샘을 내어 영감이 딴 데를 보고 있을 동안에 아이를 짓밟아버린다. 아이는 죽는다.

영감: (이것을 보고) 잇년이 이 아이를 직(죽)였다. (하면서 몽둥이를 들고 할멈을 때리니, 할멈이 죽는다.)

제물집 · 영감: (퇴장한다.)

할미는 영감과 첩에게 복수하기 위하여 갓난아이를 살해하기에 이르고, 격분한 영감은 할미를 타살(打殺)한다. 아이는 영감과 첩의 결합을 강화하는 매개가 되었지만, 영감과 할미의 관계는 파탄시키는 촉진제가 된 것이다. 새로운 생명의 탄생이 화합과 번영의 길을 열지 못하고 가족 공동체를 해체하는 계기가 되었으니, 가정적 비극이 아닐 수 없다. 영감은 할미와의 부부 관계를 영원히 단절하고 첩과의 새로운 출발을 위하여 떠나고, 할미의 자식들은 장례식을 치르고 할미의 원혼을 해원시켜야 하는 책임과 사명을 떠안게 된다.

상주들: (5명이 굴건을 쓰고 대지팡이를 짚고 "아이고 아이고, 울 어매(어머니)가 죽었다."고 곡소리를 하면서 등장한다.

큰상주: 살인자(殺人者)는 사(死)다. 죽었으면 그뿐이지 초상이나 치

르자.

상주들: (5명이 시체를 메고 상도꾼소리를 하면서 어우르고 나간다.)

할미의 아들은 5형제나 된다. 할미가 다산형이라는 얘긴데, 할미의 왕성한 생산의욕과 백년해로의 꿈이 영감에 의하여 좌절되고 파괴되었다. 할미의 해원을 위해서는 살인자를 응징하여 복수를 해야 하는데, 그 살인자가 영감이어서 "살인자(殺人者)는 사(死)다."라는 원칙을 실천할 수가 없다. 아들이 아버지를 죽여야 하는 패륜을 저질러야 하기 때문이다. 그래서 아들들은 "죽었으면 그뿐이지 초상이나 치르자."고 복수를 체념할 수밖에 없는 것이다. 인생무상과 운명론으로 가혹한 현실 문제를 피해갈 수밖에 없으며, 장례식으로 할미의 한을 풀 수밖에 없는 한계를 인정할 도리밖에 없다.

이상에서 살펴본 바와 같이 할미 마당은 ①할미와 영감의 상호 탐색(발단), ②할미와 영감의 재회(전개), ③영감과 할미의 싸움과 갈등(갈등), ④첩의 출산과 영감의 득남(위기), ⑤할미의 영아 살해와 영감의 할미 타살(정점), ⑥할미의 치상(治喪)과 해원(결말)으로 극이 전개된다. 할미가 영감과 재결합을 시도하지만 좌절하고 관계가 파탄되는 과정이 극화되어 있다. 곧 할미가 파괴된 가정을 복구하려 하지만 영감의 배신과 폭력으로 할미의 꿈이 무산되는 것이다.

7) 사자 마당

사자 마당은 사자와 담비가 등장한다. 영노 마당이 동물과 인간의 싸움이라면 사자 마당은 동물과 동물이 대결하는 마당이다.

먼저 담비가 타령장단에 맞추어 춤을 추면서 나오고, 이어 사자가 타령장단에 맞추어 고갯짓을 하고 꽁지도 치면서 나와 무대 한가운데에 신장(身長)과 목을 움츠리어 앉는다(눕는다). 잠시 그렇게 한 뒤에 이슬털이를 하면서 벌떡 일어나 고갯짓과 꼬리짓을 하면서 노는데, 이때에 담비가 사자 좌우로 돌아다니면서 약을 올리자, 사자가 기회를 엿보다가 마침내 담비를 잡아먹고는 역시 타령장단에 맞추어 춤을 추면서 한바탕 논다.

담비가 먼저 등장하고, 다음에 사자가 등장하며, 담비가 사자에게 도전하면 사자가 담비를 잡아먹고 춤춘다. 사자 마당은 담비의 입장에서 보면, 탈판을 선점한 담비가 침입자 사자를 퇴치하려고 하다가 좌절하는 과정이고, 사자의 입장에서 보면, 탈판을 선점한 담비를 포식하고 탈판을 장악하는 과정이다. 그렇지만 이를 담비 마당이라 하지 않고 사자 마당이라 하는 것은 담비의 비극적인 투쟁보다는 사자의 영웅적인 승리에 의미를 부여하기 때문이다. 사자와 담비(또는 범)가 모두 포식자이지만, 힘의 우열 관계에서 사자가 우세하므로 사자탈이 벽사탈로 채택되는 것이다. 요컨대 「마산오광대」의 사자 마당은 강자가 약자의 도전을 제압하는 놀이인 것이다.

3. 「마산오광대」의 마당 구성의 원리

「마산오광대」의 오방신장놀이는 중심 잡기 놀이이고, 중놀이는 경계 넘기 놀이이고, 문둥이놀이는 맺힌 것을 푸는 놀이이고, 양반놀이는 약자가 강자와의 위상 관계를 뒤집는 놀이이고, 영노놀이는 약자가 위기를 모면하는 놀이이고, 할미놀이는 약자의 꿈이 좌절되는 놀이이고, 사자놀이는 강자가 약자를 제압하는 놀이이다.

그런데 등장인물의 측면에서 보면, 오방신장의 황제장군, 청제장군, 백제장군, 적제장군, 흑제장군은 모두 방위 수호신으로 동류적·동질적인 존재들이고, 노장중과 상좌도 동일한 불교 사제 신분이다. 그리하여 오방신장놀이나 중놀이나 문둥이놀이나 모두 등장인물의 수와는 상관없이 대립과 갈등 관계를 이룰 상대역이 없는 1인 무용극 형태이므로 서사적 전개보다는 등장인물의 흉내 내기에 치중한다. 그러나 양반놀이는 양반 형제들과 말뚝이가 대립되고 갈등이 심화되고 투쟁을 벌이는 과정을 보인다. 영노놀이는 양반과 영노 사이에, 할미놀이는 할미와 영감 사이에, 사자놀이는 사자와 담비 사이에서 대립과 갈등과 투쟁이 일어난다. 곧 주동인물과 반동 인물이 모두 설정된 연극 형태이므로 서사적 전개를 보이며, 싸움놀이의 양상을 보인다.[23] 그리고 이러한 마당 구성은 1인극에서 2인극이나 다인극으로 넘어가고, 모방놀이로 시작하여 놀다가 싸움놀이로 넘어가는 양상을 보인다.[24] 그리하여 같은 벽사의식무 마당이라 하더라도 오방신장 마당은 무용극적인 모방놀이에 속하고, 사자마당은 연극적 갈등구조를 지닌 싸움놀이에 해당한다. 요컨대 「마산오광대」는 무용에서 연극으로, 모방놀이에서 싸움놀이로, 단순하고 자족적인 공연 양식에서 복잡하고 경쟁적인 공연 양식으로 놀이마당들이 배열되어 있다.

기존 연구에서는 벽사의식무로 시작하여 벽사의식무로 끝나는 탈놀이의 마당 구성의 원리에 대해서 굿판을 정화시키는 부정(不淨)굿으로 시작해서 잡귀잡신을 퇴송하는 거리굿으로 끝나는 굿의 구성 원리에 그 연원을 둔다든가,[25] 오광대놀이의 전후에 제의적인 놀이 과정을 행하지 않기

---

23 황제장군과 동서남북의 신장 및 중과 상좌는 신분이 동일하므로 동질적이고 융합관계가 수월하지만, 양반과 말뚝이, 양반과 영노, 영감과 할미, 사자와 담비는 신분이나 종(種)이나 성(性)이 다르기 이질적이고 대립과 갈등관계일 개연성이 더 많기 때문에 이러한 현상을 보일 것이다. 물론 다른 탈놀이에서처럼 수양반과 다른 양반 형제들 사이나 노장과 목중 사이처럼 분화와 대립이 나타날 수 있지만, 마산오광대에서는 아직 그 단계까지 가지 않았다.

24 모방놀이와 싸움놀이는 로제 카이와; 이상률 옮김, 『놀이와 인간』, 문예출판사, 1996, 37~57쪽에서 놀이의 종류를 아곤(Agôn; 경쟁놀이), 알레아(Alea; 우연놀이), 미미크리(Mimicry; 모방놀이), 일링크스(Ilinx; 현기증놀이)로 구분한 분류법의 모방놀이와 경쟁놀이의 개념이다.

때문에 탈춤놀이 자체의 첫머리와 마지막 순서에 제의성이 강한 벽사의 식무 마당을 배치한다고 설명하였다.[26] 그러나 이러한 순환 구조 이외에 다른 구성 원리가 작용한다는 사실이 「마산오광대」의 마당 순서에 대한 분석을 통하여 구명되었다. 그렇지만 마산오광대의 연희성과 구성원리에 대한 논의를 민속탈놀이 전반에 확대 적용하여 일반화하고 체계화할 수 있을지는 별개의 문제이다.

25 박진태, 『한국가면극연구』, 새문사, 1985, 35쪽 참조.
26 정상박, 『오광대와 들놀음연구』, 집문당, 1986, 79쪽 참조.

제11장 민속극에 들어 있는 속죄양과 희생양

1. 희생양과 속죄양의 차이

일반적으로 호남 지역에는 판소리가 발달한 반면에 민속극이 발달하지 않은 것으로 인식되고 있다. 이 말은 호남 지방에서 탈놀이가 발달하지 않은 사실에 근거하고 있다. 그러나 호남 지방에는 농악의 잡색놀이가 상대적으로 다른 지역에 비해서 발달하였고,[1] 진도의 다시래기와 같은 광대의 가장극도 전승되고 있다.[2] 그런가 하면 정읍시 옹동면 매정리 안골 마을굿에서는 마을 수호신의 신상(神像)인 등신제웅을 만들고[3], 위도의 대리마을 띠배굿에서는 선장과 선원의 허수아비를 띠배에 태워 떠나보내는데,[4] 이러한 인형놀이는 제의적 연극 내지 원초적 연극에 해당한다.

따라서 호남 지역에는 민속극이 없다는 잘못된 인식을 바로잡고, 지역적인 특질을 밝히기 위해서는 인형놀이는 허수아비가 재액을 짊어지고 마을을 떠남으로써 마을을 정화하는 속죄양놀이로, 잡색놀이는 대포수가 치배에 의해 처형된 후 다시 되살아나는 죽음과 재생의 희생양놀이로 보는 관점을 취할 필요가 있다.

서양에서는 'Scapegoat'를 희생양과 속죄양을 모두 의미하는 용어로 사용한다.

---

1 박진태, 「농악대 잡색놀이의 연극성과 제의성」, 『한국민속극연구』, 새문사, 194~221쪽과 박진태, 「신청농악 잡색놀이와 탈의 양면성」, 『동아시아 샤머니즘연극과 탈』, 박이정, 1999, 136~161쪽 참조.

2 이두현, 「장례와 연희고」, 『한국무속과 연희』, 서울대학교출판부, 1996, 205~247쪽과 이경엽, 『진도다시래기』, 국립문화재연구소, 2004 참조.

3 『정읍지역 민속예능』, 전북대학교박물관, 1992, 22쪽 참조.

4 『위도띠뱃굿』, 열화당, 1993, 48~49쪽 참조.

공양은 시원적 통일의 회복, 즉 현현(顯現) 세계에서 여기저기에 흩어져 있던 것들이 재결합함을 의미한다. 창조 행위에는 항상 희생이 따르며, 희생은 삶과 죽음의 탄생과 재생의 순환이라는 점에서, 공양은 창조 행위 그 자체이며 인간을 우주의 여러 가지 모습에 일치시키는 것이라고 할 수 있다.

공양은 또한 화해를 통해서 신의 인도를 따라가는 것이며, 신의 의지에 몸을 바치고, 죄값을 치르는 행위이다. 공양이 행해지는 장소는 모두 옴팔로스(Omphalos)이다. 인간을 공양물로서 죽이는 인신 공양은 신들에 대한 인간의 오만함에 대한 속죄의 의미와 신들에게 피를 봉헌한다는 의미를 가진다.[5]

이와 같은 사전적 설명에서 공양에는 '죽음과 재생'의 공양물과 '속죄와 정화'의 공양물이라는 두 가지 의미가 있음을 알 수 있다. 따라서 전자는 '희생양'으로, 후자는 '속죄양'으로 구분할 필요가 있는데, 우리나라의 경우에도 다음과 같은 사례가 있음은 주지의 사실이다.

옛 부여 풍속에 홍수나 가뭄으로 기후가 고르지 않아 오곡이 익지 않으면 곧잘 그 허물을 왕에게 돌려 혹은 바꿔야 한다고 하고, 혹은 죽여야 한다고 하였다.(舊夫餘俗 水旱不調 五穀不熟 輒歸咎於王 或言當易 或言當殺[6])

이처럼 부여에서 농사와 흉작과 관련해서 왕을 교체하거나 살해한 이유는 다음과 같은 설명이 도움이 된다.

---

5 진 쿠퍼; 이윤기 옮김, 『그림으로 보는 세계문화상징사전』, 까치, 1994, 347쪽.

6 전해종, 『동이전의 문헌적 연구』, 일조각, 1982, 15쪽.

> ① 왕의 생식력이 쇠해지면 국토와 국민도 또한 불모와 궁지에 처해 어려움을 당하며, 그런 왕을 '대지모신(大地母神; Earth)'에게 희생물로 바치고 새로운 왕을 세움으로써 활력을 회복할 수 있다. ② 왕을 죽이는 공양은 묵은 해가 죽고 태양이 재생하여 새로운 해가 탄생하게 되는 혼돈의 12일 동안에 행해진다. ③후대에 이르러서는 왕 자신을 살해하는 대신에 왕의 대리 또는 희생양(Scapegoat)을 희생물로 바친다.[7]

이러한 사전적 설명에서 왕을 공양한 대상, 공양의 시기, 공양물의 교체 등에 대해서 알 수 있는데, 부여에서 왕을 교체 또는 살해한 것은 대지모신에게 왕을 공양한 것이며,[8] 왕이 대지모신의 아들이며, 인간에게 풍요를 가져다주는 곡령적(穀靈的) 존재라고 믿었기 때문에 죽어서 재생하길 기원하며 희생 의식을 행하였을 것이다. 이처럼 희생양은 '죽음과 재생'의 의미를 지닌다.

다음으로 속죄양에 대해 살펴보자.

> 남녀가 나후직성이 드는 나이가 되면 방언으로 '제웅(처용)'이라 부르는 허수아비를 만들어 머리 속에 동전을 넣고서 보름날 전날 초저녁에 길에 버려 액을 막았다. 아이들이 문밖에서 제웅(처용)을 불러 얻어서 머리를 파헤쳐 다투어 돈을 꺼내가지고 길거리를 돌아다니다가 내버렸는데, 이를 '제웅치기'라 하였다. 처용의 이름은 신라 헌강왕 때 동해 용왕의 아들의 이름이다. 지금 장악원의 처용무가 이것이다. 허수아비로 처용(제웅)이라 부르는 것은 다 이에서 가져온 것이다. (男女年值羅

7 진 쿠퍼; 이윤기 옮김, 앞의 책, 347쪽.

8 부여에서 대지모신신앙이 있었던 사실은 금와왕을 바위 밑에서 주워왔다는 신화를 통해서 알 수 있다. 바위 밑은 대지모신의 자궁 내지는 음부(陰部)이기 때문이다. "夫婁無子 一日山川求嗣 所乘馬至鯤淵 見大石相對淚流 王怪之 使人轉其石 有小兒金色蛙形 王喜曰 此乃天賚我令胤乎 乃收而養之 名曰金蛙" 최남선 편, 『삼국유사』, 1971, 40쪽.

睺直星者 造芻靈方言謂之處容 竇銅錢於顱中 上元前夜初昏 棄于塗以消厄 群童遍向門外 呼出處容 得便破顱爭錢 徇路而打擊之 謂之打芻戲 處容之稱 出於新羅憲康王時 東海龍子之名 今掌樂院鄉樂部有處容舞是也 以芻靈謂處容蓋假此也)[9]

제웅이 나후직성이 든 사람의 액운과 재난을 대신 짊어지고 떠나감으로써 액땜이 되고 정화되는 것이므로 죽음이 곧 탄생이라는 순환적 사고의 희생양과는 변별된다. 그러나 희생양의 경우에도 희생물을 다른 인간으로 대체하든가 동물이나 인공적인 매체를 대용(代用)할 경우에 대속(代贖)에 의하여 희생양이 정화되기 때문에 속죄양이라는 새로운 의미가 발생한다. 요컨대 희생양과 속죄양은 복합적인 양상을 보이지만, 논의의 편의를 위해서 희생양은 '죽음과 재생'을, 속죄양은 '속죄와 정화'를 의미하는 것으로 구별할 수 있겠다.

한편 제웅이 신라 처용의 후대적 이름이라고 말한 사실은 처용이 역신(疫神)을 퇴치한 벽사(辟邪)의 기능을 수행한 점을 고려할 때 제웅이 속죄양만이 아니라 나신(儺神)도 복합될 수 있음을 시사한다.[10]

2. 마을굿의 인형놀이에 들어있는 속죄양

1) 옹동 안골마을 당산제의 등신제웅놀이

정읍시 옹동면 매정리 안골(내동)마을의 당산제는 음력 초닷샛날 밤에 천제당에서 제사를 지내고, 이튿날 천제당에서 100여 미터 떨어진 당산나

9 홍석모; 이석호 역, 『동국세시기』, 을유문화사, 1982, 249쪽.

10 이두현, 『한국의 가면극』, 일지사, 1979, 53쪽 참조.

무 앞에서 파제(罷祭)를 지낸다. '원화주(여자)'가 제수를 마련하여 제사를 지내는데, '서바주'가 보조하고, 축문을 읽는 축관이 따로 있다. 동제의 절차와 방법은 다음과 같다.

① 제삿날이 정해지면 동네 앞에 인줄(금줄)을 치고 마을사람들을 제외한 일체의 외부사람은 출입이 통제된다. 초사흗날부터 제주는 물론 마을사람 전부가 육류나 생선과 같은 살생한 음식을 입에 대지 않는다./ ② 음력 전월 초닷샛날 아침, 서바주가 장을 본 것으로 원화주가 음식을 장만한다./ ③ 이날 밤에 천제당에서 제를 지내고 난 다음/ ④ 사람 크기의 등신제웅을 만든다. 등신제웅은 할아버지 등신과 할머니 등신 두 개를 만든다. 만드는 방법은 허수아비를 만드는 것과 같이 먼저 짚으로 사람의 형체를 만들고 백지에 얼굴을 그려서 붙인다. 만들어진 등신은 일단 멀리 동네 뒷산 밑에 모셔둔다./ ⑤ 그리고 그 이튿날인 초엿샛날 아침에 마을사람들이 풍물을 치며 다시 모셔온다./ ⑥ 이때 마을사람들은 물론 짐승들도 모두 끌고 나온다. 만약 밖으로 나오지 않고 집안에 그냥 머물러 있으면 발과 혀가 오그라져 죽는다고 믿는다. 주로 젊은 청년층의 같은 마을사람 중의 한 사람이 소를 타고 등신을 모시고서 풍물패와 함께 동네를 일주한다./ ⑦ 그 다음엔 등신을 당산나무 앞에 모셔놓은 뒤 축문을 읽고 파제를 지낸 후/ ⑧ 등신을 동네 뒷산 밑에 갖다 놓는다./ ⑨ 파제까지 해서 당산제가 모두 끝나면 마을사람들이 제사음식을 고루 나누어 먹고, 함께 모여서 이장 선출과 같은 마을의 중대사를 의논하고 동네의 1년 예산 결산을 한다.[11]

사람 크기의 등신(等身)제웅을 당산나무 당산신의 신상(神像)으로 보면, 안골마을의 당산제는 '① 마을의 정화와 제관(祭官)의 근신 → ② 제수 장

---

11 『정읍지역 민속예능』, 21~22쪽.

만 → ③천제당의 당제 → ④ 당산신(할아버지와 할머니)의 신상(神像) 제작 → ⑤ 당산신 맞이하기 → ⑥ 당산신의 신유(神遊) → ⑦ 당산신에 대한 제사 → ⑧ 당산신의 송신 → ⑨ 음복과 동회(洞會)'의 순서로 진행되는 것으로 파악된다. 천제당의 동신을 위해서는 제사만 지내는데, 당산나무의 동신을 위해서는 신상을 제작하여 '맞이 - 신유 - 제사 - 송신'의 절차로 신체인형(神體人形)놀이를 연행함으로써 제의적인 연극 내지 연극적인 제의의 형태를 보이는 점에서 인형극 발생을 시사하는 중요한 학술적 가치를 지닌다. 그런데 마을사람들만이 아니라 가축들까지도 신의 행렬에 참가함으로써 재액을 등신제웅이 대신 짊어지고 떠나가게 하는 사실은 '제웅치기'처럼 등신제웅도 속죄양의 역할을 한다는 해석을 가능하게 한다. 마을굿을 하는 이유에 대해 "마을사람들 간의 단합을 도모하고, 마을의 재난을 미리 막아내기 위해 행한다."[12]고 말하는 것도 마을사람들이 등신제웅놀이를 속죄양 의식으로 의식한다는 증거가 될 것이다. 물론 이 등신제웅은 당산신으로서 마을의 사기(邪氣)와 재난을 소멸시키는 나신적(儺神的)인 성격도 복합되어 있다. 그리고 부부신인 점에서 마을에 풍요와 다산을 가져다주는 생산신의 성격도 복합된 마을수호신이다.

2) 위도 대리 마을굿의 띠배놀이

위도 대리의 마을굿은 풍물패와 무녀가 공동으로 사제의 역할을 하는 점에서 풍물패 위주의 마을굿이나 무격이 주도적인 역할을 하는 마을굿과 대조된다. 마을굿의 절차를 정리하면 다음과 같다.[13]

① 마을회의에서 제만(제물 장만과 보관), 화주(제관), 원화장(제물

12 위의 책, 22쪽.

13 김월덕, 「위도띠뱃굿의 변화양상과 축제적 의미」(박진태 외 공저, 『세계의 축제와 공연문화』, 2004), 87~94쪽을 참고하여 재정리한다.

장만 주도), 부화장(원화장 보조) 등과 같은 사제를 선출하면, 이들이 섣달 그믐날부터 정월 초이튿날까지 제물을 준비한다.

② 섣달 그믐날 집집마다 뱃고사를 지내고, 유사(有司) 집 마당에서 풍물굿을 친다.

③ 정월 초사흗날이 되면 '화주 - 무녀 - 원화장 - 풍물패 - 뱃기를 든 선주들'의 순서로 당젯봉 위의 원당에 올라가 원당굿을 하는데, 도중에 동편 당산에서 풍물패가 당산굿을 친다.

④ 원당굿은 '제물 진설 - 화주의 헌작 배례'에 이어서 무녀가 9거리의 굿을 한다.

⑤ 무녀는 마을로 오고, 제관과 풍물패는 당젯봉 중턱의 작은 당에서 제사를 지낸다.

⑥ 동편 바닷가에 가서 제관과 풍물패가 용왕제를 지낸다.

⑦ 동편 당산에서 당산굿을 한다.

⑧ 마을의 주산, 곧 뒷산을 돈다.

⑨ 마을 서편 당산에서 당산굿을 한다.

⑩ 용왕당(해변 바위)에서 용왕제를 지낸다.

⑪ 굿패가 마을에 오면, 무녀가 용왕굿을 한다.

⑫ 무녀와 여자들이 가래밥을 바다에 뿌리며 해안을 돈다.

⑬ 모선(母船)에 띠배를 달고 바다로 나가 띠배를 멀리 띄워 보낸다.

⑭ 밤에 화주가 산신제인 도제를 비의(秘儀)로 지낸다.

⑮ 초나흗날부터 보름날까지 풍물패가 마당밟이를 한다.

⑯ 보름날에 암줄과 수줄을 만들어 메고서 주산돌기 - 줄놀이(싸움과 화해) - 줄다리기를 한다.

⑰ 풍물패가 판굿을 한다.

대리 마을굿의 제차(祭次)를 원당굿, 용왕밥주기와 주산돌기, 용왕굿과 띠배 보내기로 구분하든가,[14] 원당굿, 주산돌기, 용왕굿, 띠배 보내기로 보기도 하는데,[15] 초사흗날 하루 동안 거행되는 제의는 무녀가 사제가 되는 '원당굿 - 용왕굿'이 짝을 이루고, 제관과 풍물패가 사제가 되는 '당산굿 - 용왕제'가 짝을 이루며, 주산돌기는 이 굿패가 마을 동쪽에서 서쪽으로 이동하는 길놀이로 보아야 할 것 같다.

띠배놀이의 성격을 파악하기 위해서는 허수아비의 정체가 분명하게 구명되어야 하는데, 지금은 원당굿을 할 동안 띠배와 제웅을 만들지만, 예전에는 연말에 마을 입구에 금줄을 쳐서 잡인의 출입과 동민의 외출을 금지하여 마을을 정화하는 한편 동네 우물과 동서의 당산나무 밑과 터가 센 곳에 '동네 모든 액을 몰고 가라'는 뜻에서 허수아비를 세워두었다가 초사흗날 용왕굿을 마친 후 띠배에 태워 띄워 보냈다고 한다.[16] 현재의 마을 사람들은 허수아비가 선장과 선원들이라고 말하지만, 띠배에 동방청제축액장군(東方青帝逐厄將軍), 서방백제축액장군, 남방적제축액장군, 남방적제축액장군, 북방흑제축액장군, 중앙황제축액장군이라고 쓴 종이기를 매달고,[17] 또 '동네 모든 액을 몰고 가라'는 뜻에서 허수아비를 신성 장소에 두었다는 사실에서 위도의 허수아비도 신라의 처용이나 지리적으로 인접한 정읍시 옹동의 안골마을의 등신제웅처럼 벽사의 의미와 속죄양의 의미가 복합되어 있음을 추찰(推察)할 수 있다.

한편 대리 마을굿의 성격을 이해하려면, 먼저 원당(願堂)의 주신이 밝혀져야 할 터이다. 당집 안에는 정면 벽에 원당마누라, 본당마누라, 옥저부인, 애기씨라 불리는 여신도(女神圖)가, 오른쪽 벽에는 남신의 산신도가, 왼쪽 벽에는 장군의 화상이 걸려 있으며, 문의 안쪽에는 금강역사 같은 문신(門神)이 그려져 있었다는 보고가 있는가 하면,[18] 정면 벽에는 애기씨,

---

14 하효길, 「위도띠뱃놀이의 현황과 전망」(비교민속학회, 『한국지역축제문화의 재조명』, 1995년 가을학술대회 논문집), 158쪽 참조.

15 김월덕, 앞의 논문, 92쪽 참조.

16 임석재, 「떠나가는 띠배, 깨끗해진 마을」, 『위도띠뱃굿』, 열화당, 1993, 81~83쪽과 95쪽 참조.

17 위의 논문, 94~95쪽 참조.

옥지부인, 본당마누라, 원당마누라가, 좌측 벽에는 장군님이, 우측 벽에는 물애기씨, 신령님, 산신님이, 문 좌우에는 문수영대신(2명)이 그려져 있어서 모두 10서낭이지만, 당집을 최초로 지은 당주(堂主)를 신으로 섬기면 11서낭이 되고, 여기에 정체가 불분명한 서낭까지 합하면 12서낭이 된다는 주장도 있다.[19]

그리고 원당에서 하는 무굿은 성주굿, 산신굿, 손님굿, 지신굿, 원당·본당서낭굿, 애기씨서낭굿, 장군서낭굿, 깃굿, 문지기굿이라고도 하고,[20] 성주굿, 산신굿, 손님굿, 지신굿, 서낭굿1(원당, 본당서낭), 서낭굿2(애기씨서낭), 서낭굿3(장군서낭), 깃굿, 문지기굿이라고도 한다.[21] 이처럼 서낭굿이 산신굿보다 우세하고, 당집의 이름도 원당이로 부르는 점을 고려하면, 주신이 원당서낭신이라 할 수 있다. 원당굿이 원당서낭신을 주신으로 하고 무신(巫神)을 위한 굿거리를 다신교적으로 행하는 것이라고 보면, 해변의 용왕굿도 이의 연장선상에 둘 수 있다. 왜냐하면 주문진별신굿에서 서낭당에서 굿을 하다가 용왕굿을 할 때는 바닷가에 가서 하기 때문이다. 그리하여 대리마을굿은 첫 번째로 원당굿과 용왕굿과 가래밥 뿌리기를 무녀가 사제가 되는 굿으로 묶을 수 있고, 두 번째로 당산굿과 용왕제와 마당밟이와 판굿은 제관과 풍물패가 사제가 되는 굿으로 묶을 수 있다. 그리고 당산나무와 우물과 터가 센 곳에 허수아비를 놓았다가 그 허수아비들을 띠배에 태워 띄워 보내는 허수아비놀이는 두 번째 굿에서 파생된 제의극(祭儀劇)이다.[22] 요컨대 무당이 사제가 되는 마을굿[23]과 풍물패가

18 위의 논문, 81쪽 참조.

19 하효길, 앞의 논문, 157~158쪽 참조.

20 김월덕, 앞의 논문, 89쪽 참조.

21 하효길, 앞의 논문, 158쪽 참조. '갓굿'은 '깃굿'의 오기(誤記)인 듯하다.

22 대리마을굿에는 인형놀이굿 이외에도 원당굿을 마치고 하산할 때 화장이 얼굴에 숯검정이나 먹물을 칠하고 어릿광대짓을 하는 장면과 판굿의 잡색놀이가 있다.

23 위도 대리마을굿은 무당이 사제가 되는 점에서는 동해안별신굿·황해도대동굿·경기도 도당굿과 동일하지만, 다른 지역에서는 무당의 몸이나 신대나 동민의 몸에 마을수호신이 접신되지만, 대리마을에서는 이러한 신내림 현상이 없는 점에서 결정적인 차이가 있다.

사제가 되는 마을굿 및 인형놀이굿이 복합된 것이 대리 마을굿인 것이다. 따라서 '원당제', '띠배놀이', '띠배굿'이라는 명칭들은 마을굿의 전체상을 포괄하지 못하고 일부만 가리키는 제한적인 의미만 지닌다.

3) 농악의 잡색놀이에 들어있는 희생양

잡색놀이에 죽음과 재생 모티프가 들어 있는 농악은 임실「필봉농악」과[24]「영광농악」[25]이고,「김제농악」과 화순「한천농악」은 대포수의 처형만 있다.「한천농악」은 대포수의 상여를 운구하는 것으로 끝맺지만,「김제농악」에서는 도둑잽이에 이어서 연행되는 탈머리굿에서 성(城)쌓기를 하고 대포수의 목이 걸린 영기를 들고 그 위를 지나가는 식으로 대포수가 죽어서 성의 수호신으로 승화된다. 여기서는 희생양의 속성인 '죽음과 재생' 모티프를 극화한 농악을 집중적으로 조명하겠는데,「영광농악」은 전남 지역에 속하고, 또 관점은 다르지만 이미 고찰한 바가 있으므로[26] 임실「필봉농악」의 도둑잽이놀이를 집중적으로 분석하기로 한다. 먼저 놀이의 과정을 간략하게 정리하면 다음과 같다.[27]

① 상쇠가 치배를 이자진(二字陣)으로 만든 다음에 대포수 체포 작전을 지시한다.

② 대포수가 등장하여 꽹과리에 소변을 보고, 장구를 거꾸로 메고 시장타령을 부르고, 춤추며 논다.

---

24 정병호,『농악』, 열화당, 1986, 101~102쪽과『호남좌도풍물굿』, 전북대학교박물관, 1994, 199~204쪽의 자료 참조.

25 이두현,『한국무속과 연희』, 서울대학교출판부, 1996, 259~277쪽의 자료 참조.

26 박진태,『한국민속극연구』, 새문사, 210~215쪽과 박진태,『동아시아 샤머니즘연극과 탈』, 박이정, 141~154쪽 참조.

27『호남좌도풍물굿』, 전북대학교박물관, 1994, 199~204쪽의 자료가 정밀조사에 의한 것이므로 이를 분석한다.

③ 대포수가 잡색들(허구잽이, 양반, 골뱅이, 조리중, 창부)을 불러 노름판을 벌인다.

④ 치배의 경고(징소리)에도 불구하고 노름을 계속한다.

⑤ 상쇠의 명으로 투전꾼들이 몽둥이로 대포수를 치고, 대포수는 기절한다.

⑥ 상쇠가 대포수의 관(대포수의 목을 상징)을 영기에 건다.

⑦ 대포수의 가족(아들, 아내, 딸)이 대포수를 살리려고 주장매귀굿을 하지만 효험이 없다.

⑧ 천봉사를 불러 침을 놓으니 대포수가 살아난다.

⑨ 상쇠가 어룸가락을 치며 굿패를 불러 모으고, 대포수는 관을 되돌려 받는다.

보고서에서는 이 같은 도둑잽이놀이를 첫째 마당(①②), 둘째 마당(③~⑥), 셋째 마당(⑦), 넷째 마당(⑧⑨)으로 구분하였는데, 이에 따라 극의 흐름을 분석하기로 한다.

상쇠 : 술령수!

일동 : 예이!

상쇠 : 각항 치배 모두 대령하랍신다.

일동 : 예이!

상쇠 : 나팔 삼초하라! (나팔수가 나발을 세 번 분다.)
징 삼종하라! (징수가 징을 세 점 친다.)
장고삼타! (장구잽이가 장구를 세 점 친다.)
대고삼타! (북수가 북을 세 점 친다)
소고삼타! (소고잽이가 소고를 세 점 친다.)

상쇠 : 전라북도 00면 00리 00마을 산하 진중(陣中)에 도적이 강성하니 대포수를 잡아 대령하라.

일동 : 예이!

상쇠 : 청도기 앞세우고 동에 가 매복하고
흑도기 앞세우고 북에 가 매복하고
백도기 앞세우고 서에 가 매복하고
적도기 앞세우고 남에 가 매복하고
황도기 앞세우고 중앙에 매복하라.

일동 : 예이!

(대포수가 익살스런 걸음걸이로 등장하여 긴장된 표정으로 주위를 살펴본 다음 무언가 일을 꾸미려는 자세로 판 가운데로 들어와 기고만장한 듯한 태도로)

대포수 : 허 참 살다보니 별일도 다 있구먼. 오늘같이 진중이 조용헌 날도 다 있네. (주위를 살피며 매복 장소로 서서히 접근하여 쇠/꽹과리를 발견하고는 놀라는 표정으로) 요것이 뭣여. 그것 참 괴이허게 생겼다. 쑥떡같이 생겼는디, 고물이 없으니 쑥떡은 아니고, 접시같이 생겼는디 국물이 없으니 고것도 아니고, (생각에 잠긴 듯 판 가운데 벌렁 누웠다가 일어나며) 옳다. 우리 할아버지 요강단지로구나!
(쇠를 들고 판 가운데로 당당하게 걸어가 바지를 내리고 쇠에다 오줌을 싼다.) 어허, 하이고 시원허다!
(익살스런 표정으로 다시 판을 두루 휘둘러본 다음 장고가 있는 쪽으로 가서 장고를 만져보며) 이것은 또 뭣이여. 절구통같이 생겼는디, 앞이 막혔으니 그것도 아니것다. (줄을 당기며) 쪼깐헌 애들이 갖고 노는 실띠기도 아니제? (들고 때리다가 소리가 나자 깜짝 놀라며) 요것이 소리가 나? (장고를 때리며) 그려, 니가 소리를 헌깨, 나도 소리 한번 해봐야 쓰것다. (장구를 거꾸로 메고 '시장타령(장타령?)'을 제멋대로 불러본다. 시장타령을 부른 다음) 허 참 재미 드럽게 없네. 옳다.

니 놈이 장난을 한번 더 혀 봐라. 떡 본 김에 제사 지낸다고, 썩을 놈의 것 춤이나 한번 춰보자! (구경꾼들과 응하며 춤을 춘다. 장단보다 먼저 춤을 끝내고는) 저저저저 정신 넋 떨어진 놈을 봤나. 야 이놈아 춤 끝난 지가 고삼년여![28]

첫째 대목은 상쇠가 치배를 점고하여 자신의 지휘권을 공고히 한 후 도둑의 우두머리인 대포수를 체포하기 위해 동서남북과 중앙에 군사를 매복시키는 장면이다. 마을굿은 내림(강신)의 원리가 작용할 경우에는 마을의 수호신을 맞이하여 마을로 내려와서 집돌이를 하며 동신으로부터 명(命)과 복(福)을 받고, 동신의 힘으로 잡귀를 뭍 아래로 추방하지만, 내림의 원리가 작용하지 않을 경우에는 동신을 위한 굿과 지신밟이가 단속적(斷續的)으로 진행되는데, 호남 지방의 마을굿은 대부분이 후자에 속한다. 하여튼 마을굿의 핵심이 축귀(逐鬼)와 초복(招福)인데, 악귀를 내쫓는 풍물패의 역할을 도둑을 잡는 역할로 전환시켜 놀이화한 것이 도둑잽이 놀이인 것이다.

둘째 대목에서 대포수가 꽹과리와 장구의 악기로서의 기능과 가치를 부정하고 비하하는 행위는 골계적인 효과를 노린 익살만은 아니고 상쇠가 지휘하는 치배의 권위에 대한 도전이며 풍물패를 조직하여 마을굿을 하는 공동체 의식을 위협하는 것이기 때문에 상쇠에 의해서 마을의 질서와 안전을 파괴하는 '도둑', 곧 공공(公共)의 적으로 인식되는 것이다. 그리고 대포수의 '공공의 적'다운 면이 둘째마당의 노름 장면에서 다시 표현된다.

대포수 : (이리 갔다 저리 갔다 하며, 바닥에 주저앉아 신발을 벗고 발 냄새도 맡아보고, 머리도 긁적여 보고, 이를 잡기도 하고, 콧구멍을 후비기도 하면서, 무료함을 달래는 듯한 행동을 하다가, 투전패를 죄는

---

28 위의 책, 199~200쪽.

흉내를 내다가, 무릎을 치면서 벌떡 일어나 주위의 사정을 살핀 다음, 손바닥을 펴서 간지를 짚어보며) 병자 정축 화동통 갑자 을축 해금종. 왔다. 오늘이 손 없는 날이렸다.! 천후 이런 좋은 기회가 다시 없을 것 같으니, 투전판을 벌인다면 만사대통! 싹쓸이라! (주위를 살피며 사람을 찾는 시늉을 하다가) 허구잽아! 허구잽아! 치깐에서 똥을 뽑고 있냐? 야, 이놈아! 앤간치 뽑고 후딱 나오니라.

허구잽이 : (대포수가 서 있는 뒤쪽에서 허구잽이가 바지를 추스르면서 똥 싸다만 어정쩡한 표정으로 등장) 뭔 일여? 뙤놈이라도 쳐들어왔는가?

대포수 : (허구잽이에게 투전을 보여준다.)

허구잽이 : (병신스럽게 웃으며 판 가운데 앉는다. 그 사이에 대포수는 다른 사람들을 부르러 간다.)

대포수 : 아 골롱뱅아! (구경꾼들을 향해) 거 골롱뱅이 목 봤소? 거 눈깔이 뒤꼭지에 붙었는게벼! 골롱뱅아! 골롱뱅아! (사이)

양반 : (판에 등장하여 대포수의 등을 툭 치며) 나 불렀소?

대포수 : (양반의 수염을 툭툭 치며) 중뱅이 바닥에서 영반노릇 허다가 수염 뽑힌다는 소리도 못 들었냐? 야 이놈아, 여러분께 니 안디 본향을 상세히 말씀드려라.

양반 : (거드름을 피우며) 홀랑쿵 쫄랑쿵 저 안 골목바지, 웃 똑딱 아랫 똑닥 가운데 똑딱 천독다리 안집에 산다~.

대포수 : 앵잉~. 그려어? (투전패를 보여준다.)

양반 : (굽신거리는 태도로 시켜 달라고 애원하는 사이)

골뱅이 : (하품을 하며 등장하여) 나 불렀소?

조리중 : 나도 불렀소?

대포수 : 아, 이놈들이 이번에는 단체로 등장이네. (양반, 허구잽이, 골뱅이, 조리중 등이 나와 판을 잡고 있는 사이에) 오늘이 이 대포수님 생일이냐 뭐냐? 니놈들 쌈짓돈 긁는 것은 시실(세 살) 먹은 애기 사탕

빽기처럼 쉽지 이놈들아. 그려, 오늘이 장날이다. (흥에 겨워 투전을 시작)

양반 : 나는 닷 푼이요.

창부 : 나 세 푼이요.

대포수 : 조리중, 허구잽이는 안 거냐?

허구잽이 : 아, 이 사람! 걱정 말고 패나 돌려. 밑천은 두둑헝개.

대포수 : (패가 좋지 않아 울상)

양반 : (회심의 미소를 띠우며) 일곱이다. (돈을 쓸려하자)

허구잽이 : (양반의 손바닥을 때리며) 자, 봐. 뀌울치다, 뀌울치 (하며 판돈을 긁어모은다)

양반 : 이 사람, 첫 끗발은 개끗발이여. 가뭄에 단비 만났네.[29]

대포수가 일진(日辰)을 보고 운수 대통할 날인 줄 알고 허구잽이, 양반, 조리중, 창부, 골뱅이를 불러 투전판을 벌인다. 그러나 대포수가 '생일', '장날', '아이들 사탕 빽기'라고 장담한 것과는 다르게 첫판은 무리 중에서 제일 만만한 허구잽이가 돈을 딴다. 허구잽이의 이러한 끗발에 양반은 '첫 끗발은 개끗발'이라고 악담을 하여 배가 아픈 속내를 드러낸다. 노름꾼들의 심리를 잘 드러내는 장면이다.

(다시 패를 돌리려 하자, 징소리 1타. 투전꾼들이 놀라서 허둥지둥 도망. 개처럼 기어가기도 하고, 토끼처럼 깡충깡충 뛰어가기도 하다가 신발을 흘리기도 하면서 치배들 속으로 숨는다. 잠시 후)

대포수 : (동정을 살피며 등장) 이놈들 뒷집 풋말 방구 뀌는 소리에 놀랐냐? 대포소리 들었으믄 다들 깨 팔로 갈 뻔했네.

(투전꾼들 다시 눈치를 살펴가며 서서히 모여든다.)

---

29 위의 책, 200~201쪽.

양반 : 간 떨어지는 줄 알았네.

대포수 : 야, 패 돌려.

허구잽이 : 돈 놓고 돈 먹기여. 집문서 밭문서 기분 조믄 마누라도 담보로 잡아줘. (하며 패를 돌린다.)

농구(?) : 까막까시 허지 마.

조리중 : 허허 누구를 간신 조조로 아나?

대포수 : (갑오를 잡고는) 갑오 갑자중 새칠팔 땡벌장 구름 속에서 왕래헌다. 돈 봐라. 돈 봐. 내 돈 봐라. (하는 사이)

양반 : (땅을 치며) 아니고, 나 죽었네. 나 죽었어. 우리 마우라가 웃고티 섭섭이네 품 팔아서 붓 사라고 준 돈인디. 아이고 나 죽었네.

허구잽이 : 거 돈 몇 푼 갖고 지지배 같이 질질 짜기는. 에이, 기분 잡쳤네.

(대포수가 돈을 긁어모으는데, 두 번째 징소리가 난다. 전번과 같은 동작으로 도망. 잠시 후 대포수 등장.)[30]

징소리는 대포소리로 치배, 곧 군사들이 가까이 왔다는 징후인데, 대포수는 '말 방귀소리'로 간주하고 노름을 계속하자고 재촉한다. 그리하여 허구잽이의 말마따나 집문서, 밭문서만이 아니라 심지어 마누라마저도 담보로 잡히는 노름판은 계속된다. 그리고 판세도 반전되어 이번에는 대포수가 돈을 따게 되고, 양반은 '마누라가 품팔아서 붓을 사서 공부하라고 준' 돈을 모두 날리게 된다.

대포수 : 달밤에 삿갓 쓰고 무슨 지랄여? (하늘을 가리키며) 거 하눌림 쪼까만 기대리쇼. 두 판이믄 다 쓸 것고만. 그새를 못 참아 갖고는 오도방정을 다 떨고 그려? 내 싸악 쓸어갖고 군입정 값에다가 자릿세

30 위의 책, 201~202쪽.

섯 푼까지 언져줄랑게. 쪼까만 참으쇼.

(투전꾼들 고개를 내밀며)

조리중 : 아, 없어. 없냐구우?

대포수 : 거 때때중 한밤중 인경소리에 놀랐소. 거 울보양반 샌님양반 내 돈 5도 5푼 7도 8푼 열여덟 개는 띠어 먹을거여?

양반 : 걱정 마쇼. 내 머리를 깎아 달버전(?)에 내다 팔아서라도 열여덟 리는 꼭 갚을 팅게.

조리중 : 자리가 안 좋아서 패가 안 붙응게, 우리 손 없는 자리로 옮겨서 한번 해보세.

창부 : 사방팔방 오방팔방 갑자칠봉 가운데 땡 옳거니. (가운데를 가리키며) 저기가 명당일세.

대포수 : 허 그놈들 못 헌다는 소리는 안 허구 자리 탓을 허네.

(다시 자리를 잡고 패를 돌리는데, 꽹과리 소리 1번 난타하면, 동작을 멈추고 군시렁거린다.)

대포수 : (태연하게 패를 만지며) 이 깊은 첩첩산중에 어이 포수가 없으리? 사냥터니라고 나는 소리니 걱정일랑 허리춤에 꽉 붙들어 매고 판 돌려봐.

(사이. 꽹과리 소리 난타에 다들 도망치고 대포수만 남아 돈을 세는데)

상쇠 : 전라북도 00군 00면 00리 00마을에 도둑이 강성하니 대포수 목을 쳐서 속히 대령하라.

일동 : 예이!

(투전꾼들이 각기목을 들고 와서 대포수 주위를 옳게 한 바퀴, 거꾸로 한 바퀴 돈 다음, 동시에 마당바닥을 세 번 세게 후리친다. 대포수 비명소리를 내며 기절. 이때 화동이 대포수 관을 벗겨서 상쇠에게 대령한다. 상쇠가 그 관을 영기에 건다.)[31]

---

31 위의 책, 202~203쪽.

두 번째 징소리(대포소리)에 혹자는 천둥소리로 알고 비에 대비해서 삿갓을 쓰기도 하지만, 대포수는 '인경소리'로 간주하고 양반에게 빚 갚으라고 독촉한다. 대포수가 운수가 대통할 것이라는 예측이 적중하여 돈을 싹쓸이하다시피 하므로 조리중과 창부가 자리를 바꾸어 대포수의 독주에 제동을 걸려고 한다. 그때 군사들이 공격하는 총소리가 들리지만 대포수는 '포수의 총소리'로 간주하고 피신하지 않은 채 돈만 챙기다가 체포되어 처형되고 그의 목이 효수된다. 그것도 투전꾼들의 배신에 의한 것이니, 대포수의 몰락은 더욱 충격적인데, 이에는 잡색이 치배에게 굿의 주도권을 빼앗기고 종속된 농악의 역사가 반영되었을 것이다.[32] 하여튼 대포수는 노름을 통하여 남의 재물을 모조리 자기 소유로 하였으니, '도둑'으로 인식되어 마을 공동체로부터 배척당한다.

아들 : 아부지 아부지 죽어버렸소? 어그저끄까지 멀쩡쩔하던 우리 아부지였는디, 하루아침에 황천대학을 가부렀네. 아! 정말 간 것이여? 아이고, 아이고오.

어머니 : 시상에 이것이 뭔 일여? 나 혼자 어쩌게 살라구 혼자 가부렸소? 아니고 아이고 북망산천 길이 어디멘디 어찌 혼자 가버렸소? 땡구 아부지 땡구…….

딸 : 아이고, 아이고, 아부지! 아부지, 밥숟갈 놨소? 이년 혼사 날짜 받아 놓고, 꽃가마 타는 것도 못 보고 밥숟갈 놨소? 아부지 일어나, 응 아부지. (세 명이 합창으로 운다.)

어머니 : (갑자기 울음을 그치고) 말 들어본깨, 재 너머 후조지영감

32 악사와 배우의 관계에 있어서 악사가 주도권을 행사하는 것이 농악 잡색놀이이고, 배우가 주도권을 행사하는 것이 탈놀이라는 관점은 일찍이 조동일, 「농악대의 양반광대를 통해서 본 연극사의 몇 가지 문제」, 『동산 신태식박사 송도기념논총』, 1969에서 제기되었다. 그리고 박진태, 『한국민속극연구』, 10~21쪽에서 무당굿에서 농악굿과 탈광대굿이 분화되었을 것으로 추정하였다. 그리고 199~206쪽에서 일광놀이와 도둑잽이를 분석하면서 치배(악사)와 잡색(배우)의 관계를 논의한 바 있다.

도 밥순갈 놓은지 삼일만에 다시 살아났다더라. 땡구야 주장매귀가 들어서 그런지도 모른깨, 주장매귀굿을 해주자.

딸 · 아들 : 예.[33]

대포수의 죽음은 공동체의 입장에서는 당연한 것이지만, 가족한테는 상실과 단절의 충격과 고통이 크지 않을 수 없다. 아들과 아내와 딸이 제각기 자신의 처지에서 대포수의 죽음에 대해 지극히 인간적인 반응을 보인다. 지연에 의한 공동체와 혈연에 의한 공동체의 이익이 상충하는 심각한 상황이다. 그리고 이러한 상황의 반전이 죽음과 부활의 구체적인 사례에 대한 아내의 지식에 근거해서 시도된다. 굿은 죽은 사람도 살려낼 수 있다는 믿음을 가지고 있기 때문에 희망이 있는 것이다.

한 아낙이 등장하여 주장매귀굿을 한다. 효험이 없다.

어머니 : 이것도 화엄이 없으니, 후딱 가서 천봉사 좀 불러 오니라.

아들, 퇴장해서 천봉사를 데리고 등장.

천봉사 : (작대기로 길을 더듬으며) 나한티 맸겨. 나한티만 맸겨. (판으로 들어와 죽어 있는 대포수의 그곳을 짚어보고, 발목을 잡고 진맥을 하더니) 오라, 이것은 배꼽에다 침을 맞아야 되겼어. (하며 대침으로 배꼽에다 침을 놓으니)

대포수 : (벌떡 일어나 찢어지게 하품을 하며) 하이고, 낮잠 한번 잘 잤다.

(아무 일도 없었다는 듯이 머리를 긁적거리면)

천봉사 : (좋아하며) 나한티 맸기랬지.

이때, 상쇠가 판 안으로 들어와 어룸가락을 치며 굿패를 불러 모은다.

대포수 : (관이 없어진 것을 발견하고, 혼 빠진 사람처럼 뒹굴다가,

---

33 『호남좌도풍물굿』, 203쪽.

자기의 관이 영기 위에 걸려 있는 것을 발견하고, 영기에게 가서 애걸복걸 사정사정하면 영기잽이는 도망하여, 쫓고 쫓기며 판 안을 몇 바퀴 돌다가 간신히 관을 건네받는다.)

대포수 : (몹시 기뻐하며, 춤을 덩실덩실 으쓱으쓱 춘다.)[34]

굿이 효험이 없자 의원을 불러다 대포수를 회생시킨다. 주당굿을 하여도 효험이 없다는 것은 귀신의 빌미로 생긴 병이 아니라는 뜻이다. 그래서 의술적인 방법을 동원하여 효과를 본다. 그러나 관이 없는 상태는 불완전한 회생이다. 관은 대포수의 목을 의미하기 때문이다. 지역 공동체로부터 그가 해로운 존재가 아니라 이로운 존재라는 사실을 인정받아 완전한 재생을 이룬다. 그리고 마침내 상쇠가 주도하는 치배 내지 지역 공동체와 화해한다.

이상에서 살펴본 바와 같이 도둑잽이놀이는 첫째 마당(①②)에서는 대포수로 인하여 공동체의 질서가 교란되고 위협받는 혼돈과 위기의 상황이 생기고, 둘째 마당(③④⑤⑥)에서 대포수가 노름이라는 반사회적인 방법으로 흥성한 까닭에 지역 공동체로부터 처형된다. 그렇지만 셋째 마당(⑦)에서 가족이 대포수를 회생시킬 대책을 세우고, 넷째 마당(⑧⑨)에서 대포수의 재생과 명예 회복이 이루어진다.[35] 그리하여 도둑잽이놀이는 '혼돈과 위기 - 범죄와 처형 - 구제 - 재생'의 과정[36]으로 극이 진행됨으로써

34 위의 책, 203~204쪽.

35 「김제농악」이나 「화순농악」은 죽음으로 끝맺고, 「영광농악」은 대포수가 회생하여 치배와 화해한다.

36 르네 지라르; 김진식 옮김, 『희생양』, 민음사, 1998, 44쪽에서 집단적 폭력을 이야기하는 자료에 사회문화적 위기, 무차별화의 범죄, 범죄 용의자들이 희생물이 될 징후, 폭력이 전형적인 요소로 발견된다고 하였는데, 임실 「필봉농악」의 도둑잽이놀이에 '위기'와 '범죄' 두 전형이 나타난다. 그런데 굳이 나머지 전형을 찾는다면, 신발을 벗어 냄새를 맡고, 머리를 긁적이고 이를 잡는 사실, 곧 '불결한 외모'가 될 것 같고, 집단적 폭력은 상쇠(치배)에 투항한 투전꾼들이 각목으로 대포수를 치는 행동 - 땅을 치는 상징적이고 암시적인 동작을 취하지만 - 이라 할 수 있다.

기승전결(起承轉結)의 구성법을 보인다. 그리고 대포수가 공동체의 증오의 대상이 되어 처형되었다가 다시 부활하여 공동체의 안녕과 발전을 위하여 활동하는 인물이 되는 식으로 희생양의 양면성을 보인다.

도둑잽이놀이의 '도둑'은 두 가지 측면에서 이해할 수 있다. 하나는 군사놀이적인 측면이고, 다른 하나는 투전놀이적인 측면이다.[37] 먼저 군사놀이적인 측면에서 보면, 아군(치배)과 적군(잡색)으로 나뉘어 적군이 훔쳐간 쇠(이리농악의 일광놀이)나 나팔(김제농악의 도둑잽이)을 아군이 되찾음으로써 마을 공동체의 결속력과 방어력을 확충·진작시키려 할 때 잡색은 '도둑'이다. 다음으로 투전놀이적인 측면에서 보면, 노름 행위는 노동과 거래에 의하여 재물을 취득하는 것이 아니므로 남의 돈을 훔치는 '도둑질'로 인식되는 것이다. 그런데 이런 '도둑'에게서 '신성(神性)'을 발견하게 된다. 무당굿놀이 중에서 황해도 지역의 「도산말명」은 "신의 물건을 훔쳐서 만 인간들을 먹이는 존재"[38]이고, 제주도 지역의 「꽃탐」은 "꽃감관이 키우고 삼승할망이 사용하는 생명의 꽃을 심방이 훔쳐내는 내용"[39]을 극화시킨 것이다. '신성한 도둑'은 동해안 별신굿의 세존굿에서 연희되는 중도둑잡이에서도 나타난다. 중이 마을의 재물을 훔치는 도둑인 줄 알았는데, 기실은 명과 복을 가져다주는 신성한 사제라는 사실이 밝혀지는데,[40] 세존굿에서 구연되는 서사무가 당금아기타령에서는 중이 처녀의 정조를 훔치는 도둑과 처녀에게 아들을 점지해주는 생산신의 양면성을 지닌다.[41]

잡색은 첩자로서는 적의 무기나 정보를 훔치고, 노름꾼으로서는 재물을 훔치지만, 죽음과 재생을 통하여 적으로부터 공동체를 방어하여 무사

---

37 김익두, 「한국풍물굿 잡색놀음의 공연적·연극적 성격」, 『비교민속학』 제14집, 비교민속학회, 1997에서 잡색놀이의 중심 모티프를 양성(兩性)놀음, 투전놀음, 군사놀음으로 보고, 그 결합 양상에 따라 7가지 유형으로 분류한 바 있다.

38 황루시, 「무당굿놀이연구」, 이화여자대학교 대학원 박사학위논문, 1987, 79쪽.

39 위의 논문, 81쪽.

40 박진태, 『한국민속극연구』, 새문사, 1998, 87~88쪽 참조.

41 최길성, 「세존굿과 도둑잡이의 구조분석」, 『한국민속학』 제12호, 민속학회, 1981 참조.

태평을 담보하거나, 재물을 증식시켜 공동체의 풍요와 번영을 담보하는 존재로 승화한다. 특히 노름꾼으로서의 잡색에 대한 후자와 같은 해석은 김해 가락마을 지신밟기에서 포수가 가재(家財) 도구를 총으로 쏘는 흉내를 내고, 하동과 상놈이 마당에 끌어낸 그 물건들을 판돈으로 하여 잡색들이 투전판을 벌이고, 양반이 가재 가구를 모조리 차지한 뒤 그것들을 다시 집주인에게 팔아 그 돈으로 마을기금을 조성하는[42] 사실을 방증으로 삼을 수 있다. 요컨대 임실 「필봉농악」의 도둑잽이놀이는 '재물을 훔치는 자가 재물을 증식시킬 수도 있다', '공동체의 안전을 위협한 자가 공동체를 수호할 수도 있다'라는 역설적인 사고를 대포수가 죽음에 이르는 과정과 회생하는 과정을 극화하여 표현하였다. 그리고 이러한 도둑의 양면성을 통하여 희생양의 양면성을 표현하였다.

4. 탈놀이에 들어있는 희생양과 속죄양

1) 「하회별신굿탈놀이」

「하회별신굿탈놀이」에서 백정 마당과 할미 마당에 희생양과 속죄양이 나타난다. 먼저 백정 마당의 놀이 과정을 정리하면 다음과 같다.

① 백정이 들어와서 도끼춤을 춘다.
② 소가 등장한다.
③ 백정이 소를 죽인다.
④ 백정이 염통과 우랑을 팔며 걸립을 한다.

---

42 김해민속예술보존회 편, 『김해가락오광대』, 박이정, 2004, 168~169쪽 참조.

백정이 황소를 도살하여 그 염통과 우랑을 팔며 그것을 먹으면 양기가 좋아진다고 하는데, 이것을 제의적인 맥락에서 해석하면 소가 죽어서 인간의 몸 안에서 부활한다는 뜻이다. 예수가 최후의 만찬에서 제자들에게 빵과 포도주를 주면서 그것을 먹으면 제자들의 마음 안에서 예수가 부활할 것이라고 말한 것과 같은 이치이다. 요컨대 백정마당은 황소의 희생제의를 행하여 하회마을 공동체가 죽음과 재생을 통하여 무사태평하고 풍요로운 땅이 되길 기원하였던 것이다.[43]

다음으로 할미 마당을 살펴보기로 한다.

① 쪽박을 허리에 찬 할미가 들어온다.
② 할미가 베틀가를 부르며 베를 짠다.
③ 할미가 영감과 청어를 놓고 다툰다.
④ 할미가 쪽박을 들고 걸립을 한다.

할미는 늙고 못생기고 가난하여 가을 내지 겨울을 상징한다. 그러나 영감과 청어를 놓고 다투는 점에서는 역설적으로 억척스러운 생명력을 보이기도 한다. 할미가 영감에게 쫓겨나 구걸을 하는 것은 겨울의 추방의식의 극화인데, 할미는 세상의 늙음, 더러움, 빈곤, 박복, 죽음을 짊어지고 떠나감으로써 하회마을 공동체에 젊음, 깨끗함, 풍요, 행복, 생명을 가져오는 속죄양이다.[44]

2) 산대놀이 · 해서탈춤 · 들놀음 · 오광대

「송파산대놀이」와 「양주별산대놀이」에서는 할미와 영감 이외에 자식들

43 박진태, 『탈놀이의 기원과 구조』, 새문사, 1991, 155~159쪽 참조.
44 위의 책, 190쪽 참조.

(도끼와 도끼누이)이 추가되어 「하회별신굿탈놀이」 할미마당의 부부 관계에서 발생하는 단선적·평면적 갈등 구조에 비해서 부자·부녀·모자·모녀·남매 관계가 복합된 보다 복잡한 복선적·입체적 갈등 구조를 만들어 가족 상호 간의 애증 친소 관계를 극화시켰다. 그리하여 부권의 지배력 강화로 인한 모권의 수난상이 신하래비의 구박으로 미얄할미가 화병으로 죽든가 독약을 먹고 자살하는 식으로 전개된다. 그리고 미얄할미의 죽음을 계기로 이산된 가족이 모여 갈등이 해결된다. 이처럼 산대놀이의 할미마당에서는 부모자녀의 가족관계를 통하여 가부장제 사회의 모순과 불합리를 드러내고, 할미를 속죄양으로 삼아 정화되고 갱신되는 모습을 보인다. 한편 아버지, 어머니, 아들, 딸의 사각 관계에서 성이 중요한 문제로 부각되고, 근친상간의 타부를 전복시킴은 규범으로부터의 제도화된 일탈에 의해 일상 세계에 내재된 긴장을 해소시키는 굿의 기능과 관련된 현상이다.[45] 이것은 탈놀이가 굿에 연원을 두고 있거나, 굿 자체라는 사실을 의미한다.

산대놀이와는 대조적으로 해서탈춤(봉산, 강령, 은율)과 들놀음(동래, 수영) 및 오광대(통영, 고성)의 할미마당은 기본적으로 영감, 할미, 첩 사이의 삼각관계에 의해 갈등이 발생하고, 할미가 살해되든가 가출하든가 한다. 할미는 늙고, 못생기고, 생산력이 고갈되고, 첩이 낳은 아들을 죽게 만드는 점에서 겨울을 상징한다. 외모와 행동 면에서도 우스꽝스럽고 추악하고 불결한 면이 극대화되어 한결같이 죄악과 재난과 오예를 한 몸에 짊어지고 버려지는 속죄양의 모습을 보여준다. 한편 「가산오광대」와 「김해가락오광대」의 할미마당은 할미가 아니라 영감이 죽는 점에서 여성 우위의 양상을 보이고 할미도 속죄양으로 희생되지 않는데, 이러한 예외적인 현상은 두 지역 모두 당산할머니를 마을의 수호신으로 숭배하여 정월 초에 당산제를 지내고, 그 연장선상에서 탈놀이를 연행한 데 기인하는 것으로 보인다.[46]

---

45 김열규, 앞의 책, 270~274쪽 참조.

46 김해민속예술보존회, 『김해가락오광대』, 박이정, 2004, 89쪽 참조.

제12장 팔광대놀이의 제의성과 오락성

1. 자인 단오굿과 「팔광대놀이」의 관계

「팔광대놀이」는 자인 단오제에서 한묘(韓廟)에서 한(韓)장군 남매신에게 제사를 지내고, 신무(神舞)인 여원무를 춘 다음 오신(娛神) 행위로 남매신에게 봉헌한 배우 잡희인데, 「여원무」와 「팔광대놀이」의 이러한 관계는 「하회별신굿탈놀이」에서 서낭각시의 무동춤과 걸립에 이어서 주지 마당·백정 마당·할미 마당·중 마당·양반선비 마당 등 다섯 마당의 탈놀이를 연행하였으며, 강릉 단오굿에서 대관령 국사성황신 또는 대관령 산신의 신무(神舞)인 괫대춤에 이어서 장자마리 마당과 양반·소매각시·시시딱딱이 마당으로 구성된 관노탈놀이를 연행한[1] 사실에서도 확인된다. 그러나 최상수는 1936년 자인 단오제에 대해 "단오날 가장 행렬, 여원무, 제사를 지낸 뒤에 여흥이 벌어졌는데, 그 중에 광대들의 소리와 춤, 재인들의 곡예도 있었다."[2]라고 보고하였고, 이에 근거하여 '광대들의 소리와 춤' 은 「팔광대놀이」의 양반 마당과 할미 마당으로, '재인들의 곡예'는 줄광대 마당으로 보기도 하였는데,[3] 『영남읍지』의 '배우잡희'에서 「팔광대놀이」의 선행 형태를 찾고 있는 점에서는 일치한다. 그리고 「팔광대놀이」의 연희적 성격을 '여흥'으로 이해하였다. 그러나 「팔광대놀이」는 단순히 단오날 주간에 거행된 한묘제·한장군 행렬·한장군춤의 여흥이 아니라 연

---

1 박진태, 『탈놀이의 기원과 구조』, 새문사, 1990, 270~274쪽 참조. 「수영들놀음」에서는 산신(山神)인 사자의 춤마당이 다른 탈놀이마당과 병렬 관계를 이루고 있다. 「하회별신굿탈놀이」도 1940년에는 서낭각시가 중과 춤을 추는 식으로 연행되어 주종(主從) 관계에서 병렬 관계로 변형되기도 한 사실을 알 수 있다.

2 최상수, 『한국민속놀이의 연구』, 성문각, 1985; 정형호, 「자인팔광대의 전승과 연행 양상의 문제」, 『경산자인단오제의 정체성과 발전방안』, 50쪽에서 재인용.

3 김택규 외, 『자인단오』, 경산문화원, 1998, 249쪽 참조.

장선상에서 연행된 오신 행사로 보는 것이 온당하다. 다만 「하회별신굿탈놀이」나 강릉 관노탈놀이에 비해서 오락화가 더 현저하여 제의적 요소가 탈색되어 있을 따름이다.

자인 단오제의 「팔광대놀이」는 1936년을 마지막으로 하여 중단되었다. 당시의 연희자들은 변준이, 윤화경, 김상옥, 김용호, 이정노, 이근우, 이문백, 김성원, 이상수 등이었는데,[4] 이 가운데 변준이(1910~1989)만이 이종대가 복원을 위하여 조사할 당시 생존하여 있었으나, 신병으로 거동과 증언이 불가능한 상태였고, 다만 이복순(1912~?)이 부친 이정노가 윤화경·김상옥·김성원·이문백·박경도 등과 「팔광대놀이」를 공연하기 위해서 이정노의 집안에서 탈을 만들고 바깥마당에서 연습하는 것을 관찰하였을 뿐만 아니라 모친과 함께 대사·탈·춤사위 등을 완전히 익힌 체험을 근거로 하여 증언을 함[5]에 따라 복원이 가능해졌다. 「팔광대놀이」의 복원은 변준이·이복순 이외에도 윤상호(윤화경의 아들)·김경수·추명관·변태암·박차암·이명분(김용호의 처) 등의 증언도 참고로 하여 이루어졌다.

거듭 강조하지만 「팔광대놀이」는 오월 단오의 한(韓)장군제에서 한(韓)장군신에게 봉헌하는 연극이기 때문에 제의적 맥락을 지닌다. 그러나 오신 기능 때문에 오락적 요소도 농후하다. 따라서 비록 채록 과정에서 다소간의 문제점이 있지만 현재로서는 유일한 대본인 이종대 채록본[6]을 통해서 제의성과 오락성을 조명한다.

---

4 이종대, 『자인팔광대』, 7쪽. 제작 연대는 불분명한데, 이종대가 「팔광대놀이」를 조사하여 작성한 대본집으로 인쇄본이다.

5 『자인의 맥』, 1991, 118쪽 참조.

6 김택규 외, 『자인단오』, 경산문화원, 1998, 262~274쪽. 여기서 작품을 인용하여 분석하는데, 그 출처를 일일이 밝히는 것은 생략한다.

2. 양반 · 말뚝이 마당의 제의성과 오락성

「팔광대놀이」는 악사와 놀이꾼이 모두 원을 그리고 그 안에서 놀이를 하는 점에서 여원무의 정신, 곧 안쪽의 빛과 신성(神聖)을 지키고 바깥쪽의 어둠과 악과 질병을 막아내려는 의지와 염원의 또다른 표현체이다. 그리하여 등장할 때의 길놀이가 원형을 그리는 것인데, 이것은 다른 탈놀이에도 공통된다.

㈎일동 : ('자인팔광대'기가 앞장서고 악사, 양반, 후처, 본처, 말뚝이, 참봉, 곱사, 광대, 무당 순으로 춤을 추고 원을 그리면서 전 연기자가 입장한다. 후처는 양반 주위를 맴돌면서 아양 떠는 춤을 춘다.) (자진모리)

㈏양반 : (입장하면서) 필필이 강산이 화사적하니 도천 갓변에 굿판이 났다. 우리 한바탕 놀자.

일동 : (노래조로) 좋다 좋다 킁망켕켕 호르르 삐쭉. (굿거리장단에 맞추어 각자 특징적인 춤을 추며 원둘레를 돈 후 술독의 술을 한 잔씩 마신 후 탈을 쓰고 다시 춤을 추면서 원을 그린다.) (굿거리)

양반의 "필필이 강산이 화사적하니 도천 갓변에 굿판이 났다. 우리 한바탕 놀자"라는 말에 다른 놀이꾼들이 "좋다 좋다 킁망켕켕 호르르 삐쭉" 하고 호응한다. 양반의 말은 오월 단오가 되니 도천산 기슭에서 단오굿을 한다는 말인데, 굿에서 춤 · 음악 · 연극과 같은 예술 행위로 신명풀이를 하지만, 술에 취해서도 신명을 풀기 때문에 탈판에서 막걸리를 마신다. 이른바 고대 제의에서 '음주가무(飮酒歌舞)'를 하였다는 문헌 기록이 있듯이 자인 단오굿에서는 가무로 「여원무」를 추고 「팔광대놀이」를 하였던 것이다. 다만 여원무는 신성한 춤이므로 엄숙하고 진지하게 추었고, 「팔광대놀이」는 골계적인 분위기를 연출함으로써 극명한 대조를 이루었다. 심리적으로 정서적으로 긴장시키는 춤과 이완시키는 춤놀이를 절묘하게 배합한 것이다.

원형 무대의 안이 탈판이 되는데, 신분적으로 상하 관계인 양반과 말뚝이가 먼저 등장한다.

㈐양반 : 말뚝아! (양반의 위엄으로 우렁차게 부른다.)

양반 : 말뚝아!

양반 : (답이 없자) 야, 야! 말뚝아! (다시 부른다.)

말뚝이 : (말채를 메고 뛰어 나오면서) 지기미 시발 상놈 같이 '야, 야!'가 뭐꼬. 정월 대보름부터 소 부리나 말 부리나. 어미에비 부르듯이 팔월 열사흘 자인 장날 햅쌀인가. 어느 놈이 '말뚝아! 말뚝아!'라고 부르나.

일동 : 야 이놈 말뚝아. 잔소리 마라. 나는 양반이다.

(자진모리장단에 맞추어 춤을 춘다.)

㈑양반 : 야 이놈 말뚝아. 잔소리 마라. 나는 양반이다.

말뚝이 : 팔도 걸뱅이 같은 것이 양반이라니. 어느 놈은 양발로 다니지 외발로 다니나. 내 비록 지금은 돈이 없어 하인이 되었지만 내 성은 꼴씨이고 내 근본은 양반이다. 이놈아!

일동 : 말뚝아 말뚝아 킁망켕켕 호르륵 삐쭉

(자진모리장단에 춤을 춘다.)

㈒양반 : 네 이놈 말뚝아! 입춘대길도 써붙이지 못하는 무식한 하인놈이 양반을 몰라보다니.

말뚝이 : 지기미 시발 양반이라카명 니 본을 대봐라. 이 걸뱅이 같은 놈아!

일동 : 말뚝아 말뚝아 킁망켕켕 호르륵 삐쭉

양반이 말뚝이를 대령시키지만, 말뚝이가 신분적 종속 관계에 불만을 품고 양반과 근본다툼을 벌인다. 말뚝이는 존대법을 무시하고 반말을 사용하고, '양반(兩班)=양발〔양족(兩足)〕'과 같은 희인법을 구사하여 양반을 희롱하고, 심지어 양반이 근친상간의 패륜도 저지를 위인이라는 원색적인 욕설도 서슴지 않는다. 그리고 양반이 말뚝이를 호출할 수 있는 자격과 권한의 신분적 근거인 근본을 밝히라고 요구한다.

㈓양반 : 이놈 말뚝아 잔소리 마라. 나는 명가문 채씨 출신 양반인데, 부모재산 다 탕진하고 경주 신라 유적 두루두루 구경하고, 태백산 따라 문경새재를 넘고 단양팔경을 둘러 정선에 들어가서 '아리랑 아리랑 아라리오 아리랑 고개로 날 넘겨주오' 이렇게 기생들과 한바탕 논 후 함경도에 들어서니 명사십리 해당화 어느 계집 닮았을까?

일동 : 좋지.

양반 : 대동강 을밀대 좋기만 했고, 경기도 용문산 지나니 한양의 삼각산이 우뚝했고, 인왕산, 북악산, 청룡, 백호 완연하더라. 종묘사직 참배한 후 한양 한바탕 구경하고, 천안 삼거리 거쳐 오작교를 건너니 춘향이 모습이 아른거리더라.

일동 : 좋지.

양반 : 목포로 내려가니 삼학도가 가물가물, 지리산 천왕봉이 구름 속에 가려 있고, 진주 촉석루에 올라 논개 절개 흠모했다.

일동 : 좋지.

양반 : 그래서 나도 팔도 유람하는 양반이다.

말뚝이 : 관동팔경 구경 못한 주제에 양반이라니 나도 그런 팔도유람은 10년 전에 해봤다.

일동 : 말뚝아 말뚝아 킁망켕켕 호르륵 삐쭉.

(자진모리장단에 춤을 춘다.)

양반이 채씨 가문으로 '경주 - 단양팔경 - 정선 - 원산 명사십리 - 평양 을밀대 - 한양 종묘 - 남원 광한루 - 목포 - 진주 촉석루'의 순서로 팔도강산을 유람하였다고 자랑한다. 그러나 위세 있고 풍류를 즐기는 양반이 아니라 부모의 유산을 탕진하고 기생놀음을 즐기는 허랑방탕한 인물임이 폭로된다. 이런 양반에 맞서서 말뚝이는 양반이 관동팔경을 구경하지 못한 사실을 지적하여 반격한다.

> ㈊양반 : 이놈아! 내 9대 조부께선 경주부사를 지내신 채자천님이시다.
>
> 말뚝이 : 그런교. 정말 몰랐심더.
>
> 양반 : 쌍놈이 양반을 몰라 뵙고 양반 욕을 한 죄 사하기는 어렵다만 죽을 죄를 지어도 빌면 사해주는 것이 양반의 법도이니 내 너를 용서해 주마.
>
> 말뚝이 : (다시 큰절을 하면서) 정말 고맙심더, 어르신네.
>
> 일동 : 좋다. 좋아. 킁망켕켕 호르륵 삐쭉.
>
> (굿거리장단에 맞추어 춤을 춘다.)

대거리하는 말뚝이를 제압하기 위하여 양반은 자신이 경주 부사를 역임한 채자천의 후손임을 밝히고 말뚝이를 항복시키는데, 처벌하지 않고 용서하는 관용을 베푼다.

요컨대 양반`말뚝이마당은 양반이 말뚝이에 대한 지배권을 행사하려 하지만, 말뚝이는 이에 항변하고, 양반의 근본 확인을 요구한다. 양반에 이에 풍류를 즐기는 유한계급임을 자랑하지만, 말뚝이의 문제점 지적으로 실패한다. 그러나 양반은 조상의 관직을 내세워 지체를 과시하여 말뚝이를 승복하게 만든다. 갈등의 표출과 화해의 구조로 이른바 계급적 화해에 도달하는 내용이다. 그리고 이러한 '갈등 - 화해'의 구조 원리는 '대사 - 춤'의 구성 원리와도 유기적인 관련성을 지닌다.

「봉산탈춤」의 양반 마당에서 대사 부분은 '양반의 위엄 - 말뚝이의 항거-양반의 호령-말뚝이의 변명-양반의 안심'으로 구성되고, 춤 대목은 대사 부분과 대사 부분 사이에서 서사적 전개를 차단하는 효과 및 대립적인 인물들 사이의 갈등이 소멸된 상태를 나타내는 효과를 발휘하여 갈등을 격화시키는데, 춤 대목에서의 갈등의 소멸은 반어적이기 때문에 풍자적 효과를 극대화시킨다는 지적이 있다.[7] 그러나 양반과 말뚝이의 싸움을 주자학적 지배 체제에 대한 도전과 응전이라는 관점에서 보면, '양반의 권위 체제-말뚝이의 도전-양반의 응전-말뚝이의 항복-양반의 승리'로 해석할 수 있다.[8] 그리고 '대사-춤'의 관계도 「봉산탈춤」의 양반 마당만이 아니라 탈놀이 전 작품의 모든 마당에서의 '대사-춤'의 결합 구조를 유형화하여 미학적 원리를 구명할 수 있다.[9]

이러한 관점에서 「팔광대놀이」의 양반 마당을 정리하면 다음과 같다.

㈐ ① 양반이 말뚝이를 호출한다.(양반의 권위 체제)
② 말뚝이가 불평한다.(말뚝이의 도전)
③ 양반이 호통친다.(양반의 응전)
(춤)

㈑ ① 양반이 양반 신분임을 내세운다.(권위)
② 말뚝이가 자신도 근본이 양반이라고 항변한다.(도전)
(춤)

㈒ ① 양반이 말뚝이가 무식함을 조롱한다.(권위)
② 말뚝이가 양반에게 근본을 밝히라고 요구한다.(도전)

7 조동일, 『탈춤의 원리』, 지식산업사, 2006, 174~183쪽 참조.

8 박진태, 『탈놀이의 기원과 구조』, 새문사, 1990, 324~326쪽 참조.

9 박진태, 「탈놀이의 '대사-춤'의 결합구조에 대한 미학적 접근」, 『국어교육』 제122집, 한국어교육학회, 2007, 591~615쪽 참조.

(춤)

(바) ① 양반이 팔도강산을 유람하였다고 자랑한다.(권위)

② 말뚝이가 자신도 팔도유람을 하였다고 응수한다.(도전)

(춤)

(사) ① 양반이 경주부사 채재천의 후손임을 자랑한다.(권위)

② 말뚝이가 존경심과 복종심을 표시한다.(항복1)

③ 양반이 말뚝이를 용서한다.(응전)

④ 말뚝이가 감사한다.(항복2)

(춤)

「팔광대놀이」의 양반 마당에서는 양반의 권위 체제에 말뚝이가 도전하는 싸움이 급박하게 전개됨을 알 수 있다. 그리고 말뚝이의 항복으로 종결하는 점도 다른 지역 탈놀이에서 양반의 승리가 반어적이거나 말뚝이의 승리로 끝맺는 것하고도 대조적이다. 「통영오광대」에서는 말뚝이가 양반과의 근본 싸움에서 이기고 양반의 항복을 받아낸다.

그렇지만 이러한 양반과 말뚝이의 싸움은 조선 후기의 사회적·신분적 갈등을 반영하기도 하지만, 근원적으로는 싸움굿과 화해굿에서 출발하였다. 싸움굿을 통해서는 상극의 원리에 의해 승리하는 쪽이 풍년이 들고, 화해굿을 통해서는 상생의 원리에 의해 공동으로 풍요다산을 기원한 굿을 모태로 탈놀이가 발생하였고, 그리하여 굿의 구성 원리가 탈놀이의 극작술로 계승된 것이다.[10]

10 이에 대해서는 박진태, 『탈놀이의 기원과 구조』(새문사, 1990)에서 집중적으로 논의되었다.

3. 양반 · 본처 · 첩 마당의 제의성과 오락성

양반과 본처와 첩이 등장하는 놀이마당은 할미 마당이라 부를 수 있다. 본처가 늙은 여성, 곧 할미이고, 다른 지역의 탈놀이에도 공통적으로 성립되어 있다. 할미 마당은 할미(본처)가 가출한 영감을 찾는 장면으로 시작되어 양반과 본처 사이의 갈등이 제시된다.

일동 : (본처가 입장하면서 일동은 자리에 둥글게 앉는다.)

본처 : (맨발로 눈이 어두워 허재비 같은 모습으로 콩나물춤을 추면서 입장한다.)

본처 : (허우적거리면서) 어디 보자. 우리 영감쟁이 어대 있노? (이리저리 다니면서 영감을 찾아다닌다.)

다음은 동시무대 기법으로 양반과 말뚝이가 등장한다. 할미와 양반 일행은 동시에 탈판에 등장하여 있지만 다른 장소에 있는 것으로 간주하고 서로를 지각하지 못하는 것으로 묵계(默契)가 성립되는 것이다.

양반 : (부채를 부치면서 다른 손으로 담뱃대를 등 뒤에 대고 입장한다.)

양반 : (먼 산을 보면서) 내 비록 지금 돈은 없어도 근본은 당당한데 유씨 부인을 얻었으나 일점혈육이 없구나.

말뚝이 : (양반 앞으로 달려가서) 와카십니꺼 어르신네요!

양반 : 내 몸은 늙어가는데, 대를 이을 자식이 없어 걱정이구나.

말뚝이 : (양반 귀에 대고 빼씨 낭자 쪽을 가리키면서) 빼씨 낭자가 있으니 새 장가 가시이소.

본처 : (이리저리 다니면서) 이놈의 영감쟁이 날 버리고 어디 갔노.

양반은 후사가 없음을 염려하고, 말뚝이는 빼씨 낭자를 추천한다. 양반·말뚝이 마당에서 양반이 말뚝이의 반란을 제압하고 신분 질서를 회복한 결과 말뚝이가 충복 노릇을 하는 것 같지만 양반 집안을 분열시키려는 음모를 꾸미는 것이다. 이처럼 둘째 마당은 첫째 마당의 연장선상에 있다. 탈놀이는 독립적인 마당들이 옴니버스 스타일로 구성되는 것이 특징인데, 부분적으로 연속적이고 유기적인 전개 방식을 취하기도 한다. 이를테면 「양주별산대놀이」의 의막사령놀이와 포도부장놀이가 그렇고, 봉산탈춤의 노장놀이·신장수놀이·취발이놀이가 그렇다. 전자는 샌님을 중심으로, 후자는 노장을 중심으로 방사형(放射形)으로 인물들이 설정된다.

양반 : (빼씨 낭자 쪽을 본 후 흡족한 모양으로 고개를 끄떡끄떡 한다.)

일동 : 나온다. 나온다. 나온다. (노래조로) 빼씨 낭자가 나온다.

후처 : (굿거리장단에 무지개춤을 추며 입장하면서)

(노래) 붉은 단 푸른 청 고물고물 단청이라.

일동 : (노래) 아장아장 걷는 모양 모래밭에 암탉같이 이쁘게도 들어 온다.

양반 : (춤을 추며 빼시 낭자에게로 가서)

(노래) 앞으로 봐도 이쁘고 뒤로 보아도 이뿌네.

양반˙후처 : (서로 춤을 추다가 껴안는다.)

양반 : 빼씨 낭자! 혼자 사나?

후처 : 신혼 과부 독수공방 3년 되었심더.

양반 : 나하고 살면서 뚜꺼비 같은 아들 하나 쑥 낳아줄래?

후처 : 사랑해줄 양기만 있다카면 낳아주끼요.

양반 : 양기야 이팔청춘이지 고맙네.

양반˙후처 : (같이 붙어 앉는다.)

본처 : (영감을 찾아다니다가 지쳐서 가로 나가 앉아 담배를 피운다.)

후처 : (수건으로 얼굴의 땀을 닦아주고 등도 두드리고 부채를 부친다.)

양반 : (노래) 돌아오는 반달에는 기미가 찡깃고 질밀의 모뫼씩엔 분진도 묻었건만. 빼씨 낭자는 우에 이리 이쁘노?

후처 : (양반의 목을 껴안고 입 맞추는 아양을 떤다.)

양반이 청상과부 빼씨 낭자를 맞이하여 단란한 첩살림을 차린다. 양반과 빼씨 낭자는 정분이 두터워지는데, 할미는 그 시각에 영감을 찾으러 다니다가 피로감과 절망감에 빠진다.

말뚝이 : (이 모습을 보고 본처에게 달려간다.) 할매요 할매요. 영감이요 첩사이 젖 만지고 목 껴안고 입 맞추고 있심더.

본처 : (담배를 피우다가 이 소리를 듣고 놀라 흥분하고 샘이 나서 담뱃대를 탁 털고 일어나서 양반을 잡으러 허우적거린다.) (눈이 어두워 소리만 듣고)

말뚝이 : (양반과 후처가 노는 모양을 다시 일러주면서 말채로 본처 등을 밀면서 여러 번 방향을 가리킨다.)

본처 : (영감을 찾으러 이리저리 다니다가 헛오줌 누는 체한다.)

아이고 시원테이.

말뚝이 : (본처 치마를 들고 들여다본다.)

본처 : 뭐 보노? 이놈아.

말뚝이 : 아따 냄새 지독하네.

일동 : (박수치면서 웃음)

말뚝이가 할미에게 양반이 첩살림 차린 사실을 고자질하고, 할미는 질투심에 흥분한다. 그리고 방뇨(放尿)를 통하여 할미가 지모신적 존재로 성적 욕구가 왕성함을 시사한다. 「하회별신굿탈놀이」에서의 부네의 방뇨와 신화적·제의적 모티프가 동일한 것이다.[11]

본처 : (탈판 가로 나가 빈 박을 배속에 넣고 배를 만지면서 임신 흉내 내면서 들어온다.)

본처 : 영감, 이년이 첩사이가?

후처 : (수줍어하면서 멀찌감치 돌아선다.)

양반 : 혈통 이을 놈을 하나 낳아야지. 그래서 내가 새 장가 갔다. (후처를 가리키며) 이뿌제?

본처 : 영감! 아가 없다고 나를 천대했지만 인자 나도 임신했구마.

양반 : 늙은 것이 주책없이 임신이 뭐꼬. 어느 놈하고 붙었노?

본처 : (영감을 잡고) 이 영감 노망했나? 첩사이 보내뿌고 이 아 놓고 내카 삽시더.

양반 : (본처를 여러 번 밀어 제친다.)

본처 : 아이고 영감 와 이카는교. 영감 아구마.

(매달리면서) 아 떨어지겠다. 이 영감쟁이야.

양반 : (화가 나서 본처의 이마를 여러 번 부채로 때린다.)

양반 : (다시 담뱃대로 이마를 때린다.)

본처 : (넘어지면서 옷 속의 박이 떨어진다.) 아이고 우야꼬. 알라가 떨어졌데이.

본처 : (배와 머리에 손을 대고 아파하고, 화가 치밀어서 영감을 밀어버린다.

영감 : (넘어졌다 다시 일어난다.)

(벌렁 넘어져서 일어나지 못한다.)

본처 : (허둥거리면서 영감의 몸을 만져보고 코에다 귀를 대고 숨소리로 생사를 확인한다.) 우야꼬 내가 와이카노 영감 죽이뿟데이.

(땅을 치면서 통곡한다.)

---

11 위의 책, 95~96쪽 참조.

영감의 아들에 대한 집착과 욕망은 할미로 하여금 일종의 환상임신의 심리를 품게 한다. 그리하여 할미가 임신한 것으로 가장하고 양반은 질투와 분노를 억제하지 못하고 할미를 폭행하고, 할미는 그에 격렬하게 반항한다. 그러한 와중에서 미필적 고의에 의한 양반의 사망사고가 발생한다.

본처 : 꼴서방! 영감이 구빠라졌다. 뒷집 김참봉 불러 오너라.

일동 : (참봉을 제외한 일동이 우루루 몰려온다.)

말뚝이 : (가장자리로 나가서) 뒷집 김참봉님.

말뚝이 : 김참봉요!

참봉 : 어이.

말뚝이 : 양반이 죽었심더.

참봉 : (놀란 표정으로) 뭐! (짚신을 거꾸로 신는다.)

말뚝이 : (짚신을 바로 신겨주고, 양반이 넘어져 있는 곳의 방향으로 데려간다.)

참봉 : (눈이 멀어 딴 방향으로 간다.)

말뚝이 : (뛰어가서 "이쪽이구마" 하면서 참봉을 끌고 와서 양반의 손을 잡아 맥을 짚어보게 해준다.)

참봉 : (맥이 노는 것을 확인한 표정으로 고개를 끄덕끄덕한다.)

말뚝이 : (발을 양반 가슴에 대고 진찰하는 체한다.)

참봉 : 박수무당.

박수무당 : 야.

참봉 : (대내림 준비한다.)

박수무당`말뚝이 : (가장자리로 나가서 북과 물장고를 가지고 들어온다. 물장고는 참봉 앞에 놓고 박수무당은 대나무를 잡고 참봉 앞에 앉는다.)

참봉 : (물장고 앞에 막대기를 들고 좌정한다.)

본처`후처 : (본처는 다리 쪽에, 후처는 머리 쪽에 앉아서 몸을 주무른다.)

본처 : 우야든지 우리 영감 살려주소.

할미가 봉사 참봉을 부르고, 참봉은 맥을 짚어보고 박수무당에게 대내림을 준비하게 시킨다. 영감의 죽음이라는 불의의 사고에 직면한 할미는 영감에 대한 증오심과 첩에 대한 질투심을 버리고 영감을 소생시키는 데 헌신한다. 이처럼 영감과 할미 사이의 갈등이 사별의 공포심으로 순식간에 해소된다. 이러한 급격한 전환은 인간의 악행이 죽음보다는 가볍다는 생명 중심 사상 내지는 '개똥밭에 굴러도 이승이 낫다'는 현세주의적 세계관에 기인할 것이다. 그리고 이성적이고 논리적인 사고보다는 감성적이고 정서적인 한국인의 행동 양식일 것이다.

박수무당 : (참봉 앞에 대를 잡고 앉는다.)

참봉 : 동방청제장군, 서방백제장군, 남방적제장군, 북장흑제장군, 중앙황제장군, 연진대원수여! 경산군 자인면 성씨는 채씨 건명 좌수에 힘을 주고 우수에 힘을 주어 소상반죽 대를 잡아 산나무에 명지빌고 죽은 나무에 명지빌어 채씨 건명에 내림 강좌하소서.

(대가 내리지 않으면) 신장 서소.

(계속 주문하고, 대가 서면)

참봉 : 화가 있나?

박수무당 : (대를 흔든다)

참봉 : 걸림 있나?

박수무당 : (대를 흔든다.)

참봉 : 주단 있나?

박수무당 : (대를 흔든다.)

참봉 : 신병 있나?

박수무당 : (대를 흔든다.)

참봉 : (대가 서면서) 큰 할미가 밀어서 죽은 것이 아니라 토신이 붙었다.

박수무당 : (대를 흔든다.)

참봉 : 신장 서소. 우짜마 살겠노.

박수무당 : 굿을 해라.

참봉 : 무슨 굿을 하노.

박수무당 : 주단 굿을 해라.

참봉 : 꼴서방 어디 가서 띠 좀 가져온나!

말뚝이 : (띠를 박수무당에게 갖다준다.)

(이하 주단굿)

박수무당 : (양반의 얼굴, 배, 다리에 띠를 놓고) 붙었던 귀신인가? 따라든 귀신인가? 일년수액 나빠 일일신수가 나빠 넘어졌는데, 미움 받은 본처지만 효부 마음 가졌구나. 어느 귀신이 이 마음을 몰라준단 말인가?

(무당춤을 춘다.)

박수무당 : 엇세 귀신아! 이 소리 듣고 썩 물러가거라!

(무당춤을 잠깐 춘다.)

박수무당 : 급주당이다! (크게 외치면서 양반의 다리, 배, 머리 옆의 땅바닥을 찍고 머리부터 다리까지 훑고 난 후 머리, 배, 다리를 때린다.)

박수무당은 대를 잡고 봉사는 주문을 외어 대내림을 하여 신탁에 의하여 영감이 토신(土神)이 붙은 사실을 알아내고 주당매기를 한다. 주당매기는 지역에 따라서는 마당에 사다리를 놓고 그 위에 멍석을 깔고 다시 그 위에 이불을 깔고 환자를 눕힌 뒤 대여섯 명의 장정들이 공이로 땅을 치며 돌면서 객귀를 내쫓는 주문을 외기도 하는데,[12] 「팔광대놀이」에서는

---

12 김용덕 편저, 『한국민속문화대사전』(하권), 창솔, 2004, 1519쪽 참조.

띠를 환자의 몸 위에 올려놓고 할미가 효부임을 강조하여 객귀를 꾸짖은 다음 위협적인 행동과 주문으로 객귀를 퇴치한다.

박수무당 : 귀신이 떨어졌다.

양반 : (툴툴 털면서 일어선다.)

양반 : 내 우에 됐노?

무당 : 첩사이 두고 지랄하다가 디진 걸 큰 할미가 살렸네.

양반 : (본처에게 큰 절을 하면서) 내 자네에게 큰 죄를 지었는데 살려줘서 정말 고맙네. 앞으로는 조강지처는 절대로 버리지 않겠네.

일동 : 좋다 좋다 킁망켕켕 호르륵 삐쭉.

(굿거리장단에 춤을 춘다.)

(여기서부터는 후처 서열이 바뀐다.)

양반 : 빼시 낭자 오늘같이 좋은 날 술이나 한 잔 권하고 권주가나 불러라.

후처 : (양반에게 술을 권하면서) (권주가) 잡으시오 잡으시오 이 술 잔을 잡으시오 이 술은 술이 아니고 한 무제 석류반에 이슬 받은 술이로서이다. 이 술 한 잔을 잡수시면 천만 년을 사시리오.

(노래를 부른 후 전 연기자에게 술을 권한다.)

양반 : (흥이 나서) 행객이 길 멈추고 노도소리 듣고선 왜적을 죽이는 장군을 대하는 듯 칼자욱은 어제일같이 반석에 남아 있고, 장한 업적은 천추에 빛나리.

본처 : 나도 한 번 하끼요.

"에에에 히히요 무정세월아 오거든 가지를 마라. 알뜰한 이내 청춘다 늙어진다. 에라 부어라 마셔라 늙기만 하여도 나는 못노니라."

죽었다가 살아난 양반이 개과천선하고 조강지처인 할미를 박대하지 않기로 맹세한다. 그리하여 양반과 할미 사이에 완전한 화해가 이루어진다.

양반의 가부장적인 사고로 인한 가정불화가 해결되고 예전의 관계가 원상 복구된다. 그러나 양반과 할미 사이에서만 화해가 이루어지는 것이 아니라 할미도 첩의 존재를 인정하고 화해하는데, 첩이 본처의 자리를 빼앗고 할미를 축출하는 방법이 아니라 본처가 주부권을 행사하고 첩이 복종하는 관계로 설정되는 타협이 이루어진다. 그리하여 셋이서 권주가를 부르며 술을 함께 마시고 노래를 불러 흥을 돋운다. 화합의 잔치판을 벌이는 것이다. 그리고 이러한 화합 분위기는 확장되어 말뚝이까지 융합시키는 용광로 구실을 한다.

양반 : 말뚝아!

말뚝이 :정월 대보름부터 소 부리나 말 부리나 답답하면 말뚝아 말뚝아 부리나?

일동 : 말뚝아 말뚝아 큥망켕켕 후르륵 삐쭉

(자진모리장단에 춤을 춘다.)

양반 : 이놈 잔소리 마라. 네놈도 양반이라고 뽐내었으니 창이나 해봐라!

말뚝이 : 야! 좋구마.

(북을 메고 들어와서 북으로 장단을 치면서)

영감 할미 인정이
붙었네 붙었네
찰떡같이도 붙었네
찰떡같은 인정(장단)
붙었네 붙었네
생엿같이도 붙었네
생엿같은 인정(장단)
붙었네 붙었네
고래풀같이도 붙었네.

고래풀같은 인정(장단)

일동 : 좋다 좋다 킁망켕켕 호르륵 삐쭉.

(굿거리장단에 춤을 춘다.)

결국 할미 마당은 가부장제 사회에서 발생하는 남녀 사이의 가정적`성적 갈등의 표출과 해소의 과정을 극화시킨 가운데, 반상의 신분적 갈등도 삽입하여 계급적 화해를 이룩하는 대화합의 춤판이고 탈판이고 노래판을 연출한다. 이처럼 할미 마당에서도 어김없이 현실의 질서를 파괴하였다가 회복시키고, 위상을 전복하였다가 다시 원상으로 복구하는 제의적 반란을 통하여 공동체를 갱신하고 재통합시킨다.

4. 줄광대 마당의 제의성과 오락성

자인 단오절에는 다른 지역과 마찬가지로 남자들은 씨름을 하고 여자들은 그네뛰기를 하였다. 그런데 남사당패와 같은 유랑예인들에 의하여 줄타기도 공연되었으며 그것이 창조적으로 변형되어 한 마당의 탈놀이로 성립되어 전승되는 것이 「팔광대놀이」의 지역적 특징이다. 예천의 「청단놀음」에서는 북놀이와 무동놀음이 탈놀이로 형성되어 있고, 「봉산탈춤」에는 사당패놀음이 수용되어 있다. 그리고 이것들은 토착적인 공연문화와 유랑 집단의 공연문화가 교섭하고 영향을 주고받은 사실을 입증하는 사례가 아닐 수 없다.

양반 : 말뚝아! 팔광대 줄광대 다 불러 오너라. 우리 한바탕 놀자.

말뚝이 : (뛰어나오면서) 야! 줄광대 팔광대 다 모여라. 우리 한바탕 놀자. (활개를 펴서 줄광대를 부르고 전 연기자를 불러 모은다.)

양반 : 말뚝아! 줄광대 줄 타려 한다. 줄 준비해라.

말뚝이 : (북을 메고 나오면서) 야! (땅바닥에 새끼줄을 깐다.)

일동 : (줄 가에 둘러앉고 곱사와 말뚝이는 일어서 있다.)

줄광대 : 오늘은 큰 단오날. 내 주제에 한묘에 제향은 못 올리고 멀리서 큰절을 드렸지만, 내가 잘하는 것은 줄 타는 것뿐이니 줄이나 타면서 한바탕 놀아야겠다.

줄을 허공에 매고 타는 것이 아니고 땅위에 늘어놓고 그 위에서 줄타기 흉내를 내므로 이 놀이는 줄타기의 묘기를 과시하는 것이 목적이 아니라 줄광대의 재담을 모방하여 탈판의 흥을 돋우려는 것이 진짜 목적이라 할 수 있다. 그런데 줄광대가 한묘제에 참례하지 못하여 줄타기를 한다고 말하여 줄타기와 한묘제와의 상관성을 암시한다. 곧 줄타기가 한(韓)장군을 위하는 행위임을 천명하여 줄타기가 오신(娛神) 행위일 가능성을 시사하는 것이다.

줄광대 : 줄이 실한가 어디보자.

(줄이 튼튼한가 손으로 확인하고 줄 위로 뛰어간다. 굿거리장단으로 한 발을 들고 춤추면서 걸어간다. 뒤로 걸어와서 줄 중간에 선다.)

곱사 : (줄광대 흉내를 내면서 곱사춤을 추고 말뚝이는 북을 치며 춤을 춘다.)

줄광대 : 요번에는 화관무를 한 번 추겠는데, 왜놈들이 요 춤 보고 흘겨서 다 뒤졌제. 그라마 잘들 봐라.

(여원무의 화관무, 회무를 2회 춘다.)

일동 : 아따, 잘 탄다.[13]

줄광대 : (타령장단으로 한 발을 들고 교대로 줄을 탄다. 고의로 떨

---

13 이 밑줄 친 부분은 이종대의 개인 소장 채록본에서는 삭제되어 있다. 대사 복원 과정에서 원형에서 너무 이탈한다는 생각이 들어서 그랬는지, 아니면 화관무의 권위를 손상시킨다는 생각 때문이었는지 현재로서는 확인하기 어렵다.

어질 듯 실수를 해보이며) 애랍다 애랍다.

일동 : 떨어져라 떨어져라. (아우성친다.)

줄광대 : (타령으로 줄 끝으로 간다.) 꼴서방! 낮에 그네뛰기, 널뛰기 하는 데 가봤나?

양반 : 그 좋은 구경을 놓칠 수 있나?

줄광대 : 그런데 양반들도 그 좋은 구경을 왔더나?

말뚝이 : 어허 답답한 소리하고 있네. 양반들이야 앉아서도 체통, 누워서도 체통인데 아녀자 노는 데 갈 수 있나.

줄광대 : 꼴서방, 씨름판에 황소는 누가 타갔노?

말뚝이 : 김생원집 큰 머슴일세.

줄광대 : 뒷집 허과부 조타 카겠네.

(타령장단에 춤을 춘다. 줄 위에서 한 발은 줄을 닫고 오른발은 줄을 타고 줄의 탄력에 의해 뛴다. 교대로)

일동 : 잘 탄다.

줄광대 : 제기랄 시발, 남들은 힘들어 죽겠는데 지랄들 하네.

줄광대가 재담의 소재를 그네뛰기, 널뛰기, 씨름 같은 단오의 민속놀이에서 가져와서 현장감을 살리고, 민중적인 시각에서 양반을 비난하고, 주민들과 애환을 함께 하려고 하여 친밀감과 유대감을 강화하는 전략을 구사한다.

일동 : 힘드나? 그라마 쉿다 해라. 쉴 참에 소리나 하나 해라.

줄광대 : 어이 어라 만수 대신이여 언덕 위에 초동이여 석벽 아래 어옹이라. 새벽별 가을달이 감(강?)심에 꺼꾸러져 수중산천에 에워있고, 편편 백구야 날지 마라. 월일 녹죽은 펄펄 뛰고 쌍쌍 원앙은 높이 떠 청풍은 서래하고 수파는 불능이라. 송이지 이지 하야 낭망 경치가 여기로다. 살같이 닿는 배는 강진포 배회하고 어라 만수 어라 대신이야.

일동 : 참말 잘한데이.

줄광대 : 곱사야 니놈도 따라만 댕기지 말고 한바탕 놀아봐라.

곱사 : (굿거리 자진모리장단에 춤을 신명나게 춘다.)

줄광대 : 인자부터 신나게 한바탕 놀아보께.

(타령장단으로 줄 위를 뛰어가다가 줄 중간에 선다. 뛰어 닭 홰치는 자세로 떨어질 듯한 흉내를 낸다.)

일동 : 떨어져라. (타령장단으로)

줄광대 : (껑충 뛰어 제자리로 왔다가 줄의 탄력으로 앉아서 간다. 춤추면서 제자리로 간다.)

후처`무당 : (줄 탈 때 주위를 돌면서 바가지로 모금한다.)

양반 : (노래조로) 필필이 강산이 화사적하니 도천 갓변에 굿단이 났다.

우리 한바탕 놀자.

(일동 모두가 굿거리로 처음은 원형으로 돌다가 안으로 모이고 양반은 후처의 젖 만지는 등의 수작을 한다. 자진모리로 바뀌면서 구경꾼도 어울려 한바탕 춤을 춘다.)

줄광대는 줄타기의 묘기만 부리는 것이 아니라 재담도 하고, 노래도 불러 구경꾼을 즐겁게 하는데, 곱사가 줄광대를 흉내 내어 골계적 효과를 증폭시킨다. 여기에 양반·본처·첩·박수무당까지 가세하여 흥겹게 놀고 걸립을 하여 화합과 환희의 대단원으로 끝맺음한다. 자인 단오굿의 오신 기능과 오락 기능 및 재생 기능과 통합 기능이 「팔광대놀이」를 통해서 구체적으로 발현된 것이다.

5. 「팔광대놀이」의 민속극적 특징

자인 단오굿의 「여원무」와 「팔광대놀이」의 관계를 신의 무용과 신에게 봉헌되는 연극으로 보는 관점을 취하면, 「팔광대놀이」의 연극성과 오락성 못지않게 제의성과 주술성을 주목하지 않을 수 없다.

첫째 마당 양반·말뚝이놀이는 양반의 지배 체제에 말뚝이가 도전하지만 양반의 응전에 항복하여 양반이 지배 체제를 수호하는 점에서 처용이 역신을 퇴치하는 처용탈춤과 동일한 체제 수호적인 연극이다. 그리하여 양반의 승리가 반어적이거나 포도부장이 샌님에게서 소무를 빼앗고, 취발이가 노장에게서 소무를 빼앗는 획득사회적 사고를 보이는, 근대지향적인 연극과는 대조적이다.

둘째마당 할미놀이에서도 부권이 모권에 도전하였다가 패배하는 결말처리로 기존 질서를 수호하려는 연극이다. 그런데 「가산오광대」와 「김해가락오광대」에서도 이러한 양상을 보이는데, 두 지역의 공통점은 마을수호신이 여신이라는 점이다. 따라서 「팔광대놀이」도 한(韓)장군의 누이가 한(韓)장군보다 활발하게 인접 지역으로 확산되어 나간 사실이 시사하듯이 여신 숭배가 남신 숭배보다 더 강력한 사실과 관련이 있을 것 같다.

셋째 마당 줄광대놀이는 전문적인 줄광대의 재담놀이를 수용하여 탈놀이마당으로 변형시킨 것인데, 현장성과 즉흥성을 살려 생동감 있는 놀이판을 창출하였다. 그리고 이 놀이마당도 인간만을 즐겁게 하는 연극이라기보다는 한(韓)장군을 추모하고 봉헌하려는 마음, 곧 오신(娛神)의 기능도 수행하는 연극일 개연성이 크다.

이러한 관점을 취하면 양반놀이는 싸움굿이나 제의적 반란의 모티프가 극화된 것이고, 할미놀이에는 성적 결합에 의해 풍요 다산을 기원하는 화해굿과, 남신과 여신이 신력(神力)을 경쟁하는 싸움굿이 결합되어 있다는 해석이 가능해진다. 요컨대 「팔광대놀이」는 표면적으로는 사회적·가정적 갈등 및 전문적인 광대의 곡예를 반영한 오락적인 연극이지만, 심층적으로는 제의적 · 신화적 모티프가 내포되어 있거나 굿을 극화한 제의적인 연극이다.

제13장 민속극에 극화된 문화 융합

1. 민속극 놀이판의 소통 구조

민속극의 놀이판은 공연자와 관객으로 구성되는데, 공연자는 역할에 따라 다시 배우와 악사로 구분된다. 탈놀이와 가장놀이와 잡색놀이는 근본적으로 공연자와 관객이 동일한 지역 공동체에 속하지만, 꼭두각시놀음과 무당굿놀이와 발탈의 공연자는 마을 거주자가 아니라 외지인이다. 그러나 탈놀이의 경우에는 마을 수호신을 신당에서 마을로 모시고 와서 오신한 다음 송신하는 구조로 거행되는 마을굿에서 생성된 연유로 공연하는 배우와 구경하는 마을사람이 내방자와 거주민의 관계를 이룬다. 요컨대 무당굿놀이, 탈놀이, 꼭두각시놀음, 발탈에서 공통적으로 놀이꾼(공연자)과 구경꾼(관객)의 관계가 내방자와 거주민의 관계를 이룬다. 더 나아가선 무당굿놀이를 제외한 나머지 갈래에서 놀이꾼과 구경꾼의 관계가 배우와 악사의 관계에 정형화되어 투영되기도 한다. 다시 말해서 악사가 구경꾼, 곧 거주민의 역할을 대신해서 놀이꾼, 곧 유랑민과 대화를 주고받는 극작술이 활용된다. 악사와 배우가 거주민과 유랑민의 관계를 표현하며, 그리하여 '배우:악시=배우:관객=내방자:거주민=유랑민:정착민[1]'의 변환 관계가 이루어진다.

따라서 민속극의 갈래 중에서 잡색놀이와 가장놀이를 제외한 무당굿놀

---

1 유랑민과 정착민의 관계는 유랑민의 연극 속에서 유랑민이 정착민(악사 · 구경꾼)의 역할을 하는 경우(무당굿놀이 · 꼭두각시놀음 · 발탈)와 정착민의 연극 속에서 정착민이 유랑민(극중 인물)의 역할을 하는 경우(제의적 탈놀이 · 세속적 탈놀이)로 구분된다. 전자의 유랑민 의식과 후자의 정착민 의식은 현실세계에서의 연희자(또는 연희 집단)의 의식이 연극세계 속에서 직접적으로 표출되는 것이고, 전자의 정착민 의식과 후자의 유랑민 의식은 연극세계 속에서 연희자(또는 연희 집단)가 현실세계에서의 타자의 의식을 상상하여 간접적으로 대변하는 것이다.

이 · 탈놀이 · 인형놀이 · 발탈을 신성극(神聖劇) 또는 제의극(무당굿놀이 · 탈놀이1)과 세속극(世俗劇) 또는 오락극(탈놀이2 · 인형놀이 · 발탈)으로 양분하여 놀이꾼과 구경꾼의 관계에 투영된 문화적 대립과 융합 현상을 조명하면, 민속극의 극작술의 일면을 구명할 수 있고, 민속극의 연희 집단과 수용 집단의 공연적 소통에 의한 문화적 융합과 사회적 통합의 전략을 파악할 수 있다. 더 나아가선 21세기 세계화 시대에 타민족 문화와의 폭넓은 교류와 접촉이 이루어지고, 심지어 외국인의 한반도 유입과 혼거에 의해서 단일 민족 문화의 시대에서 다민족 문화의 시대로 진입하는 초기 현상을 보이기 현 시점에서 이질적인 문화 사이의 충돌과 갈등을 해소하고 소통과 융합을 이룩할 가능성을 탐색할 수 있을 것 같다.

2. 신성극에서의 놀이꾼과 구경꾼의 관계에 투영된 문화 융합

1) 무당굿놀이

동해안 별신굿은 어촌 사람들이 무당을 불러다 마을 수호신을 위해 거행하는 마을굿인데, 구체적인 절차는 마을에 따라서 편차를 보이지만, 대체로 마을 사람들은 제관을 뽑아 골매기서낭당에 제사를 지낸다. 그리고 이튿날 무당이 당집에서 서낭신을 맞이하여 우물을 거쳐 마을로 와서는 성주신과 조왕신을 위하는 마당밟이를 하고 굿당에 좌정시킨 뒤 무신(巫神)을 위한 굿거리를 연행한다. 동신(洞神)을 위한 제사는 동민이 거행하지만, 무신에게 마을의 안과태평(安過太平)을 비는 굿만이 아니라 용왕신과 가신(家神)에게 축원하는 굿을 무당이 하는 것이다. 당제는 민간의 제사 문화이지만, 별신굿은 무속 문화다. 동신 신앙과 가신 신앙은 민간 신앙이지만, 무신 신앙은 무교 신앙이다. 따라서 별신굿에서 무당이 동신당(洞神堂)에서 신맞이굿을 하고, 집돌이를 하여 가신에게 축원하는 것은 무당이 민간인의 동신과 가신을 위해 굿을 하는 것이고, 동민이 참례(參禮)한 굿당에서 무당이 무신을 위해 굿거리를 연행하는 것은 동민이 무당의 무신을 숭배하는 신앙 집단이 되는 것이다. 요컨대 별신굿을 통해서 민간신앙과 무교 문화 사이에 소통이 이루어지고 융합되는 것이다.

별신굿의 세존굿에서도 동민과 무당이 굿의 문맥 속에서 정신적으로 교감하면서 통합된다. 구체적인 자료를 분석하여 확인하기로 한다. 세존굿에서는 서사무가 「당금아기타령」이 구연된다. 세존이 속가에 내려와 당금아기와 동침하고 떠난 뒤 당금아기가 집에서 추방되지만 세 쌍둥이 아들을 출산하는 내용의 무가를 구연하다가 당금아기의 어머니가 외손자에게 필요한 여러 가지 물품을 구입하기 위해 동민한테서 시주를 받는 대목을 연극적으로 표현한다.

○ 말로
무녀 : 만동네 복(福)탈라 하는데
제주(祭主)집하고 계장(契長)님하고 모두
맽겨(맡겨) 놓고는
모도 오도 않고 이래 놓으니
오늘 아침 내내 일하고 마 골이 났다
아이고~ 그러니 어짜능교?
복 탈라 하자면 그저
남의 그래 책임을 지는 게 무섭고
죽을 일이라 해도 헷걸(헛것)로 듣고
○ 창으로
무녀 : 쌀값보텀(부터) 받으러 가자~

〔장고 반주가 계속되는 가운데 무녀는 부채를 펴들고 관중석으로 간다. 관중 가운데 한 할머니가 무녀의 부채 위에다 돈을 얹어준다.〕[2]

무녀와 동민이 세존과 당금아기를 생산신으로 숭배하는 무교 신앙을 공유함으로써 공연자와 관객의 관계에서 신과 신도의 관계로의 전환이 이루어진다. 민간인이 무당이 섬기는 신에게 시주하여 복을 받으려 하는 것이다. 무당이 무신과 민간인을 소통시키는 중재자의 구실을 한다. 그리고 그러한 소통이 굿판이라는 구체적인 시공간에서 현재형으로 진행된다.

이러한 무당과 동민의 신앙적 교류는 무녀가 제주(祭主)의 아랫도리에 짚으로 만든 성기를 달아주고, 한지로 접은 하얀 고깔을 머리에 씌워주고, 장삼(長衫)을 입혀 상좌(上佐)로 변신시켜 춤을 추게 하고 걸립을 하게 시킴으로써 신인합일(神人合一)의 경지를 연출한다.

○ 말로

무녀 : (제주를 향하여) 아이구 질레 쳐다보모 미친다 미쳐

잽이 : 와 아이라

무녀 : 어머~이 그래도 춤으는 멋재이데이

아재 돈 좀 없앴다

보잉께네

아이고 세사 멋재이 춤춘다 그런데

내가 동냥으로 해줄라는가 물어보자

(제주를 향하여) 동냥 해줄라능교?

관중 가운데 어느 할머니 : 저 대사(大事)인데

제주 : (약간은 맥이 빠진 목소리로) 동냥 해주야지

무녀 : 아이구 동냥 해준단다

나오소

〔무녀는 제주에게 꽹과리를 준다.〕

○ 창으로

2 박경신, 『울산지방무가자료집』(3), 울산대학교 인문과학연구소, 1993, 463~464쪽.

잽이 : 동냥가자~ 동냥가자~

〔잽이들은 일제히 악기를 흐드러지게 연주한다. 제주는 무녀가 건네주는 꽹과리를 들고는 관중들 사이를 돌면서 돈을 걷는다. 관중들이 제주가 들고 있는 꽹과리에 돈을 넣어 준다. 잽이들의 악기 반주는 계속된다.〕[3]

제주가 상좌로 변신함에 따라 관객에서 공연자로 전환된다. 무녀가 제주를 자기와 같은 공연자로 만든 것이다. 그리하여 제주는 동민이면서 공연자가 되는 이중성을 지니게 된다. 이것은 제주한테 신에게 봉사하여 복을 받을 기회를 주려는 의도만이 아니라 무녀가 직접 걸립을 할 때에 예상되는 동민의 저항감을 차단하려는 의도이기도 하다. 무녀의 무신 신앙을 민간인에게 침투시키려는 전략을 굿판의 현장에서 구체적으로 실천하는 것이다. 곧 무녀와 동민의 적극적인 소통을 위해 제주가 비록 수동적으로나마 중재자 구실을 한다.

그리고 무당과 제주의 역할 관계는 세존굿에 연속해서 연행되는 중도둑잡이놀이에서 완전히 반전되어 화랭이(남자 무당)들이 차사와 얼사촌이 되어 제주, 곧 상좌를 도둑으로 치죄한다. 동민은 외래적 존재로 인식되고, 무당이 동민의 시각을 대변하는 역할 전도가 이루어지는 것이다.

〔주무(잽이1)와 조무들(잽이2와 잽이3)은 제주를 붙들어내어 그가 메고 있던 자루를 빼앗아 그 속에 든 것들을 하나씩 확인하여 꺼낸다.〕

○ 말로

주무 : 야 사촌아

이거 뭐꼬 이거?

〔주무가 쌀자루 속에다 손을 집어넣어 자루 속에 든 것을 집어낸다.〕

---

3 위의 책, 533~534쪽.

(중략)

○ 말로

조무(잽이2) 야 이

밉은놈 있었시모 빼아때기(뺨) 때리시모 참 좋겠네

주무(잽이1) : 귀때기 때리기 좋네

조무(잽이3) : 마당 가부리(가오리)다.

조무(잽이2) : 이거 아이다

은밥죽 놋밥죽이다[4]

자루 속에서 야구방망이, 조리, 바가지, 밥주걱, 쌀, 사과 등을 꺼내는데, 일례로 주걱의 경우 가오리라고 비하시키면 은제 밥주걱, 놋쇠로 만든 밥주걱이라고 미화시키듯이 동일한 사물에 대해 상반된 시각을 드러낸다. 이것은 물건을 비하시켜 상좌를 치사한 도둑으로 인식하는 세속인의 시각을 드러냄과 아울러 신성시하여 상좌를 성직자라고 내세우는 불교계의 시각을 드러내면서 전자를 부정하고 후자를 긍정하는 변증법적인 논리와 사고를 강화시키는 극작술이다.[5] 제주는 걸립이 도둑질이 아니라 신도로 하여금 공덕을 쌓게 하는 사제의 역할 수행이라는 사실을 인식하게 된다. 이처럼 중도둑잡이는 동민이 역할 바꾸기를 통해 무교적 변증법을 내면화하는 체험 학습의 장이 된다. 제주를 상좌로 분장시켜 성속일체(聖俗一體)를 이루고, 무당과 동민의 관계를 역전시키는 놀이를 통해서는 이를 강화시킨 것이니, 무당과 민간인 사이의 소통이 마침내 절정에 도달하고 문화적 융합이 완성된다.

4 위의 책, 560~563쪽.

5 박진태, 『한국민속극연구』, 새문사, 1998, 87~88쪽 참조.

2) 제의적 탈놀이

「하회별신굿탈놀이」[6]는 산주(山主)라 불리는 제관이 신탁을 묻고 양반의 허락을 받아 각성받이 중에서 광대를 선임하고 무당을 불러다가 당제와 탈놀이, 지신밟기와 무당굿을 하는 마을굿이다. 다시 말해서 하회 마을의 피지배층인 각성받이는 서낭신에게 제사를 지내고, 서낭신의 탈을 쓰고서 각시광대놀이를 하면서 다섯 마당의 탈놀이를 서낭신에게 봉헌하였다. 무당은 집돌이를 하면서 가신을 위해 축원하는 지신밟기를 하고, 별신굿의 마지막 날 저녁에 허천거리굿을 하여 별신굿 동안 마을에 묻어들어온 잡귀잡신을 풀어먹여 보냈다. 풍산 류씨 양반은 굿패를 불러다 지신밟기도 하고, 탈놀이도 감상하였는데, 양반의 입장에서 보면, 광대와 무당이 모두 놀이꾼이었다.

서낭당, 도령당, 삼신당은 풍산 류씨가 입향하기 이전에 거주하였던 선주민(허씨와 안씨)의 동신이기 때문에 풍산 류씨는 동신 신앙과 직접적인 관련성이 없다. 또 조선 시대의 양반은 유교를 숭상하고 무교를 미신으로 배척하였으니, 무교 신앙과도 관련이 없다. 그런데 별신굿을 통하여 동신 신앙과 무교 신앙이 융합되고, 양반이 이를 수용한 것이다. 양반의 저택에서 광대의 탈놀이와 무당의 지신밟기의 연행을 허용하였기 때문에 양반의 주택 문화와 하층민의 공연 문화가 접합되었다. 겸암댁과 남촌댁은 광대들이 사랑채 앞에서 놀고 무당들만 안채에 들어가 성주굿을 하였고, 서애댁과 북촌댁은 안마당에서 탈놀이를 하고 무당들은 안마루 위에 올라가 성주굿을 하였다.[7] 양반의 오락 문화와 광대의 놀이 문화가 융합되고, 양반의 가신 신앙과 무당의 굿 문화가 융합된 것이다.

---

6 하회별신굿에 대한 보고서는 박진태, 『탈놀이의 기원과 구조』, 새문사, 1991, 349~361쪽의 자료를 주로 참고한다.

7 위의 책, 359쪽 참조.

양반광대나 선비광대가 양반집 대청마루에 올라가 주인에게 수작을 걸기도 하였는데, 이것이 양반 · 선비 마당에서 양반을 극중 인물로 설정하여 근본과 학식을 다투는 식으로 구조화되고, 백정 마당에서 백정이 탈판에서 황소를 잡아 구경꾼 속의 양반에게 다가가 우랑을 사라고 하는 것은 양반 · 선비 · 부네 · 초랭이 · 할미가 모여 있는 자리에 등장하여 우랑을 파는 식으로 구조화된다.

(가) 대가(大家)집에서 양반 · 선비마당을 놀 때 선비광대가 대청마루에 올라가 류씨 양반과 직접 맞대면하여 수작을 걸고, 풍자적인 사설로 양반을 골려주어도 이때만은 탓하지 못했다고 한다. 그러나 갑자년(1924)과 무진년(1928)에는 류씨들이 양반 · 선비마당을 놀지 않는다는 조건으로 초청했기 때문에 양반광대가 '이번에 예전 그대로 했으면 그 놈들 낯짝에 똥칠을 세게 할 건데, 그걸 못하게 하니 할 수 없다' 또는 '내가 대청에 올라갔으면 저 놈들 낯을 뜨겁게 해줄 건데 그걸 없애서 못 한다'라고 푸념을 했다고 한다.[8]

(나) 부네가 양반과 선비 사이를 아양떨며 왔다 갔다 하여 질투심을 유발시키고 싸움을 붙인다.

양반 : (화를 벌컥 내면서 선비를 향하여) 자네가 감히 내 앞에서 이럴 수가 있는가?

선비 : 그대가 진정 나한테 이럴 수가 있는가?

양반 : 아니 그렇다면 자네가 지체가 나만하단 말인가?

선비 : 그러면 자네 지체가 나보다 낫단 말인가?

(중략)

선비 : 지체만 높으면 제일인가?

양반 : 그러면 또 뭣이 있단 말인가?

8 위의 책, 359쪽.

선비 : 첫째 학식이 있어야지.[9]

(가)에서는 민중적 인물인 놀이꾼 선비광대가 구경꾼인 실제 양반을 공격하여 놀이와 현실을 접합시켰다. 그러나 (나)에서는 양반을 극중의 인물로 설정하여 독립적인 가상 세계의 갈등 구조로 변환시켰다. 민중적 인물은 양반 사대부로 변신하고, 구경꾼을 놀이꾼으로 전화(轉化)시켜 민중 의식과 양반 의식이 융합된 예술을 창조한 것이다.

(다) 백정은 소를 죽이는 시늉을 하면서 칼자루에다 또는 도끼자루에다 번갈아 가면서 여러 번 침을 뱉는다. 관중 중에 누가 더럽다고 하면, 백정은 곧장 "당신이 해보시오." 하고 성을 내면서 대든다. 그리고 백정이 칼을 가지고 이리저리 쇠고기를 베는 시늉을 하고 있을 즈음에 관중들 중에 양반 계급이 있으면, "이 불알과 ×× 는 누구 댁에 갖다 바칠까?"라고 한다.[10]

(라) 양반과 선비는 부네와 흥겹게 춤추다가 서로 부네를 독점하려고 노력한다.

백정 : (도끼와 소불알을 들고 등장한다.)

백정 : 샌님 알 사이소.

양반 : 이놈 한창 신나게 노는데, 알은 무슨 알인고.

(중략)

백정 : 이놈 쌍스럽게 소불알은 어짠 소리야. 안 살 테니 썩 물러가거라.

백정 : 소불알을 먹으면 양기에 억시기 좋습니더 좋아.

---

9 위의 책, 357~358쪽.

10 최상수, 『산대 · 성황신제가면극의 연구』, 성문각, 1985, 161쪽.

선비 : 뭣이 양기에 좋다. 그럼 내가 사지.

양반 : 아니 야가 나에게 먼저 사라고 했으니 이것은 내 불알이야.

선비 : 아니 이것은 결코 내 불알이야.

(양반과 선비는 서로 소불알을 잡고 당긴다.)

배정 : 아이고 내 불알 터지니더.

할미 : (싸움을 말리면서 소불알을 쥐고) 소불알 하나를 가지고 양반은 지 불알이라 카고, 선비도 지 불알이라 카고, 백정도 지 불알이라 하니, 이 불알은 도대체 뉘 불알이로. 육십 평생을 살아도 소불알 가지고 싸우는 것은 첨 봤그만. 첨 봤어.[11]

(다)에서는 놀이꾼 백정이 구경꾼 속의 실제 양반을 겨냥해서 희언(戲言)을 하지만, (라)에서는 극 속에서 백정이 양반과 선비를 우롱한다. 구경꾼이 극중 인물로 전화(轉化)되어 놀이꾼과 구경꾼의 소통이 극중 인물 상호간의 소통으로 전환되는 것이다. 이러한 소통 방식의 전환은 놀이꾼에 의해서 주도되는데, 이것은 무당굿놀에서 무당이 주도적 역할을 수행하는 것과도 유사하다.

아무튼 하회 별신굿은 여신을 숭배하는 각성받이가 놀이꾼이 되어 남성 중심 사고를 하는 양반을 구경꾼으로 하여 소통하고, 신본주의 사고를 하는 무당이 놀이꾼이 되어 인본주의 사고를 하는 양반을 구경꾼으로 하여 소통하는 통로였다. 그리고 상민과 무당과 양반이 신분적으로 문화적으로 분화되고 대립하는 현실에서 굿의 시공간으로 이동하여 제의적 반란과 무례의 허용을 통하여 통합과 화해를 체험하게 하는 제도적 장치였다. 그리고 이러한 소통과 융합은 굿패 내지 놀이패가 서낭신이 하강하는 곳인 서낭당을 출발하여 서낭신이 마을에 와서 좌정하는 곳인 동사(洞舍)를 경유하여 제물을 받고 명복을 주는 신정(神政)을 펼치는 곳인 각성받이

11 전경욱, 『민속극』, 고려대학교 민족문화연구소, 1993, 441~442쪽.

의 민가나 양반의 저택으로 이동함에 따라 공간적으로 확산되었고, 별신굿이 10년마다 주기적으로 거행됨에 따라 시간적으로 반복·강화되었다.

3. 세속극에서의 놀이꾼과 구경꾼의 관계에 투영된 문화 융합

1) 오락적 탈놀이

「봉산탈춤」[12] 미얄 마당의 미얄과 영감이 등장하는 대목에서 두 사람은 유랑민이고, 악사는 정착민의 입장에서 대화를 주고받는다.

(미얄은 검은 빛깔의 얽은 탈을 쓰고 우수(右手)에는 부채를 들고 좌수(左手)에는 방울을 한 쌍을 들고 굿거리장단에 맞추어 춤을 추면서 등장한다.)

미얄 : (악공 앞에 와서) 에—에—에—에—에—에.(하고 운다. 악공 중 한사람이 미얄에게 말을 붙인다.)

악공 : 웬 할멈임나.

미얄 : 나도 웬 할맘이더니 덩덕궁하기에 굿만 여기고 한 거리 놀고 갈라고 들어온 할맘이올세.

악공 : 그럼 한 거리 놀고 갑게.

미얄 : 노든지 마든지 허름한 영감을 잃고 영감을 찾아다니는 할맘이

12 하회탈놀이는 별신굿(서낭굿)을 모태로 형성된 신성극이지만 주지마당을 제외한 나머지 놀이마당에서 세속화가 진행되었다. 곧 벽사의식무인 주지마당은 물론이고 백정마당·할미마당·중마당·양반선비마당의 심층에는 제의적 구조와 의미가 내재되어 있다. 박진태, 앞의 책, 84~101·152~181·186쪽 참조. 「봉산탈춤」은 일단 세속극으로 분류되겠지만, 사상좌마당에 벽사의식무의 잔영이 남아 있고, 양반마당의 극작술이나 할미마당의 대사 속에 제의극적 요소가 잔존하고 있다. 이렇듯 탈놀이에서 신성극이냐 세속극이냐는 정도의 차이에 따라 상대적이다.

니 영감을 찾고야 아니 놀겠읍나.

악공 : 할맘 난 본향(本鄕)은 어데메와.

미얄 : 난 본향은 전라도 제주 막막골이올세.

악공 : 그러면 영감은 어째 잃었읍나.

미얄 : 우리 고향에 난리가 나서 목숨을 구하랴고 서로 도망하였더니 그 후로 아직까지 종적을 알 길이 없읍네.

악공 : 그러면 영감의 모색을 한번 댑소.

미얄 : 우리 영감의 모색은 마모색일세.

악공 : 그러면 말새끼란 말인가.

미얄 : 아니, 소모색일세.

악공 : 그러면 소새끼란 말인가.

미얄 : 아—니 마모색도 아니고 소모색도 아니올세. 우리 영감의 모색은 알아서 무엇해. 아모리 바로 꼭 대인들 여기서 무슨 소용이 있읍나.

악공 : 모색을 자세히 대이면 혹 찾을 수 있을지도 모르지.

미얄 : (엉덩이춤을 추면서) 우리 영감의 모색을 대, 모색을 대, 모색을 꼭 바로 대면 조금 흉한데, 난간이마에 주개턱 웅케눈에 개발코 상투는 다 갈아먹은 망좆 같고 키는 석자 세치 되는 영감이올세.

악공 : 옳지, 고 영감 마루 넘어 등 너머로 망 쪼으러 갑데.

미얄 : 에—그놈에 영감! 고리장이가 죽어도 버들가지를 물고 죽는다더니 상게 망을 쪼으로 다녀! (하고 한숨을 쉰다.)

악공 : 영감을 한번 불러 봅소.

미얄 : 여기 없는 영감을 불어본들 무엇합나.

악공 : 그래도 한번 불러 봐.

미얄 : 영감!

악공 : 너무 짧아 못 쓰겠읍네.

미얄 : 영—감— 영—감— 영—감—.

악공 : 너무 길어서 못 쓰겠읍네.

미얄 : 그러면 어떻게 부르란 말입나.

악공 : 전라도 제주 망막골 산다니 신아위청으로 한번 불러 봅소.

미얄 : (엉덩이춤을 추며 바른편 손에 든 부채를 폈다 접었다 하면서 신아위청으로)

(창) (전략) 이 정성 저 정성 다 부려서 강산 천리를 다 다녀도 우리 영감은 못 찾겠네. 우리 영감 만나며는 귀도 대고 코도 대고 눈도 대고 입도 대고, 춘향이 이도령 만나 노듯이 업어도 주고 안어도 보며 건건 드러지게 놀겠구만. 어디를 가고 나 찾는 줄 왜 모르나.

엉—엉—엉—엉—(울다가 장내의 중앙으로 가서 굿거리장단에 맞추어 춤을 춘다.)[13]

영감은 망조이하며 돌아다니는 매죄료장수이고, 미얄은 떠돌이 무녀이다. 모두 유랑민이다. 영감이 땜장이일 때는 산대도감의 감독을 받으며 세금을 내는 처지이다. 영감은 여승과 통정하는 행동을 서슴없이 하는 자유롭고 개방적인 성 의식을 보인다. 미얄도 식탐(食貪)이 많고 잠버릇이 고약하고 조심성 없이 소변을 보는 등 자유분방한 행동 양태를 보인다. 사회적 관습과 규범을 무시하는 사고와 행동은 유랑민의 특징이다.

이에 비해 악사는 정착민의 사고방식과 행동 양태를 보인다. 굿판에 등장한 사람에게 본향과 이별의 이유와 영감의 인상착의를 캐묻는데, 이러한 언행에서 미얄을 '우리'가 아닌 '남'으로 인식하는 타자화의 사고방식과 인과론적 사고방식 및 구체적 사실을 판단의 근거로 삼아 추론하는 태도를 보인다. 이러한 사고방식과 행동 양태는 정착민의 특징이다.

「봉산탈춤」은 봉산 지역에서 형성된 탈놀이지만, 놀이터가 1915년 이후에는 봉산의 앞산 밑 강변의 경수대(競秀臺)에서 사리원 경암산(景岩山) 아래에 있는 경암루(景岩樓)의 앞마당으로 이동하였으며, 세시풍속 놀이로

13 위의 책, 396~397쪽.

단오절에 놀았으나 사또의 생일이나 부임일만이 아니라 사신의 영접 행사와 해주 감영의 경연 대회에서도 공연되었다.[14] 공연 장소의 이동은 등장 인물의 유랑성을 강화시켰으며, 특히 서울 지역 산대놀이의 영향은 「봉산탈춤」이 유랑민 문화와 접촉했을 개연성을 뒷받침한다. 「봉산탈춤」의 미얄 마당에서 놀이꾼(미얄과 영감)과 구경꾼(악사)의 관계는 「봉산탈춤」의 역사에서 유랑민 문화와 정착민 문화의 융합이 일어난 사실을 시사한다.

2) 꼭두각시놀음

서울 지역 꼭두각시놀음[15]의 첫째 거리는 박첨지가 혼자 등장하는데, 박첨지가 유랑민으로서 정착민의 구경거리가 되는 사실이 재담으로 표현된다.

> 박첨지 : 떼루 떼루 떼루 떼루.
>
> (새면에서 꽹맥이를 "꽹" 친다. 박이 놀래어)
>
> 이게 무슨 소리냐?
>
> 새면에 있는 촌인(村人) : 여보 영감.
>
> 박첨지 : 어—.
>
> 새면 : 웬 영감이 아닌 밤중에 요란히 구느냐?
>
> 박첨지 : 날더러 웬 영감이랬느냐?
>
> 새면 : 그랬소.
>
> 박첨지 : 나는 살기는 웃녘 산다.

14 이두현, 『한국의 가면극』, 일지사, 1979, 183~187쪽 참조.

15 꼭두각시놀음은 세속극으로 분류되지만, 건사거리는 평양감사나 평양감사 대부인을 극락천도하거나 이심이거리에서 이심이에게 물려죽은 원혼들을 해원시키는 행위라는 점에서는 제의극적 성격을 지닌다.

새면 : 웃녘 살면 웃녘이 어디란 말이요?

박첨지 : 살면 살고 말면 말았지 이렇다는 양반으로서.

새면 : 그래서.

박첨지 : 서울 아니고야 살데 있느냐?

새면 : 서울이면 장안이 다 영감의 집이란 말이요?

박첨지 : 나 사는 곳을 저저히 이를 터이니 들어보아라.

새면 : 자세히 일러 보시요.

박첨지 : 서울로 일러도 일간동, 이묵골, 삼청동, 사직골, 오궁터, 육조앞, 칠관악, 팔각제, 구리개, 십자가, 광명주리, 만리재, 아래벽동, 웃벽동 다 제쳐놓고, 가운데 벽동 사시는 박사과(朴司果)라면 세상이 다 알고 장안 안에서는 뜨뜨르하시다.[16]

새면의 산받이(장구잡이)는 악사이면서 촌사람의 역할을 한다.[17] 촌사람이 박첨지의 정체를 확인함에 따라 박첨지의 타자화가 이루어지고, 박첨지는 서울 양반임이 밝혀진다. 구경꾼과 놀이꾼의 관계가 정착민과 유랑민의 관계로 설정된다.

새면 : 그래 무엇하러 나왔서?

박첨지 : 날더러 왜 나왔느냐고?

새면 : 그래서?

박첨지 : 내가 나오기는 있든 형세 패가(敗家)하고 연로다빈(年老다빈)하여 집에 들어앉었을 길이 없어서 강산 유람차로 나왔다가 날이 저물어 주막에 찾어 주인에게 저녁 한 상 시켜 먹고 긴 장죽(長竹) 물고 개

16 박진태, 『한국고전희곡의 역사』, 민속원, 2001, 212~214쪽.

17 산받이의 성격과 역할에 대해서는 김흥규, 「꼭두각시놀음의 연극적 공간과 산받이」(『창작과 비평』제49호, 창작과 비평사, 1978) 참조.

리침 곤두리고 가만이 누었노라니 어대서 별안간 뚱뚱뚱뚱 하길래 밖에를 나와보니 어른은 두런두런 어린아해는 도란도란 짓걸덤벙하기로 "너희들 무엇을 이리 짓걸대느냐?"고 물으니, "이 동리에 남녀사당(男女社堂)이 놀음놀기로 구경가려고 합니다", 어린애들은 이렇게 대답을 하나 젊은 사람들은 "심한 집(잡?)늙은이 길가다 잠이나 일찍 잘 것이지 닷 곱에도 참네, 서 홉에도 참네가 무엇인가" 하기로 나도 현선백결에 늙었으나 노염이 더럭 나서 "이놈들 신로심불로(身老心不老)라 하였거든 늙은이는 눈과 귀가 없느냐"고 호령반(號令半) 꾸짖었드니 다 물러서 가더라.[18]

팔도강산을 유람하던 박첨지가 주막집에서 저녁잠을 청하다가 남녀 사당패의 놀이판에 구경나왔다고 하는데, 박첨지(조종자)는 남사당패의 일원이면서 유랑 양반(인형)의 역할을 하는 것이다. 이는 남녀 사당패의 공연 장소가 유랑 양반이 등장하는 극중 장소가 되는 민속극의 극작술에 기인한다.[19]

새면 : 칠 푼을 가지고 어디어디 썼단 말이요?

박첨지 : 비록 늙었을망정 비면이 썼겠느냐? 돈 쓴 데를 말할 터이니 자세히 들어보아라. 사당아 이는 손목잡고 돌이(리)고 주기와 어엽분 미색은 좋고 좋은 상평통보(常平通寶)를 입에 물고 주기와 거사 불러 거사전 주고 모개비 불러 행하해 주고나서, 한 쪽이 묵끈하기로 주머니 구석을 디려다보니, 칠 푼 가지고 행하해 준 본전이 삼칠은 이십일에 두 냥 한 돈이 남었더라.

새면 : 예끼 심한 잡늙은이 본전은 칠푼인데 행하해 주고도 두 냥 한

18 박진태, 앞의 책, 214~215쪽.

19 조동일, 『탈춤의 원리 - 신명풀이』, 지식산업사, 2006, 115~118쪽 참조.

돈이 남았다니 행하주러 나온 게 아니라 여러 손님 주머니를 떨(털)지 않았는가?[20]

사당패는 모갑이(남자) 밑에 사당(여자)과 거사(남자)가 한 짝을 이루는 놀이패인데, 사당은 가무희를 공연할 뿐만 아니라 매춘 행위를 하였으며, 모갑이와 거사는 사당의 뒷바라지와 잔일을 하고 허우채(解衣債; 몸값)의 관리를 맡았다.[21] 남사당패는 꼭두쇠(1인)를 정점으로 곰뱅이손(기획, 1~2인) - 뜬쇠(연희 종목별 선임자) - 가열(뜬쇠 밑의 기능자들) - 삐리(初者) - 저승패(퇴역 기능인) - 나귀쇠(등짐꾼)로 구성된 남색(男色)집단으로 계간(鷄姦)을 팔기도 하였다.[22] 사당패와 남사당패는 독자적으로 활동하였는데, 소멸기에 걸립패도 포함시켜 혼성 단체를 만들기도 하였다. 박첨지의 대사 속에 '남녀 사당'이란 말이 사용되는 것은 바로 이런 사실을 증명한다. 그러나 '사당아이 손목잡고 돌리기', '상평통보를 입에 물고 사당아이의 입에 물려주기', '거사에게 비역질 대가 주기', '모갑이에게 행하(行下) 주기'는 모두 사당패와 관련된 풍속이다. 사당패의 극화는 「봉산탈춤」에서 발견되고, 18세기에 강이천이 구경한 서울 산대놀이에도 거사와 사당이 등장하는 마당이 성립되어 있었다.[23]

그런데 18세기 서울 지역 탈놀이와 인형놀이의 전승 집단이 북방 유목민의 후예라는 견해[24]는 서울 지역 꼭두각시놀음이 유랑민 문화와 긴밀한 관련이 있음을 시사하지만, 현전하는 남사당패 꼭두각시놀음에는 정착민 문화도 반영되어 있는 사실을 고려하면, 꼭두각시놀음의 변모 과정은

---

20 박진태, 앞의 책, 216쪽.

21 심우성, 『남사당패연구』, 동화출판공사, 1980, 33~34쪽 참조.

22 위의 책, 35쪽 참조.

23 임형택, 『이조시대 서사시』(하권), 창작과비평사, 1992, 305쪽 참조.

24 전경욱, 『한국의 전통연희』, 학고재, 2004, 322~328쪽과 전경욱, 「본산대놀이와 북방문화」, 『민속학연구』 제8호, 국립민속박물관, 2001, 183~211쪽 참조.

'유랑민 문화(초창기) → 정착민 문화(18세기) → 유랑민 문화(현존 남사당패 꼭두각시놀음) → 정착민 문화(장연 박첨지놀이 · 서산 박첨지놀이)'로 추정된다. 그러나 이러한 가설은 꼭두각시놀음이 귀화한 유목민이 전한 인형극이라든가 인형극의 역사를 유목민과의 관련 속에서만 이해해야 함을 의미하지는 않는다. 이 문제는 여전히 미해결의 과제로 남기고 천착해야 할 것이다.

3) 발탈

발탈[25]은 놀이꾼의 발에 탈을 씌우고 손으로 발탈의 팔을 움직이며 탈을 쓰지 않은 어릿광대와 재담을 주고받는 점에서 탈놀이와 인형놀이의 중간 형태이다. 이 발탈의 전승 계보는 박춘재(朴春載; 1883~1950) → 이동안(李東安; 1906~1998) → 박해일(朴海一 ; 1923~) · 박정임(朴貞任; 1939~)으로 전승되는 박춘재 계보[26]와 김덕순, 조갑철, 오명선, 남형우 등과 같은 남사당패에 속한 놀이꾼으로 전승되는 계보[27]로 양분된다. 박춘재는 15세 때 가무별감이 된 중인 출신의 궁정배우였는데, 서울을 활동 본거지로 하고 국내만이 아니라 만주까지도 순회하면서 공연을 한 점에서 발탈은 유랑민 문화의 성격을 지닌다. 그리하여 주인공 발탈이 팔도를 유람하는 인물로 설정된다.

(놀이가 시작되면 길군악 가락에 탈이 등장하고, 음악 소리는 사라진다.)

탈 : (큰 기침을 하고 침을 뱉으며) 어흠, 어흠, 에 투, 여기 사람 많

25 발탈의 갈래에 대해서는 탈놀이나 인형극으로 규정하거나 아니면 독립적인 갈래로 설정하기도 하는데, 제의적인 요소가 전혀 없는 세속극이다.

26 허용호, 『발탈』, 국립문화재연구소, 2004, 24~45쪽 참조.

27 위의 책, 24쪽 참조.

이 모였군. (사람들을 둘러보며) 여기 누가 주인이요?

주인 : 내가 주인이요. 당신은 웬 사람이요?

탈 : 웬 사람이라니! 아니 내가 조그마니까 토막을 낸 줄 알우? 웬 사람이냐구 묻게.

주인 : 당신은 도대체 누구냐 말이요?

탈 : 나는 다른 사람이 아니라 팔도강산 유람차 다니는 사람이요.[28]

발탈은 팔도강산을 유람하는 점에서 유랑민이고, 어릿광대는 정착 생활을 하는 어물도가 주인이다. 유랑민 발탈은 놀이꾼이고, 정착민 주인은 구경꾼이다. 이처럼 발탈과 어릿광대는 놀이꾼과 구경꾼, 유랑민과 정착민의 관계로 대립된다. 그리하여 티격태격 다투는데, 발탈의 외모를 두고 싸우는 대목을 보자.

주인 : 하, 저 눈깔 좀 봐. 꼭 얼음에 자빠진 쇠눈깔처럼 생겨가지고, 코는 술코에다, 아가리는 메기 아가리처럼 생긴 게, 광대뼈는 툭 튀어나와가지고, 한 번만 받치면 눈깔 빠지겠다. 이놈아!

탈 : 이놈아, 내 광대뼈가 몇 발씩이나 되는 줄 아니. 이만 하면 잘 생겼지, 얼마나 더 생기니.

주인 : 얼씨구 참 잘 생겼다.

탈 : 얼마나 잘 생겼나 들어봐라.

주인 : 그래 한번 들어보자.

탈 : 코는 마늘쪽 갖다 붙인 것처럼 오똑하고, 눈썹은 송충이가 스물스물 기는 것 같고, 양볼은 동굴동굴한 경단 같고, 입술은 볼그족족한 게, 눈은 홍안이요, 머리는 반백이니, 홍안백발 장골이라. 이만 하면 내가 너의 하래비 감이다.

---

28 조동일, 앞의 책, 627쪽.

주인 : 예라 이놈아! (부채로 탈을 때린다.)[29]

동일한 발탈을 두고 어릿광대는 못생긴 얼굴로, 발탈은 잘생긴 얼굴로 표현한다. 발탈은 외모만이 아니라 '우리나라 소리는 방언과 토향에 따라 달라진다'고 말하며 시조창, 판소리, 단가, 민요, 잡가, 무가를 부르는 노래 솜씨를 자랑하고, 온갖 음식, 어물, 짐승은 말할 것도 없고 주인의 마누라도 먹어치우는 식성을 과시한다. 하반신이 불구이지만[30] 팔을 휘저으며 춤을 추고, 팔도에서 유행하는 노래를 불러 신명풀이를 하는 명무명창이고, 활기와 정력이 넘치는 인물이다. 골계 정신과 자유 의지를 소유하여 신체적인 제약을 극복할 뿐만 아니라 사회적인 규범에도 구속받지 않는 인물로 형상화된다. 그뿐만이 아니라 생선을 사러 온 과부에게 주인 몰래 동정심을 베푼다.

탈 : 그래, 요샌 어떻게 사우?

여자 : 아이고, 고생이 말이 아니랍니다. 영감이 기어코 깨졌어요.

탈 : 뭐 깨져? 아 깨졌으면 그물 하지.

(중략)

여자 : 샌전 벽문에다 생선가게를 내고.

---

29 위의 책, 629~630쪽.

30 발탈이 상반신만 있는 인물이라는 견해는 조동일(『탈춤의 원리 - 신명풀이』, 643~644쪽)의 견해를 수용한 것이다. 물론 발탈의 대본에 발탈이 반신불구라는 직접적인 언급은 없다. 그렇지만 박해일본(조동일, 『탈춤의 원리 - 신명풀이』, 627쪽)에서 탈이 "웬 사람이라니! 아니 내가 조그마니까 토막을 낸 줄 알우?"라고 말하고, 박정임 · 박해일연행본(허용호, 『발탈』, 187쪽)에서 탈이 "아니 웬 사람이라니. 아 내가 이렇게 쪼그맣게 반토막으로 생겼다고 사람이 아닌 줄 아시오?"라고 말하여 발탈의 형상이 상반신만 있는 사실을 연희자가 관객 앞에서 직접 언급하는 점에서 탈(극중인물) 스스로 상반신만 있는 불구(기형)라고 인식하고 있다는 추론이 가능하다. 공연 현장에서 상반신만 있는 탈과 서서 연기하는 어릿광대(가게주인)의 대조적인 모습은 '불구자 - 유랑민 - 자유로운 풍류정신의 소유자/정상인 - 정착민 - 현실의 이해관계에 구속된 사람'의 역설적인 관계로 해석할 소지가 충분하다. 이처럼 관객의 수용적인 측면도 고려될 수 있다고 본다.

탈 : 아니 그럼, 무교동 인력거방 옆 추녀에다 생선 좌판을 차려놨다, 이런 말이요? 으 음, 거 참.

여자 : 그래서 오늘 생선 받으러 예까지 왔어요. (한숨 쉰다.) 으 음.

(중략)

탈 : (주인이 보고 있는 줄 모르고, 굵은 걸로만 골라 마구 넣어준다.)

주인 : (화가 나서) 이놈 네 하는 짓이 날 망쳐줄 놈이로구나. 에라 이놈. (탈의 따귀를 때리며) 어서 썩 가버려라.

(중략)

탈 : 어서 가서 생선이나 잘 파슈. 그래야 늙은 자식들하고 목구멍에 풀칠이나 하니.

여자 : 그럼 난 가요.

탈 : 이 다음에 내가 깨지거든 또 만납시다.

여자 : 내 그렇지 않아도 고태골 윗목에다 술 한 병 갖다 놨어요. (나간다.)[31]

남편을 사별하고 자식들을 데리고 곤궁하게 사는 여자 생선장수에게 발탈이 주인 몰래 인정을 베푸는 것은 의지할 곳 없는 과부한테서 뿌리 뽑힌 유랑민의 신세인 자신의 처지를 발견하고 동병상련의 정을 느꼈기 때문일 것이다. 또는 생선가게 주인과 생선장수의 관계에서 빈부 차이의 경제적 모순을 발견하고 사회적 약자에게 연민의 정을 느끼고 억강부약(抑强扶弱)의 정의를 실천한 것이다. 발탈이 '깨지거든', 곧 죽거든 또 만나자는 말에 생선장수가 고택(古宅)골, 곧 공동묘지에 이미 술병을 갖다 놓았다고 응수하는 것은 발탈이 베푼 은혜에 보답하는 뜻으로 묘지에 성묘하러 가겠다는 말이다.[32] 다시 말해서 죽은 뒤에 자신의 무덤을 찾아줄

31 위의 책, 639~641쪽.

32 이러한 사실은 박해일 · 박정임연행본((허용호, 『발탈』, 213쪽)에서 탈과 여자가 주고받

사람이 한 사람이라도 있길 바라는 발탈의 인간적인 희망 사항에 대해서 생선장수가 보은(報恩) 차원에서 부응하겠다는 말이다. 반신불구의 신체적 결함을 풍류 정신으로 극복하려는 발탈과 생존을 위해서 몸부림쳐야 하는 과부가 동류의식을 느끼고 서로를 위로하고 의지하려는 것이다. 죽음을 통해서만이 삶의 질곡에서 벗어날 수 있다는 생각을 드러냄으로써 사회경제적으로 극한 상황으로 내몰리어 소외당한 인간들의 허무주의와 냉소주의를 풍긴다.

끝으로 발탈의 풍류 정신에 반한 주인은 이번에는 발탈의 의협심에 감동하여 손해를 끼친 행동을 질책하지 않고 오히려 덕행이라고 칭찬한다.

> 탈 : 난 갈테니 어서 거관비나 심을 쳐서 주우.
>
> 주인 : (물끄러미 바라보며) 여보 가긴 어딜 가우. 당신 생선 조기 세면서 가엾은 여자 동정하는 걸 보니, 복 받을 사람이요. 떠나지 말고 나하고 여기서 같이 살고. 여러분껜 우리 파연곡이나 불러드립시다.
>
> 탈 : 당신도 정말 좋은 사람이구랴. 그렇게 합시다. 고맙소.
>
> (두 사람은 파연곡을 부르고, 관객들에게 일어나서 작별을 한다.)[33]

주인은 이익을 추구하는 상업 문화를 대변하고, 발탈은 세속적인 이해관계를 초월하고 가무로 신명풀이를 하려는 풍류 문화를 대변한다. 주인은 구경꾼으로서 정착민의 가치관을, 발탈은 놀이꾼으로서 유랑민의 사고방식과 행동 양태를 보이는데, 주인은 유랑민의 풍류 정신에 감화를 받고, 유랑민은 주인의 집에 정착하게 됨으로써 유랑민 문화와 정착민 문화가

는 다음의 대화에서 선명하게 드러난다. "탈(유람객) : 가거든 이 다음에 나 죽었다고 소문 듣거든 막걸이 잔이나 부어 넣어 주세요./여자(아낙네) : 하이구 그러지 않아도요/탈(유람객) : 예/여자(아낙네) : 아주버님 돌아가시면 쓸려고요. 아주 진한 전내기 한 병저 우리 집 윗목에다가 모셔놨습죠. 헤헤헤헤."

33 위의 책, 641쪽.

마침내 융합되었으며, 이러한 사실이 놀이꾼과 구경꾼의 관계로 극화되었다. 한편 발탈의 역사 속에서 유랑민의 발탈이 정착민의 발탈로 전환한 사실이 완도의 발광대놀이에서 확인된다.[34]

34 이경엽, 「완도 발광대놀이 연구」, 『공연문화연구』제14집, 한국공연문화학회, 2007, 19~40쪽 참조.

4

전통 무용·축제의 역사적 이해

제14장 문학사를 통해 본 무용사의 한 국면

1. 무용사 연구의 한 방법

한국의 전통춤에 대한 연구는 역사적 연구, 미학적 연구, 사상적 연구가 주류를 이루었다.[1] 탈춤은 무용·문학·음악·연극이 혼합된 공연예술이므로 종합적 연구가 필요하고, 통시적 관점을 취하더라도 무용사·문학사·음악사·연극사를 아우르는 예술사의 차원에서 접근해야 한다. 따라서 문학사 연구와 무용사 연구를 통합하는 작업의 일환으로 『삼국유사』를 비롯한 옛 문헌에 기록되어 있는 춤 관련 설화 및 조선 후기에 생성된 판소리의 사설과 탈춤의 대사에 나타난 춤의 생성 원리를 추출하고, 무용관의 변화 과정에 대한 시각을 개척할 필요가 있다.

춤의 발생에 대해서는 문헌 자료, 고고(考古)미술사 자료, 민속학·인류학의 현지 조사 자료 등을 분석하여 접근해야겠지만, 실체적 사실의 규명보다는 춤에 관해 담론하고 기록한 옛 사람들의 인식의 세계를 들여다보는 것도 의미 있는 작업이 될 것이다. 곧 설화 속에 춤에 대한 인식의 표적을 남겼을 것이라는 전제 아래 설화 분석을 통해 고대인의 무용

---

1 단행본 차원의 대표적인 업적들을 연대순으로 정리하면 다음과 같다.
장사훈, 『한국전통무용연구』, 일지사, 1977.
김온경, 『한국민속무용연구』, 형설출판사, 1982.
정병호, 『한국의 민속춤』, 삼성출판사, 1991.
이병옥, 『한국무용사연구(1)』, 도서출판 누리, 1996.
이민홍, 『한국민족악무와 예악사상』, 집문당, 1997.
정병호, 『한국의 전통춤』, 집문당, 1999.
법현, 『불교무용』, 운주사, 2002.
정병호, 『한국무용의 미학』, 집문당, 2004.
능화, 『한국의 불교무용』, 푸른세상, 2006.
임학선, 『문묘일무 예악사상』, 성균관대학교출판부, 2011.

관을 추찰하고, 후대의 구비문학 작품을 통해서 무용관의 변화 과정을 포착해보는 것이다. 이러한 작업은 객관적 사실을 정확하게 확인해야 하는 역사적 연구와는 거리가 불가피하지만, '사실의 역사' 못지않게 '인식의 역사'도 중요하고, 무용사의 새로운 지평을 여는 작업이 될 수도 있다.

2. 문헌 설화에 나타난 춤의 기원설

춤에 관한 설화는 대체로 춤이 발생한 동기와 이유 및 배경에 대해 설명하고 있다. 따라서 이러한 설화에서 춤의 기원과 형성에 대한 정보를 추출할 수 있는데, 계시 · 주음(呪音) · 현신(現身) · 모방 · 재연 · 개작 등 여섯 가지 유형으로 나타난다.

1) 계시설(啓示說)

춤이 신의 계시에 의해 발생했다는 기원설은 『삼국유사』 「기이」편 '가락국기'조의 김수로 신화에 나타난다.

> 삼월 계욕의 날에 마을의 북쪽 구지봉에서 이상한 소리가 무리를 부르므로 이삼백 명이 이곳에 모였다. 사람목소리인데 형체는 모이지 않고 소리만 내어 말하길 "이곳에 사람이 있느냐?" 하므로 구간들이 "우리가 있습니다."라고 말했다. 또 말하길 "내가 있는 곳이 어디냐?" 하므로 "구지봉입니다."라고 대답하였다. 또 말하길 "황천이 나에게 명하길 이곳을 다스려 나라를 새롭게 하고 임금이 되라 하시므로 이를 위하여 내려갈 터이니 너희는 마땅히 봉우리 꼭대기를 파서 흙을 모으면서 '거북아 거북아 머리를 내어라 아니 내면은 불에 구워 먹겠다'라고 노래부르며 그에 맞춰 춤을 추어라. 그러면 이것이 대왕을 맞이하여 기뻐

날뛰는 것이다."라고 하였다.

신의 계시가 천창(天唱)의 형식으로 내려지는데, 세 차례에 걸친 천창에 의하여 신맞이굿의 사제(구간)와 참례(參禮) 집단(가락국인), 굿의 장소(구지봉), 굿의 방식(가무)이 계시된다. 곧 가락국인들과 김수로신 사이의 소통이 구지봉이라는 신성 공간에서 가무 형식의 제의에 의하여 이루어진 것이 신탁에 근거한 것이다. 가무의 내용도 신의(神意)에 의하였으니, 노래의 가사는 천신이 산신(거북이)에게 아들(김수로)을 낳기를 요구하는 내용이고,[2] 춤사위는 산신이 천신과 감통(感通)하여 아들을 탄강(誕降)시킬 산좌(産座)를 만드는 동작,[3] 곧 흙을 파서 중앙에 모으는 몸짓이다. 따라서 춤의 대형은 원무(圓舞)였을 개연성이 큰데, 구간이 안에서 작은 원을 만들고, 백성들은 밖에서 큰 원을 만든 채 일제히 흙을 파서 중앙에 모으는 춤동작을 하면서 구지가를 불렀거나, 또는 구간이 안에서 제단을 조성하는 춤을 추고 백성들은 구간을 에워싼 채 「구지가(龜旨歌)」를 불렀을 것으로 추정된다.

신의 계시에 의해 춤이 발생한 사례는 『삼국유사』 「기이」편 '수로부인' 조의 수로부인 설화에서도 발견된다.

> 또 임해정에서 낮에 음식을 먹을 때 해룡이 나타나 부인을 붙잡아 바다 속으로 들어갔다. 공이 땅에 드러누운 채 계책을 내지 못할 때 노인이 나타나 말하길 "옛 사람의 말이 있는 터 '뭇 사람들의 입은 쇠도 녹인다' 하였으니 지금 바닷속 미물이 어찌 뭇 사람들의 입을 두려워하지 않으리오. 마땅히 경내의 사람들을 모아서 노래를 부르면서 막대기

2 박진태 외, 『한국시가의 재조명』, 형설출판사, 1984, 22~25쪽과 박진태, 『한국민속극연구』, 새문사, 1998, 59쪽 참조.

3 위의 책, 58쪽 참조.

로 언덕을 두드리면 부인을 볼 수 있을 것이다."라고 하였다. 공이 그대로 하니 용이 부인을 받들고 나와서 바쳤다. …뭇 사람들이 부른 「해가」의 노랫말은 '거북아 거북아 수로를 내놓아라. 남의 부녀자를 앗음이 죄가 크도다. 네가 만일 거역하여 내놓지 않으면 그물로 잡아 구워 먹겠다'이다.

수로부인 설화는 헌화가의 배경 설화와 「해가(海歌)」의 배경 설화가 결합되어 있는데, "수로부인의 용모가 절세미인이어서 깊은 산과 큰 못을 지날 때마다 신물이 붙잡아 갔다(水路姿容絶代 每經過深山大澤 屢被神物掠攬)"라는 말이 산신굿과 용신굿에서 수로부인이 산신과 용신의 신처(神妻)로 바쳐졌음을 의미하기 때문에 헌화가는 산신과의 신성 결혼식에서, 「해가」는 용신과의 신성 결혼식에서 불려진 굿노래들이다. 그러나 「헌화가(獻花歌)」는 노인, 곧 산신이 현신(現身)하여 직접 노래를 부른 반면 「해가」는 노인, 곧 산신이 현신하여 순정공에게 계시를 한 점에서 다르다. 「해가」를 계시한 노인을 「헌화가」를 부른 산신으로 보는 근거는 무교(巫敎)에서 산신과 용신의 관계가 대립되면서 위계질서에서 산신이 용신보다 우위를 차지하기 때문이다.

산간데 그늘이지고 용가신데 소이로다
소이라 깁소컨만 모래위마다 세계우셔
마누라 영검술을 깁히몰나[4]

서울 지역 열두거리굿의 '산마누라' 노랫가락인데, 용신이 있는 소(沼)가 아무리 깊더라도 산마누라, 곧 산신이 물에 빠지지 않고 모래 위마다 서는 영험(靈驗)을 보인다는 내용으로 산신이 용신보다 신통력이 더 위대

4 장덕순 외, 『구비문학개설』, 일조각, 1998, 118쪽.

하다고 찬송하고 있다. 이처럼 산신과 용신은 대립적인 관계이므로 지금도 동해안 별신굿의 화해굿에서 두 신들을 화해시켜[5] 마을의 화합과 무사 태평을 기원한다. 따라서 수로부인을 먼저 신처로 삼은 산신이 용신이 수로부인을 신처로 삼았을 때에는 순정공에게 수로부인을 되찾는 방법을 계시하여 용신을 견제한 것으로 볼 수 있다.

하여튼 수로부인을 신령과 접촉시켜 신성성(神聖性)을 획득하게 하는 굿에서 「헌화가」는 산신과의 통합 의식에서 불리었고, 「해가」는 분리 의식에서 불리었다고 보면, 「헌화가」는 진솔한 구애(求愛)의 노래이고, 「해가」는 위하적(威嚇的)이고 강제적인 주가(呪歌)인 이유를 이해하게 된다. 그리고 「해가」를 부르면서 '막대기로 언덕을 두드리는' 몸짓을 하라는 계시를 「해가」에 맞추어 '막대기로 언덕을 두드리면서 용신을 위협하는 몸짓의 춤을 추라'는 계시로 해석할 수 있다.

요컨대 구지가춤은 흙을 파서 모으는 동작을, 해가춤은 막대기로 언덕을 두드리는 동작을 모의(模擬)해서 만든 춤으로서 가락국인과 신라인들이 모두 굿에서 연행되는 춤과 노래는 신의 계시에 의해 생성된 것이라고 인식하였음을 알 수 있다. 또한 「구지가」가 김수로를 신성계와 분리시켜 인간계로 맞이하는 단계에서 가창되었기 때문에 위하성과 강제성을 띠는 점도 「해가」와 동일하다. 다만 구지가춤은 천창에 의해, 해가사춤은 현신에 의해 계시가 내려진 점에서는 차이점을 보인다.

2) 주음설(呪音說)

고대인들은 주술 신앙에 의해 악기의 소리에 주력(呪力)이 있다고 믿었으니, 왕산악의 거문고에 관련된 이야기부터 살펴본다.

---

5 최길성, 『한국무속의 연구』, 아세아문화사, 1980, 298쪽과 이두현, 『한국민속학논고』, 학연사, 1984, 196쪽 참조.

> 현금(玄琴)은 중국 악부의 금(琴)을 모방하여 만들었다. 살피건대 『금조(琴操)』에 이르기를 "복희씨가 금을 만들어 몸을 닦고 본성을 다스려서 그 천진(天眞)을 되찾게 하였다."고 했으며, 또 이르기를 "금의 길이 3척 6촌 6푼은 366일을 상징하고, 너비 6촌은 6합을 상징하며, 문(文)의 위쪽을 지(池)라 하고, 아래쪽을 빈(濱)이라 한다. 앞이 넓고 뒤가 좁은 것은 존(尊)과 비(卑)를 상징하고, 위가 둥글고 아래가 모진 것은 하늘과 땅을 본뜸이다. 오현(五絃)은 오행(五行)을 상징하고, 큰 줄은 인군(人君)이 되고 작은 줄은 신하가 되는 것인데, 문왕과 무왕이 두 줄을 더하였다."고 했다. 또 『풍속통(風俗通)』에 이르기를 "금의 길이 4척 5촌은 사시(四時)와 오행을 본받은 것이요, 칠현(七絃)은 칠성(七星)을 본받은 것이라." 하였다.
>
> 현금을 제작함에 있어 『신라고기(新羅古記)』에는 "처음 진(晋)나라 사람이 7현금을 고구려에 보냈는데, 고구려에서 그것이 악기인 줄은 알았지만, 그 성음(聲音)과 타는 법을 몰랐다. 국인 중에서 능히 그 음률(音律)을 알아서 탈 수 있는 사람을 구하여 후히 상을 주게 하였다. 이때 제이상(第二相)인 왕산악(王山岳)이 그 본모양을 보존하면서 자못 그 제도를 고쳐 만들고, 겸하여 100여 곡을 지어 연주하였다. 그때에 현학(玄鶴)이 와서 춤을 추었으므로 드디어 현학금(玄鶴琴)이라고 하였는데, 후에 와서 단지 현금(玄琴)이라고 하였다."라고 하였다.[6]

중국의 금(琴)은 우주의 공간(천지, 사방, 칠성)과 시간(1년, 사계절)만이 아니라 인간 사회의 질서(존비, 군신)까지도 상징하도록 제작되었다. 특히 오현금은 오행(五行)을, 칠현금은 칠성(七星)을 상징하였는데, 왕산악은 그 중의 칠현금을 수용하여 육현금으로 개량함으로써 육합(六合), 곧 천지와 사방의 조화를 강조하였다. 따라서 왕산악이 거문고곡을 연주할 때 현학

6 이병도 역주, 『삼국사기』(국역편), 을유문화사, 1980, 504쪽.

이 날아와서 춤을 추었다는 것은 고구려가 천하를 통일하여 지배할 징조로서 음악으로 우주 질서와 인간 세계의 질서를 조절할 능력을 구비하게 되었음을 의미한다.

음악의 주력(呪力)에 대한 이러한 믿음을 주음(呪音) 신앙이라 부를 수 있겠는데, 『삼국유사』「감통」편 '월명사·도솔가'조의 월명사 일화에도 나타난다.

> 월명사가 사천왕사에 거주할 때 피리를 잘 불어서 달밤에 피리를 불면서 문 앞의 큰길을 지나가면 달이 운행을 멈추었기 때문에 그 길을 월명리라고 불렀다.

월명사가 피리 소리로 달의 운행을 조절했다는 말인데, 피리 소리의 주력(呪力)이 달에 작용한 것이다. 그리고 이러한 주음 신앙에 근거한 주술적인 음악관은 『삼국유사』「기이」편의 '만파식적'조에서 절정을 이루었다.

> 왕이 기뻐하여 그 달(5월 : 필자) 7일에 가마를 타고 이견대로 가서 그 산을 바라보고 사신을 보내 살피게 하였다. 산세는 거북이 머리 같고, 그 위에 하나의 대나무가 있어 낮에는 두 쪽이 되고 밤에는 합쳐진다고 사신이 아뢰었다. 왕이 감은사에 가서 잤는데, 다음날 한낮에 대나무가 하나가 되고 천지가 진동하고 비바람에 하늘이 7일 동안 어둡다가 16일에 이르러서야 바람과 파도가 잠잠해졌다. 왕이 배를 타고 바다를 건너 그 산에 가니 용이 흑대를 받들고 바치고 맞이하여 함께 자리하였다. 묻기를 "이 산이 마치 대나무가 혹은 갈라졌다가 혹은 합하는 것 같은데 어찌 된 일인가?" 용이 말하길 "손뼉 하나는 소리를 못 내나 두 손뼉은 소리가 나는 것에 비유할 수 있습니다. 이 대나무는 사물의 됨됨이가 합해진 연후에 소리가 납니다. 성스런 왕께서 소리로써 천하를 다스릴 길조입니다. 왕이 이 대나무를 얻어서 피리를 만들어 불면

천하가 화평해질 것입니다. 왕의 아버지(문무왕 : 필자)는 바다의 용이 되고, 김유신은 다시 천신이 되었는데, 두 성인이 한 마음으로 이 귀중한 대보를 내주며 저더러 바치라 명하였습니다."라고 하였다. (중략) 환궁하여 그 대나무로 피리를 만들고 월성의 천존고에 소장하였는데, 이 피리를 불면 적병이 물러나고 질병이 고쳐졌으며, 가뭄에는 비가 오고 장마에는 날이 개었고, 폭풍은 멎고 파도는 잠잠해졌기 때문에 만파식적이라 부르고 국보로 삼았다.

대나무는 두 쪽으로 갈라지면 소리가 나지 않고 하나로 합쳐져야 소리가 나기 때문에 동해의 용이 된 문무왕과 천신이 된 김유신이 대나무를 신문왕에게 보내어 피리를 만들어 불어서 모든 재난을 물리치게 하였다는 것이다. 그런데 이런 이야기는 신라의 양대 세력인 김춘추 세력과 김유신 세력이 굳건하게 연합하면 어떤 국난이라도 해결할 수 있음을 대왕암에서의 용신과 천신의 화해굿을 거행하면서 소리의 이치로 설득한 사실을 의미한다. 아무튼 대나무 피리 소리의 주력(呪力)에 의해서 자연과 인간 세상을 조절하여 하였으니 이것이 바로 주술적 음악관인 것이다. 그리고 신라인들이 '향가(鄕歌)를 숭상하여 향가로 천지 귀신을 감동시킨 것이 한둘이 아니었다'[7]는 말도 언령(言靈) 신앙으로 이러한 주음 신앙과 맥락을 같이한다.

3) 현신설(現身說)

신령이 인간 앞에 현신하여 춤을 추었다는 주장이 『삼국유사』 「감통」편 '경흥우성(憬興遇聖)'조의 경흥 전설에 나타난다.

---

7 해가 둘인 변괴를 없앤 「도솔가」, 왜구의 침략을 가져온 혜성을 사라지게 한 「혜성가」, 효성왕을 원망하여 잣나무를 말라죽게 한 「원가」와 같은 주술적인 향가를 말한다.

신문왕 때 대덕 경흥은 성은 수 씨였고, 웅천주의 사람이었다. 18세에 출가하여 삼장에 통달하니 명망이 한 시대에 높았다. 개요 원년 문무왕이 승하할 때 신문왕에게 말하길 "경흥법사는 국사가 될 만하니 짐의 명을 잊지 말라." 하였다. 그러나 신문왕이 즉위하자 왜곡되어 국로가 되어 삼랑사에 머물게 되었다. 돌연 병들어 눕게 되어 몇 달이 지났을 때 여승이 와서 문안을 하고 화엄경의 '착한 벗이 병을 고쳐주는 이야기'를 말한다 하면서 "지금 스님의 병은 근심에서 생긴 것이므로 기쁘게 웃으면 치유가 가능합니다."라고 말하고, 열한 가지 모습을 만들어 각각 우스운 춤을 추니, 뾰족하게 나온 것 깎아 다듬은 것 등 변하는 꼴이 말로 형용하기 어려워 모두들 턱이 빠지게 웃었는데, 스님의 병이 자신도 모르는 사이 씻은 듯이 나았다. 여승이 마침내 문을 나서서 남항사로 사라진 후 지팡이만 십일면관음보살의 화상 앞에 놓여있었다.

경흥 법사는 백제 출신의 출중한 인물이어서 문무왕은 통합 차원에서 국사(國師)로 추천하였으나 신문왕이 국로(國老)를 제수하였기 때문에 절망한 나머지 우울증에 결렸는데, 그때 십일면관음보살이 여승으로 현신하여 문병하고,[8] 십일면관음보살의 탈을 만들어 골계적인 춤을 추니 병이 치유되었다는 이야기이다. 곧 십일면관음보살이 중생 제도 차원에서 경흥 법사 앞에 현신하여 춤을 춘 것이다.

『삼국유사』 「기이」편 '처용랑 · 망해사'조의 처용 설화도 동해 용왕의 아들 처용이 인간 세상에 현신하여 가무를 연행한 이야기이다.

㈎ 동해용이 기뻐하여 일곱 아들들을 데리고 왕의 가마 앞에 현신하

8 여승이 남항사로 사라진 후 십일면관음보살의 화상 앞에 여승의 지팡이가 놓여있었다는 말은 여승이 십일면관음보살의 화신(化身)임을 의미한다.

여 덕을 찬미하여 춤을 바치고 음악을 연주하였다. (나) 그 아들들 가운데 하나가 어가를 따라 서울에 와서 왕정을 보좌하였는데, 이름을 처용이라 불렀다. 왕이 미녀를 아내를 삼게 하고 그의 마음을 머물게 하였으며, 또한 급간이란 관직도 내렸다. 그 아내가 매우 아름다워서 역신이 흠모하여 사람으로 변신하여 그 집에 가서 몰래 더불어 잠을 잤다. 처용이 밖에서 집으로 와 잠자리에 두 사람이 있는 것을 보고서 노래를 부르고 춤을 추어 물리쳤다.

처용이 두 가지 춤을 추었는데, 첫 번째는 동해 용왕과 함께 왕 앞에서 춘 정재(呈才)이고, 두 번째는 아내와 동침하는 역신을 퇴치(退治)하는 벽사 진경의 춤이다. 곧 동해 용왕의 아들 처용이 인간 세상에 현신하여 왕의 덕을 찬미하기 위하여, 그리고 역신을 퇴치하기 위하여 춤을 춘 것이다. 한편 처용만이 아니라 북악신과 지신도 헌강왕 앞에 현신하여 「옥도검(玉刀鈐)」과 「지백급간(地伯級干)」이란 춤을 추었다고 한다.

금강령에 행차하였을 때 북악신이 춤을 바쳤는데 이름을 옥도검이라 하였다. 또 동례전에서 잔치를 할 때 지신이 나타나 춤을 추었는데, 이름을 지백급간이라 하였다.

4) 모방설

불가시적 존재인 신령의 춤을 인간이 모방하여 가시적인 공연 예술로 만든 사례가 신라 헌강왕의 남산신무인데, 『삼국유사』의 '처용랑 · 망해사' 조에 다음과 같이 기록되어 있다.

또한 포석정에 행차하였을 때 남산신이 왕 앞에 현신하여 춤을 추었으나 좌우 사람들의 눈에는 보이지 않고 왕만이 혼자 보았다. 사람이 앞에 나타나 춤을 추므로 왕이 스스로 춤을 추어 그 모습을 보여주었다. …혹은 말하길 신이 나타나 춤을 추므로 그 모습을 살펴서 공인에게 조각하도록 명하여 후대에 보여주어서 '상심'이라 일컫는다. 혹은 '상염무'라고도 부르는데, 이것은 그 형상 때문에 붙인 이름이다.

헌강왕이 남산신의 춤을 모방하고, 산신의 얼굴을 목수에게 설명하여 탈을 만들게 하였다는 것이다. 춤과 탈 모두가 모방에 의해서 제작되었음을 말하여 예술 기원설로 모방설을 주장한다. 이러한 모방설은 신령의 춤을 인간이 모방하여 연행하였다고 주장하는 점에서 신령이 직접 현신하여 춤을 추었다는 현신설과 구분된다.

5) 재연설

무용의 재연에 관한 이야기는 황창 설화가 있다.

신라의 황창이 15~6세였는데, 검무를 잘 추었다. 왕을 알현하고 왕을 위해서 백제왕을 공격하여 왕의 원수를 갚겠다고 하니, 왕이 허락했다. 백제에 가서 길거리에서 춤을 추니, 나라사람들이 담장처럼 둘러싸고 구경했다. 왕이 이 소문을 듣고 궁중으로 불러 춤을 추게 하고 구경했다. 황창이 백제왕을 공격하여 살해하고, 좌우에 있던 사람들한테서 피살당했다.

어머니가 듣고서 슬피 울다가 마침내 실명하니, 그 어머니를 위해 눈을 뜨게 하려고 도모하는 사람이 있어, 뜰에서 검무를 추게 시키고, "황창이 와서 춤을 추고 있다. 전에 들은 말은 거짓이다."고 말하니, 그 어머니가 크게 기뻐하고 다시 눈을 떴다.[9]

---

9 『한문악부(漢文樂府) · 사(詞) 자료집』(4), 계명문화사, 1988, 182~183쪽의 원문 번역.

이 이야기에서는 황창 검무와 황창 가면검무를 구분하고 있다. 곧 황창 가면검무는 황창이 죽은 이후에 황창의 탈을 만들어 쓰고 그가 생전에 추던 검무를 재연(再演)한 것이라는 주장이다. 황창 검무는 황창이 직접 춘 검무이고, 황창 가면검무는 후대인이 황창의 역할을 하여 황창의 검무를 재연한 것이다. 따라서 원천이 존재하는 복제물이라는 점에서는 모방설과 동일하지만, 모방설이 공시적 개념이라면, 재연설은 통시적 개념이라 할 수 있다.

6) 개작설

개작설은 기존의 춤을 개작하여 다른 작품을 만들었다는 주장으로 「무애무」의 유래담인데, 『삼국유사』 「의해」편 '원효불기(元曉不羈)'조에 다음과 같이 기록되어 있다.

> 우연히 배우가 큰 박을 놀리며 춤추는 것을 보았는데, 그 형상이 진기해서 그 모습을 살려서 도구를 만들고, 화엄경의 '모든 무애인은 한결같이 나고 죽음을 벗어난다'는 구절에 근거하여 '무애'라 이름을 붙였다. 게다가 노래를 지어 세상에 퍼뜨리고, 이것을 가지고 마을마다 돌아다니며 노래를 부르고 춤을 추어 교화시켜 불도에 귀의시켰다. 그리하여 누에 치고 그릇 굽고 원숭이처럼 사는 무리로 하여금 부처의 이름을 알고 나무아미타불을 외게 하였으니, 원효의 교화가 참으로 컸다.

원효가 광대의 호리병박을 무애인(無㝵人)의 인형으로 만들고, 그 인형을 놀리면서 무애가를 부르고 춤을 추었다고 한다. 곧 광대의 박춤과 화엄사상을 결합하여 불교를 포교하는 인형무용극[10]으로 개작하였다는 것이다.

---

10 박진태, 「한국 불교극의 갈래별 특징」, 『어문학』 88집, 한국어문학회, 2005, 192~193쪽 참조.

요컨대 춤 기원 설화를 통하여 신의 계시, 소리의 주력(呪力), 신의 현신(現身), 인간에 의한 신춤의 모방, 사자(死者)의 생전 춤의 재생, 기존 춤의 개작 등과 같은 춤의 생성 원리를 도출할 수 있는데, 이 여섯 가지 기원설은 모두 시원(始原)주의의 입장을 보여주지만, 모방설 · 재연설 · 개작설은 특히 모방 원리를 강조하고 있다. 그리고 개작설은 춤의 상징적 · 심리적인 측면을 합리적으로 설명하려 하지만, 나머지 다섯 가지 기원설은 신화적 · 주술적 사고의 세계를 보여주는 점에서 신화적 · 주술적 무용관에서 상징적 · 심리적 무용관으로 변모해온 무용사의 방향을 시사한다.

3. 춤의 생성에 대한 인식의 변화 과정

고대 사회의 춤의 기원을 설명하는 문헌 설화들을 통하여 신의 계시, 소리의 주력(呪力), 신의 현신(現身), 인간에 의한 신춤의 모방, 사자(死者)의 생전 춤의 재생, 기존 춤의 개작 등과 같은 춤의 생성 원리를 도출할 수 있었다. 이 가운데 계시설 · 주음설 · 현신설은 춤의 창조적 원천에 대한 이야기이고, 모방설 · 재연설 · 개작설은 이차적 수용에 관한 이야기가 된다. 그리고 개작설을 제외한 나머지 다섯 가지 기원설은 신화적 · 주술적 사고의 산물이고, 개작설은 춤의 상징적 · 심리적인 측면을 합리적으로 설명하려 한다.

이러한 사실은 신화적 · 주술적 무용관에서 상징적 · 심리적 무용관으로 변모해온 사실을 시사하는데, 신화적 · 주술적 무용관 내지 예술관의 잔영을 판소리 「변강쇠가」에서 찾을 수 있다.

> ① 각기 재조 자랑하니 여인이 생각한즉 식구가 여럿이요 재조가 저만하니 송장 서넛 쳐 내기는 염려가 없겠거든. "여보시오. 저 손님네. 송장 먼저 보아서는 아마 기가 막힐 테니 시체 방문 닫은 채로 툇마루

에 늘어앉아 각색 풍류(風流) 하였으면, 맛있는 송장이니 감동(感動)하여 눕거드면 묶어 내기 쉬울 터이니 그리하여 어떠하오?" "그 말이 장히 좋소."

② 굿하는 집에 고인(鼓人)뿐으로 마루에 늘어앉고 검무(劍舞)장이 일어서서 '여민락(與民樂)' '심방곡(心方曲)'을 재미있게 한참 노니, 방에서 찬 바람이 스르르 일어나서 쌍창문이 절로 열려 온몸이 으슥하며 독한 내가 코 찌르니, 눈 뜬 식구들은 송장을 먼저 보고 제 맛으로 다 죽는다.

③ 가객(歌客)의 거동 보소. 초한가를 한참 할 제 (중략) 부채를 짝 펼치며 숨이 딸각.

④ 가얏고 놀던 사람 짝타령을 타느라고 (중략) 그만 식고.

⑤ 북 치던 늙은 총각 다시 치는 소리 없고,

⑥ 칼춤 추던 어린아이 오도가도 아니 하고 선 자리에 꽉 서 있고,

⑦ 퉁소 불던 얽은 봉사 송장 낯을 못 본 고로 죽음 차례 모르고서 먼눈을 뻔득이며 봉장취를 한참 불 제, 무서운 기 왈칵 들고 독한 내가 칵 지르니 내밀 힘이 점점 줄어 그만 자진(自盡)하였구나.[11]

풍각쟁이 패거리는 가객(歌客), 검무쟁이, 가야금쟁이, 북잽이, 퉁소쟁이로 구성된 유랑 예인 집단으로 나타나는데, 장승 동티로 죽은 변강쇠의 서 있는 시신을 눕히기 위해 노래와 춤과 음악을 연행하지만 실패한다. 변강쇠 원혼과 맞서서 공연 예술을 연행함은 바로 주술적 예술관에 근거하고 있는데, 그 같은 주술 행위의 실패는 주술적 예술관의 퇴조에 기인한다기보다는 변강쇠 원혼의 카리스마가 막강한 때문으로 보인다.

탈과 탈놀이의 기원설은 탈이 강물에 떠내려 왔다는 표착설(漂着說), 문화적인 선진(先進) 지역에서 전해졌다는 전파설, 역사적·전설적 인물이 탈을 만들어 춤을 추었다는 제작설, 후대인이 전대인의 탈춤을 계승하였

---

11 강한영 교역, 『신재효판소리사설집』, 민중서관, 1971, 591~592쪽.

다는 재연설로 분류되는데,[12] 네 기원설 모두 시원(始原)주의와 모방주의에 근거하고 있다.[13] 반면에 전통춤의 기원설은 계시설 · 주음설 · 현신설은 시원주의에, 모방설 · 재연설 · 개작설은 모방주의에 보다 밀접하게 연관되어 있다. 그런데 이러한 사실은 춤의 기원을 설명할 때 시원주의를 모방주의보다 더 원초적인 것으로 사고했음을 의미한다고 보아도 무방할 것 같다. 따라서 탈춤 유래담에 시원주의와 모방주의가 복합되어 있는 사실도 탈춤 유래담이 대부분 후대에 형성된 구비전설인 데 그 원인이 있는 것으로 보인다.

탈춤의 대사 속에서는 표착설 · 전파설 · 제작설 · 재연설과 같은 기원설의 흔적은 찾아볼 수 없고, '풍류론'이라 명명(命名)할 수 있는 춤의 생성에 관한 사고를 드러낸다.

> 둘째목중 : (전략) 나도 본시 강산 오입쟁이로 산간에 묻혔더니, 풍류소리에 한 번 놀고 가려던…… '백수한산에 심불로……' (타령곡에 맞추어 춤을 춘다.)[14]

> 첫째목중 : (앉은 채로 노랫조로 대사한다.) 강릉 경포대, 양양에 낙산사, 울진에 망양정, 삼척은 죽서루, 고성에 삼일포, 통천에 총석정, 평해에 월송정, 간성에 청간정, 소상팔경을 다 구경하고, 평양에 당도하여 살펴보니 연광정이 훌륭하다. (중략) 이곳을 떠나서 다 저버려두고 발길을 돌려 황해도에 당도하여 은율 구월산에 용연폭포를 구경하고 마숲으로 내려오니 풍류소리가 낭자하기에 나도 한 번 놀고 가겠다. '청송록죽 군자절……' (잦은 돔부리로 빠른 춤을 추며 둘째목중이 등장한

12 박진태, 『전환기의 탈놀이 접근법』, 민속원, 2004, 73~89쪽 참조.

13 위의 책, 90~92쪽 참조.

14 이두현, 『한국가면극선』, 교문사, 1997, 134~135쪽.

다. 첫째목중은 같이 어울려 춤을 춘다.)[15]

말뚝이 : 진주를 내려올 때 말터〔馬峙嶺〕 얼른 넘어 진양 풍경 바라보니, (중략) 강탄(江灘)을 바라보니, (중략) 배반(杯盤)이 낭자하여 풍악성이 들리거늘, 이내 말뚝이 터벅터벅 들어가 자세히 살펴보니, 그 중에 일등 미인이 앉았으되, 영양공주 · 난양공주 · 진채봉 · 계섬월 · 백능파 · 적경홍 · 가춘운 · 심요연까지 앉았는데, 아이야! 잔 드려라. 한번 놀고 갈까보다. 둥두켕켕.[16]

황제장군 : (전략) 서울 선비들이 영남이 놀기 좋다 해서 경남 사천군 축동면 가산리라 쿤데 내려와 보니 경치 좋고 공기도 좋고 가산 한량들이 많아 이 좋은 장단에 오방신장들은 각기 마음대로 춤이나 한번 좔좔 춰보세. (장단에 맞춰 한참 춘다.)[17]

「봉산탈춤」의 둘째 목중이나, 「은율탈춤」의 첫째 목중이나, 「진주오광대」의 말뚝이나, 「가산오광대」의 황제장군이나 모두 탈판에 등장하여 춤을 추는 데 풍악 소리가 직접적인 동기를 부여하고 있다. 극중 인물들이 본래 명승지를 유람하는 풍류 정신을 지닌 인물이기에 풍악 소리에 자극을 받아 춤을 추는 것이다. 심지어 「통영오광대」의 원양반은 젊은 양반들의 풍류는 외면하면서도 민중의 신명풀이 풍류는 금지하러 나왔다가 오히려 흥을 억제하지 못하고 춤을 춘다.

원양반 : 소년당상 애기도령님은 (중략) 홍문연 높은 잔치 항우 장사

15 위의 책, 265~268쪽.
16 송석하, 『한국민속고』, 일신사, 1960, 382~383쪽.
17 이두현, 앞의 책, 332~333쪽.

칼춤 출 때 이 내 마음이 심란하여 초당에 비켜 앉아 고침을 돋워 베고 고금살이를 곰곰이 생각하니 어따 그 제어길 붙고 운봉 담양 갈 놈들이 양반의 칠융 뒤에서 응매 깽깽하는 소래 양반이 밤을 이루지 못하여서 이미 금란차로 나온 김에 춤이나 한번 추고 가자. (불림) 처절 철철 철철— (굿거리장단에 맞춰 모두 춤을 춘다.)[18]

음악이 무용을 유발한다는 이러한 사고는 근원적으로는 소리의 주력(呪力)이 우주 만물을 조절할 수 있다는 주음설(呪音說)에 뿌리를 대고 있지만, 그보다는 예술 중에서 음악이 정서를 유발시키는 힘이 가장 강하고, 강렬한 정서는 신체적 반응을 유발하는 경험적 지식에 기인할 것이다. 흥겨운 음악이 사람의 마음에 신명을 돋우고, 그 신명이 넘치면 춤을 추어 신명을 푼다는 무용관은 신과 직접적인 관련 없이도, 신기 대보(神器大寶)에 속하는 악기 없이도 음악 그 자체의 힘에 의해 신명풀이 춤이 가능함을 의미한다.

탈춤 대사 속에는 풍류가 춤을 유발한다는 인식만이 아니라 춤꾼이 춤을 안무한다는 사고도 보인다.

마부 : 그러면 헤어지는 이 마당에서 저런 좋은 음률에 맞춰 춤이나 한자리 추고 가는 것이 어떠냐?

사자 : (긍정)

마부 : 좋아. 그러면 무슨 춤으로 출랴는지 네 형편을 알아보겠다. 긴 영산으로 출랴느냐? 아니야, 그럼 도드리를 출랴느냐? 그것도 아니야. 옳다 이제야 알갔다. 타령으로 출랴느냐? '낙양동천 이화정……' (사자와 같이 한참 타령곡으로 추다가) 쉬이. (장단 그치고 사자 그 자리에 앉는다.) 아깐 타령으로 췄지만 이번에는 굿거리로 한 번 추는 것

18 위의 책, 296~297쪽.

이 어떠냐.

사자 : (좋다고 한다.)

마부 : 아 좋아, 덩덩 덩덕꾸웅. (굿거리곡으로 한참 추다가 사자를 데리고 퇴장한다.)[19]

마부와 사자가 장단, 곧 풍류의 종류를 선택하여 춤을 춘다. 풍류에 흥이 고조되어 춤을 추는 것이 아니라 춤의 종류에 맞추어 음악을 결정하는 것이다. 풍류 결정론에서 무용 결정론으로 변한 것인데, 이를 일반화하면 작곡가보다는 안무가가 주도적인 역할을 하는 방향으로의 변화를 의미한다.

춤꾼의 안무가적 역할은 「봉산탈춤」 취발이 마당의 다음 장면에서 선명하게 부각된다.

취발이 : (전략) 그러나 너하고 나하고 내기나 해보자. ① 너 그런데 땜질을 잘 했다 허니 너는 풍구가 되고 나는 풀떼기가 되어 네가 못 견디면 저년을 날 주고 내가 못 견디면 내 엉덩이밖에 없다. 그러면 (불림으로) '솥을 땔까 가마를 땔까' (타령으로 춤을 추며 노장이 뒤에서 취발이 가랑이 사이로 지팡이로 풍구질하여 쫓는다.) 쉬이. 이것도 못 견디겠군. ② 그러면 너하고 나하고 대무(對舞)하여 네가 못 견디면 그렇게 하고 내가 못 견디면 그렇게 하자. '백수한산에 심불로' (타령으로 춤을 추다가 얻어맞고) 쉬이, 아 이것도 못 견디겠군. 자, 이거 야단난 일이구나. ③ 거저 도깨비라는 놈은 방맹이로 휜다더니 이건 들어가서 막 두들겨 봐야겠구나. '강동에 범이 나니 길로래비 훨훨' (타령곡에 맞춰 춤을 추며 노장 있는 데로 간다.)[20]

19 위의 책, 185쪽.
20 위의 책, 175쪽.

취발이가 노장과 춤으로 대결하는데, 첫 번째는 풍구질을 모방하는 춤이고, 두 번째는 마주보고 추는 춤이고, 세 번째는 방망이로 후려치는 동작의 춤사위이다. 그리고 이러한 춤의 안무를 취발이가 고안하여 연출하는 바, 이를 무용 발생설의 관점에서 안무론(按舞論)이라 말할 수 있겠다. 그런데 이러한 안무론은 풍류론과 함께 신화적 · 주술적 무용관에서 경험적 · 심리적 무용관으로 전환되어온 무용사적 사실을 시사해준다.

제15장 자인 단오굿 「여원무」와 신라 원화무의 행방

1. 「여원무」의 복원 과정

자인 단오굿의 「여원무」는 전설에 의하면 한(韓)장군 남매가 「여원무」와 배우 잡희(팔광대놀이의 전신)로 왜구를 유인하여 섬멸하였다고 한다. 「여원무」의 유래 설화는 주술의 효과를 극대화하기 위하여 주술이 발생한 시원을 재연함으로써 현재의 상황을 근원적 상황과 중첩시키는 세계관에 근거하고, 시원의 여원무를 현재의 단오굿에서 재연하는 것은 모방 원리에 의하여 여원무를 반복적으로 재생함을 의미한다.[1]

그러면 「여원무」의 시원은 언제인가? 그리고 무엇인가? 이를 밝혀줄 문헌적 근거가 현재로서는 없다. 「여원무」에 관한 최초의 기록은 성재 최문병(崔文炳; ?~1599)이 1593년(계사년) 5월에 지은 7언 절구에 '단오여원(端午女圓)'이라는 말이 확인된 상태이다. 비교적 구체적인 내용은 230여 년이 지난 후 1831년에 자인 현감으로 부임한 채동직(蔡東直; 1786~?)이 작성한 『자인현 읍지』에 비로소 기록되었고,[2] 이것이 1871년(고종 8년)에 제작된 『영남읍지(嶺南邑誌)』의 '자인현(慈仁縣)'조에 약간의 수정을 거쳐 다시 수록되었다. 연행은 1936년에 중단되었다가[3] 1969년에 무보(舞譜)의 작성과 함께 재연되었으며, 무보는 1991년에 재정립되었다. 「여원무」는 이러한 과정을 거치면서 다소의 우여곡절을 겪었는데, 1969년의 무보가

1 박진태, 「탈놀이 유래담의 유형구조와 사고방식」, 『전환기의 탈놀이 접근법』, 민속원, 2004, 89쪽 참조.

2 한양명, 「자인단오제의 고형(固形)에 관한 탐색」, 『경산자인단오제의 정체성과 발전방안』, 한국공연문화학회 제37회 학술대회논문집, 34쪽 참조.

3 최상수, 『한국민속놀이의 연구』, 성문각, 1988, 213쪽 참조. 그러나 김도근(金道根; 1915~?)은 자신이 13세 때인 1928년에 중단되었다고 증언하였다. 석대권, 『한장군놀이』, 국립문화재연구소, 1999, 179쪽 참조.

무동무(舞童舞)·화관무(花冠舞)·원무(圓舞) 중에서 원무가 세 겹 원무인데 반해서 1991년의 무보는 두 겹 원무인 점 등이 대표적인 경우이다.[4] 그러나 1969년에 조사된 다른 보고서에는 40여 명의 춤꾼으로 구성된 홑원무로 '「여원무」 추정 복원도'가 그려져 있다.[5] 그런가 하면 김희숙[6]에 의한 무보가 하나 더 추가되기도 하였다.

이처럼 「여원무」의 무보 작성과 복원 및 전승 보존이 이루어졌음에도 불구하고, 「여원무」의 원형(原形)에 관한 의혹은 계속 제기되었고, 학문적 연구 또한 전무한 상황에서 최근에 「여원무」는 원무(圓舞)가 아니라 '여장동남(女裝童男)이 화관을 쓰고 추는 이인무(二人舞)'형태라는 새로운 주장이 나온 상황이다.[7] 이러한 주장은 「여원무」 형태에 대한 근본적인 탐색을 요구하며, 「여원무」가 대형화, 무대화, 마스게임화한 현상을 비판하고 제 모습을 찾는 계기를 만들고 있다.

과연 「여원무」의 초기 복원자들이 이인무를 세 겹이나 두 겹 또는 한 겹의 원무로 안무하였을까? 1928년에 여장동남 역할을 맡았던 김도근이 생존해 있었고, 석영봉을 위시한 제보자들[8]이 1936년과 그 이전의 「여원무」 공연에 참여했거나 구경한 사람들이라는 점을 고려하면, 「여원무」가 원무 형태가 아니라는 주장은 설득력을 지니기 어렵다. 설령 내용의 확장이나 변개가 있었다 하더라도 원무가 아닌 것을 원무로 왜곡시키지는 않았을 것이라는 판단이다. 따라서 「여원무」를 강강술래나 놋다리밟기나 월월이청청과 같은 원무 형태의 남성 집단 무용으로 보아야 할 것 같다.

---

4 김택규 외, 『자인단오』, 경산문화원, 1998, 88~208쪽에 두 종류의 무보가 수록되어 있다.

5 『한국민속종합조사보고서』, 문화재관리국, 1977, 574쪽 참조. 이 보고서의 569~577쪽에 기록되어 있는 '자인단오굿의 여원무와 한장군놀이'에 관한 보고서가 1969년에 조사된 것으로 확인된다.

6 김희숙, 『경북지방무용연구』(2), 영남대학교출판부, 2000, 20~115쪽.

7 한양명, 앞의 논문, 35쪽 참조.

8 김택규에게 1969년에 제보한 증언자들은 석영봉(조사 당시 86세), 정재근(71세), 정치준(70세), 박정수(78세) 등이었다. 『한국민속종합조사보고서』, 577쪽 참조.

2. 「여원무」의 여장 동남에 남아 있는 신라의 원화

「여원무」의 무보를 보면 1969년 제작본이든 1991년 제작본이든 원형(圓形)의 대형(隊形)을 만들고 그 중앙에 화관(花冠)을 2개 배치한 다음 여장동남이 먼저 화관을 향하여 전진하여 화관을 선회하며 춤을 추고, 이어서 화관무를 연행하고, 마지막으로 원무를 공연하였다. 다만 1991년 제작본에서는 춤꾼 전원이 집단 난무를 추어 민속 공연예술의 집단적인 신명풀이의 전통을 되살림으로써 1969년 제작본에서 세 개의 원무패가 차례로 퇴장하는 마스게임식 굴절을 교정하였다. 이렇듯이 「여원무」는 '무동춤 - 화관무 - 원무 - 뒤풀이'의 순서로 연행되는데, 화관무는 화관이 한(韓)장군 남매신의 신체(神體)이기 때문에 장군신의 신무(神舞)이고, 무동춤은 신무 이전에 신에게 봉헌하는 춤 내지는 신을 즐겁게 하는 춤일 개연성이 크다. 그렇지만 왜 하필이면 13~4세의 화랭이 아들을 여장시켰을까 하는 의문은 여전히 남는다. 여자가 참여할 수 없는 남성 집단 무용[9]이기 때문에 남자가 여장할 수밖에 없다손 치더라도 한(韓)장군 남매신에게 바쳐지는 춤이 하필 2인 동녀무(童女舞)인가? 여기서 화관무와 동녀무와 원무의 관계를 다음과 같이 수직 관계로 보면, 신라의 원화(源花)를 연상하게 된다.

9 여성은 탈놀이의 춤꾼이 될 수 없었다. 여자탈꾼의 등장은 20세기에 들어와서야 가능하였다. 이 점은 판소리도 마찬가지여서 신재효가 진채선을 소리꾼으로 양성하기 전에는 남성광대뿐이었다.

신라의 원화에 관한 최초이면서 유일한 기록은 『삼국사기』의 진흥왕 37년의 사건 기록에 나타난다.

㉮ 봄에 비로소 원화(源花)를 받들게 되었다. 처음에는 군신이 인재를 알지 못함을 유감으로 여기어 사람들을 끼리끼리 모으고 떼 지어 놀게 하여 그 행실을 보아 등용하려고 마침내 미녀 2인을 골랐다. 하나는 남모(南毛)라 하고 하나는 준정(俊貞)이라 하여 무리를 300여 인이나 모으더니 두 여자가 서로 어여쁨을 다투어 시기하여 준정이 남모를 자기 집으로 유인하여 억지로 술을 권하여 취하게 한 후 이를 끌어다 강물에 던져 죽였다. 준정도 사형에 처해지고 무리는 화목을 잃어 해산하였다. ㉯ 그 후 다시 외양이 아름다운 남자를 뽑아 곱게 단장하여 이름을 화랑(花郞)이라 하여 받들게 하니 무리가 구름같이 모여들어, 혹은 서로 도의를 닦고, 혹은 서로 가악으로 즐겁게 하고, 명산과 대천을 돌아다니어 멀리 가보지 아니한 곳이 없으매, 이로 인하여 그들 중에 나쁘고 나쁘지 아니한 것을 알게 되어 착한 자를 가리어 조정에 추천하게 되었다.[10]

원화 제도의 창설과 화랑 제도로의 교체에 관한 내용이므로 사서에 기록이 되었을 텐데, 여기서 몇 가지 중요한 사실을 알 수 있다. 우선 두 원화를 공동 대표로 한 여성 조직이 한 화랑을 중심으로 한 남성 조직으로 바뀐 사실이다. 원화 제도는 균형과 견제의 원리에 바탕하고, 화랑 제도는 집중과 효율의 원리에 토대한다고 볼 때 원화 제도는 쌍두 체제의 견제 기능의 부작용으로 와해되었고, 화랑 제도는 단일 지도 체제의 장점이 극대화되어 삼국 통일의 원동력이 될 수 있었을 것이다. 한(韓)장군 남매가 오뉘 힘내기 전설처럼 적대적인 경쟁 관계인 남매가 아니고 상보적인

---

10 이병도 교감, 『국역 삼국사기』, 을유문화사, 61~62쪽의 번역문을 부분적으로 다듬었음.

협력 관계로 표현되는 것은 2인 체제의 순기능적인 측면, 곧 균형과 조화의 원리가 성공적으로 구현된 것을 의미한다. 그리고 이러한 조직 원리는 두 명의 여장 동남에게도 적용될 텐데, 이 동녀가 그 위치와 역할 면에서 사제(司祭) 신분의 원화에 연원을 두고 있는 것으로 추정된다.

원화의 여사제적 신분은 화랑에 대한 설명에서 유추할 수 있다. 명산과 대천을 순회하고 가악으로 즐겼다 하는 것은 김유신이 젊었을 때 대관령 산신에게서 검술을 배우고 강릉 남쪽에 있는 선지사(禪智寺)에서 명검을 주조하였으며,[11] 중악의 석굴에서 재계하고 하늘에 기도하니 난승(難勝)이란 신이 나타나 비법을 전수하였고,[12] 인박산(咽薄山)에 가서 하늘에 기도하니 천관신(天官神)이 보검에 영기를 내렸다는[13] 기록과 일치하며, 화랑이 명산대천을 찾아 천신과 산신 및 용신과 접신하여 초인적인 존재로 성화(聖化)된 것을 의미한다. 곧 화랑은 신과 직접 소통하는 인간, 신의 선택과 가호를 받는 인간[14]으로서 무당 내지는 토속 신앙의 사제와 동일한 역할과 지위를 지녔으며, 원화 또한 이러한 화랑의 전신인 것이다.

이처럼 원화 제도나 화랑 제도는 표면적으로 보면 인재 양성 제도이지만, 토속 신앙을 기저로 창설한 청소년 조직이었기에 종교 조직이기도 하였던 것으로 보인다. 그리고 화랑 제도는 원화 제도에 비하여 상대적으로 군사 조직의 성격이 강화된 것으로 보인다. 따라서 준정이 남모를 살해한 사건도 실제로 그와 같은 사건이 제도 변경의 계기가 되었을 수도 있지만, 그러한 제도 개혁을 합리적으로 설명하기 위하여 후대에 꾸며진 허구적인 이야기일 개연성도 있는 것으로 보인다. 그런데 원화 제도이든 화랑

11 허균, 『성소부부고(惺所覆瓿藁)』; 임동권, 『한국민속학논고』, 집문당, 1982, 215쪽 참조.

12 이병도 교감, 앞의 책, 614~615쪽 참조.

13 위의 책, 616쪽 참조.

14 김유신이 고구려의 첩자 백석에게 유인되어 갈 때 나림·혈례·골화 세 여신 산신들이 현신하여 백석의 정체와 계략을 가르쳐주어 김유신이 세 산신들에게 제사를 지냈다는 설화도 산신이 화랑을 수호하였으며, 화랑이 산신제의 사제 역할을 하였던 사실을 알려준다. 『삼국유사』 「기이」 '김유신'조 참조.

제도이든 종교 기능과 군사 기능 이외에 사회 통합이라는 정치 기능도 있다고 보는 것이 타당한데, 이에 대해서는 뒤에서 상론하기로 한다.

이상의 논의를 통하여 신라 시대의 유풍이라는 여원무의 시원을 원화무, 곧 준정과 남모가 추종하는 무리들과 함께 추었을 집단 무용에서 찾을 수 있다. 두 원화가 신의 사제 역할을 하면서 신에게 봉헌하는 원무 형태의 원화무가 「여원무」로 잔존하고 있다는 추정을 인정하게 되면, 남성 집단 무용인 「여원무」에서 13~4세의 동남이 여장을 하고 동녀춤을 춘 이유가 비로소 해명되는 것이다. 화랭이 아들의 나이가 13~4세인 것도 사춘기의 초기로 여자로 치면 초경이 오기 직전의 나이이기 때문에 신성시되었으며, 신라 원화의 나이에 맞추었을 개연성이 크다.[15] 비슷한 사례로 「하회별신굿탈놀이」의 경우 서낭각시가 17세의 처녀라는 전설에 근거하여 각시광대를 17세 총각으로 선임하였다. 요컨대 신라 시대에 원화 2명이 낭도들을 거느리고 신을 섬겼듯이 여원무에서도 동녀 2명이 원무패를 거느리고 한(韓)장군신에게 무용을 봉헌하는 것이라고 보면, 동남여장의 동녀는 원화의 후대적 잔존형이며, 「여원무」는 원화무의 한 지류가 자인 단오굿에서 한(韓)장군굿과 결합된 것이라는 추론이 가능해진다. 그리고 한(韓)장군 전설은 무동무와 화관무와 원무가 결합된 「여원무」와 배우잡희(팔광대놀이)가 한묘제와 한(韓)장군 행렬과 유기적으로 결합되어 연행되는 이유를 설명하는 자인 단오굿 유래담이면서 동시에 여원무의 기원설화로 형성된 것이라는 추정도 가능해진다.

3. 신라 정치 조직·사회 조직의 제의적 기저

『삼국유사』의 박혁거세 신화와 『삼국사기』의 '유리왕'조에 의하면 하

15 참고로 김유신이 화랑이 된 때는 『삼국사기』에는 15세, 『삼국유사』에는 18세이다.

늘에서 하강하는 박혁거세와 지상에서 맞이하는 6촌장은 신과 제관의 관계였는데, 3대 유리왕 때에 유리왕이 6부의 이름을 고치고 사성(賜姓)을 하고, 관직을 제수하여 골품제를 형성시킴에 따라 군왕과 신하의 관계가 제도화되었다. 그런가 하면 『삼국유사』의 만파식적 설화는 김춘추 세력과 김유신 세력의 수평적 연합이 용신과 천신의 화해굿으로 제의화한 사실을 전하고 있다.[16] 이처럼 제사 원리가 수직적인 통치 계급의 조직 원리나 수평적 사회 통합의 원리로 전이되었는데, 유리왕 때에는 싸움굿의 원리에 의하여 여성 사회를 통합하려 하였다.

> 왕이 이미 6부를 정한 후 이를 두 편으로 나누어 왕녀(王女) 두 사람으로 하여금 각각 부내의 여자들을 거느리어 편을 짜고 패를 나누어 7월 16일부터 날마다 일찍이 대부(大部)의 마당에 모이어 길쌈을 시작하여 을야에 파하게 하고, 8월 15일에 이르러 그 공의 다소를 조사하여 진 편은 주식(酒食)을 장만하여 이긴 편에 사례하게 한 바, 이에 가무와 온갖 유희가 일어나니, 이를 가배(嘉俳)라 한다.[17]

생산을 장려하기 위한 경연 대회 같지만, 6부의 남자들은 관직 제도로 위계화하여 성골 및 진골과 정치적인 통합을 꾀하고, 여자들은 일과 놀이를 결합하여 경쟁시킴으로써 사회적 통합을 꾀하였다. 그런데 이러한 사회적 통합 원리의 기저에는 싸움굿의 원리가 작용한다고 보아도 무방할 것이다.

이처럼 신라인들은 제사의 신과 제관의 관계 및 싸움굿이나 화해굿의 원리를 정치 조직의 원리나 사회 통합의 원리로 전이하고 확장시켰는데, 이는 불교나 유교가 전래한 이후에도 지속되었다. 그리하여 경덕왕은 서

16 박진태, 『한국문학의 경계 넘어서기』, 태학사, 2012, 196~210쪽 참조.

17 이병도 교감, 앞의 책, 8~9쪽의 번역문을 일부 수정.

라벌 중심의 오악 신앙[18]을 부악(父岳; 팔공산)을 중악으로 한 오악 신앙[19]으로 확장하고 대구로 천도를 하려고 하였던 것이다. 제사 체계의 원리를 정치 제도의 원리로 전이한 것이다.

신라의 원화 제도와 화랑 제도도 종교 조직의 원리를 군사 조직의 원리, 사회 조직의 원리로 전이하고 확장한 경우라 할 수 있다. '신-원화-낭도'의 관계는 '신-사제-신도'의 관계이고, 이것은 '왕-신하-백성'의 신분 제도 내지는 '성골-진골-육두품'의 관계에 대응된다. '신-화랑-낭도'의 관계도 마찬가지로 정치 조직의 공고화와 사회 통합에 기여하였다고 말할 수 있다. 일례로 '신-화랑-낭도'의 관계를 통하여 '왕-신하-백성'의 관계를 강화하려고 하였기에 효소왕(692~702년) 시대에 화랑 죽지랑이 자신의 낭도인 득오를 면회하는 과정에서 육두품에 속하는 모량부의 익선으로부터 수모를 당한 사건이 발생하였을 때 화랑 단체를 관장하는 화주(化主)와 효소왕이 무자비하게 응징하였던 것이다.[20]

4. 원화무의 후신으로 본 「여원무」의 무용 미학

여원무가 신라의 유풍이라는 말에 근거하여 자인 단오굿의 「여원무」의 여장 동남을 신라 원화의 후신으로 보면, 「여원무」를 통하여 원화무를 재구성할 수 있다. 이를테면 두 원화가 토착신에게 제사를 지낼 때 사제가 되어 무리를 거느리고 원무를 추었을 개연성을 상정할 수 있는 것이

18 통일 신라 이전의 오악은 동쪽의 토함산, 남쪽의 남산, 서쪽의 선도산, 북쪽의 북악, 중앙에 중악(단석산?)이었다. 이기문, 「신라 오악의 성립과 그 의의」, 『신라정치사회사연구』, 일조각, 1981, 206쪽 참조.

19 통일 신라의 오악은 동의 토함산, 남의 지리산, 서의 계룡산, 북의 태백산, 중앙의 부악(팔공산)이고, 이에 대한 제사는 중사(中祀)에 해당하였다. 한편 대사(大祀)는 삼산의 산신(경주의 나림 또는 나력, 영천의 골화, 청도의 혈례)에 대한 제사였다.

20 『삼국유사』 「기이」편 '효소왕대 죽지랑'조 참조.

다. 곧 신의 춤, 두 원화의 이인무, 낭도들의 원무로 구성된 여원무 형태를 복원할 수 있다. 그뿐만 아니라 화랑무도 재구성할 수 있다. 신의 춤, 화랑의 1인무, 낭도들의 원무로 구성된 남성 집단무용을 복원할 수 있는 것이다. 여원무의 '원(圓)'을 '원무(圓舞)'의 '원'이 아니라 '원관(圓冠)'으로 본다 하더라도[21] 어떤 연유로 남자가 여자로 변장하고서 원관무를 추는가 하는 문제는 여전히 수수께끼가 아닐 수 없다. 그러나 「여원무」가 신라의 원화무일 개연성을 상정하면, 그 같은 문제에 대한 해명이 가능해진다. 따라서 「여원무」가 원화무의 후대적 잔존물로 보는 관점에서 무용 미학적 특성을 논의하기로 한다.

신춤에 대해서는 『악학궤범』에 처용무에 관한 소상한 기록이 있고, 민속 무용으로 전승되는 신춤으로는 「하회별신굿탈놀이」에서 서낭각시가 무동을 탄 채 두 팔을 굽혀서 올렸다 내렸다 하는 몽두리춤과 강릉 단오굿에서 대관령 산신의 신체인 괫대를 놀리는 산신무, 그리고 부천시 장말의 도당굿에서 도당할아버지가 추는 외다리춤 등이 있는 형편이다. 자인 단오굿의 경우에는 화관무가 장군신 남매의 신춤인데, 화관을 두 손으로 잡고 몸을 앞으로 구부려 화관의 끝이 땅에 닿게 하고서 몸을 우측으로 돌리면서 360° 회전하여 일어서고, 이번에는 같은 요령으로 좌측으로 돌면서 일어난다.[22] 이러한 화관무의 춤사위는 두 가지 동작소(動作素)로 구성되어 있다. 하나는 나선형으로 화관을 돌려 들어 올리는 동작이고, 다른 하나는 좌우측 방향의 회전의 동작이다. 전자는 여장군의 음기와 남장군의 양기가 상승 작용을 일으키며 우주로 확산하게 하는 운동이고, 후자는 좌측과 우측의 균형을 맞추어 음기와 양기의 조화를 이룩하려는 운동이다. 이러한 춤사위는 나선무의 역동성과 좌우 대칭의 안정성을 모두 구

21 한양명, 앞의 논문, 35쪽에서 이 사실을 지적하면서 여원무가 집단원무가 아니고 이인무라고 주장하였다.

22 김택규 외, 앞의 책, 96~97쪽 참조.

비한 무용으로서 태극의 원리를 형상화한 것이다. 그리고 두 화관의 동선(動線)에서도 좌우 대칭 원리가 구현되어 균형미를 창출한다.

단오는 하지에 가깝기 때문에 우주의 양기가 가장 왕성한 시기이다. 따라서 음기를 보강하여 양기와의 균형과 조화를 꾀하려고 중국에서는 단오날에 용선(龍船) 경도(競渡)를 통하여 용을 강이나 바다에서 육지로 올라오게 하였고, 우리나라의 강릉 단오굿이나 영산 단오굿에서는 남신을 맞이하여 여신과 신성 결혼시킴으로써 음양의 조화를 꾀하여 풍조우순(風調雨順)과 풍요다산을 기원하였다.[23] 자인 단오굿에서는 남매신이기 때문에 여장군의 음기와 남장군의 양기를 조화시키려 한다. 이러한 음양 사상이 남장군신과 여장군신의 화관무로 형상화되는 것이다.

다음으로 사제인 여장 동남의 동녀춤은 양손으로 청색 끈의 양단(兩端)을 잡고 화관을 향하여 우측으로 들었다가 좌측으로 들었다가 하면서 전진하고, 화관을 돌면서는 양손을 좌우로 45° 가량 들어 올렸다가 내리고, 중앙으로 마주보며 다가갈 때에는 양팔을 높이 올려 좌우측으로 흔든다.[24] 동녀춤에는 상하(上下)의 대립과 좌우의 대립에 의해서 균형미와 우아미를 창출한다. 그리고 원무에서는 몸을 앞으로 숙인 다음에는 뒤로 젖히고, 양손을 우측으로 올리고(내리고) 좌측으로 올리고(내리고), 양팔을 양어깨와 일직선으로 들고 어깨춤을 추고, 원을 그리며 좌로 한 바퀴 돌다가 우로 한 바퀴 돌고, 왼손(오른손)을 이마 앞에 들고 오른손(왼손)을 허리 뒤로 뻗치고, 양팔을 높이 들고 좌우로 흔들고 하는 따위의 춤사위를 사용하여 안무하는데,[25] 좌우와 전후와 상하의 대립과 대칭에 의한 균형미와 안정감, 그리고 원형(圓形)의 통일성과 영원성에 의한 역동미와 동중정(動中靜)의 세계가 실현된다.

---

23 박진태, 「한・중 단오제의 비교연구」, 『비교민속학』제37집, 비교민속학회, 2008, 100~102쪽과 이 책의 467~468쪽 참조.

24 김택규 외, 앞의 책, 89~94쪽의 무보 참조

25 위의 책, 106~185쪽의 무보 참조

그런데 이러한 원무의 미학에 대해서는 다음과 같은 논고(論考)가 있다.

> 원은 달과 해 등 우주를 상징하기도 하고 정신 세계를 상징하기도 하며 가장 단순한 출발점인 동시에 종착점이 되는 영원성을 상징하기도 한다. 또한 원은 무한대의 선과 면을 포섭한 완전한 형태인 것이다. 선, 면, 각이 궁극적으로 도달할 이상으로서 원이 존재하면서 선, 각, 면 등의 공존과 그들의 조화를 상징한다. 포섭이자 끌어안음이 곧 원이며, 모순에서의 완전한 지양(止揚), 대립과 갈등의 승화(昇華)를 상징한다. 구불구불한 선의 원이나 나선형의 원은 외향성과 원심력을 가진다. 이는 완벽한 원이 구심적이고 자체 내의 한정된 동력을 갖는 것과는 달리 발전과 전진을 상징한다. 이 같은 원의 움직임 중에서 가장 탄력적인 것은 나선형의 태극원이다.
>
> 천지신명과 일월성신은 민간 신앙에서 가장 많이 등장하는 자연 신격들인데, 특히 해와 달이 갖는 종교적 신앙 대상으로서의 속성을 원이 나누어 갖고 있다. 우리의 민속춤 중 원의 구심적, 원심적 역동성을 동시에 가장 완벽하게 담아낸 것이 강강술래와 농악이다. 이 춤들은 원과 사행선(蛇行線)으로 이행하는 역동성을 가지고 있다. -중략- 자연의 우주적 운행 질서를 재현하는 한국 춤은 춤사위의 시작이 그 끝이 되고 그 끝이 다시 시작이 되는 무한 연속의 반복, 즉 원 운동을 나타내고 있으며, 이때 파생된 선들은 자연히 곡선을 이룬다.[26]

정월 대보름에 여성들이 노는 강강술래나 놋다리밟기나 월월이청청은 달의 운행을 모방하여 그 운행을 조절하고, 기울고 차는 달의 죽음과 재생을 통해서 영원한 생명으로 부활하고, 조수(潮水)와 월경을 일으키는 달의 여성 원리에 의해 풍요와 다산을 이루려는 기원을 담은 집단 민속 원

---

26 정병호, 『한국무용의 미학』, 집문당, 2004, 301~302쪽.

무들이다.[27] 그러나 자인 단오굿의 여원무는 태양 축제의 춤이다. 태양을 모방하고 태양에 기원하는 춤이다. 태양을 중심으로 지구를 비롯한 행성들이 돌듯이 화관을 중심으로 구심력과 원심력이 작용하는 원무를 춘다. 두 동녀는 중앙에서 화관을 돌면서 구심력을 일으켜 원무패를 통일체로 만들어 두 신(화관)을 중심으로 한 질서를 구축하고, 두 신은 나선형의 춤을 추고 사행선으로 이동하여 외부의 적과 재난에 대항하여 물리칠 외향성과 원심력을 생성시킨다. 원진(圓陣)에 작용하는 이러한 구심력과 원심력의 균형이 잡히는 순간 회전 현상이 발생하고, 한 바퀴 돌아 제자리에 오면 처음이 끝이고 끝이 처음이 되어 영원 회귀성이 원으로 도상화(圖像化)된다. 음과 양이 조화를 이루고 결합하여 생명과 문화를 창조하는 무교적 세계관[28]이 나선형 태극원의 집단적 신체 운동으로 의례화되는 것이다.

5. 「여원무」의 화관과 원화 · 화랑의 '꽃'

「여원무」의 화관(花冠)은 『영남읍지』에 "채색종이를 오려서 꽃을 만들어 둥근 관을 장식하고 관의 둘레에는 오색의 띠를 달아 늘어뜨렸다(剪彩紙爲花飾二圓冠 冠邊垂五色之絛)"라고 기록되어 있는데, 지금의 화관에 대해서는 다음과 같이 설명된다.

> 화관을 만들 때의 꽃은 5종이고, 꽃의 수는 500개, 꽃관의 지름이 60cm, 높이가 3m, 꽃가지는 8개, 관가에 드리운 치마가 오색이며, 길이는 1m 정도이다. 오색의 종이나 5종류의 꽃을 쓴 것은 오행 개념이 도

27 김열규, 『한국문학사』, 탐구당, 1983, 241~243쪽 참조.
28 류동식, 『한국무교의 역사와 구조』, 연세대학교출판부, 1978, 58~60쪽 참조.

입된 듯하고, 상단에 연화로 장식한 것은 불교와 유관할 것이다. 화관의 밑 부분이 통형인 것은 사람의 상체가 잘 들어가게 하기 위함이고, 오색 치마를 드리운 것은 사람의 하체를 숨기기 위함이다. 실제로 화관을 쓰면 사람의 형체는 없고, 주민들이 말하듯이 거창한 '꽃귀신' 같이 하나의 꽃관으로만 보이며, 이것을 쓰고 춤출 때의 모양은 정말로 희귀한 모습이다. 화관은 정성스럽게 만들고 단옷날 여원무를 출 때까지는 성스럽게 보관했다. 행사가 끝나고 이 꽃을 집에 두면 벽사에 효험이 있다고 믿어 서로 가지려고 수라장을 이루었다고 한다.[29]

화관의 제작법, 오행 관념과 연화의 불교적 상징성, 신성성과 주술성에 대한 주민의 믿음 등에 대해 말하고 있는데, 화관을 만드는 이유와 꽃가지가 8개인 이유에 대해서는 언급이 없다. 우선 8은 팔방(八方)을 가리킨다고 볼 수 있는데, 한(韓)장군이 팔방을 진호(鎭護)한다는 의미일 것이다. 고려 처용가에서 십이제국이 모여 처용을 만들어 세웠다고 하여 처용이 십이방의 삼재팔난을 소멸하는 나신(儺神)임을 나타낸 것과 같은 이치이다.

다음으로 왜 꽃으로 관을 장식하였을까 하는 문제에 대해 살펴보기로 한다. 우선 이 화관은 신라의 원화(源花)가 쓴 관이기 때문에 꽃으로 장식하였을 것이라는 설명이 가능하다. 원화라는 이름에 꽃이 들어가 있는 것은 원화의 본질이나 정체성과 깊은 관련이 있을 것이기 때문이다. 다시 말해서 원화는 꽃과 깊은 관련이 있거나, 또는 꽃으로 상징되는 존재였을 것이다. 그래서 원화가 화관을 썼고, 그것이 현재의 여원무에서 여장 동남이 쓰는 화관으로 남아 있을 것이다. 준정이 남모를 살인하는 사건이 발생한 이후로 여성 단체인 원화 제도를 폐지하고 남성 단체인 화랑 제도를 창설하면서도 여전히 꽃을 명칭에 포함시킨 이유가 무엇일까? '꽃 같은 미

29 김택규 외, 앞의 책, 211쪽.

녀'를 우두머리로 하는 단체이니까 원화(源花)라고 하였듯이 '꽃 같은 미소년(美少年)'을 우두머리로 한 단체이므로 화랑(花郞)이라고 했을까? 진흥왕 대가 태평성대라면 이러한 설명이 설득력을 지닐 수도 있다. 그러나 원화 제도이든 화랑 제도이든 정복 전쟁을 일으켜 한강 유역을 점령하고 대가야를 멸망시키고, 창녕, 북한산, 황초령, 마운령에 순수비를 세운 진흥왕이 국운을 개척해나갈 인재를 양성하고 발굴하기 위해서 만든 제도라는 사실을 감안하면, 원화와 화랑의 명칭에는 심미적인 취향 이전에 보다 본질적인 종교적˙철학적인 의미가 내포되어 있다고 보는 것이 타당하다.

여기서는 일단 신라 시대의 꽃과 관련된 설화와 향가 중심으로 접근해 보기로 한다. 왜냐하면 진흥왕 당시는 종교사와 정신사의 관점에서 보면 토착적인 신앙에서 불교로 교체되던 시기이므로 20세기까지도 남아 있던 꽃에 대한 주술 관념을 신라인들이 지녔을 것은 분명한 사실이기 때문이다. 먼저 『삼국유사』에 기록되어 있는 성덕왕(702~737) 시대의 수로부인 설화를 보면, 용신이 수로 부인을 납치해 갔을 때에는 그녀의 남편 순정공이 「해가(海歌)」를 불러 되찾았지만, 산신이 나타나서 수로부인을 신처(神妻)로 삼을 때에는 「헌화가(獻花歌)」를 불렀다고 한다.

자줏빛 바위 가에
잡은 손의 암소를 놓게 하고
나를 아니 부끄러워한다면
꽃을 꺾어 바치오리다.

천 길 낭떠러지에 철쭉꽃이 피어 있는 것을 보고 수로 부인이 그 꽃을 가지고 싶어 하였으나, 그곳에는 사람이 갈 수 없다고 하면서 아무도 나서지 않을 때 암소를 끌고 가던 노인이 꽃을 꺾어다 바치면서 노래까지 불렀다는 것이다. 이것을 산신굿의 구술 상관물로 보면, 산신이 암소를 타고 굿판에 들어와 수로 부인에게 꽃을 바치면서 「헌화가」를 불렀을 것이다. 「헌화가」는 '조건-결과'의 통사 구조로 된 참요인데, 미래에 일어날 일이 현재에 이미 일어났으니, 현재가 미래이고, 미래가 현재라는 순환론적 사고를 보인다. 이것은 산신과 수로 부인의 신성 결혼이 어떤 특정한 시기에만 국한되는 사건이 아니고 초시간적이고 초공간적이라는 것을 의미한다. 이렇듯이 산신과 수로 부인의 양주합심(兩主合心)굿은 시간과 공간을 초월하여 연행될 수 있는 것이다. 그리고 그러한 산신굿에서 꽃이 산신과 수로부인을 결합시키는 주술 매체로 활용되며, 그 꽃은 오늘날 동해안 별신굿의 꽃거리에서는 생화(生花)가 아니라 지화(紙花)가 사용되는 것이다.

다음으로 『삼국유사』에는 경덕왕 19년(760년)에 하늘에 해가 두 개가 나타났을 때 월명사가 도솔가를 불러 해결할 때 꽃을 주술 매체로 사용하였다는 기록도 있다.

> 오늘 이에 산화가(散花歌)를 불러
> 뿌린 꽃아! 너는
> 곧은 마음의 명(命)에 부리어져
> 미륵좌주를 모시어라.

발원자(發願者)가 곧은 마음을 지니고 꽃에게 미륵좌주를 모셔오라고 명령을 내리는 것이다. 산화공덕(散花功德)을 바치며 미륵좌주에게 지상에 하생하길 기원하는 바, 꽃이 미륵하생을 실현시키는 데 주술 매체로 활용되는 것이다. 그런데 이 꽃은 도솔가를 번역한 한시를 보면 도화(桃花)다.

> 대궐에서 오늘 산화가를 불러
> (龍樓此日散花歌)
> 용루차일산화가
> 도화 가지 하나를 청운 속으로 보내니

(桃送青雲一片花)
도송청운일편화

곧은 마음이 부리는 바대로

(殷重直心之所使)
은중직심지소사

멀리 도솔천의 미륵을 맞이하라.

(遠邀兜率大僊家)
원요두솔대선가

이처럼 「헌화가」에서는 철쭉꽃이, 「도솔가」에서는 복숭아꽃이 인간과 신 사이에서 주술 매체로 사용되었는데, 이러한 사실은 원화와 화랑이 인간과 신 사이의 중재자 역할을 했을 개연성을 강력하게 시사한다. 원화와 화랑 모두 토착 신앙과 긴밀하게 관련된 존재들인 것이다. 그러나 원화 제도에서 화랑 제도로 전환되면서 여성적인 포용력과 자애심보다는 남성적인 정복과 권력 의지가 강조되었을 텐데, 화랑상의 전형인 김유신의 목표 지향적인 성격과 행동을 통해서 이러한 변화의 일단을 엿볼 수 있다.

하여튼 원화와 화랑이 신라 시대의 꽃에 대한 주술 관념에서 비롯된 명칭이라고 보면, 여원무의 화관도 마찬가지로 꽃에 대한 주술 신앙의 산물이다. 그런데 화관은 그 자체가 한(韓)장군신의 신체(神體)이므로 「헌화가」와 「도솔가」의 꽃과 다른 측면이 있다. 화관에 한(韓)장군신이 빙의(憑依)되어 있다고 보아야 하는 것이다. 그런데 이러한 사례를 『시용향악보』의 무가 「대국(大國)3」에서 확인하게 된다.

大國(대국)도 小國(소국)이로다
小國(소국)도 大國(대국)이로다
小盤(소반)의 다ᄆᆞ샨 紅牧丹(홍목단)
셧디여 노니져
얄리얄리얄라
얄라셩얄라

대국과 소국은 중국 계통의 신들이다.[30] 대국이 소국이고, 소국이 대국이라는 말은 굿이 신인합일(神人合一)의 세계를 구현하듯이 대국과 소국의 화해굿을 하여 두 신이 합일하였음을 의미한다. 태극에서 양과 음이 생성되듯이 대국과 소국이 분화되기 이전의 근원으로 회귀하는 것이다. 그리고 그 합일이 홍목단을 매개로 하여 실현되는 것이다. 곧 홍목단 한 송이에 대국과 소국이 모두 빙의되어 대화합을 이룩하는 것이다. 그리하여 홍목단은 소국과 대국이 동시에 빙의된 신체가 된다. 여원무에서는 남녀신의 신체, 곧 화관이 두 개로 분리되어 있는 점이 대국의 홍목단과는 다를 뿐 꽃을 신내림의 주술 매체로 하여 신체로 삼는다는 점에서는 동일하다.

30 김동욱, 『한국가요의 연구』, 을유문화사, 1976, 226쪽 참조.

제16장 팔관회의 역사 및 가상희와 도이장가의 성립

1. 가상희 · 「도이장가」 · 팔관회의 관계

관극시(觀劇詩)란 '연극을 관람하고 지은 시'라고 정의를 내릴 수 있는데, 연극을 관람한 소감과 함께 연극의 내용을 소개하여, 그 자체로는 희곡 갈래가 아니면서도 희곡사(연극사) 연구의 중요한 자료가 된다. 관극시와 비슷한 용어로 연희시(演戲詩), 악부(樂府)가 사용된다. 연희시는 '기속악부(紀俗樂府)'의 하위 개념으로 규정하기도 하지만,[1] '가무백희(歌舞百戲)를 관람하고 지은 시'를 가리킨다고 보아 무방하다. 따라서 연희시의 설정은 잡기(곡예, 기예, 산악)와 음악과 무용과 연극을 모두 포괄하는 관점을 취하기 때문에 필연적으로 연극사를 연희사에 포함시키게 된다.[2] 그러나 '공연예술'의 개념에 가까운 '가무백희'에서 연극(가면극, 인형극)이 분화되고 독립되어 온 것이 연극사의 방향이므로 음악 · 무용 · 기예 · 유희와 구별되는 개념으로 연극을 설정해야만 고전극과 표리 관계를 이루는 고전 희곡이란 문학적 갈래의 성립도 가능해진다. 악부, 특히 소악부(小樂府)는 민간의 음악을 수집하여 기록한 한시이지만, 가무백희를 대상으로 한 점에서는 연희시와 별 차이가 없다. 다만 악부는 음악 · 무용에 중점을 두고, 연희시는 연극 · 잡기에 중점을 두고서 사용된다고 말할 수 있다.

「도이장가(悼二將歌)」[3]는 가상희(假像戲)를 소재로 한 관극시라면, 가상

1 윤광봉, 『한국연희시연구』(개정판), 박이정, 1997, 「책 머리에」 참조.

2 이강열, 『한국연희사』(보건신문사, 1988)는 내용은 연극사를 다루고 있어, 연극과 연희의 혼용현상까지 보였다.

3 「도이장가」를 연구한 논문으로는 다음과 같은 것들이 대표적이다.
김동욱, 「도이장가에 대하여—신장절공유사(申壯節公遺事)의 서지적 · 문헌비판적 접근」, 『인문과학』제14 · 15 합병호, 연세대학교, 1966; 『한국가요의 연구』(속편)(선명문화사, 1975)에 재수록.

희가 공연되는 배경은 팔관회(八關會)[4] 이다. 따라서 가상희와 「도이장가」의 관계를 이해하기 위해서는 팔관회의 성립과 사적 전개 과정을 우선적으로 살펴볼 필요가 있다.

2. 팔관회의 성립과 변모 과정

1) 고려 이전의 팔관회

팔관회(八關會)는 신라 시대에 성립되어 고려 시대까지 지속된 국가제전이었는데, 『삼국사기』와 『고려사』에 의하면 신라 진흥왕 33년(572년)이 상한선이고, 고려 공양왕 3년(1391년)이 하한선이다. 『삼국사기』 「신라본기」 '진흥왕'조에는 진흥왕 33년(572년) 10월 20일에 "전사한 병졸을 위하여 외사(外寺)에 팔관연회(八關筵會)를 열고 7일만에 파하였다"라고 하여, 팔관회가 사찰에서 거행한 불교 의식이고, 그 목적은 전사자를 진혼하기 위해서였으며, 기간은 7일 동안이었음을 알려준다. 팔관회는 팔관재(八關齋)라고도 하는 바, 출가하지 않은 평신도들이 부처님의 가르침에 따라 팔계(八戒), 곧 ① 오늘부터는 살생하지 말고, ② 도적질하지 말고, ③ 음행

김동욱, 「도이장가의 문헌민속학적 고찰」, 『고려시대의 가요문학』, 새문사, 1982.
정상균, 「예종시가연구」, 『국어교육』제49 · 50 합병호, 한국국어교육연구회, 1984.

4 팔관회는 연등회와 함께 토착신앙(무교)과 불교의 습합에 의한 의례라는 것이 일반적인 통설이다. 류동식, 『한국무교의 역사와 구조』, 연세대학교출판부, 1978, 129~145쪽 참조. 한편 팔관회에 대해서는 다음의 논저들에서 논의된 바 있다.
안계현, 「팔관회고」, 『동국사학』제4집, 동국대학교사학회, 1956.
이혜구, 「의례상으로 본 팔관회」, 『예술논문집』제1집, 예술원, 1962.
홍윤식, 『韓國佛教儀禮の研究』, 일본; 隆文館, 1976.
최근, 「팔관회에 대한 간단한 고찰」, 『역사과학』, 평양, 1987.
최광식, 『한국고대의 제의연구』, 고려대학교 박사학위논문, 1989.
홍윤식, 「고대 불교의 의례와 법회의 성격」, (불교신문사 편, 『한국불교사의 재조명』, 불교시대사, 1994)

을 하지 말고, ④ 망언을 하지 말고, ⑤ 음주하지 마라. 그리고 ⑥ 오늘 하루 낮 하루 밤은 높고 넓은 자리를 독차지하지 말고, ⑦ 가무와 희락(戲樂)을 하지 말고 중단하라. 또 ⑧ 몸에 물감과 향료를 바르지 마라[5]와 같은 여덟 가지 계율을 지키는 금욕적인 법회인데, 진흥왕 때의 팔관회는 위령제적 성격을 띠고 7일 동안 지속된 점에서 불교 본래의 팔관회가 아니라 당시의 정치적·군사적·사회적 필요성에 의해 변용시킨 새로운 형태의 팔관회였다. 그런데 『삼국사기』 「열전」 제4 '거칠부'조에 의하면, 진흥왕 12년(551년)에 고구려에서 귀화한 혜량 법사(惠亮法師)를 승통(僧統)으로 삼고 백좌강회(百座講會)와 팔관의 법을 베풀었다고 하니, 진흥왕 33년(572년)의 팔관회가 혜량 법사의 주청에 의해 이루어졌을 개연성이 있다.

신라의 팔관회에 관한 두 번째 기록은 『삼국유사』 「탑상」 '황룡사 구층탑'조이다.

> 법사가 중국 대화지(大和池) 가를 지나는데, ……신인(神人)이 말했다. "지금 그대의 나라는 여자를 왕으로 삼아 덕은 있어도 위엄이 없기 때문에 이웃 나라에서 침략을 도모하는 것이니 그대는 빨리 본국으로 돌아가시오." 자장이 물었다. "고향에 돌아가면 무슨 유익한 일이 있겠습니까?" 신인이 말했다. "황룡사(皇龍寺)의 호법룡(護法龍)은 바로 나의 큰아들이오. 범왕(梵王)의 명령을 받아 그 절에 와서 보호하고 있으니, 본국에 돌아가거든 절 안에 구층탑(九層塔)을 세우시오. 그러면 이웃 나라들은 항복할 것이며, 구한(九韓)이 와서 조공하여 왕업이 길이 편안할 것이오. 탑을 세운 뒤에는 팔관회를 열고 죄인을 용서하면 외적이 해치지 못할 것이오."

5 류동식, 앞의 책, 133쪽 각주 (27)에 의하면, 「불설팔관재경(佛說八關齋經)」에서 1. 自今日始隨意欲不復殺生; 2. 隨意所欲不復盜竊; 3. 自今已後不復淫妖; 4. 自今已後不復妄語; 5. 自今已後隨意所欲亦不飮酒; 6. 今一日一夜不於高廣床坐不敎人使坐; 7. 今一日一夜不習歌舞戲樂; 8. 亦不著紋飾香薰塗身 등이 팔계(八戒)라 했다.

자장 법사는 선덕왕 5년(636년)에 당나라에 유학하였다가 선덕왕 12년(643년)에 당나라 황제가 준 불경, 불상, 가사, 폐백(幣帛)을 가지고 귀국하여, 황룡사에 구층탑을 건립할 것을 주청하였으며, 그에 따라 선덕왕 14년(645년) 3월[6]에 구층탑을 건립한 바, 위 설화가 시사하듯이 그때에 팔관회도 거행했을 것이다. 황룡사의 구층탑은 신라에 적대적이었던 주변국가가 침공하는 재앙을 진압하기 위해서 세워졌으니, 제1층은 일본, 제2층은 중화(中華), 제3층은 오월(吳越), 제4층은 탁라, 제5층은 응유, 제6층은 말갈, 제7층은 거란, 제8층은 여진, 제9층은 예맥을 진압시킨다는 신앙에 근거했다.[7] 이처럼 황룡사의 구층탑은 호국룡의 비호를 받아 국가적 위기를 극복하려는 신라인들의 염원과 의지의 표상인데, 구층탑의 건립에 이어서 팔관회를 개최하고 죄인을 용서하면 외적이 해치지 못할 것이라고 한 점에서 팔관회 역시 구층탑과 마찬가지로 외적의 방어를 목적으로 거행되었을 개연성을 상정할 수 있다.

그런데 팔관회를 거행하면서 죄인을 용서하라는 대화지의 신인의 말은 고대의 부여에서 제천의식인 영고를 거행할 때 "형옥(刑獄)을 중단하고 죄수들을 석방하였다(斷刑獄解囚徒)"[8]고 한 『삼국지』「위지」'동이전'조의 기록을 연상시키는 바, 국민적 화합을 이룩하려는 통치 행위로서의 특별 사면이지만, 원혼(冤魂) 내지는 원한 관념을 간과할 수 없다. 마찬가지로 진흥왕 33년에 전사자들을 위한 위령제를 겸한 팔관회도 동일선상에 놓고 이해해야 한다. 원혼 또는 원한에 대한 공포심 때문에, 다시 말해서 원한을 품은 사자(死者)나 생인(生人)이 있으면 재앙이 발생한다는 믿음에 근거하여 해원(解冤)시킴으로써 질병이나 가뭄이나 죽음이나 외적의 침범 같은 재앙을 없애거나 예방하려 한 것이니, 이러한 고대 사회의 관습을 이

6 이병도 교감, 『삼국사기』, 을유문화사, 1980, 49쪽 참조.

7 『삼국유사』「탑상」 제4 '황룡사 구층탑'조에서 안홍(安弘)의 『동도성립기(東都成立記)』의 기록을 소개하고 있다.

8 전해종, 『동이전의 문헌적 연구』, 일조각, 1982, 12쪽 참조.

해할 때 비로소 신라 시대 팔관회의 성격을 제대로 파악할 수 있는 것이다. 그리고 부여의 영고, 고구려의 동맹, 동예의 무천 같은 고대 사회의 제천의식이나 신라의 팔관회가 모두 국가 공동체·신앙 공동체를 화해·결속시키는 통합 의례였음도 그러한 국가 제전에 즈음해서 죄수를 석방시킨 이유를 분명하게 뒷받침한다. 이와 같이 신라 시대의 팔관회는 평신도들이 여덟 가지 계율을 실천하여 신심이 두터운 불자가 되는 불교적 재생 의례에 사회 통합 기능과 해원 기능 및 국가 수호 기능이 덧보태진 국가 제전이었다.

그런데 선덕왕 이후에는 팔관회에 관한 문헌 기록이 없지만, 진흥왕 때의 팔관회와 선덕왕 때의 팔관회 사이에서 발견되는 차이점을 주목하면, 선덕왕 이후의 팔관회의 행방을 찾는 단서로 삼을 수 있다. 다시 말해서 선덕왕 때의 팔관회가 황룡사의 호국룡과 긴밀한 관계를 맺으면서 거행된 사실을 주목할 필요가 있는 것이다.

『삼국유사』「탑상」'황룡사 장육(丈六)'조에 의하면, 진흥왕 14년(553년) 2월에 용궁 남쪽에 대궐을 지으려 할 때 황룡이 그곳에 나타나서 대궐 대신 절을 지어 황룡사라고 불렀다고 하는데, 이것은 천신 숭배족인 진흥왕이 용궁에 제사를 지내는 토착 세력을 제압하고 궁궐을 축조하려 했다가[9] 용궁의 용신을 불교에 조복(調伏)시켜 일차적으로 호법룡으로 만들고, 이차적으로 호국룡을 만든 사실을 의미할 것이다. 그런데 이러한 토착룡이 불교의 범왕(梵王)이 중국 대화지의 용의 아들을 파견한 것이라고 하여, 중국과 신라의 관계를 주종 관계로 설정한 의식 구조를 보인 것은 비판의 여지가 있지만, 하여튼 황룡사의 호국룡을 위하여 구층탑을 건조했고, 그런 다음 팔관회를 개최한 사실은 선덕왕 때의 팔관회가 '국가 차원의 불

9 진흥왕은 하늘에서 하강한 김알지의 후손으로 용신신앙족인 석탈해의 후손들과의 왕권 경쟁에서 승리한 내물마립간(356 - 402) 이후 김씨족이 왕위세습제를 정착시키고, 불교를 공인한 법흥왕(514 - 540) 이후 불교국가로서의 국가체제를 정비하고 영토를 확장하려고 했다.

교화된 용신제'였음을 시사한다. 요컨대 진흥왕 때의 팔관회가 '불교적인 국가 위령제'였다면, 선덕왕 때의 팔관회는 '국가적인 호법 용신제'인 셈이니, 『삼국유사』「기이」 '만파식적'조와 '처용랑 망해사'조에 의거할 때 그러한 호국·호법용신제가 제 31대 신문왕과 제 49대 헌강왕 때 재연된 사실을 간과할 수 없다.

문무왕이 왜병을 진압하고자 감은사를 창건하다가 끝내지 못하고 죽으므로 681년에 즉위한 신문왕이 682년에 완공시켰다. 그리고 5월 초하루에 동해에 거북의 머리처럼 생긴 산이 출현해서 신문왕이 7일에 이견대로 나가 사자를 시켜 살피니, 산 위의 대나무가 산과 함께 낮에는 둘이 되었다가 밤에는 하나로 합해지므로, 16일에 왕이 산에 가서 옥대를 바치는 용에게 그 연유를 물은 바, 다음과 같이 대답했다.

> 비유해 말씀드리면, 한 손으로 치면 소리가 나지 않고, 두 손으로 치면 소리가 나는 것과 같습니다. 이 대나무란 물건은 합쳐야 소리가 나는 것이오니, 성황(聖皇)께서는 소리로 천하를 다스리실 징조입니다. 왕께서는 이 대나무를 가지고 피리를 만들어 부시면 온 천하가 화평해질 것입니다. 이제 대왕의 아버님께서는 바다 속의 큰 용이 되셨고, 유신은 다시 천신이 되어, 두 성인이 마음을 같이하여 이런 값으로 칠 수 없는 큰 보물을 보내시어, 나로 하여금 바치게 한 것입니다.

대나무가 갈라지면 소리가 안 나고 합해지면 소리가 난다는 것은, 신라의 통일 과업이 서라벌의 김춘추 세력과 금관가야계의 김유신 세력의 연합에 의해서 성취된 사실을 감안할 때 문무왕 후손과 김유신 후손이 분열하면 나라가 위태로워지고 유대 관계를 공고히 하면 천하가 화평해진다는 말이 된다.[10] 그리고 그 같은 신의(神意)를 확인하는 상징적 의례로

---

10 기실 통일 이후 무열왕계의 전제주의적 경향이 강화되면서 무열왕계와 김유신계의 갈등

용신이 된 문무왕과 천신이 된 김유신의 신령을 대나무에 내림받는 합심굿 내지는 화해굿을 대왕암 위에서 거행하고, 그 신대로 피리를 만들어 '만파식적'이라 이름을 붙인 것이다. 그리하여 신문왕 때에 왕권을 상징하는 신기대보(神器大寶)가 옥대와 만파식적 2개가 되었던 것이다.

이처럼 동해용이 된 문무왕의 능침사(陵寢寺)인 감은사와 대왕암 위에서의 용신제가 결합된 형태를 보이는데, 이와 비슷한 사례가 약 200년 뒤 헌강왕(875 - 886) 때에 다시 재연되었다.[11] 『삼국유사』의 '처용랑 · 망해사' 조의 서사 단락을 정리하면 다음과 같다.

① 헌강왕이 학성에서 노닐 때 개운포에 갔다.

② 운무가 해를 가리므로 동해의 용을 위해 절을 짓기로 했다.

③ 용이 일곱 아들들을 거느리고 왕 앞에 나타나 무악을 바쳤다.

④ 용의 아들 하나가 왕을 따라 서라벌에 와서 왕정을 보좌했는데, 이름을 처용이라 불렀다.

⑤ 왕이 처용을 미녀와 결혼시켰다.

⑥ 왕이 처용에게 급간 벼슬을 내렸다.

⑦ 역신이 처용 아내를 도둑질하므로 처용이 가무를 하여 물러나게 하였다.

⑧ 나라사람들이 처용의 얼굴을 그려 문에 붙였다.

⑨ 헌강왕이 영취산에 망해사를 지었다.

의 골이 깊어져서 마침내 혜공왕 때에는 정면대결의 양상까지 보였고, 무열왕계가 몰락한 이후에는 오히려 김유신이 추앙되고 흥무대왕으로 봉해졌다. 이기백, 『신라정치사회사연구』, 일조각, 1981, 248~252쪽 참조.

11 처용굿이 연행된 시기에 대해서는 『삼국사기』 「신라 본기」 제11 '헌강왕'조에 5년 3월에 "왕이 국동의 주군을 순행할새 어디서 온 지 모르는 네 사람이 어가 앞에 나타나 가무를 하였는데, 그 모양이 해괴하고 의관이 괴이하여 당시 사람들이 산해의 정령이라 하였다"는 기록과 관련지으면 879년이 된다. 그러나 고기(古記)에는 헌강왕이 즉위한 원년의 일이라 기록되어 있다는 이설을 첨가한 바, 이에 따르면 875년이 된다. 어느 쪽이든 신문왕이 대왕암에서 용신굿을 행한 682년과는 200여 년의 거리가 있다.

⑩ 포석정의 남산신, 금강령의 북악신, 동례전의 지신이 나타나 가무를 했다.

⑪ 「지리다도파곡(智理多都波曲)」은 서라벌의 멸망을 예언한 산신의 노래였다.

개운포(현재의 울산)의 처용암에서 동해 용왕을 위한 용신제를 거행하고, 또 그를 조복시켜 망해사의 호법룡으로 만들었는데, 동해 용왕의 이들인 처용과 서라벌 미녀와의 신성 결혼은 개운포에서 용신을 숭배하는 해양 세력과 서라벌의 헌강왕 세력을 결합시킨 통합의례인 것이다.

이상에서 살펴본 바와 같이 진흥왕 때의 황룡사 창건과 선덕왕 때의 구층탑 건조 및 팔관회 거행, 문무왕 때의 감은사 창건과 신문왕 때의 대왕암에서의 용신굿 거행, 헌강왕 때의 망해사 창건과 처용암에서의 용신굿 거행이 모두 동일한 맥락을 이룸이 분명하다. 다만 대왕암에서의 용왕굿과 처용암에서의 용신굿은 황룡사에서의 팔관회에 비해 무교제의적 성격이 강하여,[12] 통일 이전의 주불종무적(主佛從巫的)인 팔관회가 통일 이후에는 주무종불적(主巫從佛的)인 용신굿으로 변모한 것으로 보아야 할 것 같다.

그런데 결코 간과할 수 없는 사실은 신문왕 때의 용신굿에는 천신굿이 복합되었고, 헌강왕 때의 용신굿에는 산신굿, 지신굿이 결합되어 있는 점이다. 다신교적인 특징이면서 용신굿의 확대 현상으로 풀이할 수 있는 바, 고려 태조 왕건이 즉위 26년(943년) 4월에 훈요십조를 유언할 때 "짐이 원하는 바는 연등과 팔관에 있었는데, 연등은 부처를 섬기는 까닭이고, 팔관은 천령과 오악(五嶽), 명산대천, 용신을 섬기는 까닭이다"[13]고 말한

12 대왕암에서 신문왕에게 옥대를 바치고, 대나무피리의 이치를 설명하는 용은 실제로는 용신에 빙의된 무당이었을 것이다. 그리고 미녀와 결혼하고, 역신을 퇴치하는 처용도 처용신에 빙의된 무당이나 처용가면을 착용한 광대 - 헌강왕이었을 개연성도 있다 - 였을 것이다.

것도 팔관회를 용신제로만이 아니라 하늘·땅·물을 아우르는 우주 공간의 자연신들을 향한 제의의 총화로 인식했음을 나타낸다.

다음으로 『삼국사기』「열전」'궁예'조에 의하면 궁예가 898년 2월에 송악에 도읍하고, 11월에 팔관회를 시작했다고 한다. 그렇지만 구체적인 내용에 대해서는 편린조차 남아 있지 않다. 다만 918년 6월에 고려를 건국한 태조 왕건이 "11월에 처음으로 팔관회를 베풀고 의봉루(儀鳳樓)에 나가서 이를 관람하고 이로부터 해마다 상례로 삼았다"[14]고 하였는데, 이것이 공양왕 3년(1391년)까지 지속적으로 10월 맹동(孟冬)에는 서경에서, 11월 중동(仲冬)에는 개경에서 연중 행사로 거행한 사실을 감안하면, 송악에서의 궁예에 의한 팔관회는 서라벌에서의 신라의 팔관회를 수용하여 연등회와 함께 고려의 양대 국중행사가 되도록 교량 역할을 함으로써 주목에 값한다.

또한 원래 금욕적인 법회였던 팔관회를 진흥왕 때에는 전사자의 원혼을 호국 영령으로 승화시킴으로써 민심을 위무하였으며, 선덕왕·문무왕·헌강왕 때에는 호법룡의 신격에 호국룡의 신격을 복합시켜[15] 국가적인 위기를 해결하려고 한 사실을 감안하면, 궁예가 팔관회를 거행한 것도 동일한 맥락에서 이해할 수 있을 것 같다. 궁예가 미륵불을 자칭하며 머리에 금정(金幘)을 쓰고 몸에 방포를 입었으며, 또 외출할 때에는 백마를 타고, 동남동녀가 일산과 향화를 받들고 앞에서 인도하고, 비구 200여 명은 범패를 부르며 뒤 뒤따르게 하였다고[16] 하는데, 백제의 무왕이 미륵삼존이 출현한 연못을 메우고 미륵사(왕흥사)를 창건한 사실[17]과 연관시킬

---

13 『고려사』「세가」'태조'조.

14 김종권(金種權) 역, 『고려사』(권1), 범조사, 1963, 21쪽.

15 선덕왕 때에는 황룡사의 호법룡이 구층탑의 건조와 팔관회의 개최에 의해 호국룡으로 변용되었고, 문무왕 때에는 감은사에 안치된 호법룡이 만파식적을 바침으로서 호국룡으로 발전하였으며, 헌강왕 때에는 동해용왕은 망해사에 봉안되어 호법룡이 되고, 동해용자 처용은 서라벌에 와서 왕정을 보좌하는 호국룡이 되었다.

16 이병도 교감, 앞의 책, 718쪽 참조.

때 미륵 삼존이 용신을 제압하고 미륵사에 좌정하였듯이 미륵불인 궁예는 왕륭(王隆)과 왕건 부자로 대변되는 패서(浿西; 황해도) 지방의 용신 숭배 집단인 해상 세력을 제압하고 송악에 도읍을 정한 것이라는 해석이 가능하다. 요컨대 궁예는 미륵불이 용신을 제압하였듯이 인간 세상에 하생(下生)한 미륵인 자신이 용신 신앙 집단인 왕건 세력을 제압할 수 있다고 믿었을 것이다. 그리하여 호법룡·호국룡 신앙의 전통을 이어받아 왕건 세력을 이용하여 삼한 통일이라는 대업을 이룩하려고 했던 것 같고, 그 같은 전략적 사고를 기저로 하여 팔관회를 개최하고 제도화했던 것으로 추정된다.

이처럼 팔관회는 원래는 팔계를 지키며 수행하는 법회였는데, 신라 진흥왕 때에는 위령제로, 선덕왕·신문왕·헌강왕 때에는 호국용신제로 변모하였다가 궁예에 의해 계승되었던 것이다. 따라서 궁예에 대한 왕건의 반역은 용이 더 이상 사이비 미륵불에게 조복당하는 신세가 될 수 없다는 각성에서 실행되었으며, 이 같은 맥락에서 왕건의 조상 작제건이 중국으로 가는 도중 부처로 둔갑한 여우를 퇴치하여 서해 용왕을 돕고 용녀를 아내로 삼는 신화[18]를 형성시킨 것으로 보인다. 그렇지만 고려 시대 팔관회는 궁궐에서 황룡대기(黃龍大旗)를 꽂아놓고 거행한 뒤 법회는 법왕사(法王寺)에서 거행하는 식으로 용신제와 불교 의식이 이원화되는 변화를 일으켰다.

2) 고려의 팔관회

신라 시대에 불교의 수법행사(修法行事)인 팔관회에 위령제와 용신제가 결합되어 무불습합적(巫佛褶合的)인 국가 제전이 되었고, 이러한 전통이

---

17 『삼국유사』「기이」편 '무왕'조 참조.

18 『고려사』「고려세계(高麗世系)」 참조.

궁예에 의해 계승되었지만, 궁예와의 권력 투쟁에서 승리한 왕건이 고려를 건국하고서 팔관회를 법회와 분리시킴으로써 팔관회는 토착무교적 의례를 가리키는 탈불교화 현상을 일으켰다. 요컨대 팔관회는 그 이름을 토착제의에 넘겨주고, 불교 행사로는 상원—뒤에는 2월 보름으로 바뀌었다—에 연등회(燃燈會)를 거행하여 연초의 연등회와 연말의 팔관회를 고려의 양대 국중행사로 만들었던 것이다.

고려의 팔관회는 태조 왕건이 즉위한 918년에 시작되었지만, 943년 왕건이 죽으면서 남긴 훈요십조의 여섯 번째 조항, 곧 "짐이 원하는 바는 연등과 팔관에 있었는데, 연등은 부처를 섬기는 까닭이고 팔관은 천령과 오악·명산대천·용신을 섬기는 까닭이었다. 후세에 간신들이 가감할 것을 건백(建白)하여도 마땅히 이를 금지할 것이다. 내 또한 당초에 마음에 맹서하여 회일(會日)에 국기(國忌)를 범하지 않고, 군신동락(君臣同樂)하였으니, 마땅히 공경하여 이를 행할 것이다"[19]라는 유지에 따라 고려가 멸망하기 직전인 1391년(공양왕 3년)까지 역대 임금들에 의해 계승되었다.

그렇지만 도중에 중단되거나 변질되거나 변화를 겪기도 한 바 이러한 사실들을 알려주는 자료들을 『고려사』의 「세가(世家)」를 중심으로 추출하여 소개하면 다음과 같다.

> ① 태조 원년(918년) 11월에 해당 기관에서 "전 임금은 매년 중동(仲冬)에 팔관회를 크게 배설하여 복을 빌었습니다. 그 제도를 따르기를 바랍니다"라고 하니, 왕이 그의 말을 좇았다. 그리하여 구정(毬庭)에 윤등(輪燈) 하나를 달고 향등(香燈)을 사방에 달며, 또 두 개의 채붕(綵棚)을 각각 5장(丈) 이상의 높이로 매고 각종 잡기와 가무를 그 앞에서 놀리었다. 그 중 사선악부(四仙樂部)와 용, 봉, 상(象), 마 차, 선(船) 등은 다 신라 때 옛 행사였다. 백관들은 도포를 입고 홀을 가지고 예식을 거

19 김종권 역, 앞의 책, 44쪽.

행했는데, 구경꾼이 거리에 쏟아져 나왔다. 왕은 위봉루(威鳳樓)에 좌정하고 이것을 관람하였으며, 이로서 매년 상례로 하였다.[20]

② 성종이 즉위한 981년 11월에 왕은 팔관회의 잡기가 떳떳하지 못하고 또한 번요하므로 이를 없애게 하였다. 그 대신 2년(983년) 정월 신미일(辛未日)에 왕은 원구(圓丘)에 풍년을 기원하고 태조의 신위를 원구에 모셨다. 을해일(乙亥日)에는 왕이 친히 적전(籍田)을 갈아 신농(神農)에게 제사 지내고 후직(后稷)을 배향하였는데, 풍년을 기원하고 적전을 친히 가는 의식이 이때부터 시작되었다.

③ 현종 원년(1010년) 윤 2월 갑자일에 연등회를 복구시켰다. 그리고 11월 경진일에는 팔관회를 복구시키고, 왕은 위봉루에 나가 관람하였다.

④ 정종(靖宗)이 즉위한 1034년 10월 경오일에 덕종(德宗)을 숙릉에 장사지냈는데, 이때 보신(輔臣)을 서경으로 파견하여 팔관회를 열고, 2일 동안 큰 잔치를 베풀었다.[21] 그리고 11월 경자일에는 팔관회를 열어 왕은 신봉루(神鳳樓)에 나와 백관들에게 잔치를 베풀고, 저녁에는 법왕사[22]에 행차하였다. 그 다음날에 대회(大會)를 열어 다시 잔치를 베풀고 관람하였다. 이때 동서 이경(二京), 동북양로병마사, 사도호(四都護), 팔목(八牧)에서 각각 표문(表文)을 올려 하례(賀禮)를 하였고, 송의 상인과 동서 여진과 탐라국에서 또한 토산물을 바쳤다. 그들에게 좌석을 주어 의식에 참가케 하였다. 그후부터 이것이 상례가 되었다.

⑤ 문종 27년(1073년) 11월 신해일에 팔관회를 베풀고 왕이 신봉루에

---

20 『북역 고려사』제6책, 425 - 426쪽.

21 『고려사』「지(誌)」'예(禮)'조 "가례잡의(嘉禮雜儀)"에는 덕종 3년이라고 했으나, 덕종은 9월 계묘일에 죽고, 그해 10월과 11월에 각각 서경과 개경에서 팔관회가 정종에 의해 행해졌다. 원년의 계산법에 연유하는 표현의 차이이다.

22 태조 2년(919년) 3월에 법왕사, 왕륜사 등 십사(十寺)를 도성 안에 창건하였다. 따라서 왕이 팔관회를 거행하고 법왕사에 행차한 것은 태조 2년의 제 2회 팔관회부터였을 것으로 추정된다.

거동하여 교방악(教坊樂)을 감상하였는데, 여제자 초영(楚英)이 아뢰기를 "새로 전습한 가무는 포구락(抛毬樂)과 구장기 별기(九張機別伎)인 바 포구락에는 제자가 13명이요, 구장기에는 제자가 10명입니다"라고 하였다.[23]

⑥ 선종 3년(1086년) 11월 무진일에 팔관회를 베풀고, 왕은 친히 법왕사에 행차하였다가 그길로 신중원(神衆院)에 행차하였다. 기사일 대회에는 눈이 와서 참가한 신하들은 모두 옷을 적시었다. 밤에 돌아올 때는 하늘이 맑고 보름달이 밝았다. 왕이 창덕문 밖에 수레를 멈추고 종친들로 하여금 왕에게 잔을 들어 장수를 축원하게 하였더니, 간의(諫議) 김상기와 이자인 및 보궐(補闕) 위계정이 간하므로 이를 그만 두었다.

또 선종 4년(1087년) 10월 임진일에는 팔관회를 열고 영봉루(靈鳳樓) 부계(浮階)에 가서 관람하고, 그길로 흥국사에 행차했다.

⑦ 예종이 원년(1106년) 11월 신축일에 팔관회를 열고, 왕이 법왕사의 신중원에 행차하였다가 돌아와 대궐의 뜰에서 백신(百神)에게 배례하였다.

10년 11월 경진일에 팔관회를 열고 왕이 구정에서 돌아오다가 합문(閤門) 앞에서 멈추고 창화(唱和)를 하고, 창우(倡優)에게 명하여 의장대 안에서 가무를 하게 했다.

또 15년(1120년) 10월 신사일에 팔관회를 열고, 왕이 잡희(雜戱)를 관람하였는데, 그 속에 건국 초기의 공신 김낙(金樂)과 신숭겸(申崇謙)의 우상이 있었다. 왕이 감탄하여 시를 지었다.

⑧ 의종이 즉위한 1146년 11월 경진일에 팔관회를 열고, 왕이 막차(幕次; 상청)에서 신하들의 하례를 받았는데, 전상(殿上)의 여악(女樂)을 철거하게 했으며, 마침내 법왕사에 행차했다.

⑨ 원종 원년(1260년) 11월 정축일에 팔관회를 열고, 법왕사에 행차했다. 나라에 상사(고종의 복상 기간)가 있는 이때에 환궁악(還宮樂)을 연

23 『고려사』「지(志)」'악(樂)' "용속악절도(用俗樂節度)".

주하므로 식자들은 이를 조소했다.

⑩ 충렬왕 원년(1275년) 11월 경진일에 본전에 행차하여 팔관회를 열었는데, 금오산(金鼇山)의 액자에 적힌 "성수만년(聖壽萬年)"이란 네 글자를 "경력천추(慶曆千秋)"로 고치고, "한 사람이 경사가 나니 팔방의 표문이 뜰에 이르고 천하가 태평하다" 등의 문자도 다 고치고, "만세(萬歲)"를 부르던 것을 "천세(千歲)"로 부르게 하고, 행차길에 황토를 펴는 것도 금하였다.[24]

⑪ 충선왕이 즉위한 1308년 11월 갑자일에 팔관회를 정지시켰다. 그리고 신미일에 교서를 내리어 ㉠ 시조왕과 역대 선조들에게 덕호를 올릴 것, ㉡ 성황당과 국내 명산대천으로서 사전(祀典)에 등록된 곳은 모두 칭호를 붙일 것, ㉢ 원구, 적전, 사직 등은 나라의 복을 비는 곳이니 유사에게 명하여 재실과 주방을 건조할 것, ㉣ 능침과 침원(寢園)과 선조들의 분묘를 수축할 것, ㉤ 대성 지성 문선왕(大成至聖文宣王; 공자)를 위해 춘추 석전(釋奠)과 삭망 제향에 제사지낼 것 등을 지시했다.

팔관회에 관해 비교적 구체성을 띤 정보를 전해주는 대표적인 기록들을 통해 다음과 같은 몇 가지 사실들을 확인할 수 있다.

첫째 팔관회는 10월 15일에는 서경에서, 11월 15일에는 개경에서 거행했는데, 개경에서는 왕이 의봉루(신봉루, 영봉루)에 가서 팔관회를 열고, 법왕사(때로는 흥국사)에 가서 분향했다. 태조 왕건은 훈요십조의 다섯 번째에서 "짐은 삼한 산천의 음우를 입어 대업을 이룩하였다. 서경은 수덕(水德)이 순조롭고 우리 나라 지맥(地脈)의 근본이니, 마땅히 사중(四仲; 仲春·仲夏·仲秋·仲冬)을 당하면 순행하여 100일이 넘도록 머무르면 안녕을 이룩할 것이다"[25]라고 말하여, 풍수지리에 근거하여 서경을 중시한 것처럼

---

24 『고려사』「지」'예' '가례잡의(嘉禮雜儀)'조.
25 『고려사』「세가」'태조'조.

보이나, 고구려의 계승을 건국 이념으로 하는 고려이기 때문에 고구려의 마지막 도읍지인 서경을 중시하고 고구려 계승 정신을 이어갈 것이며, 서경을 북방 정책의 전초기지로 삼으라고 훈계를 한 것이다. 이런 맥락에서 보면 서경에서의 팔관회는 고구려의 국가 제전이었던 동맹(東盟)의 전통을 계승하는 측면이 있으며, 이런 까닭에 서긍(徐兢)은 인종 원년(1123년)에 고려에 와서 10월 보름에 행해지는 서경의 팔관회를 보고서 고구려에서 거행하는 제천 의식인 동맹과 수신(隧神)맞이굿의 유풍이라고 『고려도경』에 기록했을 것이다.[26]

둘째로 팔관회는 11월 14일에는 소회(小會)를, 15일에는 대회(大會)를 거행했다. 『고려사』 제69권 「지(志)」 제23권〔예(禮)〕 11의 '가례잡의(嘉禮雜儀)'조의 기록을 통해 소회와 대회의 절차를 대략적으로 정리하면 다음과 같다.

『소회』

① 왕이 자황포(赭黃袍)를 입고 선인전(宣仁殿)을 나와 대관전(大觀殿)에 와서 수레〔輦〕를 타고 의봉문(儀鳳門)에 이르러 누(樓)에 올라 임시 휴게소에서 대기하고, 참례자들이 정해진 자리에 위치한다.

② 태자 이하 신하들이 내직(內職)과 외직(外職) 모두 왕에게 경축하고 축배를 바친다. 이를 헌수(獻壽)라고 한다.

③ 악관(樂官)들이 층계에 오르고, 태악령(太樂令)의 홀기(笏記)에 따라 백희(百戱)를 논다.

④ 왕과 신하들이 다식(茶食)을 한다.

⑤ 태악령이 "만방정주구성아악(萬邦呈奏九成雅樂)" 하고 홀기를 부르면, 음악을 절차에 맞추어 연주한다.

---

26 서긍, 『고려도경』, 아세아문화사, 1972. '사우(祠宇)'조 : "前史以謂其俗淫, 暮夜輒男女群衆爲倡樂. 好祠鬼神社稷靈星. 十月祭天大會名曰東盟, 其國東有穴號禭神亦以十月迎而祭之(중략)其十月東盟之會, 今則以其月望日具素饌謂之八關齋, 禮儀極盛"

⑥ 왕과 신하들이 식사를 한다.

⑦ 태자와 신하들이 왕에게 배례한다.

⑧ 왕이 임시 휴게소에 들어갔다 나온다.

⑨ 왕과 신하들이 술을 마신다.

⑩ 왕이 신하들에게 술을 하사한다.

⑪ 무대(舞隊)가 등장하였다가 퇴장한다.

⑫ 왕과 신하들이 음식을 들며 신하들이 왕에게 헌수한다.

『대회』

① 선인전에서 대관전을 거쳐 의봉루에 오른다.

② 태자, 공·후·백, 재신(宰臣), 추밀(樞密), 시신, 문무백관이 헌수하는 절차는 소회와 같다.

③ 송나라 강수(綱首; 상인 우두머리)와 동서 여진 및 탐라국의 토산물을 받고 풍악의 관람을 허용한다.

④ 왕과 태자 및 신하들이 다식(茶食)을 한다.

⑤ 왕과 태자 및 신하들이 식사를 한다.

⑥ 왕이 임시 휴게소에 들어갔다 나오면 태자를 비롯한 헌수자(獻壽者)들이 왕에게 꽃과 축배를 드린다.

⑦ 왕이 태자와 신하들에게 꽃·술·과실·약을 하사한다.

⑧ 무대(舞隊)의 등퇴장은 소회와 같다.

⑨ 왕이 수레에 올라 태정문(泰定門)을 통해 대관전으로 간다.

소회는 왕과 태자 및 내·외직의 신하들이 복을 상징하는 술을 주고받으며 화합과 결속을 도모할 때 가무백희를 연행하는 데 비해서 대회는 복을 상징하는 물건이 술만이 아니라 꽃·과실·약으로 확대되고, 참가자도 중국 상인이나 변방의 종족으로 확대된다. 소회가 국내적인 통합 의례라면, 대회는 국제적인 통합 의례인 것이다.

셋째로 두 개의 채붕(綵棚; 金鼇山)을 세우고, 그 앞에서 사선악부(四仙樂部)[27]나 가상희(假像戲) 같은 가무백희를 연행했다. 소회에서 백희와 음악과 무용을 나누어 따로따로 연행함으로써 양식적 차이를 분명히 인식했음을 알 수 있다.

넷째로 성종(981 - 997)과 충선왕(1308 - 1313) 때 유교주의 정책에 의해 팔관회와 연등회가 폐지되고, 원구·적전·사직 등에 제사를 지내 국가 의식이 중국화 현상을 일으켰다. 그러나 다음 왕에 의해 토착적인 제의 문화가 곧바로 복구되었다.

다섯째로 팔관회의 오락화·유흥화 현상을 엿볼 수 있다. 특히 왕은 팔관회의 통합적 기능만이 아니라 오락적·예능적 기능을 높이 사서 탐닉하다가 신하들로부터 반발을 사기도 했다.

여섯째로 원 간섭기에는 팔관회도 간섭에 의해 금오산, 곧 채붕의 액자에 쓰인 "성수만년(聖壽萬年)"을 "경력천추(慶曆千秋)"로 바꾸어야 하는 등 국가의 위상이 원의 부마국으로 강등됨에 따라 팔관회도 격하되는 운명을 맞이하기도 했다.

고려 시대의 팔관회는 신라 시대에 비해 탈불교화되었지만, 고대 사회의 제천의식이나 신라의 용신제에 비하면 제의적인 색채도 상당히 탈색되고, 임금과 신하, 임금과 외국인을 화합·결속시키고 임금의 지배자적 위상을 강화시키는 통합 의례적 성격이 강하다. 그리하여 신성 결혼이나 화해굿에 의해 양(남)과 음(여), 지배층과 생산층, 외래 세력과 토착 세력의 화해와 통합을 꾀하려는 고려 이전의 제의 구조[28]와는 커다란 차이를

---

27 사선은 신라의 화랑 중에서 문도를 가장 많이 거느렸던 영랑(永郎)·술랑(述郎)·남랑(南郎)·안상(安祥)을 가리키는데, 양가의 자제 넷을 뽑아 선랑(仙郎)이라 하고, 그 선랑을 중심으로 악대(樂隊)를 이루게 했다. 김상기, 『고려시대사』, 서울대학교출판부, 1985, 793쪽 참조. 이 사선악부에 대해서는 최남선이 국선단(國仙團)의 악극부로 본 데 반해 이병기과 성경린은 조선조까지 내려온 사선무로 보았고, 이두현은 화랑도들의 가악부 전반을 가리킨 것으로 확대 해석하였다. 이두현, 『한국연극사』, 학연사, 1999, 84쪽 참조.

28 박진태, 『한국민속극연구』, 새문사, 1998, 46~67쪽과 류동식, 『한국무교의 역사와 구조』,

보인다.

한편 팔관회는 제의의 음복(飮福)이나 복잔(福盞)내리기가 확대된 가운데 가무와 백희와 음악(아악 포함)을 연행하여 공연문화가 발달할 수 있는 모태 구실을 했는데, 그 가운데 하나가 예종이 「도이장가(悼二將歌)」를 창작하는 동기가 되었던 가상희(假像戱)였다.

3. 가상희와 「도이장가」의 관련 양상과 시대적 의미

1) 팔관회와 가상희의 관련 양상

고려의 태조 왕건이 927년 팔공산에서 후백제의 견훤과 대접전을 벌일 때 신숭겸(申崇謙)과 김락(金樂)이 위기에 빠진 왕건을 구하고 전사한 고사와 관련된 가상희(假像戱)에 관한 기록은 『장절공행장(壯節公行狀)』에 비교적 소상하게 전한다.[29]

㈎ 태조가 상례로 팔관회를 베풀고, 신하들과 즐길 때 전사한 공신이 반열에 없는 것을 개탄하여 유사에게 명하여 결초(結草)하여 공(신숭겸)과 김락의 허수아비를 만들게 하고 조복을 입히어 반열에 앉히고 함께 즐기었다. 술과 음식을 하사하니, 술이 갑자기 마르고, 가상이 이내 일어나 마치 산사람처럼 춤을 추었다. 이로부터 악정(樂庭)에 배치하여 상례로 삼게 하였다.

㈏ 예종이 재위 15년 가을에 서도(西都)를 순시하고 팔관회를 베풀

연세대학교출판부, 1978, 25~67쪽 참조.

29 가상희와 도이장가에 관한 기록은 『고려사』 「예종세가」를 비롯해서 장절공(壯節公)의 행장(行狀), 유사(遺事), 별전(別傳) 등에 들어 있는데, 행장에 예종이 창작한 사운(四韻; 律詩) 1수와 단가(短歌) 2장의 구체적인 내용이 기재되어 있다.

때 가상 두 사람이 비녀가 꽂힌 관모를 쓰고 자줏빛 관복을 입고, 금빛 홀(笏)을 들고서 말을 타고 날뛰며 뜰 안을 돌아다녔다. 왕이 기이하게 여겨 물으니 좌우의 사람들이 말하길, 이는 태조가 삼한을 통일할 때 대신해서 죽은 신숭겸과 김락이라고 하면서 자초지종을 아뢰었다. 왕이 슬프고도 감개무량하여 두 신하의 후손에 대해 물었다. 유사가 아뢰길 이곳에는 김락의 자손만 산다고 하니 즉시 불러 벼슬과 상을 하사했다. 송도에 돌아와서는 공의 고손인 경을 불러 보문각에 들어오게 하여 조상의 근본과 자손의 수를 묻고 주과와 비단을 하사했다. 그리고 친히 지은 사운시(四韻詩) 한 수와 단가(端歌) 2장을 하사했다.[30]

우선 위 기록에서 가상희는 태조 왕건 때 서경에서 팔관회를 계기로 성립되었으며, 예종 15년(1120년) 10월의 팔관회에서도 연행된 사실을 알 수 있다. 그런데 그 성립 과정을 보면, 태조가 술잔을 주고받으며 신하들과 군신 관계를 강화시키는 팔관회에서 팔공산 전투에서 전사한 신숭겸과 김락의 원혼을 위로하기 위해 두 사람의 초제인형(草製人形)을 만들어 일종의 초혼제 내지 넋굿을 한 것 같다. 허수아비가 단숨에 술을 들이켰다는 말이나, 일어나 춤추었다는 말은 무당이나 창우(倡優)나 또는 다른 참례자에 의해 허수아비에 신숭겸과 김락의 혼이 빙의(憑依)된 것처럼 허수아비를 조종하여 술을 마시고 춤을 추는 행동을 연출했을 개연성을 시사한다. 그리고 그러한 진혼 의식이 잡희로 법제를 갖추어 서경에서 열리

---

30 "太祖常設八關會, 與群臣交歡, 慨念戰死功臣獨不在列, 命有司結草造公與金樂像, 服以朝服隨坐班列, 上樂與共之. 命賜酒食, 酒輒焦乾, 假像起舞猶生之時. 自此排置樂庭, 以爲常式也. (中略) 至睿宗大王歲庚子秋, 省西都設八關會, 有假像二, 戴簪服紫, 執笏紆金, 騎馬踴躍, 周遊巡庭. 上奇而問之, 左右曰, 此神聖大王一合三韓時, 代死功臣大將軍申崇謙金樂也, 仍奏本末. 上悄然感慨, 問二臣之後. 有司奏曰, 此都惟有金樂之孫. 卽命召賜職賞. 暨還松都, 徵公之高孫勁, 引入寶文閣, 親問祖宗原始, 子孫男女之數, 宣賜酒果及綾羅而人各一十端. 仍賜御題四韻一節端歌二章." 평산신씨표충재종중, 『표충사지(表忠祠誌)』, 대구: 대보사, 1996, 432~433쪽.

는 팔관회의 핵심적인 공연물이 되어 전승되어 오다가 예종 15년에 다시 한 번 획기적인 전기(轉機)를 맞이했던 것으로 보인다. 다시 말해서 신숭겸과 김락의 신체(神體)에 해당하는 인형을 좌정시키고 술을 바치는 제사 의식과 원한을 풀고 신명풀이를 하는 무용 형태에서, 신숭겸과 김락의 가수(假首)나 가면(假面)을 쓴 연희자가 관모를 쓰고 자줏빛 옷을 입고 손에는 홀을 들고 말을 타고서 뜰 안을 돌아다니는 연극 형태로 획기적인 변모를 일으킨 사실을 예종 15년의 팔관회를 통해 확인할 수 있는 것이다. 이처럼 태조(918 - 943) 시기에서 예종(1105 - 1122) 시기로 전승되는 과정에서 인형춤에서 가면놀이로 양식적 변화를 일으켰는데, 그와 함께 제의적인 색채도 희박해지면서 오락화 · 예능화가 촉진되었을 것이다.[31] 요컨대 태조 왕건이 신라 진흥왕 때 전사자를 진혼시키기 위해 팔관회를 창시했던 전통을 되살려 서경의 팔관회에서 신숭겸과 김낙의 가상(초제인형)을 만들어 해원굿을 거행했고, 그것이 계기가 되어 팔관회의 고정 종목이 되었으며, 그 후 전승 과정에서 인형놀이에서 가면놀이로 양식적 변모를 일으켰던 것이다.

2) 가상희와 관극시의 관련 양상

예종은 앞의 인용문을 통해서 알 수 있듯이 즉위 15년(1120년) 10월에 서경에서 개최된 팔관회에 참석했을 때 신숭겸과 김락의 가상희를 보고

31 이두현, 『한국연극사』, 학연사, 1999, 92쪽에서도 "꼭두극의 역사에서 볼 수 있는 바와 같이 이들 개국공신들의 가상이 처음에는 단순한 장치로서 팔다리를 움직이다가 예종 15년(1120)에 이르러서는 '기마하여 뜰에서 용약하는 추념 가면희로까지 발전하였음을 짐작할 수 있다"고 말한 바 있다. 한편 예종 때의 가상에 대해서는 김일출(「황해도 탈놀이와 그 인민성」, 『문화유산』제1호, 평양: 과학원출판사, 1957, 29쪽)과 최상수('탈', 『한국민족문화대백과사전』제22권, 882쪽)와 전경욱(『한국가면극 - 그 역사와 원리 - 』, 열화당, 1998, 60쪽)이 가면으로 본 데 반해서 서연호(『꼭두각시놀음의 역사』, 인간과 연극, 2000, 51쪽)는 인형으로 보았다.

감탄한 나머지 한시와 향가를 지어 그들의 후손에게 하사했는데, 먼저 한시부터 살펴보기로 한다.

見二功臣像　　두 공신의 가상을 보니
汎濫有所思　　사모의 마음 솟아 넘치네
公山蹤寂寞　　공산의 자취 아득하고
平壤事留遺　　평양의 옛일만 남아 있네

忠義明千古　　충의는 천고에 빛나고
死生惟一時　　살고 죽음은 한 때의 일
爲君蹈白刃　　주군 위해 칼날에 서니
從此保王基　　이것이 나라 터전 지키는 일

첫째 수는 팔관회가 열린 평양과 두 공신이 순절(殉節)한 팔공산이 공간적으로 대립된다. 팔공산은 두 공신이 전사하여 원혼이 된 역사적 장소이고, 평양은 군신을 화해·통합시키는 팔관회에서 가상희를 연행하여 두 공신을 해원시키고 화해하는 제의적 공간이다. 그러나 그러한 공간적 대립은 가상희가 촉발시킨 예종의 사모의 정에 의해 해소된다.

둘째 수는 신숭겸과 김락이 목숨을 바쳐 구한 태조 왕건과 그 후손인 예종이 대립된다. 왕건은 충의로운 신하 덕분에 생명을 보전할 수 있었는데, 예종은 신숭겸과 김락의 후손을 망각하고 방치한 상태였다. 그러나 예종 또한 충의로운 신하의 보필을 받아야만 왕조를 보전할 수 있는 것이다. 요컨대 태조와 예종은 충의 사상에 의해서 하나가 될 수 있는 것이다. 이와 같이 예종이 지은 한시의 첫째 수는 서경에서 전승되던 가상희의 존재를 부각시켰고, 둘째 수는 신숭겸과 김락이 실천적으로 전범을 보인 충의를 강조했다.

다음으로 향가에 대해 살펴보기로 한다.

님을 온전케 하온
마음은 하늘 끝까지 미치니,
넋이 가셨으되
몸 세우고 하신 말씀,
직분 맡으려 활 잡는 이 마음 새로워지기를,
좋다, 두 공신이여,
오래 오래 곧은 자취는 나타내신저.[32]

이 노래를 이해하는 데 있어서는 무엇보다 사람을 몸〔身〕·마음〔心〕·넋〔魂〕으로 분리시킨 사실에 주목해야 한다.[33] 두 공신의 '님을 온전하게 한 마음'이 '하늘 끝'까지 솟아 미치므로 '땅 끝'으로 가버린 '넋'을 다시 불러다 두 공신의 탈을 쓴 사람의 '몸'에 지피게 하니, '직분 맡으려 활 잡는 사람 마음 새로워지기를' 하고 말씀하는구나. 옳습니다. 두 공신이시여 천고에 길이길이 '곧은 자취'를 나타내소서. 대략 이런 내용이다.

가상희를 전통적인 원혼 관념과 무교적 측면에서 보면, 신숭겸과 김락의 원한을 해원시켜 원혼을 호국 영령으로 승화시키는 재생 제의극인데, 무굿의 공수에 해당하는 대사가 있었던 것 같다. 두 공신의 가상이 손에 홀(笏)을 들고 있었다고 하므로 "직분 맡으려 활 잡는 이"가 두 공신을 가리킬 수도 있으나, "마음 새로워지기를"은 다른 사람을 대상으로 하는 어법이므로 "직분 맡으려 활 잡는 이 마음 새로워지기를"은 두 공신이 다른 사람들을 경계하는 말로 보는 것이 옳을 것 같다. 흡사 『삼국유사』 '처용랑·망해사'조에서 산신이 "지혜로 다스릴 많은 이들/ 나라를 떠나는구나/ 나라가 망하겠구나/ 나라가 망하겠구나(智理多都波都波)" 하고 신라인들에게 예언하며 경계한 사실과 비슷하다. 이처럼 가상희는 신숭겸과 김락을

32 김완진, 『향가해독법연구』, 서울대학교출판부, 1981, 216쪽.
33 조동일, 『한국문학통사』(제1권), 지식산업사, 1994, 319쪽 참조.

위한 단순한 해원굿만이 아니고, 고려 왕조에서 충의의 상징인 신숭겸과 김락이 나라를 방수(防守)할 직분을 맡으려 하는 사람들에게 목숨을 바칠 각오와 결의를 새롭게 다져야 한다고 훈계하고 독려하는 굿이요 놀이인 것이다. 이런 까닭에 예종이 두 공신에게 '오래오래 곧은 자취를 나타내 달라'고 축원한 것이다. 그리고 두 공신의 후손들을 찾아 국가적 차원에서 보상해주고, '충의의 후예'로 예우함으로써, 충의 사상을 널리 선양하려고 했다.

예종이 밖으로는 여진 정벌에 힘쓰는 한편 안으로는 사학의 융성으로 위축된 관학을 진흥시키기 위해 국학에 칠재(七齋)를 설치했는데, 그 칠재 안에 무학재(武學齋)를 포함시켜 문무 양학을 함께 일으키려 한 사실을 감안하면,[34] 예종이 서경의 팔관회에 참여했을 때 서경인들이, 서경의 무인 세력들이 자신들의 세력을 확장시키려는 의도에서 가상희를 획기적으로 개작했거나, 또는 전래해오던 가상희를 부각시켰을 개연성을 상정할 수 있는 바, 북방 정책에 역점을 두던 예종으로서는 의당 민감한 반응을 보였던 것 같다.

끝으로 예종이 가상희를 관람하고서 왜 한시와 향가를 지었을까 하는 문제에 대해 생각해보기로 한다. 시(詩)는 사념의 표현이고, 가(歌)는 시보다 격앙된 감정의 표현이라고 본다면, 가상희에 대해 문학적 대응을 함에 있어서 현장에서의 생생한 감동을 표현할 때는 향가 갈래를 선택했고, 가상희의 유래와 팔관회의 전통 및 태조의 창업 과정과 충의 정신의 이데올로기성까지 포괄하기 위해서는 보다 함축적이고 사념적인 한시가 적절하다고 판단했던 것 같다.

그러나 인종 4년(1126년)에 개경의 조정이 금(金)나라에 대해 사대 정책을 채택한 데 불만을 품고, 인종 13년(1135년)에 서경에서 묘청(妙淸)이 반란을 일으켰다가 개경의 문벌귀족을 대표하던 사대주의자 김부식에 의해

34 변태섭, 『한국사통론』, 삼영사, 1986, 208~209쪽 참조.

진압된 사실과 예종이 여진 정벌 정책을 썼던 사실을 관련시키면,[35] 예종의 향가 창작은 자주 정신의 산물이라는 풀이가 가능해진다.[36] 다시 말해서 개경이 숭문적(崇文的)인 분위기인 데 반해 서경이 숭무적(崇武的)인 분위기였고, 김부식이 신라 계승 의식을 지닌 데 반해 묘청은 고구려 계승을 주장한 사실 등을 아울러 고려하면, 예종이 서경의 가상희를 보고서 관극시(觀劇詩)를 쓸 때 한시와 향가를 동시에 창작한 것은 단순한 갈래 선택의 차원을 넘어서서 자주적인 서경 세력과 모화 사대적인 개경 세력을 함께 포용하려는 정치적인 배려도 작용했을 것이란 추정까지도 해 볼 수 있다.[37]

35 위의 책, 208~212쪽 참조.

36 일찍이 최행귀(崔行歸)는 967년 『균여전』 제8 「역가공덕분(譯歌功德分)」에 수록된 서문을 쓰고 균여대사의 보현십원가를 한시로 번역하였는데, 한시와 향가의 형식을 대비시켜 "…詩構唐辭磨琢於五言七字, 歌排鄕語切磋於三句六名…"이라고 말하여, 향가의 민족문화적인 성격을 뚜렷이 인식했다. 혁련정 원저; 최철 · 안대회 역주, 『역주 균여전』, 새문사, 1986, 104~105쪽 참조.

37 정상균, 앞의 논문에서도 한시와 향가의 관계를 '언어와 음악의 관계'라는 측면에서 이해할 수 있다고 말하고, 「도이장가」와 「벌곡조」는 고유한 시가문학을 수호하려는 언어문화적 · 문학적 자주정신의 산물이라고 평가한 바 있다.

제17장 연등회의 지속과 변화

1. 연등회 연구의 반성

연등회는 9세기 신라 시대에 시작되어 고려 시대와 조선 시대를 거쳐 현재에도 전승되고 있는 불교 의식이고 전통 공연문화이기에, 특히 1990년대부터 축제 시대를 맞이하면서, 그리고 유네스코가 2001년부터 '인류 구전 및 무형 유산 걸작'을 선정하게 됨에 따라 불교축제로서, 무형 문화재로서 관심이 증폭되었다. 학문적인 연구도 이러한 추세와 유관하여 연구 논저가 1990년 이전에는 10편도 채 못 되다가 현재는 50여 편을 웃도는 실정이다. 지금까지 대체로 기원과 수용, 의례적 형태와 성격, 관련 공연예술, 변천 과정, 민속성, 축제성, 장엄 등에 대한 연구가 이루어졌다. 그러나 연등회가 아시아의 불교 문화권에 걸쳐 있고, 국내에서도 시대의 변천에 따라 변화와 굴절을 적잖게 일으켰기 때문에 사적 전개만 해도 아직껏 전 시대에 걸쳐 체계적으로 서술되지 못한 실정이다.

특히 일각에서는 연등회가 곧 제등 행렬이라는 인식이 고착되고, 게다가 제등 행렬이 일본의 초파일 축제의 영향이라는 친일 불교론[1]까지 제기됨으로써 현대 연등회의 역사성과 전통성이 의혹의 대상이 되기에 이르렀다. 이에 대해서 제등 행렬은 인도와 중국의 행상(行像) 및 고려 시대 연등회의 왕의 행차에서 그 연원을 찾아야 한다는 반론도 제기되었다.[2] 제등 행렬에 대한 비판론은 본론에서 자세한 논의를 하겠지만 자료에 대한 판독에 오류가 있을 뿐만 아니라 한일 강제 병합 이전의 자료가 발굴

---

1 편무영, 『초파일민속론』, 민속원, 2002, 76－92쪽 참조.

2 미등, 「일제강점기 연등제 고찰」, 『연등제의 역사와 전통』(대한불교조계종 총무원문화부 주최 학술토론회 논문집), 2008, 87쪽 참조.

되었기 때문에 재고되어야겠고, 옹호론도 고려 시대 왕의 행차는 길가에 채붕과 등산(燈山)과 화수(火樹)를 설치하고 그 사이를 행진한 것이고, 호기(呼旗)놀이는 등(燈)을 만들 경비를 마련하기 위해서 깃발을 들고 돌아다니던 행렬이기 때문에 그러한 전통적인 가두 행렬과 근현대의 제등 행렬 사이의 연결고리를 찾는 정밀한 논증 작업이 결여되었다는 비판을 면하기 어렵다. 따라서 연대기적으로 연등회의 역사를 서술하는 방법을 지양하고, 연등회의 형태와 의미에 초점을 맞추어 핵심적인 구성 요소를 중심으로 그 지속과 변화의 과정을 고찰하여 현대 연등회의 불교문화적 정체성을 구명할 필요가 있다.[3]

2. 인도와 중국에서의 연등의 의미와 연등회의 형태

1) 인도와 중국에서의 연등의 의미

한국 불교의 연등회는 중국과 인도의 연등회를 수용하여 시작되었다는 것은 학계의 통설이고, 20세기 이전에도 이규보의 『동국이상국집』(「봉은사연등도량문」)이나 이규경의 『오주연문장전산고』(「제석연등변증설」)를

3 인터넷 『법보신문』(www.BEOPBO.com)에 연등회의 문화재 지정과 관련해 「①교계·학계 비판여론, ②연등회 역사와 전통, ③연등회 문화재적 가치, ④외국인의 연등회 평가, ⑤한중일 연등회 비교, ⑥학자들이 본 연등회」의 순서로 기사를 게재하여 뜨거운 관심을 보였는데, 특히 「학자들이 본 연등회」(2011.8.30 입력)에서 '천년 세월을 민중사회에서 성행했기' 때문에(김상영), '천 년을 이어온 한국인의 문화적 자산'이기 때문에(김상현), '전통이란 새롭게 만들어지고 변해가므로 원형만을 고집해서는 안 되기' 때문에(전경욱), '문화는 화석이 아닌 생물이며, 생체일 때 성장할 수 있고 그 진면목이 드러나기' 때문에(김용덕), '전통을 토대로 현대의 예술적 감성이 녹아 있기' 때문에(이상일) 중요무형문화재로 지정되어야 한다는 당위론만을 주장하였다. 그런 가운데, 유독 김상영(중앙승가대)만 '연등회의 전통적 요소와 현대적 요소를 연결시키는 연구를 하여 현대의 연등회가 전통적으로 계승돼 왔다는 점을 부각시킬 필요가 있다'라고 말하여 필자의 견해와 입장을 뒷받침하는 발언을 하였다.

비롯한 여러 문헌에서도 언급되었다. 따라서 불교의 발상지인 인도에서 연등과 연등회가 어떤 의미로 시작되었으며, 이것이 중국을 경유하면서 어떤 변화를 일으켰는지 재검토하기로 한다.

(1) 인도에서의 연등의 발생과 그 의미

연등의 발생과 관련된 불교 경전의 기록 내지 불교 설화는 세 가지 각편(各篇; version) 형태로 남아 있다.

㈎ 『현우경(賢愚經)』 「빈녀난타품(貧女難陀品)」의 '가난한 여인의 등불' 이야기

어느 때 부처님께서는 아사세왕의 초청으로 공양을 받으시고 설법을 하시다가 시간이 늦었다. 왕과 대신들은 부처님께서 가시는 길을 밝히기 위하여 많은 등불을 길거리에 달았다.

이때 사위성에 살고 있던 아난타라는 한 가난한 여인이 이를 보고 발심(發心)하여 부처님께 등불을 공양(供養)하고자 동전 한 닢으로 기름을 사서 등을 마련하여 부처님이 지나는 길목을 밝히고 마음속으로 "보잘것없는 등불이지만 이 공덕(功德)으로 내생(來生)에는 나도 부처님이 되어지이다."라고 빌었다. 밤이 깊어 다른 등불은 다 꺼졌으나 그 여인의 등불만은 훤히 빛나고 있었다.

등불이 꺼지기 전에는 부처님께서 주무시지 않기 때문에 아난타가 아무리 불을 끄려 해도 그 불은 꺼지지 않았다. 이것을 보시고 부처님은 아난타에게 "아난타여, 부질없이 애쓰지 말라. 그 등불은 비록 가난하지만 마음 착한 여인의 넓고 큰 서원(誓願)과 정성으로 켜진 등불이다. 그러니 결코 꺼지지 않을 것이다. 그 등불의 공덕으로 아난타는 오는 세상에는 반드시 성불할 것이다."라고 말하였다.[4]

---

4 심우성, 『한국의 민속놀이』, 삼일각, 1975, 120쪽에서 번역문 인용.

왕이 부처의 밤길을 밝히기 위해서 연등을 할 때 난타는 부처를 위하여 연등을 하면서 그 공덕으로 성불하게 해 달라고 서원을 하여 마침내 부처로부터 성불하게 될 것이라는 예언, 곧 수기(授記)를 받았다는 내용이다. 이처럼 연등 공양이 야행 조명을 넘어서서 성불 기원이라는 상징적 의미를 지닌 것으로 나타난다.

> (나) 반녀일등(貧女一燈) 이야기
>
> 부처님께서 마가다국 영취산에 계실 때 이야기다. 그때 많은 사람들이 부처님께 등(燈) 공양을 했다. 그 나라에 가난한 난타 할머니가 살고 있었다. 난타 할머니는 구걸을 하며 사는 신세였으나, 구걸한 한 끼니의 돈으로 한 모금의 기름을 사서 부처님께 등을 밝혀 공양을 했다. 다음날 새벽, 밤 동안 불야성을 이루던 그 많은 등은 모두 꺼졌으나 난타 할머니의 등은 더욱 빛나고 있었다.
>
> 목련존자가 나와 등을 차례로 껐으나 난타 할머니의 등은 끄지 못했다. 이런 광경을 본 부처님은 난타의 불은 비록 가난한 이의 등불이지만 그 등은 정성으로 기름을 삼아 태우는 불이기 때문에 바닷물을 기울여도 끄지 못할 것이라고 설명해 주었다. 그리고 부처님은 난타 할머니에게 후일 수미등광여래가 될 것이라는 수기(授記)를 주었다.[5]

『현우경(賢愚經)』에서는 난타가 연등 공양을 하면서 성불의 서원을 하였는데, 여기서는 난타의 연등 공양을 받고 부처가 성불할 것이라는 수기를 준다. 곧 난타의 적극적인 의지가 약화되고, 그 대신 부처의 자비심이 강조되었다. 그럼에도 불구하고 연등 공양이 성불의 수단임을 의미하는

---

5 안길모, 『불교와 세시풍속』, 명상, 1993, 173~174쪽;김명자, 「세시풍속으로서 연등회와 관등놀이」, 『연등제의 역사와 전통』(대한불교조계종 총무원문화부 주최 학술토론회 발표논문집), 2008, 55~56쪽에서 재인용.

점에서는 동일하다.

(다) 당나라 의정(義淨)이 번역한 『근본설일체유부비내야약사(根本說一切有部毗奈耶藥事)』(권12)

세존께서 교살라국(憍薩羅國)의 국왕을 위해 설법한 후, 왕이 감격과 존경의 마음을 표하며 "일구지(一俱胝; 千萬)의 여러 향유병(香油瓶)을 가지고 밤중에 연등회(燃燈會)를 하려 합니다."라고 말하였다. 세존께서 가난한 여인으로 탈바꿈하시어 등(燈) 하나를 구걸하였는데, 바람이 불어도 꺼지지 않았다. 이때 사방의 멀고 가까운 곳에 사는 군중들이 모두 이 일을 듣고 등 하나를 살라 세존을 공양하고, 부처의 수기(授記)를 받아 성불하였다.

바라문 장자(長者)와 거사(居士)가 듣고 모두 이 가난한 여인이 일체의 여러 덕을 원만히 갖추었다고 말하며 다같이 옷과 재물 그리고 음식을 경쟁하듯이 공양하였다. 승광왕(勝光王)은 듣고서 평생 그만큼 생각지 못한 터이라 일천 가지의 향기 나는 기름이 담긴 커다란 병을 마련하고, 사종보(四種寶; 금·은·수정·유리)로 등잔을 만들었다. 불경이 전하는 곳마다 등 사르는 것이 배치되었다. 또 부처께 아뢰어 말하기를, "내 다시금 세존을 받들어 청하며 승가(僧伽)와 더불어 삼월(三月) 모일에 공양을 하니, 비구(苾芻;比丘) 하나하나가 모두 가치 있는 것을 베풀어 백천 가지의 의복과 일구지의 기름병으로써 등회(燈會)를 한다."고 하였다.[6]

왕이 부처의 공덕을 찬양하기 위해서 연등 공양 행사를 할 때 부처가 가난한 여인으로 화신하여 등 공양을 해서 영험을 보이므로 세인들이 등

---

6 『대정장(大正藏)』 제24책, 55쪽. 전경욱, 「연등의 기원과 역사적 전개양상」, 『연등제의 역사와 전통』, 2008, 5쪽에서 번역문 인용.

공양을 하고 수기를 받아 성불하였다고 하여 부처가 적극적으로 중생을 교화한 것으로 서술하였다. 그리고 부처에 대한 공양만이 아니라 가난한 자에 대한 의복·재물·음식의 공양도 공덕을 쌓는 일임을 강조하였다.

여기서 연등의 다중적 의미와 전이 현상을 파악할 수 있다. 먼저 의미의 다중성은 연등이 야간 조명이라는 실용적 기능에 머물지 않고 부처의 공덕을 찬양하는 행위이면서 동시에 연등 공양자의 성불 기원 행위인 사실로 파악된다. 그리고 부처에 대한 공양이 가난한 여자에 대한 공양으로 전이된 사실에서 연등 공양이 부처의 공덕을 찬양하는 행위이면서 동시에 지혜의 광명을 얻어 중생의 무명(無明)을 밝히는 상징적 행위임을 알 수 있다. 이러한 연등 공양의 의미는 더욱 확장되고 진화되어 복합적인 상징성을 지니게 되었는데, 『불위수가장자설업보차별경(佛爲首迦長者說業報差別經)』에서 '첫째 세상 비추기가 등불과 같고, 둘째 어디서 나든지 눈이 완전하며, 셋째 천안통(天眼通)을 얻으며, 넷째 선악법에 대해 좋은 지혜를 얻으며, 다섯째 큰 어둠을 없애며, 여섯째 밝은 지혜를 얻으며, 일곱째 세상을 돌아다니되 언제나 어두운 곳에서는 살지 않고, 여덟째 큰 복의 갚음을 갖추며, 아홉째 목숨을 마치고는 천상에 나고, 열 번째 열반을 빨리 증득(證得)한다'[7] 고 말하였다. 요컨대 연등 공양은 '빛·지혜·선·복덕·천상/어둠·무명·악·재앙·지하'의 대립 체계를 불교적 상징체계로 변형시킨 것이다.

그런데, 이러한 연등만이 아니라 연등한 것을 보는 관등(觀燈)도 공덕을 쌓는 행위가 되기 때문에 연등과 관등은 표리(表裏) 관계를 이룬다. 『불설시등공덕경(佛說施燈功德經)』에서 '부처 앞에 다른 사람이 보시한 등을 보고 신심이 청정해져 합장하고 기뻐하면, 이것만으로도 여덟 가지의 증상법(增上法)을 얻게 된다'[8]라고 말하여 연등 공양만이 아니라 관등도 공덕

7 미등, 앞의 논문, 84쪽.
8 전경욱, 앞의 논문, 6쪽.

이 된다고 하였다. 곧 연등 공양자만이 아니라 관등하는 사람도 부처의 지혜를 깨달아 삼독(三毒; 욕심·성냄·어리석음)을 없애고 청정한 마음을 얻으면 공덕이 된다. 이처럼 연등이 관등으로 확장됨으로써 연등놀이가 관등놀이를 파생시켰다. 따라서 관등놀이는 단순히 연등의 완상(玩賞) 행위가 아니고 불교적 수행이고 불교 의례적 성격을 띠게 된다.

(2) 중국 상원 연등회의 의미

인도의 연등이 서역을 경유해서 중국에 전래되어서는 중국 토착 신앙과 융합되었다. 이규경(李圭景; 1788-?)이 일찍이 중국의 상원 연등이 고대의 태일성제(泰一星祭)에서 행해진 사실을 언급하였다.

> 유서(類書)에 의하면, 연등 풍속은 한(漢)나라 무제가 태일성에게 제사를 지낸 데서 비롯되었는데, 밤을 새워 등을 밝혀 밝기를 대낮같이 함으로써 복을 빌었다.[9]

한나라 무제(武帝; B.C.141-87) 때의 태일성제에서 연등이 시작되었는데, 이러한 태일성제는 당나라 때에도 행해져 정월 15·16·17일 3일간 장안의 안복문(安福門) 밖에 5만의 등을 달고, 궁녀와 낭녀(娘女)들 2천여 명이 그 밑에서 가무하였다고 한다.[10] 한나라 무제 때는 비록 도교를 숭상하였으나 정월 상원(上元)에 지낸 태일성제는 지난해의 오곡 풍양을 감사하고 새해의 풍작을 기원하는 농경의례의 성격도 지녔을 것으로 보는 견해도 있다.[11]

---

9 이규경(李圭景)의 『오주연문장전산고(五洲衍文長箋散稿)』의 「등석연등변증설(燈夕燃燈辨證說)」: "類書, 燃燈之俗, 自漢武祀泰一. 通宵燃燈, 明如白晝以祈福云." 한국학중앙연구원(http://www.ask.ac.kr)의 한국학정보화데이터베이스의 한국학자료센터(http://www.kostma.net)의 한국학자료포털의 한국고전종합DB 참조. 이하의 「등석연등변증설(燈夕燃燈辨證說)」은 모두 이와 동일.

10 안계현, 「연등회고」, 『불교학논문집』, 동국대학교, 1959, 506쪽 참조.

그런데, 이규경은 연등과 도교의 직접적인 관계에 대해 다음과 같은 언급도 하였다.

> 상원의 연등은 도가(道家)에서 정월 15일을 상원사복천관일(上元賜福天官日)로 삼고 등불을 밝혀 복은 비는 것이다. 2월 보름의 연등은 『내전(內典)』에 의하면, 석가여래가 2월 15일 밤에 입적(入寂)해서 연등하여 제사지내는 것이다. 부처의 기일(忌日)인 것이다. 4월 8일에 등을 매다는 것은 부처의 생신일이기 때문이다. 불가(佛家)에서는 욕불일(浴佛日)이라 부른다.[12]

풍요 제의의 성격을 지닌 태일성제가 도교적 천신인 사복천관[13]에게 복을 비는 연등 의례로 변한 것이다. 이규경이 「등석연등변증설(燈夕燃燈辨證說)」에서도 "고려의 옛 풍속에 2월 보름에 등불을 밝히고 천신(天神)에게 제사를 지냈는데, 중국의 상원과 같다."라고 하여 고려의 상원 연등회를 중국의 태일성제(泰一星祭)를 수용한 것으로 인식하였다.

한나라 무제 때 시작된 도교적인 연등이 한나라 명제(明帝; 57 - 75) 때에 와서는 불교적인 연등으로 변하였다.

> 원소절에 등불을 밝히는 풍속은 한나라 때에 시작되었다. 한나라 명제 때 불법(佛法)을 제창하여 매년 정월 15일 저녁에 점등(點燈)하도록

11 나카노(中野謙二), 『신북경세시기』, 동방서점, 1986, 55~62쪽과 편무영, 앞의 책, 49쪽 참조.

12 이규경(李圭景), 『오주연문장전산고(五洲衍文長箋散稿)』의 「등석연등변증설(燈夕燃燈辨證說)」: "上元燃燈者, 道家以正月十五日, 爲上元賜福天官日, 故張燈以祈福也. 二月望燃燈, 內典, 如來以二月十五日夜入寂, 爲之燃燈以祈者也. 乃佛忌日也. 四月八日揭燈者, 以佛生辰也, 釋家, 號浴佛日也."

13 도교에서 정월 보름은 상원사복천관일이고, 7월 보름은 중원사죄지관일(中元赦罪地官日)이고, 10월 보름은 하원해액수관일(下元解厄水官日)이다.

> 하였다. 아울러 몸소 사찰에 가서 등불을 밝히고 신에게 제사하여 신불(神佛)에게 존경을 표시하였다.[14]

불교 사원에서의 연등 의례를 부처가 탄생한 4월 초파일이나 입적한 2월 보름이 아니라 상원 연등회로 개최한 것은 도교적 연등과 불교적 연등의 융합 현상으로 이해된다. 그뿐만 아니라 섣달 그믐날 밤에 등불을 밝히고 밤을 새우듯이 정월 보름날 밤에도 그와 같이 하는 민속을 감안하면, 불을 숭배하는 원시적인 불신앙과도 관련이 있다는 주장도 있다.

> 정월 15일의 연등 풍습은 단지 야제(夜祭)의 조명으로서만이 아니라 고대적 관념인 불신앙과도 관련이 있다고 여겨진다. 즉, 망일(望日)은 태음(太陰)이 충만된 날이므로 가장 음기(陰氣)가 충만된 시간이다. 따라서 이 날 밤의 연등회는 불의 힘으로 음기를 몰아내고 양기(陽氣)를 끌어들이려는 의미도 있었다.[15]

이처럼 인도의 불교적 연등이 중국에 와서 토착적인 불신앙과 천신 신앙 및 도교와 융합하여 상원 연등회의 전통을 형성시킨 것으로 보인다. 곧 중국의 상원 연등회는 불법을 제창하는 의례만이 아니라 원시적 불신앙에 의해 양기로 음기를 몰아내는 의례, 태일성제에게 풍작을 기원하는 의례, 도교의 상원사복천관(上元賜福天官)에게 복을 비는 의례라는 복합적 의미를 지닌다.

---

14 "元宵節放燈之俗始于漢朝. 漢明帝永平年間, 提倡佛法, 每到正月十五日晩即令點燈, 并親自到寺院張燈祭神, 表示對神佛尊敬." 양인훤(陽仁煊), 『중국연절(中國年節)』, 북경과학보급출판사, 1983, 52쪽;편무영, 『초파일민속론』, 민속원, 2002, 48쪽의 각주(40)에서 재인용.

15 나카무라(中村喬), 『중국의 연중행사』, 일본:평범사, 1988, 38쪽;편무영, 앞의 책, 50쪽에서 번역문 인용.

2) 인도와 중국에서의 연등회의 형태

인도에서 4세기 초엽부터 8세기 중엽까지 존속한 굽타 왕조 시대는 불교문화가 힌두교와 융합하던 시대여서[16] 힌두교적인 제식(祭式)을 수용하여 부처를 현신시켜 등을 공양하는 형태의 축제가 형성되었다. 중국 승려 법현(法顯)이 405–411년에 걸쳐 인도를 여행하고 저술한 견문록『법현전』에는 동인도 파탈리푸트라에서 당시 역법으로 매년 첫 번째 달 8일에 행상(行像)놀이를 한 사실이 다음과 같이 기록되어 있다.

> 네 바퀴의 수레를 만들고 대나무를 엮어 5층을 만든 다음 승로(承櫓)와 알극(揠戟)을 세우면, 높이가 2필 남짓 되고, 모양은 탑과 같다. 흰 무명베로 묶은 뒤 채색으로 제천(諸天)의 형상을 그리고, 금은과 유리로 그 위를 장엄하게 꾸미고서 비단깃발과 번개(幡蓋)를 세운다. 사방 벽면의 감실(龕室)에는 좌상불(坐像佛)과 협시보살이 안치되어 있는데, 수레가 20여 개나 되지만 수레마다 장식이 제각기 다르다. 이 날에 경내의 승려와 속인이 모두 모이고, 기악을 공연하고, 꽃과 향을 공양한다. 바라문이 와서 부처님을 초청하면, 부처님이 차례로 성 안으로 들어가서 성 안에서 머물며 이틀 밤을 지내는데, 밤중 내내 등불을 밝히고, 기악을 공양한다. 나라마다 모두 이같이 한다.[17]

힌두교식 영신제(迎神祭)를 수용하여 부처를 맞이하여 연등과 산화(散花)와 향(香)을 공양하고, 기악 공양으로 음악과 무용을 공양하였다. 신에게

16 나라야스아키(奈良康明);정호영 번역,『인도불교』, 민족사, 1990, 302~303쪽 참조.

17 “作四輪車, 縛竹作五層, 有承櫓揠戟, 高二疋餘許, 其狀如塔. 以白氎纏上, 然後彩畵, 作諸天形像, 以金銀琉璃, 莊校其上, 懸繒幡蓋. 四邊作龕, 皆有坐佛, 菩薩立侍, 可有二十車, 車車莊嚴各異. 當此日, 境內道俗皆集, 作倡伎樂, 華香供養. 婆羅門子來請佛, 佛次第入城, 入城內再宿, 通夜燃燈, 伎樂供養. 國國皆爾.” 장손(章巽) 교주,『법현전 교주』, 상해고적출판사, 1985, 103쪽;전경욱, 앞의 논문, 7쪽에서 재인용.

제물과 가무악희(歌舞樂戱)를 바치듯이 부처에게 공양물을 바친 것이다.

이러한 인도의 행상놀이가 중국에 전래한 바, 법현이 인도를 가던 길에 우전국(호탄)에서 행상 의식을 보았다고 한 것을 보면, 서역에는 5세기 초엽에 이미 전래되어 있었고, 중국에도 남북조 시대에 전래되어 북위(北魏; 386 - 534)의 수도 낙양에서는 경명사에 모인 각 사찰의 불상 1000여 존(尊)이 4월 8일에 차례로 대궐에 들어가면 황제가 맞이하여 산화 공양을 하였는데, 그때 범악(梵樂)과 법음(法音)만이 아니라 백희(百戱)도 공양하였으며, 장추사의 백상(白象)이 석가상(釋迦像)을 태우고 나아갈 때에도 칼 삼키기와 불 토하기 등의 잡희를 공연하였다고 한다.[18]

그 후 불상 앞이 아니고 독립적으로 조성된 등륜(燈輪) 밑에서의 가무악희의 공연은 부처에 대한 기악 공양보다는 인간의 쾌락을 추구하는 유락 행위의 성격을 띠게 되었다.

> 예종 선천 2년 정월 15일과 16일 밤에 도성의 안복문 밖에 등륜을 만들었는데, 높이가 20장으로 비단으로 감싸고 금과 옥으로 장식한 채 5만 개의 등잔을 달아매니 마치 화수(花樹)와 같았다. 궁녀 천 명이 - 중략 - 등륜 아래에서 3일 밤을 답가(踏歌)를 하니, 환락(歡樂)의 극치였다.[19]

이규경의 「등석연등변증설」에 의하면, 당나라 예종(710 - 712년) 때 나무기둥에 등을 매단 등간(燈竿)이 시작되었는데, 아무튼 공연예술만이 아니라 등의 형태에서도 조형 의식과 표현 욕구에 의해 당나라 현종(712 - 756)

---

18 온옥성(溫玉成);배진달 편역, 『중국석굴과 문화예술』(상), 경인문화사, 1996, 129쪽 참조.

19 장작(張鷟), 『조야첨재(朝野僉載)』, 중화서국(中華書局) 교점본(校點本), 1979, 69쪽; 전경욱, 앞의 논문, 13쪽 각주(21)에서 재인용. "睿宗先天二年正月十五十六夜, 於京師安福門外作燈輪, 高二十丈, 衣以錦綺, 飾以金玉, 燃五萬盞燈, 簇之如花樹. 宮女千數, - 중략 - 於燈輪下踏歌三日夜, 歡樂之極."

때에는 꽃을 굴리는 백로, 물을 토하는 황룡, 황금빛 오리와 은빛 제비, 별들의 누각 따위를 형상화한 등이 제작되었다.[20]

3. 19세기 이전 한국 연등회의 변천 과정

1) 사찰의 연등회

연등회가 중국으로부터 전래된 시기에 대해서는 이미 진흥왕 때(572년) 팔관회와 동시에 수용되었을 것이라는 주장도 있지만, 그렇다고 단정할 근거는 희박하다.[21] 그렇지만 『삼국사기』에 경문왕 6년(866년) 정월 보름에 왕이 황룡사에 행차하여 연등(燃燈)을 보고 백관들에게 잔치를 베풀었으며, 진성왕 4년(890년) 정월 보름에 왕이 황룡사에 거둥하여 연등을 관람하였다는 기록이 있는 것으로 보아 연등회가 신라에 전래되어 고려로 계승된 것은 분명하다. 신라 시대의 연등회는 개최 시기가 정월 보름인 점에서 중국의 상원 연등회를 수용한 것이 분명하지만, 왕이 황룡사에서 연등을 관람하고 신하들에게 연회를 베푼 점에서 도교적인 연등이 아니라 불교적인 연등회가 분명하다. 그렇지만 효성왕 2년(738)에 당나라에서

20 "上元燃燈, 唐玄宗時, 正月望. 胡人婆陀, 請燃百千燈. 帝御延喜門縱觀, 閱月不息. 嚴挺之上疏陳五不可. 玄宗, 上元夜, 於常春殿, 張臨光宴. 白鷺轉花, 黃龍吐水, 金凫銀燕, 洞攢星閣, 皆燈光也. 奏月光分曲. 又散金荔支千果, 令宮女爭捨, 多者常紅圈綠暈衫." 이규경, 『오주연문장전산고(五洲衍文長箋散稿)』의 「등석연등변증설(燈夕燃燈辨證說)」.

21 류동식, 『한국무교의 역사와 구조』, 연세대학교출판부, 1978, 137~138쪽 참조. 고려 태조가 훈요십조에서 연등회과 팔관회를 묶어서 말했고, 성종 원년에 최승로가 '우리 나라에서는 봄에 연등을 베풀고 겨울에 팔관을 연다'고 말한 것을 근거로 연등회가 팔관회와 처음부터 짝을 이루고 시작되었을 것이라고 추정했다. 그러나 연등회와 팔관회가 국가적인 2대 제전이 되는 것은 고려 태조가 의례를 정비하고 유언을 남겨서 그리된 것이지 신라 진흥왕 때부터라고 단정짓기는 곤란하다고 본다. 왜냐하면 고려가 신라의 제사와 의례를 계승한 것은 사실이지만, 제사제도와 의례체계를 그대로 승계한 것은 아니기 때문이다.

도덕경이 전해지고 경덕왕(742 - 765) 때 표훈대덕이 활동한 것을 보면 도교와 불교의 융합 개연성도 배제할 수는 없다.

고려 시대 사찰 연등회에 관해서는 고려 문종 27년(1073년)에 "왕이 봉은사에 가서 특별히 연등회를 열고 새로 만든 불상을 경찬(慶讚)하였다."[22]는 기록이나, 백선연(白善淵)이 의종(1147 - 1170)의 40세 나이에 맞추어 "동불(銅佛) 40존을 주조하고 관음보살상 40개를 그려 부처의 생일날에 별원에서 점등하고 축원하였다."[23]는 기록이 구체적으로 전해준다. 그리고 사찰에서의 음식 공양의 연장선상에서 연회도 베풀어졌는데, 기악 공양에 대해서는 아직 문헌 기록이 발견되지 않았다.

조선 초기의 사찰 연등회는 초파일이 석가모니 탄신일이므로 욕불회(浴佛會)와 결합되었다. 욕불회는 관불회(灌佛會)이라고도 하는데, 사찰에서 석가모니가 탄생하였을 때 용왕이 향수가 솟아나게 하여 몸을 씻어주었다는 『보요경(普曜經)』에 근거하여 연꽃 속에 동자불상(童子佛像)을 안치하고 욕불게(浴佛偈)를 외며 감로다(甘露茶)를 정수리에 붓는 의식이다.[24] 연등이 불의 의식이라면, 관불은 물의 의식이다.

김종직(金宗直; 1431 - 1492)의 「4월 8일 밤에 겸선과 함께 남산 기슭에 올라 관등을 하였는데, 이때 양궁과 세자가 원각사에서 법사를 열었다(四月八日夜與兼善登南山脚觀燈時兩宮與世子在圓覺寺作法事)」라는 한시를 보면, "승려들은 다투어 향당의 물을 끼얹었고(禪寮競遺香糖水)"[25]라는 구절이 들어 있다. 이 한시는 세조 13년(1467)에 원각사의 탑을 세우고 연등회를 열어 낙성하였다는 『조선왕조실록』의 기록과 관련이 있는 것으로 추정된다.

---

22 북한 사회과학원 고전연구소 편찬, 『고려사』(영인본)(제1책 제9권), 여강출판사, 1991, 404쪽. 앞으로 이 문헌을 『북역 고려사』로 약칭한다. 원문 : "王如奉恩寺, 特設燃燈會, 慶讚新造佛像."

23 『북역 고려사』(제11책; 제122권 열전35 백선연). 원문 : "善淵嘗准王行年, 鑄銅佛四十, 畫觀音四十, 以佛生日, 點燈祝釐於別院, 王乘夜微行觀之."

24 김용덕, 『한국민속문화대사전』(상권), 창솔, 2004, 186쪽 참조.

25 김종직, 『점필재집』(제1권); 전경욱, 앞의 논문, 31쪽에서 재인용.

욕불회와 결합된 사찰의 연등회는 조선 시대를 거쳐 현재에도 지속되고 있다.

2) 궁중의 연등회

『고려사』의 「상원연등회의(上元燃燈會儀)」에 의하면 고려 시대 연등회는 궁중에서의 연회와 사찰에서의 의례가 결합된 형태였다. 곧 궁중에서 소회(小會)를 마친 다음 봉은사에 가서 시조제(始祖祭)를 지낸 후 다시 궁중에 되돌아와서 대회(大會)를 행하였다.

> 소회일에 왕이 강안전(康安殿)에 나오기 전에 도교서에서는 강안전의 층계 전면에 부계(浮階)를 설치하고, 상사국에서는 강안전에 장막을 설치하고 그 동편에 임시 휴게소를 만들고, 전중성에서는 등롱(燈籠)을 부계의 상하좌우에 진열하고, 전정(殿庭)에 채산(彩山)을 설치한다. 왕이 임시 휴게소에서 나와 강안전에 나와 앉으면 신하들이 만세를 부르고 재배하며, 이어서 백희잡기(百戱雜伎), 교방(敎坊)의 음악, 무대(舞隊)의 춤이 연행된다.
>
> 편전에서의 예식이 끝나면, 봉은사(奉恩寺)의 진전(眞殿)—선조의 영정(影幀)을 모신 전각—에 가서 왕이 친히 재배하고 헌작하고 복주를 음복하고서 다시 강안전으로 되돌아온다.
>
> 대회일에 편전에서 소회와 같은 예식을 마친 다음 태자와 신하들이 왕에게 차(茶)·술·음식·꽃·약·과일을 바치면, 왕이 다시 태자와 신하들에게 그것들을 하사한다.[26]

사찰이나 불단(佛壇) 앞에서는 부처를 대상으로 분향·헌작·배례를

---

26 『북역 고려사』(제6책 제69권 지23 례11), 396~406쪽 요약 정리.

하는 의식을 행하고, 연등과 음식과 기악을 공양하였다. 그러나 궁중에서는 왕에게 배례하고, 가무악희를 바치고, 차(茶)·술·음식·꽃·약·과일을 바치며 헌수(獻壽)하면, 왕도 태자와 신하들의 복을 빌어주었다. 따라서 공연예술도 부처를 대상으로 할 때에는 불교적 의미를 지니지만, 궁중에서는 왕의 덕을 찬양하고 만수무강을 축원하는 정재(呈才)의 성격을 띤다. 일례로 문종이 31년(1077년)의 연등회에서 왕모대(王母隊) 가무단 55명이 '군왕만세(君王萬歲)'나 '천하태평(天下太平)'이란 글자를 만드는 춤을 추었다.[27] 이밖에도 궁중 연등회와 사찰 연등회의 차이로 주목해야 할 점은 등롱과 채붕(綵棚)의 관계이다. 등롱을 왕좌의 앞 부계에 진열함으로써 부처에 대한 연등 공양이라기보다는 왕의 관등(觀燈)을 위한 연등이다. 채붕은 인공적인 공연 무대로 등산(燈山)이나 등수(燈樹)나 등간(燈竿) 앞의 '놀이마당' 대신 가설 무대를 제작하여 공연장을 고급화한 것이다.[28] 그리하여 '연등 - 채붕 - 공연'의 띠가 형성된 채 왕의 관등(觀燈)과 관악(觀樂)이 이루어졌다.

이처럼 궁중 연등은 사찰 연등과 구별되는데, 궁중 연등도 연등과 공연은 불교 연등과 도교 연등의 공통적 요소이지만, 왕과 신하가 선물을 교환하며 복과 덕을 축원하는 의례는 주술적이고 도교적이다. 곧 궁중의 상원 연등회가 신년 의례로서의 원소가회(元宵嘉會)이고 기복 의례가 되는 점에서는 도교적인 의례가 된다. 그래서 이규경이 「등석연등변증설(燈夕燃燈辨證說)」에서 상원 연등회가 천신(天神)에 대한 제사라고 말한 것이다. 요컨대 고려 시대 궁중 연등은 불교와 도교가 융합된 연등회인 것이다. 그리고 봉은사에서의 의례는 불교 의례와 전통적인 시조제가 융합된 것이다.

한편 강안전에서의 관등과 관악은 대궐에서 봉은사로 이동하는 왕의

---

27 『북역 고려사』(제6책 제71권 지25 악2 '用俗樂節度'조), 541쪽 참조.

28 전경욱, 앞의 논문, 18~19쪽에서 채붕은 공연무대이고, 산대(山臺)는 오산(鰲山)을 모방한 구조물이라는 견해를 제시하였는데, 이에 대해서는 논의가 더 필요하다고 본다.

행렬 공간으로 확장되었다.

> 흥왕사에서 5주야에 걸친 연등대회를 특별히 열고, 정부의 모든 관리들과 - 중략 - 명령하여 대궐 뜰에서부터 흥왕사 문간에 이르기까지의 사이에 5색 비단으로 감은 시렁대를 즐비하게 세워 비늘처럼 겹겹이 잇대이게 하고, 왕의 수레가 통과하는 큰 길 좌우에는 등 장대를 수풀처럼 세워 대낮과 같이 밝게 하였다.[29]

행차길 양쪽에 채붕(綵棚)과 연등을 설치하여 왕이 이동하면서 관등과 관악을 할 수 있도록 한 것이니, 대궐 연회의 정태적(情態的)인 관등·관악과는 다른 방식의 연등 행사를 연출하였다. 흥왕사에서의 연등 예불에 참석하러 가는 행렬과 '연등 - 채붕 - 공연'의 공연물을 결합한 것이니, 전자는 인도와 중국의 행상(行像)과는 다른 행렬이고, 후자는 정원 공연과는 다른 거리 공연이 된다. 그런데 왕이 상원 연등회 때 봉은사로 거둥할 때의 위장(衛仗)을 의종(毅宗; 1147 - 1170) 때 정한 것을 보면, 왕의 가마를 따르는 공연단은 교방(敎坊)의 악관, 안국기(安國伎), 잡기, 취각(吹角) 군사, 취라(吹螺) 군사 등으로 구성되었다.[30] 그런데 이러한 궁중의 연등회는 척불 숭유 정책을 실시한 조선의 건국과 함께 소멸되었다.

3) 민간의 연등회

연등회가 발생 초기부터 사찰과 궁중과 민간에서 동시에 실시되었는지, 처음에는 사찰과 궁중에서 시작되었다가 후대에 민간 사회로 확산되

29 『북역 고려사』(제1책 제8권 문종 21년 정월), 389쪽. 원문: "戊辰, 特設燃燈大會於興王寺, 五晝夜. 勅令百司及 - 중략 - 自闕庭至寺門, 結綵棚, 櫛比鱗次, 連亘相屬. 輦路左右, 又作燈山火樹, 光照如晝."

30 『북역 고려사』(제7책 제72권 지26), 32쪽 참조.

었는지는 현재로서는 단언하기 어렵다. 다만 민간의 연등회에 대한 문헌 기록은 고려 후기에야 나타나므로 후자일 개연성이 크다. 최이(崔怡; ? - 1249)[31]가 고종 32년(1244)에, 그리고 신돈(辛旽; ? - 1371)[32]이 공민왕 15년(1366)에 국가 행사인 2월 15일 연등회와 차별화된 4월 초파일 연등회를 사저(私邸)에서 행함으로써 초파일 연등회가 시작되었는데, 특히 신돈이 대규모 연등회를 하므로 도성 사람들이 본을 따서 등불을 켰으며, 가난한 사람들은 구걸을 하여서라도 등불을 켰다고 한 것으로 보아 사찰과 대궐과 관청 중심의 연등회가 민간 사회의 풍속으로 확산되는 전기가 그때 이루어진 것으로 추정된다. 더욱이 조선 왕조의 성립 이후에 척불 숭유 정책에 의하여 국가 제전으로서의 연등회가 폐지됨에 따라 연등회가 4월 초파일에 사찰과 민간 중심으로 행해지게 되면서 연등회의 민간풍속화가 더욱 촉진되었던 것으로 보인다.

조선시대 민간의 연등회에 대해서는 유득공(柳得恭; 1749 - ?)의 『경도잡지(京都雜誌)』, 김매순(金邁淳; 1776 - 1840)의 『열양세시기(洌陽歲時記)』(1819), 홍석모(洪錫謨)의 『동국세시기(東國歲時記)』(1849) 등에 기록되어 있는데, 『동국세시기』에 앞의 두 책의 내용이 집대성되었으므로 이를 검토하여 18 - 19세기의 민간 연등회의 실상을 파악하기로 한다.

> 여드렛날은 욕불일(浴佛日)로 우리나라 풍속에 이날 연등(燃燈)을 하는데, 등석(燈夕)이라고도 한다.
>
> 며칠 전에 민가에서 제각기 등간(燈竿)을 세우고, 장대 끝에 꿩의 꼬리털과 채색비단을 달아 깃발을 만드는데, 작은 집에서는 노송(老松) 가지를 매단다. 그리고 자녀의 수대로 등을 매달아 밝게 하여야 길한 것으로 여긴다. 아흐렛날에 마친다. 사치하는 사람은 큰 대나무를 수십

31 『북역 고려사』(제11책 제121권 열전42), 396쪽 참조.
32 『북역 고려사』(제11책 제132권 열전45), 506쪽 참조.

개를 묶고, 또 오강(五江)의 돛대를 싣고 와서 받침대를 만든다. 혹은 일월권(日月圈)을 꽂아서 바람 따라 어지럽게 돌고, 혹은 회전등(回轉燈)을 달아 도는 것이 총알이 날아가는 것 같고, 혹은 종이에 화약을 싸서 줄에 이어달아서 승기전(乘機箭)처럼 서로 부딪히면서 불꽃이 비처럼 아래로 흩어지고, 혹은 종이조각을 수십 개 이어달아 용처럼 바람에 휘날리고, 혹은 광주리를 매달고, 혹은 인형을 만들어 옷을 입혀 줄에 묶고 놀리기도 한다. 즐비한 가게에서는 다투어 장대를 높게 세우려고 수십 개의 밧줄을 묶어 끌어당기는데, 왜소한 사람은 모두가 비웃는다.

먼저 초파일은 관불(灌佛)하는 날임을 언급하고서, 이어서 등간의 제작과 설치 및 등의 기복적 의미를 기술하면서 불꽃놀이와 인형놀이 같은 민속놀이가 등간과 결합된 사실도 기록하였다. '연등 - 채붕 - 기악(공연예술)'의 전통을 등간 하나에 통합적으로 조형화하였는데, 이처럼 연등에 기악을 흡수하여 조형화한 사실에 대해서 『동국세시기』에 북등[鼓燈] 에 말을 탄 장군이나 중국 삼국지의 고사를 그리고, 영등(影燈)으로 말을 타고서 매와 개를 데리고 호랑이, 이리, 사슴, 노루, 꿩, 토끼를 사냥하는 장면을 연출하였다고 기록되어 있다. 그리고 김수장(金壽長; 1690 - ?)도 사설시조[33]를 통해서 '연꽃 속의 선동(仙童), 난봉(鸞鳳) 위의 천녀(天女), 사자(獅子)를 탄 체괄이, 호랑이를 탄 오랑캐' 등과 같은 18세기의 무용이나 연극이 등롱(燈籠)으로 조형화된 사실을 전해준다.

놀이와 관련해서 『동국세시기』에는 초파일날 밤에 악기를 들고 거리를 돌아다니는 사람도 있고, 아이들은 수부희(水缶戲)를 하였다고 기록되어 있다. 그리고 호기(呼旗)놀이에 대해서도 기록하였다.

『고려사』를 보면, 나라 풍속에 4월 초파일이 석가모니의 생일이므로

33 정병욱 편저, 『시조문학사전』, 신구문화사, 1979, 524쪽의 작품번호 2248 참조.

> 집집마다 연등을 하였는데, 수십 일 전부터 아이들이 종이를 등대에 붙여 깃발을 만들어 도성 안의 거리를 외치고 돌아다니면서 쌀과 베를 얻어 그 비용을 마련하였으니, 이를 호기(呼旗)라 했다. 지금 풍속에 등간에 깃발을 매다는 것은 호기의 유풍이다.[34]

『고려사』에서 공민왕 13년(1364)에 '왕이 연등을 관등하고 궁전 뜰에서 호기놀이를 구경하고 포(布)를 준' 사실을 기록한 다음 호기에 관한 설명을 덧붙였는데,[35] 그 설명 부분이 『동국세시기』에 그대로 전재되었다. 그런데, 여기서 주목되는 것은 당시에 등간에 깃발을 매다는 것이 고려시대 호기의 유풍이라고만 하고 19세기 전반기에 호기놀이가 전승되고 있었다는 구체적 언급이 누락된 사실이다. 그럼에도 불구하고 행렬놀이의 형태인 호기놀이가 아동놀이로 이미 고려 말엽에 등장하여 조선 시대에 와서도 민간 연등회의 주요한 구성 요소가 되었을 것이라는 추정은 가능하다.

4. 일제 강점기 연등회의 변천 과정

연등회는 19세기 후반부터 개화기를 거쳐 일제 강점기를 맞이하면서 사회문화적·정치적 변동 속에서 불가피한 변화를 겪었을 텐데, 특히 1928년 5월 19일자 매일신보의 '40년 만에 부활된 4월 8일 관등놀이'라는 기사는 19세기 후반부터 20세기 전반에 이르기까지의 연등회의 향방을 알려준다.

---

34 "按高麗史, 國俗以四月八日是釋迦生日, 家家燃燈, 前期數旬, 群童剪紙注竿爲旗, 周呼城中街里, 求米布, 爲其費, 謂之呼旗. 今俗燈竿揭旗者, 呼旗之遺也."

35 『북역 고려사』(제4책 「세가」 제40권 「공민왕」), 115쪽 참조.

종로 네거리에 사월 팔일 등대를 세운다 십 일간은 경품부(景品附) 판매

오는 26일은 음력으로 4월 8일이다. 이날은 석가모니의 탄신으로 옛날부터 우리의 명절에 하나이었으나, 근년에 와서는 우물쭈물해 오던 바 이날을 기회로 하여 북촌 일대의 활기를 돋우며 놀기 좋은 요새에 사람의 마음을 위로코자 중앙번영회에서는 오는 21일부터 31일까지 10일 동안 경품부 대매출을 하며, 한편으로는 26일(음 4월 8일)부터 견지동(堅志洞) 어구에는 수십 척의 등대(燈臺)를 세우고 종로통 큰거리에는 관등(觀燈)으로 꿰뚫어 불야성(不夜城)을 이루게 하여 수십 년 전의 옛일을 추상(追想)케 하며, 또 오랫동안 졸고 있던 종각(鐘閣)의 인경도 울려서 사람들의 고막을 찌르게 하리라 한다.(1928. 5. 19. 2면. 현대어 번역은 필자)[36]

사월 초파일 행사로 '견지동 어구에 등대를 세우고 종로통 거리에는 등을 매달아 불야성을 만드는' 연등회의 행사 주최는 사찰이 아니라 중앙번영회라는 민간단체인 점에서 이러한 민간 연등회가 서울에서 40년 동안 중단되었다가 부활된 저간의 사정을 알 수 있다. 40년 전이라면 1890년경부터 서울 연등회가 중단되었다는 말인데, 갑오경장(1892년) 무렵이 된다. 그러면 서울에서 40년 동안 중단되었던 민간 연등회가 어떻게 해서 부활된 것일까? 위의 기사는 경제적 동기를 시사한다. 그러나 다음날인 20일자 매일신보의 기사는 내용이 보다 소상하여 연등회 부활의 경제적 동기와 축제적 형태를 보다 구체적으로 전해준다.

8일 관등놀이를 전경성적(全京城的)으로 봉찬(奉讚)

4월 8일 석가세존 탄일(誕日) 놀이는 종래에는 부내(府內)의 남촌(南村) 내지인(內地人) 측에서만 연년히 거행하고, 북촌(北村) 조선인 측에

36 한국불교연구원, 『초파일 행사 100년』, 대한불교조계종 행사기획단, 2008, 73쪽.

서는 사원(寺院)과 불교 포교당에서 다만 간단한 식을 지낼 뿐이던 바, 금년에는 조선의 재래(在來)로 성히 거행한 4월 8일 관등놀이의 관습을 부활시키기로 하고, 특히 음력 4월 8일(5월 26일)에 남북촌 내선인(內鮮人) 각 단체 연합으로 대대적으로 거행하기로 하고, 목하 제반 준비에 분망 중인데, 주최 단체로 8일 봉찬회 조선인 측의 중앙 번영회·조선불교 중앙교무원, 내지인 측의 경성 상공조합 연합회·경성 불교청년동지회 등 5개 단체이며, 회장은 마야부윤(馬野府尹), 부회장 중앙번영회 이사장 박승하(朴承霞)씨, 간사와 위원들은 부내 내선인 주요 상점주(商店主) 선정되었고, 기타 각 정동(町洞) 총대(總代) 일동과 각 신문사 간부급, 각 관공서·은행·회사의 주요인물 40여 명을 고문으로 하여 전 경성 유지를 망라하여 역원(役員)으로 선정하였다.

그리고 그날에 거행할 실행 방법은 오전 8시부터 석가탄일 봉축 연화(煙火)를 빈발하여 전 시민에게 4월 8일이라는 것을 알리어 주고, 동(同) 10경에는 공중에 봉축 비행을 하여 선전지 수십 만 장을 뿌리고, 오후 1시경에 불교 일요학교 생도를 중심으로 어린이를 다수히 조선은행통 광장에 모와가지고 본정통과 장충단으로 기행렬(旗行列)을 하고, 또 광화문통 동아일보사 앞 광장, 조선은행 전 광장, 장충단의 세 곳에는 연화대(蓮花臺)를 설치하여 전기(電氣) 장식으로 불상을 만들어 모시고, 조선은행 전에서는 오전 11시, 광화문통 전에서는 오후 1시, 장충단에서는 오후 3시에 연화를 발하고, 장엄한 관불식(觀佛式)을 거행할 터이며, 부내 각 상점에서는 전기와 기타로 불당(佛堂)과 주마등(走馬燈)을 미려하게 점두(店頭)를 장식하여 전 시가를 불야성으로 장식하고, 또 당일 오후 3시 장충단 연화대 관불식에는 조선 명사 3백여 명을 초대하여 성연(盛宴)을 배치하고, 또 그날 저녁에 경성호텔에서 관민유지(官民有志) 봉축만찬회(奉祝晩餐會)를 개최할 터이라는데, 회비는 2원이라더라. (1928. 5. 20. 2면. 현대어 번역은 필자)[37]

이 기사는 한국인과 일본인의 경제 단체와 불교 단체가 연합하여 연등회를 개최한다고 하여 양측이 종교적 동기만이 아니라 경제적 동기에서 공감을 느끼고 연합 행사를 거행한 사실을 알려주는데, 이밖에도 두 가지 중요한 사실을 전해준다. 첫째가 어린이는 기(旗) 행렬을 하고, 성인은 관불식을 거행하고, 상점 앞에 등을 설치하는 것과 같은 연등회의 형태에 관한 사실이고, 다음이 일본인들은 축제 형식의 초파일 행사를 해마다 하였으나 한국인은 사찰과 불교 포교당에서만 명맥을 유지한 사실이다. 이 시기 사찰과 불교 포교당의 사찰 연등회는 1924년 6월에 발간된 『조선불교』 제2호에 의하면, 그해의 초파일에 함경도 안변 석왕사에서는 낮에는 시련괘불이운(侍輦掛佛移運)과 찬가합창(讚歌合唱)을 하고, 저녁에 승려와 학생이 제등행렬을 하였으며, 예천 불교당에서는 오전의 의식에 이어서 오후에는 유일학원 여학생들에 의한 운동 경기와 제등 행렬이 있었다고 한다.[38] 편무영은 이에 대해 다음과 같이 말한 바 있다.

> 전통적인 초파일의 흔적도 보이지만, 관(官), 다시 말해서 조선총독부나 지방의 군, 면 단위의 기관에서 관여한 흔적을 엿보게 한다. 이러한 배경에는 동아공영권의 기조 위에 불교문화권을 얹어놓아 동아시아인을 순종시키려던 당시 일본의 전략이 있었다. - 중략 - 이런 와중에 전통적인 초파일 풍습에 일본판 사월초파일인 하나미츠리[花祭]가 뒤섞이게 될 가능성은 처음부터 매우 농후하였다.[39]

편무영은 한국인 초파일 행사가 일본인의 화제(花祭)와 결합하여 동화되어간 사실을 강조하였다. 특히 학생들의 제등 행렬을 일본 화제의 영향

37 위의 책, 같은 곳.

38 편무영, 앞의 책, 76~77쪽 참조.

39 위의 책, 77쪽.

으로만 보는 시각을 견지하였다.[40] 그러나 이러한 관점과 주장은 더 이상 설득력을 지니기 어렵다. 왜냐하면, 일본식 초파일 행사의 행렬은 제등 행렬이 아니고 기행렬(旗行列)이었으며, 제등 행렬도 1928년 일본인의 화제와 한국인의 초파일 연등회가 연합되기 이전에 1924년의 안변 석왕사와 예천 불교당의 초파일 행사에서 행해졌으며, 더욱이 한일 강제 병합 이전인 1909년 음력 4월 8일에 학생들이 제등창가(提燈唱歌)하였다는 기록이 확인되기 때문이다. 지규식(池圭植)이 1911년에 저술한 『하재일기(荷齋日記)』(규장각 소장)에 다음과 같이 기록되어 있다.

> 병술. 맑고 바람. 보통학교 개교기념일이다. 모든 학생이 제등(提燈)하고 노래를 부르며 삼전궁을 위해 만세를 불렀다. 유쾌하게 운동하고 밤이 깊은 뒤 집회를 마쳤다. 김용진이 서울로 돌아갔다.(丙戌 晴風 普通學校開校紀念日也. 諸學生提燈唱歌, 爲三殿呼萬歲. 愉快運動, 夜深罷會. 金甯鎭歸京.)[41]

하재 지규식은 평민 출신 도공으로 사옹원(司饔院)이 민영화된 번자회사(燔磁會社)에 근무하며 1891년 1월 1일부터 1911년 윤6월 29일까지 일기를 기록하였는데, 1906년에 설립한 분원 보통학교[42]에서 1909년 4월 8일 개교 기념행사에서 제등하고 노래를 불렀다고 기록하였다. 이날은 『황성신문』(5.30)의 보도에 의하면, 순종(1907 - 1910)이 덕수궁에서 의친왕(義親王; 1877 - 1955)을 비롯한 황족에게 주찬(酒饌)을 하사한 날이다. 따라서 이 '제등창가(提燈唱歌)'가 불교와 관련된 것인지, 황실과 관련된 것인지는

---

40 위의 책, 76~92쪽 참조.

41 지규식;이종덕 번역, 『국역 하재일기』(8), 서울시사편찬위원회, 2009, 261쪽.

42 사옹원의 분원은 현재 경기도 남종면 분원리에 위치한 바, '분원리'라는 지명 속에 그 흔적을 남기고 있다. 현재의 분원초등학교가 1906년에 설립된 분원보통학교의 후신인지는 아직 미확인 상태이다.

불분명하지만, 적어도 일본의 간섭을 받기 이전에 경축일에 학생들이 집단적으로 제등하고 노래를 부른 것만큼은 확실하다. 이뿐만 아니라 기독교 계통 이화학당[43]에 1910년에 설립한 대학과—현 이화여자대학교의 전신—에서 졸업식 행사로 교내에서 제등 행렬을 시행한 것을 보면, 불교재단 학교만이 아니라 기독교 재단 학교에서도 학생의 제등 행렬을 사회의 등불이 되어 진리의 빛을 밝히라는 교육적 목적을 상징하는 졸업 행사로 활용하였음을 알 수 있다.

그런가 하면, 1915년 5월 21일자 매일신보의 기사도 초파일 제등 행렬이 1915년보다 훨씬 이전에 존재하였을 개연성을 시사한다.

> 오늘은 즉 음력으로 사월 팔일이라. 이날은 석가모니불의 탄생일이라. 그러므로 전(前)으로 치면, 각 사찰마다 볼 만하고, 이야기하기 적당한 관불회(灌佛會)가 있으며, 제일 지방의 성황은 물론 경성 대도회처된 종로 같은 것은 참 볼 만한 가치가 있어 각색등이 모두 색색이로 여기저기 달아 놓고 팔며, 더구나 막대에 걸어가지고 다니는 품이 더욱 색채를 이루어 만호장안이 그때는 낮이나 밤이나 영롱한 색채와 불빛이 굉장하였으나, 근래는 시대의 변천으로 인하여 그때와는 비교할 수 없겠으나 어제로부터 경성 시중을 돌아다니며 본즉 그래도 구관은 없어지지 않고 종로 각 전두(纏頭)마다 색색의 등이 달려 있음도 보겠고
> - 후략 - (1915. 5. 21. 3면. 현대어 번역은 필자)[44]

예전의 사월 초파일에는 사찰의 관불회가 있었고, 종로에서는 등을 만들어 팔았으며, 등을 막대에 걸어가지고 다니는 풍속이 성행하였지만,

---

43 이화학당은 1886년 5월에 미국인 선교사 스크랜톤 부인이 서울 정동에 설립하였는데, 1887년에 명성황후가 이화(梨花)의 당명을 하사하였으며, 1910년에 설립된 대학과가 1935년 현재의 신촌 교지로 이전하였다.

44 한국불교연구원, 앞의 책, 54~55쪽.

1915년에는 예전만은 못하지만 그래도 종로의 상점 앞의 연등을 볼 수 있다고 말하였다. 그런데, 이전에 '등을 막대에 걸어가지고 다니는' 제등(提燈)이 제등 행렬에 관한 언급일 개연성이 크기 때문에 주목하지 않을 수 없다. 설령 이 기록을 등장수가 등을 막대에 걸고 다니며 팔았다고 해석해도 제등(提燈)임에는 분명하다. 더군다나 명나라 헌종(憲宗; 1464-1487)의 원소행락도(元宵行樂圖)에 제등을 한 사람들이 있는[45] 바, 이것도 연등회에서의 제등의 방증으로 삼을 수 있겠다.

그뿐만 아니라 종전에는 제등은 야간 나들이에 길을 밝히거나 장례식의 저승길을 밝히는 용도로만 인식하고 연등회의 제등 행렬에 대해 회의적이었는데, 1894년 고종이 거둥할 때 호위 군사들이 어가의 좌우에서 제등 행렬을 벌였고, 궁중 가례(嘉禮)의 의궤(儀軌)에서도 제등 행렬이 확인되는 것을 보면, 궁중 의례에서도 제등 행렬의 전통이 있었고, 이것이 개화기 이후의 연등회의 제등 행렬의 문화적 배경이 되었으며, 게다가 1912년 중앙학원 제 1회 졸업생이 카 퍼레이드를 벌인 것처럼 근대 교육 기관을 중심으로 서양의 가두 행렬 문화가 한국에 도입된 것도 연등회의 제등 행렬의 원인(遠因)으로 이해할 수도 있겠다. 굳이 관권의 개입이나 일본 축제의 영향을 들먹이지 않아도 된다는 말이다.

기실 1929년 5월 16일자 매일신보 기사를 보면, 일본 축제의 행렬은 제등 행렬이 아니고 백상(白象)을 호위하는 기(旗) 행렬이었다.

> 치아(稚兒)가 옹호하여 백상(白象)의 행렬 시내 세 곳에 화어당을 짓고 장춘단에선 관불회
>
> 금일의 관불식은 광화문통 광장, 조선은행 전 광장, 장충단 3개소에서 거행할 터인데, 오전 11시에 광화문통, 오후 1시 조선은행 전 광장에서 재성내선(在城內鮮) 쌍방의 각 불교단체가 총출동하여 식전을 거

45 전경욱, 앞의 논문, 22쪽의 그림 참조.

(擧)하고, 그로부터 큰 백상(白象)에 화어당(花御堂)을 봉안하고, 수백 명의 치아(稚兒)가 본정통을 지나 장춘당 식장에 이르러, 오후 4시 반부터 산리(山梨) 총독 이하 관민 1천여 명을 초대하고 장엄한 관불식을 행할 터인데, 조선인을 주로 한 관불식장은 광화문통 광장이 되리라 하는 바, 당일이 우천(雨天)이면 순차 순연(順延)한다고.(1929. 5. 16. 2면. 현대어 번역은 필자)[46]

화어당은 탄생불(誕生佛)을 연화대에 안치한 것이니, 아기부처를 기행렬대가 시위(侍衛)하고, 관불식장으로 이동한 것이다. 따라서 일본인의 기행렬은 고려 시대부터 전승되던 걸립 성격의 호기(呼旗)놀이와 다르다. 특별히 주목해야 할 대목은 관불식을 일본인과 한국인이 별도로 거행한 사실이다. 일본인은 조선은행 앞 광장과 장충단에서, 한국인은 광화문통 광장에서 관불식을 하였다. 행렬의 출발점과 종착점은 물론이고, 행렬의 참여자와 방식도 달랐던 것이다.

부내(府內) 수송동(壽松洞) 각황사에서는 조선불교중앙교무원의 주최로 대성(大聖) 석존(釋尊)의 성탄봉축법요(聖誕奉讚法要)를 거행한다는데, 그 순서는 아래와 같으며, - 중략 -

제2일 16일 오전 11시 봉불시련행렬(奉佛侍輦行列)이 안국동 사거리로 종로를 지나 광화문통 식장까지. 오후 1시 관불식. - 후략 - (1929. 5. 16. 2면. 현대어 번역은 필자)[47]

한국인은 각황사(覺皇寺) - 현 조계사의 전신 - 에서 불교중앙교무원 주최로 초파일 연등회 행사를 독자적으로 진행시키면서 각황사에서 먼저

46 한국불교연구원, 앞의 책, 81쪽.
47 위의 책, 같은 곳.

법요식을 거행한 다음 봉불 시련 행렬을 지어서 종로를 거쳐 광화문통에 가서 관불식을 거행한 것이다. 이때의 봉불 시련 행렬과 관불식은 한국 고유의 전통 방식이었을 것이다. 물론 1929년 5월 17일자 매일신보의 기사를 보면, "수송동 각황사에서 천여 명 남녀 신도가 봉불시련을 뫼시고 봉축 군악대와 봉축 악대를 선두로"[48] 관불식장으로 행진하였다고 하여, 악대의 편성에서 군악대가 참여하는 변화가 일어나긴 하였어도 전통적인 사찰 연등회가 관불식의 식장만 광화문통 광장이라는 공공장소로 바뀐 것이라 보아도 무방할 것 같다.

전통적인 사찰 연등회에 대해서는 1921년 5월 15일자 매일신보의 기사가 전해준다.

> 시내 영성문(永成門) 안 해인사 불교포교소에서는 오늘 음력 사월 초파일에 석존강탄(釋尊降誕) 이천구백사십년의 기념식을 거행할 터인데, 초파일 즉 제 1일에는 오전 아홉 시에 개회하여 시련(侍輦), 관불(灌佛), 헌공(獻供), 창가(唱歌), 설법(說法)이 있은 후 열두 시에 폐식하고, 오후에는 두 시로부터 다섯 시까지에 고원훈 씨와 송진우 씨와 좌좌목청마(佐佐木淸麿) 씨의 강연이 있고, 여섯 시 반부터는 팔상봉배(八相奉拜)가 있고, 일곱 시에는 정진순당(精進巡堂)이 있고, 일곱 시로부터 열한 시까지는 팔상연의(八相演義)가 있으며, 초구일 제 2일에는 오전 열 시에 개회하여 삼십 분에 송경(誦經)한 후 열한 시에 불상점안(佛像點眼)이 있고, 열두 시에 불상이운(佛像移運)의 장엄한 의식이 있으며, 오후에는 두 시로부터 이회광 선사의 설교가 있고, 세 시로부터 다섯 시까지에는 김병로 씨 외 이삼 명사의 강연이 있으며, 여섯 시에는 팔상봉배가 있고, 일곱 시 반으로부터 열두 시까지에는 팔상연의가 있으며, 제 3일에도 그와 같이 기념식을 거행하는데, 특히 영산작법(靈山作法)이 있다더

48 위의 책, 같은 곳.

라.(1921.5.16.3면. 현대어 번역은 필자)[49]

20세기 전반기 사찰 연등회의 불교 의식과 불교 예술과 교양 문화 행사에 관한 정보를 비교적 상세하게 기록하였는데, 여기서는 시련과 관불이 연속적인 의례로 행해진 사실에 주목한다. 왜냐하면, 사찰의 초파일 연등회에서 행해진 이러한 전통적인 불교 의식이 한국인과 일본인의 연합 연등 축제로 재구성될 때에도 계승되었기 때문이다. 그런데 이러한 연합 연등회의 개최 목적은 경제적인 측면만이 아니라 1920년대에 일본이 무단 정치 정책을 문화 정치 정책으로 전환한 역사적 맥락 속에서 불교를 통한 종교적·문화적·사상적 통합을 추진한 데서 원인(遠因)을 찾을 수 있으니, 1928년 5월 26일자 매일신보의 기사가 명백한 증거가 된다.

> 석존강탄제(釋尊降誕祭)는 종래 조선에서도 관등절(觀燈節)이라 하여 경향을 물론하고 여러 가지 놀이가 있어서 자못 성대히 이날을 기념하였습니다. 조선의 불교는 이조 오백 년간 정책적 압박 하에 거의 사회와 격리가 되어 종교적 기능의 발휘가 저해되었었으나 그러나 민간에서는 석일(昔日)이나 다름없이 널리 석존의 강탄일을 기념하여 왔습니다. 이는 곧 불교가 동양 문화에 기여한 바의 위대함과 또는 초인간적 방면의 신앙이 민중의 가슴에서 떠나지 않았던 증거인가 합니다. 그러다가 수십 년 전부터 정책적 제한이 개방되자 이래로 반(反)히 이 미풍이 쇠퇴하여진 것은 필경 사회 조직의 변화, 신사상의 혼란 등에 의하여 민중 심리의 황폐를 발하는 것이라 참으로 유감되는 바이었습니다.
>
> 생각건대 종교라 하는 것은 선을 권(勸)하고 악을 징(懲)하는 진리에 어(於)하여는 일치되는 바이다. 구태여 갑을(甲乙)과 피아(彼我)를 가릴 바가 없는 것은 물론이나 불교는 전술한 바와 같이 동양 고유의 종교로

---

49 위의 책, 62쪽.

우리 중생의 뇌리에 깊이 박혀 있는 고로 조선의 사회를 종교적 방면으로 지도하는 데는 불교가 가장 첩경이라고 생각합니다. 그러하므로 조선에 있는 불교 단체의 사명은 실로 중대하다고 생각하는 동시에 그 활동상 급무로는 고래의 은둔고답주의(隱遁高踏主義)를 고쳐서 실사회와 화합하여 그 숭고한 정신과 광대한 교리(敎理)를 가장 통속적(通俗的)으로 보급시킬 방법을 강구하는 것이 마땅할 줄로 생각합니다.

금반 전선(全鮮) 각 불교 단체가 중심이 되어 전시(全市)의 관민이 일치 협력하여 대규모로 공전(空前)의 성의(盛儀)로서 강탄제(降誕祭)를 거행하게 된 것은 참으로 의의(意義) 있는 일로 우리 사회에 기여하는 바 호과(好果)가 클 것은 물론이며 조선 불교를 위하여 또는 사회를 위하여 크게 경축할 일이라더라.(1928.5.26.2면. 현대어 번역은 필자)[50]

동양 고유의 불교를 부흥시켜 한국인을 종교적으로 지도해야 할 필요가 있는데, 은둔고답주의의 사찰에서 민간사회로 이끌어내는 데 효과적이고 통속적인 방법이 시가 행진을 하고 관불하는 축제 형태라는 논리를 전개하였다. 1885년(고종 32) 4월에 승려의 도성 출입 금지령이 해제되고, 1899년에 동대문 밖에 원흥사(元興寺)가 창건되고, 1902년(고종 49) 조정에 사찰 관리를 담당할 관리서가 궁내부 소속으로 설치되고, 1906년 원흥사에 불교 연구회가 조직되고 근대적 불교 교육 기관인 명진학교(明進學校)가 설립되고, 1910년 5월에 한용운과 이회광이 각황사(현 중동중학교 위치)를 창건하고, 불교의 개혁과 사회 참여를 촉구한 한용운의 『조선불교유신론』이 1913년에 출판된 것처럼 개화기에 억불 정책의 완화에 따라 불교계가 새로운 도약을 도모하였다. 그리고 1907년 초파일에 명진학교 교사가 학생을 인솔하여 봉원사에 가서 석가 탄신을 경축하였다는 대한매일신보(5.24)의 기사, 순종이 1909년 초파일에 덕수궁에서 의친왕을 비롯한

---

50 위의 책, 75쪽.

황족에게 주찬을 베풀어주었다는 황성신문(5.30)의 기사, 1913년 초파일에는 사동(寺洞)의 중앙 포교당에서 석가 탄생 기념식을 하면서 군중의 복잡함을 피하기 위하여 입장권을 사용하여 참가자의 수효를 조정할거라는 매일신보(5.13)의 기사, 1915년 초파일에 종로의 전두(纏頭)마다 색색의 등이 달려 있었다는 매일신보(5.21)의 기사, 1920년 초파일에는 각황사에서 조선 불교회 주최로 '개회사 - 강연 - 영산회상곡 연주(양금, 가야금, 거문고, 해금, 단소) - 연극 「수하항마상(樹下降魔像)」 공연 - 환등기 상영'의 순서로 기념 행사를 거행하였다는 매일신보(5.27)의 기사, 1922년의 초파일에는 '관불 - 독경 - 예불 - 식사(式辭) - 삼보귀의 - 강연 - 취지 설명 - 남녀학생의 찬불가(讚佛歌) - 활동사진 상영'의 순서로 기념식이 행해졌다는 매일신보(5.6)의 기사, 1923년에는 초파일에 한용운이 각황사에서 '해탈'에 대하여 강연을 하였다는 매일신보(5.23)의 기사 등등[51] 몇 가지 사례만 보더라도 19세기 말엽 억불 정책이 완화됨에 따라 불교가 활력을 되찾고 시대의 변화에 부응하여 초파일 행사를 연면히 계승하면서도 기념식 형태로 변형시켜 거행한 점에서 조선 시대의 전통적인 초파일 행사와는 상당히 달라진 모습을 보인다. 초파일 연등회의 경우도 개화기부터 신문화 운동이 일어났던 것이다.

아무튼 1928년의 초파일 행사가 40년만에 부활된 것이라는 기사는 1915년에 종로의 상점 앞에 연등하였다는 기사와도 상치되며, 한국 불교계의 주체적인 근대화 운동을 의도적으로 부정하고 폄하하려는 저의로 말미암은 왜곡이 아닐 수 없다. 이처럼 일본은 1928년 서울에서의 초파일 행사를 연합 행사로 추진하면서 '한국인의 종교적 지도와 한국 불교의 은둔고답주의의 극복'이라는 명분을 내걸었지만, 이는 일본의 국익을 위하여 한국 불교를 정책적으로 전략적으로 이용하려는 책략을 은폐하는 수사(修辭)에 불가하였다. 왜냐하면 서울 종로의 초파일의 연등은 1890년경

51 신문기사는 위의 책, 48 · 49 · 53 · 55 · 60 · 61 · 65 · 66쪽 참조.

에 중단된 것이 아니라 1928년 이전에도 서울에서 여전히 지속되고 있었으며, 불교의 근대화와 현실 참여도 한용운에 의해 일찍이 주창되었기 때문이다.

5. 해방 이후 연등회의 변천 과정

해방 이후는 일제 식민지 통치의 잔재를 청산하고 민족 문화를 수립해야 하는 시대였기에 남북 분단, 좌우익 갈등, 6.25 전쟁 등으로 점철되는 극도의 혼란 속에서도 새로운 질서가 태동되고 있었다. 그리하여 1946년 5월 8일자 동아일보의 기사에 의하면, 초파일에 태고사(현 조계사)에서 종로를 거쳐 창경원으로 향하는 시련-불상을 모신 가두 행진-을 하였다.[52] 그리고 1954년 5월 10일자 동아일보의 기사에 의하면, 불교 중앙총무원 주최로 태고사를 비롯한 32개 사찰에서 초파일 행사로 관등을 하고, 꽃버스 행렬을 하였다.[53] 사찰의 관등, 곧 연등은 전통적인 모습이지만, 꽃차의 시가행진은 1946년의 시련과도 다른 축제 형태이다. 그런가 하면 1954년 11월 5일 비구승이 대처승으로부터 태고사를 접수하고 조계사로 개명한 사건이 발생한 이후 1955년 초파일(5월 29일)에 전국 800개 사찰에서 만등(萬燈)을 밝히고 관불식을 하였으며, 특히 밤에 남녀 신도들이 조계사에서 출발하여 종로 3가, 을지로 3가, 시청 앞을 지나 안국동을 돌아서 조계사로 되돌아오는 제등 행렬(提燈行列)을 하였다고 한다.[54] 이 제등 행렬은 불교계의 주도권을 장악한 비구승 집단—1962년에 대한불교조계종 결성—이 부처의 공덕을 찬양함과 아울러 지혜의 광명을 얻어 중

---

52 위의 책, 111쪽 참조.

53 위의 책, 127쪽 참조.

54 위의 책, 132~133쪽의 『동아일보』 1955년 5월 30일자 기사와 135쪽의 『조선일보』 1955년 5월 30일자 기사 참조.

의 무명(無明)을 밝히는 연등의 본질을 의례적으로 구현한 것인데, 불교사적 관점에서 보면 성불하여 불교계를 정화하고 중생을 제도(濟度)하려는 비구승의 의지와 염원이 작용하였다고 볼 수 있다. 아무튼 이를 계기로 연등회가 제등 행렬 위주로 변형을 거듭하면서 현재까지 지속되는데, 초창기의 제등 행렬에 시련이 포함되었는지는 불분명하고, 1964년부터 연(輦)이 행렬의 선두에 위치한 사실은 확인된다.[55] 그리고 1996년부터는 과시적(誇示的)이고 시위적(示威的)인 제등 행렬 위주의 행사를 지양하고, 문화 행사와 거리 행사를 확장한 불교 문화 축제로 재구성하였다.

제등 행렬이 1955년에 시작되어 현재까지 일관되게 초파일 연등회의 핵심적인 구성 요소가 된 것은 분명하지만, 1946년에 시련이 행해졌고, 1964년부터 제등 행렬에 아기부처를 봉안한 연(輦)이 포함된 점에서 제등 행렬은 시련(侍輦)의 변형이고, 신도들이 부처에게 공양할 꽃과 등을 들고 불상의 뒤를 따르는 공양 행렬로 인식해야 한다. 따라서 연등회의 등은 나무나 등간(燈竿)이나 처마에 높이 매달아 세상을 대낮처럼 밝게 하였고, 제등은 일반적으로 밤길을 밝히거나 장례식용으로 사용되었다는 고정 관념은 시정되어야 한다. 뿐만 아니라 학생이 참여하는 제등 행렬이 국가기관이나 일본의 강제 동원에 의한 것이고, 일본 초파일축제인 화제의 영향에 의한 것이라는 주장도 철회되어야 마땅하다. 거듭 말하지만, 1928년 일본인 화제와 연합되기 이전인 1924년에 이미 지방의 사찰 연등회에서 학생의 제등 행렬이 행해졌으며, 심지어 강제 병합 이전인 1909년까지도 제등 행렬의 기원을 소급할 수가 있기 때문이다.

55 위의 책, 211쪽 참조.

제18장 **자인 단오굿의 과거 · 현재 · 미래**

1. 자인 단오굿의 정체성 문제

자인 단오굿은 경상북도 경산시 자인면에서 전승되는 지역 문화 축제이면서 중요 무형 문화재로 지정되어 있다. 자인면은 자인군이 1914년 경산군에 통합되면서 격하된 것이고, 자인현이 자인군으로 승격된 것은 1895년(고종 32년)이었다. 자인현은 757년(경덕왕 16년)에 노사화현(奴斯火縣)이 한자식으로 개명된 것이다. 노사화현은 '노사(奴斯)=놋=놀=노루=獐(장)'과 '火(화)=벌=벌판'이 합쳐진 것으로 '노루메=장산(獐山)'과 동일한 뜻이라는 설[1]과 유성(儒城)의 옛 이름이 노사지(奴斯只)인 사실을 방증으로 하여 '유(儒)=유(需)=(놋)쇠=새(사이)'의 대응 관계를 설정하여 '(노사화)奴斯火=노사벌=새벌', 강과 강 사이에 형성된 새로운 고장의 뜻이라는 설[2]이 있으나, '노사(奴斯)'는 '놋'이고, '놋'은 '놋-쇠=鍮(유)'의 '놋'으로 보아 '노사화(奴斯火)=놋벌'을 '놋쇠의 색인 노랑의 벌판', 곧 가을이면 벌판의 벼가 익어 '누런 물결이 넘실대는 벌판'이라는 뜻으로 볼 수도 있겠다. 압량국(押梁國)이나 압독소국(押督小國)의 '압(押)'도 '압(壓)'과 상통하여 '누르다〔押〕=노랗다〔黃〕'로 볼 수 있다. 기실 역사적으로 보면 자인 일대는 '신라의 서촌(西村)'이라 불리던 곡창 지대로서 신라가 고령의 대가야를 정벌할 때 전초 기지와 병참 기지의 역할을 하였으며, 지금도 농업 노동요인 계정들소리가 전승되고 있다. 신라 제6대 지마(祗摩)니사금(112~134년) 때 경산의 압량소국(押梁小國)-압독소국(押督小國)이라고도 한다-을 합병하였다[3]고 하니, 자인 지역도 2세기 전반에 신라 영토가 되었을 것이다.

---

1 김택규 외, 『자인단오』, 경산문화원, 1998, 21쪽 참조.

2 정호완, 『경산의 지명유래』, 태학사, 1998, 238쪽 참조.

이처럼 자인은 삼한시대에 진한의 소국이다가 신라에 통합되었기 때문에 자인 단오굿의 시원을 삼한 시대 자인 일대에 거주한 씨족 집단이나 부족 집단의 굿에서 찾을 수 있고, 신라˙고려˙조선 시대를 거치면서 변모되었을 것으로 추정할 수 있다. 자인 단오굿의 유래를 설명하는 전설은 한(韓) 장군 남매가 왜구를 섬멸한 기념으로 묘제(廟祭)를 지내고 「여원무」와 잡희(팔광대놀이)를 연행한다고 하지만, 그러한 전투가 벌어진 시기를 고증할 근거와 방법은 전무한 상태이다.

다만 1593년에 창작된 한시와 1871년에 제작된 『영남읍지(嶺南邑誌)』의 기록을 통해서 역사적 실체성을 확인할 수 있을 따름이다. 그렇지만 호장이 주도하는 고을굿의 대표적인 사례이므로 지역 공동체적 굿문화가 '나라굿 → 고을굿 → 마을굿'으로 전개되어 온 과정을 해명하는 데 있어서 그 학술적 가치는 매우 크다. 더욱이 군위(경상도)˙삼척(강원도)˙안변(함경도)[4]의 단오굿은 물론이고 영산의 단오굿(문호장굿, 서낭굿)마저 그 전승이 단절된 상황에서 강릉 단오굿˙법성포 단오제와 더불어 단오 축제의 명맥을 잇고 있다는 점에서도 문화재적 가치를 지닌다. 그런데 자인 단오굿은 개화기와 일제 강점기를 거치면서, 1971년 중요 무형 문화재로 지정되어 국가로부터 보존 관리를 받으면서, 1990년대 지방 자치제의 실시에 따른 지역 축제의 활성화와 현대화의 조류 속에서 다른 지역의 축제와 경쟁을 하면서, 경산시와의 관계를 재조정하면서 많은 변화를 일으켰다. 그리하여 자인 단오굿은 지역 굿문화의 본래적인 성격과 기능이 굴절되고 정체성마저 흔들리는 현상을 보이고 있다. 따라서 '경산 자인 단오제'가 현대적인 지역 축제로 재창조되고 세계적인 축제로 도약하기 위해서는 과거를 회고하고, 현재를 점검하며, 미래를 전망할 필요가 있다.

---

3 『삼국사기』 「잡지(雜志)」 '지리(地理)'. 이병도 역주, 『삼국사기』, 을유문화사, 1980, 530쪽 참조.
4 홍석모; 이석호 역, 『동국세시기』, 을유문화사, 1971, 98~99쪽 참조.

2. 문헌 기록 속의 자인 단오굿

자인 단오굿의 한묘제와 여원무에 관한 기록은 『성재실기(省齋實記)』에 가장 먼저 나타난다. 성재 최문병(崔文炳; ?~1599)은 임진왜란 당시 의병장으로 활동하면서 1593년(계사년) 5월에 「판서 한종유 공이 왜구를 참수한 장소에서 제사를 지내는 감회(祭判書韓公宗愈斬倭處有感)」라는 제목의 칠언절구(七言絶句) 2수를 남겼다.

길손이 말을 멈추고 성난 물결소리 들으니 (行客停驂聽怒波)
장군이 왜구를 참살하고 있는 듯 (將軍如在斬諸倭)
칼자국은 어제인 듯 반석에 남아 있네. (劒痕猶昨留盤石)
장하도다! 그 발자취, 길이 남으리. (壯跡千秋定(?)不磨)

전공은 그 해에 사방을 울리고 (功烈當年動四方)
정충은 천년을 늠름하구나. (精忠不泯凜千霜)
지금껏 장군의 사적을 이었으니 (至今不廢將軍事)
단오의 여원무는 길이 빛나리. (端午女圓永有光)

1871년(고종 8년)에 제작된 『영남읍지(嶺南邑誌)』의 '자인현(慈仁縣)'조에는 여원무와 잡희, 검흔석과 신당에 관한 비교적 상세하고 구체적인 내용이 기록되어 있다.

① 民俗質朴 有羅代之遺風 女圓舞 新羅時有韓將軍 失其名 或云宗愈
② 倭寇據到天山 將軍設女圓舞 剪彩紙爲花飾二圓冠 冠邊垂五色之絛 與其妹皆粧女服 各戴一冠 舞於山下柳堤之內 又陳俳優雜戲 倭寇下山聚觀 將軍揮刀刺之 所殺甚衆
③ 堤坊有石 尙有劒痕 俗傳斬倭石 每當時日 堤水色赤

④ 云邑人慕其義 建神堂於縣西麓 端午日像女圓之制 使童男二人粧女服戴而舞之 又設俳優雜戱 鳴金擊鼓 戶長着帽帶以祭

⑤ 北面麻羅谷里 又立一神堂 一面之民 別祀將軍之妹 年年不廢 廢則必有災 或有厲氣虎患則無時亦禱 禱必有應

⑥ 遺俗相傳至今 崇奉慓其旗 曰獐山司命 似是本縣屬獐山時 太守倡義有而無文可徵作一叢祠甚可慨已

⑦ 乾隆乙酉(1765)縣監鄭忠彦 重修神堂 官給祭物作祝文 使戶長脩禮祀之

이 기록에서 다음과 같은 몇 가지 사실을 주장하고 있다.

① 여원무는 신라시대 한(韓)장군에 의하여 성립되었다는 주장

일설에는 한종유(韓宗愈)라고 한다고 하여 제신(祭神)이 시대에 따라 교체되어 왔음을 시사한다. 미상불 최문병이 참여한 1593년 5월 단오날의 제신은 병조 판서가 추증된 한종유로 나타난다. 또 용성면 일대에서는 한종유는 청도군 운문면 대천동(어설) 출생이며 17세 때 자인에서 공을 세우고 죽었는데, 자손이 없기 때문에 여섯 마을(대종, 괘일, 용천, 용전, 가척)에서 추렴하여 제사를 지낸다고 한다.[5] 그러나 고려 말엽의 한종유는 청주 한씨로 한양에서 1287년(충렬왕 13년)에 출생하여 1354년(공민왕 3년)에 사망한 문신[6]이기 때문에 혹 동명이인이 아닐까? 아니면 역사적 인물이 전설화되면서 원혼형 신으로 변용된 것일까? 대천에 청주 한씨의 선영이 있는 것을 보면, 한종유의 후손이 조선 전기에 청도나 자인 지방에 거주하

5 김택규, 『한국농경세시의 연구』, 영남대학교출판부, 1985, 267쪽 참조.

6 한종유의 전기는 『고려사』 「열전」(제110권)에 기록되어 있다. 북한 사회과학원 고전연구소 편찬, 『고려사』(제9권), 여강출판사, 1991, 534~537쪽과 한국정신문화연구원, 『한국인물대사전』, 1999, 2386쪽 참조.

면서 득세한 시기가 있었고, 그때 지역 수호신으로 신격화된 것일까? 이를 입증할 단서는 없다. 이런 연유로 김택규는 '김유신 장군=대장군(大將軍)=한〔大〕장군=한(韓)장군'으로 변천해 왔을 것으로 추정하였다.[7] 그럼에도 불구하고 최문병이 1593년의 한(韓)장군은 한종유라고 증언하였기 때문에 '역사적 인물 한종유 → 전설적 인물 한(韓)장군'의 개연성은 인정하지 않을 수 없는 것도 사실이다. 그렇지만 한종유설은 여원무의 성립 시기를 13세기를 상한선으로 삼게 한다는 점에서 『영남읍지(嶺南邑誌)』에서 '신라 시대의 유풍'이라는 지적과 모순된다. 과연 여원무는 언제 발생한 무용일까? 자인단오굿의 연원을 찾기 위해서 '한(韓)장군'보다는 「여원무」에서 단서를 찾아야 하지 않을까? 오히려 이러한 관점을 취할 때 생산적인 논의가 가능하지 않을까?

② 한(韓)장군이 「여원무」와 잡희로 도천산(到天山)의 왜구를 유인하여 섬멸하였다는 주장

도천산은 자인의 주산(主山)으로 이 산의 줄기가 금호강의 지류인 오목천(烏沐川)을 향하여 뻗어 내린 끝자락인 계정숲에 한(韓)장군 사당인 진충사(盡忠祠)가 있다. 도천산에는 토성(土城)의 흔적이 있다. 자인을 실질적으로 방호(防護)할 산성이 있는 도천산의 서쪽 기슭에 자인의 지역 수호신인 한(韓)장군의 신당이 있는 것이다. 토성의 축조 시기는 불분명하다. 삼한 시대에 변한의 일국인 압량소국(일면 압독국) 시기인지, 아니면 102년(파사왕 23년)에 신라에 합병되고 노사화현(奴斯火縣)이 설치된 시기인지, 아니면 642년(선덕여왕 11년) 압량주가 설치되고 김유신이 통치한 시기인지 불확실하다. 만일 여원무의 성립 시기가 신라 시대라면 도천산의 산성

---

7 김택규, 앞의 책, 273쪽 참조. 김택규는 '대장군=한(韓)장군=한장군'으로 변천 과정을 설정하였는데, '한장군'과 '한(韓)장군'의 순서를 바꾸는 것이 옳다고 본다.

이 적대 세력의 본거지로 이야기되는 사실에 유념할 필요가 있다. 여기서 신라가 도천산성에서 농성하며 저항하던 토착 세력을 정복한 전승 기념으로 여원무를 공연하였을 개연성을 상정할 수 있다.

③ 버들못 가에 참왜석(斬倭石)이 남아 있다는 주장

참왜석은 위에서 아래로 균열이 가고 붉은 색을 띠고 있다. 붉은 색은 철성분이 산화된 것이고, 참왜석은 신석기 시대의 선돌일 개연성이 크다. 한(韓)장군 전설을 만들어낸 지역민의 상상력이 기존의 석기 유물을 증거물로 삼은 것이다.

④ 신당을 건립하여 호장이 제사를 지내고, 단오날에 여원무와 잡희를 공연한다는 주장

현재의 진충사는 조선 중기 때 송수현(宋秀賢)이 현감으로 부임하였을 때 조정에 고하여 한(韓)장군에게 병조 판서를 추증하게 하고 진충사를 지었다고 한다.[8] 그 당시에는 자인면 북서리(면사무소 뒤편)에 누이를 모신 한묘(韓廟)만 있었는데, 한(韓)장군을 모신 진충사가 새로 건립됨으로써 기존의 한묘가 제2 한묘가 되고 진충사가 제1 한묘가 되었다는 것이다. 그러나 제1 한묘는 일제 강점기 때 훼철되고, 해방 이후에 제2 한묘를 이전한 것이 지금의 진충사이다. 이처럼 한(韓)장군 신앙은 원래는 여장군 신앙이 우세하였으나 조선 중기에 병조 판서 제수를 계기로 남장군 신앙 중심으로 굴절된 역사를 보인다. 왕이 신에게 관직을 제수한 사실은 『삼국유사』의 '처용랑 · 망해사'조에서 보이듯이 신라 헌강왕이 동해용자인 처용에게 급간을 제수하고, 동례전의 지신을 지백급간(地伯級干)으로 봉한

8 위의 책, 266쪽 참조.

데서 확인된다. 그뿐만 아니라 조선의 태조도 1393년에 송악성황을 진국공(鎭國公)에, 이령·안변·완산의 성황을 계국백(啓國伯)에, 지리·무등·금성·계룡·감악·삼각·백악의 산신과 진주의 성황을 호국백(護國伯)에 봉하고, 뒤에 백악을 진국백에, 남산을 목멱대왕(木覓大王)에 봉하였다.[9] 하여튼 누이가 남동생보다 우위를 차지하는 신화가 '해와 달이 된 남매' 이야기인 점을 감안하면 한(韓)장군이 '병조 판서 한종유'가 되면서 누이의 위상이 격하된 사실을 알 수 있다.

자인 단오굿은 호장과 향리층이 중심이 되는 고을굿으로 영산의 문호장굿, 강릉의 국사성황굿과 함께 고을굿 형태의 3대 단오굿이다. 단오는 절기상 하지에 가깝기 때문에 단오굿은 태양의 축제인 하지제의 성격을 띠며, 따라서 여원무는 남녀가 음양의 조화를 이룸으로써 풍요 다산을 기원하는 제의 무용(ritual dance)으로 보아야 하는데, 이에 대해서는 뒤에서 상론하기로 한다.

> ⑤ 마라곡리에는 한(韓)장군 누님의 신당이 건립되었다는 주장과 ⑥ "장산사명(獐山司命)"이 적힌 깃발은 자인현이 장산군의 속현이었던 사실과 관련이 있다는 주장 및 ⑦정충언(鄭忠彦) 현감이 1765년에 신당을 중수하고 축문을 지어 호장으로 하여금 제사지내도록 하였다는 주장

마라곡리는 현재의 진량읍 마곡리인데, 이 지역은 원자인(元慈仁)에 속하지 않고 구사부곡(仇史部曲)이라 불리던 작은 행정 구역이던 것이 경주부에서 벗어나 자인현에 통합되었다. 정충언 현감이 1763년에 부임하여 1765년에 사당을 수리하였는데, 장군의 누이 제사를 장군 제사와 함께 지냈으며, 제사를 중지하자 재앙이 생겨 다시 제사를 지냈다고 한다. 또 기(旗)는 "장산사명(獐山司命)"이라 하였는데, 이 지역이 장산에 속한 시기는

9 이능화, 「조선무속고」, 『계명(啓明)』 제19호, 1927, 47~48쪽 참조.

757~1018년이므로 '장산사명기'를 근거로 삼으면 한(韓)장군은 1018년 이전의 인물이 된다. 한묘에는 '증병조판서한장군(贈兵曹判書韓將軍)'과 '韓氏娘子神位'의 위패를 모시는데, 한(韓)장군에게 병조판서가 제수된 것은 조선 중기 송수현(宋秀賢) 현감이 한(韓)장군의 고사를 조정에 장계를 올린 결과였다.

정충언 현감은 도천산 기슭의 한묘(韓廟)를 중수하였을 뿐만 아니라 축문도 제작하였으니, 그 전문은 다음과 같다.

謀齊殲敵義炳術 國祀文莫徵史 泯其蹟舞傳女圓 土有遺俗劒痕 不
모제섬적의병술 국사문막징사 민기적무전여원 토유유속검흔 불
磨宛彼堤石 一間古廟永妥 毅魄端湯沮豆歲 以爲式旐 有煌金鼓迭作
마완피제석 일간고묘영타 의백단탕저두세 이위식조 유황금고질작
玆 修常典載具工祝御以長詞饎以廩粟 神其保佑永奠邑宅[10]
자 수상전재구공축어이장사희이름속 신기보우영전읍택

그리고 정충언의 아우 진사(進士) 정충빈(鄭忠彬)은 영신사(迎神詞)를 제작하여 아이들로 하여금 암송하게 교육하여 제사를 지낼 때 제창(齊唱)하게 하였다고 한다. 영신사의 전문은 다음과 같다.

仁之山兮 古有廟將軍靈兮 連蜷留前塵邈兮 世已革大樹飄兮 經幾
인지산혜 고유묘장군령혜 연권류전진막혜 세이혁대수표혜 경기
秋南風競兮 腥氣幟微子功兮 民盡劉放若雲兮 螳臂怒女圓舞兮 神與
추남풍경혜 성기치미자공혜 민진유방약운혜 당비노여원무혜 신여
謀華采冠兮 五色絃中有刃兮 騰青虯蹲蹲來兮 狎可龍蹝鯨鯢兮 躝貔
모화채관혜 오색현중유인혜 등청규준준래혜 압가용룡경예혜 란비
貅石不磨兮 柳堤傍劒有痕兮 雲長愁端陽節兮 歲歲凹入至今兮 思不
휴석불마혜 류제방검유흔혜 운장수단양절혜 세세요입지금혜 사불
休靈旗紛兮 像遺儀怳競渡兮 遵湘流英魂結兮 ??宙天陰雨兮 聲啾啾
휴령기분혜 상유의황경도혜 준상류영혼결혜 주천음우혜 성추추
掾之長兮 掌時禋薦椒漿兮 供菲着古?州兮 今分縣官解遂兮 邑里稠神
연지장혜 장시인천초장혜 공비착고 주혜 금분현관해수혜 읍리조신
於焉兮 永護持邡魔?兮 妖祆拉衆祈尊兮 俗乃成誠無射兮 通顯幽金鼓
어언혜 영호지방마 혜 요요문중기존혜 속내성성무사혜 통현유금고
煌兮 迓(?)尻輸聊暇日兮 長優游[11]
황혜 아 고수료가일혜 장우유

---

10 『영남읍지』 '자인현'조.

11 위의 책, 같은 곳.

송수현 현감이 계정숲의 진충사를 건립하고, 정충언 현감은 도천산 기슭의 한묘를 중수하고, 의병장 최문병은 한(韓)장군을 추모하는 한시를 짓는 등 관원과 유학자가 한묘와 자인단오굿 및 여원무의 보존과 선양을 위하여 노력하였는데, 그러나 우리는 조선 시대가 척불숭유(斥佛崇儒)와 숭문경무(崇文輕武)의 정책을 쓴 나라이며, 사대부 계층이 정책을 입안하고 중인층 내지 향리층을 실무 기술을 담당하게 하여 민원의 방패막이로 이용한 사실과 아울러 중앙 집권 체제를 강화하기 위해서 향리층의 세력을 약화시키는 일환으로 호장제의 폐지를 비롯하여 고을굿을 탄압한 사실을 상기할 필요가 있다. 김연수(金延壽)는 청풍(淸風)군수로 부임하여 군민이 목우(木偶) 신상(神像)을 매년 5~6월 사이에 객사(客舍)에 안치하고 제사를 지내는 것을 금지한 바, 무당을 구금하고 목우신상은 소각하였으며 제사를 주장하는 사람들을 곤장으로 다스렸고, 김효원은 삼척 부사로 부임하였을 때 신체(神體)인 오금(烏金)비녀와 신의(神衣)를 불태움으로써 무교식 제사를 금지하고 유교식 제사를 지냈다.[12] 고을굿은 "호장과 향리층이 백성들과의 지역적인 연대의식을 기반으로 하여 양반 사대부 계층의 유교 문화에 맞서서 토착적인 무속문화를 보존`전승시키는 데 활용했던 제도적 장치"[13]였다. 자인 단오굿도 지배 세력의 유교 문화와 향리층의 무속 문화 사이의 길항(拮抗) 관계를 고려해야 하며, 다만 향토애와 호국 사상 및 충의 정신에서 접합점을 찾았기 때문에 관아의 적극적 관심과 지원을 받았을 것이다.

12 두 사건은 각각 『동국여지승람』의 '청풍군 명관 김연수'조와 『남명선생별집』의 「김성암 유사」에 기록되어 있다. 이능화, 앞의 책, 69 · 70쪽 참조.

13 박진태, 『탈놀이의 기원과 구조』, 새문사, 1990, 306쪽.

3. 자인 단오굿의 원형(原形)과 제의적 의미

한(韓)장군 남매신의 신당은 도합 7개가 확인된다. 첫째가 읍인들이 한(韓)장군이 죽은 뒤에 건립하였다는 도천산 기슭의 진충사(盡忠祠)로 원래는 한(韓)장군의 신당인데, 일제강점기 때 일본인들에 의해 훼철되었기 때문에 해방 후에 북서1리 자인면사무소 뒤편에 있었던 한묘(韓廟) - 누님의 신당 - 를 이전하였다. 위패는 '증판서한장군(贈判書韓將軍)'이고, 자인 단오제 때 여기서 제사를 지낸다.[14] 둘째는 북서1리 자인 면사무소 뒤편에 있었던 신당으로 원래는 한(韓)장군의 누님의 신당인데, 진충사의 자리에 이전되어 합당(合堂)되었다. 위패는 '한장군(韓將軍) 매씨(妹氏)'이다. 이 한묘는 1700년에 원당리에서 북서리로 현청이 이전됨에 따라 새로 조성된 신당일 것이다. 진충사를 제1 한묘라 하고, 이 신당을 제2 한묘라 하였다. 셋째는 원당리의 신당으로 1663년 자인 현청이 신관리에서 원당리로 이전됨에 따라 건립되었다. 한(韓)장군의 누님을 모신 신당이다. 넷째는 마곡리에 있는 한묘로 구사현(구사부곡) 시기에 단오날 자시(子時)에 한(韓)장군 누님에게 제사를 지낸 후 자인단오제에 참가하였다고 한다. 그러나 위패에는 '증병조판서한장군(贈兵曹判書韓將軍) 한씨낭자신위(韓氏娘子神位)'라고 씌어 있다. 근래에는 진량읍 마곡리 등 몇 개 마을이 주관하여 자인단오제와는 별도로 제사를 지낸다.[15] 다섯째는 용성면 대종리의 진충묘(盡忠廟)로 300여 년 전에 건립되었으나 일제강점기 때 훼철되었다가 광복 후 정해년에 재건되었고, 1997년에 중건되었다. 한(韓)장군 누님의 신당이다. 그러나 위패에는 '증판서한장군종유신위(贈判書韓將軍宗愈神位)'라고 씌어 있다.[16] 여섯째가 용성면 송림리 버드나무숲에 한(韓)장군의 누님을 제사

14 김택규 외, 앞의 책, 54~55쪽 참조.

15 위의 책, 55쪽 참조.

16 위의 책, 56~57쪽 참조.

하는 신당이 있었는데, 일본 사람들이 기독교인들을 동원하여 훼철하였다. 3년마다 무당을 불러 큰굿을 하였는데, 1920년부터 단절되었다고 한다.[17] 일곱째가 용성면 가척리의 한당으로 120여 년 전에 건립되었으며, 위패는 '증판서한장군신위'라 씌어 있다.

가척리는 불확실하지만, 진충사는 한(韓)장군의 신당이고, 나머지 넷은 한(韓)장군의 매씨(누님)의 신당이다. 그렇지만 위패는 북서리만 한(韓)장군의 누님이고, 마곡리는 남매신의 위패 둘 다 있고, 원당리와 대종리 모두 한(韓)장군의 위패를 모시고 있다. 이러한 현상은 비록 한(韓)장군 누님의 신당이지만 제사를 지낼 때에는 남매신 양위(兩位)에게 제사를 지내는 사실에 기인한 것으로 해석된다. 도천산 기슭에 있는 진충사가 한(韓)장군의 신당으로 중심부를 이루고, 현청의 근처나 행정적·문화적으로 종속관계에 있는 역내(域內)의 신당은 주변부로 누님의 신당이 위치하였던 것 같다. 이런 점에서는 강릉 단오굿이 대관령의 국사성황신과 강릉 홍제동의 여국사성황을 합궁시키는 사실과 영산 문호장굿이 영취산 중턱의 상봉당에서 문호장신을 맞이하여 산 아래에 있는 부인당과 첩당을 방문하는 사실과도 유사한 남녀신 구조의 공간적 표상을 보인다. 다만 자인 단오굿은 남신을 강신시켜 여신의 신당으로 이동하여 화해·동침시키는 무속원리를 버리고, '제사-신유(神遊)행렬-신무(神舞)-봉헌 연희'가 유기적인 연속체로 통합된 형태가 아니라 단속적(斷續的)인 관계를 보이는 형태를 보이는 점이 차이점이다. 가장 행렬은 영신 행렬이나 신의 이동 행렬의 후대적 잔영인 것이다. 그리고 여원무는 한(韓)장군 남매의 신무(神舞)인 것이다.

여원무는 화랭이의 아들(13~14세) 둘이 여장(女裝)을 하고 화관을 들고 춤을 춘 점에서 양성구유적(兩性具有的)인 분위기를 풍긴다. 한(韓)장군 남매신은 남매가 한 부모에서 태어나듯이 양과 음이 태극(무극)에서 분화된

---

17 위의 책, 56쪽 참조.

사실을 상징적으로 의미한다. 따라서 남매신의 춤은 양과 음의 조화를 의미하고, 음양이 융합되어 생명과 문화를 창조하는 무교적(巫敎的) 변증법[18]을 표상한다. 강릉 단오굿과 영산 문호장굿에서 남신이 여신을 방문하는 양주(兩主)합심(合心)굿이고, 하회 별신굿에서 서낭각시와 도령신이 초례와 신방을 모의적으로 연출하는 신혼(神婚) 의식과 동일한 의미와 기능을 지닌다. 풍요다산의 기원 행위이고, 공동체의 무사태평을 기원하는 오신(娛神) 행위인 것이다. 이러한 관점을 취하면 「하회별신굿탈놀이」가 서낭각시놀이와 다섯 탈놀이마당으로 이원화 구조이고 주지 마당 · 백정 마당 · 할미 마당 · 중 마당 · 양반선비 마당이 서낭신에게 봉헌하는 연극인 것처럼 팔광대놀이는 한(韓)장군 남매신에게 봉헌하는 연극이라는 해석이 가능해지는 것이다.

한편 음양 구조는 풍요다산만이 아니라 벽사(辟邪)와도 관련이 있다. 전라북도 익산에는 대보름에 둥글게 오린 종이에 각각 붉은 해와 파란 달을 그려서 막대기에 붙여 지붕 용마루 양 끝에 꽂아놓으면 나쁜 신수를 막을 수 있다고 믿었다.[19] 액막이의 방법으로 '해 · 적색(赤色) · 양/달 · 청색 · 음'의 원리를 이용한 것이다. 청단(靑丹)이 벽사의 의미를 지니는 것은 행다법(行茶法)에서 청홍(靑紅)의 상포에서도 확인된다.[20] 예천의 청단(靑丹)놀음도 '청(靑) · 음/단(丹) · 양'의 구조도 억울하게 죽은 각시의 원혼을 해원시킨다는 전설과 각종 재해를 방지하기 위함이라는 구전이 있다.[21] 강릉 단오굿에서는 국사성황신과 여국사성황신의 신성 결혼 및 왕광대와 소매각시가 사랑춤을 추는 탈놀이를 통하여 풍요다산을 기원하고, 여역신(厲疫神)에 대한 제사 및 왕광대가 시시딱딱이(2명)에게 소매각시를 빼앗겼다가 되찾는 탈놀이를 통하여 홍역을 예방하려고 하였다. 이처럼

18 류동식, 『한국무교의 역사와 구조』, 연세대학교출판부, 1978, 58~66쪽 참조.
19 『전라북도 세시풍속』, 국립문화재연구소, 2003, 145~146쪽 참조.
20 강원희, 「예천 청단놀음」, 『공연문화연구』 제8집, 한국공연문화학회, 2004, 162쪽 참조.
21 위의 글, 155쪽 참조.

음양에는 풍요다산 기원과 벽사의 의미가 있는데, 한(韓)장군 남매도 생산신과 벽사신의 양면이 있다고 보아야 할 것이다. 그런데 이러한 벽사신 내지 나신적(儺神的) 성격과 여원무의 벽사의식무적 기능을 이해하는 데 아래에 소개하는 일본의 「천하일관백신사자개기유래기(天下一關白神獅子開起由來記)」가 도움이 된다.

> 제호천왕(醍醐天王) 시대에 장종(藏宗)과 장안(藏安)이 도당을 결성하여 고좌산(高座山) 기슭에 성을 축조하고, 인근 지역에 여러 성채를 지어 노략질을 일삼으니, 912년에 등원이인공(藤原利仁公)이 도적떼를 토벌하였다. 그런데 이인공이 갑자기 발병하여 그해 10월 18일에 죽었다. 그때 부하 장수 청목각태부(靑木角太夫)와 청목좌근장감일각(靑木左近將監一角)이 장례를 지내려 하는데, 천지가 암흑세계가 되었다. 그리하여 1번 사자와 2번 사자 두 마리를 만들어 악마를 물리쳤다. 또 이인공의 딸을 신격화하고 3번 사자를 만들었다.
>
> 그런데 이와 병행해서 귀무(鬼舞)를 연행한다. 이인공이 장종과 장안을 귀신으로 본뜨고, 이인공의 부하인 대강치랑정행(大江治郎政行)과 세산오랑시영(笹山五郎時影) 둘을 사냥꾼으로 하여 일번 사자로써 귀신을 퇴치하는 흉내를 낸다.[22]

장군에게 토벌된 도둑의 원귀가 토벌 대장을 죽이고, 재앙을 일으키므로 사자탈을 만들어 원귀를 퇴치하였으며, 토벌 대장의 부하가 사자를 데리고 도둑의 원귀를 퇴치하는 무용극을 연출하였다는 것이다. 그리하여 한(韓)장군 남매가 「여원무」를 추고 왜구를 섬멸하는 무용극이 가능한데,[23] 한(韓)장군 남매가 왜구를 섬멸한 이후로 매해 그날이 되면 버들못

---

22 북청사자놀음보존회, 『북청사자놀음교본』, 태학사, 1996, 202~203쪽의 요약문을 다시 간략하게 정리하였다.

의 물이 붉은 빛으로 물든다는 말은 「여원무」로 왜구의 원귀를 진혼한다는 풀이가 가능하게 한다. 이상에서 살펴본 바와 같이 「여원무」는 풍요제의 무용과 벽사 의식무의 성격을 지니는데, 한(韓)장군 전설은 「여원무」가 군사 무용의 성격도 지님을 시사한다. 이러한 관점에 서면 통영의 「승전무」와의 관련성을 착안하게 된다. 「승전무」는 원래는 무희 4명과 춤은 추지 않고 창만 부르는 소리기녀 8인으로 구성되었으나, 나중에는 원무(元舞) 네 명이 청색·백색·홍색·흑색의 몽두리를 입고 족두리를 쓰고 한삼을 낀 손에 북채를 들고서 북을 가운데 두고 동서남북으로 나누어 서서 북을 치며 입춤·앉은춤·북춤·창사춤을 추면 협무(挾舞)들이 그 주위에서 창사를 부르며 입춤을 추는 형태로 변하였다.[24] 그렇지만 장수가 중앙에서 사방의 군사들을 지휘하는 모습을 상징하는 본래적 의미에는 변함이 없다. 자인 단오굿도 여장동남 두 명이 화관을 쓰고 중앙에서 춤을 추고, 흑의(黑衣)를 입은 깐치사령들, 홍의(紅衣)를 입은 사령들, 청의(靑衣)를 입은 군노(軍奴)들이 둘러서서 원형을 이루고서 춤을 추는 대형(隊形)[25]이 한(韓)장군 남매가 군사들을 지휘하는 모습을 상징한다는 해석이 가능해지는 것이다.

이 「여원무」에는 보다 원형적(原型的)이고 상징적인 의미가 내포되어 있다.

> 오른쪽과 왼쪽의 대립이 안과 밖의 대립과 이어지고 있음을 지적했는데 이는 옳은 지적이다. 한 공동체는 그 자체가 일종의 상상의 울타리에 갇혀 있는 것처럼 여긴다. 그 울타리 안쪽에는 모든 것이 빛이며 합법적이고 조화로우며, 이미 구획되고 정리된 배분된 공간이다. 또 중

23 1969년부터 왜구섬멸 장면을 연출하고 있다. 김택규, 앞의 책, 272쪽 참조.

24 엄옥자, 『승전무』, 국립문화재연구소, 2004, 63쪽과 75~91쪽 참조.

25 김택규, 앞의 책, 271쪽의 「여원무 복원도」 참조.

앙부에는 언약의 궤(櫃)나 제단이 성스러움에 대한 구체적이고도 생생한 활동의 근원을 나타내고 있으며 그 성스러움은 주변으로 빛을 발하게 된다.

그러나 그 주변을 넘어서면 외곽의 음침한 지역이 펼쳐진다. 즉 계략과 함정의 세계로 권위도 법도 없으며 언제나 더러움과 질병과 파멸의 위험만이 불어오는 세계가 펼쳐진다. 성화(聖火) 주위를 도는 경우에도 신도들은 자신의 오른쪽 어깨를 지복(至福)이 나오는 이 중앙부를 향하게 하고, 인간 존재의 열등한 부분이며 방어적인 부분인 몸의 왼쪽 부분과 방패를 드는 왼쪽 팔은 어둡고 적의에 찬 혼동 상태인 외부로 향하게 한 채 움직인다. 이렇게 둥글게 주위를 도는 동작은 안쪽의 이로운 에너지를 빠져나가지 못하게 가두는 동시에 바깥으로부터 오는 끔찍한 공격에 대항하여 울타리를 형성하는 것이다.[26]

원형(圓形)은 '안 · 오른쪽 · 빛 · 성 · 선 · 능숙 · 순수/밖 · 왼쪽 · 어둠 · 속 · 악 · 실패 · 불결'의 상징체계가 성립하는 것이다. 그래서 원을 그리고 회전할 때는 시계 방향으로 도는 것이다. 「여원무」에서는 안에는 생명 · 선 · 빛 · 정의 · 창조를 상징하는 한(韓)장군남매가 있고, 도천산성으로 표상되는 밖은 죽음 · 악 · 어둠 · 불의 · 파괴를 상징하는 왜구가 있었던 것이다. 그리하여 원무를 추면서 안으로 결속력을 강화하고 밖으로 대결 정신을 고취하여 침략 세력을 섬멸시킬 수 있었던 것이다. 원무의 이러한 상징성 때문에 풍요제의 무용인 여원무를 군사 무용으로 전환하는 것이 가능하였을 것이다.

다음으로 「팔광대놀이」를 보면, 양반과 말뚝이, 양반과 본처와 후처, 줄광대와 곱사 등 세 마당으로 구성되어 있다. 첫째 마당에서는 양반과 말뚝이가 근본다툼을 벌이는데, 양반이 팔도 유람한 사실을 자랑하여 풍

---

26 로제 카으유와 지음; 권은미 옮김, 『인간과 성(聖)』, 문학동네, 1996, 75쪽.

류를 즐길 줄 앎을 강조하고, 9대 조부가 경주 부사라고 자랑하여 지체가 높음을 내세운다. 양반의 대사 속에 자인이 한때 경주부(慶州府)에 속한 사실이 반영되어 있다. 그리고 무엇보다 양반이 말뚝이의 반항을 제압하는 것으로 끝내는 종극법이 다른 지역 탈놀이에서 반어적인 양반의 승리(봉산탈춤) 또는 양반의 패망(양주별산대놀이, 수영들놀음)이나 항복(통영오광대)으로 끝내는 것과 현저히 다른 점으로 지역적 특성을 보인다. 둘째 마당에서는 양반과 본처와 후처 사이의 삼각관계도 영감이 기절하면 할미가 박수무당을 불러다가 주당(周堂)굿을 하여 회생시키고 화목한 가정을 이루는 점이 「가산오광대」나 「김해가락오광대」와 유사하다. 그리고 셋째 마당은 줄광대 재담놀이를 모방한 탈놀이로 곱사를 등장시켜 해학적인 분위기를 살린다. 남사당패의 영향을 받아 형성시킨 놀이마당으로 보인다. 「팔광대놀이」는 양반 채씨(蔡氏), 본처 류씨(柳氏), 후처 빼씨, 말뚝이(꼴씨), 참봉 김씨, 줄광대, 곱사, 무당 등 여덟 광대가 등장하기 때문에 「팔광대놀이」라고 하여 오광대가 오방신(오광대)이 등장하기 때문에 붙여진 명칭인 것과 동일한 작명법이다. 이러한 「팔광대놀이」는 「하회별신굿탈놀이」 및 예천 「청단놀음」과 함께 경북 지역의 탈놀이이지만 다음과 같은 지역적 차이를 보인다.

「하회별신굿탈놀이」는 서낭각시의 무동춤과 걸립에 이어서 서낭신에게 다섯 마당의 탈놀이(주지 마당, 백정 마당, 할미 마당, 중 마당, 양반·선비 마당)를 봉헌하는 공연 형태를 반복하고, 서낭각시신의 혼례식(초례와 신방)을 비밀 의식으로 한번 연출하였다. 예천 「청단놀음」은 광대판놀음, 주지놀음, 행의놀음(양반 마당), 지연광대놀음, 얼래방아놀음(중 마당), 무동놀음의 순서로 놀았고, 자인 「팔광대놀이」는 양반 마당, 할미 마당, 줄광대 마당 등 세 마당을 놀았다. 예천 「청단놀음」과 자인 「팔광대놀이」는 북놀이, 무동놀음, 줄타기와 같은 곡예를 연극화한 것이 특징이다. 또한 「하회별신굿탈놀이」와 「예천 청단놀음」은 주지·지연광대와 같은 벽사탈이 등장하는 데 반해서 자인 「팔광대놀이」는 벽사탈 마당 없이 오락적인 탈놀이 마당만으로 구성된 점이 특이하다. 무엇보다 예천 「청단놀음」은 재담이 없는 무용 무언극이라는 점에서 빈약하지만 재담이 들어있는 「하회별신굿탈놀이」보다도 더 원초적인 형태로 보이고, 자인 「팔광대놀이」는 복원에 문제가 있어 단정하기 어렵지만 「하회별신굿탈놀이」보다는 재담이 풍부하였다.[27]

자인 단오굿은 「여원무」와 같은 무용, 「팔광대놀이」와 같은 연극의 생성 모태이면서 오랜 전승력을 지닌 종합 예술체이고 축제이다. 그리고 부부신이 아니고 남매신이라는 사실만이 아니라 남신을 구심점으로 하여 여신의 신당을 파생시키면서 신앙권을 형성하고 확장해온 것도 특이하다. 단오제가 본디 양기가 극성해지는 시점에 음기를 보강하여 음양의 조화와 균형을 이루려는 제의[28]인 사실을 감안하면, 자인 단오굿은 한(韓)장군 전설이 발생한 시원으로 돌아가 음양의 조화가 구현되고 세계의 중심이 되는 체험을 반복 학습시킨다. 그러나 이러한 신앙적 관점과 달리 역사적 관점에서 보면, 한(韓)장군의 외적 퇴치 사건이 지역민의 지역 수호 정신과 애향심의 원천이 되고, 오늘날의 역사의식과 문화 의식 속에서 추체험되는 것이다. 한(韓)장군 남매의 충의 정신과 애민 사상이 알파이면서 오메가가 되는 것이다. 끝으로 한(韓)장군 남매 설화는 남매가 대립하고 심지어 생사를 걸고 경쟁하는 오뉘 힘내기 전설이나 자금·자련 남매 전설과는 달리 조화와 협력을 강조하는데,[29] 그러한 상생 정신이 원만 융통한 원무로 표현되었다는 해석도 가능하다.

27 박진태, 『전환기의 탈놀이 접근법』, 민속원, 2004, 277쪽 참조.
28 박진태, 「한·중 단오제의 비교연구」, 『비교민속학』 제37집, 비교민속학회, 2008, 100~102쪽과 이 책의 468~469쪽 참조.
29 박진태, 『탈놀이의 기원과 구조』, 새문사, 1990, 281~282쪽 참조.

4. 자인 단오굿의 변모 과정

자인 단오굿의 변화는 먼저 개화기 이후로 조선 시대의 신분제가 폐지됨에 따라 주재 집단인 향리층이 소멸하고, 아울러 관노층도 해체되고 무당층은 쇠퇴하는 등 사회적 기반이 와해되었다. 지금은 민간단체인 '경산자인단오제보존회'가 관장한다. 향리층이 주재하던 고을굿에서 지역 민간단체가 주최하는 지역 축제로 변한 것이다. 주재 집단이 바뀐 것이다.

둘째로 제관과 연희자가 호장을 비롯한 향리와 관노 및 무당(관노청 소속)에서 농민·상인·기술자와 교육인·공무원으로 바뀌었다. 자인현청과 관련된 특정 신분층에서 신분과 직업에 상관없이 지역민 전체로 확대된 것이다.

셋째로 단오굿의 진행 절차와 구성 요소에서 변화가 일어났다. 문헌자료에 나타난 자인단오굿은 한묘제(韓廟祭)와 여원무 및 잡희 등이 핵심적인 구성 요소들이다. 단오굿의 진행 절차는 호장이 도원수로 분장하고, 장산사명기·여원화관·여장 동남 등을 뒤따르는 가장 행렬이 현사(縣舍)가 있던 자리에 집결하여 진장터(개장지숲 뒤편)까지 가서 여원무를 연행하고, 한당(韓堂)으로 가서 제사를 올리고, 다시 고을 원한테 가서 여원무를 보이고 해산했다고 한다.[30] '현사 - 진장터 - 한묘 - 현사'로 이동하면서 '가장 행렬 - 여원무 - 한묘제 - 여원무'의 순서로 연행하였던 것이다. 이와는 달리 단오날 낮 사시(巳時)에 제1 한묘에 제사를 지내고, 현사 자리에서 버들못 근처 참왜석(斬倭石)이 있는 곳으로 가서 여원무를 추고, 진장터에 가서 검정옷을 입은 장수(왜구)와 흰옷을 입은 장수(왜구)를 각각 선두로 하고 조랑말을 탄 군사들 여러 명이 뒤따르는 진을 양쪽에 치고 목검으로 격전을 벌였으며, 「팔광대놀이」는 저녁에 서부의 장터에서 횃불을 밝히고 놀았다는 증언도 있다.[31] '한묘 - 참왜석 - 진장터 - 서부 장

---

30 김택규, 『한국농경세시의 연구』, 영남대학교출판부, 1985, 269쪽.

터'의 순서로 이동하면서 '한묘제 - 가장 행렬과 여원무 - 군사놀이 - 잡희(팔광대놀이)'를 연행하였다. 한편 단오 전날 밤에 무당굿을 하였다는 증언도 있다.[32]

자인 단오굿의 제의 절차는 한묘(韓廟)의 변천사와 결코 무관하지 않을 것이다. 곧 한묘가 누이의 신당만 있었던 시기에서 조선 중기에 송수현 현감이 건립한 진충사가 제1한묘(한장군의 사당)가 되고 기존의 한묘는 제2한묘(한장군 누님의 신당)가 되었던 시기를 거쳐 일제 강점기 때 제1 한묘가 일본인들에 의해 훼철된 까닭에 해방 이후에 제2 한묘를 이전하여 진충사로 한 시기로 변천해오면서 제의 절차도 변화해왔을 것이다. 현재의 단오굿은 한묘제, 가장 행렬(호장굿), 「여원무」, 「팔광대놀이」, 큰굿(무당굿)이 기본 골격을 이루고, 다른 연희들이 부대행사로 연행되고 있다.

1997년의 단오굿은 6월 8일(일요일)에 '백일장 대회 - 지신밟기 - 시민노래자랑'을 연행하고, 9일(월요일)에는 '한묘 대제 - 농악놀이 - 탈춤 - 고적대 퍼레이드 - 경축식 - 모심기노래 - 팔광대놀이 - 여원무 - 가장 행렬'의 순서대로 연행하고, 큰굿 · 씨름 · 그네뛰기 · 윷놀이 · 널뛰기는 시간대를 병행해서 진행하였다. 한묘 대제는 진충사에서, 「팔광대놀이」와 「여원무」는 야외 공연장에서, 가장 행렬은 '경산여상 → 면사무소 → 서림숲 입구' 구간을 행진하였으며, 큰굿은 서림숲 시중당에서 거행하였다. 가장 행렬의 순서는 '군악대 - 장산사명기(獐山司命旗) - 한장군기 - 청백황흑제기(青白黃黑帝旗) - 나대유풍기(羅代遺風旗) - 검마도천산기(劍磨到天山旗) - 영기 - 오방기 - 청룡기 - 감사뚝〔監司纛〕 - 호적 - 여원화 - 일산 - 사인교(헌관) - 제관(초헌관, 아헌관, 종헌관, 집례, 대축) - 장군 - 관기 - 팔광대 - 여원무 - 무녀굿패 - 모심기노래 참가팀 - 탈춤패 - 고적대 - 농악단 - 시민들'의 순서였다.[33]

---

31 자인에 거주하는 이복숙(1912년 출생) 할머니에 의하면 진법놀이에선 싸움이 격렬하여 사망자가 하나씩 꼭 나왔다고 한다. 한편, 자인은 동부와 서부로 양분되어 시장이 따로 있었으며, 양편이 줄다리기를 했다고도 한다.

32 1989년 6월 8일(단오날)에 필자가 고(故) 김택규 교수한테서 들었음.

그러나 1974년에 작성된 조사 보고서에는 '장산사명기 - 청룡기 - 백호기 - 영기 - 나대유풍기 - 농기 - 여원화관(女圓花冠) - 무부(巫夫) - 희광이 - 여장(女裝) 동남(童男) - 감사뚝 - 군노 - 사령 - 포장(砲將) - 영장(營將) - 기생 전배(前陪) - 중군(中軍) - 삼재비(악사) - 전배 통인 - 일산(日傘) 및 파초선(芭蕉扇) - 도원수(都元帥) - 인배(引陪) 통인 - 수배(隨陪)(독축관; 讀祝官)'의 순서였다.[34] 1997년에는 조선 후기의 가장 행렬에서 군노, 사령, 포장, 영장, 중군, 전배 통인, 일산, 파초선, 인배 통인 등과 같은 과거의 관직 인물들이 빠지고 그 대신 모심기노래 참가팀, 탈춤패, 고적대, 농악단 등과 같은 현대의 각종 공연단이 참가하였다. 물론 도원수도 일반적인 장군으로 격하되었다.

특히 최근에는 현대 축제화가 추진되어 2008년도 제33회 경산 자인 단오제(6월 7일/토~10일/화)에서는 지정 문화재 행사와 지역 문화·예술 행사 및 체험 행사로 범주화하고, 지정 문화재 행사로 호장굿(가장 행렬), 한(韓)장군제, 「여원무」, 큰굿, 「팔광대놀이」를 하고, 지역문화·예술 행사로 학술 세미나, 제등 행진, 원효 성사 탄생 다례제, 원효와 요석 공주, 계정 들소리, 경산 향시 과거제, 무애춤, 압독국과 김유신 장군, 그네뛰기 대회, 외국인 민속놀이 경연 대회, 올림픽 메달리스트 씨름 대회 등을 하고, 체험 행사로는 민속놀이 체험, 단오떡 만들기, 한(韓)장군 말타기, 단오 부채 만들기, 단오 등 달기, 경산 문화재 탁본 체험, 창포머리 감기, 압독국 문화 체험, 불로차 달이기 체험 등을 하였다. 압독국과 원효 관련 행사를 포함시켜 지역 문화 축제의 성격을 강화시키고, 단오 민속(부채, 창포)을 체험 행사로 개발하여 단오 민속의 종합체로 만들었으며, 경산의 향시와 탁본 관련 행사를 추가하여 자인과 경산의 행정적 통합에 상응하는 역사적·문화적 통합을 시도하였다. 그리고 2009년 제34회 경산 자인 단오제(5.27/수~5.28/목)에서는 농업 특산물 직판장 운영, 중소기업 제품

---

33 1997년 단오단오굿에 관한 정보는 김택규 외, 앞의 책, 325~336쪽 자료 활용.

34 문화재관리국, 『한국민속종합조사보고서』(경상북도 편), 1977, 573쪽 참조.

직판장 운영, 자인 시장 특산물 판매 등과 같은 경제 행사를 추가하였다.

넷째로 기능면에서도 변화가 일어났다. 먼저 신앙적 기능면을 보면, 한(韓)장군 신앙을 기반으로 하여 제사만이 아니라, 「여원무」와 「팔광대놀이」도 제의적·주술적 기능을 부여하여, 원귀와 재난 퇴치, 풍요다산, 무사태평과 번영 등을 기원하였다. 그러나 한(韓)장군 신앙도 약화되었고, 특히 자인 이외의 경산시 거주자는 한(韓)장군을 지역 수호신으로 숭배하기보다는 단순한 전설적 인물로 인식하기 때문에 자인 경산 단오제의 신앙적 기능은 급격하게 약화될 수밖에 없는 실정이다. 예전에는 단오제를 지내기 전에는 여원무의 화관에 함부로 접근하지 않았지만, 파장이 되면 꽃송이를 따가려고 심하게 다투었다고 하는데, 이는 꽃송이를 품고 집에 가져다 두면 풍년·액막이·치병(治病) 등에 효험이 있다는 믿음 때문이었다.[35] 지금은 이러한 풍속이 사라졌다.

다음으로 정치적 기능면을 보면, 호장이 초헌관이 되고, 향리·관노·무당에게 가장 행렬·여원무·팔광대놀이의 역할을 분담시켜 광의의 사제 집단을 조직하였다. 향리층은 향촌 사회의 중간 지배 세력이고, 관노는 향리층을 보조하였으며, 무당은 종교적으로 지배적 위치에 있었다. 지금의 경산 자인 단오제 보존회는 이사장과 이사 및 사무국장, 그리고 연희자(예능보유자, 예능 보유자 후보, 전수 조교, 이수자, 전수 장학생, 회원)로 구성된 문화 단체이기 때문에 정치적 기능은 대폭 약화되었다. 사회적 기능을 보면, 자인 지역민을 통합하여 지역적 유대감과 향토애를 고취시켰는데, 지금은 '경산 자인 단오제'로 명칭을 변경하였듯이 축제의 참여 지역을 자인면에서 경산시로 확장시켜 지역 공동체 의식을 강화하려고 한다.

오락적 기능면에서도 변화가 일어났으니, 「여원무」(무용)와 「팔광대놀이」(연극)를 포함하여 그네뛰기(여성놀이)·씨름(남성놀이)을 주요 종목

35 김택규, 앞의 책, 272쪽 참조.

으로 하여 예술적 표현을 추구하고 오락적 쾌락 욕구를 충족시키려 하였는데, 지금은 다양한 체험 행사를 하여 세시풍속으로서의 단오굿을 넘어서서 공연문화만이 아니라 언어문화·조형문화·전시문화·영상문화가 혼합된 문화 축제로 확대되는 축제 문화의 변화 추세를 따라가려고 한다. 이밖에도 품질이 우수한 농산물을 판매하기 위해서 생산성을 제고하는 경제적 기능, 경산여자전산고등학교 학생들에게 여원무 전수를 통하여 무용 교육을 하는 교육적 기능에서도 새로운 변화가 있다.

이와 같이 자인 단오굿은 제의적인 요소는 기본 골격으로 유지하면서도 한묘의 이전과 통합, 버들못의 공장 단지 개발, 참왜석의 지리적 고립 등과 같은 물리적 환경의 변화만이 아니라 향리층의 고을굿에서 민간단체의 지역 축제로 주재 집단이 바뀌고, 향리·관노·기녀·무당 등과 같은 특수 계층이 사라지고, 일반인이나 학생이 역할을 담당하게 되었으며, 무형 문화재로 지정이 되고, 자인 단오굿에서 경산 자인단오제로 외연이 확장됨에 따라 신앙적·정치적·사회적·오락적 기능에 전반적으로 변화가 필연적으로 발생하였으며, 세속화와 오락화가 가속화되었다.

5. 자인 단오굿의 전망

역사의식이란 과거에서 현재를 찾고, 현재에서 미래를 전망함을 의미하는데, 자인 단오굿의 정체성을 재확인하고 발전 방안을 모색하기 위해서는 이러한 역사의식이 필요하다. 문헌 기록을 통하여 자인 단오굿의 기원과 변천 과정을 추적하고, 현재의 전승 실태를 점검한 토대 위에서 미래를 전망할 때 무형 문화재의 보존, 지역 문화 축제의 활성화, 전통 축제의 현대화와 세계화 등 세 가지 측면으로 나누어 접근하는 것이 타당하다.

첫째 자인 단오굿은 1971년 3월 16일에 중요 무형 문화재 제44호로 지정되어 지역 문화 차원에서 민족 문화 차원으로 그 역사성과 예술적 가치가 인정을 받았었는데, '한장군놀이'라는 명칭으로 지정됨으로써 '한(韓)장군의 가장 행렬과 「여원무,' 중심으로 편협하게 인식되는 결과를 초래하고, 제의적 요소가 상대적으로 과소평가되었고, 「팔광대놀이」의 성격이 애매해졌다. 이러한 문제의식에서 2007년부터 '경산 자인 단오제'로 명칭을 변경하였다. 그리하여 한묘제, 큰굿, 「여원무」, 가장 행렬, 「팔광대놀이」가 모두 한(韓)장군과 관련된 행사이며, 이 다섯 행사가 유기적인 통합체를 이루어야 자인 단오굿의 정체성이 확립된다는 인식을 하기에 이르렀다. 그러나 큰굿을 하는 무당이 이 지역의 무당이 아니기 때문에 무당과 무굿에 대한 고증이 거의 불가능한 상태이며, 「팔광대놀이」도 발굴과 재연 과정에서 생존한 연희자의 부재[36]로 원형성 시비에서 결코 자유롭지 못한 실정이다. 또한 「여원무」와 가장 행렬도 인원 구성과 공연 내용을 비롯하여 원형에서 이탈하여 적지 않은 변모를 겪었다.

문화도 시대와 환경의 변화에 따라 변하는 것은 자연스럽다. 따라서 무형 문화재를 화석화하는 것을 경계해야 마땅하다. 그러나 무지와 불성실로 인한 왜곡과 파괴 또한 막아야 한다. 명백한 오류는 시정되어야 한다. 그래서 자인 단오굿은 왜곡화・화석화되기를 거부하고 현재도 지역민과 호흡을 함께 하는 지역 축제 문화를 지향한다. 그렇지만 중요 무형 문화재의 지위를 유지하는 한 원형성과 학술적 가치에 대한 논의에서 자유로울 수 없는 것도 문화재 보호법의 논리이다.

둘째로 바야흐로 지역 축제의 춘추 전국 시대를 맞이하여 자인 단오굿도 경쟁력 있는 지역축제로 발전하기 위해서 혁명적인 변혁을 시도하고 있다. 오락적인 행사의 레퍼토리의 다양화만이 아니라 다양한 체험 행사를 개발하여 경산 시민 전체의 축제로 확대시키려고 한다. 더 나아가서는

36 팔광대놀이의 조사・재연은 이종대(1940~1992)의 공헌이 지대한데, 아쉽게도 연희자나 탈・복식 제작자가 생존자가 없는 상태에서 관찰자인 이복순(1912~?) 할머니를 상대로 조사하여 복원하였다.

대구 시민을 비롯한 인근 지역민만이 아니라 전국에서 구경꾼이 몰려오도록 하려고 한다. 한국인만이 아니라 외국인도 단순한 구경꾼을 넘어서서 참여하도록 유도한다. 그러나 이러한 외연 확장을 하면 할수록 이와는 반비례로 본래의 제의적 성격은 약화될 것이다. 왜냐하면 외지인들은 한(韓)장군 전설을 포함하여 한(韓)장군과 관련된 유적지와 제사·공연에 대한 지식이 없고, 한(韓)장군 남매신에 대한 숭배심과 신앙심이 없기 때문에 한묘나 묘제에 대해서는 관심도가 떨어지는 것이 당연하다. 그리고 「여원무」와 「팔광대놀이」도 제의적인 의미와 기능보다는 오락예술적인 관점에서 감상할 것이다. 그리하여 자인 단오굿의 구심점이 모호해지고, 최악의 경우에는 핵심 요소(묘제, 가장 행렬, 큰굿, 여원무, 팔광대놀이)는 흥미와 관심의 권역에서 밀려나고 씨름 대회나 그네뛰기 대회나 각종 경연 대회에 구경꾼을 빼앗기고, 심지어는 지역적 특성마저 퇴색해지고 어디에서나 볼 수 있는 백화점식 축제로 전락할 수도 있다.

현대 축제는 탈지역성, 탈역사성, 이벤트성, 체험성이 특징이다. 전국적인 축제, 세계적인 축제일수록 지역성과 민족성이 탈색되기 마련이다. 그리하여 지역적인 유대감을 강화하고 지역민을 통합시키려는 전통적인 지역 축제는 심각한 위기에 처했다. 전통적인 축제의 국제화에 성공한 사례로는 안동 국제 탈춤 페스티벌과 강릉 단오제를 들 수 있다. 전자는 하회 별신굿에서 탈놀이만을 가져와 안동시의 국제적인 탈춤 축제로 확대시킨 것이기 때문에 하회 별신굿의 역사성과 제의성은 소거(掃去)되고 탈춤만 공연물로 전환시켜 대중적인 오락물 내지 관광 상품으로 변질시킨 것이다. 그리고 강릉 단오제도 대관령에서 국사성황신을 맞이하여 여국사성황과 신성 결혼을 시키고 부부신을 남대천 굿당에 모시고 굿판을 벌이는 서낭굿의 기본 골격은 주변부로 밀려나고 전시 문화와 공연 문화가 혼합된 단오 문화 축제로 굴절되었다. 이처럼 축제의 참여자의 폭을 넓히고 수를 늘리려고 할수록 탈지역화와 탈역사화는 필연적이고, 이벤트화와 통속화는 축제의 국제화·세계화를 향하여 가속화된다.

그럼에도 불구하고 자인 단오굿이 제의적인 핵심적 요소를 문화재로 보존·유지하면서 현대화시켜 국제적인 축제로 도약하기 위해서는 이 두 가지 지향성을 조화·통일시키는 도리밖에 없다. 자인 단오굿의 역사성과 전통성을 회복하고 축제의 공간을 확장하기 위해서라도 버들못의 복원과 검흔석 주변의 정비도 추진할 필요가 있다. 또한 중국 단오제의 핵심인 용선경도(龍船競渡)를 초청하여 오목천이나 삼정지에서 공연하여 단오 축제의 국제 교류를 추진하는 것도 시도해 볼 만하다. 이러한 자인 단오굿의 현대화와 세계화는 자인과 경산 지역민이 해결해야 할 시대적 과제가 되고 있다. 결코 녹록치 않은 난제들을 하나하나 풀어나가기 위해서는 자인·경산 지역민이 '원무(圓舞)의 정신'을 되새겨야 할 것이다.

5

전통 축제·연희의 민속적 이해

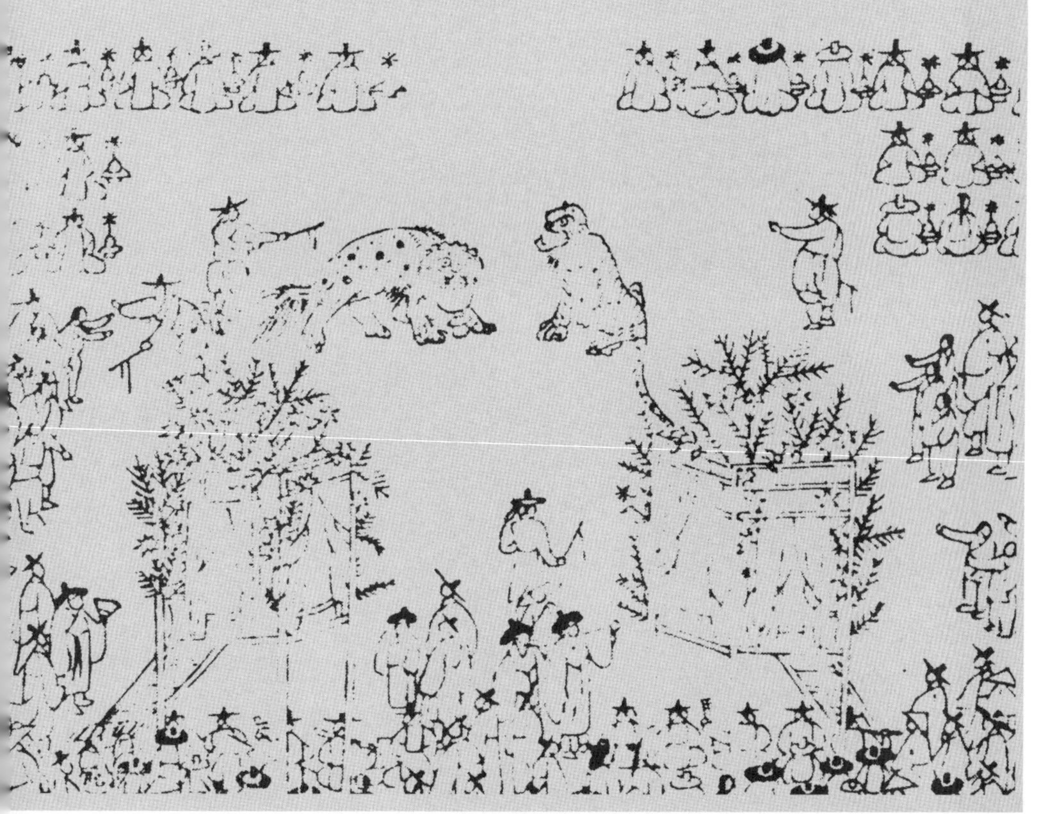

제19장 한국과 중국의 단오제 비교

1. 단오제 비교연구의 관점

한국과 중국과 일본은 지리적인 인접성으로 인해 외교적 · 군사적으로 충돌하기도 하였지만, 문화적 · 사상적 측면에서는 교류와 융합이 활발하게 이루어졌다. 그러다가 근대화 과정에서 자본주의와 사회주의의 수용면에서 차이를 보이면서 1949년 이후로 단절과 이질화를 초래하였다. 그러나 중국이 1980년대에 개혁 개방 정책을 실시함에 따라 다시 대륙의 문이 열리고, 한 · 중 · 일 삼국이 협력하면서 경쟁하는 새로운 시대로 진입하였다. 20세기에 일시적으로 역사 체험을 달리하였지만 한 · 중 · 일은 역사적으로 샤머니즘 문화권, 농경 문화권, 벼농사 문화권, 불교 문화권, 유교 문화권, 한자 문화권을 형성하면서 인적 · 물적 교류 속에서 문화적 · 사상적 동질화와 이질화를 역동적으로 추구해온 양면성이 있다.

한국과 중국은 세시풍속 면에서 공유 지대가 넓다. 그러나 구체적인 내용을 들여다보면 동근이형(同根異形)의 관계임을 알 수 있게 된다. 아니 어떤 경우에는 민족과 언어의 계통이 다르듯이 문화적 연원과 역사적 배경이 다를 수도 있다. 한자와 한글, 아니 한문과 향찰의 차이만큼이나 차이와 거리가 절대적일 수도 있다. 단오절도 한국과 중국이 공유하고 있는 세시 풍속이지만, 세계 문화유산 등재를 계기로 선명하게 부각되었듯이 같으면서도 다르고 다르면서도 같은 점에 대한 정확한 인식을 할 필요가 절실해졌다. 그리하여 2002년 6월 13~14일에 한 · 중 · 일 민속학자들이 모여 단오절에 대한 국제 학술 대회를 가졌고, 그 결과물이 『아시아의 단오민속』(국학자료원, 2002)으로 출간되었지만, 각 나라와 지역별로 연구사를 검토하고, 내용을 소개하는 논문들이 주류를 이루었고, 막상 비교 연구한 논문은 2편뿐이었다.[1] 그런데 이 두 논문은 한국과 북한과 중국 조선족과 일본의 단오절에 관심을 보여 한국과 중국의 단오절 비교는 여전히 과제로 남겼다.

한국의 단오절에 대한 연구는 현전하는 단오굿 위주로 이루어졌다. 학문적 체계화보다는 현재적 필요성에 의해서 연구가 촉발된 측면이 있는 것이다. 강릉 단오굿의 조사 보고서는 임동권의 「강릉 단오제」(『한국 민속학 논고』, 집문당, 1972)가 제일 먼저 나왔고 내용도 가장 정확하다. 그리고 연구서로는 김선풍·김경남의 『강릉 단오제 연구』(보고사, 1998)와 장정룡의 『강릉 단오 민속 여행』(두산, 1998)이 대표적이다. 자인 단오굿의 자료집은 『자인 단오』(경산 문화원, 1988)가 있고, 영산 단오굿은 전승이 단절된 채 조사보고서로 김광언의 「문호장굿」(『한국 문화인류학』 제2집, 1969)이 남아 있는 실정이다. 이처럼 한국 단오절은 단오제(굿) 중심으로 조사되고 연구가 되었으며, 그것도 단오굿 또는 단오 문화의 전승권을 구획하여 포괄적으로 연구하지 않고 강릉 단오굿에만 편중된 경향을 보였다.

중국의 경우는 자료 수집의 한계 때문에 결론을 유보할 수밖에 없지만, 대체로 기원 문제에 관심이 집중된 것 같다. 중국의 단오 연구는 민속학이 보급된 1930년대부터 시작되었는데, 문일다(聞一多; 1899~1946)는 『단오고(端午考)』「단오의 역사 교육(端午的歷史教育)」에서 단오제가 오나라 민족이 용의 토템 신앙을 바탕으로 형성시킨 '용(龍)의 절일(節日)〔龍之節〕'이라 주장하였고, 강소원(江紹原)은 「단오경도 본의고(端午競渡本意考)」에서 용주(龍舟) 경도는 굴원(屈原; B.C. 335·339?~B.C. 278·296?)을 애도하기 위한 것이라는 입장을 취하였으며, 다른 연구자들도 이 두 관점에서 벗어나지 못하고 있다고 한다.[2] 그러나 중국 단오제의 기원에 대해서는 지역에 따라 다양한 전설이 전승되고 있어서 총체적인 검토가 필요하다.

---

1 유경재의 「단오절을 통해 본 문화변용」과 편무영의 「해방 전 평양의 단오」가 비교민속학적 관점을 보였다.

2 도립번(陶立璠), 「중국의 단오풍속 및 그 변천」, (장정룡 외, 『아시아의 단오민속 - 한국·중국·일본』, 국학자료원, 2002), 14쪽 참조.

한국과 중국의 단오절을 제의적인 골격, 곧 단오제와 개별적인 풍속, 곧 단오 풍속으로 구분하고 양국의 동이점(同異點)을 비교한다. 그리하여 공통점을 통해서는 동북아시아 문화권의 보편성을, 차이점을 통해서는 한·중 문화의 지역적·민족적 특징을 파악한다. 이러한 접근법은 단순한 전파론을 지양하고 한국의 토착적인 제의 문화가 중국의 세시 풍속 문화와 접합하여 독자적인 단오 문화의 역사를 전개시켜 왔을 것이라는 가설을 전제로 한다.

2. 계절 의례로서의 단오제

세시 풍속으로서의 단오제의 성격에 대해서는 『삼국지(三國志)』「동이전」에 있는 기록이 단서가 된다.

> 상례로 오월에 씨뿌리기를 마치면 귀신에게 제사를 지냈다. 무리가 모여서 가무와 음주로 밤낮을 쉬지 않았다. 그 춤은 수십 명이 함께 일어서서 서로를 따르면서 땅을 밟으며 몸을 낮추었다가 들어올렸다가 하였는데, 손발이 상응하였으며, 절주는 탁무와 비슷하였다.
>
> 시월에 농사를 마치면 다시 이와 같이 하였다.[3]

오월의 파종기에 풍요다산을 기원하고, 시월의 수확기에 신에게 감사하였으니, 농경 사회에 걸맞게 농사력(農事曆)에 맞추어 농경 의례를 거행한 것이다. 춤의 대형(隊形)은 강강술래처럼 줄을 지어 움직이는 원무(圓

3 전해종, 『동이전의 문헌적 연구』, 일조각, 1982, 33쪽. 원문 : "常以五月下種訖, 祭鬼神. 群聚歌舞飮酒, 晝夜無休. 其舞, 數十人, 俱起相應, 踏地低昂, 手足相應, 節奏有似鐸舞. 十月農功畢, 亦復如之."

舞)인데, 이것은 안으로 공동체의 결속력을 다지고 밖으로는 외부의 적을 막아내는 것을 상징한다. 그리고 춤사위는 탈춤처럼 같은 쪽의 손발을 동시에 들었다 내렸다 하는 동작인데, 이것은 발로는 악귀를 밟고 손으로는 악귀를 베어버리는 덧배기춤[4]의 원형일 것이다. 삼한에서는 성읍 국가마다 무당이 한 사람씩 있어서 제천의식을 거행하였다[5]고 하는데, 천신과 대립되는 지신은 '선신-악귀'의 관계를 이루므로 천신(또는 서낭신)을 맞이하여 지신을 퇴치하는 것이 오늘날의 지신밟기이다.

5월 5일의 단오제는 중국에서 성립된 오월제(五月祭)이다. 고대 중국에서 음양 사상에 근거해서 홀수는 양수(陽數)이고 짝수는 음수(陰數)이므로 홀수의 달과 날이 겹치는 날, 곧 1월 1일(설날), 3월 3일(삼짇날), 5월 5일(단오), 7월 7일(칠석), 9월 9일(중양절)이 우주의 양기(陽氣)가 가장 충만한 날이라 믿고, 양기로 음기를 제어하려는 뜻에서 명절로 삼았다. 이 가운데서도 단오절은 낮이 가장 길어서 태양의 양기를 가장 많이 흡수하게 되는 하지(夏至)가 들어 있는 5월의 명절이므로 태양의 축제의 성격을 띠게 되었다. 그렇지만 음양 사상에 의해 이 '태양-불'의 축제의 시기에 '물-용(龍)'의 축제를 벌여 음양의 조화를 이루려고 하였다. 이것이 단오절에 물이나 용과 관련된 풍속이 집중된 이유이다.

중국은 '단오절'이라 부르고, 한국은 '수릿날'이라 부르는 이유는 무엇일까? 『태평어람(太平御覽)』 31권에서 진(晋)나라 주처(周處)의 「풍토기(風土記)」에서 인용하여 "중하 단오(仲夏端午). 단(端), 초야(初也)."라고 하였는데, 이것은 단오절이 5월의 '첫 5일'이라는 뜻인 바, 고대(古代)에서는 '오(五)'와 '오(午)'가 통용되었다.[6] 단오절의 명칭은 다양하게 사용되는데, 먼저

4 덧배기춤에 대해서는 김온경, 「경남 덧배기춤 고(攷)」(채희완 엮음, 『탈춤의 사상』, 현암사, 1984), 174~203쪽 참조.

5 전해종, 앞의 책, 33쪽. 원문 : "信鬼神, 國邑各立一人, 主祭天神, 名之天君." 여기서 천군은 단군과 마찬가지로 '하늘에 제사지내는 제사장'을 가리킨다. 둘 다 'Tengri(하늘)'에 어원을 두고 있다.

6 『중국풍속사전』, 상해사서출판사, 1991, 98쪽 참조.

단오절과 마찬가지로 시기(時期)와 관련된 경우—단오(端午), 단오(端五), 중오(重午), 단양(端陽), 오월절(五月節), 천중절(天中節), 천장절(天長節)—, 그리고 창포와 관련된 명칭—포절(蒲節), 목란절(沐蘭節)—, 여자의 친정 근친(覲親)과 관련된 경우—여아절(女兒節), 여와절(女媧節), 왜왜절(娃娃節)—, 시식(時食)과 관련된 경우—종포절(棕包節), 해종절(解粽節)—가 있고, 시인절(詩人節)은 굴원과, 용선절(龍船節)은 용선 경기(競技)와 관련된 명칭이다.

우리나라의 '수릿날'에 대해서는 『경도잡지』와 『동국세시기』에서는 수레바퀴 모양의 쑥떡을 해먹기 때문에 수릿날〔戌衣日〕이라고 하였고[7], 『열양(洌陽)세시기』에서는 밥을 수뢰(水瀨)에 던져 굴원(屈原)에게 제사를 지내기 때문에 수뢰일(水瀨日), 곧 수릿날이라고 부른다고 하였는데[8], '수리'란 '고(高)·상(上)·신(神)'을 가리키는 옛말이므로 '신의 날', '최고의 날'이라는 의미를 지닌다는 주장[9]도 있고, 몽골어 'Soro(높다, 솟다)'에서 유래한다는 설[10]도 있다. 그런데 제주도 심방굿(무당굿)에서 신이 내리도록 세우는 신대를 '수릿대'라고 부르고[11], 마한에서 귀신에게 제사를 지내기 위해 방울과 북을 매달아 소도에 세운 커다란 나무장대가 솟대의 고형인 사실들을 감안하면, 수릿날은 마한 시대의 오월제 내지 제천일(祭天日)이었고, 이 수릿날이 중국에서 유입된 단오절로 교체되면서 이름만 존속했을 개연성이 크다. 수릿날은 소도의 솟대, 곧 수릿대에 천신이 내린 날, 다시 말해서 하지제(夏至祭)일 개연성이 큰 것이다. 중국에서도 남송(南宋)의 범엽(范曄)의 『후한서』「예의지(禮儀志)」에서 '한대의 5월 5일 풍속은

7 이석호 역, 『동국세시기(외)』, 을유문화사, 1971, 97쪽과 231쪽 참조.

8 위의 책, 163쪽 참조.

9 『한국민속대관』(4권), 고려대학교 민족문화연구소, 1982, 201쪽 참조. 이경복(李慶馥)이 집필한 「여름」편에서 처음 제시된 이러한 견해를 장정룡, 『강릉단오민속여행』, 두산, 1998, 23쪽에서 계승하고 있다.

10 김용덕 편저, 『한국민속문화대사전』(상권), 창솔, 2004, 414쪽 참조.

11 한글학회, 『우리말사전』(2권), 어문각, 2449쪽 참조.

하·은·주의 하지절(夏至節)에 기인한다'라고 하여[12] 하지제가 단오제로 교체되었을 개연성을 강력하게 시사한다.

마한에서는 오월제와 함께 시월제도 거행하였다. 부여의 12월(태음력) - 은력(殷曆)(태양력)으로는 정월 - 영고(迎鼓)는 신년 제의이고, 고구려의 10월 동맹(東盟)과 동예의 10월 무천(舞天)은 마한의 시월제와 마찬가지로 수확 의례였을 것이다. 이 시월제를 계승한 것이 신라·고려의 팔관회이다. 고려의 팔관회는 먼저 서경에서 10월 15일에 개최하고 11월 15일에 개경에서 개최되었는데, 조선 시대에는 폐지되었다. 그리하여 국가적 제전으로서의 시월제와 오월제의 전통은 모두 단절되고 세시 풍속으로만 남게 되었다. 그 결과 시월제는 '시월상달'이라는 말에 영광의 흔적을 남기고, 오월제는 단오로 부활하였다. 이것은 중국에서 음양 사상에 의해 1월 1일 설날, 3월 3일 삼짇날, 5월 5일 단오, 7월 7일 칠석, 9월 9일 중양절을 명절로 제정한 세시 풍속 제도를 수용하여 보름 명절(1월 15일 대보름, 6월 15일 유두, 8월 15일 한가위)과 조화시킨 사실과도 관련된다. 다시 말해서 설날(대보름 포함)은 묵은해를 보내고 새해를 맞이하는 신년 제의로, 단오는 오월제와 교체되어 파종 의례로, 한가위는 시월제를 대신해서 수확 의례의 기능을 담당하게 재조정된 것이다. 이런 연유에서 조선 시대 중종 13년(1818년)에 설날·추석과 함께 단오를 3대 명절로 제정하였을 것이다.[13]

단오의 계절성은 다음의 글이 적절하게 지적해준다.

> 음력 5월은 대체로 하지(夏至) 절후(節侯)로 하지 전후 3일이 모심기에 가장 적합한 시기다. 이때를 놓치면 늦모로 들어가서 적기를 잃게

---

12 정전인(鄭傳寅)·장건(張健) 주편, 『중국민속사전』, 商務印書館·湖北辭書出版社, 1987; 민속원, 1988, 237쪽 참조.

13 『한국민속대관』(4권), 199쪽 참조.

된다. 또 이때쯤이면 찔레꽃이 한창 만발할 때며, 이 무렵이면 비가 오지 않아 가뭄이 드는 경우가 많아 '찔레꽃가뭄'이라는 이름이 붙을 정도다. 이 고비가 대체로 음력 초순쯤인데, 조선왕조 3대 태종은 병상에 누워서 가뭄을 걱정하던 차 5월 10일에 승하하면서 '내가 죽은 뒤 상제(上帝)께 청하여 비를 내리게 하리라' 하였는데, 태종이 승하한 뒤 곧바로 소나기가 내려서 가뭄을 면하였다. 그 뒤에도 반드시 5월 10일이면 날이 흐리고 비가 내린다 하여 특히 이 날 내리는 비를 '태종우(太宗雨)'라 한다.[14]

남부·중부·북부·평야·산간이냐에 따라 차이는 있지만 볍씨를 논에 직파를 하는 경우이든, 못자리에서 논으로 이앙(移秧)을 하는 경우이든 단오나 하지 무렵에 충분한 강우(降雨)가 필수적이다. 그리고 감자·고추·콩·팥·조·깨와 같은 밭작물도 대체로 이때 심기 때문에 이 시기의 가뭄은 밭농사에도 치명적이다. 그래서 한국이나 중국이나 5월에 천신과 용신에게 기우제를 지냈다.

단오는 하지에 근접한 시점이므로 농사와 관련해서 성장 의례 내지 풍요 제의가 거행되는데, 동시에 기온의 급격한 상승에 따라 질병의 위험도 많아지고, 식욕의 저하로 체력이 약해질 위험이 있는 시기이므로, 특히 중국의 남부 지방은 여름철에 고온다습(高溫多濕)으로 해충(害蟲)이 번식하고 질병이 유행하므로 재난을 막고 역귀(疫鬼)를 내쫓는 활동을 활발하게 하였다. 『형초세시기(荊楚歲時記)』에서 "오월은 속칭 악월(惡月)이고, 금기가 많다."[15]라고 한 것도 바로 이런 사정을 말한다. 그리하여 단오 풍속은 식물의 생장을 촉진시키는 풍속만이 아니라 재난을 소멸하고 역질(疫疾)을 예방·퇴치하는 풍속도 풍부하게 발달하였다.

---

14 위의 책, 203쪽.

15 종름; 상기숙 역, 『형초세시기』, 집문당, 1996, 112쪽.

이상에서 살펴보았듯이 단오제의 배경으로 한국과 중국은 지리적 배경으로 저지대(低地帶)를, 기후적 배경으로 고온다습을, 산업적 배경으로 농경을, 문화적 배경으로 음양 사상과 수리(數理)철학을 공유하고 있는데, 신앙적 배경 면에서는 중국은 용(龍)신앙이지만 한국은 서낭신 신앙과 관련이 깊고, 역사적 측면에서는 중국이 굴원, 오자서, 개자추와 같은 역사적 인물들과 관련이 있는 데 비해서 한국은 범일 국사, 문 호장, 한 장군과 같은 역사적·전설적 인물들과 관련이 있는 바 이에 대한 집중적인 비교·분석을 한다.

3. 중국의 단오제

중국 단오제의 유래에 대해서는 고대 문헌의 기록을 근거로 하여 7가지로 정리된 바 있다.

> 첫째는 단오절이 삼대(三代)의 난욕(蘭浴)에서 기원하였다는 설이다. 『대대례기(大戴禮記)』「하소정(夏小正)」에서 5월 "축란은 목욕하기 위함이다(蓄蘭爲沐浴也)."라고 하였다. 그래서 주대(周代) 이래로 주삭(朱索)과 도인(桃印)으로 문을 장식하고, 쑥으로 만든 인형을 지게문 위에 매달고, 오색실을 매고, 붉은 영부(靈符)를 거는 등 재난을 막고 사기(邪氣)를 피하는 풍속(風俗)이 대대로 전하였으며, 아직까지도 민간에서 유행이 되고 있다.
>
> 둘째는 단오절이 춘추 시대 월국(越國)에서 기원했다는 설이다. 구천(勾踐)이 5월 5일에 수군(水軍)을 훈련하였다. 송나라 고승(高承)은 『사물기원(事物紀原)』「경도(競渡)」에서 초나라 전운(傳雲)의 말을 인용하여 "월왕 구천에게서 기원한다(起于越王勾踐)."라고 하였다.
>
> 셋째는 개자추(介子推)를 기념하는 것이라는 설이다. 동한(東漢) 채옹

(蔡邕)의 『금조(琴操)』에서 "개자수(介子綏)[즉 개자추(介子推)]는 허벅지 살을 베어 중이(重耳)에게 먹이었다. 중이는 나라를 회복하였으나 자수만 얻는 바가 없었다.…… 드디어 산속에 들어가 숨었다. 문공(文公)이 듣고 놀라 영입하려고 하였으나 나오지 않았다. 문공이 산에 불을 질러 나오게 만들려고 하였으나 자수는 나무를 끌어안은 채 불타 죽었다. 문공이 백성에게 5월 5일에는 불을 사용하지 못하도록 명령하였다."라고 기록되어 있다. 『업중기(鄴中記)』「부록(附錄)」에서는 "병주(並州)의 풍속에 5월 5일에 불타 죽은 개자추(介子推)를 위하여 세상 사람들이 매우 기휘(忌諱)하여 불에 익힌 음식을 먹지 않는다."라고 말하였다.

넷째는 애국(愛國)시인 굴원(屈原)을 기념한다는 설이다. 양(梁)나라 오균(吳均)의 『속제해기(續齊諧記)』에서 초(楚)나라 대부 굴원(屈原)이 참언(讒言) 때문에 왕에게 쫓겨났다. 5월 5일에 멱라수(汨羅水)에 뛰어들어 죽었다. 초나라 사람들이 슬퍼하여 해마다 이날에 대나무 통 안에 쌀을 담아 강물 속에 던져 제사를 지내고, 배를 띄우고 노를 저어 그를 건지도록 하였다. 그 후에 앞부분은 종자(粽子)먹기로 변하고, 뒷부분은 경도(競渡)로 변하였다.

다섯째는 오자서(伍子胥)를 기념한다는 설이다. 남조(南朝)의 양(梁)나라 종름(宗懍)은 『형초세시기(荊楚歲時記)』에 한단순(邯鄲淳)의 『조아비(曹娥碑)』를 인용하여 "5월 5일에 오자서를 맞이한다(五月五日, 時迎伍君)"라고 기록하였다. 역사 속에서 오자서(伍子胥)는 오국(吳國)에 충성을 다하지만, 훗날 오왕(吳王) 부차(夫差)에게 살해되어 시신이 강에 버려짐에 따라 도신(濤神)으로 화신한다. 민간의 전설 중에서도 오자서(伍子胥)는 5월 5일에 죽었기 때문에 강소성과 절강성 일대에서는 도신(濤神)을 맞이하는 풍속이 있다.

여섯째로 조아(曹娥)를 기념한다는 설이다. 『회계전록(會稽典錄)』에 "여자 조아는 회계(會稽)의 상우(上虞) 사람이다. 아비는 가악(歌樂)에 능하여 무당이 되었다. 한나라 안제(安帝) 2년 5월 5일에 현(縣)의 강 기수(沂水)에 파도가 심하므로 파신(波神)을 맞이하다가 익사하였으나 그 시신을 찾지 못하였다. 14살이던 조아가 강에 나가 아버지를 부르며 울기를 밤낮을 가리지 않고 7일 동안 하다가 마침내 강물에 몸을 던져 죽었다."라고 기록되어 있다. 그래서 절강성 일대에서 5월 5일에 조아(曹娥)를 기념한다.

일곱째 지랍(地臘)이라는 설이다. 『도서(道書)』에 "5월 5일은 지랍(地臘)을 하는 날이다. 오제(五帝)가 산사람의 관작, 혈육의 성쇠(盛衰), 만물의 번성, 수명의 연장, 장생(長生)의 기록 등을 교정(校定)하기 때문에 이날에 사죄하고, 관작을 바꿔달라고 요청하고, 조상에게 제사한다."라고 기록되어 있다.[16]

난욕설(蘭浴說)은 단오에 난초를 넣어 끓인 물로 목욕한 데서 유래한다는 주장이다. 일반적으로 창포(菖蒲)물에 몸을 씻거나 머리를 감는데, 창포물로 머리를 감는 이유는 창포 잎에 세발(洗髮) 성분이 함유되어 있고, 창포의 뿌리가 약재(藥材)인 과학적 이유 이전에 주술·종교적인 물의 축제—풍우를 관장하는 뱀이나 용에게 비를 빌거나, 물로써 정화하고 재액(災厄)을 씻거나, 상징적인 재생 의례를 행하거나—와 관련이 있다. 주삭(朱索)의 붉은 색은 벽사색(辟邪色)이고, 도인(桃印)의 복숭아나무도 벽사의 기능이 있다. 쑥과 오색, 그리고 적령부(赤靈符)도 모두 사기와 악귀를 내쫓는 구실을 한다. 그러나 벽사 행위의 원리는 머리감기와 다르다. 머리감기는 '유사(類似)는 유사를 낳는다'는 유감(類感)주술(Sympathetic magic)에 근거하지만, 적색·복숭아나무·쑥·오색은 그 안에 주력(呪力)이 깃들어 있다는 관념에 기초한다. 적령부는 붉은 색채와 함께 문자나 그림에 의해 주력이 발생한다. 단오의 머리 감기는 원래는 3월 상사일(上巳日)이나 삼짇날〔3월 3일〕의 유배곡수(流杯曲水)[17]나 계욕(禊浴)[18] 및 6월 보름의 유두

16 『중국풍속사전』, 98~99쪽.

(流頭)와 마찬가지로 물로 재액을 제거하려는 주술 행위였는데, 점차 이러한 원시종교적 심성은 퇴색하고 오락적이고 실용적인 세시 풍속으로 변질되었던 것이다.

개자추설[19] · 굴원설 · 오자서설 · 조아설은 분사(焚死)하거나 익사(溺死)하거나 살해되어 원혼이 된 역사적 인물을 추모하는 기념 행사에서 단오의 기원을 찾는 점에서 일치한다. 그런데 이러한 추모 행사는 충절이나 효심을 기리는 뜻만이 아니라 원혼이 재앙을 일으킨다는 원혼 관념과 관련이 있다. 원혼 설화는 '원혼의 발생 - 재난의 발생 - 원혼의 해소 - 재난의 소멸'의 구조[20]로 되어 있는 바, 해원(解寃)의 방법으로 추모제를 행하는 것이다. 한편 『절강풍속간지(浙江風俗簡志) · 온주편(溫州篇)』에 의하면, 절강성의 문성현(文成縣)과 청전현(靑田縣)에서는 5월 4일에 단오제를 지내는데, 이것은 주원장의 건국공신 중의 하나인 청전사람 유기(劉基)의 둘째 아들 유경(劉璟)이 주원장의 넷째 아들인 연왕(燕王) 주체(朱棣; 영락제)가 조카 건문제를 시해하고 황위를 찬탈한 데 반대하다가 이날에 체포되어 처형당한 사실을 추도하기 위함[21]이라고 하여 원혼설을 하나 더 추가시킬

---

17 나무술잔이나 도기(陶器)술잔 - 두 귀를 달아 우상(羽觴)이라 불렀고 무거우므로 연잎에 띄웠다 - 을 곡수의 상류에서 띄워 보내고 하류에서 기다렸다가 술잔이 앞에 멈추면 술을 마셔 복을 빌고 액땜을 하였다. 왕희지는 회계(소흥)에 난정(蘭亭)을 짓고 유상곡수를 하며 즉흥적으로 시부(詩賦)를 짓고 술을 마시는 시회로 발전시켰다. 『중국풍속사전』, 34쪽 참조.

18 『삼국유사』 '가락국기'조의 김수로 신화에 의하면 가락국 사람들이 3월 계욕의 날에 김수로신을 맞이하는 천신맞이굿을 하였다.

19 『동국세시기』에 의하면 개자추는 한식(寒食)의 유래와도 관련된다. 개자추가 분사(焚死)하였기 때문에 불로 익힌 음식을 먹지 않는다는 것이다. 그러나 한식도 원래는 봄철에 불을 바꾸던 개화의례(改火儀禮)의 풍속인데, 개자추전설로 견강부회한 것이다. 『동국세시기』에는 청명절에 느릅나무와 버드나무로 불을 일으켜 각 관청에 나누어 주었다고 하였다. 청명은 24절기의 하나이고, 한식은 동지로부터 105일째 되는 날이지만 하루 사이여서 '청명에 죽으나 한식에 죽으나'라는 속담도 있다. 이두현 외, 『한국민속학개설』, 학연사, 1990, 249쪽 참조.

20 박진태, 『탈놀이의 기원과 구조』, 새문사, 1990, 111~123쪽 참조.

21 상기숙, 「'한 · 중 단오절의 비교연구'에 대한 토론」, (『아시아 세시풍속의 비교연구』, 비교민속학회 춘계학술대회 발표논문집, 2008), 137쪽 참조.

수 있다. 그런데 단오제의 기원을 역사적으로 실재한 비극적인 영웅의 추모제에서 찾는 원혼형(冤魂型) 전설들과는 대조적으로 공적을 세워 신격화되는 영웅, 이른바 공업형(功業型) 기원 설화도 확인된다. 곧 귀주성(貴州省) 검현(黔縣)의 동남 지역에서는 자신의 몸을 희생하여 독룡(毒龍)을 죽인 노인을 위해서, 운남성(雲南省)의 태족(傣族)은 과거의 영웅 암홍와(岩紅窩)를 기념하기 위해서 단오제를 지낸다고 한다.[22]

지랍설은 도교와 결합된 단오를 설명하는 것인데, 지랍[23]은 민간의 단오가 도교화한 것으로 보는 것이 온당하다. 구천설은 군사 훈련으로 경주(競舟)를 실시한 사실과 연관된다. 그런데 이 경주도 경기(競技)라는 군사적·운동적·실용적 측면 이전에 주술적 쟁투 내지 싸움굿에서 그 연원을 찾아야 한다. 단오의 용선(龍船) 경도(競渡)는 용과 관련된 종교적 의미를 지녔음을 『논어』에서 그 단서를 찾을 수 있다. 『논어』의 「선진(先進)」편에서 증자가 공자에게 한 말 "暮春者(모춘자), 春服旣成(춘복기성), 冠者五六人(관자오륙인), 童者六七人(동자육칠인), 浴乎沂(욕호기), 風乎舞雩(풍호무우), 泳(詠)而歸(饋)(영(영)이귀(궤))."를 동한의 왕충(王充)이 해석하길 '사월 늦은 봄에 봄옷을 지어입고 관을 쓴 5~6명과 동자 6~7명이 악무대(樂舞隊)를 구성하여 기수(沂水)를 건너 용(龍)이 물속에서 나오는 형상을 본뜨고, 비를 비는 춤을 추고 노래를 부르고 제사를 지냈다'라고 말하였다.[24] 따라서 용선 경도는 기원적으로는 용이 강물 속에서 육지로 올라가는 것을 모의(模擬)하는 모방 주술의 행위였고, 동시에 여러 마리 용들의 주술적 쟁투를 통해 풍흉을 점(占)쳤던 제의적인 연희였던 것이다.[25] 이는

---

22 정전인(鄭傳寅)·장건(張健) 주편, 앞의 책, 238쪽 참조.

23 지랍은 도교의 오재제(五齋祭)의 하나이다. 『운급칠첨(雲笈七籤)』 제37권에 "正月一日名天臘, 五月五日名地臘……此五臘日並宜修齋, 並祭祀祖先"(상기숙, 앞의 글, 같은 곳에서 재인용)이라고 기록되어 있다.

24 유지웅(劉志雄)·양정영(楊靜榮), 『용과 중국문화』, 중국 북경: 인민출판사, 1992, 247쪽 참조.

25 용선경도는 당나라 장건봉(張建封)의 「경도가(競渡歌)」에 의하면, 두 마리 용이 경쟁하

벼농사의 풍작을 기원하기 위해서 수신(水神)인 뱀을 서로 차지하려고 줄다리기를 한 사실과 동궤에 속한다. 줄다리기의 줄이 뱀신의 신체(神體)에서 유래함은 앙코르(Angkor) 와트(Wat)의 제 1회랑 동면의 부조(浮彫)에 신들과 아수라들이 양쪽에서 대사(大蛇)의 몸채를 당기는 줄다리기를 하고 그 중심에서 큰 거북이를 탄 비슈누(Vishnu)신이 심판을 보는 장면[26]을 통하여 확인할 수 있다.

중국에서는 상대(商代)부터 우제(雩祭)라는 기우제를 지냈는데, 무당이나 왕(尪)을 분소(焚燒)하여 하늘에 제사하였다. 무당은 가뭄을 직접 상제(上帝)에게 알리기 위해 하늘로 올라가야 했기 때문에 불태웠고, 왕(尪)은 수척(瘦瘠)하여 얼굴이 하늘을 향하고 있기 때문에 상제가 그 병을 불쌍히 여겨서 빗물이 그의 콧구멍으로 들어갈까 염려해서 비를 내리지 않는다고 생각되어 불태웠다. 무당은 승천의 방법으로, 말라깽이는 희생양으로 불태웠던 것이다.[27]

그런데 이러한 제천 의식과 함께 용에게 제사하는 기우제도 상대(商代)부터 거행되었다. 용의 신상(神像)은 처음에는 흙으로 빚은 토룡(土龍)이다가 당대(唐代)에 회화술(繪畵術)의 발달로 화룡(畵龍)이 출현하였는데, 용의 형상을 만들거나 그리면 구름이 용을 따라오고, 그리하여 비가 내린다고 믿었던 것이다. 당대에는 나무도마뱀을 만들어 흙을 가득 채운 항아리에 넣고 푸른 옷을 입은 아이들이 푸른 대나무를 들고서 "도마뱀아! 도마뱀아! 구름을 일으키고 안개를 토해라. 비가 만약 억수로 내리면, 너를 놓아

는 싸움굿이었다. "五月五日天晴明, 楊花繞江啼曉鶯. 使君未出群齋外, 江上早聞其和聲. ……鼓聲三下紅旗開, 兩龍躍出浮水來, 棹影干波飛萬劍, 鼓聲劈浪鳴千雷, 鼓聲漸急標將近, 兩龍望相目如瞬." 정전인(鄭傳寅) · 장건(張健) 주편, 앞의 책, 238쪽에서 재인용. 명나라 때의 용선경도에 대해서는 『무릉경도(武陵競渡)』에 유래, 용선 제조법, 경기 참가자, 기술 등이 상세히 기록되어 있다. 현재는 한족(漢族)과 소수민족 태(傣)족 · 묘(描)족이 전승하고 있다.

26 김택규, 『한국농경세시의 연구』, 영남대학교출판부, 1985, 235쪽의 사진 참조. 일본에서도 줄을 가지고 강이나 바다로 들어갔다가 다시 육지로 끌고 올라와서 줄다리기를 한다.

27 유지웅(劉志雄) · 양정영(楊靜榮), 앞의 책, 245~246쪽 참조.

돌려보내마.”라는 노래를 부르기도 하였다. 또 이러한 궁중의 기우제와는 달리 민간에서는 호랑이머리를 바쳤는데, 이는 음양 교합의 의미가 있다.[28] 한국의 경우에도 『동국여지승람』제 17권에 의하면 밀양의 동쪽에 천화령(穿火嶺) 밑에 구연(臼淵)이 있는데, 그 속에 용이 살고 있어서 가뭄 때 호랑이의 머리를 집어넣으면 물이 뿜어 나와서 비가 된다는 속신이 있었다.[29] 중국이나 한국이나 민간에서 양(陽)의 동물인 호랑이의 머리를 음(陰)의 동물인 용에게 바쳐 음양의 조화를 꾀했음을 알 수 있다.

문일다(聞一多)는 『단오고(端午考)』에서 용절(龍節)과 관련된 문헌 기록을 101개를 수집하여 소개하고, 『단오의 역사 교육(端午的歷史教育)』에서 단오가 오월(吳越)의 토템제의 절일이라고 추정하였다.[30] 그런데 이러한 주장을 뒷받침하는 묘족(苗族)의 용선절(龍船節)을 살펴보기로 한다. 귀주성 동남부와 호남성 서부 지역에 거주하는 묘족은 고대에 악마를 죽인 늙은 영웅의 업적을 기념하기 위해서 5월 초5일, 아니면 5월 16일이나 24~27일 전후에 3일 동안 용선 축제를 거행한다고 한다.

> 이날 사람들이 사방팔방으로부터 등에 노생(蘆笙)을 짊어지고 말을 타고 새장을 들고 집회장소로 온다. 용선은 세 개의 삼(杉)나무를 구유처럼 홈을 파서 앞에는 용머리를, 뒤에는 봉황새꼬리를 설치하는데, 중간의 배는 모선(母船)이고 양쪽의 배는 자선(子船)이다. 용머리는 버드나무로 조각하고, 위쪽에는 약 1m 길이의 뿔을 한 쌍 장식하는데, 용머리 색깔은 청룡, 적룡, 황룡 등으로 제각기 다르게 칠한다. 뱃머리에는 ‘풍조우순(風調雨順)’, ‘오곡풍등(五穀豐登)’이라 쓴 깃발을 꽂는다. 배마다 20~30명씩 강건한 젊은이들이 타는데, 그들은 자색(紫色)과 청색의

28 용과 관련된 기우제에 관해서는 위의 책, 246~254쪽 참조.

29 민족문화추진회, 『국역신증동국여지승람』(Ⅲ) (고전국역총서 42), 민족문화문고간행회, 1985, 563 · 564쪽 참조.

30 정전인(鄭傳寅) · 장건(張健) 주편, 앞의 책, 237쪽 참조.

옷섶이 달린 단의(短衣)를 입고, 머리에는 정교하게 수를 놓고 봉황새꼬리를 세 개 꽂은 말총갓을 쓰고, 허리에는 수를 놓은 화대(花帶)를 띠고, 손에 5척 길이의 나무상앗대를 들고, 용선의 양측에 앉는다. 소년 하나와 덕망이 있는 고수(鼓手)가 절도 있게 북을 치고, 용선의 전진을 지휘한다. 양쪽 언덕에는 여러 부족 사람들이 인산인해를 이루고 시합이 진행될 때에는 요란하게 환호와 갈채를 보낸다. 그리고 시합이 끝나면 남녀 젊은이들이 노생, 새납, 대나무피리의 반주에 맞추어 노래 부르며 춤춘다.[31]

용선의 구조와 제작 과정 및 용선 경기 참여자들의 복장과 구성, 그리고 시합 뒤의 집단가무에 대해 비교적 상세한 정보를 담고 있다. 이러한 용선 경기 대회는 용의 주술적 쟁투가 축제화한 것인데, 굴원의 고사와 결합되면서 본래의 의미와 기능이 퇴색하고 비극적인 영웅을 추모하는 행사로 재창조되었던 것이다. 그리고 여기에는 중국 민중의 영웅 숭배와 원혼 관념이 교묘하게 배합되어 있다.

그런데, 굴원의 추모제가 그 이전의 용신제와 관련이 있음을 시사하는 전설이 있어 주목된다.

한(漢)나라 건무(建武) 연간에 장사(長沙)사람 구회(歐回)가 백주에 홀연히 본즉 어떤 사람이 와서 말하길 '나는 옛적 삼려대부(三閭大夫)인데, 그대가 항상 나를 위하여 제사지내 주는 것은 감사한 일이나 그 제물을 항상 교룡(蛟龍)이 뺏어 먹으니 내가 얻어먹지를 못한다. 만일 지금 지내주려거든 동나무〔楝樹; 栴檀, 檀香木〕잎으로 그 제물을 싸서 오색(五色) 당사(唐絲)로 매어주면 좋겠다. 이 두 물건은 모두 교룡이 꺼리는 것이다.'라 하고 사라졌다. 회가 이상히 여겨 그대로 하였더니, 그 뒤

31 『중국풍속사전』, 23쪽.

사람들이 이내 그것을 한 풍속으로 삼아 단오날에 주악(떡)을 만들 때에 오색 고명을 넣고 또 쑥이나 수리치 같은 것을 넣어서 떡을 만들게 되었다.[32]

이 전설에서는 종쯔(粽子), 곧 주악[33]을 교룡과 굴원이 다툰 것으로 진술하고 있다. 이것은 원래 교룡에게 주악을 바치며 기우제를 지냈으나, 굴원의 원혼을 위로하기 위한 추모제의 제물로 바뀐 사실을 반영할 것이다. 이것은 자연신에서 인신(人神)으로의 교체를 의미한다.[34] 이 전설은 오색, 쑥, 수리치가 악귀와 사기(邪氣)를 제거하는 주력(呪力)이 깃들어 있는 주물(呪物)인 사실도 알려준다. 그러나 주악은 실질적으로는 기온이 상승하고 더위로 입맛이 떨어지는 시기에 부패를 방지하고 영양분을 섭취하기 위해 절식(節食)으로 개발한 영양식(營養食)이고 시식(時食)이다. 여기에 굴원의 고사를 끌어다가 견강부회한 것이다.

도립번(陶立璠)은 단오의 기원설로 고대(古代) 무술설(巫術說)을 추가해서 소개했다. 단오 풍속이 무술 활동과 관련이 있으며, 단오 풍속의 본질이라고 하였다.[35] 오자서의 시체가 5월 5일에 강에 버려졌고, 조아의 아버지가 5월 5일에 강에 빠져 익사하고, 굴원이 5월 5일에 멱라수에 투신자살한 것도 5월 5일 용제일(龍祭日)에 제물로 바쳐졌거나, 사고사(事故死)

---

32 차상찬(車相瓚), 『조선사외사(朝鮮史外史)』, 명성사, 144쪽; 『한국민속대관』(4권), 217쪽에서 재인용.

33 주악은 각서(角黍), 조각(糙角)이라고도 부르는데, 찹쌀가루에 대추를 이겨 섞어서 꿀에 반죽하여 팥소나 깨소를 넣고 송편과 같게 빚어서 기름에 지진 떡(한글학회, 『우리말큰사전』(3권), 어문각, 3802쪽), 또는 찹쌀에 대추 따위를 넣어 댓잎이나 갈잎에 싸서 쪄 먹는 음식(『중한사전』, 고려대학교 민족문화연구소, 3204쪽)으로 단오날의 절식(節食)이다.

34 유경재(劉京宰), 「단오절을 통해 본 문화변용」(장정룡 외, 앞의 책), 107쪽에서 "굴원, 오자서, 개자추 등 애국애민 사상이나 행위가 사람들을 감동시켜, 재앙 퇴치나 오곡 풍양(五穀豊穰)의 기원 행사가 지역에 따라 이들을 추모하는 행사로도 변용되었다고 생각된다."고 하여 필자와 같은 견해를 밝힌 바 있다.

35 도립번, 「중국의 단오풍속 및 그 변천」(장정룡 외, 위의 책), 11쪽 참조.

한 것으로도 추정된다. 고대에 용제를 무당이 주재하였다고 보면 용제설도 무술설에 통합될 수 있을 것 같다. 그렇지만 단오는 역시 고대의 상사일(上巳日)이나 계욕(禊浴)과 같은 '물의 제의'가 핵심이라고 보아야 할 것 같다. 왜냐하면 대만에서 용선 경기를 하기 전에 강에 제사를 지내는 의식으로 지전(紙錢)을 태우는데, 제강(祭江)으로 시작하여 사강(謝江)으로 마치며, 용선 경기와 별도로 제사의식을 행하기도 하기 때문이다.[36]

중국 한족(漢族)의 용선제로 호북성(湖北省)의 강릉(江陵)과 사시(沙市)에서 5월 5일에 거행하는 용주경도놀이가 있다. 그 진행 과정을 비교적 소상하게 기록한 자료를 정리해본다. (가)용주를 제작하거나 기왕의 배를 개조한다. 그리고 8~10미터 길이의 노와 악기(징 · 북)를 준비한다. (나)4월부터 연습에 들어간다. 〔습경(習競)〕 (다)4월 말부터 5월 초까지 용주를 타고 돌면서 친구 및 친척과의 유대감을 강화한다. 〔유선(遊船)〕 (라)5일이 되면 진수전례(進水典禮)를 거행하는데, ①먼저 족장이나 지역 대표가 용머리 앞에 향을 피우고 지전을 태운 뒤 붉은 천을 용머리에 걸친다. 〔상홍(上紅)〕 ②족장이나 지역 대표가 제문을 낭독하고 용머리에 용안을 상징하는 등불을 밝히면, 모든 참가자들이 큰절을 세 번 하고 풍악을 올리고 폭죽을 터뜨린 뒤에 용머리를 들고 물속으로 들어간다. 〔용두제(龍頭祭) 또는 청룡(請龍)〕 (마)경도(競渡)의 거리는 약 500~1000미터 거리다. (바)우승하고 돌아오면 풍악을 울리고 노래하며, 또 환호성을 지르고 폭죽을 터뜨려 환영한다. 용주는 강을 한바퀴 돌고 용머리에 붉은 천을 걸쳐서 사당에 보관한다.[37] 이밖에 형주에서는 경기 참가자가 정식 경기에서는 모두 23명으로 기수 1명, 타수(舵手) 1명, 악사 4명(북1, 징1, 다른 타악기2), 노 젓는 서수 16명 - 배 양쪽에 8명씩 앉음 - 이고, 비정식 또는 소형

36 임미용(林美容), 「대만 단오민속 및 그 의미와 변모」(장정룡 외, 위의 책), 38~39쪽 참조.
37 맹상영(孟祥榮), 「중국 강릉지역 단오의 용주경도 고찰」(장정룡 외, 위의 책), 72~74쪽 참조.

경기일 때는 15~17명으로 기수 겸 징 1명, 북 1명, 고물에 1명, 노 젓는 선수 12~14명이고, 복색은 옷과 두건과 허리띠를 한 색으로 통일하는데, 검정색은 기피한다.[38] 그리고 '용선호자(龍船號子)'라는 노래를 부르는데, 하수조(下水調)·간용선조(看龍船調)·유강조(遊江調)는 만속호자(慢速號子)로, 용선조(龍船調)·창표조(槍標調)·득두표조(得頭標調)는 쾌속호자(快速號子)로 구분하며, 그 가사에는 굴원에 대한 추모, 태평성대 찬양, 풍작 기원, 승리 염원을 담고 있다.[39]

한편 강서성(江西省)의 수심이 얕은 지역에서는 용선경도를 하지 못하므로 한룡주(旱龍舟)를 만들어 등고(登高)하고 거리를 돌아다니며 논다고 하여[40] 지역적 편차를 보인다. 그리고 홍콩의 용선 축제는 세계적인 축제로 소개되기도 한다.

4. 한국의 단오굿

『동국여지승람』과 『동국세시기』에는 다음과 같은 단오굿과 단오놀이가 기록되어 있다.

> ① 경상도 군위현(軍威縣)의 속현인 효령현의 서악(西岳)에 있는 김유신사(金庾信祠)는 속칭 삼장군당이라고도 하는데, 매년 단오에 그 고을의 우두머리 아전이 고을사람들을 데리고 말에 깃발을 세우고 북을 매달아 신을 맞이하여 동리를 누빈다.[41]
>
> ② 강원도 삼척부에서 오금잠(烏金簪)을 작은 상자에 담아 관아(官衙)

38 왕배천(王培泉), 「중국 형주시 단오민속」(장정룡 외, 위의 책), 79~80쪽 참조.
39 위의 논문, 80쪽 참조.
40 상기숙, 앞의 글, 138쪽 참조.
41 『국역신증동국여지승람』(Ⅲ), 민족문화문고간행회, 1985, 527쪽.

동쪽 모퉁이의 나무 밑에 감추어 두었다가 매년 단오에 아전이 꺼내어 제물을 갖추어 제사한 다음 이튿날 도로 감추는데, 전하는 말에 의하면 그 오금비녀는 고려 태조 때 것이라 한다.[42]

③ 함경도 안변부(安邊府)의 동쪽에 있는 진산 학성산(鶴城山)에 있는 성황사의 신은 선위(宣威)대왕이고, 상음현(霜陰縣)의 상음신사(霜陰神祠)의 신은 선위대왕의 부인인데, 고을사람들이 매년 단오에 선위대왕과 함께 제사를 지낸다.[43]

군위, 삼척, 안변의 단오굿은 향리층이 주재하는 고을굿이다. 단오굿의 제신(祭神)을 보면, 효령의 삼장군은 김유신과 소정방·이무(李茂)[44]로 역사적 인물이고, 삼척은 신체(神體)인 오금비녀가 고려 태조 때 것이라고 하지만, 신라 때부터 전해졌다는 설[45]이 있고, 안변의 선위대왕도 그 정체가 불확실하여 전설적인 인물로 추정된다. 고을굿의 제차(祭次)에 관한 내용도 지극히 소략하여 효령은 신당에서 신을 맞이하여 마을로 와서 신유 의식을 행한 사실만 확인되고, 삼척과 안변은 제사 의식에 관한 정보만 전하고 있다. 안변은 남녀신의 신당이 떨어져 있어서 부부신을 동침시키는 신혼의례를 거행하였을 개연성을 시사한다.

한편 문헌에는 기록되지 못하였지만 20세기 초반까지 전승되었거나 지금도 전승되는 단오굿으로 영산·강릉·자인의 단오굿이 있어서 고을굿 형태의 단오굿의 실상을 온전하게 파악할 수 있다.[46]

---

42 『국역신증동국여지승람』(Ⅴ), 516쪽.

43 『국역신증동국여지승람』(Ⅵ), 201쪽.

44 『한국세시풍속사전』(여름편), 국립민속박물관, 2005, 146쪽 참조.

45 허목(許穆)의 『척주지(陟州誌)』에서 신라 시대부터 전해진 것이라고 기록하였다. 『한국세시풍속사전』(여름편), 157쪽 참조.

46 현재 영산단오굿은 3·1문화제에 축소되어 통합되었고, 강릉단오굿은 유네스코로부터 세계무형문화유산으로 지정받는 것을 계기로 현대적 축제로 크게 변형되었고, 자인단오굿도 현대축제적 요소가 많이 가미되어 있다. 한편 영광군 법성포의 단오제도 전통적인 당산제와 용왕제를 기본골격으로 하여 현대화되었는데, 향리층이 주재한 고을굿이 아니

1) 영산의 단오굿[47]

경상남도 창녕군 영산의 단오굿은 일명 문호장굿이라고도 하는데, 문호장(文戶長)은 아전으로서 임진왜란 당시 군공(軍功)을 세우고 향역(鄕役)을 면제받은 문예희(文禮熙)의 아들 문득화(文得化)이다.[48] 전설에 의하면 문호장이 어사(御使)나 관찰사와의 갈등 때문에 죽어서 서낭신이 되었다. 그리고 아들이 죽어서 작은 마누라를 얻었으나 아들을 낳지 못했다는 전설도 있다. 이러한 전설에 근거해서 문호장의 신당인 상봉당(上奉堂), 본처 신당인 삼시랑애기당, 딸의 신당인 두울각시 삼신당, 첩의 신당인 남산믹이 지성국당이 있다. 굿의 순차구조를 정리하면 다음과 같다.

① 음력 5월 1일에 호장・수노(首奴)・무녀가 영취산의 서낭당에서 서낭대에 서낭신을 강신시킨다. (신내림)

② 서낭신(문호장신)의 유적지・딸의 신당・현청을 순방하고 신청에 좌정시킨다. (신맞이 행렬과 신유)

③ 5월 3일에 서낭신이 신마를 타고 애첩의 신당을 방문한(화해굿$_1$; 신성 결혼) 후 부인(본처)의 신당을 방문한다. (화해굿$_2$; 신성 결혼)

④ 무녀 집단이 첩 편과 본처 편으로 갈라져 싸우는데, 관중까지 합세하여 본처의 승리로 끝맺는다. (싸움굿$_1$; 처첩 갈등)

⑤ 신청으로 되돌아오는 도중에 원님과 육방 관속의 집을 순방하며 축원한다. (신유)

⑥ 5월 5일에 번화가(繁華街)인 지세골에서 두울각시 삼신당까지 약

라 어촌 마을굿의 유풍이고, 남녀(부부 또는 남매)신의 구조가 아닌 점에서 차이가 있다.

47 김광언, 「문호장굿」, 『한국문화인류학』 제2집, 한국문화인류학회, 1969, 99~109쪽의 보고서 참조.

48 이훈상, 「조선후기의 향리집단과 탈춤의 연행」, 『동아연구』 제17집, 서강대학교 동아연구소, 1989, 각주(50)와 박진태, 『탈놀이의 기원과 구조』, 새문사, 1990, 303쪽 참조.

1km의 거리를 문호장의 신마(神馬)를 앞세우고 호장, 수노, 무녀 셋이 서 안장 없이 말을 타고서 호장춤을 추며 왕복하는 '열네 바퀴 돌이'를 한다.(싸움굿$_2$; 경마)

⑦ 5월 6일에 서낭신을 영취산의 서낭당으로 배송한다.(송신)

문호장굿은 '강신 - 신유(神遊) - 화해굿 - 싸움굿 - 송신'의 구조로 되어 있으며, 문호장이 본처와 화해굿을 하기 전에 첩과 먼저 화해굿을 하는 연유로 처첩 사이에서 싸움굿이 벌어지는 점이 특징이다. 싸움굿은 무녀들이 탈을 쓰지 않은 채 두 편으로 나뉘어 본처신과 첩신의 싸움을 제의극(祭儀劇)의 형태로 연행한다. 그리고 마술에 능하였던 문호장을 기리기 위해서 호장과 수노와 무녀가 경마(競馬) 대회를 벌인다.

2) 강릉의 단오굿

강원도 강릉시의 단오굿은 대관령의 산신과 국사성황신, 그리고 홍제동의 여국사성황신을 제신으로 하는데, 산신은 김유신이고, 국사성황신은 범일국사(泛日國師)이며, 여국사성황신은 정씨 처녀라 한다. 범일국사(泛日國師)는 신라 시대 구산선문(九山禪門)의 사굴산파 창시자 범일(梵日; 810~889)이 신격화된 존재이다. 처녀가 해가 뜬 바가지의 물을 마시고 임신하여 낳아서 범일(泛日)이라 부른다고 하여 천부신과 지모신 사이에서 태어난 영웅으로 변용되었다. 서낭굿은 향리층이 주재하여 국사성황신을 강릉으로 모시고 왔다가 다시 되돌려 보내는 고을굿인데, 국사성황신이 호랑이를 사자로 보내 정현덕의 딸을 데려다가 신처(神妻)로 삼은 음력 4월 15일부터 시작된다.

① 음력 4월 15일에 대관령의 국사성황사에 가서 국사성황신이 빙의(憑依)된 단풍나무를 톱으로 잘라 받들고 내려온다. (신내림과 신맞

이행렬)

② 예전에는 성황신을 환영하던 고을사람들이 군수(중앙조정에서 파견된 양반)와 좌수(지방의 토착 양반)의 편으로 갈라져 횃불싸움을 벌이었다. (싸움굿)

③ 성황신을 여국사성황신사에 화해 · 동침시킨다. (신성결혼; 화해굿)

④ 예전에는 남녀성황신을 대성황사에 좌정시키고 그 앞마당에서 무굿과 탈놀이를 하였으나, 현재는 남대천 강변의 굿당에 좌정시키고 한다. (신유; 오신 행위)

⑤ 예전에는 괫대〔花蓋〕를 앞세우고 약국성황과 대창성황 - 육(肉)성황과 소(素)성황 - 과 시장과 관아를 순방했는데, 그때 화개무(花蓋舞)를 추고 탈놀이를 했다.(신유)

⑥ 대성황사의 뒤뜰(현재는 남대천변의 굿당)에서 신대와 화개를 불태웠다.(송신)

⑦ 탈놀이는 관노가 연희하였다.

강릉 단오굿은 '맞이 - 싸움굿 - 화해굿 - 신유 - 송신'으로 구조화되어 있다. 남녀 성황신의 신성 결혼은 풍요 다산을 기원하는 화해굿이고, 싸움굿으로 하는 횃불싸움에 남녀 성황신의 갈등을 군수와 좌수의 갈등과 중첩시켜 표출시켰다. 강릉 단오굿은 무녀가 사제하는 서낭굿과 민간인 관노가 연행하는 제의적인 탈놀이가 결합되어 있다. 탈놀이는 첫째 마당에서는 장자마리(토지신과 동해신의 복합 신격) 2명이 골계적인 놀이를 하고, 장내의 질서를 정돈하며, 둘째 마당에서는 왕광대와 소매각시가 대무(對舞)를 할 때 홍역신인 시시딱딱이 2명이 등장하여 소매각시를 희롱하면, 왕광대가 격분하여 시시딱딱이부터 소매각시를 되찾는다. 다시 말해서 첫째 마당은 놀이판을 정화시키는 개장 의식이고, 둘째 마당은 남녀신의 성적 결합에 의해 풍요 다산을 기원하고, 남녀 간의 삼각관계에 의해서는 홍역을 예방하려는 유감주술적인 제의극이다. 이처럼 탈놀이 속에도 화해굿과 싸움굿이 들어 있다.

3) 자인의 단오굿

「영남읍지(嶺南邑誌)」의 기록에 의하면 한장군 남매가 여장(女裝)을 하고서 여원무와 잡희로 왜구를 유인하여 섬멸하였기 때문에 한장군의 충의를 흠모하여 신당을 조성하고, 단오일에 두 동남(童男)을 여장시켜 화관을 쓰고 춤을 추게 했으며, 또 배우들의 잡희를 베풀고, 풍물을 울렸다고 한다. 이러한 설화는 신화의 재연(再演)을 주기적으로 반복하는 것이 제의라는 사실을 환기시키며, 한묘제와 「여원무」 및 잡희의 유기적이고 연속적인 상호 관계를 시사한다.

그러나 단오굿의 진행 절차는 호장이 도원수로 분장하고, 장산사명기·여원화관·여장 동남 등을 뒤따르는 가장 행렬이 현사(縣舍)가 있던 자리에 집결하여 진장터(개장지숲 뒤편)까지 가서 여원무를 연행하고, 한당(韓堂)으로 가서 제사를 올리고, 다시 고을 원한테 가서 여원무를 보이고 해산했다고 한다.[49] 또는 단오날 낮 사시(巳時)에 제1 한묘(第一韓廟)에 제사를 지내고, 현사 자리에서 버들못 근처 참왜석(斬倭石)이 있는 곳으로 가서 여원무를 추고, 진장터에 가서 검정옷을 입은 장수(왜구)와 흰옷을 입은 장수(왜구)를 각각 선두로 하고 조랑말을 탄 군사들 여러 명이 뒤따르는 진을 양쪽에 치고 목검으로 격전을 벌였으며, 「팔광대놀이」는 저녁에 서부의 장터에서 횃불을 밝히고 놀았다는 증언도 있다.[50] 한편 단오 전날 밤에 무당굿을 하였다는 말도 있다.[51] 이처럼 자인 단오굿은 제사의

49 김택규, 『한국농경세시의 연구』, 영남대학교출판부, 1985, 269쪽.

50 자인에 거주하는 이복숙(1912년 출생) 할머니에 의하면 진법놀이에선 싸움이 격렬하여 사망자가 하나씩 꼭 나왔다고 한다. 한편, 자인은 동부와 서부로 양분되어 시장이 따로 있었으며, 양편이 줄다리기를 했다고도 한다.

식, 무용, 가장 행렬, 군사놀이, 탈놀이가 종합된 제전(祭典)이다.

5. 한·중 두 나라 단오제의 비교

한국과 중국의 단오절은 풍속 면에서는 지리적으로 인접하고 문화적으로 교류가 활발하게 이루어졌으며, 양기로 음기를 제압하려는 음양 사상 및 주술과 과학이 미분화된 사고방식을 공통적으로 지녔기 때문에 홍석모가 『동국세시기』에서 착안하였듯이 독자적인 지역성과 민족성을 보이기보다는 동북아시아 문화권 내의 유사성과 동질성을 더 많이 보인다. 그러나 종교적·제의적 측면에서는 그 배경과 역사적 체험이 달라 뚜렷한 차이점을 보인다. 따라서 단오제의 생성 배경과 변모 과정을 중점적으로 비교하기로 한다.

먼저 생성 배경을 보면, 중국의 단오제는 '물-용-수신(水神)'과 관련이 깊다. 단오가 난욕(蘭浴)에서 기원하였다는 주장은 3월 3일의 유배곡수(流杯曲水)나 계욕(禊浴)처럼 물에 의한 불계(祓禊)의 풍속에서 단오가 발생하였다는 말이다. 그렇지만 유배곡수도 원래는 3월 상사일(上巳日)에 한[52] 사실은 물과 뱀 내지는 용과의 관련성을 강력하게 시사한다. 용선(龍船) 경기는 여러 마리의 용신이 물속에서 다투어 출현하는 것을 상징하므로 용신제를 연희화한 것이고, 따라서 우주의 양기가 가장 왕성한 시기에 물의 제전을 통하여 음기를 보강하여 음양의 균형과 조화를 이룩하려 했다는 해석이 가능하다. 이는 상대(商代)에 무당이 무(巫)·왕(尫)을 분소하여 제천(祭天)할 뿐만 아니라 토룡(土龍)을 만들어 기우제를 지낸 사실과도 맥

51 1989년 6월 8일(단오날)에 필자가 고(故) 김택규 교수한테서 들었음.

52 『형초세시기』에는 유상곡수(流觴曲水)를 3월 3일에 한다고 하였으나, 위진 이전에는 3월 상사일에 하였다. 『중국풍속사전』, 10쪽의 '상사절(上巳節)' 참조.

락이 통한다. 요컨대 중국의 단오제는 용신제 중심으로 발달한 것이다. 그리고 춘추전국 시대를 거치면서 제신(祭神)이 용을 신격화한 동물신에서 주로 익사하거나 용신의 제물로 희생된 원혼으로 교체되었다. 굴원, 오자서, 조아, 개자추가 모두 파괴적 카리스마를 지닌 원혼에서 창조적 카리스마를 지닌 수호신으로 승화된 인물들이다. 물론 공업형 영웅의 기념제인 경우도 있지만 상대적으로 미약하다.

한국의 단오제는 고구려의 제천 의식과 수신제(隧神祭), 또는 단군 신화 · 주몽 신화 · 박혁거세 신화 · 김수로 신화의 천부신과 지모신(또는 수모신)의 신성결혼의 전통을 계승하였다고 말할 수 있다. 곧 환웅과 웅녀, 해모수와 유화, 박혁거세와 알영, 김수로와 허황옥이 혼인하듯이 강릉 단오굿 · 자인 단오굿 · 영산 문호장굿도 부부신 또는 남매신의 관계인데, 이는 단오굿이 음양의 조화에 의해 생명의 창조를 기원하는 제천 의식과 건국 신화의 무교적 변증법[53]을 계승하였음을 의미한다. 한국의 굿은 제신(祭神)은 천신에서 시조신을 거쳐 산신으로, 다시 서낭신으로 교체되어 왔지만, 굿의 구성 구조는 '맞이굿 - 신유 - 싸움굿 - 화해굿 - 송신굿'을 원형으로 하고 있고, 화해굿으로 신성 결혼을 한다.[54]

안변의 성황제도 부부신의 신성 결혼 의식이 거행되었던 것 같고, 삼척의 오금 비녀도 2개[55]로 고려 태조의 것이라고도 하고 신라 공주의 것이라고 하여 부부신일 개연성이 크다. 그러나 군위의 단오굿은 삼장군신으로 남성원리만 작용하여 예외적이다. 오늘날 마을굿에서 마을 수호신을 모시고 집돌이를 하며 마당밟이를 하는 것은 "지신 지신 지신아 어허루여 지신아 만복은 문안으로 잡귀잡신은 물(뭍)아래로"에 나타나듯이 선

53 유동식, 『한국무교의 역사와 구조』, 연세대학교출판부, 1978, 27~66쪽 참조.

54 박진태, 『탈놀이의 기원과 구조』, 새문사, 1991, 67~70쪽과 박진태, 「건국신화에 나타나는 굿의 절차」, 『한국민속극연구』, 새문사, 1998, 46~67쪽 참조.

55 허목(許穆)의 『척주지(陟州誌)』에 '금비녀 한 벌'이 있다고 하였다. 『한국세시풍속사전』(여름편), 157쪽 참조.

신을 맞이하여 명(命)과 복(福)을 받고 지신을 지하로 내쫓는 것을 의미한다. 마을의 수호신(서낭신, 당산신)과 집의 지신이 선신과 악귀의 관계인 것이다. 그러나 건국 시조 신화에서는 지모신이나 수모신이 승화되어[56] 천신과 혼인함으로써 음양의 조화를 완성시키며, 이러한 신화 구조가 단오굿을 통하여 전승되어 온 것이다. 요컨대 한국의 단오굿에는 음양 조화의 무교적 변증법과 선·빛·하늘과 악·어둠·땅의 대립이라는 두 가지 원리가 작용한다. 구체적으로 강릉 단오굿 탈놀이의 경우 양반광대와 소매각시의 성적 결합을 통해서는 음양의 조화에 의한 풍요다산을 기원하고, 양반광대와 시시딱딱이와의 갈등과 싸움을 통해서는 선신의 악신 퇴치에 의한 홍역의 예방을 시도하였다. 이러한 한국의 복합 구조는 하늘·태양·양기와 물·용·음기의 조화만을 추구하는 중국 용신제의 단일 구조와는 대조적이다.

다음으로 한·중 두 나라의 단오제의 변모 과정을 비교해 보기로 한다. 첫째로 중국 단오제는 일차적으로는 하지제와 용신제가 결합하고, 이차적으로 자연신 용신에서 원혼 계통 인신(굴원, 오자서, 개자추, 유경, 조아)으로 교체되었는데, 한국 단오굿은 일차적으로 고대 사회의 하지제 내지 오월제가 중국 단오제와 결합되고 이차적으로 자연신에서 인신으로 교체되었는데, 원혼형(문호장)보다 오히려 공업형(功業型; 한장군 남매, 범일국사, 김유신)이 더 많이 나타나는 게 중국과 대조적이다. 이는 중국의 남부 사람들이 춘추전국 시대의 각축전과 진시황의 통일, 그리고 초한전(楚漢戰)에서의 패배에 이은 오국(吳國)의 멸망으로 형성된 좌절감과 울분을 투사하는 대상으로 비극적 인물들을 선택한 데 연유한 것으로 해석된다.

둘째로 제의와 놀이의 관계에서 차이가 있다. 한국의 단오굿에서는 주

56 곰은 마늘과 쑥을 먹고 21일 동안 굴 안에서 햇빛을 보지 않고서야 인간이 되었고, 알영은 북천에서 목욕을 하니 닭의 부리 같은 입술이 떨어졌다고 한다. 성년식을 통과하면서 정신적으로 육체적으로 인간화·여성화한 것이다.

술적 쟁투가 오락화한 집단놀이로 강릉 단오굿의 횃불싸움, 영산 단오굿의 말달리기, 자인 단오굿의 군사놀이 등이 삽입되어 있는데, 중국의 단오제에서는 용선경도가 바로 용신 맞이굿이 편싸움으로 연희화한 것이다. 그렇지만 한국은 집단놀이가 전체 굿 속의 일부이지만, 중국은 집단놀이가 확대되고 제의적 요소는 상대적으로 위축되어 있다. 단오제가 한국은 제의 중심이라면, 중국은 민속놀이 중심으로 전승되어 왔다. 이러한 차이는 한국 단오굿이 천신제와 지신제에 기원을 둔 데 반해 중국 단오제가 용신제에 기원을 둔 사실만이 아니라 한국의 단오굿이 향리 집단이 주재하는 고을굿이고, 무녀가 사제하였기 때문에 민중의 참여가 제한적이었지만, 중국의 단오제는 일찍이 민간이 주도하는 민중적인 지역 축제로 전환한 사실에도 기인한다고 볼 수 있겠다.

현대 사회에서 단오절도 다른 세시 풍속과 마찬가지로 전승의 위기를 맞고 있다. 이러한 위기는 산업화·도시화로 농촌과 농업의 비중이 약화되면서 세시풍속의 사회경제적 토대가 와해되고, 과학주의나 사회주의가 세시 풍속의 신앙적·심리적 기반을 파괴하기 때문이다. 그러나 중앙 집중화에 대한 반발과 지역 축제의 관광 상품화 추세로 새로운 국면을 맞은 것도 사실이다. 한국 단오절은 벽사진경의 풍속은 거의 소멸되었지만, 창포탕(菖蒲湯)의 경우에는 비누나 샴푸와 같은 일용품 세제(洗劑)로 변신하여 세시풍속에 담긴 지혜는 계승되고 있다. 단오굿의 경우에는 강릉 단오굿과 자인 단오굿은 향리 집단의 붕괴에도 불구하고 지역 축제로서 아직도 전승력을 유지하고 있으면서 무형 문화재로 지정되어 국가 차원에서도 전통 문화 유산으로 보호받고 있다. 특히 강릉 단오굿은 세계 문화 유산으로까지 등재되어 지역과 민족을 뛰어넘어서 국제적인 관심의 대상이 되었다. 그러나 그에 따른 대가와 후유증도 심각하다. 우주적·자연적 질서와 조화를 이루며, 지역민의 신앙적·오락적 욕구를 충족시키고 사회통합에 기여하던 단오제가 인위적으로 재조직되고 볼거리와 돈벌이의 수단으로 전락한 것이다. 이러한 문제는 한국·중국이 다르지 않다. 다만 시각과 인식의 정도 차이는 감지된다.

> 현대의 단오는 대중매체 광고와 유명인의 무분별한 선전, 관광객의 범람 등 고대 조상신을 숭배하고 천지에 예(禮)를 올리는 의미와 상당한 차이를 보이며, 매년 쓰레기 · 소음 · 인력과 물자의 낭비를 초래하고 있다.[57]

> 관광 산업과 단오의 경제적 융합, 단일성에서 다원화로의 전환, 시장 원칙에 따른 지역 경제의 활성화 초래, 용주 경도를 통한 대외 교류의 확대, 문화적 측면에서는 시대적 다원화에 따라 문화오락, 유희 · 곡예 · 음식 · 상업 · 학술 등 다양한 양상으로 종합 발전했다.[58]

대만의 학자는 단오절의 현대화를 비판한 뒤 단오절의 자연 친화 사상을 계승하고 단오절의 약초를 서양 화학 약품과 대체할 천연 약품으로 개발할 것을 권한 데 비해서 중국의 학자는 형주의 '형주 국제 용주절(荊州國際龍舟節)'과 강릉의 용주 경도놀이가 추진하는 현대화를 긍정적으로 평가하고 있다. 한국의 강릉 단오제나 자인 단오굿도 지역 축제에서 세계 축제로 발전한 안동 국제 탈춤 페스티벌을 성공 모형으로 삼아 중국과 마찬가지로 현대화 · 세계화를 추진하고 있다. 축제의 세계화 · 관광화 · 오락화 · 이벤트화 · 탈맥락화는 세계적인 현상이다. 단오절을 비롯한 많은 세시 풍속들이 이러한 변화의 추세에 따라 소멸 위기에서 회생되고 있다. 그러나 단오제의 본질을 보존하고, 지역 문화적 · 민족 문화적 정체성을 살리는 방안을 모색하고, 현대 문명과 과학의 한계를 극복할 대안 사상 · 대안 문화와 대체 의학 · 대체 음식 등을 개발하는 지혜를 발휘할 필요가 있다.

---

57 임미용, 앞의 논문, 40쪽.
58 맹상영, 앞의 논문, 74쪽.

제20장 디딜방아액막이굿의 주술성과 오락화 현상

1. 디딜방아액막이굿의 민속적 특성

디딜방아액막이굿[1]은 충청북도와 경기도 일부에서 전승이 확인되지만,[2] 전라남·북도에 집중적으로 분포되어 있는 마을굿 형태의 세시 풍속인데, 여성이 사제 집단이 된다는 점에서 호남 지역 민속 문화의 특징이면서 동시에 여성 민속으로서도 주목에 값한다. 이 세시풍속은 디딜방아와 '피'의 주력에 의해서 잡귀와 전염병을 예방하려고 한 점에서는 제의적이고 주술적인 굿이지만, 방아노래를 부른다든가 풍물을 친다는 점에서는 오락성이 풍부한 집단적인 여성놀이가 되는 것이다. 특히 전남의 운곡 대보름액막이굿과 전북의 부남 방앗거리놀이가 2000년 제41회 한국 민속 예술 축제에서 각각 대통령상과 문화관광부 장관상을 수상한 바 있다. 부남 방앗거리놀이는 무주군 부남면 대소 마을을 배경으로 한 디딜방아액막이굿만을 공연장의 마당놀이로 재구성한 것이지만, 운곡 대보름액막이굿은 순천시 운곡마을에서 정월 대보름에 행하는 디딜방아액막이(방아소리, 지신밟기소리)만이 아니라 「짐대세우기(다구소리) - 탑돌이 줄감기(덜렁소리) - 뒷풀이(액막이소리)」도 포함되는 마을굿 전체를 마당놀이 형식으로 재구성한 것이다. 이처럼 한국 민속 예술 축제를 통하여 그 민속적

---

1 디딜방아액막이굿은 '액막이굿', '방아거리놀이', '디딜방아 훔치기' 등으로 불리는데, '디딜방아로 액을 막는 굿'이라는 뜻에서 '디딜방아액막이굿'으로 부르기로 한다.

2 경기도 지역에서도 정월 월중에 디딜방아 훔치기 풍속이 있었던 흔적이 광주시 중부면 광지원리에서 유일하게 확인된다. 제보자는 '방아를 찧기 위해 필요해서 훔쳐왔다'고 말하였으나, 조사자는 '그 자세한 이유와 내용은 추정하기 힘들다'라고 말하여 '복토 훔치기'와 같은 성격의 '디딜방아 훔치기'인지, 아니면 잡귀와 전염병을 예방하기 위한 '디딜방아 훔치기'인지에 대한 판단을 내릴 수가 없다. 국립문화재연구소, 『경기도 세시풍속』, 2001, 73쪽 참조.

가치와 예술성을 인정받았음에도 불구하고 디딜방아액막이굿에 대한 학술적 연구는 부진하였다. 따라서 연구의 편중이 극복되어야 하는데, 더욱이 지방화 시대에 지역문화적 관점에서도 주목할 필요가 있다.

2. 디딜방아액막이굿의 분포와 변이

국립 문화재연구소에서 전국의 세시 풍속을 조사한 보고서는 전라남·북도, 경상남·북도, 충청남·북도, 경기도, 강원도, 제주도 등 아홉 개의 도를 시와 군 단위로 나누고, 각 시군마다 대표적인 세 개 마을을 선정하여 조사한 것이다. 따라서 모든 마을을 아우르는 분포도를 작성하는 것은 현재로서는 불가능하며, 그리하여 '세시 풍속 보고서'의 자료를 활용하는 선에서 논의를 전개하려고 한다.

(가) 전라북도

① 김제시 금산면 장흥리 신흥 마을(『전라북도 세시풍속』, 국립문화재연구소, 2003, 41쪽)

② 남원시 대강면 강석리 강석 마을 : 정초에 호열자를 방지하려고 다른 면의 마을에서 방아를 훔쳐 마을 입구에 거꾸로 세운 다음 여자의 속곳을 씌워놓는다. 이렇게 하면 모습이 꼴 보기 싫으니까 호열자가 마을에 들어오지 않는다고 한다. 강석마을에서는 순창군의 한 마을에 가서 디딜방아를 훔쳐왔는데, 훔쳐올 때는 노래하고 굿을 치며 오지만, 처음에 마을 안에서 훔쳐올 때는 조용히 하고, 마을을 벗어나면 소란스럽게 노래를 하고 굿을 친다. 훔친 행렬이 마을을 벗어나면 뺏긴 마을에서는 애써 뺏으려고 하지 않으며, 서너 달이 지나면 와서 찾아간다. 대개 모 심을 때쯤이면 다시 가져간다.(같은 책, 89쪽)

③ 남원시 덕과면 덕촌리 덕동 마을(같은 책, 106쪽)

④ 전주시 덕진구 전미동 2가 미산리 : 마을에 좋지 않은 일이 생기면 다른 마을의 디딜방아를 훔쳐오는 일이 있었다. 디딜방아를 훔쳐오면 마을에 세워놓고 제를 지낸다. 회룡마을에서도 디딜방아를 도둑맞을 뻔한 경우가 있었다. 건너 마을인 '고랑리'에 오래 된 은행나무가 있었는데, 그 나무를 베어버려서 동네에 좋지 않은 일이 있자 회룡마을로 디딜방아를 훔치러 왔다. 이들이 밤에 디딜방아를 훔쳐 가면서 '방아타령'을 불러 그 소리에 깬 회룡마을 사람들에 들켜서 훔쳐가지 못하고 쫓겨난 적이 있다고 한다. 훔쳐간 마을에 좋으라고 디딜방아를 가져가는 것이므로 뺏긴 마을에는 좋지 않기 때문에 훈계를 하고 돌려보냈다. 이웃한 고랑리는 '호랑이'와 발음이 비슷하고, 회룡마을은 '신계'라고도 불렀기 때문에 '개'라고 하여. 개가 호랑이를 이겼다고 마을사람들이 모두 좋아했다.(같은 책, 200쪽)

⑤ 무주군 무주읍 내도리 산의실(같은 책, 308쪽)

⑥ 무주군 설천면 심곡리 원심곡 마을 : 정월에 나쁜 일을 막기 위해 이웃마을에 가서 주인 몰래 디딜방아를 훔쳐온다. 주로 두길리의 삼바실〔마전〕에서 훔쳐온다. 상복을 빌려 입고 가서 방아를 떼어낸 후 "아이고! 아니고!"라고 곡을 하며 방아 뒤를 따라 온다. 마을 입구에 거꾸로 세우고 여자 속옷을 걸어둔다.(같은 책, 350쪽)

⑦ 완주군 경천면 가천리 요동 마을(같은 책, 462쪽)

⑧ 임실군 관촌면 관촌리 : 대보름날 밤에 부녀자들이 이웃 마을 디딜방아를 훔쳐다가 자기 동네 입구에 거꾸로 세워놓는다. 이때 디딜방아에 헌옷을 입히고 밀대모자를 씌워놓는다. 이 디딜방아는 돌려주지 않고 그냥 세워놓는다. (같은 책, 479쪽)

⑨ 임실군 임실읍 대곡리 하리 마을(같은 책, 500~501쪽)

⑩ 장수군 장계면 무농리 원무농 마을 : 정월에 한 해 동안의 질병을 예방하기 위해서 디딜방아를 훔쳐다가 뱅이를 한다. 염병이 유행하던 시절에 주로 한다. 그러한 이유로 정월 내내 디딜방아를 잃어버리지 않

으려고 순번을 돌려가며 방아를 지킨다. 서너 개의 방아를 잃어버리지 않으려고 지키는 일은 꽤나 어려운 일이다. 이 마을에서도 언제인가 이웃 마을인 북동에 가서 방아를 떼다가 뱅이를 했다. 이웃 마을에 가서 주인 몰래 디딜방앗대를 훔쳐내야 하는데, 만약 들키면 주인에게 욕을 얻어먹으므로 신중하게 움직인다. 훔쳐온 방아는 마을 입구에 거꾸로 세우고 여자의 속곳을 씌운다. 이렇게 해두면 염병이 들어오지 않는다고 한다. 정월 내내 그대로 두는데, 훗날 주인이 와서 방아를 찾아간다.(같은 책, 545쪽)

⑪ 장수군 계북면 원촌리 2구 외림 마을 : 정초에 이웃 마을에 가서 디딜방아의 공이를 훔쳐서 헝겊에 싸서 마을 입구로 들어오지 않고 마을 뒤로 돌아서 들어온다. 훔쳐온 공이는 마을 입구에 세운다. 이렇게 하면 온갖 병이 마을로 들어오지 않는다고 여긴다.(같은 책, 560~561쪽)

⑫ 진안군 진안읍 물곡리 종평 마을 : 정월 초사흗날 마을이 편안하기를 바라는 마을에서 이웃 마을에 가서 디딜방아를 훔쳐다가 뱅이를 한다. 진안군 사람들은 장수군에 가서 방아를 떼어오고, 장수군 사람들은 진안군에 와서 방아를 훔쳐가야 뱅이가 된다고 한다. 훔쳐온 방아는 마을 입구에 거꾸로 세우고 여자 속곳을 씌워둔다. 그 앞에 떡을 시루째 놓고 마을이 잘 되기를 비손하는데, 한복을 차려입고 나와서 절을 한다. 이를 '방애(아)고사'라고 하며, 이렇게 고사를 지내고 나면 마을이 편안하다고 한다.(같은 책, 601쪽)

(나) 전라남도

① 광양시 광양읍 세풍리 해창 마을(『전라남도 세시풍속』, 국립문화재연구소, 2003, 30쪽)

② 광양시 황길동 통사 마을(같은 책, 44쪽)

③ 나주시 동강면 복룡리(같은 책, 62쪽)

④ 나주시 왕곡면 월천리 구천 마을(같은 책, 72쪽)

⑤ 순천시 주암면 구산리 구산 마을(같은 책, 155~156쪽)

⑥ 강진군 강진읍 덕남리 덕동 마을 : 대보름날 이웃 마을에서 남자들이 방아를 훔쳐다가 마을 들어오는 길목에 세워놓고 여자의 고쟁이를 방아에 걸어놓는데, 이것은 한 해 동안 마을에 전염병이 도는 것을 예방하기 위해서다. 이때 방아에는 여자의 피 묻은 고쟁이를 걸어두면 더 좋지만, 그것을 구하기 쉽지 않기 때문에 일반 고쟁이에 붉은 물을 들여서 걸어놓는다.(같은 책, 238쪽)

⑦ 고흥군 대서면 상남리 남양 마을(같은 책, 300쪽)

⑧ 곡성군 곡성읍 죽동리 죽동 마을(같은 책, 320쪽)

⑨ 곡성군 석곡면 염곡리 염천 마을(같은 책, 336쪽)

⑩ 곡성군 삼기면 노동리 남계 마을(같은 책, 353쪽)

⑪ 담양군 월산면 중월리 중방 마을(같은 책, 417쪽)

⑫ 보성군 노동면 학동리 갑동 마을 : 정초에 다른 마을의 디딜방아를 훔쳐와 여자들 속곳을 끼워놓고 마을 앞 공터 등에 놓아둔다. 이렇게 하면 마을의 액막이가 된다. 또 이와 동시에 좋은 샘물을 떠와 마을의 샘에 부으면 재수가 있다.(같은 책, 508쪽)

⑬ 보성군 벌교읍 장양리 진석 마을(같은 책, 526쪽)

⑭ 장성군 북하면 약수리 가인 마을(같은 책, 708쪽)

⑮ 해남군 현산면 고현리 고현 마을(같은 책, 839쪽)

⑯ 해남군 산이면 대진리 : 열나흗날 밤에 부녀자들이 이웃 마을의 디딜방아를 훔쳐다가 마을 앞에 거꾸로 세워놓고 그 위에 황토를 묻힌 여자 고쟁이를 씌워놓는다. 이 디딜방아는 다시 원래의 마을에 돌려주지 않으며, 디딜방아를 잃어버린 마을에서도 자신들의 부주의로 잃어버린 것이기 때문에 찾아가지 않는다.(같은 책, 849쪽)

⑰ 화순군 화순읍 연양리 양촌 마을 : 정초에 맥이로 마을에 병이 들어오지 말라고 다른 마을에서 디딜방아를 훔쳐다가 마을 입구에 세워둔다. 이 마을에서는 능주면 만수리에서 디딜방아를 훔쳐왔는데, 이때

는 남자와 여자들이 같이 가서 여자들이 방아를 떼어놓으면, 남자들이 메고 온다. 훔쳐온 디딜방아는 마을 입구에 거꾸로 세워두고, 거기에 부인들 속곳을 거꾸로 입혀둔다. 이렇게 하면 괴상한 모습 때문에 잡귀나 질병이 그것을 보고 놀라서 못 들어온다고 세워두는 것이다. 디딜방아에 고사는 지내지 않고 세워두기만 한다.(같은 책, 873쪽)

⑱ 화순군 춘양면 양곡리 단양 마을(같은 책, 894쪽)

⑲ 화순군 이서면 야사리 용호 마을 : 마을에 전염병이 돌면 디딜방아를 훔쳐다 동네 입구에 거꾸로 세워놓고 바지가랑이를 입힌다. 이 마을에서는 담양군 남면 '생오지'라고 하는 곳에서 훔쳐왔는데, 디딜방아는 '남의 땅'에 가서 밤에 몰래 훔쳐와야 좋다고 한다. 디딜방아는 여자들이 훔쳐오는데, 여자들이 떠메고 오질 못하니까 남자들이 같이 가서 디딜방아를 떠메고 흥겹게 노래를 부르며 온다. 훔쳐온 디딜방아를 입구에 세운 뒤에는 한바탕 풍물을 친다.(같은 책, 911쪽)

(다) 충청북도

① 충주시 살미면 내사동(『충청북도 세시풍속』, 국립문화재연구소, 2001, 112쪽)

② 영동군 영동읍 당곡리 : 인근 마을의 디딜방아를 훔쳐온다. 훔쳐올 때 노래도 부른다. 이를 거꾸로 세워놓고('Y'자 형식), 양쪽 가지에 혈흔이 남아 있는 부녀자의 팬티를 걸어 놓는다. 속옷에 월경이 묻어 있기도 하다. 이는 귀신을 놀라게 하려는 행위다. 이로써 한해 액운을 예방할 수 있다고 여긴다.(같은 책, 248쪽)

모든 지역에 공통으로 나타나는 디딜방아액막이굿의 기본적인 요소는 ㉠정월에 ㉡여자들이 ㉢다른 마을의 디딜방아를 훔쳐 와서 ㉣마을 입구에 ㉤거꾸로 세우고 ㉥방아의 다리에 여자의 월경 피가 묻은 속곳을 입혀 ㉦돌림병과 악귀를 막는 세시풍속이다. 그러나 지역별로 약간씩 변이를 일으키기도 하는데, 우선 시기는 정초나 대보름이지만, 해남군 고현마을처럼 정월 월중에 하는 곳도 있다. 굿패는 여자들이 원칙이지만, 화순군 용호와 양촌에서는 여자들이 훔친 디딜방아를 남자들이 메고 오며, 강진군 덕동마을처럼 남자들이 훔쳐오는 경우도 더러 있다. 디딜방아의 다리에는 반드시 여자 월경의 피가 묻은 속곳이나 고쟁이를 입히며, 그것이 없을 경우에는 황토나 붉은 물감을 칠하여 사용한다. 디딜방아를 거꾸로 세우기만 하는 곳도 있지만, 고사를 지내는 곳도 있다. 디딜방아는 훔쳐온 마을에서 돌려주지 않고 일 년 내내 마을을 지키게 하지만, 일정 기간이 지나면 되돌려주기도 하고, 빼앗긴 마을에서 되찾아가기도 한다.

3. 왜 디딜방아인가?

마을에 잡귀나 전염병이 침범하지 못하도록 하는 데 있어서 왜 하필이면 디딜방아를 이용할까? 이에 대한 해답은 디딜방아의 형태와 기능 면에서 찾아야 할 것이다. 먼저 디딜방아의 형태는 남근 형상이므로 남근 숭배의 측면에서 이해할 필요가 있다.

> 남근은 남성적 창조 원리, 자연과 인간의 출산 생성력, 창조주가 가진 기능과 잠재력, 생명의 흐름을 상징한다. 남근은 마귀를 쫓는 힘을 가진 부수물이다. 발기한 남근의 모습은 인간과 자연에 대한 생명의 부여, 풍요, 생식, 출산력을 상징하며, 또한 나쁜 마귀를 쫓는 힘을 나타내기도 한다.[3]

창조력을 지닌 남근이 파괴력을 지닌 악귀를 제압할 수 있다는 믿음에

3 진 쿠퍼; 이윤기 옮김, 『그림으로 보는 세계문화상징사전』, 까치, 1994, 317쪽.

근거하여 남근 상징으로 악귀를 막으려고 하는데, 거꾸로 세운 디딜방아의 공이(확 안의 곡식을 찧는 부분)는 남근을, 옷을 입힌 방아의 다리는 두 팔을 연상시킨다. 그래서 임실군 관촌리에서는 밀대(밀짚)모자를 씌워 디딜방아를 남성상으로 의인화할 것이다. 이러한 디딜방아는 마을 입구에서 장승과 같은 구실을 하는데, 장승 설화가 하나같이 성과 관련된 범죄를 저질러 처형된 남자를 주인공으로 하는 점에서[4] 장승도 근원적으로 남근 숭배와 친연성을 지닌다. 꼭두각시놀음에서 홍동지가 나신(裸身)이고, 남근으로 평안 감사나 그의 대부인의 상여를 운구하는 것도 남근 숭배의 잔영이다. 그런가 하면 울산 반구대 암각화에 남근을 드러낸 인물상도 고대 사회의 남근 숭배를 입증한다.

다음으로 디딜방아의 기능적인 측면에 보면, 방아 찧기는 모의적인 생산 의례이면서 성적 행위의 은유적 표현으로 풍요다산을 기원하는 의미도 있지만, 곡식을 잘게 부수는 행위는 악귀를 잘게 부수어 없애버리겠다는 의지의 표현이기도 하다.[5] 그리고 이러한 나희적(儺戱的) 방아놀이가 일찍이 고려 말엽의 궁중 나희에 수용된 사실을 이색(1328～1396)이 기록한 관극시 「구나행(驅儺行)」의 '누렁개 디딜방아 찧고(黃犬踏碓)'라는 구절에서 확인할 수 있다.[6]

그런가 하면 충청남도에서는 개인적 차원에서 정월에 방아 찧는 시늉을 하여 악귀를 내쫓는 세시 풍속이 있었다.

① 아산시 외암1리(『충청남도 세시풍속』, 국립문화재연구소, 2002, 168쪽) : 정월 열나흗날 밤에 집안의 며느리들이 액을 쫓기 위해 절구공이를 마당에 '쿵쿵' 찧는다. 그러면 이 소리를 듣고 잡귀가 물러간다

4 김두하, 『벅수와 장승』, 집문당, 1990, 331～335쪽 참조.

5 황루시, 「무당굿놀이연구」, 이화여자대학교 대학원 박사학위논문, 1987, 14～15쪽 참조.

6 박진태, 『한국고전희곡의 역사(Ⅱ)』, 대구대학교출판부, 2002, 9쪽 참조.

고 믿는다.

② 당진군 고대리 안섬(같은 책, 358~359쪽) : 보름날 새벽에 집안의 남자들이 일찍 '메통(말뚝을 박는 나무망치)'을 가지고 집안 곳곳을 찧고 다닌다. 집안의 오른쪽부터 시작하여 시계 반대방향으로 돌면서 울타리 안의 땅을 찧고 다닌다. 이렇게 하면 집을 오래도록 견고하게 보존할 수 있다.

4. 왜 '훔친' 디딜방아이어야 하는가?

악귀나 전염병을 예방하기 위해서 디딜방아를 주술 매체로 사용하는데, 왜 '자기 마을 것'으로 하지 않고, '남의 마을 것'을 '훔쳐서' 사용하는 걸까? 이에 대한 해답은 '복 훔치기' 풍속에서 찾아야 될 것 같다. 정월의 풍속으로 복토 훔치기, 오곡밥 훔치기, 샘물 훔치기, 보리밥 훔치기, 김치 훔치기, 퇴비 훔치기, 개뻘 훔치기, 빨래집게 훔치기 등이 있는데, 모두 '남의 복'을 훔쳐오는 풍속이다. 훔치기는 일상 세계에서는 도둑질이기 때문에 기득권을 존중하는 농경문화 사회에서는 비윤리적이고 반사회적인 범죄 행위이지만, 정월의 축귀초복 의례의 시공간에서는 허용되는 것이다.[7]

이러한 풍속은 복은 남의 것을 훔쳐서라도 가져와야 한다는 사고방식에 근거하며, 여기에 놀이정신이 덧보태어진 것인데, 특히 남원시 강석 마을에서는 여자들이 디딜방아를 가져오면서 노래를 부르고 풍물을 치고, 화순군 용호 마을에서는 남자들이 떠메고 오면서 노래를 부르는 식으로 오락적인 요소가 풍부해진다. 그런가 하면 무주군 원심곡 마을에서는 상

7 세시풍속은 아니지만 몇 사람이 작당해서 닭서리, 수박서리, 참외서리 하는 풍속은 담력을 키우는 뜻도 있지만, 집단의 이익을 개인의 이익보다 우선시하는 가치관에 기인한다. 또 남의 개가 집안으로 들어오면 복이 들어왔다고 잡아먹는 풍속은 '들어온 복은 절대로 놓쳐서는 안 된다'는 의식 구조를 보인다.

복을 입고 곡을 하여 디딜방아를 지키지 못하고 잃어버린 마을이 망했다고 야유하고 조롱하는 짓궂은 장난도 한다. 이처럼 '의례화된 도둑질'에 놀이 정신을 발휘하여, 공동체 내부를 결속시켜 성공적으로 다른 마을의 복을 훔친 데서 생기는 승리감과 자부심을 만끽하며, 마을의 안전과 번영을 해치는 외적과 싸우는 투지와 용기를 북돋우는 한편 피해자를 향해서는 복을 나누어 주는 너그러운 마음과 남의 딱한 사정을 동정하는 마음을 가져달라고 양해를 구하는 측면도 있다.

5. 디딜방아를 왜 '거꾸로' 세우는가?

마을에 잡귀와 질병이 들어오지 못하게 디딜방아를 세울 때 '곧바로' 세우지 않고 왜 '거꾸로' 세울까? 이는 나무장승을 세울 때 뿌리부분이 위로 가게 거꾸로 세워 나무뿌리가 마치 뿔처럼 보이게 하는 사실과도 관련된다. 장승 설화를 보면 성욕 때문에 살인을 하거나 근친상간을 범하여 공동체의 금기를 파괴하고 질서를 전복시킨 인물이 처형되어 장승이 되었다고 말하는데,[8] 이는 공동체의 위협적 인물이 죽어서 공동체의 수호자가 된다는 역설적 사고를 보인다. 디딜방아액막이굿도 '훔친 물건'이 마을 사람의 '생명을 훔치려는 잡귀와 역신'의 침범을 막을 수 있다는 역설적 사고에 기초해서 생성된 세시풍속으로 이해해야 할 것 같다.

다음으로는 세속과 신성의 대립 관계라는 측면에서 이해할 수 있겠다. 신성은 세속의 완전타자이므로 곧바로 서 있는 디딜방아는 방아를 찧는 도구이지만, 거꾸로 세우면 잡귀와 역신을 퇴치하는 주력(呪力)을 발휘하는 신성한 존재로 성화(聖化)된다. 금줄을 왼새끼로 꼰다든가, 평상복을 뒤집어 입어 상복으로 삼는 이치도 이와 같다. 또한 밀양 백중놀이에서 삿

8 김두하, 앞의 책, 331~335쪽 참조.

갓을 뒤집어쓰고 소를 거꾸로 타서 산신을 나타내는 것도 마찬가지이다.

그런데 디딜방아만 상하를 바꾸는 것이 아니라 방아의 다리에 입히는 여자의 속곳이나 고쟁이도 상하가 바뀌는 점에서 역(逆)의 원리에 의한 성화가 이중으로 이루어지는 셈이다. 남근상징의 디딜방아가 여자의 하의 속옷, 그것도 월경 피가 묻은 옷을 거꾸로 입고서 성적인 흥분 상태에 빠진 모습은 기괴하기 짝이 없는 형상인데, 이러한 '꼴 보기 싫은 모습' 또는 '괴상한 모습' 때문에 잡귀나 역신이 놀라서 도망친다는 말은 이열치열(以熱治熱)과 이이제이(以夷制夷)의 이치로 흉신(凶神)으로 흉신(凶神)을 물리치려는 전략이다. 흉악한 역귀를 막기 위해서 더 흉악한 형상의 디딜방아귀신을 만든 것이다.

6. 디딜방아에 왜 '피 묻은 여자의 속곳'을 씌우는가?

디딜방아의 다리에 입히는 옷도 단순히 여자의 속옷이 아니라 생리 피가 묻은 것이라야 하고, 따라서 생리 피가 묻은 옷이 없을 때에는 황토나 붉은 물감을 칠하는 것은 붉은 색이 벽사색(辟邪色)인 면도 있지만, 여성의 생식 능력을 의미하는 생리 피라야만 악귀를 물리는 주력을 지닌다는 사고도 작용한다. 그리하여 이러한 행위는 디딜방아귀신의 주력을 강화하는 장치가 된다.

탈놀이의 경우 예천의 「청단놀음」에서 쪽박광대가 피 묻은 속옷을 입고서 빗자루와 쪽박을 손에 들고서 양반과 사대부를 유혹하고, 탁발승을 파계시키는 행동이 쪽박광대가 풍요다산을 담보하는 생산신이라는 증좌인 사실도 방증이 된다.[9] 그리고 도깨비 설화에서 여자가 말피를 대문과 담벼락에 발라 도깨비를 쫓아낸 사실은 음기(陰氣)의 결정체인 도깨비를 양기

9 박진태, 『전환기의 탈놀이 접근법』, 민속원, 2004, 323~325쪽과 326~328쪽 참조.

(陽氣)의 결정체인 말의 피로 제어한 사실을 의미하는 것도 방증으로 삼을 수 있다. 다만 디딜방아액막이굿에서는 여자의 피라는 점이 다르긴 하다.

한편 월경 피라는 성적인 면과 주술적인 면 이외에 '피'로써 악귀를 위협한다는 해석도 가능하다. '피'는 죽음을 의미하므로 마을을 침범하면 죽일 것이라는 경고와 협박의 의미 말이다. 그리고 중국 귀주지역의 나당희에서 무격(토로사)이 칼로 자신의 이마를 베어 피를 받아 헌제(獻祭)를 지내어 귀신이 놀라 달아나게 하는 것도 인신공희(人身供犧)가 축귀 의례로 변모한 경우이다.[10]

7. 디딜방아액막이굿의 오락화 현상

디딜방아액막이굿은 제의적인, 주술적인 놀이이지만, 방아를 훔쳐서 돌아올 때 방아타령을 부르고 풍물을 쳐서 흥겨운 길놀이를 벌인다. 그리고 화순군 용호와 양촌에서는 남자들이 방아를 떠메고 오면서 민요를 불러 남성놀이적인 색채가 가미된다. 제분(製粉) 노동요인 방아타령이 운반노동요로 기능이 전환되었다고 볼 수도 있고, 유희요로 전성되었다고도 볼 수 있다.

전라남도 순천시 운곡 마을의 방아소리는 다음과 같다.

- 후렴 -

어야 어유와 방애로다.

- 앞소리 -

이 방아가 왠 방아냐

10 박진태, 『동아시아 샤머니즘연극과 탈』, 박이정, 1999, 172쪽과 175쪽 참조.

강태공의 조작이로다
상사목으로 만들 방아
발로 딛고 손으로 당겨
이 방아를 찧어보세
오리랑 내리랑 잘 찧는다
들로가면 말방아요
개울끼면 물방아요
흉년들면 쑥방아요
현미백미 풍년방아
혼자찧는 절구방아
찧기좋은 나락방아
지긋즈긋이 보리방아
사박사박 율미방아[11]

'발로 딛고 손으로 당기며' 찧는 방아는 디딜방아임이 분명한데, 이밖에도 연자방아, 물방아, 절구방아 등 여러 종류의 방아를 열거하면서 방아 찧기의 흥을 돋우는 내용이다.

그런가 하면 전라북도 무주군 부남면 대소리의 방아타령은 다음과 같다.

아헤 - 방아헤 - (아헤 - 방아헤 -).
이방아가 웬방아냐(아헤 - 방아헤 -)
강태공의 조작인가(아헤 - 방아헤 -).
아헤 - 방아헤(아헤 - 방아헤 -)
기산영수 별긴곤세(아헤 - 방아헤 -),
효자효부 놀아있고(아헤 - 방아헤 -)

11 제41회 한국민속예술축제(2000.10.27)의 팜플렛.

아헤 - 방아헤 - (아헤 - 방아헤 -).
보은 속리 문장대에(아헤 - 방아헤 -)
세조대왕 놀아있고(아헤 - 방아헤 -).
아헤 - 방아헤 - (아헤 - 방아헤 -)
우리들은 놀데 없어(아헤 - 방아헤 -),
이 방아로 놀아보자(아헤 - 방아헤 -)[12]

중국의 기산과 영수에서는 소부와 허유가 놀았는데, 음이 비슷한 '효자 효부'로 바꾸었고, 세조 대왕이 속리산 법주사를 순행한 사실은 문장대에 올라 놀았다고 말하여 고사와 사실(史實)과는 어긋난 내용이지만, 옛사람의 풍류 정신을 이어받아 비록 방아 찧는 노동 현장에서나마 놀이 정신을 발휘하자는 내용을 표현하고 있다. 그리하여 이러한 내용의 방아타령이 굿패의 흥과 신명을 돋우고, 디딜방아액막이굿을 엄숙한 제의가 아니라 오락적인 분위기의 축제로 만드는 구실을 한다.

8. 다른 여성 민속과의 비교

디딜방아액막이굿은 마을 공동체를 질병으로부터 지키기 위해 여자들이 행하는 마을굿의 일종인데, 이처럼 여자들이 주관하는 마을굿으로 도깨비굿과 팥죽제가 있다. 먼저 연희성이 더 풍부한 도깨비굿부터 살펴보기로 한다.

㈎ 그해 마을에 좋지 않을 것이라는 말이 돌면 여자들이 14일 저녁부터 도깨비굿을 한다. 여자의 피 묻은 속곳을 구해 앞장서는 여자가

12 제41회 한국민속예술축제의 팜플렛.

막대기에 걸고 휘젓고 다니면 뒤따르는 여자들이 양철·솥뚜껑·꽹과리 등 쇳소리나 날 수 있는 것이면 무엇이든 들고 나와 요란하게 두드리고 춤을 추면서 뒤따른다. 액막이를 하는 것으로, 가가호호 방문하여 각 집 마당에서 휘젓고 논 다음 다른 집으로 옮겨간다. 시끄럽다고 들어오지 못하게 하는 집이 있는가 하면, 상에 돈이나 쌀을 차려놓는 집도 있다. 마을을 한바퀴 돌고나면 '굿낸다'고 하여 마을 동쪽 끝 상여집이 있는 바닷가에 가서 피 묻은 속곳을 태우고 뒤도 돌아보지 않고 뜀박질하여 마을로 돌아온다.(진도군 의신면 금갑리, 『전라남도 세시풍속』, 764쪽)

(나) 보름날 '도깨비굿 친다'고 저녁에 온 동네 여자들이 양푼 등을 들고 나와서 시끄럽게 두들기며 논다. 이 놀이는 약 20여 년 전까지는 행해졌지만, 현재는 하지 않는다. 마치 걸궁을 치듯이 집집마다 돌아다니면서 굿을 친다.(진도군 임회면 상만리 귀성마을, 『전라남도 세시풍속』, 786~787쪽)

여자들이 굿패가 되어 집돌이를 하며 '피 묻은 속곳'과 '쇳소리'로 악귀를 내쫓는 놀이로 지신밟기나 북청사자놀음과 같은 성격의 마을굿이다. '쇳소리'로 악귀를 내쫓는 점은 상쇠의 꽹과리가 주도하는 매구굿과 같고, '피 묻은 여자 속곳'으로 악귀를 내쫓는 점은 디딜방아액막이굿과 일치한다. 다만 지신밟기(매구치기)가 남성놀이라면 도깨비굿은 여성놀이이고, 도깨비굿이 집과 마을 안의 악귀를 집 밖으로 마을 밖으로 구축(驅逐)하는 굿이라면 디딜방아액막이굿은 마을 밖에서 들어오는 악귀를 방어(防禦)하는 굿이다.

이러한 도깨비굿이 전라남도 남해안 지방에서 전승되는 마을굿이라면, 팥죽제는 전라북도 동부 산간 지방에서 행해지는 마을굿이다.

매년 음력 정월 초사흗날 팥죽으로 동제를 지내는데, 그 이유는 "방앗간 같은 건물을 지나다보면 귀신이 있는데, 귀신을 달래기 위해 팥죽을 끓여 제사를 지내기 시작했다."라고 한다. 산신제 - 요왕제(용왕제) - 당산제의 순서로 제사를 지내는데, 모든 제사에서 팥죽을 제물로 바친다.

산신제는 마을 뒷산 중턱의 '신돌팍(신바우)'에서 지내고, 요왕제는 마을 왼편의 산 앞쪽에 있는 낮은 언덕 위의 '물당고(물 저장고)'에서 지내고, 당산제는 마을 입구 정자나무(느티나무) 숲에서 지낸다. 해마다 두 집씩 돌아가면서 제사를 주관할 '유사'를 선정하며, 유사로 선정되면 대문에 금줄을 치고 대문 앞에 황토 두 무더기를 뿌린다.

제사 준비는 섣달그믐부터 시작하고, 제비는 가구당 쌀과 팥을 각각 한 공기씩 초이튿날에 거둔다. 초사흗날이 되면, 유사와 부녀자들이 회관에 모여 팥죽을 비롯한 각종 제물을 장만한다. 남자들은 회관 주변에서 윷놀이나 술을 마시며 하루를 즐긴다.

날이 어두워지면 회관 밖에서 풍장을 울리기 시작한다. 과거에는 남자들이 풍장을 쳤지만 지금은 여자들이 직접 한다. 횃불을 앞세우고 떡시루, 제물, 풍장패의 순서로 행렬을 지어 산제당으로 가서 제물을 진설하고 헌작 - 재배 - 소지의 순서로 산신제를 지내는데, 떡은 시루째, 팥죽은 동이째 놓는다. 산신제를 지내고, 물당고를 거쳐 당산나무로 이동하는데, 떡시루 안의 촛불이 꺼지지 않도록 주의하며, 팥죽을 조금씩 길에 뿌린다. 산신제와 요왕제는 젊은 여자들 중심으로 하고, 당산제는 나이가 많은 여자들도 동참하는데, 당산제가 끝나면 정자나무 앞의 다리에도 팥죽을 조금씩 뿌린다.

모든 제사 절차가 끝나면 회관에 모여 잔치를 벌이고, 회관 마당에서 한바탕 풍장을 울리며 논다.(장수군 천천면 삼고리 운곡마을, 『전라북도 세시풍속』, 512~516쪽을 필자 요약)

동신 신앙과 관련된 의식, 곧 동제 내지 마을굿을 사제의 종류에 따라서는 무당형, 승려형, 동민형으로 삼분하고, 제사 방식에 따라서는 정숙형과 가무형으로 나눈다면, 사제의 성별에 따라서는 남성형과 여성형으로 구분할 수 있을 것이다. 이러한 분류법에 의하면, 팥죽제는 동민 중에서 여자들이 사제가 되어 풍물(음악)을 수반하여 거행하는 마을굿으로 여자들이 주관하는 점이 다른 지역과 결정적인 차이점이 된다. 그리고 여성이 동제 내지 마을굿에서 사제권을 행사하는 것은 여성의 사회적 지위가 상대적으로 높은 데 연유할 것이다.

또한 팥죽을 주요 제물로 바친다는 점에서도 다른 지역과 구별되는 특징을 보인다. 팥죽은 일반적으로 동짓날에 액막이를 위해서 쑤어 먹는 음식인데, 동제의 제물로 한다는 점이 특이하며, 이러한 현상은 팥의 주력을 이용하려는 주술 신앙이 강하게 잔존해 있는 데서 원인을 찾아야겠지만, 산간 지방이어서 밭작물로 팥이 많이 생산되는 것도 한 요인으로 작용하였을 것이다.

9. 다른 지역 탈놀이와의 비교

강릉 단오굿은 역사적으로 상당한 변모 과정을 거쳤는데, 그 제의 절차는 대체로 대관령에서 국사성황신을 맞이하여 홍제동의 여국사성황신과 동침시켰다가 두 부부신을 강릉으로 모시고 와서 굿당에 좌정시킨 후 오신 행위를 하고서 송신시키는 과정으로 진행된다. 그리고 오신 행위의 일종으로 탈놀이를 한다. 탈놀이는 관노가 연행하였다고 하여 '관노탈놀이'라고 부르는데, 남성의 집단놀이인 점에서 다른 지역의 탈놀이와 동일하다.

강릉 단오굿의 탈놀이는 두 마당으로 구성되어 있다. 첫째 마당은 토지신과 동해신인 장자마리(2명)가 풍요다산을 기원하는 놀이를 하며, 마당닦이를 하고, 장내 질서를 정돈하고, 구경꾼을 웃겨 놀이판의 분위기를 조성한다. 둘째 마당은 양반광대가 소매각시와 사랑춤을 출 때 시시딱딱이(2명)가 등장하여 소매각시를 데려다 희롱한다. 그러나 양반광대가 시시딱딱이를 물리치고 소매각시를 되찾는다. 그렇지만 양반광대가 소매각시의 정조를 의심하므로 소매각시가 자살로 결백을 증명하려 하고, 마침내 양반광대와 소매각시가 화해한다.

특히 둘째 마당은 양반광대(대관령성황신)·소매각시(여국사성황신)·시시딱딱이(癘疫之神)의 삼각관계를 통하여 홍역 같은 전염병을 예방하려한 탈굿으로 이것은 신라 헌강왕 때 동해용왕의 아들 처용이 미녀 아내를 역신(疫神)에게 빼앗겼다 되찾은 처용탈굿과 동궤에 속한다.[13] 이러한 강릉 단오굿의 탈놀이나 신라의 처용탈춤은 성황신 신앙과 용신 신앙을 토대로 선신과 악신의 갈등을 극화한 것인데, 디딜방아액막이굿은 주술 신앙에 근거하여 '디딜방아'와 '피 묻은 여자 속옷'을 잡귀와 역신(疫神)을 퇴치하는 주물(呪物)로 이용하는 점에서 현격한 차이가 있다. 요컨대, 탈춤이 물활론(物活論; Animism)에 근거한다면, 디딜방아액막이굿은 물력론(物力論; Dynamism)에 근거하여 보다 원시적인 사고에 해당한다.

13 박진태, 『탈놀이의 기원과 구조』, 새문사, 1991, 223~244쪽 참조.

제21장 김제의 벼농사 문화와 쌍룡놀이

1. 김제의 지평선 축제와 벽골제 쌍룡놀이

전북 지방의 대표적인 민속예술에 대해서 동제(당산제, 산신제, 용왕굿 등)와 민속놀이(용마놀이, 입석줄다리기, 답성놀이 등), 민속음악(농악, 민요, 줄풍류, 범패 등), 민속무용(금척무, 영산작법 등)에 걸쳐 70개가 정리된 적이 있다.[1] 그러나 민속예술의 실상은 이를테면 당산제를 지내고 오신 행위로 농악을 치는 것처럼 제(祭)와 가(歌)・무(舞)・악(樂)・희(戱)・극(劇)이 결합된 종합 예술의 형태가 대부분이다. 김제 지방의 벽골제 쌍룡놀이도 축제(築堤) 노동과 제의와 민요가 결합된 민속놀이로 지평선 축제에서 공연되고 있다. 그러나 쌍룡놀이는 엄밀하게 말하면 전승 문화재가 아니고 1970년대에 단야 전설을 토대로 극화한 마당놀이이다. 그렇지만 김제 사람들은 쌍룡놀이를 민속자료로 지정하여 민속놀이로 인식하고 있다. 이러한 현상에 대해 상반된 두 가지 시각이 가능하다. 하나는 역사적 근거가 없어서 고증이 불가능한 사이비 문화재라는 부정적 시각이고, 다른 하나는 김제 사람들의 역사의식과 문화적 창조력의 산물이라는 긍정적인 시각이다. 그러나 절충적인 입장을 취하면, 벽골제[2]나 용설화(용신신앙)에 대해서는 객관적인 인식을 하고, 단야 전설에 대해서는 현대적

---

1 『전라북도의 민속예술』, 전라북도, 1997.

2 벽골제 수리민속유물 전시관의 개관 기념으로 1998년 7월 10일 국제학술발표회가 개최되었는데, 그때 다음의 논문들이 발표되었다. 윤무병, 「벽골제의 제방과 수문」;賀川光夫, 「일본의 稻作과 堤池축조」;전영래, 「고고(考古)자료를 통해 본 벼농사 전파」;안지민, 「중국도작기원(中國稻作起源)과 동전경로(東傳經路)」;김병학, 「벽골제와 농경민속」;최영희, 「벽골제 창축(創築)과 백제의 국력신장」. 그리고 『김제 벽골제 수리민속유물 전시관 개관 기념 국제학술토론회』라는 이름으로 발간한 발표논문집에는 위의 6편 논문 외에 전영래의 「줄다리기와 용신제(龍神祭)고」와 『동국여지승람』의 「김제벽골제 중수비문(金堤碧骨堤重修碑文)」이 수록되었다.

재창조로 평가할 수 있다. 왜냐하면 민속학을 과거 학문이 아니라 현재 학문으로 만들고, 전통적인 놀이문화에 대한 연구를 넘어서서 현대적인 놀이문화를 창조하고 발전시켜야 하기 때문이다.

벽골제 쌍룡놀이는 다음과 같은 몇 가지 측면에서 학술적 가치를 지닌다.

> 첫째 우리나라에서 가장 오래된 저수지 가운데 하나인 벽골제와 관련된 점.
>
> 둘째 우리나라에서 유일하게 지평선이 있는 김만(김제·만경)평야(징게맹경외야밋들)의 벼농사와 관련된 점.
>
> 셋째 용신앙과 관련된 점.
>
> 넷째 인신 공희(人身供犧) 설화에 속하는 단야전설을 토대로 극화된 점.
>
> 다섯째 토목 노동요인 말박기 노래가 삽입되어 있는 점.
>
> 여섯째 입석 줄다리기와 함께 지평선축제의 핵심적인 공연예술의 종목인 점.

따라서 쌍룡놀이의 역사적·민속적·문학적 배경으로 벽골제의 역사와 문화를 이해하고, 지평선 축제로의 축제적 재구성을 재인식할 필요가 있다.

2. 김제 지방의 벼농사와 벽골제 : 마한에서 백제를 거쳐 신라로 바뀐 기회와 수탈의 역사

김제 지방에 마제 석검이 출토되고 지석묘가 분포되어 있는 점으로 보아 적어도 기원전 5세기경부터는 벼농사를 한 성읍 국가가 발달하였던 것으로 추정된다. 조수의 간만(干滿)의 차이가 큰 서해안 지방의 하천 유역에서 먼저 자연 관개법(自然灌漑法)에 의하여 벼농사가 시작되었고, 철기 시대에 인공 관개 시설이 발달하여 마한 사회가 벼농사의 중추적 위치를 담당하게 되었다. 마한 54국 가운데 김제에 있었던 나라는 벽비리국(辟卑離國)이다.[3]

그러나 백제가 마한 병합 정책을 추진함에 따라 김제 지방은 백제의 판도 안으로 들어가게 되었다. 다시 말해서 한강 유역에 도읍을 정한 백제가 온조왕 시대에는 웅진강(금강) 이북만 강역으로 차지하다가 고이왕 시대(290년)에 마한의 국읍을 아우르고 노령산맥 이북까지 진출하였으며, 근초고왕이 369년에 노령산맥 이남의 마한 잔존 세력을 항복시키고 현재의 전라남도 해안 지방까지 판도를 넓혔던 것이다. 그리하여 고이왕 때(290년)부터 근초고왕 때(369년)까지 약 80년 동안 김제가 군사적으로 경제적으로 백제 남진(南進) 경략(經略)의 병참 기지로서의 역할을 담당하게 되었었다. 또한 그 무렵에 김제에 벽골제(碧骨堤)가 같은 전북 지방의 황등제(黃登堤), 고부눌제(高阜訥堤)와 함께 축조되었으니, 비류왕(比流王) 27년(330년)의 일이다.[4] 벽골제의 규모는 길이는 1,800보(3,240m)이고, 제방의 밑의 폭은 21m, 제방의 위의 폭은 10m, 제방의 높이는 5.7m이다.[5]

백제는 지방을 5방(方)으로 나누고, 그 밑에 군(郡)과 성(城)을 두어 통

---

3 『김제군사』, 1994, 186~187쪽 참조.

4 위의 책, 191~192쪽 참조. 『삼국사기』 「신라본기」 '흘해니사금'조 "二十一年 始開碧骨池岸長一千八百步"라 기록되어 있으나, 신라중심사관에 의한 기술이고, 백제의 비류왕(比流王) 27년(330년)에 축조한 저수지라고 보는 것이 학계의 정설이다. 문안식, 『백제의 영역확장과 지방통치』, 신서원, 2002, 195·230쪽에서도 320~350년경에 축조된 것으로 보았다. 그러나 김기섭, 『백제와 근초고왕』, 학연문화사, 2000, 182~184쪽에서는 근초고왕대의 백제의 남방 경계를 금강 유역으로 보는 입장에서 벽골제의 축조 시기를 4세기 중엽으로 보는 관점에 회의적인 태도를 보였다. 그렇지만 일본 『서기』의 「신공기」 '49년'조에 '근초고왕이 전라남도 남해안 일대를 장악하고 일본 장수(千熊長彦)와 함께 백제국의 벽지산(辟支山;김제)과 고사산(古沙山;고부)에 올라 맹약을 하였다'는 기록은 근초고왕 때에 이미 김제와 고부를 연결하는 전북 지방의 서해안 일대가 백제의 영토였음을 입증하므로 김 기섭의 견해는 수긍하기 어렵다.

5 『김제군사』, 193~194쪽 참조.

치하였는데, 김제는 고부에 있던 중방(中方) 고사비성(古沙比城)의 관하(管下)에 속한 벽골(碧骨)이었다.[6] 벽골은 『삼국지』 「동이전」에는 '벽비리국(辟卑離國)'으로 표기되어 있고, 일본 『서기』의 신공기(神功紀), 천지기(天智紀)에는 '벽지산(辟支山)'이라고 표기되어 있다. '벽비리(辟卑離)'는 '벼+블(골)'이고, '벽지(辟支)'도 '벼+고을'을 음차(音借)한 것이니, 모두 '화곡(禾谷), 도향(稻鄕)'이란 뜻으로 김제가 삼한 시대부터 도작(稻作) 농경의 중심지였음을 말해준다.[7]

백제가 나당 연합군에게 사비성(부여)을 함락당한 이후 백제 부흥 운동을 하면서 부안〔주류성(周留城)〕에서 김제〔피성(避城)〕로 천도할 때에도 만경강과 벽골제의 군사 전략적 효용성과 아울러 김만 평야의 식량 자원 공급지로서의 경제적 가치가 고려되었다.[8] 그러나 문무왕 3년에 신라가 주류성의 백제 의병을 항복시키고, 9주(州)와 군현제(郡縣制)를 정비하여 백제의 고토(故土) 중에서 충남 지방은 웅진주가, 전북 지방은 완산주가, 전남 지방은 무진주가 관할하게 하였고, 경덕왕 16년에는 완산주를 전주로 개명하였던 바, 통일 신라 시대의 이러한 제도 개혁으로 말미암아 군사 행정의 중심지가 고부에서 전주로 이동하였다.[9] 그리고 벽골제(碧骨堤)의 지명도 '김제(金堤)'로 바뀜에 따라 전주 관하의 김제군이 되었다. 그리고 신라의 원성왕 6년(790), 고려의 현종 때(1010~1031)와 인종 21년(1143년), 조선의 태종 15년(1415년)에 보수 공사가 시행되었다.

『신증동국여지승람』(제33권)의 '김제군'조에 수록되어 있는 「중수비문(重修碑文)」에 의하면, 벽골제의 구조는 도랑이 다섯 개였는데, 북쪽에서 남쪽으로 수여거(水餘渠), 장생거(長生渠), 중심거(中心渠), 경장거(經藏渠), 유통거(流通渠)의 순서였으며, 다섯 도랑의 물줄기가 김만 평야만이 아니

6 위의 책, 195쪽 참조.

7 위의 책, 같은 곳 참조.

8 위의 책, 206~207쪽 참조.

9 위의 책, 212쪽 참조.

라 고부와 태인의 들판에까지 물을 공급하였다. 수여거와 유통거는 물이 넘쳐흐르게 된 무너미〔水越〕 시설이었고, 나머지 셋은 석주(石柱)를 양쪽에 세우고 그 사이의 막음판을 사슬로 연결하여 잡아당겨 물꼬를 열도록 설계되었었는데,[10] 현재 장생거와 경장거의 석주만 남아 있다. 벽골제의 제방도 일제 강점기에 동진 농지 개량 조합에서 관개용 수로로 개조하여 원형이 크게 훼손되었으며, 지금은 380m만 남아 있는 형편이다. 그렇지만 원래의 벽골제를 복원하면, 최고(最古)·최대의 저수지로서 농경문화 유적지와 토목 기술 증거물로서의 가치 때문에 인류 문화유산으로 인정받을 수 있을 것이다.

3. 김제 지방의 용신 신앙 : 토착적인 용과 불교에 조복(調伏)된 용

『삼국지』「동이전」에 의하면, 마한에서는 5월의 씨뿌리기와 10월의 수확을 마치면 귀신에게 제사를 지내면서, 무리가 술을 마시고 노래를 부르고 춤을 추었는데, 그 춤은 수십 명이 서서 서로를 따르면서 장단에 맞추어 손과 발을 상응시키며 몸을 굽혔다 일으켰다 하면서 땅을 밟는 몸짓을 하였다고 한다. 또 국읍(國邑)에 천신에게 제사를 지내는 제사장이 있었는데, 그를 천군(天君)이라고 불렀으며, 소도(蘇塗)라 불리는 별읍(別邑)에는 큰 나무를 세우고 방울과 북을 메달아 귀신을 섬겼는데, 그곳이 도망자의 피신처가 되기도 하였다.[11] 요컨대 마한에서는 천신 신앙 내지 천신굿과 지신 신앙 내지 지신굿, 그리고 인공적으로 조성된 성역이 있었다.

김제 지방을 포함한 서해안 지방은 당산굿과 줄다리기의 분포 지역인

---

10 『국역 신증동국여지승람』(Ⅳ), 민족문화추진회, 1985, 123쪽 원문과 429쪽 번역문 참조.
11 전해종, 『동이전의 문헌적 연구』, 일조각, 1982, 33~34쪽 참조.

데, 당산신은 지신 계통이고, 줄다리기의 줄은 근원적으로 수신, 곧 용사신(龍蛇神)의 신체(神體)이다.[12] 따라서 줄다리기를 한 다음 당산신의 신체인 입석(立石)에 줄을 감는 행위는 이러한 관점에서 해석할 필요가 있다.

일례로 김제 지방 입석마을의 '입석 줄다리기'를 살펴보기로 한다. 줄다리기의 유래에 대해서는 벽골제를 축조하고 풍년을 기원하는 뜻에서 행해졌다고도 하고, 김제 동헌에서 벽골제와의 사이에 있는, 월촌면 '당재'와 '토끼재'를 연결하는 능선이 터가 세므로 터를 누르기 위하여 선돌을 세운 데서 비롯되었다고도 한다. 그런가 하면 벽골제를 축조하고 기념으로 세운 장승이 입석이라는 구전도 전한다.[13] 줄다리기는 마을사람들이 동부(남자)와 서부(여자)로 나뉘어 암줄과 수줄을 연결하여 당기며 여자편이 승리하는 것으로 끝낸다. 그런 다음 입석의 아래쪽부터 암줄을 먼저 감고, 이어서 수줄을 그 위쪽에 감는다. 고창군 신림면 임리의 당산제에서는 짐대는 할아버지 당산, 입석은 할머니 당산이라 부르고, 줄다리기를 한 뒤 할아버지 당산에 줄을 감는데, 이를 '당산에 옷 입힌다'고 말한다.[14] 이와는 달리 부안군 산내면 운호리 작당 마을에서는 위 당산이 할아버지 당산이고, 아래 당산이 할머니 당산인데, 줄다리기를 한 뒤 줄을 할머니 당산의 신수(神樹)에 감는다.[15] 이처럼 줄다리기는 '수/암', '동/서', '위/아래', '용사(龍蛇)/거북이'[16]의 대립 체계가 작용한다. 따라서 암줄을 입석(당산할아버지)에 감는 행위는 암줄과 수줄의 고를 비녀나무로 연결시키는 행위와 마찬가지로 남녀의 성적 결합에 의하여 풍요 다산을 기원하는

---

12 김택규, 『한국농경세시의 연구』, 영남대학교출판부, 1985, 235쪽의 사진과 해설문을 보면, Angcor Wat의 제1회랑 동면의 부조(浮彫)에 큰 거북을 탄 Vishnu신이 신들과 아수라(阿修羅)들이 벌이는 줄당기기의 중심에 검을 들고 서 있는데, 줄은 대사(大蛇)의 동체(胴體)이다.

13 『전라북도의 민속예술』, 1997, 135~136쪽 참조.

14 위의 책, 264 · 267쪽 참조.

15 『한국민속종합조사보고서』(전북편), 문화재관리국, 1977, 104쪽 참조.

16 고구려 고분 벽화 사신수도 중에서 현무도(玄武圖)는 뱀(수)이 거북이(암)를 휘감고 있는 모습이다.

유감 주술의 행위이며, 수줄을 입석에 감는 행위는 남신을 맞이하여 좌정시키는 행위가 된다.

한편 『삼국유사』의 견훤 탄생담 같은 야래자 설화를 수부신(水父神)과 지모신(地母神)의 신성 결혼에 의하여 시조가 탄생한다는 신화 구조[17]로 보면, 김제와 지리적으로 인접한 익산의 서동 설화도 수부신(못의 용)과 지모신(과부)의 신성 결혼에 의하여 영웅(서동=무왕)이 출생하여 왕위에 등극한다는 이야기가 된다. 그런데 이러한 서동 설화의 형성은 백제의 시조 온조가 천부신(해모수)과 수모신(유화)의 신성 결혼에 의하여 출생한 시조왕(주몽)의 아들이라는 '천부-수모'형 신화와는 계통을 달리하는 '수부-지모'형 설화가 새로운 주류 문화가 되었음을 의미한다. 그리고 이러한 변화는 백제가 금강 이남, 노령산맥 이북을 차지하고 남진(南進) 경략(經略)을 추진할 때 황등제, 벽골제, 고부눌제를 축조하여 식량 자원 지대로 개발함에 따라 부여계 백제의 지배 세력과 마한계 토착 세력을 융합해야 하는 정치적 필요성에 기인했을 것이다.[18]

다시 말해서 벼농사와 밀접한 수신 신앙, 곧 용신 신앙이 백제의 지배 세력에 의하여 수용된 것인데, 백제의 지배 세력은 용신을 숭배하는 마한 지역의 수도(水稻) 경작민을 제압하는 방편으로 불교를 이용하기도 하였으니, 미륵사의 건립이 대표적인 사례이다. 『삼국유사』의 서동 설화에 의하면, 무왕과 선화 공주가 용화산(龍華山)의 사자사(獅子寺)로 갈 때 큰 못의 가운데에 미륵(彌勒) 삼존(三尊)이 나타나므로 못을 메운 자리에 미륵사를 지었다고 하는데, 이에 대해 미륵이 성불하여 용화수(龍華樹) 아래에서 3회 설법한다는 미륵 경전의 내용을 구상화하여 용화산 아래에 삼원병립식(三院竝立式)으로 가람을 배치하고 무왕 스스로는 전륜성왕이 되려 하였

17 서대석, 「고대건국신화와 현대구비전승」, 『민속어문론총』, 계명대학교출판부, 1983, 209쪽 참조.

18 백제의 성왕(523~554) 때 제작한 금동대향로의 봉황과 용의 관계를 이러한 시각에서 해석할 수도 있겠다.

다는 해석[19]이 있지만, 무왕이 왕권을 강화하기 위해 미륵하생신앙만 수용한 사실만이 아니라 미륵 삼존불로 못의 용신을 조복(調伏)시킨 사실도 주목할 필요가 있다. 다시 말해서 무왕이 용신을 호법신으로 조복시킴에 따라 용신을 숭배하는 지역민을 미륵 불교의 신도로 만들고, 무왕은 전륜성왕으로 숭배하게 만든 사실을 통하여 백제 지배 세력이 마한 지역의 용신 신앙을 이용하여 지배력을 강화한 사실을 간파할 수 있는 것이다.[20]

불교 세력도 농민의 용신 신앙을 이용하여 지배력을 강화시켰으니, 진표 율사가 변산의 부사의방에서 지장보살과 미륵보살로부터 교법(敎法)을 받고 금산사를 세우고자 대연진(大淵津)(벽골제?)[21]에 이르렀을 때 용왕이 나와서 옥가사를 바치고 팔만 권속을 거느리고 진표율사를 호위하여 금산수(金山藪)로 가니, 사방에서 사람들이 모여들어 며칠 안에 절이 완성되었다는 『삼국유사』의 「관동풍악발연수석기(關東楓岳鉢淵藪石記)」의 이야기도 진표율사가 용신을 숭배하는 김제 지방의 농민층을 법상종의 신앙적 지지층으로 삼은 사실을 의미한다. 벽골제는 모악산의 남북에서 발원하는 물줄기와 상두산에서 발원하는 물줄기가 만나는 지점에 위치하기 때문에 모악산의 금산사와 벽골제의 물로 농사를 짓는 농민들과의 관계는 긴밀할 수밖에 없었다. 다시 말해서 금산사의 창건은 김만 평야에 거주하는 농민들을 불교화하기 위한 목적에서 추진되었으며, 진표 율사가 금산

19 『고도 익산순례』, 익산문화원, 1997, 48~52쪽 참조.

20 무왕의 익산 천도도 웅진이나 사비 지역을 기반으로 한 대성팔족(大姓八族)의 영향력에서 벗어나 왕권을 강화시키려 한 의도에서 추진되었으나 성공하지 못하였다. 유원재 편저, 『백제의 역사와 문화』, 학연문화사, 1996, 133~135쪽 참조.

21 금산사와의 거리와 위치를 고려하면 김제의 벽골제로 추정된다. 『택리지(擇里志)』의 「복거(卜居)총론(總論)」 '산수(山水)'조에 금산사의 터도 본래는 용이 살던 못이었는데, 소금으로 메우고 대전(大殿)을 지었다는 설화가 기록되어 있는 것으로 보아(한국불교연구원, 『금산사』,일지사, 1994, 20쪽 번역문 참조) 익산의 미륵사와 마찬가지로 용신을 조복시켜서 용신숭배집단을 불교 신도로 교화하려 한 사실을 알 수 있는데, 진표율사를 영접한 용왕이 금산사에 남아 있던 못의 용왕으로서 확장 공사가 순조롭게 되도록 협조한 것인지, 아니면 벽골제의 용왕으로서 용왕 숭배 집단(농민층)에게 금산사의 중창에 필요한 재원을 조달하게 한 것인지는 단언하기 어려운 측면도 있다.

사를 중창할 때에도 자신의 미륵신앙과 농민의 용신 신앙을 결합시켰던 것이다.

위에서 두 편의 문헌 설화를 통하여 용신 신앙과 불교의 관계를 살펴 보았는데, 다른 문헌 설화나 구비 전설에는 불교에 조복(調伏)된 용이 아니라 순수한 용신 신앙이 나타난다. 김제 조씨(趙氏)의 시조 조연벽(趙連壁)이 백룡에게서 벽골제를 빼앗으려는 부안 변산의 청룡을 활로 쏘아 죽였다는 전설이나[22], 조간(趙簡)의 양쪽 어깨에 용의 비늘이 있어서 벽골제의 용정(龍精)이라고 믿었는데, 그가 하급관원의 시절 느티나무 위에 올라갔을 때 읍재(邑宰)가 낮잠을 자다가 나무 위에 쌍룡이 엉켜 있는 꿈을 꾸고 나서 그를 공부시키니 과거시험에 장원 급제하였다(1279, 충렬왕 5)는 전설이나,[23] 말뼈를 묻고서 벽골제를 완성시켰다는 전설이나[24], 곽진사의 아들과 사랑에 빠진 강진사의 딸이 석동 방죽에 익사하여 용이 되어서 곽총각에게 뚝〔추방제(萩防堤)〕을 쌓으라고 현몽하였다는 전설이나[25], 진표가 출가하기 전에 선인동에 살면서 물고기를 잡아 홀어머니를 봉양하였는데, 생포한 용녀(자라)와 결혼하여 살면서 열 달 동안 별거하자는 아내와의 약속을 위반하고 목욕하는 장면을 보았기 때문에 용녀는 떠나가고 일곱 아들은 죽어 용자칠총(龍子七塚)에 묻히었다는 전설이나[26], 신라 38대 원성왕(元聖王) 때 김제 태수 유품(由品)의 딸 단야(丹若)가 벽골제의 보수 공사를 위하여 서라벌에서 파견된 원덕랑의 약혼녀 월내를 청룡에게

---

22 『김제군사』, 1424~1425쪽 참조.

23 『국역 신증동국여지승람』(Ⅳ), 민족문화추진회, 1985, 431쪽 참조.

24 김제군사』, 1430~1431쪽 참조.

25 위의 책, 1440~1445쪽 참조.

26 『국역 신증동국여지승람』(Ⅳ), 민족문화추진회, 1985, 76~77쪽 참조. 진표율사는 사냥꾼의 아들로 성장하는 과정에서 버드나무 가지에 꿰어 놓은 개구리가 그 이듬해에도 살아서 고통스러워하는 광경을 보고 자신의 잔인성을 괴로워하다가 출가한 것으로 이야기되는데(『금산사』, 24쪽 참조), 이것은 진표율사가 수렵문화적 사고를 버리고 농경문화적 사고를 하게 된 것을 의미한다. 진표율사와 도탄에 빠진 당시의 농민층이 만난 접점이 용신신앙과 미륵신앙이다.

희생으로 바치려는 아버지의 음모에 반대하고, 자신이 청룡의 희생이 됨으로써 원덕랑에 대한 사랑을 승화시키려 하였다는 전설은[27] 모두 김제 지방에서 벼농사와 관련해서 저수지의 제방을 축조하였으며, 물의 정령인 용신을 숭배한 사실을 알려준다. 그리고 이 가운데 단야 전설을 토대로 '벽골제 쌍룡놀이'가 극화되었다.

4. 단야 전설 : 민속과 역사의 교차점

김제 지방에 전승되는 단야 전설은 다음과 같다.

> 신라 제38대 원성왕(元聖王) 때의 일이다. 벽골제를 쌓은 지가 오래되어 붕괴 직전에 놓이게 되어 김제를 비롯한 주변 7개 주 백성들의 생사가 걸렸다는 지방관리들의 진정에 따라 나라에서는 예작부(禮作部)에 있는 국내 으뜸가는 기술자인 원덕랑(元德郞)을 현지에 급파하여 보수공사를 하게 하였다. 원덕랑은 왕명을 받고 머나먼 김제 땅에 도착하여 공사를 서둘렀다.
>
> 당시 김제 태수 유품(由品)에게는 단야(丹若)라는 아름다운 외동딸이 있었다. 원덕랑은 밤낮없이 태수와 뚝 쌓는 일을 같이 하다 태수의 딸인 단야낭자하고도 점차 친숙하게 되었으며, 단야 또한 원덕랑을 알게 되면서 연정을 품게 되었다. 그러나 원덕랑은 뚝 쌓는 일 외에는 한눈팔지 않았으며, 특히 고향에 월내(月乃)라는 약혼녀가 기다리고 있으니 더욱 단야의 뜻을 받아들일 수 없었다.
>
> 이 무렵 주민들의 원망소리가 높아지고 있었다. 옛날부터 이러한 큰 공사는 반드시 처녀를 용추(龍湫)에 제물로 바쳐 용의 노여움을 달래야

27 『김제군사』, 1445~1457쪽 참조.

공사가 순조로운데, 원덕랑은 미신이라 하여 이를 실행하지 않고 공사를 했기 때문에 완공에 가까운 뚝이 무너지게 될 것이라는 백성들의 원망이 불길처럼 일어나고 있었다.

한편 이때 서라벌에서 월내낭자가 남장을 하고 김제까지 약혼자 원덕랑을 찾아왔다. 이 사실을 안 단야의 아버지 태수는 월내낭자를 밤중에 보쌈 하여 용에게 제물로 바쳐 딸의 소원도 풀어주고, 백성들의 원성도 진정시키며, 뚝도 완성시키는 일거다득을 노리는 계략을 세웠다.

그러나 이러한 아버지의 계략을 알게 된 단야는 양심의 가책도 느끼고, 월내낭자를 죽인다 해서 원덕랑의 결심이 돌아설 리도 없다고 생각하였으며, 그렇다고 원덕랑을 잊고 다른 곳으로 결혼할 마음은 더더욱 없었다. 단야는 오랜 고민 끝에 자신을 희생하여 백성의 생명줄인 제방을 완공하면, 연모했던 원덕랑도 월내낭자와 결혼하여 부귀영화를 누릴 수 있게 되고, 더욱이 아버지의 살인까지 막게 되어 효도가 된다는 생각에 미치자 죽음을 결심하였다.

이렇게 되어 단야는 월내낭자 대신 자기를 희생하게 되었으며, 그 후 보수공사는 완전하게 준공을 보게 되었고, 원덕랑은 월내낭자와 결혼하여 행복하게 살았다.[28]

단야의 순수한 사랑과 희생 정신, 애향심과 이타 정신, 효심을 강조하는 단야 전설의 서사 단락은 다음과 같이 정리할 수 있다.

① 서라벌에서 벽골제의 보수 공사를 위하여 원덕랑을 파견하였다.
② 태수의 딸 단야가 원덕랑을 사모하게 되었다.
③ 용에게 제물을 바치지 않은 원덕랑을 백성들이 원망하였다.

---

28 『전라북도의 민속예술』, 전라북도, 1997, 125쪽에 벽골제 쌍룡놀이의 유래담으로 단야 설화가 소개되어 있다. 『김제시사』, 1995, 1633~1634쪽에도 이와 대동소이한 각편이 실려 있다.

④ 태수가 원덕랑의 약혼녀 월내를 제물로 바칠 음모를 꾸몄다.

⑤ 단야가 월내 대신 자신이 제물이 되기로 결심하였다.

⑥ 단야의 희생으로 공사가 완성되었다.

단야 전설은 신라 원성왕(785 - 798) 6년(790)[29]에 벽골제의 보수 공사를 하며 단야를 희생으로 바쳤다는 인신 공희(人身供犧) 설화인데, 용과 지역민 사이의 갈등 관계가 백성들과 원덕랑 사이의 갈등 관계를 유발하고, 그것이 다시 태수와 원덕랑 사이의 갈등 관계로 확대되는 식으로 복잡한 갈등 양상을 보인다. 이러한 갈등 구조는 세 가지 의미 층위를 형성하는데, 용과 지역민 사이의 갈등은 자연의 파괴력에 맞서는 인간의 생존 노력을 의미하고, 백성들과 원덕랑 사이의 갈등은 관습적으로 제의적 해결 방식을 채택해온 용신 신앙 집단과 합리적인 사고로 과학적 해결 방식을 관철시키려는 토목기술자의 대립을 의미하며, 태수와 원덕랑 사이의 갈등은 민심에 영합하는 지방 관리와 새로운 지식과 기술을 보급하려는 중앙 파견 세력의 충돌을 의미한다.

그리고 신라 38대 원성왕 시대는 김춘추 직계 자손이 왕위를 세습하며 왕권 전제 정치를 실시하던 중대가 36대 혜공왕의 시해를 계기로 하여 종식되고, 진골이 왕권을 좌우하던 하대에 접어든 시기이므로 단야 전설에는 신라의 통일 이후의 백제 유민과 신라 지배 세력 사이의 갈등만이 아니라 신라 하대에 지배 세력 내부가 분열되기 시작한 징후, 곧 중앙 정부의 지방에 대한 통제력이 약화되고, 지방에 내려간 중앙 귀족이 호족화하기 시작한 정치사회적 변동이 반영되어 있다고 볼 수 있다.[30] 더 나아

29 『삼국사기』「신라본기」제10, '원성왕'조. "六年, 春正月, 以宗基爲侍中, 增築碧骨堤, 徵全州等七州人興役". 이 삼국사기의 기록은 벽골제의 증축 공사가 전주인만이 아니라 7주인을 동원하였다고 하여 전국적으로 인력을 동원한 국가적 차원의 대규모 토목공사였음을 알려준다. 신라는 당시 9주(양주, 강주, 상주, 명주, 삭주, 한주, 웅주, 전주, 무주)였는데, 부역이 면제된 2주가 어느 주인지는 불확실하지만, 서라벌이 있는 양주(良州)가 벽골제의 증축 사업에 동원되지 않았을 가능성이 가장 많다.

가선 백제 지역민들이 용신 신앙을 정신적 구심점으로 하여 단결하여 신라의 지배에 저항하였으며, 그것이 신라 세력 내부의 균열을 촉발시킨 요인으로 작용하였다는 해석도 가능해진다. 다시 말해서 단야 전설에서 추출되는 '자연(용)/인간(백성)', '백제(김제인)/신라(원덕랑)', '지방 관리(태수)/중앙 귀족(원덕랑)', '희생자(단야)/수혜자(월내)'의 대립 체계는 8세기 말엽 김제의 벽골제를 무대로 복잡 미묘한 문화적·정치사회적 갈등이 표출되었을 개연성을 시사한다.

이러한 관점에 서면, 단야의 희생이 제방의 축조 공사에서 인신공희가 시행되었을 개연성만이 아니라 정치사회적인 갈등을 해결하는 계기로 작용하였을 개연성, 아니 더 적극적인 해석을 하자면 신라 지배 세력이 단야의 희생을 미화시켜 백제 유민의 불만과 원성을 잠재우고 지배 세력의 내부적 결속을 도모하였을 개연성까지도 추정할 수 있다. 다시 말해서 백제 유민의 용신 신앙이 신라 지배 세력의 분열을 촉발하였으며, 단야의 도덕적 각성과 결단이 지역민과 지배 세력 사이의 갈등만이 아니라 지배 세력 내부의 분열마저도 치유하는 기적을 일으켰던 바, 이것은 희생 제의가 분열과 갈등을 해결하여 화해와 통합에 이르게 하는 기능을 적의하게 수행하였음을 의미한다.

그런데 제방의 축조 때 희생 제의를 행하였음은 여러 문헌 기록들이 전한다.

> 『태평어람(太平御覽)』「하부(河付)」조에 '침제(沈祭)'가 있다. 제물을 가라앉힌다는 뜻일 것이다. 『사기(史記)』「하거서(河渠書)」를 인용하여 다음과 같이 적고 있다. "원광 연간(한 무제; BC.134 - 129) 호자(瓠子; 하북성, 濮縣南)에서 황하가 둑이 무너졌다. 그래서 천자는 친히 무너진 곳에 이르러 백마(白馬)와 옥벽(玉璧)을 물 속에 가라앉히고 이를 막았

30 번태섭, 『한국사통론』, 삼영사, 1986, 146~147쪽 참조.

으나 공사가 보람이 없게 되자 탄식하며 호자가(瓠子歌)를 불렀다."

『수경주(水經注)』에는 탁군(涿郡)의 왕존(王尊)이 동군태수로 부임하다가 하수가 범람하여 호자(瓠子), 김제(金堤)의 두 곳이 물에 잠기게 되자 존은 백성들을 이끌고 백마를 희생으로 던져 바치고 물의 신인 하백(河伯)에게 빌었다는 고사가 있다.

『양서(梁書)』에서도 "대강(大江; 양쯔강)이 범람하여 제방을 파괴하자 형주자사 왕담(王儋)은 친히 폭우를 무릅쓰고 제방을 막았는데, 비는 점점 맹위를 떨쳤다. 둘레사람들이 피할 것을 권했으나 왕담은 '옛날에 왕존이 몸으로써 강둑을 막았는데, 내 어찌 위험하다 하여 둑 위로 오를 것이냐?' 탄식하고, 백마를 던져 강신(江神)을 제사하며 몸으로써 백성을 위해 명을 청하였다. 말이 끝나자 물이 빠지고 제방이 다시 나타났다."라고 기록되어 있다.[31]

중국에서 하백(河伯)이나 강신(江神)에게 백마를 제물로 바친 것은 우리나라에서 기우제를 지낼 때 용신에게 호랑이를 바치던 것[32]과 마찬가지로 '물・용(龍)・음(陰)/불・백마(白馬)・양(陽)'의 대립 체계에 의한 것이다. 그러나 일본의 『서기(書紀)』에는 인신을 바쳐 하신(河神)에게 제사한 기록이 있다.

인덕기(仁德紀) 11년 : 동10월. 궁북(宮北)의 교원(郊原)을 파서 남쪽의 물을 끌어 서쪽의 바다에 들게 하다. 이로써 그 물을 이름하여 호리

---

31 전영래, 「줄다리기와 용신제고(龍神祭考)」, 『김제벽골제 수리민속유물전시관개관기념 국제학술토론회 발표논문집』, 1998, 95쪽에서 재인용.

32 조선 시대 밀양도호부에는 구연이란 못이 있었는데, 기우제 때 용신에게 호랑이의 머리를 제물로 바쳤다. "구연(臼淵) : 천화령 아래에 있다. 둘레가 백여 자이고, 폭포가 돌에 떨어져 움푹 파여서 못의 모양이 꼭 절구 같은 까닭에 이름지었다. 세상에서 전하기를 '용이 있으며 깊이는 헤아릴 수 없고, 가뭄에 범의 머리를 집어넣으면 물이 뿜어 나와서 곧 비가 된다.'고 한다." 『국역 신증동국여지승람』(Ⅲ), 1985, 564쪽.

에(掘江)라 부른다. 또 북쪽 강의 큰 물결을 막기 위하여 마무다노쓰쓰미(茨田堤)를 쌓았다. 이때 두 곳의 잘린 틈이 생김으로써 둑이 무너져 막기가 어려웠다.

때마침 천황이 꿈을 꾸었는데, 신이 일러 말하길 "무사시(武藏) 사람 고와구비(强頸), 가와치(河内) 사람 마무다무라지고로모노코(茨田連衫子) 두 사람으로 하여금 하백(河伯)을 받들도록 하면 반드시 막을 수 있을 것이다." 곧 두 사람을 찾아내어 하신(河神)을 제사하게 하였다. 이에 고와구비는 슬피 울면서 물에 빠져 죽고 말았다. 이윽고 그 둑이 이루어졌다.

다만 마무다무라지고로모노코는 온전한 표주박 두 개를 들고 막기 어려운 물 앞에 나서서 두 개의 표주박을 물속에 던져 넣으면서 청하여 말했다. "하신이 노하시어 나를 제물로 삼겠다기에 내가 왔소. 필히 나를 원한다면 이 표주박을 물에 가라앉혀 다시 떠오르지 않게 하소서. 바로 참된 신임을 깨닫고 몸소 물속으로 들어가겠소. 만약 표주박을 가라앉히지 못한다면 신이 아닌 것으로 여길 것이오. 어찌하여 헛되이 내 몸을 망치게 할쏘냐?"

이에 갑자기 회오리바람이 일더니 표주박을 끌어 물속으로 가라앉히려 하였으나 표주박은 물위에서 구르며 가라앉지 않고 둥둥 떠서 멀리 흘러가고 말았다. 이로써 마무다무라지고로모노코는 죽지 않았지만 그 봇둑은 이루어지게 되었다.[33]

고와구비(强頸)는 천황의 지시에 순종하여 희생 제의의 제물이 되었지만, 마무다무라지고로모노코(茨田連衫子)는 기지를 발휘하여 신의 신통력을 시험하여 목숨을 구했다는 이야기는 권위와 관습에 맹목적인 인간과

33 賀川光夫, 『일본의 벼농사와 고대의 축제(築堤)』, 『김제벽골제 수리민속유물전시관개관 기념 국제학술토론회 발표논문집』, 1998, 30쪽에서 재인용.

합리적 사고에 의하여 현실의 모순과 부조리에 대항하는 인간의 두 모습을 보여준다. 이것은 신본주의적(神本主義的) 사고와 인본주의적(人本主義的) 사고의 대립을 의미하는데, 우리나라 『삼국유사』의 「기이(紀異)」편에 전하는 수로 부인 설화에서 순정공이 수로 부인과 산신(소몰이 노인)과의 신성 결혼은 수용하는 태도를 보이지만, 수로 부인과 해신(海龍)과의 신성 결혼에는 저항하는 태도를 보인 사실과도 비교해 볼 만하다.

하백(河伯)에게 처녀를 제물로 바쳐 결혼시킨 풍속에 대한 기록은 중국 『사기(史記)』의 「골계전(滑稽傳)」에 나타난다.

> 위(魏) 문후(文侯)시 서문표(西門豹)가 업령(鄴令)이 되었을 때 표가 업에 가서 한 장로(長老)를 만나 백성의 괴로움을 물었더니, 장로가 말하기를, 하백(河伯)이 아내를 얻게 되면 집안이 몹시 가난하게 될 것이니 얼마나 괴롭겠는가 하자, 표가 그 까닭을 물었다. 장로가 대답하기를 업(鄴)고을에 삼로정연(三老廷椽)이 해마다 세금을 거두어서 수취한 돈이 수백만이나 된다 하고, 그 가운데 2, 30만은 하백이 장가가는 데 쓰고, 일부는 축무(祝巫)들과 나누어 가지고, 나머지 돈은 삼로가 가져 갔다.
>
> 그때 무당이 길을 걷다가 예쁜 처녀를 보면 이는 마땅히 하백의 부인으로 삼아야 한다고 말한 다음 곧 아내로 맞아서 목욕을 시키고 비단 옷을 만들어 입힌 다음 한가롭게 거처하면서 재계하게 했다. 강 위에 재궁(齋宮)을 짓고 비단 휘장을 친 다음 처녀를 그 속에 거처하게 하고, 우주반식(牛酒飯食)의 맛 좋은 음식을 갖가지로 갖추어 십여 일 동안 잔치처럼 행한 다음에, 마치 여자가 시집가는 상석(床席)처럼 꾸며 놓고, 여자에게 그 위에 올라가게 한 다음, 강에 띄우면, 상석은 수십 리를 떠내려가다가 마침내 강물 속으로 사라진다.
>
> 누구든 그 집에 아름다운 여자가 있는 사람은 대무축(大巫祝)이 하백을 위하여 데려갈까 두려워한다. 이 때문에 딸을 많이 둔 사람은 멀리 도망하고, 빈곤한 성안은 텅텅 빈 지가 이미 오래 되었다. 속어(俗語)에

는 하백이 장가드는 것을 위하지 않으면, 물이 넘쳐 백성들을 물에 빠져 죽게 한다 했다.(후략)[34]

서문표가 하백의 아내로 처녀를 수장시키던 폐습을 혁파하였다는 이야기의 전반부이지만, 이러한 기록을 통하여 하백에게 처녀를 제물로 바치던 풍속이 있었다는 사실을 확인하게 되고, 이러한 맥락에서 판소리 심청가(전)에서 심청이 인당수의 용왕에게 제물로 바쳐진 이야기도 우리나라에도 과거에 인신 공희(人身供犧)의 풍속이 있었을 개연성을 시사하는 것으로 볼 수 있게 한다. 따라서 단야 전설은 벽골제의 보수 공사와 관련하여 용신에게 처녀를 제물로 바친 희생 제의 내지 용신과 처녀의 신성 결혼 의식이 거행되었을 개연성을 시사한다. 용신과 인간 여자의 신성 결혼은 서동 설화나 견훤 설화(야래자 설화)처럼 이류교혼(異類交婚)의 형태인 경우도 있지만, 단야 설화나 심청가(전)처럼 인신 공희의 형태도 있는 것이다.[35]

5. 벽골제 쌍룡놀이 : 전설의 놀이화

벽골제 쌍룡놀이는 1975년 9월 제16회 '전국민속예술경연대회'에서 민속놀이 부문 최우수상인 문공부 장관상을 수상하고, 같은 해 12월에 전라북도 지방 문화재 민속 자료 제10호로 지정되었다. 그러나 쌍룡놀이는 단야 전설에 근거하여 창작한 집단놀이로[36] 전통적인 민속놀이가 아니므로

---

34 이능화 집술;이재곤 역주, 『조선무속고』, 백록출판사, 1983, 259~260쪽에서 번역문 인용.

35 강원도 대관령 국사성황신설화는 호랑이를 시켜 처녀를 데려다가 아내로 삼았다고 하는 호식(虎食)설화에 속하고, 지금은 운문댐으로 수몰된 경상북도 청도군 운문면 범매마을에서는 산신(호랑이)이 처녀를 물어간 이후로 산신제를 지냈다고 한다.

36 2004.10.8 김제시청 마당에서의 면담조사에서 김병학(金丙學; 1930년 생)이 정진형(鄭鎭亨; 예총 지부장, 사망)과 박순호 교수가 전설을 각색하여 놀이를 만들었으며, 원래의

'민속 자료'로 지정하는 것은 문제가 있다. 그렇지만 이러한 윤색과 연극화 작업에 대하여 다음과 같은 옹호론도 있다.

> 근래에도 아직도 '고증(考證)'을 거치지 않았다며 이를 묵살하려는 일부의 회의적인 견해가 또다시 싹트고 있는 것을 볼 수 있다. 이러한 생각은 역사 사실과 구두 전승(Oral tradition)의 구별조차 분별하지 못하는 설익은 '고증학자'의 우론에 불과하다.
>
> 비근한 예로서 「심청전」을 들어보자. 이가 창작이든 전승의 채록이든 거기에서 공통적인 문화인류학적 유형을 추출하는 것이 기본적인 방법론이다. 다음에 채록 당시의 사회관이나 기록자의 세계관이 반영되어 있는 문장을 구분해낼 줄 알아야 한다.
>
> 곧 이 전승을 구성하고 있는 화형(話型)의 골자는 물과 제방에 관련된 것으로, 돈 주고 처녀를 사서 인신공양하는 『사기』의 서문표설화식의 '침제(沈祭)'에 있다. 작자는 여기에다 효성이라는 유교적 윤리관과 연화화생(蓮花化生)이라는 불교적 세계관, 그리고 왕비에 간택되고 심봉사가 눈을 뜨는 춘향전식 해피 엔딩의 극적 구성으로 분식시킨 것이다. 심청이 역사상 어느 시기, 어느 임금의 왕비였느냐를 '고증'해야만 한다고 강변한다면, 이는 구두전승의 본질을 판별 못하는 어리석은 일이 되고 말 것이다.
>
> 우리는 현실적으로 「춘향전」이란 고대소설의 주인공 '춘향'을 제사하는 축제가 남원 지역에서의 문화적 이벤트로 전개되고 있음을 볼 수 있다. 이는 1930년대 기생 출신 최모라는 독지가에 의해서 시작되었다. 그러나 아무도 춘향을 '고증'을 거치지 않았다고 부정하는 몰지각한 학자는 있지 않다. 이 행사는 오히려 해당 시의 관광·예술, 또는 경제

전설은 단야가 희생 장면으로 종결되지만, 연극화 과정에서 단야가 죽지 않고 화해하는 대단원으로 끝맺음을 하였다고 증언하였다. 그리고 단야제(丹若祭)도 47년 전에 시작하였다고 말하였다.

발전에 큰 원동력이 되고 있다.

김제 지방의 쌍룡놀이도 지방민의 축제로서 정착되어 가고 있다. 그것은 국내 최고(最古)・최대의 세계적 문화 유산에 대한 지방민의 긍지와 단결의 표출이며, 전승문화 재현을 위한 용트림일 것이다. 김제시는 한 발 앞선 춘향고을 남원에서 배울 바가 있다고 본다.[37]

구비 전승은 전승 집단의 의식과 체험이 투영되어 있으며, 구비 전승물의 기록과 재창조는 새로운 세계관과 역사의식에 의하여 이루어진다는 견해에 전적으로 동의하기 때문에 벽골제 쌍룡놀이가 설령 1970년대에 창작된 마당놀이라 하더라도 벽골제와 단야 전설에 근거하고 있기 때문에 '전설의 놀이화' 내지는 '역사와 문학의 축제화'라는 관점에서 학문적 논의는 가능하고, 또 필요하다고 본다.[38]

'벽골제 쌍룡놀이'는 ① 축제(築堤) 공사의 현장 - ② 쌍룡놀이 - ③단야의 희생 - ④ 단야의 소원무(所願舞)의 순서로 연행된다.[39] 놀이의 내용을 개관하면, '축제 공사의 현장'에서는 인부들이 원덕랑의 지휘 아래 말박기 노래를 부르며 말뚝을 박을 때 아낙네들이 물동이로 물을 이어 나르고, 태수가 원덕랑으로부터 작업 상황에 대한 설명을 듣는다. '쌍룡놀이'에서는 청룡이 나타나 횡포를 부리면 인부들이 원덕랑을 원망하고, 백룡이 나타나 청룡과 싸우지만 패퇴당하고, 청룡은 제방을 무너뜨린다. '단야의 희생'에서는 월내 대신 보쌈을 당한 단야가 고을 백성을 구하고 원덕랑의 뚝 쌓기를 돕기 위하여 불가피하게 불효를 저지른 것이라고 부모의 용서를 빌고, 또 청룡에게는 애향심을 가지고 벽골제를 파괴하지 말아 달라고

37 전영래, 앞의 논문, 97~98쪽.

38 이러한 관점에서 접근한 사례로 김병인의 「영암과 왕인문화축제」와 「장성과 홍길동축제」(『역사의 지역축제적 재해석』, 민속원, 2004, 139~221쪽), 표인주의 「인물전설의 전승적 토대로서 지역축제」(『비교민속학』제18집, 비교민속학회, 2000, 253~273쪽) 등이 있다.

39 『전라북도의 민속예술』, 전라북도, 1997, 125~133쪽에 놀이 과정이 등장인물들의 무대 이동선 그림과 함께 기술되어 있다.

애원한다. '단야의 소원무'에서는 청룡이 단야의 효심(孝心)과 의로움에 감화되어 해치지 않고, 태수와 원덕랑, 인부들과 아낙네들이 단야의 행실을 칭송하고, 환호성을 지른다.

이러한 '벽골제 쌍룡놀이'는 첫째 마당에서는 풍농(관개 수로)과 안전(홍수 예방)을 담보하는 제방 쌓기를 재현하고, 말박기 노래와 같은 토목 노동요를 수용하였다. 둘째 마당에서는 백룡(서쪽)과 청룡(동쪽)의 싸움놀이를 연행한다. 셋째 마당은 용신과의 화해를 추구하며 처녀를 제물로 바치던 희생 제의 내지 신성 결혼 의례의 극화이고, 넷째 마당은 굿이나 놀이의 뒤풀이에 해당한다. 이처럼 '벽골제 쌍룡놀이'는 '발단-갈등-위기-반전과 대단원'으로 진행되는 일종의 마당놀이로 창조되었다. 그리고 그러한 놀이의 근거를 밝히려는 의도에서 기존의 단야 전설을 부연하고 윤색한 새로운 단야낭자 전설을 형성시킴으로써 '전설 → 놀이 → 전설'의 순환 구조를 보였다.[40]

단야 전설이 극화되는 과정에서 일어난 변이는 청룡과 백룡이 싸우는 쌍룡놀이와 단야가 청룡을 설복시키고 목숨을 구하는 대목이다. 쌍룡놀이는 용신이 악룡과 선룡으로 분화된 것을 의미하는데, 김제 지방에서 쌍룡놀이가 전승된 사실은 고증되지 않았지만, 조연벽 전설에 변산의 청룡과 벽골제의 백룡이 싸우는 화소가 들어 있고, 남원 지방에서 섣달그믐이나 정월 대보름날에 남북으로 편을 갈라 오색으로 채색한 용마를 외바퀴 수레에 신고서 길거리로 나와 온갖 놀음으로 대진(對陣)하여 승부를 겨루어 풍흉을 점치는 용마희(龍馬戱)가 연행되었던 사실이 『용성지(龍城誌)』(숙종25; 1669)에 기록되어 전하고[41], 산내면 달궁마을이 기원전 1세기에 70

40 『김제군사』, 1994, 1445~1457쪽의 단야전설 참조.

41 "邑俗 自古爲壓勝穰災 且爲占歲豊歉 設龍馬之戱 盖以邑號龍城故也 每年除夕或上元 以其所居分作南北二隊 各作大龍馬 盡以五彩龍文 載以獨輪車通衢長街 百戱俱張 對陣前 却以賭勝負 南勝則豊 北勝則歉云 其來尙牟 官不之禁 又或有助之者"(『龍城誌』券之一) 이명진, 「남원 용마놀이의 성격과 활용」(유인물), 3쪽 각주(7)에서 재인용.

여 년 동안 마한의 도읍지일 때 고원 지대라 강우량이 적어서 지리산 정상에 올라가 용신에게 기우제를 지낸 까닭에 백제가 합병한 이후 고룡군(古龍郡)이라 부르고 용마놀이를 하게 했다는 구전설화가 채록되어 있기 때문에 쌍룡놀이가 집단적 무의식 내지 집단적 상상력의 산물이라는 해석이 가능하다.[42]

'벽골제 쌍룡놀이'에서 단야의 희생이 아니라 행복한 결말(해피 엔딩)로 끝맺음한 이유에 대해서는 "전해진 전설에서는 단야가 희생으로 바쳐지게 되는데, 너무나도 안타까운 결말이기에 향토 예술인들의 강력한 권유에 의해서 바꾸었다."[43]고 민속예술 연출가들이 해명하였던 바, 김제 지방 향토 예술인들의 '순박한 심성'을 김제 지방의 풍속이 "인심이 순후하여 농사일에 부지런하다"는 『신증동국여지승람』의 기록[44]을 근거로 이해할 수도 있지만, 시야를 넓혀 보면 「심청가」에서 심청의 죽음으로 끝맺지 않고 재생하여 황후가 되게 하는 것이나 비극적인 중국 양축 설화를 양산백과 축영대가 죽었다가 재생하여 결혼하는 「양산백전」으로 소설화한 것[45]처럼 비극적인 죽음이 아니라 재생 모티프에 의해서 행복한 결말로 종결짓는 한국 문학 특유의 반전 현상과 관련시켜 이해할 필요가 있다. 그런데, 이러한 현상에 대해서는 김열규는 민담의 구조에 기반을 둔 '반대에 의한 발전'으로,[46] 정규복은 유교의 감계주의(鑑戒主義)에 기인하는 것으로,[47] 서대석은 "한국인의 의식에 내재된 원령 작해(作害)로 인한 공포감과 그 공포감에서 유래된 원한 기피의 사고에서 형성된 현상"[48]으

42 『한국민속대관』(4권: 세시풍속 · 전승놀이), 고려대학교 민족문화연구소, 1982, 475쪽 참조.

43 전영래, 앞의 논문, 97쪽.

44 "人心醇厚 勤於稼穡"(『신증동국여지승람』 제33권, '김제군' 조)

45 박진태, 「중국양축설화의 수용과 변용」, (『한국문학의 경계 넘어서기』, 태학사, 2012, 57~86쪽) 참조.

46 김열규, 『한국민속과 문학연구』, 일조각, 1972, 42~43쪽 참조.

47 정규복, 『한중문학비교의 연구』, 고려대학교출판부, 1987, 212쪽의 각주(17) 참주.

48 서대석, 「고전소설의 '행복한 결말'과 한국인의 의식」, 『관악어문연구』 제3집, 서울대학교 국어국문학과, 1978, 242쪽.

로, 성현경은 행복으로 시작해서 불행을 거쳐 다시 행복으로 되돌아가는 한국인의 원융의식(圓融意識)을 바탕으로 한 변용으로[49] 파악한 적이 있다. '벽골제 쌍룡놀이'의 극화 과정에서도 비극적인 결말을 기피하는 한국인의 심성이 작용하였으며, 김제 지역민들이 '분열과 갈등'을 넘어서 '화해와 통합'을 지향하는 축제와 놀이의 본질을 구현하려 했다는 평가를 내릴 수 있다. 왜냐하면 우리나라의 굿과 놀이의 구성 원리는 '갈등의 표출(싸움굿) - 갈등의 해소와 화해 · 통합(화해굿)'이기 때문이다.[50]

6. 말뚝박기 노래 : 노동의 놀이화와 노동요의 수용

벽골제 쌍룡놀이의 첫째 마당은 말뚝을 박는 노동 현장을 재현하는데, 이때 말뚝박기 노래를 부른다. 말뚝박기 노래는 토목 노동요인데, 축제(築堤) 공사 현장에서는 운반 노동요인 목도소리도 구연되었을 것이다. 『삼국지』「동이전」에 있는 다음과 같은 기록은 일찍이 마한 지방에서 노동요가 가창되었음을 전한다.

> 그 나라에서 관가에서 성곽을 쌓을 때 용건(勇健)한 소년들이 등짐을 짊어지고 작대기를 짚고서 온종일 환호(喚呼)하며 힘을 쓰면서도 전혀 고통스러워하지 않았는데, 이렇게 하여 노동을 권장하고 몸을 강건하게 만들었다. (其國中有所爲及官家使築城郭 諸少年勇健者 皆鑿脊皮 以大繩貫之 又以丈虛木鍤之 通日喚呼作力 不以爲痛 旣以勸作 且以爲健)[51]

49 성현경, 『한국소설의 구조와 실상』, 영남대학교출판부, 1981, 96쪽 참조.

50 박진태, 『탈놀이의 기원과 구조』, 새문사, 35~36쪽에서 굿의 구성 원리를, 319~337쪽에서 탈놀이의 구성 원리를 분석하였다.

51 전해종, 『동이전의 문헌적 연구』, 일조각, 1982, 33쪽. 번역은 필자.

마한 시대의 성곽이 토성인 점을 고려하면, 젊은이들이 개인별로 흙짐을 운반하면서도 보조를 맞추고 서로를 격려하고 피로감을 덜기 위해서 "영차! 영차!" 같은 초보적인 형태의 노동요를 불렀을 개연성이 크다.[52] 이러한 노동요의 전통이 330년에 벽골제를 축조할 때에도 이어졌을 것이고, 그 후 보수 공사를 할 때(790년, 1146년, 1415년)에도 운반 노동요와 토목 노동요가 구연되었을 것이다. 물론 전국적으로 인력을 동원하였을 것이기 때문에 각 지방의 노동요가 구연되었을 개연성을 배제할 수 없지만, 특히 김제 지방의 노동요가 한 몫을 하였을 것으로 보인다.

벽골제 쌍룡놀이에서 부르는 말뚝박기 노래의 가사는 다음과 같다.

(메김) 어야라 동동 상사도야
(받음) 들어아 동동 상사도야
(메김) 얼럴럴 상사도야
(받음) 얼럴럴 상사도야 (후렴)

(메김) 삼백근 몽기가 상하를 몰고
(메김) 삼발대 밑에서 벌 날듯한다
(메김) 열두자 말을 박을라면
(메김) 우리네 인부들 욕들 보겠네
(메김) 떴다 떴다 감독이 떴다
(메김) 번득 들었다 번득 놓세

(메김) 힘만 세도 소용없고
(메김) 소리만 잘하면 제일이다

---

52 주보돈(朱甫暾), 「6세기 신라 금석문에 보이는 역역(力役) 동원」, 『제1회 학술세미나 논문집』, 민족음악연구소, 2003, 16쪽 참조.

(메김) 일락서산 해는 지고
(메김) 월출동령(月出東嶺) 달이 떠온다
(메김) 먼데 사람 듣기 좋고
(메김) 옆에 사람 보기 좋게

(메김) 감독나리는 약주집 가고
(메김) 우리는 탁주로 목 풀어 보세.
(메김) 아나 농부야 말들어라
(메김) 새 패랭이 꼭지에 개화 꽂고
(메김) 매우래기 춤이나 추어보세[53]

말뚝박기 노래는 축성(築城)이나 축제(築堤) 때 운반 노동요인 목도소리와 함께 가장 많이 불리는 토목 노동요이다. 쌍룡놀이에서 부르는 말뚝박기 노래는 메기고 받는 선후창 방식의 가창 방식으로 구연하는데, 의미의 전개 면에서 네 개의 단락으로 구분할 수 있다.

첫째 단락은 선창자와 후창자가 호흡을 맞추며 선창자가 후창자에게 후렴을 학습시킨다. 둘째 단락은 삼발대에 줄을 걸고 삼백 근 무게의 몽기를 메달아 들었다 놓았다 하면서 열두 자 길이의 말뚝을 박는 작업 현장에 감독관이 나타났으므로 야단맞지 않으려면 열심히 일하는 모습을 보여주자는 내용이다. 셋째 단락은 일꾼이 힘만 세기만 하기보다는 소리를 잘해야 하루 종일 해야 하는 일의 고달픔도 덜어낼 수 있고, 원근의 일꾼들에게도 듣는 즐거움과 보는 재미를 누리게 할 수 있다는 내용이다. 넷째 단락은 일을 다 마치면 감독관은 약주집에 가는 팔자이지만, 인부들은 탁주를 마시며 새로 장만한 패랭이에 계화(桂花)를 꽂고 흥겹게 춤을 추어보자는 내용이다. 이렇듯이 '노래의 형식 - 작업 현장 - 노래의 효용성

53 『전라북도의 민속예술』, 126쪽.

-노동 후의 음주가무'의 순서로 내용을 구성하여 '작업의 단조로움과 고달픔을 이기고 여러 사람이 보조를 맞추기' 위한 노동요의 본래적인 기능에 노동과 노래에 대한 지식을 가르치는 교육적 기능을 첨가시켰다. 하여튼 이러한 노동요 말뚝박기 노래(문학적 · 음악적 요소)는 놀이화된 노동 장면에 수용되어 쌍룡싸움(연희적 요소), 용신제(제의적 요소), 대동춤(무용적 요소)과 결합하여 벽골제 쌍룡놀이를 제의와 가 · 무 · 악 · 희가 혼합된 종합 예술체로 만들었다.

제22장 춘향놀이의 연희적 특성과 여성 문화적 성격

1. 춘향놀이와 호남 문화

춘향놀이는 제주도를 제외한 전국에서 전승이 확인되는 정월의 민속놀이인데,[1] 두 가지 측면에서 주목된다. 하나는 춘향 예술 문화의 차원, 이를테면 전설, 판소리, 소설, 창극, 현대연극, 영화, 가극과 같은 여러 장르에 걸쳐서 춘향을 주인공으로 한 예술 작품이 창작된 측면에 대한 연구[2]의 연장선상에서 학문적 조명의 필요성을 제기한다. 또 하나는 호남지방의 민속놀이에 대한 연구의 확장이라는 차원이다. 호남 지방의 민속놀이는 주로 줄다리기와 강강술래 및 농악의 잡색놀이 등과 같은 몇 가지 종목에만 국한되어 연구되었다. 그러나 세시 풍속의 조사 보고서에 의하면 20세기까지만 해도 춘향놀이를 비롯해서 농악놀이, 줄다리기, 윷놀이, 연날리기, 씨름, 그네뛰기, 널뛰기, 강강술래, 화전놀이, 횃불싸움, 들돌 들기, 소싸움 등등 다양한 민속놀이가 연행되었으며, 일부는 아직도 전승되고 있다.

물론 춘향놀이는 호남 지역에만 전승되던 민속놀이는 아니다. 그렇지만 '남원 고을의 춘향'과 접신하는 놀이이기 때문에 그 문화적 진원지는 전북 지역으로 볼 수 있다. 그리고 전승지로 확인된 숫자도 전북 12곳, 전남 21곳, 경남 13곳, 경북 11곳, 충남 7곳, 충북 3곳, 강원도 4곳, 경기

---

1 국립문화재연구소에서 전국의 세시풍속을 조사하여 9권의 보고서를 발간하였는데, 필자는『전라북도 세시풍속』(2003)과 『전라남도 세시풍속』(2003)만 입수한 상태에서 춘향놀이를 전라지역에만 전승되는 민속놀이로 오해하고 논문을 『비교민속학』 제28집에 발표하였으나, 그 후 춘향놀이가 전국적으로 분포된 사실을 확인하고 그에 근거하여 글의 일부를 수정하였음을 밝힌다.

2 박진태 외, 『춘향예술의 양식적 분화와 세계성』, 박이정, 2004에서 이러한 작업이 집대성되었다. 다만 무당굿놀이와 마당놀이 양식에 관한 논문이 누락되었다.

도 6곳으로 전라 지역이 33곳으로 경상 지역 24곳과 충청 지역 10곳 및 경기 · 강원 지역 10곳에 비해 단연 집중되어 있다. 그런가 하면 전라남 · 북도를 제외한 여타 지역에서는 남성 중심의 사또놀이와 여성 위주의 춘향놀이가 병존하지만, 전라남 · 북도에는 사또놀이는 없고 춘향놀이만 전승되었다. 따라서 춘향놀이의 전국적인 분포와 그 변이 양상에 대한 검토에 앞서서 전라남 · 북도의 자료에 국한시켜 연희적 특징과 여성 문화적 성격을 살펴보고, 다른 지역의 사또놀이와의 대비를 통하여 춘향놀이의 민속극적 · 지역 문화적 특성을 조명한다.

2. 춘향놀이의 연희적 특성

춘향놀이의 전승은 전북 지역은 13군데, 전남 지역은 23군데에서 각편(各篇)이 확인된다.

(가) 전라북도

① 남원시 운봉읍 동천리 동하 마을(전북, 73쪽)[3]

② 남원시 대강면 강석리 강석 마을(전북, 90쪽)

③ 남원시 덕과면 덕촌리 덕동 마을(전북, 106쪽)

④ 전주시 완산구 효자동 마전 마을(전북, 190쪽)

⑤ 전주시 덕진구 전미동 2가 미산리(전북, 201쪽)

⑥ 전주시 완산구 풍남동 3가(전북, 218쪽)

⑦ 정읍시 입암면 연월리 반월 마을(전북, 241쪽)

⑧ 고창군 고창읍 성두리(전북, 278쪽)

---

3 『전라북도 세시풍속』(국립문화재연구소, 2003)의 73쪽을 가리킨다. 이하 같은 요령으로 자료의 출처를 밝힌다.

⑨ 무주군 적상면 사천리 서창 마을(전북, 330쪽)

⑩ 완주군 경천면 가천리 요동 마을(전북, 462쪽)

⑪ 장수군 계북면 원촌리 2구 외림 마을(전북, 566쪽)

⑫ 진안군 동향면 능금리 능길 마을(전북, 589쪽)

⑬ 진안군 진안읍 물곡리 종평 마을(전북, 606쪽)

(나) 전라남도

① 광양시 황길동 통사 마을(전남, 44쪽)[4]

② 나주시 동강면 복룡리(전남, 65쪽)

③ 목포시 충무동 다순구미 마을(전남, 96쪽)

④ 목포시 옥암동 부주두 마을(전남, 130쪽)

⑤ 여수시 호명동 원호명 마을(전남, 205-206쪽)

⑥ 여수시 화양면 세포리 가는개 마을(전남, 222쪽)

⑦ 고흥군 도화면 발포리(전남, 283쪽)

⑧ 곡성군 삼기면 노동리 남계 마을(전남, 348쪽)

⑨ 담양군 금성면 원율리 원율 마을(전남, 432쪽)

⑩ 담양군 무정면 봉안리 술지 마을(전남, 444쪽)

⑪ 무안군 해제면 광산리 발산 마을(전남, 459쪽)

⑫ 무안국 운남면 동암리 원동암 마을(전남, 478쪽)

⑬ 보성군 벌교읍 장양리 진석 마을(전남, 526쪽)

⑭ 보성군 득량면 해평 3구 조양 마을(전남, 541쪽)

⑮ 영광군 묘량면 운당리 영당 마을(전남, 585쪽)

⑯ 영광군 백수읍 지산리 가지매 마을(전남, 608쪽)

⑰ 영광군 법성포읍 법성리 진내 마을(전남, 624쪽)

---

4 『전라남도 세시풍속』(국립문화재연구소, 2003)의 44쪽을 가리킨다. 이하 같은 요령으로 자료의 출처를 밝힌다.

⑱ 장성군 북하면 약수리 가인 마을(전남, 709쪽)

⑲ 함평군 학교면 학교리 1구(전남, 810쪽)

⑳ 해남군 현산면 고현리 고현 마을 (전남, 833쪽)

㉑ 화순군 화순읍 연양리 양촌 마을(전남, 874쪽)

㉒ 화순군 춘양면 양곡리 단양 마을(전남, 895쪽)

㉓ 화순군 이서면 야사리 용호 마을(전남, 912쪽)

춘향놀이는 남원의 강석 마을만 예외적으로 남녀놀이이고, 나머지는 모두 여성놀이이며, 나주의 복룡리만 추석놀이이고 나머지는 모두 정월놀이이다. 따라서 춘향놀이는 정월의 여성 집단놀이로 그 성격을 규정할 수 있다. 명칭 면에서는 춘향놀이라는 이름이 가장 보편적이고, '춘향이살이'(정읍 반월, 고창 성두)나 '나막골 춘향이'(고창 성두)나 '춘향아씨(각시) 놀리기'(무주 서창, 진안 능길, 목포 다순구미와 부주두)나 '춘향이 손대 내리기'(여수 원호명)나 '춘향이 내린다'(장성 가인)라고도 부르지만, 모두 '춘향을 강신(降神)시켜 놀게 한다'는 공통된 뜻을 내포한다. 이러한 춘향놀이의 놀이적 특징을 분석하기 위하여 먼저 전북 지역의 각편들 가운데 대표적인 것들만 소개하면 다음과 같다.

① 남원시 운봉읍 동천리 동하 마을 : 아이들이 방에 빙 둘러앉아 가운데서 손바닥을 마주 붙이고 앉아 "나막골 춘향아씨, 벌어져라~"하면서 주문을 외면 저절로 손이 벌어지는 놀이이다.(전북, 73쪽)[5]

② 남원시 덕과면 덕촌리 덕동 마을 : 손바닥을 붙이고 앉아 "남원 성춘향이"라고 하면서 자신의 성과 이름, 나이를 들먹거리며 주문을 외면, 신이 붙은 것처럼 손이 저절로 벌어지는 놀이를 한다.(전북, 106쪽)

5 『전라북도 세시풍속』(국립문화재연구소, 2003)의 73쪽을 가리킨다. 이하 같은 요령으로 자료의 출처를 밝힌다.

③ 전주시 완산구 풍남동 3가 : 손바닥을 마주 붙이고 무릎 꿇고 앉아서 "성춘향이, 벌어지라!" 그러면 손에 힘을 줘도 손이 저절로 벌어진다. 그러면 주변에서 "아무개 벌어졌다." 그러면서 손뼉을 치고 노래를 부르면, 저도 모르게 일어나서 춤을 추게 된다.(전북, 218쪽)

④ 고창군 고창읍 성두리 : 여자아이들이 방안에 모여 앉아서 가운데 한 아이가 손에 쌍가락지를 쥐고 앉으면 신이 내리는 놀이를 하는데, 이것을 '나막골 춘향이(춘향이살이)'라고 한다. 그런데 신이 내리는 것은 아무나 되는 것이 아니고, 유독 신이 잘 내리는 아이가 있다.(전북, 278쪽)

⑤ 무주군 적상면 사천리 서창 마을 : 춘향아씨 놀리기/ 정월에 처녀들이 모여 앉아 춘향아씨 놀리기를 한다. 한 사람을 뽑아서 방망이를 들고 앉게 하고 나머지 사람들은 그 주변을 빙 둘러앉는다. "남원 애기, 청춘애기…"라고 주문을 외면 방망이를 쥔 사람에게 춘향이의 혼신이 내린다. 신이 내리면 방망이가 흔들리기 시작한다. 심하게 흔들리면 여러 가지 주문을 한다. "좋은 사람 찾아봐라!", "나쁜 사람 찾아봐라!"라고 하면서 술래잡기를 한다. 그러면 방망이가 이 사람 저 사람을 지목한다. 장난으로 하는 것이므로 기분이 상하지는 않는다고 한다.(전북, 330쪽)

⑥ 완주군 경천면 가천리 요동 마을 : 정초에 여자아이들이 모여서 한 명을 바닥에 앉히고 나머지 아이들이 주문을 외는데, "나막골 왼골 성춘향이, 생일생생 사월 추파일날, 춤과 노래와 둥실둥실 놀아라."하면 앉아 있던 아이가 벌떡 일어나 춤을 춘다고 한다.(전북, 462쪽)

⑦ 장수군 계북면 원촌리 2구 외림 마을 : 정월에 15~17세의 처녀들이 모여 앉아서 놀다가 춘향아씨를 놀리기도 한다. 한 사람을 지목하여 눈을 감고 채 손을 모은 채 앉아 있도록 한다. 그런 후 주변에 앉은 처녀들이 "남원골 성춘향이 오늘 나하고 기분좋게 놀아보자!…"라고 주문을 왼다. 한참동안 주문을 외면 손을 모은 사람에게 성춘향이 내린

다. 신이 실리면 주변에 있는 사람을 아무나 때리고 다닌다. 한참을 놀다가 억센 사람이 신이 오른 사람의 등을 문지르면서 "이제는 끝났으니 성춘향이 내려앉으쇼!"라고 한다. 그러면 그 사람이 평상시의 모습으로 되돌아온다. 친구가 뒹구는 것이 재미가 있어서 놀았는데, 간혹 신이 나가지 않아 미치기도 했다고 한다.(전북, 566쪽)

일반적으로 무리가 원형의 대열을 만들고 그 가운데에 술래가 앉아서 양손을 합장하고 주문을 외든가 주변의 무리가 주문을 외면 춘향이의 신이 술래에게 내리고, 그 징후로 술래의 손바닥이 벌어지는데, 특이하게 신과 접속하는 매체로 반지가 사용되기도 한다(고창 성두). 그런가 하면 방망이를 신대로 사용하기도 한다(무주 서창). 춘향놀이는 춘향이 신을 내린 사실을 확인하는 이 단계에서 끝내는 것이 보통인데, 춘향이의 신이 들린 술래가 일어나 춤을 추는 단계까지 발전하는 경우도 있다(전주 풍남, 완주 요동). 그리고 신이 들린 술래가 신벌(神罰)로 주변 사람을 때리거나(장수 외림) 선인과 악인을 식별하는 신점(神占)을 치기도 한다(무주 서창). 한편 신들림 상태가 너무 오래 지속되면 등을 문질러 신을 떠나보내는데(장수 외림), 술래가 신이 계속 머무른 탓으로 미치기도 하고(장수 외림), 또는 무당이 되기도 한다(진안 종평/전북, 606쪽).

춘향놀이가 전승되는 지역은 위의 7군데 이외에도 남원의 강석 마을(전북, 90쪽), 전주의 마전 마을(전북, 190쪽)과 미산리(전북, 201쪽), 정읍의 반월 마을(전북, 241쪽), 진안의 능길 마을(전북, 589쪽)과 종평 마을(전북, 606쪽) 등 6군데에서도 전승되고 있음이 확인되었다. 다만 군산, 익산, 김제, 부안과 같은 서부 평야 지대에서는 춘향놀이가 전혀 전승되지 않았는지, 전승지임에도 불구하고 조사 과정에서 누락된 것인지는 보다 정밀한 조사를 실시한 후 판단을 내려야 할 것 같다.

다음으로 전남 지역의 대표적인 각편들을 살펴보기로 한다.

① 나주시 동강면 복룡리 : (추석에 노는데) 강강술래를 하다가 지치면 사람들이 방안에 들어가 '춘향아씨 내리기'를 한다. 여러 사람이 둘러앉아 은비녀나 은가락지를 옷 속에 넣고. "남원골 은골 춘향아씨 설설 내리소서."하고 노래를 부르면 그 중에 마치 신이 내린 것처럼 춘향아씨가 내리는 사람이 생긴다. 그러면 같이 방안에서 춤추면서 "남생아, 놀아라."하고 뛰면서 논다. 이때 신이 내린 사람이 춘향아씨이며, 신은 자주 내린 사람에게만 잘 내린다. 춘향아씨 내리기는 명절 때만 한다. (전남, 65쪽)

② 목포시 옥암동 부주두 마을 : 어린 여자아이들이 방에 모여 앉아 여러 가지 놀이를 하는데, 특히 설과 보름에 춘향아씨 놀리기를 한다. 우선 방안에 여자아이들이 빙 둘러앉아 있고 방 가운데에 춘향아씨를 내릴 여자가 두 손을 모으고 앉는다. 그러면 주위에서 "나막골 연골 정춘향 아씨 내리소서. 내리시오. 설설 내리시오."라고 주문을 외면 손이 떨리면서 점점 벌어진다. 춘향이신이 내리면 정신을 잃은 채 일어나서 춤을 추며 논다. 신이 들린 사람을 깨울 때는 찬물을 세 번 먹이면 된다. 춘향아씨놀이는 현재 70대 노인들이 어렸을 때 한 것인데, 기가 센 사람들은 신이 내리지 않았다고 한다.(전남, 130쪽)

③ 여수시 호명동 원호명 마을 : 농사철이 아닌 겨울에는 여자들이 방안에 모여 앉아서 여러 가지 놀이를 하며 시간을 보낸다. 그 중에서 '춘향이 손대 내리기'라는 놀이가 있는데, 하는 방법은 다음과 같다. 먼저 춘향이 신이 내릴 여자 한 명이 왕대나무 끝을 잡고 방 한 가운데에 앉는다. 그러면 주위에서 그 여자를 향해서 염불을 외어주면 그 손이 점차 떨리기 시작하여 신이 내린 표시를 한다. 그러면 왕대를 잡은 여자가 갑자기 일어나 춤을 추며 논다. 이러한 놀이는 제보자들이 어렸을 때 잠시 해 본 것이라고 한다.(전남, 205 - 206쪽)

④ 여수시 화양면 세포리 가는개 마을 : 정초에 젊은 여자들이 손대를 잡고 신을 내려 놀기도 한다. 손대에 내린 신에게 미래의 일을 묻기

도 하고, 문제가 발생했으면 그 이유를 묻기도 한다. 한 사람이 대를 잡고 나머지 한 사람이 그 옆에서 주문을 외면 손대가 흔들리게 된다. 만약 신이 잘 내리지 않으면 주머니에 보리 등 곡식을 싸서 팔뚝을 문지른다. 그러면 신이 금방 내린다고 한다.(전남, 222쪽)

⑤ 곡성군 삼기면 노동리 남계 마을 : 춘향이놀이는 술래를 가운데에 놓고 주위에 아이들이 빙 둘러선다. 술래는 손에 은가락지를 넣고 기도하는 자세를 취하는데, 술래를 둘러선 아이들이 신을 내리는 주문을 외면 술래에 신이 내려 술래가 덩실덩실 춤을 춘다고 한다.(전남, 348쪽)

⑥ 영광군 묘량면 운당리 영당 마을 : 정초에 한가하게 되면, 젊은 여자들이 방안에 모여 앉아서 춘향아씨 놀리기를 한다. 춘향이 신을 내려 함께 춤을 추며 노는 것이다. 놀이를 하기 위해서 우선 방 한 가운데 한 명이 손을 모으고 앉는다. 그러면 주위에서 춘향아씨를 내리는 주문을 외는데, 때로는 빈 시루를 머리 위에 얹고 손을 모은 채로 앉아 있다. "남원골 춘향아씨, 내립니다. 내리십시오."라고 주문을 한참동안 외고 있으면, 가운데 앉은 여자의 손이 벌어지면서 일어나서 춤을 추며 논다. 이때 그 여자는 자기 정신이 아니라고 한다. 그래서 주변에서 깨워주어야 하는데, 이때 물을 세 모금 먹이면 금방 깬다고 한다. 이 놀이는 현재 70대 노인들이 처녀시절에 놀던 것이라고 한다.(전남, 585쪽)

⑦ 영광군 백수읍 지산리 가지매 마을 : 정월에 여자아이들이 방안에 모여서 춘향이 아씨를 불러서 논다. 우선 한 사람을 방 한 가운데 앉히고 나머지는 그녀를 중심으로 둘러앉는다. 그리고 그 주변에서 "춘향아씨 생일은 사월 초파일…"이라고 하며 주문을 윈다. 그러면 가운데 앉은 여자에게 신이 내려서 일어나서 춤을 추며 논다고 한다. 그런데 이때 남자들은 절대로 방에 들어오지 못하게 한다. 만약 남자가 방안에 들어오면 가운데 앉은 사람이 죽는다는 말이 있기 때문이다.(전남, 608쪽)

전남 지역도 전북 지역과 마찬가지로 무리가 술래를 에워싸고서 술래는 두 손을 모아 기도하고 신맞이 무리는 주문을 외어서 술래에게 춘향이 신을 내리는데, 다만 춘향이의 신에 들린 술래가 춤추는 경우가 전북 지방(3/13)보다 전남 지역(18/23)이 상대적으로 더 많다. 은가락지나 은비녀를 접속 매체로 사용하고(나주 복룡, 곡성 남계), 신대로 왕대나무(여수 원호명)나 작대기(담양 슬지/전남, 444쪽)가 사용되기도 하는데, 특이하게 빈 떡시루가 사용되기도 한다(영광 영당). 신들린 술래가 무당굿에서나 볼 수 있는 공수를 내리기도 한다(여수 가는개). 신들림 상태에서 깨어나게 하기 위해서 냉수를 먹이거나(목포 부두주, 영광 영당), 구정물을 먹이거나 따귀를 때리기도 한다(무안 발산/전남, 459쪽). 한편 남성의 접근을 엄격하여 금지하여 춘향놀이의 제의성과 신성성을 강조하고, 여성 문화를 남성 문화와 대립시키기도 한다(영광 가지매). 춘향놀이의 여성놀이 문화적 성격은 강강술래와 관련된 데서도 여실히 부각된다. 나주의 복룡 마을에서는 추석 때 강강술래를 하다가 방안에 들어와 춘향놀이를 하였지만, 해남의 고현 마을에서는 그와 반대로 춘향놀이가 끝나면 강강술래를 놀았다고 한다(전남, 833쪽). 그런데 이러한 차이는 계절적 요인에 말미암는 것 같다. 다시 말해서 정월은 추운 날씨이므로 실내에서 춘향놀이를 하여 열기가 고조되면 마당으로 나갔던 것 같고, 추석에는 따뜻한 바깥에서 놀다가 지치면 휴식도 취할 겸 시원한 실내로 들어와 춘향놀이를 한 것으로 보인다.

3. 춘향놀이의 무속 원리

춘향놀이가 전북의 서해안 평야 지대를 제외하고 호남의 전 지역에 걸쳐 광범하게 전승되는 여성 집단놀이로 정월에 연희되면서 '신내림'이라는 무속 원리에 바탕을 두고 있기 때문에 춘향놀이를 다른 무속 현상과 대비하여 분석한다. 먼저 춘향놀이는 무녀가 아니라 민간인 여성이 춘향의 신에 접신되는 놀이라는 점에서 무당굿이나 무당이 사제하는 마을굿에서의 신내림과 구별되며, 이러한 측면은 하회 별신굿에서 산주가 서낭당 안에서 내림대를 잡고서 "해동은 조선 경상북도 안동 하회 무진생 서낭님, 앉아 천 리 서서 만 리를 보시는 서낭님이 뭐를 모릅니까…내리소서. 내리소서. 설설이 내리소서."[6]하고 빌어서 신을 내리는 것과 비슷하다. 다만 하회 마을에서는 당방울이 매달린 내림대에 신이 내리는 데 반해서 춘향놀이는 사람의 몸에 직접 신이 내리는 점이 다르다. 하회 별신굿에서는 산주는 대내림의 역할만 하고 신명풀이는 나타나지 않고, 서낭각시탈을 쓴 각시광대에 의해서 신명풀이가 이루어진다. 각시광대가 몽두리춤 춤사위로 무동춤을 추어 신명풀이를 하고, 걸립을 하여 마을사람들에게서 공물을 헌납받고 명복을 주는 행위 및 초례와 신방의 순서로 진행되는 신혼 의식(神婚儀式)을 통해서 서낭신의 신성 현시(神聖顯示)를 이룩한다.[7] 이러한 신성 현시의 시공간(時空間)에서 광대들에 의하여 주지 마당, 백정 마당, 할미 마당, 중 마당, 양반·선비 마당과 같은 탈놀이를 통하여 집단적 신명풀이가 이루어지고, 이것이 하회마을사람들과 이웃마을 사람들에게 감염되어 확산된다.

그런데 『삼국유사』의 '가락국기'조에도 가락 사람들이 신맞이굿에서 집단적인 신명풀이를 연출한 사실이 기록되어 있다. 김수로 신화에서 김수로의 하강 대목은 다음과 같다.

> 후한 세조 광무제 건무 18년 임인 3월 계욕(禊浴)의 날에 마을의 북쪽 구지봉에서 수상한 소리가 부르길래 2~3백의 사람들이 이곳에 모이니, 사람 목소리 같은 것이 모습은 감추고 소리만 내어 말하길, "이곳에

---

6 박진태, 『탈놀이의 기원과 구조』, 새문사, 1991, 353쪽.

7 위의 책, 78~83쪽 참조.

사람이 있느냐? 없느냐?" 했다. 아홉 추장(九干)이 "우리가 있습니다." 하자, 또 "내가 있는 곳이 어디냐?" 물으므로, "구지입니다."고 대답했다. 또 말하길, "황천(皇天)이 나에게 명령하여 이곳에 내려가 나라를 새롭게 하고 임금이 되라 하신 까닭에 이를 위해 내려가는 것이니, 너희들은 반드시 봉우리 꼭대기를 파서 흙을 모으고 노래를 부르길, '거북아! 거북아! 머리를 내어라. 아니 내면은 구워 먹겠다(龜何龜何 首其現也 若不現也 燔灼而喫也).'라고 하면서 춤을 추면, 이것이 대왕을 맞이하여 기뻐 날뛰는 것이니라." 했다. 아홉 추장들이 그 말대로 다함께 기뻐하며 노래하고 춤을 추었다.

천창(天唱)에 의해 신군(神君)과 아홉 추장이 대화를 주고받는 대목을 신탁의식으로 보고, 거북이를 불에 구우며 춤을 추고 노래를 부른 행위를 희생 무용 및 유감 주술(類感呪術)에 의한 주가(呪歌)의 가창으로 본 견해[8]에 따르면 김수로 신화의 모두(冒頭) 부분은 김수로신을 맞이하던 굿의 구술적 상관물이 되며, 신맞이굿에서 가락인들이 춤과 노래로 집단적인 신명풀이를 한 사실을 기록한 것임을 확인할 수 있다. 그리고 제정일치 사회에서 아홉 추장이 종교적인 사제와 정치적인 지배자의 역할을 수행한 것으로 볼 수 있다. 그러나 2~3백 명의 백성들은 민간인으로 신명풀이의 가무를 연행한 것으로 보아야 할 것 같다.

그런데 이러한 굿과 놀이의 전통이 오늘날에도 별신굿과 탈놀이에 계승되고 있으니, 「수영들놀음」이 대표적인 사례가 된다. 정월 대보름날 저녁에 탈놀이패의 행렬이 공연장에 도착하면, 농악대의 굿거리 장단에 맞추어 덧베기춤을 추며 난장판을 벌이는 일종의 집단적인 황홀경에 들어갔는데, 수영의 남녀노소는 물론이고 다른 마을에서 구경온 사람들도 함

---

8 김열규, 「가락국기고(駕洛國記攷)」, 『국어국문학지』제2집, 부산대학교 국어국문학회, 1961, 8~9쪽.

께 어울려 흥분의 도가니 속에서 신명풀이를 했으며, 이러한 덧베기춤놀이를 술을 마셔가며 3~4시간 동안 벌이다가 자정 무렵이 되면 부녀자와 아이들은 집으로 돌아가고, 본격적인 탈놀이로 양반 마당, 영노 마당, 할미 마당, 사자 마당을 연행하였다.[9] 민간인의 집단적인 신명풀이로 남녀의 덧베기춤과 남성만의 탈놀이가 연행되었는데, 이 덧베기춤놀이를 천신맞이굿의 잔영으로 보기도 한다.[10]

한편 가야산의 해인사에서는 승려에 의한 대내림이 연행되어 민간 부녀자의 춘향놀이와 대비된다.

> 천왕제(天王祭)를 거행할 때에 사내 청년 승려들이 자기들의 기량을 다하여 흥을 돋아가며 강신굿을 치면, 식장 한복판에서 한 사람이 붙들고 있던 솔대(일명 손대)가 진동하기 시작하여 필경 솔대가 이동하게 된다. 그 솔대가 이동하여 가는 방향으로 솔대 붙든 사람이 끌리어 따라가면 그 솔대는 어느 승려의 옥실(屋室)이든지 제멋대로 가서 그 주인의 기구를 여지없이 분쇄하여 버리는 적도 있다. 이런 불행의 난경(亂景)을 당한 그 승려는 평시에 무슨 부정 행위가 있었던 것이라고 하여 사내 승려들은 공연히 그 피해 입은 승려를 의심하게 된다. 중년에 와서 어느 주지화상은 이것이 폐풍이라 하여 "지금부터는 천왕굿을 치기는 치되 솔대가 진동할 정도에 이르거든 굿 치기를 멈추어라."는 규정을 정하였다.[11]

승려들이 가야산 산신 성모천왕을 강신시켜 신벌(神罰)을 내리던 천왕굿은 불교와 무교(巫敎)의 습합에 의한 종교 의식인데, 춘향놀이와는 전승

9 강용권, 『야류 · 오광대』, 형설출판사, 1982, 37~39쪽 참조.

10 정상박, 『오광대와 들놀음연구』, 집문당, 1986, 61쪽 참조.

11 김영수, 「지리산 성모사에 취하여」, 『진단학보』제11집, 진단학회, 1939, 141~142쪽; 김택규 · 성병희 공편, 『한국민속연구논문선』(Ⅰ), 일조각, 1982, 335쪽.

집단만 다를 뿐 무교의 신일합일(神人合一) 사상과 신명풀이 미학 원리를 기저로 하고 있는 점에서는 동일하다.

그런데 동해안 별신굿에서 무당들이 춘향놀이를 하여 민간인이 노는 춘향놀이와 대조적이다. 별신굿의 원놀음굿은 신관사또가 부임하여 육방 관속을 점고하고, 기생의 수청을 받는 과정을 극화한 굿인데, 그 후반부가 춘향놀이이다. 전반부는 신관사또(중앙 파견 지배자)와 도리강관(향리층) 사이에서만이 아니라 도리강관(향리층)과 고딕이(관노층) 사이에서도 이른바 제의적 반란에 의하여 신분 질서가 파괴되었다가 회복되는 싸움굿이라면, 후반부는 춘향이 오라비가 사또와 춘향이의 인연을 맺어주는 남녀 결합 구조의 화해굿이다.[12]

그런데 춘향가(전)의 발생 설화인 춘향 전설에 근거하여 원사한 춘향의 해원을 위하여 이몽룡과 성춘향을 결혼시키는 서사를 만들었다고 본 주장[13]을 고려하면, 동해안 원놀음굿의 춘향놀이도 신관사또와 춘향의 결합에 의하여 사또만이 아니라 춘향이의 넋을 위로한다는 풀이가 가능하다. 왜냐하면 원놀음굿을 하는 이유에 대해서 다음과 같이 말하기 때문이다.

> 골 원님이 계실 때 구관은 올라가고 신관이 도임하셔 가지고 육방 관속 아전들을 모도 이래 정구(點考)하실 때 이와 같은 경을 했답니다. 그래서 그 돌아가신 사또, 아전 관속 돌아가신 넋을 이 대관령 국사성황님 모시고 그 어른들 넋도 불러주시며는 이 관가에도 참 다 모든 백사일이 여일케 잘 돼 나간답니다. 그래서 이 원님놀이를 하는 것이올시다.[14]

이 증언에 의하면 원놀음굿은 인신(人神)을 위한 굿임이 분명해지는데,

12 박진태, 『전환기의 탈놀이접근법』, 민속원, 2004, 231~2234쪽 참조.

13 박진태, 「춘향가발생설화를 통해 본 춘향가의 수용양상」(박진태 외, 앞의 책), 26~30쪽 참조.

14 서대석, 『한국무가의 연구』, 문학사상사, 1980, 412쪽.

사또와 춘향은 원혼형(冤魂型)이라기보다는 공업형(功業型)이라 보아야 할 것 같다. 따라서 동해안 별신굿의 원놀음굿 내지 춘향놀이는 춘향가 발생 설화에 나타나는 굿의 해원적(解冤的) 기능보다는 민간 사회 여성의 집단 놀이 춘향놀이에서 보이는 것과 같은 오신적(娛神的) 행위로 보는 것이 더 타당할 것 같다. 다시 말해서 민간의 춘향놀이는 춘향의 전설에 근거해서 춘향의 원한을 해원하는 놀이라기보다는 춘향을 인신 계통의 신격으로 보고 춘향을 강신시켜 놀리며 신명풀이를 기도하는 일종의 모방놀이인 점에서 동해안 별신굿의 춘향놀이와 동궤에 속하며, 다만 전승 집단이 무당(남무; 화랭이)이냐 민간인(여성)이냐의 차이만 있을 뿐이다. 이상에서 살펴본 바와 같이 춘향놀이는 '신내림'이라는 무속 원리를 토대로 춘향을 주인공으로 한 연극적인 놀이라는 점에서 무당의 굿놀이만이 아니라 민간인과 승려의 무속적인 놀이 문화와도 상호 관련성을 지닌다.

4. 춘향놀이와 사또놀이의 대비

춘향놀이가 전라 지역에만 전승되는 것은 아니지만, 전라 지역에는 전승되지 않는 사또놀이와 비교하면 춘향놀이의 지역 문화적 성격이 부각될 수 있을 것으로 보인다. 그리하여 영남지방과 함경도에만 전승되는[15] 것으로 파악된 민간인 남성의 집단놀이인 사또놀이와 대비해 보기로 하는데, 함경도 북청 토성리의 사또놀이(관원놀이)를 일례로 들기로 한다. 관원놀이의 진행 절차를 널리리춤·치죄(治罪)·관원의 행차·치제(致

15 영남지방의 사또놀이(원놀음)는 성병희, 「영양 원놀음」(『한국민속학』 제4집, 민속학회, 1971)과 성병희, 「원놀이의 전파」(『한국민속학』 제6집, 민속학회, 1973)를, 함경도의 사또놀이에 대해서는 전경욱, 『함경도의 민속』, 고려대학교출판부, 1999, 176~194쪽을, 통영의 사또놀이에 대해서는 박진태, 『통영오광대』, 화산문화, 2001, 56~57쪽을 참조할 것.

祭)·횃불싸움·사자놀이로 보기도 하지만[16], 널리리춤은 후대적 변형이고[17], 관원놀이는 가장(假裝)놀이이고, 사자놀이는 탈놀이이기 때문에 사자놀이는 관원놀이와 별개의 놀이로 보아야 한다. 관원놀이의 치죄 장면을 보기로 한다.

㈎ 앞놀이

(남병사·본관·중군이 위엄을 갖추고 좌석에 앉은 후 집사를 시켜 웅성거리는 군중을 진정시킨다.)

집 사 : 순령수.

순령수(2명) : 예에이.

집 사 : 좌우 훤화를 금하랍신다.

순령수 : 예에이. (순령수가 등대하였던 곤장을 휘두르며 위엄을 떨친다. 그러면 군중이 모두 잠잠해진다.)

(집사와 사령들이 좌우로 서 있다. 마당에는 가마니를 깔고 그 위에 형틀이 놓여 있다. 그 옆에 순령수 2명이 곤장을 들고 서 있고, 주위에는 모든 참가자들이 둘러서서 지켜보고 있다.)

(본관이 일어나서 몇 마디 인사말을 한다.)

본 관: 오늘 대보름을 맞이하여 남병사를 모시고 이와 같이 관원놀이를 벌이게 되어 매우 기쁘게 생각하는 바입니다. 아울러 여러분의 적극적인 참여와 단결된 모습에 깊은 경의를 표하는 바입니다. 오늘의 이 경사스러운 행사가 우리 고을의 안녕과 행복을 가져오도록 모두 정성을 다하여 주시기 바랍니다. 감사합니다.

---

16 전경욱, 앞의 책, 184쪽 참조.

17 위의 책, 185쪽 참조.

(나) 본놀이

본 관 : 여봐라.

집 사 : 예에이.

본 관 : 죄인들을 잡아들이랍신다.

(이때 포졸 3명이 죄인 3명을 끌고 들어온다.)

집 사 : (죄인 명부를 보면서) 죄인 이병철 · 박삼돌 · 김덕배를 대령한 줄 아뢰오.

본 관 : 차례로 불러들여라.

집 사 : 서촌 청주 이씨 병철이 잡아들이랍신다.

순령수 : 예에이. (이병철을 마당에 꿇어앉힌다.)

본 관: 죄인 이병철은 무슨 죄로 끌려왔는고?

집 사: 죄인 이병철은 동리의 불량배로서 부모에게 불효하고, 동네 노인들에게 불순한 언동을 한 자로 소문이 났습니다.

본 관: 그러면 죄인 이병철에게 곤장 5도를 치도록 하라.

집 사 : 죄인 이병철에게 곤장 5도를 치랍신다.

순령수 : 예 - 이. (죄인을 형틀에 잡아맨다.)

(순령수가 곤장을 멋들어지게 치켜 올린다. 순령수 2명은 교대로 죄인에게 곤장을 다섯 번 때린다.)

집 사 : (큰 소리로) 되게 때려라.

순령수 : 예 - 이. (한 순령수가 먼저 때리고 곤장을 죄인의 궁둥이에 대고 있으면, 다른 순령수가 멀리서부터 껑충껑충 뛰어나와 곤장 위에 다시 곤장을 때리므로 '딱'소리가 난다. 이때, 죄인은 궁둥이가 아파서 심하게 몸부림을 친다.)

이병철 : 아이고 사또 살려 주십시오. 그저 죽을 죄를 지었습니다. 앞으로는 부모님께 효도하고 착실한 사람이 되겠습니다. 아이고 사또.

(죄인 이병철에게 곤장 5도를 때리고 나면 형틀에서 내려 마당에 꿇어앉힌다.)[18]

먼저 북청의 관원놀이는 대보름놀이이기 때문에 정월놀이인 춘향놀이와 연행 시기 면에서 일치한다. 그리고 무당이나 승려의 개입 없이 순수하게 민간인 차원에서 전승되는 집단적 민속놀이라는 점에서도 일치한다. 그러나 다음과 같은 몇 가지 점에서는 대조적인 차이점을 보인다.

첫째로 춘향놀이는 신내림과 같은 빙의(憑依) 원리에 의해서 춘향으로 변신하는데, 관원놀이는 복장에 의해서 극중 인물로 가장(假裝)하는 동일화 원리에 의지하는 점에서 인격 전환의 원리가 다르다.

둘째로 춘향놀이는 실내에서 연행되는데, 관원놀이는 옥외(屋外)에서 연행됨으로써 춘향놀이가 폐쇄적 공간에서 연희자가 바로 청관중이 되는 '닫힌 양식'의 공연예술인 데 반해서 관원놀이는 개방적인 공간에서 연희자가 아닌 마을사람들이 청·관중으로 참여하는 '열린 양식'의 공연예술이다.

셋째로 춘향놀이는 술래가 춘향으로 변신하여 신명풀이의 춤을 추면 그 신명이 신맞이 집단에게로 감염되는 부분이 중심을 이루고, 관원놀이는 재판과 횃불싸움(중군지지기)을 통하여 공동체의 질서를 파괴하는 사람을 응징하고, 공동체의 안전과 번영을 위협하는 악귀를 추방하는 의식이 기본 골격을 이루는 점에서 춘향놀이가 가무 중심의 신명풀이라면, 관원놀이는 갈등 구조가 견고한 연극과 연희 중심의 신명풀이가 된다.

5. 세시 풍속으로 본 춘향놀이

춘향놀이는 팔월 한가위에도 연행되기도 하지만, 그것은 지극히 예외적인 현상이고, 정월놀이라 해도 무방하다. 따라서 세시풍속의 측면과 계절적 요인을 살펴본다.

---

18 위의 책, 185~186쪽.

정월은 기온이 낮은 탓도 있었지만, 특히 정초에는 여자가 남의 집에 가면 재수 없다고 하여 외출이 금지된 풍속이 있어서 여자들은 주로 집안이나 실내에서 생활하여야 했다. 따라서 민속놀이도 집안이나 실내에서 놀 수 있는 윷놀이나 널뛰기 같은 놀이를 주로 하고, 대보름이 되어야 줄다리기나 강강술래 같은 옥외놀이를 할 수 있었다. 따라서 신년 운수의 길흉에 대한 기대감과 불안감이 교차되고, 각종 금기로 노동이 금지되고 근신을 강요당하는 가정적·사회적 분위기 속에서, 특히 전통 사회에서 남자보다 행동의 제약을 심하게 받았던 여자들이 긴장감과 불안감을 해소하고 억압된 오락 욕구를 충족시키기 위해서 춘향놀이를 연행한 것으로 보인다.

춘향은 정절과 사랑을 상징하는 존재인데, 또한 기녀의 딸로서 가무(歌舞)와 음율(音律)에 능하기[19] 때문에 정초의 여자들을 억압과 속박의 질곡에서 해방시켜줄 신적 존재로 인식되었을 것이다. 다시 말해서 춘향을 정절의 표상으로서가 아니라 신분 차별과 여성 차별을 고집하는 변학도에게 맞서서 이몽룡과의 순수한 사랑을 지키고 억압과 속박에서 해방되어 자유와 쾌락을 만끽하는 여성상으로 수용한 것이다. 그리하여 "나막골 원골 성춘향이, 생일생생 사월 추파일날, 춤과 노래와 둥실둥실 놀아라."(완주 요동/전북, 462쪽), "남원골 성춘향이 오늘 나하고 기분좋게 놀아보자!"(장수 외림/전북, 566쪽)하고 주문을 외어 신을 청하고, 술래가 접신된 상태에서 춤을 추었는데, 전라남도 해남의 고현 마을에서는 그 신명이 주변의 신맞이 무리에게도 감염되어 집단적 신명풀이로 발전하기도 하였다.

여러 사람이 원을 만들어 서고 가운데에는 평소 신이 잘 들리는 사람

19 신재효본 「춘향가」에는 춘향이의 재주에 대해 "문장 음률 침선 음식 가지가지 다 잘 하니"(강한영 교주, 『신재효판소리사설집』, 민중서관, 1971, 9쪽)로, 「열녀춘향수절가」에는 "나지면 추천ᄒᆞ고 밤이면 풍월공부ᄒᆞ와"(김동욱·김태준 공편저, 『영인해설 고소설선』(개정증보), 개문사, 1978, 12쪽 상단)로 표현하였다..

을 앉힌다. 그리고 가운데 앉은 사람이 춘향아씨 내리는 글씨를 써서 기도를 하고 앉아 있으면, 다른 사람들은 "내리신다. 내리신다. 춘향아씨가 내리신다. 웃골 상골…, 생일은 사월 초파일날…" 등의 노래를 부르면서 가운데 사람을 두고 서서 빙빙 돈다. 그러면 가운데 있는 사람에게 신이 내리는데, 가운데 앉은 사람의 모아졌던 손이 점점 벌어지면서 신이 들린다. 그러면 사람들은 "섭시다. 섭시다.…춥시다. 춥시다.…" 등의 노래를 부르면서 모두 일어나 춤을 추고 논다. 이 춘향아씨놀이에서 한번 신이 내린 사람은 이후에도 이 놀이를 할 때면 자주 신이 내리며, 이 놀이가 끝나면 주로 강강술래를 이어서 논다. (전남, 833쪽)

해남의 고현 마을에서는 춘향놀이에 이어서 대보름의 대표적인 여성 집단놀이인 강강술래를 연행하였으니, 실내놀이에 의해서 마당놀이로 넘어간 것인데, 춘향놀이가 원형의 대열을 만들고 신내림을 한 것처럼 강강술래도 원무를 추면서 신내림을 하던 고대 사회 종교 의식의 유풍이 아닌가 하는 추정도 해보게 된다. 왜냐하면 경상북도 자인의 한장군놀이에서 연행하는 「여원무」의 유래를 설명하는 전설에서 한장군 남매가 중앙에서 춤추고 군사들은 원무를 추어 왜구를 유인해서 섬멸하였다고 말하기 때문이다. 신과 맞이하는 무리의 관계가 신과 호위군의 관계로 변환된 셈이다.

박진태

서울대학교 사범대학 국어교육학과를 졸업하고, 동 대학원 국어교육학과에서 석사 학위를 받았으며, 고려대학교 대학원 국어국문학과에서 하회별신굿탈놀이 연구로 문학박사 학위를 취득하였다. 1981년부터 대구대학교 국어교육학과 교수로 재직하고 있다. 대구대학교 박물관장, 한국공연문화학회와 한국어문학회 회장 및 대구광역시와 경상북도의 문화재위원을 역임하였고, 현재는 아시아문화예술학회 회장과 문화재청 문화재위원으로 활동하고 있다. 대표 저서로는 『탈놀이의 기원과 구조』(2000), 『삼국유사의 종합적 연구』(공저, 2002), 『전환기의 탈놀이 접근법』(2004), 『한국고전희곡의 확장』(2006), 『한국 고전극사』(2009), 『한국문학의 경계 넘어서기』(2012) 등이 있다.

전통공연문화의 이해

초판 1쇄 인쇄 2012년 8월 25일
초판 1쇄 발행 2012년 8월 31일
지은이 박진태
펴낸이 지현구
펴낸곳 태학사
등록 제406-2006-00008호
주소 경기도 파주시 광인사길 223
전화 마케팅부 (031) 955-7580~82 편집부 (031) 955-7585~89
전송 (031) 955-0910
전자우편 thaehak4@chol.com
홈페이지 www.thaehaksa.com

값은 뒤표지에 있습니다.
ISBN 978-89-5966-525-9 93810